泉州文庫

選堂題

陳國仕 編
楊清江 點校

豐州集稿

泉州文庫整理出版委員會
商務印書館

前　言

　　泉州建制一千三百多年，爲中國歷史文化名城和古代海外交通的重要港口。"比屋弦誦，人文爲閩最"，素稱海濱鄒魯、文獻之邦。代有經邦緯國、出類拔萃之才，歐陽詹、曾公亮、蘇頌、蔡清、王慎中、俞大猷、李贄、鄭成功、李光地等一大批傑出人物留下了大量具有歷史、文學、藝術、哲學、軍事、經濟價值的文化遺産。據不完全統計，見載於史籍的著作家有一千四百二十六人，著作多達三千七百三十九種，其中唐五代二十九人三十二種，宋代二百人三百九十一種，元代二十一人四十種，明代五百三十六人一千五百八十五種，清代六百四十人一千六百九十一種；收入《四庫全書》一百一十五家一百六十四種，《四庫全書存目叢書》五十六家七十四種，《續修四庫全書》十四家十七種。二〇〇八年國務院頒布第一批國家珍貴古籍名錄，屬泉人著述、出版者十三種。

　　遺憾的是，雖然泉州典籍贍富，每一時代都有一批重要著作相繼問世，但歷經歲月淘汰、劫難摧殘，加上庋藏環境不良，遺存至今十無二三，多成珍籍孤本。這些文化遺産，是歷史的見證，是泉州人民同時也是中華民族的寶貴文化財富，亟待搶救保護，古爲今用。

　　對泉州地方文獻的搜集與整理，最早有南宋嘉定年間的《清源文集》十卷，明萬曆二十五年《清源文獻》十八卷繼出，入清則有《清源文獻纂續合編》三十六卷問世。這些文獻彙編，或已佚失，或存本極少。二十世紀四十年代，泉州成立"晋江文獻整理委員會"，準備整理出版歷代泉人著作，因經費短缺未果。八十年代，地方文史界發起研究"泉州學"，再次計劃編輯地方文獻叢書，可惜後來也因爲各種條件的限制，其事遂寢。但是這兩次努力，爲地方文獻叢書的整理出版做了準備，留下了珍貴的文獻資料和書目彙編。

　　二〇〇五年三月，中共泉州市委、泉州市政府決定將地方文獻叢書出版工作列爲國民經濟和社會發展第十一個五年規劃的一項文化工程。翌年,正式成立"泉州地方典籍《泉州文庫》整理出版委員會",着手對分散庋藏於全國各大圖書館及民間的古籍進行調查搜集,整理出《泉州文庫備考書目》二百六十七家六百一十四種,以後又陸續檢索出遺漏書目近百家一百八十餘種。經過省內外專家學者多次論證,最後篩選出一百五十部二百五十餘種著作,組成一套有一定規模、自成體系、比較完整,可以概括泉人著作風貌、反映泉州千餘年文化發展脉絡的地方文獻叢書,取名《泉州文庫》,二〇一一年起陸續出版發行。

整理出版《泉州文庫》的宗旨是:遵循國家的文化方針政策,保護和利用珍貴文獻典籍,以期繼承發揚中華民族優秀文化傳統,增進民族團結,維護國家統一,提高民族自信心和凝聚力,加强社會主義核心價值體系建設,增强文化軟實力,爲泉州的物質文明和精神文明建設服務。

《泉州文庫》始唐迄清,原著點校,收錄標準着眼於學術性、科學性、文學性、地域性、原創性、權威性,具有全國重要影響和著名歷史人物的代表作優先。所錄著作涵蓋泉州各縣(市、區),包括金門縣及歷史上泉州府屬同安縣,曾在泉州任職、寄寓、活動過的非泉籍人氏的作品,則取其內容與泉州密切相關的專門著作。文庫採用繁體字橫排印刷,內容涉及政治、經濟、歷史、地理、哲學、宗教、軍事、語言文字、文化教育、文學藝術、科學技術等領域,其中不乏孤稀珍罕舊槧秘笈,堪稱溫陵文獻之幟志。

值此《泉州文庫》出版之際,謹向各支持單位、個人和參加點校的專家學者表示誠摯的感謝!由於涉及的學科和內容至爲廣泛,工作底本每有蛀蝕脱漏,加之書成衆手,雖經反復校勘,但限於水平,不足或錯誤之處還是難免,敬請讀者批評指教。

泉州地方典籍《泉州文庫》整理出版委員會
二〇一一年三月

整 理 凡 例

一、《泉州文庫》(以下簡稱"文庫")收錄對象爲有關泉州的專門著作和泉州籍人士(包括長期寓居泉州的著名人物)著作,地域範圍爲泉州一府七縣,即晋江(包括現在的晋江市、石獅市、鯉城區、豐澤區、洛江區)、南安、惠安(包括泉港區)、同安(包括金門縣)、安溪、永春、德化。成書下限爲一九四九年九月以前(個别選題酌情下延)。選題内容以文學藝術、歷史、地理、哲學、政治、軍事、科技、語言教育等文化典籍爲主,以發掘珍本、孤本爲重點,有全國性影響、學術價值高、富有原創性著作優先,兼及零散資料匯總。

二、每種著作盡量收集不同版本進行比較,選擇其中年代較早、内容完整、校刻最精的版本爲工作底本,并與有關史籍、筆記、文集、叢書參校,文字擇善而從。

三、尊重原著,作者原有注釋與説明文字概予保留。後來增加者,則視其價值取捨。

四、凡底本訛誤衍漏,增字以[ ]表示,正字以( )表示,難辨或無法補正的缺脱文字以□表示,明顯錯字徑直改正,均不作校記。

五、凡底本與其他版本文字差異,各有所長,取捨兩難,或原文脱訛嚴重致點讀困難,或史實明顯錯誤者,正文仍從底本,而於篇末校勘記中説明。

六、凡人名、地名、官名脱誤者,均予改正,訛誤而又查不到出處之人名、地名、官名及少數民族部落名同異譯者,依原文不予改動。

七、少數民族名稱凡帶有侮辱性的字樣,除舊史中習見的泛稱以外,均加引號以示區别,并於校記中説明。

八、標點符號執行一九九六年實施的國家《標點符號用法》。文庫點校循新版二十四史及《清史稿》例,一般不使用破折號和省略號。

九、原文不分段者,按文意自然分段。

十、凡異體字、俗體字、通假字,如非人名、地名,改動又無關文旨者,一般改爲通用字;異體字已經約定俗成、容易辨認者不改。個別著作爲保持原本文字語言風貌,其通假字則不校改。

十一、避諱字、缺筆字盡量改正。早期因避諱所產生的詞彙成爲習慣者不改正。

十二、古籍行文中涉及國家、朝廷、皇帝、上司、宗族等所用抬頭格式均予取消。

十三、文庫一般一册收錄一種著作,篇幅小的著作由兩種或若干種組成一册,篇幅大的著作則分成兩册或若干册。

十四、文庫採用橫排、繁體字印刷出版。每册前置前言、凡例。每種著作仿《四庫全書》提要之例,由編者撰寫《校點後記》,簡略介紹作者生平、著作内容及評價、版本情況,説明其他需要説明的問題。

泉州地方典籍《泉州文庫》整理出版委員會辦公室
二〇〇七年二月五日

目 錄

豐州集稿卷首 ··· 1
　例言 ··· 1
　俟查詩文 ·· 2
　題名 ··· 3
　　唐 ··· 3
　　宋 ··· 4
　　元 ··· 4
　　唐 ··· 5
　　宋 ··· 5
　　明 ··· 8
　　國朝 ·· 11
　　宋 ··· 16
　　國朝 ·· 16
　　唐 ··· 16
　　五代 ·· 17
　　宋 ··· 17
　　宋 ··· 21
　　宋 ··· 22
　　元 ··· 22
　　元 ··· 23
　　明 ··· 23

1

國朝 ……………………………………………………………… 29
　　明代南安人物 從明邵捷春《閩賢書》錄出。………………… 32
豐州集稿卷一 …………………………………………………… 35
　四言古詩 ………………………………………………………… 35
　　東風二章有序 ………………………………………（唐）歐陽詹 35
　　明大雅 ………………………………………………（明）傅　檝 35
　　題香圃黃封翁玉照 …………………………………（國朝）鄭超英 39
　五言古詩 ………………………………………………………… 39
　　李評事公進示文集以詩贈之 …………………………（唐）歐陽詹 39
　　太原旅懷呈薛十八侍御齊十二奉禮 …………………（唐）歐陽詹 39
　　詠德上章檢察 即章相皋之弟也，名繡。……………（唐）歐陽詹 40
　　答韓十八駑驥吟 文公元作集中並錄。………………（唐）歐陽詹 40
　　復留從效問"甕"詩 …………………………………（五代）詹敦仁 40
　　紀柯述瑞鵲 ……………………………………………（宋）蘇　軾 41
　　讀書 ……………………………………………………（宋）傅堯俞 41
　　游秦君亭探得風字 ……………………………………（宋）陳　瓘 41
　　寄題九日山廓然亭 ……………………………………（宋）朱　熹 41
　　無名木 …………………………………………………（宋）傅伯成 41
　　無名木 在九日山。……………………………………（宋）傅宗教 42
　　次朱文公廓然亭韻 ……………………………………（宋）李　侗 42
　　游延福寺 ………………………………………………（宋）趙曾護 42
　　同熊退齋游九日山 退齋先生勿軒之別號。…………（宋）邱　葵 42
　　次韻王季鴻游九日山 …………………………………（元）釋大圭 43
　　哀惠廓上人 ……………………………………………（元）釋大圭 43
　　次吳樸齋 ………………………………………………（明）黃　鉞 44
　　廓然亭和朱文公韻 ……………………………………（明）陳　恩 44

清秋	（明）傅夏器	44
秋樓	（明）傅夏器	44
巖野行	（明）傅夏器	44
贈南安林婦李五娘	（明）蔡獻臣	45
秋日再游九日山	（明）周廷鑨	45
游桃源回憩帽峰雨中走筆寄家瞻兩兄	（國朝）釋德萃	45
再入焦山	（國朝）釋德萃	45
蛻巖	（國朝）釋德萃	46
鑵邊語	（國朝）釋德萃	46
戊申仲秋登九日山讀石上朱文公廓然亭詩次韻即康熙七年。	（國朝）劉三杰	46
梅花山在十三都。	（國朝）黃朝陽	46
秀才堤步月	（國朝）黃朝陽	47
擬陶淵明讀山海經	（國朝）洪科捷	47
江郎三片石	（國朝）洪科捷	47
題黃封翁香圃採芝圖	（國朝）王丹書	47
題同安康節母行樂圖	（國朝）陳步蟾	47
送別李潤九太尊	（國朝）陳步蟾	48

七言古詩 48

題姜相臺	（宋）呂造	48
送柯秘書三子歸泉應詔	（宋）蔡襄	48
弔姜相舊隱室	（宋）郭正	48
羅浮山	（宋）傅烈	49
贈九日山僧天辟	（明）邵惟善	49
長安道	（明）傅夏器	49
過淮安舟次	（明）傅夏器	49

靈應巖祖師竹	（明）黃鼎象	50
高蓋山相傳行周先生葬母於此	（明）楊道賓	50
題黃子培源泉笠杖圖柏梁體	（明）呂圖南	50
弔蔡門李烈婦	（明）陳履貞	51
乙卯秋洪畏軒奉常招集賜莊金魚池次和元韻	（國朝）丁　煒	51
銅鼓歌爲陳筠亭先生諱一策得是鼓而繪圖徵題	（國朝）陳　垣	51
鄉先輩歐陽行周先生墳在莆田爲林姓荒矣其裔爭		
而得之同人爲詩以紀	（國朝）洪科捷	52
題黃封翁香圃年大人採芝圖	（國朝）王菁華	52
題黃封君香圃採芝圖	（國朝）王玉書	52
祝黃封翁守綣七秩	（國朝）葉鴻元	53
送別泉州李太守潤九慶霖	（國朝）鄭超英	53
和沈吉田太守應奎留別	（國朝）陳步蟾	53
蒙引樓懷古	（國朝）陳步蟾	54
金粟洞懷古	（國朝）陳步蟾	54
題香圃封君採芝圖	（國朝）王昌南	55

豐州集稿卷二　　　　　　　　　　　　　　　56

五言律詩　　　　　　　　　　　　　　　56

山中枉張員外書期訪衡門	（唐）秦　系	56
山中贈張正則評事	（唐）秦　系	56
自若耶溪移居南安留贈嚴維秘書	（唐）秦　系	56
九日山中閒居	（唐）秦　系	56
秋日過僧惟則故院	（唐）秦　系	57
徐侍郎素未相識時攜酒命饌兼命諸詩客同訪山居		
	（唐）秦　系	57
晚秋答拾遺朱放訪九日山居	（唐）秦　系	57

旅次舟中對月寄姜相公	（唐）歐陽詹	57
題嚴光釣臺	（唐）歐陽詹	57
新都行	（唐）歐陽詹	57
陪太原鄭行軍中丞登汾上閣	（唐）歐陽詹	57
送少微上人歸德峰	（唐）歐陽詹	58
游東林寺	（唐）黃滔	58
九日溪景偶成	（宋）錢熙	58
游龍首山今名龍頭嶺。	（宋）錢熙	58
題處士林知墓林知字子默，熙寧間人，墓在晉邑靈源山。	（宋）劉濤	58
寄九日山僧	（宋）呂言	58
和王景彝舍人九日作	（宋）呂夏卿	59
游琴泉軒	（宋）呂夏卿	59
送客宿九日山	（宋）釋藏叟	59
廣福院寄吳山人在三都靈秀峰。	（宋）釋法輝	59
與王尉習之游九日山	（宋）吳岡	59
琴泉軒九日山一奇。	（宋）黃公度	59
九日同朱子泛舟金溪	（宋）傅自得	59
思古堂	（宋）傅自得	60
南安道中時爲同安主簿過此。	（宋）朱熹	60
知郡傅丈載酒榠被過某於九日山夜泛小舟弄月劇飲	（宋）朱熹	60
九日山送客	（宋）趙時煥	60
題隱君亭	（宋）陳炎子	60
九日山送客次趙循州韻	（宋）趙宗皦	61
四賢祠次韻	（宋）傅定保	61
四賢祠追次趙使君韻	（元）歐陽至	61

題延福寺 ·································	（元）馬祖常	61
五峰巖即一片瓦。 ·····························	（元）釋大圭	61
正月游一片瓦巖道人留竟日適興成詩 ··············	（元）釋大圭	61
病甚郭上人能來二首 ··························	（元）釋大圭	61
題石佛巖 ·································	（明）黃河清	62
築永利圳 ·································	（明）黃河清	62
新圳成岸行有感時太守葛公上其事。 ··············	（明）黃河清	62
游九日山一眺石待月 ··························	（明）黃淑清	62
家事違已復作遠游杪秋還茅谷乘船下歸金溪對景感悵
有懷王遵巖蔡可泉 ························	（明）黃淑清	62
寄福城諸故人 ······························	（明）黃淑清	63
紀變有序 ·································	（明）黃淑清	63
秦君亭 ···································	（明）黃　澄	63
贈南湖丁隱士 ······························	（明）黃　瓚	63
唐婁江明府邀游九日山同黃竹溪東石四首 ·········	（明）王慎中	63
高士峰 ···································	（明）朱　梧	64
不老亭 ···································	（明）朱　梧	64
過項羽廟 ·································	（明）王承箕	64
宿多卿樓樓在安溪縣。 ·························	（明）唐　愛	64
贈方雙江守松江 ····························	（明）傅夏器	65
春日懷舊游 ································	（明）傅夏器	65
巖野秋樓在錦田鄉。 ···························	（明）傅夏器	65
七月十五日暮登永安道 ························	（明）陳學潛	65
初夏新晴 ·································	（明）陳學潛	65
天竺山在十四都臨漈鄉。 ·······················	（明）詹仰庇	65
翠光亭 ···································	（明）黃克晦	66

登姜相臺	（明）黃克晦	66
蓮花峰	（明）黃克晦	66
雪峰寺	（明）黃克晦	66
明心山寺	（明）黃克晦	66
游報親寺在金鷄山。	（明）黃克晦	66
游延福寺	（明）黃克晦	66
九日山秦君亭同張郡公賦名程，自禮部謫判延平。	（明）黃克晦	67
泛舟游九日山分韻	（明）黃克晦	67
覺海巖在五峰山。	（明）蘇　濬	67
再游石鼓山	（明）蘇　濬	67
題四賢祠步舊韻	（明）李廷機	67
題菩薩泉步舊韻	（明）李廷機	68
秦君亭	（明）黃鼎象	68
一片瓦巖	（明）黃汝良	68
泛舟游九日山	（明）何喬遠	68
大小潘山	（明）丁啓濬	68
和泉州知府程公朝京同諸公游開元寺角巾登塔有序	（明）袁崇友	68
登九日山	（明）黃景昉	69
大小潘山	（明）周廷鑨	69
宿報親寺三首	（明）周廷鑨	69
洪瀨渡	（明）陳國琠	70
寄賀楊新總鎮度五六	（國朝）洪承畯	70
過邵伯湖	（國朝）傅爲霖	70
寂寞	（國朝）釋德萃	70
萬石巖在廈門城東二里許。	（國朝）鄭纘祖	71

虎溪巖一名玉屏山,與虎溪相對。……………………（國朝）鄭纘祖　71
宿僧舍 ………………………………………………（國朝）鄭纘祖　71
畫眉 …………………………………………………（國朝）蔡仕舢　71
早發黎嶺 ……………………………………………（國朝）洪科捷　71
望古迹寺時下第抵家。………………………………（國朝）洪科捷　71
游雲頂巖 ……………………………………………（國朝）洪世澤　72
生芝草堂詩存題詞 …………………………………（國朝）洪世澤　72
英溪渚上即事 ………………………………………（國朝）洪世澤　72
游樂山寺 ……………………………………………（國朝）徐時深　72
游樂山頂庵 …………………………………………（國朝）徐時深　72
高郵舟中 ……………………………………………（國朝）洪士輔　72
游白雲室 ……………………………………………（國朝）戴標香　73
閑居 …………………………………………………（國朝）許廷圭　73
題黃封翁香圃採芝圖 ………………………………（國朝）蔡景璜　73
登臨漳樓望南安溪山之勝 …………………………（國朝）夏　綉　73
雪峰坐雨 ……………………………………………（國朝）黃　彬　73
送友歸南安 …………………………………………（國朝）夏元椿　73

五言長律詩 …………………………………………………………74
延福寺送封虞佐 ……………………………………（宋）李　邴　74
咏鰲石制軍以蘇州明倫堂立扁題名之例行於温陵
　府學明倫堂紀盛 …………………………………（國朝）黃以圭　74

豐州集稿卷三 …………………………………………………76

七言律詩 ……………………………………………………………76
獻薛僕射 ……………………………………………（唐）秦　系　76
山中書懷寄劉長卿移居南安作。……………………（唐）秦　系　76
元日陪早朝 …………………………………………（唐）歐陽詹　76

及第後酬故園親友	（唐）歐陽詹	76
許州途中	（唐）歐陽詹	76
贈九日山僧	（唐）韓偓	77
釣龍臺在九日山，府志載在清源南台巖。	（唐）韓偓	77
南安寓居	（唐）韓偓	77
夢仙	（唐）韓偓	77
苑中	（唐）韓偓	77
春盡	（唐）韓偓	77
題金粟洞景祥院	（唐）徐夤	77
題建造寺後改名延福。	（唐）張爲	78
題建造寺	（五代）劉乙	78
上呂蒙正相公	（宋）劉昌言	78
題威惠廟祀唐陳公元光。	（宋）呂璹	78
琴泉軒次韻	（宋）李邴	78
謁迪上人	（宋）李邴	78
宿華巖院	（宋）劉子翬	79
鳳凰寺在廿三都，五代刺史王延彬葬妻徐氏於此。	（宋）黃公度	79
九日宴蓮花峰	（宋）陳知柔	79
題隱君祠次鄧經略韻	（宋）陳知柔	79
謁姜相墳祠次鄧經略韻	（宋）陳知柔	79
奉酬九日東峰道人溥公見贈之作	（宋）朱熹	79
佛巖塔	（宋）吳栻	79
登姜相臺	（宋）吳栻	80
題秦君亭	（宋）吳栻	80
題清洋院在廿一都。	（宋）吳栻	80
題隱君祠	（宋）鄧祚	80

謁姜相祠墳有感	（宋）鄧祚	80
題白蓮院在十四都。	（宋）鄧祚	81
題姜相峰前祠和韻	（宋）傅伯壽	81
游延福寺	（宋）王十朋	81
題隱君祠次鄧經略韻	（宋）王十朋	81
題姜相峰祠前	（宋）王十朋	81
勸農	（宋）周震	81
浯江瀑布泉	（宋）呂肖翁	82
題廓然亭	（宋）梁知錄	82
九日山中宴集	（宋）趙源	82
南安道中	（元）薩都剌	82
題金粟洞	（元）龔丙	82
題陳元光父子舊築雲榭	（元）釋大圭	82
懷惠廓象運山僧。	（元）釋大圭	82
游九日山	（明）胡器	83
五峰山	（明）羅倫	83
高士峰	（明）傅凱	83
錦田鄉新居遣興	（明）傅凱	83
姜相峰	（明）黃濟	83
題姜相墳次韻	（明）黃璣	83
古元室次陳考功思獻	（明）黃河清	84
題金粟洞	（明）黃河清	84
題明心巖	（明）黃河清	84
不老亭聯句陪程信吾郡伯	（明）黃河清	84
題小身瑞迹巖	（明）黃河清	84
題覺海巖	（明）黃河清	84

題蓮花峰	（明）黄河清	85
題一片瓦次一峰先生韻	（明）黄河清	85
游清源南臺巖	（明）黄河清	85
與友人約游清涼室	（明）黄淑清	85
喜南安新城訖功城扁四門曰熙和曰拱華曰文明曰平成作四詠以紀之	（明）黄深清	85
明心山	（明）李　源	86
題姜相墳	（明）馮　澄	86
題金粟洞	（明）陳　琛	86
題古元室	（明）陳　琛	86
次韻題小丹邱小丹邱在紫帽山。	（明）陳　琛	86
宿康店驛	（明）林希元	87
金溪懷古	（明）史于光	87
九日山	（明）郭　𪅂	87
度瓊海	（明）黄　瓚	87
游覺海巖同陳瑞山蔡可泉	（明）王慎中	87
由覺海巖訪石龜巖	（明）王慎中	87
哭黄應初山人	（明）王慎中	88
寄黄小竹遂昌	（明）王慎中	88
覺海巖	（明）莊一俊	88
秋日游高士峰	（明）朱　梧	88
楊梅山雪峰寺	（明）陳　鷗	88
九日山書室	（明）黄養蒙	88
九日山宴集留詠	（明）程秀民	89
游鯉湖仙宮紀迹	（明）傅夏器	89
惜時	（明）傅夏器	89

題雙髻山白水巖	（明）陳學潛	89
陳山人遠游初歸訪而有贈	（明）陳學潛	89
高士峰	（明）戴一俊	89
游高蓋山資福院	（明）戴元佐	90
題清水巖	（明）歐陽模	90
謁歐陽墳	（明）歐陽模	90
題一片瓦	（明）歐陽模	90
題郭山神廟	（明）陳學伊	90
游清源巢雲巖 明詹仰庇謫歸隱此。	（明）黃思近	90
九日山留題	（明）詹仰庇	90
初發康店驛別黃吾野	（明）詹仰庇	91
覺海巖 在一片瓦巖之外。	（明）詹仰庇	91
送劉省齋歸田	（明）陳嘉猷	91
楊梅山 在二十都。	（明）蘇希栻	91
不老亭	（明）丁一中	91
歲除日習儀九日山因偕屬令登眺	（明）丁一中	91
宿康店驛	（明）黃克晦	92
題隱君祠	（明）黃克晦	92
中秋再游九日山	（明）黃克晦	92
明心山	（明）黃克晦	92
瀘溪	（明）黃克晦	92
宿雨登隱君亭奉次張植田公韻	（明）黃克晦	92
黃有及拉余再登九日山兼游不老亭次少鶴丁大夫韻	（明）蘇濬	93
丙午秋杪拉友人登九日山石佛巖謁郡守程信吾公新祠	（明）黃懋中	93

贈王門許烈女	（明）傅鳳巖	93
雪峰巖得月樓	（明）黄鼎象	93
雪峰巖	（明）楊道賓	93
詩山	（明）何喬遠	94
郭山	（明）何喬遠	94
金雞橋一作金溪。	（明）史繼偕	94
瀘溪	（明）蔡復一	94
辨高蓋山非有歐陽公哀母詩	（明）戴廷詔	94
游古山在十三都。	（明）戴廷詔	94
游高蓋山	（明）戴廷詔	95
游郭山廟	（明）戴廷詔	95
游高田山	（明）戴廷詔	95
游天柱巖	（明）戴廷詔	95
鴻漸山在四十三都。	（明）黄懋京	95
金石峰在二十都。	（明）黄懋京	95
報親寺中坐月	（明）黄景昉	95
再游報親寺	（明）周廷鑛	96
登九日山	（明）張守質	96
登雪峰巖謁諸葛廷瑞墓	（明）蔡道憲	96
潘山市	（明）沈佺期	96

豐州集稿卷四 …… 97

七言律詩 …… 97

送友顏紫巖之任無爲	（國朝）洪士銘	97
潘山八咏之一	（國朝）傅爲霖	97
同南安主李公游九日山敬步原韻	（國朝）丁　煒	97
楊梅山	（國朝）釋超宏	97

客天心寺呈異木兄	（國朝）釋德萃	98
山行值雨	（國朝）釋德萃	98
游圭峰	（國朝）釋德萃	98
高士峰秦君亭	（國朝）劉　佑	98
送阮疇生南歸鷺島	（國朝）鄭纘祖	98
次劉邑侯登九日山高士峰原韻	（國朝）蘇　鐸	98
清源山	（國朝）蔡仕舢	98
金溪泛舟登九日山	（國朝）蔡仕舢	99
九日登白雲室	（國朝）陳石鐘	99
李邑侯新造金鷄橋	（國朝）陳石鐘	99
步登紫帽山	（國朝）陳石鐘	99
游雙陽正名朋山，在晉江轄。	（國朝）陳石鐘	99
游金溪觀曉日	（國朝）陳石鐘	99
游九日山	（國朝）李延基	100
題不老亭步明人丁少鶴韻	（國朝）賣草翁	100
漸溪舟雨初晴	（國朝）洪科捷	100
雨過仙霞	（國朝）洪科捷	100
端午舟次劍津	（國朝）洪科捷	100
黯淡灘	（國朝）洪科捷	100
假歸留別南埔諸友	（國朝）洪科捷	101
柳煙	（國朝）洪科捷	101
荷雨	（國朝）洪科捷	101
梧月	（國朝）洪科捷	101
松雪	（國朝）洪科捷	101
九日山登高	（國朝）洪世澤	102
登不老亭	（國朝）洪世澤	102

憶黃龍荔子	（國朝）洪世澤	102
憶培園荔子	（國朝）洪世澤	102
游鳳山	（國朝）徐時深	102
天心洞在廿一都瓊山。	（國朝）黃開泰	102
題賓月軒	（國朝）龔廷耀	103
宿梵天寺	（國朝）許廷圭	103
初知桐柏卸篆後與士民唱和	（國朝）潘澍霖	103
催菊	（國朝）黃梧陽	103
冬月戲作	（國朝）黃梧陽	103
秋海棠	（國朝）黃梧陽	103
春日陳二衡廣文招余同謝定甫拔萃游賜恩巖	（國朝）黃梧陽	104
憶梅	（國朝）黃梧陽	104
種梅	（國朝）黃梧陽	104
尋梅	（國朝）黃梧陽	104
折梅	（國朝）黃梧陽	104
登高蓋山	（國朝）黃錫奇	104
送別	（國朝）黃錫奇	105
題三山楊茂才春寅令節母紡燈課讀圖	（國朝）陳步蟾	105
輓李槐庭先生先生邑人也，諱書耀。壬辰進士，出宰四川威遠縣，授江西南安知府。	（國朝）陳步蟾	105
夏日同金華章子芳司馬仙游王藎廷孝廉游海印寺	（國朝）陳步蟾	106
臨漈八詠	（國朝）陳步蟾	106
送李太守潤九夫子	（國朝）陳 椿	107
游石迹巖	（國朝）陳仁士	108
題東門鄉敬文亭十四都。	（國朝）謝家樹	108

金鷄橋 ……………………………………（國朝）傅以貞 108

　　大盈送劉二總戎赴鎮碙石 …………（國朝）夏士淙 108

　　大盈途中 …………………………………（國朝）夏志琰 108

　　游蓮花峰不老亭 …………………………（國朝）康侍素 109

　　龍江春水 在金溪下流，宋時有黃龍之異。 ………（國朝）黃季楊 109

七言長律 ……………………………………………………… 109

　　題溫陵明倫堂立區紀盛 ………………（國朝）曾天眷 109

五言絶詩 ……………………………………………………… 109

　　張建封大夫奏系為校書郎因寄此作 …（唐）秦　系 109

　　效崔國輔體三首 …………………………（唐）韓　偓 109

　　舟中對月寄姜相 …………………………（唐）歐陽詹 110

　　十三歲戲答清源牧 ………………………（唐）陳　黯 110

　　題玉枕山東林寺 在四都。 ………………（唐）黃　滔 110

　　謁曾公亮應答 ……………………………（宋）釋惟慎 110

　　蓮花峰刻石 ………………………………（宋）戴　忱 110

　　題姜相峰 …………………………………（宋）黃公度 110

　　題九日山石佛院亂峰軒二首 …………（宋）朱　熹 110

　　題蓮花不老峰 ……………………………（宋）朱　熹 111

　　題姜相墳 …………………………………（宋）傅伯成 111

　　和王龜齡詩 ………………………………（宋）傅伯壽 111

　　詠秦君亭 …………………………………（宋）傅宗教 111

　　金溪渡 ……………………………………（宋）傅宗教 111

　　集杜贈陳龍復 ……………………………（宋）文天祥 111

　　題五峰巖 …………………………………（明）豐　熙 111

　　古意 ………………………………………（明）黃河清 111

　　沙溪呈使君 ………………………………（明）傅　楫 112

| 看荷 | （明）傅夏器 | 112 |

看荷 …………………………………………（明）傅夏器 112

秋興 …………………………………………（明）傅夏器 112

卓雲山 ………………………………………（明）黃克晦 112

一片瓦巖 ……………………………………（明）蘇　濬 112

自題桂芳亭 …………………………………（明）黃懋京 112

覺海巖 ………………………………………（國朝）傅景星 113

山行 …………………………………………（國朝）釋德萃 113

丙辰七月十一日陳祖培太學邀同李蔡南司馬楊義
　賓上舍陳仲義太學游紫帽山上凌霄塔憩金粟洞
　得詩四首許澄甫比部以事未至。………（國朝）陳慶鏞 113

古意仿黃莘田體 ……………………………（國朝）許廷圭 113

題香圃老伯採芝圖 …………………………（國朝）傅國英 113

六言絕詩 ………………………………………………… 114

次韻題控巴臺 ………………………………（宋）李　訦 114

康店驛題壁 …………………………………（宋）黃公度 114

七言絕詩 ………………………………………………… 114

即事呈韋郎中使君 …………………………（唐）秦　系 114

秋日送僧志幽歸山寺 ………………………（唐）秦　系 114

答明惠上人房 ………………………………（唐）秦　系 114

期王煉師不至 ………………………………（唐）秦　系 114

答泉州府薛播使君重陽贈酒 ………………（唐）秦　系 114

泉州赴上都洛陽亭留別舍弟及故人 ………（唐）歐陽詹 115

題梨嶺 ………………………………………（唐）歐陽詹 115

晚泊漳州營頭亭 ……………………………（唐）歐陽詹 115

贈九日山僧 …………………………………（唐）歐陽詹 115

詠燕獻主司 …………………………………（唐）歐陽澥 115

贈佛巖禪師師名無等,居石室中四十年不下山,九十九歲荼毗。

　　　　　　　　　　　　　　　　　　　　　　(唐) 盧仝白　115

詠荔支感前朝事,寓南安作。 …………………… (唐) 韓　偓　115

宮詞 …………………………………………………… (唐) 韓　偓　116

仙山 …………………………………………………… (唐) 韓　偓　116

贈孫仁本尊師 ………………………………………… (唐) 韓　偓　116

繞廊 …………………………………………………… (唐) 韓　偓　116

紅樓 …………………………………………………… (唐) 韓　偓　116

日高 …………………………………………………… (唐) 韓　偓　116

深院 …………………………………………………… (唐) 韓　偓　116

建造寺 ………………………………………………… (唐) 周　樸　116

題清源山 ……………………………………………… (宋) 錢　熙　117

蓮花峰 ………………………………………………… (宋) 林　杞　117

刺桐城 ………………………………………………… (宋) 呂　造　117

登石佛巖 ……………………………………………… (宋) 劉　濤　117

題白雲巖 ……………………………………………… (宋) 劉　濤　117

思古堂 ………………………………………………… (宋) 劉　濤　117

題九日山奉先院東壁並序 …………………………… (宋) 蔡　襄　117

詣飛陽廟禱雨題 ……………………………………… (宋) 蔡　襄　117

九日山建造精舍 ……………………………………… (宋) 呂夏卿　118

贈真覺大師 …………………………………………… (宋) 陳　軒　118

題南安巖主大巖禪師即志添。 ……………………… (宋) 黃庭堅　118

述夢神人贈詩 ………………………………………… (宋) 林景淵　118

行由同安題康店鋪 …………………………………… (宋) 李　邴　118

題報劬院在二十一都。 ……………………………… (宋) 吳　栻　118

白雲巖在三十都五峰山下。 ………………………… (宋) 吳　栻　118

18

題報慈院	（宋）龔茂良	118
詠隱公	（宋）陳知柔	119
送梁狀元題廓然亭	（宋）陳知柔	119
游九日山宴蓮花峰	（宋）陳知柔	119
石佛巖	（宋）朱　熹	119
廓然亭	（宋）朱　熹	119
蓮花峰次敬夫韻	（宋）朱　熹	119
次韻陳休齋蓮花峰之作	（宋）朱　熹	119
題梅堂	（宋）李　訦	119
無名木	（宋）王十朋	120
晉朝松	（宋）王十朋	120
拜善利王廟在九日山，宋嘉祐間蔡忠惠公禱雨輒應，奏加封善利王。	（宋）王十朋	120
九日山御書閣	（宋）王十朋	120
和韻題秦隱君	（宋）王十朋	120
題姜相峰	（宋）王十朋	120
題郡守蔡君謨禱雨飛陽廟詩後	（宋）王十朋	120
香爐山在十七都。	（宋）鄭　鑑	120
題棲真院在四都。	（宋）王觀國	121
題北巖院在二十四都。	（宋）王觀國	121
次陳休齋韻	（宋）梁克家	121
題姜相峰	（宋）傅伯壽	121
一眺石	（宋）傅伯壽	121
碧玉峽	（宋）傅伯壽	121
釣臺	（宋）傅伯壽	121
和武夷九曲櫂歌	（宋）王克恭	121

贈諸葛琰	（宋）白玉蟾(仙)	122
九日山	（宋）陳　思	122
題秦君亭	（宋）陳　思	122
碧玉峽 在九日山。	（宋）陳　思	122
醉席 在高士峰頂。	（宋）陳　思	122
次朱文公蓮花峰韻	（宋）廖信孫	122
懷古堂	（宋）廖信孫	122
次翠光亭韻	（宋）傅定保	122
題廣福院 在三十五都。	（宋）王　建	123
靈秀山 在三都。宋梁公護隱其山下。	（元）陳　駾	123
坐翠光亭追次蔡忠惠公韻	（元）歐陽至	123
題蓮花峰	（明）黃河清	123
寄太平節推應圭弟	（明）黃淑清	123
題壺公山	（明）黃淑清	123
陳圖南睡影	（明）黃淑清	123
翠屏山 在三都。	（明）黃　潤	123
游玉枕山東林寺 在四都。	（明）康　朗	123
煙雨	（明）傅夏器	124
京邸候補遣興	（明）傅夏器	124
秋感	（明）傅夏器	124
春游	（明）傅夏器	124
石鼓山 在三十都。	（明）蘇　濬	124
江夜	（國朝）鄭纘緒	125
洋嶼	（國朝）釋超宏	125
訪異木	（國朝）釋德萃	125
三忠宮	（國朝）蔡仕舢	125

武夷九曲歌步朱子韻	（國朝）洪科捷	125
建溪即事	（國朝）洪科捷	126
金榜山訪闇公石室金榜山在同安，闇公陳黯別號，不第隱此。		
	（國朝）洪世澤	126
蓮河竹枝詞	（國朝）許廷圭	126
雙江竹枝詞	（國朝）許廷圭	126
香圃賢咸屬題採芝圖玉照	（國朝）黄以圭	126
祝黄封翁守縡七秩四首	（國朝）陳元策	127
燈謎	（國朝）王玉書	127
虞美人花	（國朝）王玉書	127
彌陀巖瀑布	（國朝）傅炳煌	128
九日山懷姜別駕	（國朝）傅炳煌	128
虬髯客觀弈	（國朝）傅炳煌	128
豫讓吞炭	（國朝）傅炳煌	128
殘碑	（國朝）傅炳煌	128
膽瓶	（國朝）傅炳煌	128
漢武帝畫周公負成王圖	（國朝）傅炳煌	128
中秋偶成	（國朝）黄梧陽	128
刺桐城新春詞	（國朝）黄梧陽	128
送泉州李潤九太守慶霖	（國朝）黄梧陽	129
題仙游王藎廷照像鏡	（國朝）陳步蟾	129
荔城和孫修昉同年翼恭贈別時光緒甲戌三月二十五日，		
府幕校閱已竣，予將曉發回泉。	（國朝）陳步蟾	129
抵漳供職雜咏時髮逆甫退。	（國朝）陳國試	130
樓東怨	（國朝）陳國試	130
煮蔗詞	（國朝）陳國試	130

冰箸 ………………………………………（國朝）陳　椿　130

　　凝碧池張宴 ……………………………（國朝）呂煥英　130

　　月下聞桔槔聲 …………………………（國朝）呂煥英　131

　　光緒丁亥二月二日偕黃連初王錫玆蘇用廷同游楊梅

　　　山雪峰寺合作四首 …………………（國朝）呂煥英　131

　　跛驢 ……………………………………（國朝）陳國瑩　131

　　佩韋 ……………………………………（國朝）陳國瑩　131

試帖 ………………………………………………………… 131

　　賦得雨過琴書潤 ………………………（國朝）洪科捷　131

　　賦得山川出雲得和字 …………………（國朝）陳桂洲　132

　　恭和御制詠雪元韻 ……………………（國朝）陳桂洲　132

　　賦得靜裏乾坤大得坤字 ………………（國朝）陳桂洲　132

　　壬申六月御試風動萬年枝得名字 ……（國朝）陳桂洲　132

　　賦得晴天養片雲得初字 ………………（國朝）李　鬟　132

　　賦得讀書用三餘得勤字 ………………（國朝）徐雲驤　133

　　賦得臨深履薄得冰字 …………………（國朝）徐雲驤　133

　　賦得目送飛鴻得彈字 …………………（國朝）徐雲驤　133

　　賦得飛泉漱鳴玉得鳴字 ………………（國朝）吳文璧　133

　　賦得詩情又入早秋天得詩字 …………（國朝）張家駒　133

　　賦得窗間風引煮茶煙得煙字 …………（國朝）陳仁士　134

　　賦得翠壁蒼崖晚更奇得奇字 …………（國朝）林化時　134

　　賦得花開鳥鳴晨得晨字 ………………（國朝）林化時　134

　　賦得慢亭峰影蘸晴川得晴字 …………（國朝）鄭懷陔　134

　　賦得移柳待山鶯得鶯字 ………………（國朝）傅國英　134

詩餘 ………………………………………………………… 135

　　詠雪　調寄青玉案 …………………………（宋）陳　瓘　135

| 立春　調寄小重山 | （宋）李　邴 | 135 |
| 中秋月　調寄念奴嬌 | （宋）李　邴 | 135 |

豐州集稿卷五 ……………………………………………… 136

序（一） ………………………………………………… 136
宋清源文集舊序 ………………………… （宋）真德秀 136

奏 ……………………………………………………… 137
代河湟父老奏 …………………………… （唐）陳　黯 137
進四明尊堯集表 ………………………… （宋）陳　瓘 138
台州羈管謝表 …………………………… （宋）陳　瓘 140
賀冊皇后表 ……………………………… （宋）傅伯壽 141

疏（一） ………………………………………………… 141
災異疏 …………………………………… （宋）傅堯俞 141
圖終惟始疏 ……………………………… （宋）傅堯俞 142
請孝養太后疏 …………………………… （宋）傅堯俞 143
申南安知縣梁三聘劄 …………………… （宋）真德秀 144

題 ……………………………………………………… 145
題夫子泉 ………………………………… （宋）傅自得 145
書傅忠肅諡誥後 ………………………… （宋）洪天錫 145
姜相墓後石壁隸書題字 ………………… （宋）黃汝嘉 146
九日山集題辭 …………………………… （元）釋可庭 146
恭題第一林泉後 ………………………… （明）鄭　普 147

書 ……………………………………………………… 147
與鄭伯義書 ……………………………… （唐）歐陽詹 147
上鄭相公書 ……………………………… （唐）歐陽詹 149
移陸司勳沔書 …………………………… （唐）歐陽秬 151
與曾布書 ………………………………… （宋）陳　瓘 152

與大慧書	（宋）李　邴	153
再與大慧書	（宋）李　邴	153
與黃蓮峰文選書	（明）王　宣	154
與傅錦泉書	（明）王慎中	154
與鄭海亭書	（明）王慎中	155
與黃曉江書三則	（明）王慎中	156
復林次崖書	（明）鄭　普	158
爲諸生時上南安王大尹書	（明）沈　洪	159
復呂天池書	（明）王　畿	160
臺灣答友人書	（國朝）諸葛晃	161

豐州集稿卷六 163

啓 163

上董相公東風啓	（唐）歐陽詹	163
回壽詩啓	（宋）傅伯壽	163
謝送荔支啓	（國朝）諸葛晃	163
代陳維明與張婚啓	（國朝）諸葛晃	164
重修福清寺募啓寺在邑三都。	（國朝）陳慶鏞	164
爲徐明府玉清復許比部祖淓婚啓	（國朝）陳步蟾	165
勸修南涂二關外路橋啓	（國朝）陳步蟾	165

光緒乙亥重修福鼎縣學文廟並教場演武廳勸捐
　　啓光緒乙亥代門人黃維祺祺任司訓作。 .... （國朝）陳步蟾　166

序（二） 166

歐陽四門集序	（唐）李貽孫	166
香奩集自序	（唐）韓　偓	167
陳希韶先生集序	（唐）黃　滔	168
縣法序	（宋）呂惠卿	169

四明尊堯集序	（宋）陳　瓘	170
四明尊堯集後序	（宋）陳　瓘	176
王初寮先生文集序	（宋）李　邴	179
傅忠肅公文集序公諱察	（宋）周必大	179
朱韋齋先生文集序	（宋）傅自得	181
禪政書序	（宋）朱　熹	182
歐陽行周先生文集序	（明）蔡　清	183
黃曉江先生文集序	（明）王慎中	183
黃蓮峰先生文集序	（明）陳道基	184
文徵私志序	（明）李廷機	185
傅錦泉先生文集序	（明）何喬遠	186
王慕蓼先生樗全集序	（明）呂圖南	187
坑邊呂氏宗譜後叙	（明）呂圖南	188
涵江陳士初礜言限韻詩小序	（明）傅元初	190
蔡思日印譜序	（國朝）諸葛晃	191
清溪閬湖李氏族譜重修序	（國朝）李天寵	191
希綠窩詩稿小序	（國朝）陳桂洲	192
繼成堂趨避通書序	（國朝）吳焕彩	193
始志序	（國朝）旌表孝子梁廷圭	193
重雕於陵子序	（國朝）李峰嶸	194
黃封君香圃採芝圖序	（國朝）李峰嶸	196
考卷斑窺序	（國朝）潘澍霖	197
不知非齋紀聞自序緣起	（國朝）陳步蟾	197
輯豐州先正文存自序	（國朝）陳步蟾	197

豐州集稿卷七 ······ 199
　序（三） ······ 199

泉州刺史席公宴邑中赴舉秀才於東湖亭序	（唐）歐陽詹	199
送蔡沼孝廉及第後歸閩觀省序	（唐）歐陽詹	200
泉州泛東湖餞裴參和南游序	（唐）歐陽詹	200
送王榮序	（唐）陳黯	201
樂齋公文集後序	（宋）李邴	201
金溪泛舟序	（宋）傅自得	202
送迎陽呂堂長歸武榮序	（元）陳樂所	202
喜雨序	（元）留玉書	203
贈陳公誠魁樹德堂序	（明）朱鑒	204
贈榮山洪氏耕樂序	（明）朱鑒	205
弘治甲寅南安邑志序	（明）傅凱	206
送呂積中冠帶歸養序	（明）傅凱	207
送太守李君之任泉郡序	（明）黃河清	208
送鄭御史師舜往南臺序	（明）黃河清	209
別方豪序	（明）黃河清	210
賀南安令唐婁江獎勵序	（明）王慎中	210
侯梅峰七十壽序	（明）王慎中	212
贈洪君逸吾拜益府官序	（明）陳讓	213
送陳質吾先生南歸序	（明）魏文焲	214
袁茨溪泉州府節推序	（明）傅夏器	215
邑侯涂桂泉旌獎序	（明）傅夏器	216
涂侯桂泉入覲序	（明）傅夏器	217
揮使歐陽新田守銅山序	（明）傅夏器	218
明天啓元年安溪縣志序	（明）呂圖南	219
崇禎壬申南安邑志序	（明）呂圖南	220
崇禎壬申南安邑志序	（明）王振熙	222

吕天池先生六十壽辰序 ……………………	（明）鄭之鉉	223
重修歐陽先生祠序 ………………………………	（國朝）徐之霖	224
李孺人八十壽序 …………………………………	（國朝）柯輅	225
潘雨亭先生莅桐柏德壽序 ………………………	（國朝）黨敬立	226
送盅軒張夫子之邵郡序 …………………………	（國朝）陳步蟾	227
送福州林殿撰奉使琉球序 ………………………	（國朝）陳步蟾	228
菊酒序 ……………………………………………	（國朝）陳步蟾	229
光緒十六年歲庚寅英國檳榔嶼波池滑重修福建全省公冢序 ……………………………………	（國朝）鄭懷陔	230

豐州集稿卷八 …………………………………………………… 232

跋 ……………………………………………………………… 232

跋文公再游九日山詩卷 …………………………	（宋）熊禾	232
跋日新錄 …………………………………………	（國朝）洪世澤	232
跋立齋梁先生日新錄 ……………………………	（國朝）柯菁莪	233
跋採芝圖 …………………………………………	（國朝）王玉書	233
跋桐陰吟榭詩甲編 ………………………………	（國朝）黃梧陽	234
跋金荚揚言 侯官楊浚撰。………………………	（國朝）陳步蟾	234
跋金荚揚言 ………………………………………	（國朝）陳國試	234

記（一）……………………………………………………… 235

姜秦二公祠記 ……………………………………	（宋）趙令衿	235
泉州大成殿記 ……………………………………	（宋）洪天錫	235
重修南安縣學記 宣德二年 ………………………	（明）陳叔剛	236
追布金廢院田地充為泉州府學田記 ……………	（明）黃河清	237
泉郡博胡時軒先生修學記 ………………………	（明）黃河清	238
重修晉江縣學記 …………………………………	（明）黃河清	239
南安始城記 ………………………………………	（明）林希元	240

27

重修南安縣秩壇廟記 …………………………（明）王慎中　241

　　重修南安縣廟學記 ……………………………（明）黃養蒙　243

　　南安新城記 ……………………………………（明）黃養蒙　244

　　南安重修儒學記 ………………………………（明）傅夏器　246

　　重修南安城隍廟記 ……………………………（明）傅夏器　247

　　重修秦君亭記 …………………………………（明）鄭維岳　248

　　洪瀨鳳凰橋陳觀察祠記 ………………………（明）李廷機　249

　　南安教諭龔劍峰先生祠記諱鏢，仙游人。萬曆間建。…（明）李光縉　250

　　教諭龔公先生祠記 ……………………………（明）何喬遠　252

　　南安建文明閣記萬曆四十一年。…………………（明）何喬遠　253

　　重修明倫堂記 …………………………………（明）呂圖南　253

　　泉州晦生王公鄉賢特祠記 ……………………（明）陳繼儒　255

　　修社稷壇記 ……………………………………（明）李九華　256

　　重修溫陵朱子祠記 ……………………………（國朝）洪士銘　257

　　劉邑侯重修儒學記 ……………………………（國朝）應國賓　257

　　重新南安文廟記 ………………………………（國朝）洪科捷　258

　　修文廟凡例記 …………………………………（國朝）洪科捷　259

　　朱子祠小記 ……………………………………（國朝）洪科捷　259

　　移建文昌祠記 …………………………………（國朝）洪科捷　260

　　移改土地祠記 …………………………………（國朝）洪科捷　260

　　重建文明閣記 …………………………………（國朝）洪科捷　260

　　重修南安縣學記 ………………………………（國朝）周學健　261

　　重修鄉賢晦生王先生特祠記 …………………（國朝）洪應心　262

豐州集稿卷九 ………………………………………………………264

　記(二) ………………………………………………………………264

　　泉州六曹新都堂記 ……………………………（唐）歐陽詹　264

泉州二公亭記	（唐）歐陽詹	265
泉州北樓記	（唐）歐陽詹	266
福州南澗寺上方石像記	（唐）歐陽詹	267
同州韓城縣西尉廳壁記	（唐）歐陽詹	268
真覺禪師葬父母墳記墳在楊梅山。	（宋）黃 允	270
水陸堂記	（宋）李 郲	270
墨妙堂記	（宋）陳知柔	271
郭山廟記	（宋）王 胄	272
南安修復水利記	（元）黃貞仲	274
南安金雞橋記	（明）朱 鑒	275
萬石陂記	（明）洪 顯	275
獨善山房記在州九都大豐山下，明邑人歐陽秋讀書建。	（明）蔡 清	276
武榮黃氏祠堂記	（明）黃河清	277
永利圳記	（明）黃河清	278
不老亭記	（明）黃河清	279
游明心山記	（明）黃河清	279
金溪游記	（明）王慎中	280
修歐陽書室記室在賜恩巖旁。	（明）陳 讓	281
臨漳通津迎春三門水利記	（明）黃養蒙	282
邑侯靜泉甘公疏萬石陂水利記	（明）黃養蒙	284
南安縣龍鬚巷雙井修復刻石記	（明）黃養蒙	285
重修大盈橋記	（明）傅夏器	286
修南安萬石陂水利記	（明）傅夏器	287
見龍亭記	（明）傅夏器	288
蓮花石巖室記	（明）傅夏器	289
詩山郭山廟記	（明）陳學伊	290

豐州集稿

重修雪峰巖樓記在楊梅山。	（國朝）蘇希栻	291
萬曆癸巳重建金鷄橋記	（明）蔣如京	292
萬曆乙卯重修金鷄橋記	（明）柯有斐	293
崇禎庚午重修金鷄橋記	（明）周維京	294
游清源山記	（國朝）諸葛晃	295
游九日山記	（國朝）張雲翼	296
游石佛巖記	（國朝）洪科捷	297
石跳記	（國朝）洪科捷	298
通安橋碑記	（國朝）洪科捷	299
青雲橋記	（國朝）徐時深	299
重修鵲鳥橋記	（國朝）陳步蟾	300
重修花橋廟記	（國朝）陳步蟾	300
重建考亭書院記	（國朝）陳步蟾	302
南安錦溪諸山修築義冢記	（國朝）陳榮仁	303
黃旗山報恩禪院記	（國朝）陳國試	303

豐州集稿卷十 ……………………………………… 305

碑記 ……………………………………………………… 305

重修清源郡武榮州九日山寺碑	（宋）曾　會	305
唐相姜公墓碑記	（明）傅　凱	307
重建鰲頭石井書院碑記	（明）傅　凱	308
崖山碑	（明）黃　澄	310
南安邑侯唐公生祠碑	（明）陳　讓	310
平寇碑記	（明）鄭　普	312
漳州二守北門許公生祠碑	（明）傅夏器	313
南安邑侯吳公老父母去思碑	（明）李光縉	314
武榮邑侯吳父母修城功德碑記	（明）王　畿	316

重修武榮文廟並鼎建文昌祠碑記	（明）鄭之鉉	317
南邑祖父母築城碑記	（國朝）龔必第	318
南安縣重修學宫碑記	（國朝）劉　佑	319
復浦城縣金鳳門碑記	（國朝）洪科捷	320
重興九日山延福寺並清理田地租税寺産碑記	（國朝）潘晉晟	321
新建豐州書院碑記	（國朝）鄒召南	323
豐州書院膏火碑記	（國朝）伍　煒	324
重修路橋碑記在郡城南涂二關外。	（國朝）陳步蟾	325

賦 …… 326

白雲照春海賦以鮮碧空鏡春海爲韻。	（唐）姜公輔	326
明水賦以玄化無宰至精感通爲韻，貞元八年及第題。	（唐）歐陽詹	327
出門賦	（唐）歐陽詹	327
懷忠賦	（唐）歐陽詹	328
紅芭蕉賦	（唐）韓　偓	328
黄蜀葵賦	（唐）韓　偓	329
指佞草賦以"生於堯階，有佞必指"爲韻。二等三名。	（國朝）洪世澤	329
花發上林賦以"瀛洲春好，宫花競發"爲韻。	（國朝）洪近光	331
擬宋廣平梅花賦	（國朝）陳步蟾	332

論 …… 333

片言折獄論懷州應宏詞試。	（唐）歐陽詹	333
自明誠論	（唐）歐陽詹	333
春秋論	（宋）吕大奎	334
世變論	（宋）吕大奎	336
性焉安焉之謂聖論	（國朝）吴宏謨	337
孝悌通於神明論	（國朝）徐雲驤	338
讀屈原離騷論	（國朝）陳步蟾	339

王導論	（國朝）陳步蟾	340
頌		341
德勝頌二章並序	（唐）歐陽詹	341

豐州集稿卷十一 ... 343

讚 ... 343
　南安岩主大嚴大師真讚即志添。 （宋）黃庭堅 343
　南安岩主定應大師真讚 （宋）黃庭堅 343
　題呂圭叔像讚 （宋）邱 葵 343
　宋諸葛文肅公像讚諱廷端。 （明）諸葛應科 343
　宋諸葛子岩公像讚諱直清，廷瑞子。 （明）諸葛應科 344
　宋諸葛公像讚諱琰，字失傳，譜亦缺。 （明）諸葛應科 344
　梁立齋先生像讚 （國朝）柯菁莪 344

文 ... 344
　弔九江驛碑材文 （唐）歐陽詹 344
　弔漢武帝文 （唐）歐陽詹 346
　補漢書封雍齒冊文 （唐）歐陽詹 347
　三酌酸文碑聯 （宋）錢 熙 347
　諭子侄文 （宋）陳 瓛 348
　責沈文 （宋）陳 瓛 348
　辭廟文 （宋）傅伯壽 349
　讖病文 （國朝）諸葛晃 349
　祭虎文 （國朝）劉 佑 351
　咸豐八年九月十二日起鎮雅宮文昌夫子巡游第
　　三日路關文 （國朝）黃梧陽 351
　祝陳桂屏先生七十壽文 （國朝）楊 浚 353

銘 ... 354

棧道銘並序 …………………………（唐）歐陽詹 354

陶器銘並序 …………………………（唐）歐陽詹 356

福州社壇銘並序 ……………………（宋）柯　述 357

蓮花巖銘 ……………………………（宋）黃庭堅 357

經義治事二齋銘 ……………………（國朝）陳步蟾 357

經義治事二齋銘有引 ………………（國朝）陳國試 358

箴 …………………………………………………… 358

　暗室箴 ………………………………（唐）歐陽詹 358

議 …………………………………………………… 359

　維條鞭議 ……………………………（明）黃懋中 359

　防海議 ………………………………（國朝）洪科捷 360

言 …………………………………………………… 361

　拜嶽言 ………………………………（唐）陳　黯 361

　戒子遺言摘錄 ………………………（明）王文升 362

　談茶原八則摘錄二則。 ……………（明）蔡獻臣 362

　爲孝烈傅氏女乞言 …………………（國朝）諸葛晃 362

答 …………………………………………………… 363

　答問諫者 ……………………………（唐）陳　黯 363

　答諸葛誠之廷材 ……………………（宋）朱　熹 363

　又 ……………………………………（宋）朱　熹 364

　答李子能亢宗,一作克宗。 …………（宋）朱　熹 364

　答李誠之詵 …………………………（宋）朱　熹 365

　又 ……………………………………（宋）朱　熹 365

策 …………………………………………………… 366

　上大觀察泉州東西佛策 ……………（國朝）陳步蟾 366

　策問械鬥擄搶事。 …………………（國朝）陳步蟾 367

豐州集稿卷十二 … 369
誥 … 369
禹誥 …（唐）陳　黯 369
誥（詰）鳳 …（唐）陳　黯 369
宋寧宗罷朱子待制仍舊宮觀誥 …（宋）傅伯壽 370
辨 … 370
辨謀 …（唐）陳　黯 370
朱陸異同辨 …（國朝）陳步蟾 371
說 … 372
末猫說 …（唐）陳　黯 372
禦暴說 …（唐）陳　黯 372
綸卿字說 …（明）傅夏器 373
來同別墅說 在廈門水師提督署內。 …（國朝）鄭纘祖 374
洪範說 …（國朝）洪科捷 374
雜說 …（國朝）梁廷珪 375
擬朱子觀心說 …（國朝）徐雲驥 377
格物致知說 …（國朝）陳步蟾 378
華心篇 …（唐）陳　黯 379
述 … 380
唐天文述 …（唐）歐陽詹 380
甘露述 …（唐）歐陽詹 381
考 … 382
閩歐陽詹考 …（明）戴廷詔 382
說文爾雅訓詁異同考 …（國朝）陳步蟾 383
閩學源流考 …（國朝）陳步蟾 384
引 … 386

東園引	（國朝）諸葛晃	386

解 ... 387

論禪宗金剛經解	（宋）陳 瑾	387
尚書居東東征解	（國朝）陳步蟾	387
予曰有奔奏解	（國朝）陳步蟾	388
文武吉甫萬邦爲憲解	（國朝）陳國試	390

豐州集稿卷十三 ... 393

傳 ... 393

南陽孝子傳	（唐）歐陽詹	393
宋諸葛誠之先生傳	（宋）闕 名	394
姜相公公輔傳見《南安志略·人物》，仕中國。	（元）黎 崱	394
秦隱君系傳見《唐才子傳》。	（元）辛文房	395
韓學士偓傳見《唐才子傳》。	（元）辛文房	395
武榮黃氏始祖司令忠勇公傳	（明）黃河清	396
松莊蔡先生傳	（明）黃濂清	397
山東僉憲石坡趙公傳	（明）傅夏器	401
南安翁傳從李卓吾先生《藏書》録出。	（明）李 贄	403
清陂先生傳見《厓山志》。	（明）黃 淳	404
南京太平縣知縣荔亭黃公傳	（明）洪有復	404
洪默齋先生傳	（國朝）闕 名	405
南安縣陳明經太君傳	（國朝）孫 珩	406
施上舍傳	（國朝）陳步蟾	407
呂圭叔先生傳	（國朝）盧日文	407

疏（二） ... 408

袁州謝雨疏	（宋）李 訦	408
重修四門助教歐陽行周先生不二堂疏	（明）李光縉	409

35

重修南安縣學宮募疏	（國朝）劉　佑	410
南安縣重修城隍神廟募疏	（國朝）劉　佑	411
採訪忠義疏	（國朝）陳步蟾	412
募修龍山寺後殿疏	（國朝）鄭懷陔	413

哀辭 …………………………………………………… 414

歐陽生哀辭	（唐）韓　愈	414
題哀辭後	（唐）韓　愈	415

祭文 …………………………………………………… 416

祭范忠宣公文 公諱純仁，諡忠宣，文正公之次子。	（宋）陳　瓘	416
姜相公祝文	（宋）真德秀	417
謁姜相公墓祝文	（宋）真德秀	417
皇帝敕命秘書省著作郎兼權給事中許應龍諭祭故特 　進金紫光祿大夫少保諸葛廷瑞祭文	（宋）理　宗	417
紹定二年十月初五日下皇帝敕命秘書省著作郎兼權 　給事中許應龍諭祭少師靖國公諸葛廷瑞祭文	（宋）理　宗	418
紹定三年三月初十日下皇帝敕命秘書省著作郎兼給 　事中許應龍諭祭少師靖國公諸葛廷瑞祭文	（宋）理　宗	418
紹定三年三月二十八日下工部奏銷	（宋）理　宗	418
祭陳紫峰先生文	（明）王　疇	418
祭蔡虛齋先生文	（明）黃　銊	419
祭黃曉江文	（明）王慎中	420
祭傅汝源文	（明）陳　讓	420
祭歐陽東田都閫文	（明）俞大猷	421
祭新泉童揮使文	（明）傅夏器	422
慕恩伯鄭公祭文	（國朝）王命岳	422
祭洪畏軒太常卿文	（國朝）丁　煒	423

哭黃御伯文 …………………………………（國朝）諸葛晃 424
誄桂屏陳先生文 …………………………（國朝）王念修 425

豐州集稿卷十四 ……………………………………………… 427
　墓表 ………………………………………………………… 427
　　封郎中鄭殖庵及妻伍宜人墓表 ………………（明）王慎中 427
　墓誌銘 ……………………………………………………… 428
　　大唐故輔國大將軍兼左驍衛將軍御史中丞馬公墓
　　　誌銘 …………………………………………（唐）歐陽詹 428
　　有唐君子鄭公墓誌銘 …………………………（唐）歐陽詹 429
　　宋朝散大夫守光祿卿知懷州軍兼管內河堤勸農使
　　　上騎都尉中都縣開國子爵食邑六百戶賜金紫魚
　　　袋呂公璹墓誌銘 ……………………………（宋）王安石 430
　　宋故朝散郎尚書吏部員外郎特贈徽猷閣待制累贈開
　　　府儀同三司謚忠肅傅公墓誌銘 ……………（宋）李　邴 432
　　宋從政郎英府僉判呂公岳墓誌銘 ……………（宋）洪天錫 435
　　宋朝散中奉大夫吏部侍郎秘閣修撰知漳州
　　　軍事兼管內河勸農使樸鄉呂先生墓誌銘 …（宋）沈　忠 436
　　大中大夫浙江布政司右參政菊泉李公墓誌銘 …（明）傅　凱 436
　　洪處士墓誌銘 …………………………………（明）陳　琛 438
　　鄭海亭墓誌銘 …………………………………（明）王慎中 439
　　處士曾君素庵墓誌銘 …………………………（明）陳　讓 441
　　仲弟廷璉暨弟婦黃氏墓誌銘 …………………（明）傅夏器 442
　　皇清賜同進士出身誥授中憲大夫順天府丞提督學
　　　政前提督廣東廣西學政翰林院侍講學士修堂陳
　　　府君洎張恭人合葬墓誌銘 …………………（國朝）汪志伊 444
　　南安府知府李君墓誌銘 ………………………（國朝）陳慶鏞 445

37

皇清鄉進士例授文林郎截選縣知縣斐屏張公墓誌銘
　………………………………………（國朝）王玉書　446
封修職郎霽嵐許先生墓誌銘 ………（國朝）陳步蟾　448
皇清誥授奉政大夫恩獎五品銜中書科中書南安陳
　先生墓誌銘 ………………………（國朝）楊　浚　449
皇清故權桐柏縣知縣恤贈知府賜專祠祭葬南安潘
　公墓誌銘 …………………………（國朝）陳榮仁　450
行狀 ………………………………………………………453
　朝奉大夫直秘閣主管建寧府武夷山沖佑觀傅公行狀 ………
　………………………………………（宋）朱　熹　453
　封雲南道監察御史東溪陳公及妻賴氏孺人行狀……（明）王慎中　461
　吳愧庵行狀 ………………………（國朝）李光地　464
神道碑 ……………………………………………………465
　宋守尚書兵部侍郎少保諸葛公神道碑並銘………（宋）傅伯成　465

校點後記…………………………………………………471

豐州集稿卷首

例　言

　　一　八閩文字皆祖於四門先生。四門先生，邑賢也。自唐而降，代有名人，其文字湮没，豈可勝計。於兹而輯，誠萬燭光中僅分一點，奚堪再緩？

　　一　宋真子文忠公初守泉州時（初任在嘉定，再任在紹定），刊前任程公諱卓，命李方子（光澤進士，時爲泉州觀察推官）輯《清源文集》詩賦雜文七百餘篇，合爲四十卷。集已斷種，僅存真子一序，敬録以弁首。

　　一　勝國何思默先生輯《清源文獻》十八卷，邑中文字而登選者，亦甚寥寥，凡有所登，一概録出。

　　一　乾隆間柯先生諱輅（先生號上一字犯同廟諱下字）輯《閩中文獻》八十卷，以家刻活字版印行無多，搜羅不易，惜未之見，當不知所得邑人文字若干耳。俟搜羅比較，凡有遺漏，再行補入。

　　一　鄉先正有刻詩文集，如唐歐陽公集，嘉慶戊辰福鼎王氏翻刻，郡中苗派翻刻，後附乾隆初在莆田控占塋全案一卷。明傅錦泉先生集，版在溪口鄉。餘如傅忠肅公集三卷，福州有翻刻。聚珍版本黄蓮峰先生集刻於粤東。王晦生先生之《澹明齋集》刻［於］深坑鄉。今皆罕有傳本，偶得傳抄，乃吉光片羽，皆輯録之。

　　一　所輯自唐以迄國朝，凡文字有關乎邑中者，無論人非南産，一概輯録，從明程敏政編《新安文獻志》之例。

　　一　勝國之賢邑侯如唐公愛、袁公崇友二公，有惠政於邑中，其詩非爲邑中詠者，皆輯録之，以志去思。

一　康熙間所修邑志，藝文一類，或以私事溷厠公書，或以生存夸揚文字，或以登名妄書朝代。一類如此，他類可知，雖有摘錄，非敢任意。

一　乾隆四十七年，四庫館正總裁英公，奏準全毀文集之諸公，凡有題詠於邑中，不敢輯錄，敬遵禁例。

一　所輯邑先正文字，或功名得乎兩朝，或官爵縻乎兩朝，雖有佳章，一概停輯。而他邑之賢，豈末學無知所敢輕議？

一　輯錄文字，謹遵梁蕭統不選何水部之例。

一　凡有文字輯錄者，謹將列賢題名併時代、功名、官階、著作，註明名下，庶可因人而知其世系。無從稽考者闕之。

一　邑先正宋諸葛公諱廷瑞及諸葛公諱琰，從祖陳公諱龍復，皆無詩文可採，而麟之先生有宋理宗之御祭文及神道碑，像讚，載於家乘。諸葛公有白玉蟾一贈，載於《武夷志》。本叔先生有文子信國公在獄集杜句一咏，載於集中之《集杜》及《崖山志》。一則爲朝執節（弔金時真子文忠公守泉，題"執節"二字，爲之立坊於家。現郡中北隅有執節鋪，乃公之故居），一則友仙爲侶，一則爲國捐軀（南劍州有大忠祠，公與信國公並祀）是以登名，餘不得爲例。

一　是集詩得五百五十餘首，文得三百餘篇，釐爲十四卷，另題名一卷，共十五卷，顏之曰"豐州集"，從其實也。而卷帙頗多，難免無羅嗦之憾，願閱是集者恕之。

光緒甲辰九月陳國仕識於天白閣。

俟查詩文

敦兜鄉國初有副貢陳諱彝，字叙昭，有文字極工，俟查。

隆慶間進士黃諱襄，美林鄉即其派下，俟探訪文字。

嘯前鄉有欽賜翰林陳，俟查。

黃思亭先生諱允肅，有撰壽文，書於黑漆圍屏，在東田見之。（托抄未來）

延福寺口有三碑：一、李袠一先生諱光縉撰吳父母去思碑；一、黃小竹先生諱養蒙撰水利事；一、苔蘚封之，須洗去即有字（係吳公功德碑）。

延福寺旁昭惠廟內有一九日山寺田碑，潘晉晟撰。（以上俟抄）

邑內口君宮口有二碑，不知言何事。

邑北門口有一碑僕在地，不知何事。

聞邑內舊節孝祠故址，彼縣口爲屋，尚有石碎僕之，須翻起查勒何文。

題　名

唐

寓賢

秦　系　字公緒，別號東海釣客，會稽人。天寶末載隱九日山，結廬大松下，穴石爲研，註《道德經》。建中間，同中書門下平章事姜公輔貶爲泉州別駕，秦系與之一見如故，結爲知交。姜公輔築室東峰以求相近，二人遂日夕悠游，肝膽相照。姜公輔病逝，秦系爲之營葬山下。右僕射張建封素知秦系無心功名，請就加校書郎。秦系與劉長卿、韋應物諸名流關係密切，雖居山中，也經常魚雁往來，互相以詩贈答。後歸秣陵，年八十餘卒。士人爲之立秦君亭，稱其峰曰高士峰。宋福建提點刑獄蘇舜元號才翁。所書"高士峰"三篆字尚存。《豐州集稿》（以下簡稱"集"）中有詩。

姜公輔　愛州日南人。唐建中元年進士。初授校書郎，累遷同中書門下平章事。因論唐安公主造塔忤德宗，罷爲左庶子，再貶爲泉州別駕。與會稽名士秦系志趣相投，築室九日山東峰，過從甚密。永貞元年，順宗起爲吉州刺史，未任身卒，秦系爲葬九日山下。憲宗追贈禮部尚書。後人稱所居東峰爲"姜相峰"。其墓今在峰東麓。集中有文。

韓　偓　字致堯，一作致光，小字冬郎，自號玉山樵人，京兆萬年人。唐龍紀元年進士，授刑部員外郎。天復初官翰林學士、中書舍人，隨昭宗奔鳳翔，進兵部侍郎、翰林承旨。後以不附朱全忠被貶斥。南依王審知，入王審邽招賢院，寓居南安，卒葬葵山。韓偓擅詩，早年創"香奩體"，有《金鑾密記》、詩集《香奩集》行世。集稿編纂者陳國仕按：予世居十四都臨漳鄉，有黃旗山，山有廠室，壁上勒草字兩行，似"京兆韓致堯隱"，惟"堯"字完好，餘稍殘。其下有古刹，乃宋時建，有天聖、政和等年號，勒石槽之沿。諸事載入家乘。谷叟注。其墓今在南安葵山南麓杏田村東。集有詩文。

宋

寓賢

傅堯俞　字欽之，先濟源人。十歲能文，未冠及第。熙寧初，自知廬州至吏部侍郎。諡獻簡。有《草堂集》。孫諱察，曾孫諱自得。集中有文。

陳　瓘　字瑩中，號了翁，沙縣人。宋熙寧、元豐間泉州知州陳偁子，築讀書山房於九日山。元豐二年甲第進士，爲太學博士，後官左司諫，極言蔡京不可用，屢遭迫害。卒贈右諫議大夫，諡忠肅。有文集。集有詩文。

李　邴　字漢老，號雲龕先生，山東濟州鉅野人。宋崇寧五年進士，歷事徽宗、欽宗、高宗三朝，累官同簽書樞密院事、尚書右丞、參知政事。爲官剛正廉潔，敢言直諫。晚年辭官南下，定居泉州，喜歡游山玩水，以詩文自娛，年六十二歲卒。初諡文敏，改諡文肅，贈太師。著有《草堂前後集》一百卷。集有詩文。

李　訦　李邴之孫。字誠之，號臞庵。以蔭補官，知建寧府，遷戶部侍郎。有《臞庵文稿》十七卷、《叢談》七卷、《續通鑒》長編分類二十八卷。集有詩文。

元

寓賢

黃貞仲　又作貞中。籍貫未詳。至元間居邑中。《清源文獻》載其詩文。又嘗爲縣尹張夔作《修復水利記》，蕭然古韻。集中有文。

唐

邑先生

歐陽詹　字行周。唐貞元八年與韓愈諸名士同登進士,列第二名,時人稱爲"龍虎榜",爲泉州歷史上第一個進士,福建首位"甲第"進士。任國子監四門助教,未久客死長安,年四十五歲。唐文學大家韓愈爲作《歐陽生哀辭》,宋大文豪歐陽修爲其作傳。學者稱爲"歐陽四門先生"。有集十卷。邑志有傳。集有詩文。

歐陽秬　字降之,歐陽詹從子。開成三年進士。官幕府參軍。有文集。集中有文。

歐陽澥　字及,歐陽詹之孫。官莫考。集中有詩。

陳　黯　字希孺,號昌晦,又號暗公。十八科不第,人稱爲陳場老。唐藝文志載南安陳昌晦《綺莊集》三卷,而《南安志》漏收。同安志修入外紀,以隱於同安金榜山故。有文三卷,《稗政書》三卷四十九篇,朱子序之。集有詩文。

宋

邑先生

劉昌言　字禹謨。太平興國八年進士,殿試第二名,官工部右侍郎。有文集三十卷。集中有詩。

錢　熙　字大雅,豐州人。雍熙二年進士,官殿中丞、直史館、右司諫。邑志有傳。有《詩文集》十卷、《擬古樂府》及《雜著》。集有詩文。

呂　造　號心敬,樸鄉人。天聖二年進士,官朝散大夫。集中有詩。

林　杞　字卿材,北關外埔頂人。天聖五年進士,歷知康、雅、淄、泰四州,累官光禄寺卿,所至有政聲。集中有詩。

劉　濤　字普公,自號靈泉山人。工部侍郎劉昌言孫。工詩及草書。蘇軾跋其書,謂"奇逸多才,中有所得,不能自已,因以適情爲樂耳"。集中有詩。

呂　璹　字季玉，號心節，樸鄉人。景祐元年進士，官光禄寺卿。邑志有傳。集中有詩。

呂夏卿　字縉叔，樸鄉人。慶曆二年進士，初爲江寧尉，翰林學士歐陽修力薦參修《唐書》。書成，遷直秘閣同知禮院。英宗時知制誥。熙寧初遷兵部員外知制誥，終潁州知州。五十三歲卒於官。有《唐兵志》三卷、《唐書直筆新例》一卷、《唐文獻信考古今系表》。集中有詩。

呂惠卿　字吉甫，號思相，樸鄉人，呂璹子。嘉祐二年進士。王安石變法，參加制定新法，章奏多出其手。後擢參知政事，繼續推行新法，被稱爲"護法善神"。後出知陳州等地，紹聖後知延安府，抵禦西夏侵擾。有《孝經傳》一卷、《論語義》十卷、《道德經註》四卷、《莊子解》十卷、《文集》一百卷、《奏議》七十卷、《建安茶用記》二卷、《弓試》一部。集中有文。

柯　述　別名柯世程，字仲常，富春人。嘉祐四年進士。兩知福州，歷福建提點刑獄、湖南轉運使、直龍圖閣學士。《福州志》名宦有傳，邑志有傳。柯述精通百家詩史，更精於《易》，著有《否泰十有八卦義》、《温陵張賢傳》一卷。集中有文。

戴　忱　名安仁。元祐年間知晉江縣。集中有詩。

林景淵　字深父，林杞子。北關外埔頂人。崇寧二年進士，歷官惠州知州。邑志有傳。集中有詩。

諸葛廷瑞　字麟之，梅山下人。紹興二十七年進士，官兵部侍郎。邑志有傳。

傅自得　字安道。其先濟源人，父傅察，吏部員外郎，出使金國不屈被殺害。母趙氏爲尚書右僕射趙挺之之女，封清源郡君，泉州知州趙思誠、湖州知州趙明誠之妹，即著名女詞人李清照之小姑。少有文名，爲李邴賞識，招爲女婿。以父蔭出仕。歷漳州、泉州通判，復知興化軍，再知漳州。晚年罷官歸鄉，以讀書悠游爲樂。與朱熹結爲忘年之交，嘗與朱熹游九日山，泛舟金溪，賦詩紀勝，傳爲佳話。著有《至樂齋文集》三十二卷。集有詩文。

傅伯壽　字景仁，傅自得長子，傅伯成兄。少年時代與弟同受學於朱熹。累官至禮部尚書、翰林學士、端明殿學士、簽書樞密院事等。集有詩文。

傅伯成　字景初，傅自得次子。少從朱熹學。隆興元年，與兄傅伯壽同登進士。歷官漳州知州，工、户、吏部侍郎，寶謨閣待制，知鎮江府，寶文閣兼龍圖閣學士。著有《竹隱居士集》。集有詩文。

傅宗教　傅自得從子。官至龍圖學士，餘未祥。集中有詩。

王克恭　字彦禮。淳熙十四年進士，歷知興化軍、度支駕部郎中。邑志有傳。集中有詩。

傅　烈　字承仲。慶元五年進士，知梅州。《易》學名家，邑志有傳。

諸葛琰　字號未詳，梅山下人。諸葛廷瑞孫。以任子官邵武軍光澤尉，終信州僉事判官。家居與著名道士白玉蟾交厚，稱其"武侯之後獨公奇"。

洪天錫　字君疇，號裕昆，又號陽岩。寶慶二年進士，歷官湖南、福建安撫使，刑部尚書，進文華閣直學士加端明殿學士。卒謚文毅。著有《經筵講義》、《奏議》、《通禮輯略》、《陽岩文集》、《味言發墨》。公有作《劉後村先生行狀》一卷，刻附《後村大全集》。帥閩時嘗書桃符云："平生要識瓊田面；到處當堅鐵石心。"集中有文。

吕大奎　一作大圭，字圭叔，樸兜鄉人。淳祐七年進士，歷官袁州、福州通判，遷吏部員外郎兼國子監編修實録檢討官、兼崇政殿説書，出知興化軍，轉漳州。宋末大奎遭蒲壽庚拘捕，逃入海島，又遣兵追殺，死於海島。今樸兜鄉子孫昌熾。著有《易經集解》、《春秋要旨》十二卷、《春秋或問》二十卷、《孟子論語集解》、《學易管見》。集中有文。

陳龍復　字本叔，號少卿，別號清波先生。寶祐四年進士，仕至督府參議，兼行大府少卿、福建提刑。後從同年、右丞相文天祥開府南劍，在潮陽爲元兵追襲遇害，年七十三。文天祥在獄中憶相從殉難諸人，各集五言杜句詠之，詩見《文山集杜》及《崖山志》。

吕肖翁　字希聖，又字惟宗，號所盤先生，寶祐間樸兜鄉人。集中有詩。

傅定保　字季謨,號古直,羅東人。咸淳七年進士,入元,官平江教授。有《四書講稿》、《古直文集》。集中有詩。

明

邑人

洪　顯　字懷德。宣德元年舉人,官蜀王府長史。操行端愨,學問該博。邑志有傳。集中有詩。

王　疇　字體範,號閑齋,三十二都金坑人。弘治中貢士,官常寧司訓。邑志有傳。集中有文。

傅　凱　字時舉,號敬齋,溪南錦田人。成化十四年進士,授戶部主事,精明強幹。爲行人,出使異域,不辱使命。轉郎中,謝政歸田。平生治《易》,日與諸士講習。弘治七年受聘主編《南安縣志》。邑志有傳。集有詩文。

黃河清　字應期,號蓮峰,西坡人。弘治十五年進士,官吏部郎中,慧眼公心,銓選得宜,士論翕然歸之,擢太常寺少卿,提舉四夷館。嘉靖初,遷南京右通政使,卒於官。河清平生好讀書,有文名,與當世諸名士交好。著有《蓮峰稿》。邑志有傳。集有詩文。

黃淑清　字應初,號曉江隱者,西坡人。黃河清弟。終身不仕,怡然自得,偶爲詩文,奇怪萬狀。著有《曉江詩集》。集中有詩。

黃　璣　字允衡,號仁庵,豐樂人。弘治八年舉人,官清遠知縣,多惠政,祀名宦。集中有詩。

黃　鉞　字國威,號石崖,東安下人。正德二年舉人,六年會試,大主考病,遺失其卷,特薦欽賜進士。假歸不仕,教授爲生。集有詩文。

傅　楫　字廷濟,號西岩,錦田人。傅凱孫。正德六年進士,歷官行人司行人。集中有詩。

黃　澄　字廷肅,號竹溪,豐祿人。侍郎黃養蒙父。嘉靖二年進士,官廣東按察僉事。邑志有傳。有詩集。集有詩文。

黄　瓉　字宗獻，號後溪，豐禄人。嘉靖二年進士，歷守贛、瓊二府。年九十一卒。陳琛、王慎中稱其"詩唐字晉"。集中有詩。

黄濂清　字應奎，號月坡，豐樂人。黄河清弟。嘉靖七年舉人，官户部郎中、王府長史。集中有文。

鄭　普　字汝德，號海亭，郭前村人。嘉靖十一年進士，官雲南知府。鄭普勵志好學，湛深經學。有《海亭集》。邑志有傳。集中有文。

王承箕　字維肖，字紫南，金坑人。王疇子。嘉靖十九年舉人，官湖廣沅州知州。爲官清廉，以不能逢迎上意，解組歸。集中有詩。

黄養蒙　字存一，號小竹，又作肖竹，豐禄人。僉事黄澄子。少時讀書九日山。嘉靖二十年聯捷進士，會試第二。歷官吏部員外郎、南京太常寺少卿、光禄寺卿、户部侍郎。養蒙儀表堂堂，器度過人，爲官忠正，卒祀鄉賢。邑志有傳。集中有文。

傅夏器　字廷璜，别號錦泉，錦田人。人稱"錦田先生"。嘉靖二十九年會試第一名，闈文海内傳誦，都下稱從來會元所未有。授吏部稽勳司郎中。爲權奸嚴嵩排斥，掛冠歸隱。夏器雖名位不顯，卻頗負時望，高文盛藻，峻節清風，歸然爲儒宗山斗。著有《錦泉文集》、《易説》。邑志有傳。集有詩文。

黄思近　字與仁，號似山，豐禄人。瓊州知府黄瓉子。嘉靖三十一年舉人，四十一年進士，官雲南參政。集中有詩。

歐陽模　字宏甫，號八山，東田人。嘉靖三十七年舉人，三十八年進士，官廣東副使。集中有詩。

陳學伊　字爾聘，號志齋，梅溪人。嘉靖四十一年進士，官禮部郎中，擢江西按察僉事。有《五譚類抄》、《世紀》、《清德堂集》。邑志有傳。集中有詩。

沈　洪　嘉靖中歲貢，官增城司訓，遷餘杭教諭。居鄉一以古道訓人，爲鄉閭矜式。邑志有傳。集中有文。

陳嘉猷　嘉靖中貢士。集中有詩。

陳學潛　字爾昭，梅溪人。國學生。酷嗜聲詩。邑志有傳。集中有詩。

戴元佐　字端弼,號蓋山,詩山大庭人。嘉靖三十五年貢生,任廣東從化訓導,遷廣西儀寧教諭。隆慶元年由廣西中式舉人,官南城知縣,政績懋著。邑志有傳。集中有詩。

蘇希栻　字於欽,號阜山,梅山人。隆慶四年舉人,萬曆二年進士,官許州知州。邑志有傳。集中有詩。

傅鳳嶷　萬曆初諸生。集中有詩。

鄭維嶽　字申甫,號孩如,西山人。萬曆四年舉人第二名,官曲靖同知。有《四書正脈説》、《知新日録》、《易經密義意言》、《禮記解》等書。邑志有傳。集中有詩。

黃潒清　字應萃,號東水,西坡人。黃河清弟,黃懋中父。屢躓鄉闈,勵志弗衰。著有《毛詩韻説》、《歷代史評》、《觀書目録》、詩文各集。邑志有傳。集中有詩。

黃懋中　字有及,號受我,又號谷溪子,西坡人。黃潒清子。萬曆五年選貢,官蘇州通判。邑志有傳。集有詩文。

洪有復　字懋純,號心庵,英山人。萬曆八年進士,官湖廣左布政。邑志有傳。集中有詩。

柯有斐　字展夫,富春人。萬曆十年舉人,歷國子監助教、户部貴州郎中。邑志有傳。集中有文。

黃鼎象　字毓鉉,號朝臺,一作朝吾,西坡人。萬曆十三年舉人,官南雄通判。有《清源居士集》。集中有詩。

戴廷詔　字道階,號贊微,詩山大庭人。萬曆二十三年進士,官江西按察使。有《詩山草》、《家訓寶鑒》、《歷代帝王紀》等書。邑志有傳。集有詩文。

吕圖南　字爾摶,號天池,樸鄉人。萬曆二十六年進士,官户部侍郎,總督糧儲。有《壁觀堂集》、《周易四書輯説》。邑志有傳。集有詩文。

王振熙　字君含,號晦生,金坑人。萬曆三十八年進士,官山東按察使,《易》學名家。有《澹寧齋集》、《四書達解》六卷。邑志有傳。集中有文。

傅元初　字子訒。萬曆四十三年舉人，崇禎元年進士，官工科給事中。府志有傳。集中有文。

黄懋京　萬曆末貢生，西坡人。官建寧府教授。集中有詩。

傅景星　桃源人。國子監博士。有《寶研齋近吟》一卷。集中有詩。

陳履貞　原名葳倩，字喬嶽，號建齋，豐樂鋪人。崇禎六年舉人，十六年進士，授行人，遷户部主事，擢吏科給事中。明亡，閉門謝客。集中有詩。

沈佺期　字雲右，又作雲又，號復齋，雄山後園村人。崇禎十五年舉人，由晉江中式，十六年進士，官吏部郎中。唐王時召爲都察院右副都御史。清兵入閩，不肯投降，與惠安王忠孝等往臺灣，以文史自娱，以醫藥濟人，居二十餘年卒。邑志有傳。有詩文集。集中有詩。

國　朝

邑人

洪承畯　字彦灝，號紫農山人，英山人。明三邊總督洪承疇胞弟。少有逸才，博涉書史。工詩文，尤善行草書，筆勢蜿蜒遒勁，時人稱之爲"龍蛇字"。承畯志向與洪承疇完全相反，無意功名，夷然自放，隱逸山林，詩翰自娱。隱居紫農山，因以自號。集中有詩。

洪士銘　字日新，號畏軒，英山人。大學士洪承疇子。清順治十二年進士，歷官禮部主事、光禄寺少卿、太常寺卿。邑志有傳。有詩文集。集有詩文。

傅爲霖　字世揚，號石漪，又號暘谷、晦三，錦田人。傅夏器之後。順治間官松江府通判。有《暘谷詩集》二卷、《暘谷文集》五卷、《暘谷别集》六卷。集中有詩。

諸葛晃　字元階，號朗園，梅山下人。康熙初諸生。有專稿一本。集中有文。

鄭纘祖　字哲遠，號遠公，石井人。康熙二年與叔父鄭鳴駿，弟鄭纘緒率衆降清，授參政職，隸旗籍，以事落職。居家，殫心著述。有《雪泥集》、《文抄》九卷、《雪泥編詩集》十卷、《海外文集》一卷、《燕山紀游》三卷、《紀事》、《匯香編》。集有詩文。

鄭纘緒　字哲考，石井人。康熙間封慕恩伯。有《致齋遺稿》、《盾墨菊言》、《鯉湖草》、《樂賢堂遺稿》。集中有詩。

蘇　鐸　字道建。康熙初諸生。博學工詩，與傅爲霖友善，倡和最久。集中有詩。

蔡士舢　字詒霞，號藐村，晉江人，占籍南安。康熙三十二年舉人，官魚臺知縣，行取試刑部廣西司主事。歷監察御史、工部掌印給事中。雍正二年典湖北鄉試，署按察、布政司，以都察院僉都御史任浙江觀風整俗使，權浙江巡撫。有《藐村集》、《大中丞奏議》、《曳蟬集》、《卷珠集》、《破碎集》、《夾谷鶯啼集》、《虛白堂集》、《依稀影集》。集中有詩。

陳石鐘　字非蘊，號敬榕，詩山大庭人。貫徹六經，網羅百氏，爲文疏宕沈鬱，饒有大家氣度，詩名尤震一時。屢躓棘闈，至康熙三十二年始中副貢，官閩清教諭。有詩文集十餘卷。集中有詩。

潘晉晟　字式季，號唐叟，蘆村人。康熙四十七年舉人，五十二年進士，官曲靖知府。邑志有傳。集中有文。

李天寵　字世來，號鑒塘，安溪人，占籍南安。康熙四十七年舉人，五十四年進士，翰林院編修。以子李清時貴，贈榮祿大夫。集中有文。

洪科捷　字成仲，號墨齋，英山人。直武英殿史館洪世澤父。康熙五十年舉人，乾隆四年進士，翰林院庶吉士。乞養歸。有詩文集。集中有詩。

陳　垣　號椰亭。雍正十年舉人，由府學中式。集中有詩。

徐時深　字澄若，後畬人。中副三次，乾隆六年舉人。年三十九卒。集有詩文。

陳桂洲　字文馥，號修堂，西坡人。乾隆六年舉人，十七年會魁，官廣東、廣西提督學政，順天府丞。有《希綠窩詩稿》一本。集有詩文。

洪世輔　一作士輔，字臺卿，英山人。乾隆九年舉人，官詔安教諭，擢延平教授。集中有詩。

戴標香　字桂文,號仰園,詩山大庭人。乾隆九年舉人。未仕。集中有詩。

洪世澤　字叔時,號艮圃,別號裴亭、艮堂,英山人。翰林院庶吉士洪科捷長子,乾隆二年中博學宏詞科,授翰林院檢討,先其父洪科捷登第入翰林。後直武英殿史館,參修《八旗通志》。以守祖父母制,遂不出。歷主福州鼇峰、廈門玉屏、南安豐州書院,教書育人。邑志有傳。集有詩文。

洪應心　原名鵬,字星元,號華圃,別號樸庵,石井右山人。乾隆十五年舉人,十七年進士,官武陽知縣,陳州知府。集中有文。

柯菁莪　字文欽,仕懷鄉人。博覽群書,試輒冠軍。乾隆二十五年庚辰恩科第三名舉人。著有《策學制藝》行世。邑志有傳。集中有文。

吳焕彩　字蘊之,號見一,又號屺來,黃龍霞美宅人。乾隆二十五年進士,官鶴峰知州。政績顯著。邑志有傳。集中有文。

黃　升　字上聚,號峭園,麗陽人。乾隆二十七年舉人。著有《峭園存稿》、《覆瓿集》。邑志有傳。

黃得清　又名德清,字虛浦,豐州人。乾隆三十五年舉人第八名,侯官、古田教諭。

洪近光　字爾覲。乾隆三十五年舉人。集中有文。

李　度　字爾吾,號坦如,又號茂瞻,內益里人。乾隆三十九年舉人,四上春官,累薦不售。經史而外,凡書法、韻律、方技、雜劇,莫不精曉。年三十四卒。

梁廷圭　一名廷珪,字伯寅,號立齋,二十八都象運人。乾隆間廩生。旌表孝子。有《自警日新錄》一卷。集中有文。

吳宏謨　字遠思,一字梅灘,號慎園。乾隆五十七年壬子科解元。爲豐州書院山長,學問品行,爲人倫模楷。著有《梅灘制藝》。集中有文。

李　賷　字月恒,十都彭口人。嘉慶五年舉人。有文名,溫厚和平,與人無競,邑志有傳。集中有詩。

李崢嶸　字緯萱,號葵南,廟霞人。嘉慶十五年舉人,官雲南新平、定遠諸縣知縣,阿迷、賓州知州,龍陵、蒙化府同知。著有《勃勃軒制藝》及詩文集。邑志有傳。集中有文。

徐雲驤　原名玉本,字孫韞,號庚陔,又號春陔,周厝鄉人。嘉慶二十五年舉人,道光二年進士,官廣東大埔知縣。著有《瓊田書舍試藝》。集中有文。

吳文壁　字乃山,號小谷,黃龍霞美宅人。道光十四年舉人第二名,大挑教職。藏書最富。集中有詩。

許廷圭　字錫瑤,又字璧橋,號瘦生,石井惜阪村人。道光十四年舉人。通經史,工文詞,設帳授徒,多所造就。邑志有傳。集中有詩。

潘澍霖　字應祺,號雨亭,蘆村人。道光十七年舉人,大挑任河南桐柏知縣,轉浚縣,再任桐柏。咸豐元年拒捻軍,率民兵守城,力竭城陷,殉難,賜祭葬,祀昭忠祠。邑志有傳。集有詩文。

黃以圭　又名以珪,字叔篆,號藍園,二十三都古浚港人。黃梧陽父。道光二十六年舉人,同治元年公舉孝廉方正。淡泊明志,舌耕自給。邑志有傳。集中有詩。

曾天眷　字乃西,號樫林。道光二十三年廩生,咸豐間議叙訓導。集中有詩。

王菁華　字燕英,號萃亭,象運鄉人。道光二十九年舉人。集中有詩。

葉鴻元　字光憲,號醒園,十二都社壇鄉人。道光二十九年歲貢。著有《易義撮要》、《醒園吟稿》、《幼科扼要》。邑志有傳。集中有詩。

陳元策　道光間歲貢。集中有詩。

黃錫奇　字貽續。道光間諸生。集中有詩。

張家駒　字漪文,號斐屏,豐樂鋪人。咸豐元年辛亥科舉人第三名。集中有詩。

王玉書　字燕仁,號黻庭,象運鄉人。道光二十九年拔貢,咸豐元年舉人,九年進士。集有詩文。

傅炳煌　字涵伯,號雪湖,桃源鋪人。咸豐元年舉人,官內閣中書。集中有詩。

王丹書　字燕岐,號晴波,象運鄉人。道光二十九年優貢,咸豐二年舉人。集中有詩。

黃梧陽　字孫翔,號喈南,古浚港人。黃以圭子。道光十七年拔貢,咸豐二年舉人。集有詩文。

鄭超英　字則拔,號乙蓮,石井人。咸豐五年舉人。浯江書院山長。集中有詩。

陳步蟾　字壽臣,又字修鏡,號桂屏,十四都臨漈鄉人。咸豐五年優貢,官中書科中書。辦理團練,獎五品銜。掌教豐州書院。有詩文集《不知非齋紀聞》八卷、《豐州先正文存》。集有詩文。

陳國試　字智桓,號蔭階,臨漈鄉人。陳步蟾長子。咸豐八年優貢,官龍溪、漳浦教諭,遷漳州教授,議敘知縣。集有詩文。

陳　椿　字希敬。咸豐間諸生。集中有詩。

陳仁士　字淑亮,號懷堂,霞美鄉人。同治九年舉人。質敏好學,儀度沖和,設帳郡城。邑志有傳。集中有詩。

王昌南　字臺新,一都長福里人。同治間為尤溪訓導,遷尤溪教諭。集中有詩。

呂煥英　字耿三。光緒初廩生。集中有詩。

陳國瑩　字楚白,又字魯繹,臨漈鄉人。陳步蟾四子。光緒初優附生。辦理團練,奏獎六品銜。集中有詩。

蔡景璜　字應之。光緒初歲貢。集中有詩。

林化時　字君贊,號妙峰。光緒八年舉人,重遊泮水,時年八十二,恩賜國子監學正。集中有詩。

謝家樹　字鴻友。光緒間諸生。集中有詩。

鄭懷陔　字紫垣,又作子元,號補庵,石井人。光緒十四年戊子科解元。天資絕倫,讀書過目不忘。詞賦詩文,一揮而就。後掌教石井書院,文譽推重一時。年四十卒於家。邑志有傳。集中有詩。

傅國英　字允若,號菊生,溪口人。同治十二年拔貢,光緒十四年舉人,十八年進士。晚主雙溪書院,泉士望若山斗。年四十八卒。著有《雙溪詩賦集》。集中有詩。

宋

住邑釋

惟　慎　晉江人。石霜楚圓弟子。居大羅山棲隱寺。天聖中游京師,謁曾公亮答以詩。集中有詩。

國　朝

住邑釋

超　弘　字如幻,號瘦松,惠安人。明諸生。俗姓劉,潮州府教授劉祐子。清順治三年祝髮於平山堂,參黃檗亙信行彌受法。後卓錫於楊梅山雪峰寺。有《瘦松集》八卷。集中有詩。

德　萃　字岱英,南安人。明賓州牧陳聖恩子。年十七祝髮,依泉州開元寺晦文爲僧。有《春夢詩草集》九卷、《語錄》六卷。集中有詩。

唐

列賢

韓　愈　字退之,鄧州昌黎縣人。貞元八年進士。官吏部侍郎,卒贈禮部尚書,諡曰文。歐陽詹去世,爲作《歐陽生哀辭》。元豐七年從祀聖廟。有文集四十卷,外集十卷,附遺文遺詩。宋朱熹爲之考異,王伯大爲之音釋。集中有文。

盧仝白　唐大中九年自少府出任泉州刺史,後改萊州。集中有詩。

李貽孫　里居、字號莫考。大中間爲福建都團練觀察處置使兼福州刺史。

其序歐陽詹《四門集》稱歐陽詹爲外舅。集中有文。

徐　夤　也作徐寅,字昭夢,莆田人。唐乾寧元年進士,授秘書省正字。唐亡,閩王審知辟掌書記。後依王審邽、王延彬,入招賢院,詩酒游樂十餘年。著有《探龍》、《釣磯》二集。集中有詩。

黃　滔　字文江,泉之莆田人。乾寧二年進士。官威武節度推官。有集十五卷,又有《泉山秀句》三十卷。陳國仕按：唐初莆田、仙游皆泉州屬邑,至天寶元年改清源爲仙游,仍泉之屬邑。至宋太平興國四年以後析置興化軍,莆田歸之興化,是以淳祐《泉州志》則有修及莆田。集有詩文。

張　爲　江南人,《唐才子傳》作閩中人。工詩,與周朴齊名。曾撰《詩人主客圖》,以白居易、孟雲卿、李益、孟郊、鮑溶、武元衡六人爲主。開宋人詩派之説。集中有詩。

周　朴　字太朴,吴人。唐末隱於安溪產坑山下。工詩,極雕琢,時人稱"月煅年煉",未成篇已播人口。黃巢攻閩求得之,朴曰："我尚不仕天子,安能從賊?"遂被殺。鄉人立祠祝之。後諡"剛顯"。集中有詩。

五　代

列賢

詹敦仁　字君澤,固始人。從王審知入閩,後周顯德二年任安溪縣令。有《清隱集》。集中有詩。

劉　乙　字子真,鳳閣舍人,流寓安溪。集中有詩。

宋

列賢

曾　會　字宗元,晉江人。左僕射曾公亮父。宋端拱二年殿試第二名進士。學識淵博,才華出衆,官至集賢殿編修,終明州知州。卒贈楚國公。集中有文。

宋　濤　長安人。端拱進士,歷殿中丞,知襄城縣,以政績聞,累遷監察御史,知虢州。

吕　言　字天恩,晉江人。淳化三年進士,官侍御史、京東利州轉運使。集中有詩。

蔡　襄　字君謨,莆田人。十九歲登北宋天聖八年進士,仕仁宗、英宗兩朝,累官端明殿學士、禮部侍郎。卒後贈吏部侍郎、加少師,諡忠惠。蔡襄於至和二年十二月和嘉祐三年七月兩知泉州。親撰世稱三絕的《萬安橋記》。詩文清遒粹美,凛然有生意。集中有詩。

王安石　字介甫,號半山,撫州臨川人。慶曆二年進士,官尚書僕射,兼門下侍郎,觀文殿大學士。諡曰文,追封荆國公。有《臨川集》一百卷。集中有文。

蘇　軾　字子瞻,號東坡居士,眉山人。嘉祐元年進士,累官翰林學士、兵部尚書。諡文忠。有《唐書辨疑》及詩文集。

黄庭堅　字魯直,號山谷,黄州分寧人。治平三年進士,官起居舍人。有集分内、外、別等共七十卷。集中有詩。

黄　允　晉江人。元豐五年特奏名進士。通直郎,武騎尉。集中有文。

陳　軒　字元輿,建陽人。嘉祐八年進士第二人,元祐中官龍圖閣待制,擢兵部侍郎兼侍讀,累加龍圖閣學士,出知杭州、福州,卒。集中有詩。

劉子翬　字彦沖,號病翁,建州崇安人。資政殿學士劉韐次子、泉州知州劉子羽弟,朱松托孤摯友,朱熹啓蒙恩師。以父蔭入仕,官興化軍通判。建炎三年,父使金死節,棄官退居武夷山屏山講學,學者稱爲屏山先生。著有《屏山集》二十卷。年四十七歲卒,諡文靖。集中有詩。

吴　械　字才老,建安人。宣和六年進士,紹興中官泉州通判。郡人傅自得以吴械博通古學,從之游。有《書裨傳》、《詩補音》、《論語指掌考異續解》、《楚辭釋音》、《詞補》、《字學》、《韻補》。朱熹雅重之。集中有詩。

黄公度　字師憲,莆田人。紹興八年進士第一,歷官平海軍節度判官兼南外宗正簿、秘書省正字,忤秦檜,罷爲台州崇道觀提舉、肇慶通判。檜死,召回,終考功員外郎。爲官清廉。著有《漢書刊誤》、《知稼翁集》、《知稼翁詞》。集中有詩。

龔茂良　字實之,莆田人。紹興八年進士,與黃公度同年。歷官南安縣主簿、邵武司法、泉州觀察推官、右正言、禮部侍郎、參知政事。爲官廉勤正直,後卒於英州,諡莊敏。集中有詩。

吳　岡　字稚山,自號耐閑翁,惠安人。紹興八年進士,歷峽、邵二州教授。有詩集六卷。集中有詩。

陳知柔　字體仁,號休齋。原籍晉江,徙居永春。紹興十二年進士,歷官台州通判,建州、漳州教授,循州、賀州知州。知柔與時相秦檜之子秦熺同榜,同年爭相攀附致顯達,獨知柔解官歸里。朱熹任同安主簿時,與知柔爲忘年交,常相與悠游論道,賦詩唱和。著有《易本旨》、《春秋義例》、《論語後傳》、《休齋詩話》、《詩聲譜》等。集有詩文。

朱　熹　字元晦,一字仲晦,號晦庵、晦翁,別稱紫陽。原籍徽州婺源,生於尤溪,寓居建陽考亭。紹興十八年進士,曾任同安縣主簿、漳州知州、秘閣修撰等職。卒後追諡文。畢生致力於著書講學。其學派被稱爲"閩學",或程朱學派。朱熹數次來泉游歷講學,與傅自得、陳知柔等泉州學者交情甚篤。集有詩文。

趙令衿　字表之,號超然居士。宋太祖趙匡胤五世孫,襲封海安郡王。紹興二十一年知泉州。博學能文,留意教養,官至明州觀察使。集中有文。

鄧　祚　字成材,又字材見,沙縣人。建炎二年進士,紹興三十年知泉州,官至廣東經略。有《焦桐集》。集中有詩。

王觀國　字彥賓,長沙人。政和九年進士,紹興中知寧化縣。所著《學林》以詳洽精核稱。集中有詩。

梁克家　字叔子,泉州人。紹興二十九年福建鄉試第一,翌年連捷,狀元及第,歷遷端明殿學士、簽書樞密院事、參知政事,右相兼樞密使。淳熙五年丁內艱,九年再任右丞相,封儀國公。克家爲官胸懷坦蕩,風度嚴整;爲文渾厚明白,自成一家。淳熙十四年病逝,葬泉州城東。集中有詩。

王十朋　字龜齡,號梅溪,浙江樂清人。紹興二十七年狀元,乾道四年任泉州知州。割俸錢創貢闈,葺北樓,修姜公輔墓,立秦系祠,復州衙忠獻、安靜二堂,治績顯著。官至龍圖閣直學士。著有《梅溪集》等。集中有詩。

周必大　字子充,又字洪道,廬陵人。舉進士,紹興中博學宏詞,官起居郎、給事中。淳熙間以忤旨改福建路提刑。謚文忠。有文集二百卷。集中有文。

鄭　鑑　字自明,號植齋,連江人。宰相陳俊卿婿,居莆田。淳熙元年上舍兩優釋褐,歷官著作郎。立朝敢言。孝宗謂其出於肺腑,非矯僞者。朱子謂其有古諍臣之風。集中有詩。

周　震　邑侯,紹熙三年任。有善政。邑志有傳。集中有詩。

真德秀　字景元,號西山,浦城人。慶元五年進士,嘉定十年、紹定五年兩度任泉州知州事。治有善政,紳民擁戴。後累官參知政事。祀名宦。集中有詩。

趙時煥　字元晦,又字堯章。宋宗室,廣陵王德雍九世孫。嘉定十二年進士,歷官禮部郎中,廣東通判。集中有詩。

王　胄　字希戴,又字希武,號是庵,永春人。以《春秋》擢省試第一。嘉定十六年進士,官廣東惠州教授。輯《羅浮山志》。集中有文。

宋理宗　初名貴誠,即位改名昀,太祖十世孫。在位四十年,年號寶慶、紹定、端平、嘉熙、淳祐、寶祐、開慶、景定。集中有文。

陳炎子　字宗合,福州長樂人,又作連江人。端平二年進士,歷任尚書省、中書省、門下省三省架閣。與兄陳高子齊名。集中有詩。

趙宗皦　字用晦。宋宗室,商王元份十一世孫。淳祐十二年間爲南安知縣。集中有詩。

文天祥　字宋瑞,又字履善,號文山,吉水人。寶祐四年狀元,累官湖南提刑、贛州知州。德祐初元兵入寇,應詔勤王,拜右丞相,進左丞相,封信國公。後兵敗被執,不屈被殺。清道光二十三年從祀聖廟。有《文山集》二十一卷、《集杜詩》四卷。集中有詩。

陳　思,原"題名"誤爲張思,號立齋,臨安人。宋理宗時官成忠郎、國史實錄院秘書省搜訪。性嗜古,旁蒐博證,用力甚勤。有《寶刻叢編》、《海棠譜》、《書小史》、《書苑精華》、《兩宋名賢小集》、《小字錄》等。集中有詩。

熊　禾　字去飛,一作去非,又字位辛,號勿軒,又號退齋,崇安人。有志濂洛關閩之學,從朱熹門人游。咸淳十年進士,官汀州司户參軍。有《大學講義》、《標題四書》、《易講義》及集九卷。集中有文。

廖信孫,字允翁,號濱游,同安人。餘未詳。集中有詩。

沈　忠　泉州知州。府志漏載。集中有文。

李　倜　字士宏,號員嶠,別號真逸,河南人,一作太原人。官至集賢院侍讀學士。工畫墨竹,以好書知天下。集中有詩。

邱　葵　字吉甫,爲諸生時居海島,號釣磯,同安人。宋末科舉廢,絶意進取,受業於吕大圭、洪天錫。杜門刻志勵學,耕釣自給,不求人知,元征不仕。有《易解》、《疑書口義》、《詩直解》、《春秋通義》、《禮記解》、《四書日講》、《經世書》、《聲音》、《既濟圖》、《周禮補亡》、《釣磯詩集》。年九十卒。集有詩文。

梁知録　無考。集中有詩。

郭　正　無考。集中有詩。

趙　源　察院。餘無考。集中有詩。

趙曾護　邑主簿。任期未詳,餘無考。集中有詩。

王　建　邑主簿。餘無考。集中有詩。

宋

仙

白玉蟾　字白叟,又字如晦,自號海瓊子,又號海蟾,別號武夷散人、神霄散史。本葛長庚,變易姓名。閩清人,移家廣東瓊州。入道武夷山。博覽衆籍,善書工畫。寧宗嘉定間詔征赴闕,命館太乙宫,詔封紫清道人。後以水解,人呼救之,白玉蟾立水面摇手止之。集中有詩。

宋

釋

藏叟　無考。集中有詩。

法輝　晉江人。泉州開元寺僧,復居邑之廣福院。禪餘以詩自娱。與郡紳吕夏卿、石仲甫等同結詩社。集中有詩。

元

列賢

黎崱　字景高,號東山,晚年自號静樂,安南國人。宋入浄海軍節度使陳健幕,從陳健降元。元大德間官安南暹州同知、歸化路宣撫司僉事。有《安南志略》九卷。集中有文。

馬祖常　字伯庸,號石田,河南浚儀人。延祐二年進士,歷官監察御史、御史中丞,終樞密副使,卒謚文貞。有《石田文集》十五卷。集中有詩。

薩都剌　字天錫,號直齋,回回人,答失蠻氏。自雁門徙河間。泰定四年進士。官御史,彈劾權貴不法,遷鎮江録事,升福建肅正廉訪司知事。詩文名冠一時。有《雁門集》。集中有詩。

辛文房　字良史,西域人。以能詩稱。其始末不見於史傳。有《唐才子傳》十卷(《永樂大典》本作八卷)。集中有文。

陳弦　字元甫,閩縣人。至正間以學行薦補勉齋書院山長,改潯美場司丞,調晉江縣尹。累遷廣東鹽課提舉兼參潮、惠、循、梅諸州軍事。後翩然歸田,卜居泉州,年七十卒。有《方山堂集》。集中有詩。

陳樂所　同安人,《同安志》無考。集中有文。

龔丙　無考。集中有詩。

留玉書　清源人。餘無考。集中有文。

歐陽至　無考。集中有詩。

元

釋

大　圭　俗姓廖，字恒白，號夢觀，晉江人。天資聰穎，初學儒學，後遵父囑至開元寺爲僧。大圭由儒入釋，熟讀東魯書，參透西來意，詩學陶淵明，文從柳宗元，爲元代泉州名僧。著有《夢觀集》、《紫雲開士傳》。集中有詩。

可　庭　無考。集中有文。

明

列賢

邵惟善　浙江金華人。洪武三年任南安縣主簿。集中有詩。

胡　器　字士璉，江西新喻人。洪武三十一年出任泉州知府。在郡政績顯著，參修《永樂大典》，升貴州按察使，終國子監祭酒。集中有文。

陳叔剛　名振，字叔剛，號絅齋，以字行，閩縣人。永樂十九年進士，初任監察御史，遷翰林修撰，進侍讀，卒。謙厚好學，以文行重一時。集中有文。

朱　鑒　字用明，號簡齋，晉江人。永樂十五年舉人，累官湖廣、廣東巡按，山西左參政，都察院右副都御史，山西巡撫。年八十八卒，欽賜祭葬。著有《簡齋集》。朱鑒次子朱誠入南安縣學。集中有文。

羅　倫　字應魁，又字彝正，號一峰，江西永豐人。成化二年狀元，授翰林院修撰。抗疏論少保李賢起復，謫泉州市舶提舉。建書院講學。後隱金牛山，專研經學，開門教授，從學者甚衆。卒謚文毅。集中有詩。

蔡　清　字介夫，號虛齋，晉江人。成化二十年進士，歷官南京禮部郎中、江西提學副使、南京國子監祭酒。蔡清治學以善《易》名，其清源學派使泉州一度成爲全國理學中心，"天下言《易》者，皆推晉江"。卒謚文莊。雍正三年從祀廟庭。有《虛齋集》、《四書蒙引》等。集中有文。

　　黃　濟　字翊時，江西臨川人。成化二十三年進士，弘治二年出任南安知縣。修邑志，興學校，修舉廢墜，政平訟理。升太僕寺丞，邑立碑思之。邑志有傳。集中有詩。

　　陳　恩　東莞人。舉人。邑訓導。弘治二年任。集中有文。

　　馮　澄　南海人。邑訓導。弘治中任。集中有詩。

　　豐　熙　字原學，號五溪，又號一齋，浙江鄞縣人。弘治十二年進士第二名，授編修，進侍講，遷右諭德。嘉靖初大禮議起，數力爭，伏哭闕下，下詔獄，廷杖遣戍鎮海衛。後卒於戍所。集中有詩。

　　李　源　字士達，號竹坡，晉江人。弘治五年舉人，十八年進士，歷官户部主事、尚寶司少卿。集中有詩。

　　王　宣　字子鐘，又字元佐，號一臞，晉江人。弘治十七年舉人。受業虛齋先生之門。養親不仕。集中有文。

　　陳　琛　字思獻，號紫峰，晉江陳埭涵口人。少聰穎，有神童之稱，理學名家蔡清高足。正德十二年進士，歷刑、户、吏部主事，精明幹練。因無意官場，乞終養歸。後起江西提學僉事，不赴。著有《周易淺説》、《四書淺説》、《正學篇》、《紫峰文集》等。集中有詩。

　　史于光　字中裕，號筍江，晉江人。正德十二年進士，官吏科給事中。以疾乞歸，在鄉主持編修《泉州府志》。著有《易經正蒙》。集中有詩。

　　林希元　字茂貞，號次崖，同安人。正德十二年進士。官南京大理寺丞。有《四書存疑》、《易經存疑》、《林次崖集》。集有詩文。

　　郭　鞬　號裕庵，長洲人。正德十二年任泉州府通判。革舊鼎新有治績。集中有詩。

　　黃　潤　字以誠，號東石，晉江人。正德八年舉人，十六年進士。官河南副使、山西參政。有《經濟備考》、《東石漫稿》。集中有詩。

　　王慎中　字道思，號遵岩，後號南江，晉江安海人。嘉靖五年十八歲登進士第,累官河南参政。因忤尚書夏言落職。肆力古文,初崇秦漢,後崇唐宋,自成一家,與唐順之齊名,時稱"王、唐",復與唐順之、陳束等號"八才子"。嘉靖三十八年病逝於家中,年五十一。有《遵岩集》二十五卷行世。集有詩文。

莊一俊　字君斐,號石山,別號八石山人,又自號初仙,晉江青陽人。嘉靖八年進士,歷官户部主事、吏部員外、浙江參議。其詩文書法均有成就。晚年與顔廷榘、黃克晦結社酬唱。著有文集、詩集。集中有詩。

陳　讓　字以禮,號見吾,陳紫峰族弟,晉江人。嘉靖十年解元,十一年進士,歷官紹興府推官,監察御史。爲御史時,論劉東山誣狀,號敢言。處仁壽宫及止遷興獻,有功社稷。以直言削職爲民,名震京師。隆慶改元,贈光禄寺少卿。著有《見吾選稿》,未刊,存於涵江鄉。集中有文。

俞大猷　字志輔,號虚江,晉江河市格頭村人。嘉靖十三年武舉人,十四年武進士,由百户升泉州衛正千户,守禦金門,戎伍四十餘年,功勳卓著,累官都督,卒諡武襄。與戚繼光齊名,世稱"俞龍戚虎"。著有《正氣堂集》行世。集中有文。

康　朗　字用晦,號磐峰,惠安人。嘉靖十四年進士,官至副都御史,巡撫湖廣、貴州,兼督湖北、川東。有《中丞詩集》、《中丞文集》、《止戈成略》、《海内詩文抄》、《温陵文獻》等。集中有詩。

朱　梧　字子琴,號玉橋,晉江人。朱鑒孫。嘉靖十六年舉人,官孝感知縣。以不能迎合上官,辭職回鄉,終身逍遥泉石,吟弄風月。集中有詩。

陳　鷗　號忘機,晉江人。山人。與邑中朱汶、江一鯉、朱梧、千宗亮結詩社,爲五子。王慎中序其詩。鷗無娶,黄克晦爲《海翁圖》,題曰"放雉朝飛",系以詩贈之。集中有詩。

魏文炊　字德章,號南臺,福清人,又作侯官人。嘉靖十三年舉人,二十三年進士,官廣西按察使。年八十餘。有《石室私抄》。集中有文。

程秀民　字天毓,號習齋,浙江西安人。嘉靖十一年進士,二十四年由工部郎中出任泉州知府,爲政清正廉明,人號"神明太守"。終雲南參政。集中有詩。

唐愛　字有德,蘇州嘉定人。嘉靖二十年進士,二十六年任南安知縣,有政績。擢兵部主事。邑人思之,祠於潘山市。邑志有傳。集中有詩。

陳道基　字以忠,號我度,同安人。徙居郡城。嘉靖二十九年進士,官南京刑部尚書。集中有文。

李贄　原名林載贄,字宏甫,號卓吾,別號温陵居士,泉州人。嘉靖三十一年舉人,歷官共城教諭、南京國子監博士、南京刑部郎中、姚安知府。不信道,不信仙釋,反對以孔子之是非爲是非,横議天下,觸犯當政,致遭迫害,死於獄中。著有《李氏藏書》、《李氏説書》、《李氏焚書》、《李氏叢書》、《初潭集》、《李温陵集》等。集中有文。

戴一俊　字惟宅,號卓峰,惠安崇武人。嘉靖三十二年聯捷進士,官刑部員外郎、温州知府、廣東按察司副使,終雷州知府。爲官清正,不阿諛權貴。致仕後隱居"一片瓦"山三十餘年。著有《石室藏稿》。集中有詩。

詹仰庇　字汝欽,號咫亭,別號巢雲居士,安溪崇信里人,徙居泉州城内中和鋪。嘉靖四十三年舉人,翌年聯捷進士。初授南海知縣,升爲御史,數進讜言忤上,後以疏章失檢,誤用"再照人主"一語,被削職爲民。仰庇返鄉,枕石漱泉,以琴書詩篇自適。萬曆元年,起爲廣東參議,歷遷刑部左侍郎。萬曆三十三年卒,贈刑部尚書。集中有詩。

王文升　字子騰,號居南,晉江人。歲貢、瀧水訓導王熺之季子,父子俱有孝行。府志載入"孝友"。集中有文。

丁一中　號少鶴,丹陽人。著名學者唐順之門生。隆慶元年任泉州府同知。以文學飾治,時引諸生講業。朱炳如爲知府,一中佐之,政簡年豐,時相登眺吟詠。境内名山,題鐫幾遍。集中有詩。

黄克晦　號孔昭,號吾野,惠安崇武所人。少時家貧,好學善畫,發奮學詩,旁及子史百家,多所淹貫。嘉靖三十九年倭寇陷崇武,奉母遷居泉州城廂,與名流結社聯吟。詩、書、畫皆精,世稱三絶。鬱然翕翕,皆足傳世。卒葬鳳山,立碑曰"山人黄吾野之墓",有别於衆。集中有詩。

蘇濬　字君禹,號紫溪,晉江蘇厝人。萬曆元年鄉試第一名,五年會試會魁,十一年春闈考官,擢參政。主持修撰《廣西通志》,人稱信史。遷貴州按察使,不赴。著有《易經兒説》、《四書兒説》、《韋編微言》等。集中有詩。

李廷機　字爾張,號九我,晉江浮橋人。明隆慶四年順天府鄉試解元,萬曆十一年會試第一名,殿試榜眼及第。初授翰林院編修,歷國子監祭酒、南京吏部侍郎,後統户、工二部。累遷至禮部尚書兼東閣大學士。爲政以"清、慎、勤"著稱,多有實績。系閣六年,秉政止九月,受權貴排擠,辭官回鄉。卒贈少保,諡文節。集中有詩、文。

諸葛應科　字弼甫,號賓梅,又號甫齋,晉江人。萬曆四年舉人,官湖口知縣、益王府長史。集中有文。

黄淳　字叔化,號鳴谷,廣東新會人。萬曆八年進士,任寧海知縣。纂修《崖山志》,又有《鳴山堂集》。集中有文。

蔡應麟　字子瑞,號可心,晉江人。南京户部尚書蔡克廉子。萬曆十一年進士,官太常寺卿。

李光縉　字宗謙,號衷一,别號翔雲主人,晉江人。師事蘇濬。萬曆十三年福建鄉試第一。翌年會試落第,遂絶仕進之念,一心鑽研學問,以"擁書萬卷,何假南面百城"自勵,學者稱爲衷一先生。生平著作甚多,有《景壁集》二十餘卷及《四書指南》等若干卷。集中有文。

楊道賓　字惟彦,號荆若,晉江人。萬曆十四年榜眼,官禮部左侍郎。諡文恪。集中有詩。

黄汝良　字明起,號毅庵,晉江人。萬曆十四年會魁,官禮部尚書,年九十六歲。有《樂律志》、《河干集》、《東宮大學講義》。集中有詩。

何喬遠　字稚孝,號匪莪,又號鏡山先生,晉江城廂東街人。年十九與兄何喬遷同舉萬曆四年鄉薦,十四年登進士第,歷官刑部主事,禮部員外郎、郎中,因上疏言事,遭受排斥,辭職家居,埋頭著作。泰昌元年,起爲光禄寺少卿,進光禄寺卿,擢通政使、户部右侍郎。因反對宦官魏忠賢專政,憤然辭官。崇禎元年,復爲南京工部侍郎,兼署户部,多所興革,卻無端遭受攻擊,遂家居不出。四年病逝,贈工部尚書,賜祭葬。主要著作有《閩書》、《名山藏》、《明文徵》、《鏡山全集》等。集有詩文。

蔡獻臣　字體國,號虛臺,別號直心居士,同安人。萬曆十七年進士,歷官湖廣按察使、南京光禄寺少卿。有《清白堂集》及筆記。集有詩文。

蔣如京　號宏溪,常州武進人。由舉人萬曆十七年知南安。任内倡修金雞橋,重建譙樓,興利立功,邑人感思。升知州。邑志有傳。集中有文。

史繼偕　字世程,號蓮嶽,晉江人。湖廣右布政使史朝宜子。萬曆二十年殿試第二名,累官吏部右侍郎兼翰林院侍讀學士。天啓元年加太子太保兼文淵閣大學士。崇禎二年卒,諡文簡。著有《太史一家言》、《越章錄》、《雲臺藏稿》、《奏議》等。集中有詩。

丁啓濬　字亨文,號哲初,又號蓼初,晉江人。萬曆十六年舉人,二十年進士,歷官南京太僕寺卿、刑部左侍郎,卒贈尚書。著有《平圃文集》、《詩集》行世。集中有詩。

袁崇友　廣東東莞人。萬曆二十三年進士,授南安知縣。英年鋭治,有功德於地方。秩滿,升刑部主事。邑人爲之立生祠於縣右。集中有詩。

蔡復一　字元履,又字敬夫,號遯庵,同安人。萬曆二十三年會魁,官兵部左侍郎,總制五方,賜尚方劍,贈尚書。生平耿介負大節,諡清憲。有《遯庵集》行世。集中有詩。

周維京　晉江人,吏部郎中周廷龥父。萬曆二十三年進士,歷通政使。集中有文。

王　畿　字翼邑,號慕蓼。萬曆二十二年解元,二十六年進士,官浙江督學,遷布政使。有《檺全集》。集中有文。

陳繼儒　字仲醇,號眉公,又號麋公,江南華亭人,諸生。志尚高雅,博學多通,少與同郡董其昌、王衡齊名。年未三十,取儒衣冠杖棄之,隱於小昆山。其詞章著作,傾動寰宇。屢奉詔徵用不赴,年八十餘卒於茶山之精舍。集中有文。

鄭之鉉　又名之元,字道圭,號大白,晉江人。天啓二年會魁,官右春坊右贊善。有《易醒解》《克薪堂文集》。集中有文。

黃景昉　字太稚,號東崖,晉江東石人。萬曆四十三年舉人,天啓五年進士,選庶吉士,授編修,歷官庶子、少詹事。崇禎十五年六月,與蔣德璟同時入閣,並加太子少保、户部尚書、文淵閣大學士。翌年四月,以言事忤上意,連疏引歸。唐王時召入直,不久即歸,家居十餘年,以著述爲事。有《館閣舊事》、《讀史唯疑》、《宦夢録》等書行世。集中有詩。

周廷鑨　字元立,號芮公,自稱樸園居士,晉江人。天啓五年聯捷進士,時年二十歲。歷任鎮江府推官,吏部郎中。唐王入閩,起原官,晉詹事兼翰林院侍讀學士、太常寺少卿,提督四譯館。晚年與方外爲侶,訪山問水。有著作《兩都篇》、《三山草》、《樸園詩歷前後集》等行世。集中有詩。

張守質　字可質,號念庵,晉江人。諸生。集中有詩。

蔡道憲　字元白,號江門,晉江人。崇禎十年會魁。官長沙推官,罵賊死節,諡忠毅。有文集《悔後集》。集中有詩。

李九華　號滑疑,江西新昌人。崇禎元年進士,三年知南安縣。修舉廢墜,善政聿新。以考績擢兵部主事。邑志有傳。集中有文。

陳國琠　鎮海人。崇禎六年舉人,十六年進士,未殿試。集中有詩。

國　　朝

列賢

龔必第　字體升,號天階,晉江人。順治五年舉人,九年進士,翰林院庶吉士,散館改授江西南昌推官。以直道自守,忤上官,歸居家,爲鄉飲大賓。集中有文。

丁　煒　字瞻汝,一作澹汝,號雁水,晉江人,回族。順治年間任漳平教諭。後以人才舉,累官至湖廣按察使。生平刻意爲詩,力追唐、宋諸家,爲清初著名詩人。著有《涉江集》、《問山詩文集》、《紫雲詞》。集有詩文。

王命岳　字伯咨，號恥古，晉江人。順治十二年進士，歷官工科、户科、兵科、刑科給事中。生平負氣節，師事黃道周，博學工文，尤覃思《易》學，多所發明。卒於京，年五十九。著有《恥躬堂文集》二十卷、《雜卦牖中尺》十二篇等。集中有文。

劉三傑　號納庵，湖廣江陵人。康熙二年任南安知縣。集中有詩。

劉　佑　字伯啓，河南鄢陵人。順治十六年進士，康熙七年任南安知縣。以儒術飾吏治，葺學宮，修縣志，留心民瘼，政績顯著。集有詩文。

李光地　字晉卿，號厚庵，又號榕村，安溪感化里人。康熙九年進士，歷官直隸巡撫、文淵閣大學士。力薦施琅平臺。雍正初贈太子太傅，祀賢良祠。著有《榕村全書》等。集中有文。

應國賁　字如日，延平南平人。順治五年歲貢，康熙十一年任南安教諭。集中有文。

張雲翼　字鵬扶，號又南，關中咸寧人。襲父張勇一等侯。康熙二十五年任福建提督。統屬隊伍，有整有條。暇則樽酒論文，敲棋賦詩。集中有文。

李延基　字介持，號肯堂，奉天宛平人，鑲藍旗籍，蔭生出身。康熙三十二年任南安知縣。處事精敏，境内稱治，在職十餘年，吏畏民安，百廢俱舉，爲百姓稱頌。陳國仕稱其"在任時延渠卿地理師方寸田先生爲之移學宮，造蔭炭瓶，改水法，推署後土山學外，立五笏沙碑，以前五貢無中鄉榜，立此即有。彼時學宮得運得令，則博學鴻詞科全省舉十名，惟我南有之。至乾隆七年，陳公諱桂洲入翰苑。越一年，學宮逢退運，是以至光緒三十年計停一百六十一年，而再復元，得令則有林乾再入翰苑，自此後科目廢。李邑主有大功德於我邑，惜邑人不知之。雖有父老相傳，亦不知其妙處，方先生真不士也"。邑志有傳。集中有詩。

徐之霖　鑲藍旗官學生，康熙三十三年任泉州通判。任内，鋭意興復小山叢竹書院，清其舊址，捐俸重建，並重修歐陽詹祠，自爲記。集中有文。

賣草翁　一作晉江人,姓王名傳。賣草市歸,即焚香掃地,烹茶吟詩,至多題詠。邑令見其詩,物色之,則已遠遁矣。一作康熙年間隱者,僦居晉江黃氏宅,賣草爲生,人呼爲"賣草翁"。邑令某誦其詩,使人尋訪,遂避去,後不知所終。集中有詩。

周學健　字勿逸,又字力堂,新建人。雍正元年進士,江南河道總督。有《周易逸稿》、《向若編》。集中有文。

黃朝陽　榜姓鄭,字景梧,號悾夫,晉江人,占籍惠安。雍正元年舉人,官長壽知縣。假歸,不復出。精古文辭,有《瞻屺齋集》。集中有詩。

鄒召南　湖北漢陽人。乾隆二年進士,十九年知南安。温雅可親,清慎自勵。改舊丞署爲豐州書院,士風隆盛。邑志有傳。集中有文。

伍　煒　江西安福人。雍正八年進士,乾隆二十一年知南安。廉明正直,清白簡約。倡捐豐州書院膏火,咸稱良吏。邑志有傳。集中有文。

黃開泰　字鶴洲,晉江人。乾隆二十五年舉人。著有《芻言》一卷、《澹寧居詩文集》三卷。集中有詩。

龔廷耀　字焕卿,晉江人。乾隆三十年舉人,官國子監典籍。集中有詩。

汪志伊　號稼門,安徽桐城人。乾隆三十六年舉人,由四庫館校對,授山西知縣,累擢浙江布政使,歷湖廣總督,調閩浙總督。有《近腐齋集》。集中有文。

柯　輅　字瞻莪,號淳庵,晉江人。乾隆四十二年舉人,官臺灣、永定教諭,江西知縣。集中有文。

孫　珩　字汝芾,號蘭陔,惠安人。嘉慶十四年進士,歷知郟縣、商邱、柘城諸縣,升直隸州知州,兼署歸德府,所至均有政績。著有《歸田稿》。集中有文。

陳慶鏞　字乾翔,又字笙叔,號頌南,晉江三十九都塔後村人。道光十二年進士。選庶吉士,散館授户部主事,遷員外郎,再遷監察御史。二十三年上《申明刑賞疏》,直斥琦善、奕山賣國,震動中外。道光皇帝頒賜"抗直敢言"匾額。與朱琦、蘇魁並譽爲天下三大鯁直御史。後因言事貶爲光禄寺署正,遂告假南歸,後奉旨辦理團練。有《籀經堂集》等著作傳世。集有詩文。

黨敬立　河南桐柏人。道光十七年拔貢。集中有文。

楊　浚　字昭銘,號雪滄,又號健公,晉江籍,侯官人。咸豐二年舉人,歷任國史館分校、內閣中書,又歷主漳州丹霞、紫陽、泉州浯江書院。著作宏富,有《冠悔堂全集》等。集中有文。

王念修　號藎廷,仙游人。同治九年舉人。集中有文。

陳榮仁　字戟門,又字鐵香,泉州城區象峰巷人。同治十三年進士,授翰林編修,改授刑部主事,晉員外郎。因薄宦情,假歸不出。歷任清源、石井等書院山長三十餘年。著有《閩中金石錄》、《藤花吟館詩錄》、《綰綽堂遺稿》、《閩詩紀事》。集中有文。

康侍素　字季行,莆田人。集中有詩。

黃　彬　晉江人。著有《草庵集》。集中有詩。

夏志琰　晉江人。餘無考。集中有詩。

夏　繡　無考。集中有詩。

夏元椿　無考。集中有詩。

夏士淙　無考。集中有詩。

傅以貞　無考。集中有詩。

盧日文　無考。集中有詩。

黃季揚　無考。集中有詩。

明代南安人物 從明邵捷春《閩賢書》錄出。

尚書:泉州共十三人,南安一人。
　　洪承疇(兵部)。

侍郎:泉州共二十人,南安一人。
　　呂圖南(戶部)。

都御史：泉州共十二人，南安一人。

　　李夔龍（左僉）。

五世科第：泉州共三家，南安一家。

　　洪廷實、洪廷桂（實弟。進士）。

　　洪有第（實子。進士）、洪啓睿（有第子。進士）。

　　洪承絨（啓睿子）、洪承選（有第孫。進士）。

　　洪士宏（啓睿孫）。

三世進士：泉州二家，南安一家。

　　傅　凱（成化戊戌）。

　　傅　浚（弘治己未）。

　　傅　楫（正德辛未）。

父子進士：泉州共二十六家，南安四家。

　　黃　澄（嘉靖癸未）、黃養蒙（嘉靖辛丑）。

　　黃　瓚（嘉靖癸未）、黃思近（嘉靖壬戌）。

　　洪有第（嘉靖己未）、洪啓睿（萬曆壬辰）。

　　洪有聲（萬曆甲戌）、洪啓初（萬曆癸丑）。

祖孫進士：泉州共十四家，南安一家。

　　洪有第（嘉靖己未）、洪承選（萬曆癸丑）。

兄弟進士：泉州共二十家，南安一家。

　　傅履禮（萬曆庚辰）、傅履階（萬曆丙戌）。

三兄弟科第：泉州五家，南安一家。

　　傅履禮（萬曆庚辰進士）、傅履階（萬曆丙戌進士）。

　　傅履重（隆慶庚午舉人）。

少年登科：泉州共十三人，南安二人。

　　傅　楫（正德丁卯年十六辛未進士）。

　　黃日耀（萬曆丁酉年十五）。

科目眉壽：泉州共三十七人，南安三人。

　　黄　瓚（知府，九十一）。

　　傅夏器（會元吏部，八十九）。

　　黄　澄（僉事，八十四）。

會　元：泉州共四人，南安一人。

　　傅夏器（嘉靖庚戌）。

解　元：泉州共二十三人，南安二人。

　　章日闇（嘉靖甲午）。

　　洪承選（萬曆丁酉）。

豐州集稿卷一

四言古詩

東風二章有序　　　　　　（唐）歐陽詹

東風,美隴西公也。貞元十二年,相國東都守隴西董公牧於浚。浚軍自剿淮夷二孽,靈曜、希烈。矜功多悖,師用匪律,人亦由殘。隴西公和爲謀輿,仁爲化車。既去凶渠,黎氓以蘇。東風解凝,發蟄之不若,作《東風》詩二章。首美去凶渠也,其卒章美蘇氓也。

東風叶時,匪沃匪飄。莫雪凝川,莫陰洰郊。朝不徯,夕乃銷。東風之行地上兮,上德臨匪,匪戮匪梟。莫暴在野,莫醜在階。以蹐以殲,夕不徯朝。隴西公來浚都兮!

　其　二

東風叶時,匪鑿匪穛。莫蟄在泉,莫枯在條。宵不徯,晨乃繇。東風之行地上兮,上德爲政,匪食匪招。莫顧於家,莫流於遼。以飽以回,晨不徯宵。隴西公來浚都兮!

明　大　雅　　　　　　（明）傅楫

維莽莽之間,孰渾孰淪?其上九穹兮,其下壤泉。其有維何,是輿是權。其有維何,是户是輪。

　其　二

維上穹之心兮,於穆不渾。權輿則有,户輪二端。爲陽爲陰,爲暑爲寒。維上穹之心兮,視之惇惇。

其　三

維穹在上,覆冒無垠。其間廓廓,四方巡巡。下土隆隆,百彙紛紛。維穹是尸,蓋毛而曷倫。

其　四

維物在下兮,一塵一埃。一毛一支,一蠨一鈎。一吹一塤,以一而分。蓋穹心不潛,以尸下氓。

其　五

維穹在上兮,其道匪偏。乃爐乃錘,乃埴乃埏。匪夸匪窳,匪漫匪愆。其誰尸之,維穹使旃。

其　六

維物在下兮,遵遵倫倫。其一曰物,其二曰癲。維穹在上,訓之申申。察之昭昭,其道大環。

其　七

乃物曰氓,謂生自漚。謂有爲無,謂癲爲人。乃侮穹之權,乃干二端。既爲鬼爲蛾,又罔以詮。

其　八

乃鬼乃蛾兮,乃涉穹之間。閣之二層,謂穹可瞞。其下之層,漲隔混混。蓋其上之層,穹心猶存。

其　九

穹曰噫若人兮,人膈可捫。上穹之大,匪人膈可捫。人視可昏,穹視匪可昏。且有蜎之心,大鈞固然。

其　十

穹曰噫若人兮,人心非泯。男匪可爲婦,跖匪可爲顏。枉匪可爲直,澤匪可爲尊。矧上穹之心,固匪可渾。

其十一

穹曰噫若人兮,有中國敦尊?自明有祖,迨孝室有孫。其中於斯,九廟可

其十二

穹曰噫若人兮,孰蓋軫於還?維孝宗子,嘉君之純。乃穹之心,於託自君。維上自穹,自本自原。

其十三

維穹由諟,中興之原。維君承之,道之祐壇。乃穹是勑,乃廟是憲。既亶憲之,四方由憲之。

其十四

憲曰今茲之官殫,其風其刊。上端由若,二層其湍。以對其穹,以縫以贊。維穹勑之,道其存旆。

其十五

曰自有國典禮,其曰有庸有孰兮。今茲其官其訓,其印其版,其理其品,其鼇其言,不維其初維憲,其存維旆。

其十六

維上穹惇惇,維君諄諄。維斯道綿綿,維詩書噂噂。曰是在泮,只則所職。匪文臣楫,述詩以告今人。

——九穹十六章章八句

其十七

於蓋天兮,極尊由名。有儼承明,有天孰徵兮?於蓋天兮,極大由名。有儼承明,匪天孰明兮?

其十八

維尊之道,孰量孰稱?庶物斯微,孰遁其形?彼物而妖,維畏天中兮。彼物而眚,維畏承明兮。

其十九

曰八方上下,孰道孰幹?上下八方,孰禮樂由出?承明之戶,是則北極。有儼其居,維正其北。

其二十

曰流五常,上樞孰轄？綦布八方,尊卑孰括？維大靡數,維尊靡極。尊其父母,幹維庶物。

其二十一

維居上帝,匪可測兮。維道承輿,匪可斥兮。維戶關軸,匪可畛兮。維制大號,匪可逆兮。

其二十三

維北其正,維物是則。古曰風始,亶維禮極。如矩而方,如繩而直。如截而嚴,如畫而一。

其二十三

曰維極北,八方權衡。烜以大火,動以迅霆。乃物是治,乃逆是刑。曰燥曰寒,曰陽曰冰。

其二十四

有治有刑,維匪禮樂。有權有衡,維匪極北。厥治之大,肆妖至則。伏厥權之極,妖所自没。

其二十五

既庶吏不治,或參或差。帝居是詰,曰治以禮。乃申以命,其北南兮。俾之直指,其東西兮。

其二十六

其北時字,其南時熒。其西時狗,其東時槍。詰之三年,吏由是眚。帝居曰吁,弻維刑兮。

其二十七

禮雖小大,明堂維綱。不聞周官,率拜大方。法維三千,維父母是隆。不聞周官,是訓四方。

其二十八

曰維禮兮,各正其居。曰維刑兮,怙終是阻。曰五常兮,不若其初。乃四方兮，無忒無忻。

其二十九

曰尊匪天，維帝是制。維帝是命，匪維禮治。其以世兮，其命無斁。無吏是德，敢慌其職。

——於蓋天十三章章八句

題香圃黃封翁玉照　　（國朝）鄭超英

於赩靈芝，在人爲瑞。移植無根，孳生有自。毓和之天，流膏之地。七明九光，神仙爰餌。採而擷之，萬福駢陞。棣蕚花輝，蘭蓀叢翠。以兆科名，以躋高位。必壽且康，靡不如志。偉哉香圃，鱣堂承嗣。料玉官三，投金環二。紫珠在握，筠籃隨侍。澤累詩書，躬逢靈異。参成叩音，夜光辨字。美在其中，駐顏蘊粹。惟儒林宗，爲香案吏。芒鞋從之，仙方勿秘。

五 言 古 詩

李評事公進示文集以詩贈之　　（唐）歐陽詹

風雅不墜地，五言始君先。希微嘉會章，杳溟河梁篇。理蔓語無枝，言一意則千。往來更後人，澆蕩醨前源。傾筐實不收，樸樕華爭繁。大教護微旨，哲人生令孫。高飆激頽波，坐使橫流翻。昔日越重阻，側聆滄海傳。逮茲覩德揚，幸睹青琅編。冷冷中山醇，片片崑山璠。一杯有餘味，再覽增光鮮。對寶豈皆鑒？握鑾良自妍。吾其告先師，六義今還全。

太原旅懷呈薛十八侍御齊十二奉禮　　（唐）歐陽詹

前來稱英俊，有食主人魚。後來曰賢才，又受主人車。伊予亦投刺，恩煦胡凋疏？既睹主人面，又獻主人書。餬口百家周，賃廡三月餘。眼見寒序臻，坐送秋光除。西日愁飢腸，北風集絺裾。升堂有知音，此意當何如？

詠德上韋檢察即韋相皋之弟也，名繡。　（唐）歐陽詹

少華類太華，太室似少室。亞相與丞相，亦復無異質。渟如月臨水，肅若松照日。輝影互光澄，陰森兩葱鬱。連枝鸞鳳分，同氣龜龍出。并力革夷心，通籌整師律。英豪願回席，蠻貊皆屈膝。中外行分途，寰瀛溥清謐。

答韓十八駑驥吟文公元作集中並錄。　（唐）歐陽詹

故人舒其憤，咋示駑驥篇。駑取易售陳，驥以難知言。委曲感既深，咨嗟詞亦殷。伊情有遠瀾，餘志遞其源。室在周孔堂，道通堯舜門。調雅聲寡同，途遐勢難翻。顧茲萬恨來，假彼二物云。賤貴而貴賤，世人良共然。芭蕉一葉妖，茂葵一花妍。異無材實資，手植階墀前。梗楠十圍瑰，松柏百尺堅。罔念樑棟功，野長邱墟邊。傷哉昌黎韓，焉得不迍邅？上帝本厚生，大君方建元。實將庇群氓，庶此規崇軒。班爾圖永安，掄擇期精專。君看廣廈中，豈有樹庭萱？

復留從效問"龑"詩　　（五代）詹敦仁

南漢王劉龑墓在汰口驛。時寓居邑中詹公之詩，《閩書》修入汰口山條內。龑音儼。

伏羲初畫卦，蒼氏乃制字。點畫有偏旁，陰陽貴協比。古者不嫌名，周人始稱諱。始諱猶未酷，後習轉多忌。或援他代易，或變文迴避。濫觴久滋蔓，傷心日益熾。孫休命子名，吳國尊王意。霏蒵霙羿僻，駏眲寇焚異。梁復踵已非，時亦迹舊事。魃杰自其一，蜀闖是其二。鄙哉仇瞀名，陋矣越踹義。大唐有天下，武后擁神器。私制迄無取，古音實相類。秊廲囻囝星，廬惪厓而坔。秊囶及墾歮，作史難詳備。唐祚值傾危，劉龑懷僭偽。吁嗟毒蛟輩，睥睨飛龍位。龑儼雖同音，形體殊乖致。廢學愧未弘，來問辱不棄。奇字難雄博，摛文伏韓智。因誦鄙所聞，敢布諸下吏。

紀柯述瑞鵲①   （宋）蘇 軾

昔我先君子，仁孝行於家。家有五畝園，么鳳集桐花。是時鳥與鵲，巢鷇可俯拿。憶我與諸兒，飼食觀群呀。里人驚異瑞，野夫笑而嗟。云此方乳哺，甚畏鳶與蛇。手足之所及，一物不敢加。主人若可信，衆鳥不我遐。故知中孚化，可及魚與蝦。柯侯古循吏，悃愊真無華。臨漳所全活，數等江干沙。仁心格異族，雙鳥棲其衙。但恨不能言，相對空喳喳。善惡以數應，古語良非夸。君看彼酷吏，所至號鬼車。

讀 書   （宋）傅堯俞

吾屋雖喧卑，頗不甚蕪穢。置席屋中間，坐卧群書內。橫風吹急雨，入屋灑我背。展卷殊未知，心與昔人會。有客自外來，笑我苦癡昧。且問何爲爾，我初尚不對。强我不得已，起答客亦退。聊復得此心，沾濕安足悔。

游秦君亭探得風字   （宋）陳 瓘

世梗賢路塞，達人識窮通。欃槍天寶後，美士如飄蓬。聘君當此時，卷迹雲霞中。翩翩稻粱外，不學低飛鴻。音塵萬事遠，軒冕一笑空。垂綸釣滄海，超然謝樊籠。清吟寫真樂，孤標激頹風。能令千載下，嘆息詩人窮。登臨忽終日，俯仰尋高踪。山麓一回玩，松蓋青童童。

寄題九日山廓然亭   （宋）朱 熹

昨游九日山，散髮巖上石。仰看天宇近，俯嘆塵境窄。歸來今幾時，夢想掛蒼壁。聞公結茅地，恍復記疇昔。年隨流水逝，事與浮雲失。了知廓然處，都不從外得。遥憐植杖翁，鶴骨雙眼碧。永嘯月明中，秋風桂花白。

無 名 木   （宋）傅伯成

堂下有奇木，靈根植何時？非無棟樑用，所嘆識者稀。匠石不可恃，山中聊自怡。

無名木 在九日山。　　　　（宋）傅宗教

峨峨九日峰，上有千年木。正異歲寒姿，命受茲也獨。十圍鐵幹古，百尺虬髯盡。不以姓名顯，肯爲封爵辱。畏名如畏虎，終焉托巖伏。何當大廈求，一枝亦自足。

次朱文公廓然亭韻　　　　（宋）李侗

清晨出西郊，危徑甃滑石。徐登九日山，眼觀天地窄。滄溟渺無涯，雲林森削壁。徙倚極遐觀，感今懷往昔。而我遂幽尋，塵事忽如失。頎然隱君子，未審果何得。摩崖古題名，半含蒼蘚碧。日夕促歸鞍，青山雲亂白。

游延福寺　　　　（宋）趙曾護

行行出西郊，稍覺囂塵遠。風景既已殊，磽确頗忘倦。南安古榮州，今亦壯哉縣。九日一景佳，居然在郊甸。地高瞰川原，林杪露堂殿。晉朝松百章，存此才一見。歲月不留我，寒暑幾經變。當年秦隱君，軒冕非所羨。間關剡溪來，至此獲勝踐。結廬巢其巔，穴石爲之研。城市不到足，公卿罕窺面。邂逅有至交，相從情繾綣。緬懷興元年，致位在台鉉。扶持公道開，不絕幾如綫。一言才見疏，斥逐遽遭譴。天教流落餘，乃遂山林願。當年築室處，遺址了難辨。獨有高士峰，千載猿鶴怨。

同熊退齋游九日山 退齋先生勿軒之別號。（宋）邱葵

八荒去求友，名山在吾西。雲石長掛眼，云何不攀躋。躋躋有何求，林木心所歡。欣欣豈在木，昔有秦隱君。隱君天上去，尚有姓名留。想當嘉遁時，煮茗共倡酬。倡酬者爲誰，曰唯姜歐陽。於昭忠與義，追琢而成章。成章匪摛藻，一字不出山。最後有致光，亦復茲盤桓。盤桓尚如昨，人生幾陵谷。至今荒祠下，

凛凛人如玉。如玉復如玉,千年仰高風。誰哉共我游,建陽退齋翁。翁謂朱紫陽,穆穆千載師。昔年此游歷,尚有妙句遺。遺句尚可咏,於焉且徜徉。欲尋廓然處,但見山蒼蒼。

次韻王季鴻游九日山　　　（元）釋大圭

季鴻王君携友游九日山,過姜相墓,感秦隱君能爲卜葬,事不暴於世,弔以詩。余未識其人,愛其詩,亦次其韻。

有客車馬同,新秋在雲巘。幽尋意方愜,周覽涕欲泫。碧草滿地生,白石抱空轉。下有丞相墓,奈此牛羊踐?隱君昔深遁,芳木足幽蹇。維時諒多艱,此地憩重趼。日長聘晝盡,歲暮越山遠。初月聞嘯歌,歸雲同息偃。鶴足喜松高,魚心畏池淺。有懷莫與同,尚古一何緬!姜公實英材,悟主片言善。位及台鼎崇,職當諫垣選。骨鯁乃左遷,時運蓋多舛。澹泊兩相求,綢繆永云展。吁嗟日南英,樑棟先摧剪。微爾收白骨,當時委蒼蘚。逸事傳海陬,史氏闕光顯。千載有若人,游歌始相勉。往古凛高踪,來今戒駑蹇。友道日以媮,殷憂何繇遣。

哀惠廊上人　　　（元）釋大圭

甲午冬,惠廊上人死象運山中,竟不知其何如死,其死何時,死之信并且不可知也。明年冬,乃得問故於其徒,惟言其死狀。廊初避亂山谷間久也,以俟親歸。尋往奔其姑喪,至則爲人所殺,實去歲十一月十一日也。在吾門者如廊不多見,而死非命,天其謂何!始吾欲哭,不得其故,不敢哭焉。今哭之矣,既哭,爲詩哀之。

喪亂孰爲之?哀哉自蒼溟。蒼溟覆下土,胡乃不我仁。此邦失緩馭,干戈起齊民。一州環七邑,何人匪王臣?官軍久不出,所至多陷淪。之子在溪上,奔竄如驚麕。負母入巖谷,承顏無賤貧。辛苦復來歸,亦曰問嚴親。流離不忘孝,如此端可人。老姑實父黨,赴救寧無因?奈何嬰奇禍,清血遂灑塵。虎口諒不免,龍淵宜自珍。物情固多變,前知詎能神?悲風東南來,死生苦難真。欲哭殊不敢,涉歲今已旬。因人一問故,始識邁此屯。銜冤即長夜,萬古嘆無晨。松柏信爲材,刀鋸終與鄰。茨棘一無用,成蔭彌冬春。爲子獨永嘆,榮枯竟誰陳?象雲山即翔雲山,以山象雲形得名,在邑之二十八都。山有龍鬚巖,又有佛溪巖,蔡忠惠公嘗游之。

次吳樸齋　　　　（明）黃　鉞

客路逢秋風,扁舟況晚發。水落見丹崖,雁聲天宇闊。欸乃鳴橈聲,宿鳥驚林樾。推枕起無言,獨對江心月。

廓然亭和朱文公韻　　　　（明）陳　恩

清源迤邐西,兩峰壘其石。法門六六開,眇視蓬山窄。天風知客過,爲掃塵埃壁。轉盼神游間,風致宛如昔。廓然徙倚處,物我渾忘失。芻蕘乃同然,古人先我得。緬懷不可招,長嘯仰空碧。説與此山靈,雙眼分清白。

清　秋　　　　（明）傅夏器

遠遁無高興,清秋伴白雲。辛勤古昔事,沉吟風雅文。霞谷何寂寥,煙景自昕昏。簾幌鄰烏鵲,户牖秀菠芸。瓊糜和露飲,菊英陪酒餐。飄零已如此,暮蟬豈堪聞。收功功何似,騷騷倚篳門。

秋　樓　　　　（明）傅夏器

樓上常極目,世情似已閑。緑樹夾流水,白雲掛遠山。黃鵠來何處,翺翔煙波間。羽毛參天宇,東西摇風圜。雲漢爾撇簎,飛旆將誰攀?孰與白鷗鳥,水際自開顔。興隨潮汐泛,機忘飛宿閑。錦田恣飲啄,龍江時往還。九日登望闕,一見意闌潜。孤樓傷寂甚,畏途苦行難。寂寂猶全璞,行行悲倚闌。況復凄風動,蕭蕭錚鐵班。此身忙何事,趑趄罷百艱。

巖野行　　　　（明）傅夏器

家在巖山下,巖野主人居。雖邇郡城外,總爲小隱廬。本分傅巖派,令歸版築餘。隆冬土功動,般倕併鉏鋤。巢燕初落構,旋馬僅容車。垣墻不圬飾,茅茨不剪除。三千望里界,六一窗前書。默探草元訣,白守太素初。朔風常作客,彩霞時映渠。學曾聞一貫,騷乃比三閭。獿人斤質亡,伯牙桐音疏。孤庭嘆涼月,吾意獨晏如。

贈南安林婦李五娘　　（明）蔡獻臣

慷慨殺身者,多在刹那間。未聞矢死殉,去之十八年。立孤誠不易,死義亦良難。李豈愛視息,隱忍從翁言。家單叔未子,門户誰與肩?翁夫既得歸,穿穴望所天。似續欣有托,持此報黄泉。在昔奇男子,嬰曰千古傳。濡忍嬰非緩,決絶曰非遄。況復閨閣流,孤立身終捐。彼美林家嬡,貞心炳丹鉛。

秋日再游九日山　　（明）周廷鑛

秋氣尚氤氳,秋山静可悦。況茲佳勝區,緒風足攬擷。姜公鯁直臣,脱骨餘芳烈。肥遯有秦君,泉石藴高潔。余欲往從之,垂老苦羈紲。荏苒十六秋,重來搔短髮。仰盼峰霞興,俯視溪雲滅。石磴躡攲危,筇履費周折。臨風增嘆息,杯酒不下咽。荒村樵牧稀,豺虎紛搏噬。丹竈瘞劫灰,光炯漸銷歇。今昔理不殊,空用悲往哲。寄言謝山僧,鑱期暫可輟。閑卧半間雲,饑烹一壺雪。稍待菊花開,再展重陽節。得暇還復來,飲君石上月。

游桃源回憩帽峰雨中走筆寄家瞻兩兄
　　　　　　　　　　　　　（國朝）釋德萃

春日游桃源,飄飄隨所適。雲水本無家,逢樹便作宅。偶爾懷故廬,薰風吹返策。取道徑帽峰,因而憩數夕。夜來夢脊令,促裝還未獲。山色豈羈人,積雨自留客。且待海天開,方來叙睽隔。世道混如泥,願言守清白。

再入焦山　　（國朝）釋德萃

昔去蒹葭蒼,今來蒹葭白。來去瞬息間,草木盡變易。惟有大江流,亘古如練碧。去去復來來，悠悠得自適。

蛻　巖　　　（國朝）釋德萃

乘興來蛻巖，時屬三春暮。殘花落滿階，好鳥啼盈樹。信宿不言歸，主賓歡道聚。南窗共剪燈，促膝傾情愫。睡去到三更，瀟瀟聞雨澍。中心一何怦，以茲及時故。曉起不見山，滿山皆嵐霧。晝永何以消，閑搜長短句。當且待晴明，言旋理杖屨。

钁　邊　語　　　（國朝）釋德萃

澗上樹陰森，澗底水流急。獨木爲小橋，年久無人葺。攀藤跛踏過，勢險不敢立。過橋尋路行，草深無地覓。取道崎且嶇，行行通原隰。借問田家翁，終日何汲汲。翁徐對我言，耕鑿事勞役。歲歲憂飢寒，時時念旱濕。豆瓜竊鹿猴，禾苗災蟊賊。況復徵又徵，終是無寧日。我聞老農言，心中亦憂悒。談談日將晡，還廬一偃息。追思向來事，如夢不可拾。

其　二

木生於深山，而無樵採至。若或在周行，應患斧斤利。清泉渟古澗，毛髮明可視。雖流出人間，渾然仍元氣。奈此學道人，只把煙霞棄。

戊申仲秋登九日山讀石上朱文公廓然亭詩次韻即康熙七年。
（國朝）劉三杰

我生不戀俗，雅志在泉石。咏此廓然亭，敢曰海天窄。長嘯對層巒，延蘿倚翠壁。姜相秦隱君，酬唱感往昔。激烈弔忠貞，積愁忽若失。適與賞心遇，玄風豈外得。遠溪抱星漢，曲竇通海碧。群木杪如薺，雲散亂峰白。

梅花山在十三都。　　　（國朝）黃朝陽

本自無俗情，抗懷在山谷。及茲覺彌耽，山嵐净如沐。林棲拂曙飛，磴石侵雲矗。坦步登其巔，遠近見喬木。遂憩野人居，荊扉數間屋。菜甲摘來青，新炊火未熟。風味宛桃源,澗流飲鳴犢。願言買此山,結廬依密竹。

秀才堤步月　　　　（國朝）黃朝陽

落日有餘好,蕭蕭林木聲。冷然歸路暝,樹杪月已生。湖光與山色,蕩漾一片明。久之樵蘇寂,棲鳥時一鳴。湖山可棲隱,所愧未成名。

擬陶淵明讀山海經　　　　（國朝）洪科捷

藐焉天地間,逆旅山水際。光陰為過客,春回夏又繼。讀書安吾素,不覺陋巷閉。靜對無弦琴,上晤羲皇世。疏雨滴茅廬,和風吹人袂。欣觀山海經,歷歷畢巨細。瑰奇廣異聞,名勝諧宿契。端坐游九垓,胸懷復何滯。

江郎三片石　　　　（國朝）洪科捷

遙觀三片石,洪治亦云奇。日月在呼吸,雲霞作藩籬。置身千仞上,俯視群峰低。流泉滴清響,草木綠修眉。曾聞仙子在,爛柯一局棋。名利無羈縻,何處不解怡。嗟予未脫俗,繭足向天池。出門瞻遠道,平生志在斯。同游非虎豹,謀議似鷿鶙。暑氣蒸人懶,旅館排悶時。銀河尚漫漫,無聊強裁詩。

題黃封翁香圃採芝圖　　　　（國朝）王丹書

郭外多峰巒,絕頂隱煙霧。峰上有芝田,神物常呵護。朝浮五色雲,夕綴三危露。不逢商山人,嘉植自朝暮。翩翩佳公子,靈根天夙賦。寄意採神芝,躡屐山腰路。撥雲陟危石,攀藤通曲步。僮僕荷鋤從,狡客臨風樹。間隨樵者行,偏與幽人遇。豈但學長生,亦聊安者素。往者陶潛菊,怡情自成趣。昔時處士梅,於今尚愛慕。此中有真樂,誰能識其故。世人枉枯榮,草木同朽腐。豈知物外身,邱壑胸中具。茲圖亦千秋,風流仰叔度。

題同安康節母行樂圖　　　　（國朝）陳步蟾

冬嶺秀孤松,年年壓冰雪。孤松何其貞,冰雪何其潔。貞潔誰與倫?康家母苦節。鐵石作肝腸,春秋幾歷閱。姑嬟得歡心,藻蘋勤採擷。羽翼雙鳳雛,英姿稱峻絶。遂爾苦回甘,輝光生棹楔。盡勿容易談,神驚鬼泣烈。我今披此圖,皆昔賢母列。貞潔根自天,綿綿咏瓜瓞。

送别李潤九太尊[②] （國朝）陳步蟾

七言古詩

題姜相臺　　　　　　　　（宋）呂　造

陪鑾先請誅賊臣,鸑臺繼入持洪鈞。文石抗辭忤萬乘,武泥謫官來七閩。舊臺可認翠蘿薄,餘基猶古蒼岑新。林際紅漿摘嘉菓,巖中綠粉封疏筠。煙松翻黃徒偃蓋,雨苔叠碧空成茵。搔首唐風不足振,可憐滿腹藏經綸。

送柯秘書三子歸泉應詔　　（宋）蔡　襄

秘書昔共官臨漳,時呼三子侍側旁。修瞳闊頼善應對,舉止不類羣兒行。遥知成就在他日,爾時迄今十載强。閩州太守無伎術,乞持符竹還故鄉。近觀詔書下郡國,選訪行實登俊良。巋然三子復過我,衣裾飄灑凝秋霜。各攜編軸幾百幅,互以理要充詞章。久之潛思叩幽眇,角牙騰觸聲礧硊。言歸温陵入場屋,爭奮筆舌論短長。海鷹上雲出爪翼,天馬歷地無羈韁。秘書多材晚未遇,有如此子傳義方。吾徒沉升不須議,且看少者騰聲光。

柯秘書者,柯公諱慶文也。登天聖二年進士,官秘書,終屯田員外郎。三子即諱述、諱逑、諱迪。述原名世程,後改名述,登嘉祐二年進士。述與迪同登嘉祐四年進士。讀晉江柯公諱輅之詩文集,始知柯秘書即公慶文也。時光緒三十三年丁未三月初七夜雨,鄉後學陳國仕謹識。

弔姜相舊隱室　　　　　　（宋）郭　正

青山爲主身爲客,主人借客青山宅。白雲自在千里飛,長松不换三冬碧。

藤枯誰與寫作龍,龜老何年化爲石。落花流水發源深,鳴雁過江悲晚色。家無妻子心無累,頂冒寒霜踵藏息。月明舞影聊盡歡,一點塵寰不留迹。倘來軒冕真可嗟,朝爲公卿暮逋謫。屈原賈誼爾爲誰?問君何似青山客。

羅浮山　　　　　(宋)傅烈

洪水未必能流山,別島安能居人間。扶桑夜半光吐焰,洞龍白晝飛塵寰。初聞其事驚且喜,傳言豈或流於蠻。試將圖牒爲考訂,山中記載皆班班。扶藜喜作山中行,勝處不復怨天慳。樓臺自是人隔絕,峰岫直與天迴環。憑虛搜冥一眺望,日觀未明兩相向。乃知雲浮山更浮,二山總在三山上。從來凡眼不見識,怪怪奇奇千萬狀。我疑靈寶皆國寶,不待山人劉三匠。凡崖佛迹直末耳,天鞏名山世基伏。干戈昔日聞馬嵬,有壇百尺那能開。坐山一笑失道士,國勢隨滅如煙埃。清朝祀典歲歲舉,慶基福地源源來。願將此山比南山,歌詩直紀山之陔。

贈九日山僧天辟　　　　　(明)邵惟善

居山不如延福清,構屋不如翠光亭。流水迴環此亭下,一派百折絲桐鳴。禪家老衲僧天辟,面黃傳來人不識。九日山下放牛歸,摸得擦天白日隙。一入深山四十年,高臥禪床聽雨眠。常時會客此亭下,班床列坐如神仙。近來亭前山水碧,古冶龍泉匣中出。昨者我游九日山,天辟贈我青琅玕。惜無瓊瑤以足報,且期松柏同歲寒。

長安道　　　　　(明)傅夏器

青眼陽春白眼秋,世事炎涼巧拙謀。薰風拂袖煙飛度,雪山旬日冰消流。榮枯自有蒼蒼命,高低爲我問君平。君不見呂霍焰時客,丹轂朱輪騁柳陌,瞥似茵花落玉魄。

過淮安舟次　　　　　(明)傅夏器

我爲服闋赴燕臺,琴聲未調筑聲哀。一望洪水連天闊,掛篷撐過臨淮來。臨淮訪古更悲傷,聞説淮陰欲斷腸。胯下忍驚一市笑,塵中誰識國士強。漂母不過憐王孫,仗劍西歸東有聞。不是滕公奇言貌,煙樹盡籠十輩魂。將壇數語三秦定,迭出木罌背水奇。囊沙堤決龍且碎,假王勇略震一時。一時雄傑誰與比,拔山力盡舟空艤。江東子弟看何在,赤帝山河奠鼎彝。三分固謝蒯通策,偽游始信良弓藏。不賞高功無退地,萬家廠家枉在旁。若使學道知讓能,破軍何必王齊楚。寧獨龍準生疑嗔,已招附耳躡足語。流言赤烏猶居東,成王感悟緣天風。功成惟有拂衣去,扁舟駕泛五湖中。五湖便無隱身處,辟穀應須從赤松。自古勛烈既震主,又遇怛中猜忌重。由來難與同安樂,孰似蠡良最高踪。煙霞遥嘯會稽月,口吻絕談黃石書。身名俱全號上節,豈戀秦越駰馬車。沉吟往事淚滿襟,淮水東流夕霧陰。騷弔湘累我扼腕,族如信越我酸心。不知持盈總有道,虛夸烜赫忽西沉。

靈應巖祖師竹　　　　　（明）黃鼎象

佛性原來物物有,況復耽經解脱久。生老病死苦根纏,枯竹生華根誰受。夾岸青青色空浮,植自道人牧牛手。道人牧牛歸純白,鞭笞不用盡回首。生意長存萬劫秋,優鉢羅花對悠悠。至今人指祖師竹,牧却自家心上牛。

高蓋山相傳行周先生葬母於此。　　（明）楊道賓

漢人拓土今人有,唐人名山今未朽。山高雲鬱獨鶴翔,仿佛當年題詩叟。乘鶴一去杳不還,獨留古調滿空山。白雲寒侵月華色,陽春長駐舊山顏。由來此調千古絕,萬木蕭蕭泉聲咽。莽莽愁雲只憑飛,夕陽古徑自明滅。東山携侄共夷猶,踟躕立馬天爲秋。白石蒼苔雙屐遍,千峰萬壑坐中收。瓊樹千年閟不發,一發千尋掛山月。玉簫吹處寒光回,依稀人在清虛闕。吟嘯橋頭和聲苦,聲聲葉底泣杜宇。況復悲風酸客心,小阮聞之淚如雨。知君不作汗漫游,俯仰千年誰與儔？奚囊亦有詩千首,山名不獨屬行周。

題黃子培源泉笠杖圖柏梁體　　（明）呂圖南

桃源不知漢有秦,碩隱何關索句頻。戒語漁郎頗意真,重輕陶令寫其春。

仙人寄寓共埃塵，自有丹邱在水濱。杖月搜風花作茵，倏然一笠無懷民。爾時欲訪已迷津，曾憶伊人向我陳。邱壑風煙幻輿神，洗我囂垢清冷身。買田二頃老堪親，往古來今只夕晨。

弔蔡門李烈婦　　　　　　　（明）陳履貞

嗟呼！蔡門烈婦李家女，女則嫻習笄而字。于歸辨色娛高堂，篝燈洴瓣佐夫子。方喜泮水莩英聲，旋驚玉樓召修史。悲慟血枯絕水漿，泛彼柏舟豈吾侶。總帳暫稱未亡人，羞道剪髮予與汝。從容一死安厥心，夜臺相殉猶逆旅。墓木拱兮問誰廬，身後違計一盂黍。自古愚忠死難不求名，節烈秉淵恰如此。我聞閭宮異慘多偷生，深愧女流淚盈渚。潘筆哀誄備採風，他年汗青照丹宇。

乙卯秋洪畏軒奉常招集賜莊金魚池次和元韻
　　　　　　　　　　　　　　（國朝）丁　煒

昭代元臣真競爽，鈞衡手握平於掌。太府難忘九伐功，午橋特敕三公賞。邸第舊傳戚畹家，銀塘碧沼最堪夸。無數錦鱗浮荇藻，燦如雲漢麗朝霞。韋成繼相西京里，休浣閒來俯芳沚。兼茹繩露何蒼蒼，折簡招余對秋水。三徑頻過迹不疏，雕盤渠盌羅紛如。啣杯喜共公榮飲，就廡猶懷皋子居。年來未睹欃槍落，嘯海鯨鯢何跳躍。安得君家舊孝寬，指揮如意都銷却。我但與君痛飲醉清淪，不講干戈講禮樂，鏗然蕤鐵躍河濱。

銅鼓歌爲陳筠亭先生諱一策得是鼓而繪圖徵題。
　　　　　　　　　　　　　　（國朝）陳　垣

補過堂前花艸香，補過堂下多縹緗。中有奇器騰寶光，蠻州銅鼓藏一雙。四小蟾蜍蹲其面，四小耳環貫其旁。雕鏤花紋窮微細，篆刻卦畫分陰陽。上寬下廣腰中束，瓜皮古色何蒼蒼。摩挲叩擊發長喟，指㓝論古疇能詳。或云制自馬伏波，漢書可據非荒唐。南海神廟尚留一，規制大小殊相仿。或云制自武鄉侯，留壓獠人埋山岡。考圖按器略仿佛，南征未到西粵疆。大抵東都西蜀事，千載之後難臆量。何況蠻中多新鑄，十千價值相焜煌。奇器自是堪寶惜，真偽無用苦低昂。登堂捶鼓傾千觴，放歌懷古神揚揚。一擊如見銅柱外，據鞍夔鑠蹂炎方。再擊如見渡瀘水，指揮三軍縛蠻王。當今車書大一統，八蠻不敢逞披猖。書生抱膝坐無事，日揮千兔禿毫芒。試向夜深望牛斗，應有紅光紫氣萬丈長。

鄉先輩歐陽行周先生墳在莆田爲林姓荒矣其裔爭而得之同人爲詩以紀　（國朝）洪科捷

吾鄉先輩事迹奇，先在潘湖居高蓋。名振京師葬莆陽，到處山川駐行斾。廣化寺前落日矖，松楸呼風不忍聞。問君坏土埋荒草，樵牧猶能識舊墳。君不見魯子敬、蔣子文，死後精靈薄霄雲。阿青古冢能驅雨，伯父寄札與兒孫。自古鍾英多不死，豈教白骨任鋤耘。同時詞君白樂天，遺下孫枝多名賢。積案如山揮如水，斷碑重出隴崗阡。巖前塔後封馬鬣，子子孫孫拜牛眠。

公卒於京師，扶柩葬於莆田，以莆田先賢林公諱藻、弟諱蘊，皆公妻舅也，是以葬於該處。乾隆間，被林姓滅墳改葬，作林氏墳。有裔孫諱芳馨，欲鄉試，順途祭掃，始知其事，即控爭。興化府不以斷還。後興化府白公諱瀛，升興泉永道，泉中諸紳咸出爭執，即判歸。泉版文集後附控案一卷，即此事也。陳國仕附識。

題黄封翁香圃年大人採芝圖　（國朝）王菁華

商山芝歌歌一曲，仙骨珊珊離塵俗。漢初遺老避秦來，遁迹高山隱深谷。汪洋叔度自風流，灑落胸中有邱壑。寄意採芝寫爲圖，毋乃稀踪黄綺相追逐。呼僮携鍤剔靈苗，凌雲逸氣風飄飄。人言此草可延年，服之令人成飛仙。何況芳蘭玉樹呈階前，君但及時行樂全其天。商山一曲逗商山，常有五色雲氣繞荊關。

題黄封君香圃採芝圖　（國朝）王玉書

清紫葵羅鬱崔嵬，中有雲氣護紫芝。雲成五色芝成田，誰剔靈根來峰巔。

翩翩逸致佳公子,採芝寫入畫圖裏。只今不是避秦時,底事商山追黃綺。披攬此圖思元妙,問君寄意君自笑。君不見甘泉宮裏產九莖,芝房獻頌來帝廷。又不見延英殿畔生希夷,肅宗親製靈芝詩。借將此意題此圖,但願獻之楓宸玉陛作符瑞。

祝黄封翁守繢七秩　　（國朝）葉鴻元

吾輩恒期壽算延,壽算如君正綿綿。剛逢七秩煥星纏,問籌尚是屬春天。君不見春八千秋八千,瑤池桃實獻綺筵。況復尊師禮意虔,承嗜書香啓後賢。兄列明經弟職鱸,有子泮水中書聯。即今戲綵列階前,榮封叠賁粟恩年。九重敕命來日邊,何以壽君拂華箋,願君如山如阜更如川。

送別泉州李太守潤九慶霖　　（國朝）鄭超英

李公莅泉民所欲,有如慈母勤顧復。風行草偃未期年,來何遲兮去何速。我民嘵嘵願留李,李公此行非得已。一十五年歸養心,來是神君去孝子。孝子欲行閣郡愁,家家安樂賴郡侯。裝輕不載清源石,恩重競擁東門騶。東門轅動攀不得,泉民相送苦相憶。未知新守復何如,可似使君安作息。使君答言亦思泉,舊雨尚留未了緣。讀禮畢時仍出守,再來重使見青天。青天迢迢白日晚,從此雙旌望中遠。我亦泉南山下氓,惆悵獨向東門返。

和沈吉田太守應奎留別　　（國朝）陳步蟾

清源之水潔且清,清源之人來濯纓。樵夫牧豎思解渴,掬以一飲胃腸鳴。三臺齊雲瞰鯉郭,邇來郡中鄙俙薄。敢說鄒魯海濱稱,賴有主持為木鐸。謂士之貴首四民,勉以太上德立身。直如父兄於子弟,延師課督不言貧。謂農竭力勞耕作,鋤莠安良民雀躍。公瘦民肥公不知,感動瑞粦生滿籜。同治丙寅秋間,晉、南、溪三邑小籜生麥,塞滿山野。工肆商廛各生生,城狐社鼠斂夜行。共說長官父母我,晝獲安樂夜無驚。鼛鼓聲喧廢者舉,籌畫焦勞忘寒暑。行春東鼓樓圮廿餘年,公捐俸重建。行春門外車馬馳,燕飲落成奏鐘鏮。東樓不日以成之,西樓對峙後修治。樸斫梓材涂丹膇,迎暉挹爽皎列眉。西樓舊額迎暉,東樓今額挹爽。雙溪源流分而合,竹木交柯來雜沓。商民感德戴二天,為說釐身今免納。公請大憲撤東西二溪竹木抽釐。公更酌水勵冰清,積寸成尺虛而盈。掬出藏金培多士,講堂燈火徹三更。公以局釐充入書院。大憲聞公清慎勤,褒曰善戰培寒畯。士人聊獻野人芹,壽以馨香配先進。士人奉公祿位於書院。惜也海濱召杜來,期月大展救時才。公任一年。倘得有成繼已可,龔黃懋績云乎哉。自古循儒為循吏,以司鐸奏升。發軔新研稱平治。茌泉初政。源山流水長涓涓,永鑒公心清無二。

蒙引樓懷古　　　　（國朝）陳步蟾

肅清門外屋周遭,誰並紫雲雙塔高。一登蒙引樓上望,雙塔聳起山戴鰲。孤撐直拍洪崖肩,葵羅清紫環其邊。泉山間氣蔚人傑,介夫蔡子搜圖篇。心領神追尋道脈,妙悟直入秋毫巔。上溯堯舜追周孔,顏曾思孟窮鑽研。四書義易深理會,理小無內大無外。眾說數如恒河沙,一筆掃除障與壒。詞簡意賅人易曉,引我童蒙指旌旆。存疑淺說拜下風,書成鐵筆字鑄銅。斯樓不滿十弓地,大儒小儒衷其中。即起紫陽子朱子,許以尼山接聖功。於今二百有餘歲,宇內文章勤砥礪。海濱鄒魯留薪傳,登斯樓者識勿替。灰劫曾經幾兵燹,呵護定有鬼神係。豈無雄財袖兼金,思廣居宅暗沉吟。誰知後覺思先覺,千秋萬秋重璆琳。君不見京口芙蓉鎮黃鶴,攜榼來觀收眼福。又不見揚州文選秋風高,穿簾紫乙舞婆娑。自古人物皆思舊,豈有斯樓付消磨?參差瓦縫疏櫺缺,至道從此恢包羅。勝似紫雲雙塔壽,如此勝迹存豈多!況復溫陵文教思踵武,我欲勒以碑大石,俾之千古負神鼉。

金粟洞懷古　　　　（國朝）陳步蟾

紫帽山頭雲繞屋,祥光萬道當空矗。天瓢金粟粒粒圓,傳說羽衣鄭文叔。緬昔滄海變桑田,仙人跨鶴下雲煙。天亦雨珠兼雨玉,滋培地力報豐年。貧者得此富盈餘,又占仙人洞裏居。每覓災畬何處是,移爲孫子世犁鋤。可惜世人只愛金,此粟由來在人心。能把禮耕兼義種,何須洞裏費搜尋。於今石洞薜蘿封,仙人從此渺無踪。囑咐煙雲來管守,凌霄高塔鎖重重。南箕北斗尚高懸,天亦憐我孰可憐。待得刺桐花再放,萬牛輦出下峰巓。

題香圃封君採芝圖　　（國朝）王昌南

齊雲山麓辟蓬壺,中有瓊芝潤如酥。擷採三英入畫圖,小奚荷鍤笑相呼。先生胸中有邱壑,襟期脫灑何落落。野服芒鞋占清福,齊雲山下自往復。功名盡付與阿郎,南極老人光壽昌。老人家世本青箱,經師望重培蘭堂。尚書蜚聲開甲第,人文從此風雲際。弟兄同折蟾宮桂,春風人鏡芙蓉灑。君獨物外寄閑身,留厥嘉蔭庇後人。芝蘭氣味玉精神,歷閱八千歲爲春。抗懷高臥戀碩邁,其奈蒼生待拯何?公起爲民造福多,消兵洗甲挽天河。歲荒黔黎無菜色,雀角鼠牙怨爭息。更爲道路剪荊棘,豐碑屹屹紀實勒。惟公知止自不辱,手携雅嘴偕健僕。采采靈華三十六,自拈自壽還自嚼。君不見綏仙桃實能駐顏,金寵丹成占清班。君笑不答心自閑,高歌絶頂齊雲山。

【校記】

① 原整理者按:此詩民國四年《南安縣志》題曰《題柯侯仲常瑞鵲堂》。序曰:"柯侯賑饑,堂有異鵲來巢,瑞徵也,詩以紀之。"

② 原整理者按:此處有題無詩。

豐州集稿卷二

五 言 律 詩

山中枉張員外書期訪衡門　　（唐）秦　系

常恨相見晚,朝來枉數行。卧雲驚聖代,拂石候仙郎。時菓連枝熟,春醪滿甕香。貧家仍有趣,山色滿湖光。

山中贈張正則評事　　（唐）秦　系

終年常避喧,師事五千言。流水閑過院,春風與閉門。山容邀上客,桂實落華軒。何事教余起,微官不足論。

自若耶溪移居南安留贈嚴維秘書　（唐）秦　系

雞犬漁舟裏,長謠任興行。那邀落日醉,已被遠山迎。書笈將非重,荷衣著甚輕。謝生無箇事,忽起爲蒼生。

九日山中閑居　　（唐）秦　系

一似桃源隱,將令過客迷。礙冠門柳長,驚夢院鶯啼。澆藥泉流細,圍棋日影低。舉頭無外事,共愛草萋萋。

其 二

客在煙霞裏,閑閑逐狎鷗。終年常褁足,連日半蓬頭。帶月乘漁艇,迎寒綻鹿裘。已於人事少,多被掛冠留。素業惟千卷,清風擅一邱。蒼黃拄藜杖,傴僂睹銀鉤。迹愧巢由隱,才非管樂儔。從來自多病,不是傲王侯。

秋日過僧惟則故院　　　（唐）秦　系

衰草經行處，微燈舊道場。門人失譚柄，野鳥上禪床。科斗書空古，旃檀鉢自香。今朝數行淚，却酒約公房。

徐侍郎素未相識時携酒命饌兼命諸詩客同訪山居

（唐）秦　系

忽道仙翁至，幽人學拜迎。華簪窺甕牖，珍味代藜羮。洗硯魚仍戲，移樽鳥不驚。蘭亭攀叙却，會此越中營。

晚秋答拾遺朱放訪九日山居　　（唐）秦　系

不逐時人後，終年獨掩關。家中貧自樂，石上臥常閑。墜粟添新味，殘花帶老顏。侍臣當獻納，那得到空山。

旅次舟中對月寄姜相公　　（唐）歐陽詹

中宵天色净，片月出滄洲。皎潔臨孤島，嬋娟入亂流。應同故園夜，獨起異鄉愁。那得休蓬轉，從君上庾樓。

題嚴光釣臺　　　　（唐）歐陽詹

弭棹歷塵迹，悄然關我情。伊無昔時節，豈有今時名。辭貴不辭賤，是心誰復行。欽哉此溪曲，永獨古風清。

新　都　行　　　　（唐）歐陽詹

縹緲空中絲，蒙籠道旁樹。翻兹葉間吹，惹破花上露。悠揚絲意去，苒蒻花枝住。何計脫纏綿，天長春日暮。

陪太原鄭行軍中丞登汾上閣　　（唐）歐陽詹

并州汾上閣，登望似吳閶。貫郭河通路，縈村水逼鄉。城槐臨枉渚，巷市接飛樑。莫論江湖思，南人正斷腸。

送少微上人歸德峰　　（唐）歐陽詹

不負人間纍，棲身任所從。灰心聞密行，菜色見羸容。幻世方同悟，深居願繼踪。孤雲與禪誦，別後在何峰？

游東林寺　　（唐）黄滔

平生愛山水，下馬虎溪時。已到終嫌晚，重游預作期。寺寒三伏雨，松偃數朝枝。翻譯如曾見，白蓮開滿池。

九日溪景偶成　　（宋）錢熙

漁家深處住，鷗鷺泊柴扉。雨過山迷徑，潮來風滿衣。岸幽分遠景，波冷漾晴暉。却憶曾游賞，嚴陵有舊磯。

游龍首山今名龍頭嶺。　　（宋）錢熙

殘年仍置閏，五日恰逢春。携酒客獨嘗，敲門僧不嚬。雙松各拱立，萬井自橫陳。精舍故盤礴，元規塵上人。

題處士林知墓林知字子默，熙寧間人，墓在晉邑靈源山。
（宋）劉濤

處士墳三尺，吴山松萬株。空餘著書業，不見煉丹爐。道古言難合，年高勢最孤。清朝禮樂備，無處用真儒。

寄九日山僧　　（宋）吕言

目極閩南道，雲山隔幾層。深秋城外寺，白日定中僧。野蔓穿松甲，幽泉漱石棱。遥思茶話夕，敲碎玉池冰。

　　　　　和王景彝舍人九日作　　　　（宋）呂夏卿

節物登臨舊,風光老大前。放歌杯酒闊,長日菊花天。祇有隨群事,常開送客筵。歸心戀城郭,枕手夢林泉。數負提壺約,重經落帽年。離居相見少,百過讀新編。

　　　　　　游　琴　泉　軒　　　　（宋）呂夏卿

野寺抱琴至,古臺終日留。暖風宜酒病,好客伴春游。勝事回頭改,浮名到耳休。吾懷真放曠,不強落林邱。

　　　　　　送客宿九日山　　　　　（宋）釋藏叟

石竈斷苔紋,摩挲弔隱君。風吹游子袂,月照古人魂。舊事殘碑在,荒祠流水分。永懷山忽暝,黃葉墜秋雲。

　　　　廣福院寄吳山人在三都靈秀峰。　　（宋）釋法輝

夜召山翁酌,花間聊撫琴。酒香來竹外,古意入雲深。月色臨諸水,溪光射遠岑。擬教塵壒客,對此滌煩襟。

　　　　　與王尉習之游九日山　　　　（宋）吳　岡

村落晴明後,旌旗杳靄間。春心看花柳,詩眼掠江山。遠樹疏煙合,斜陽獨鳥還。相看倦行役,慚愧白雲間。

　　　　　琴泉軒九日山一奇。　　　　（宋）黃公度

搖落江城暮,提杖訪舊游。泉聲終夜雨,竹影一堂秋。露湛衣裳冷,山空枕簟幽。故人憐寂寞,抱被肯相投。

　　　　　九日同朱子泛舟金溪　　　（宋）傅自得

秋月天然白,溪流鏡樣平。喚船同勝賞,把盞話平生。擊楫魚頻躍,忘機鳥

尚驚。兹游還可繼，家釀爲君傾。

思 古 堂 　　（宋）傅自得

何人鑿山腹，高堂跨崔嵬。悠悠百年事，滾滾隨塵埃。棄置君莫問，且復共此杯。

原整理者按：此詩應是五言古詩。

南安道中時爲同安主簿過此。 　　（宋）朱　熹

晚澗淙流急，秋山寒氣深。高蟬多遠韻，茂樹有餘陰。煙火居民少，荒山草露侵。悠悠禾稼晚，寥落歲寒心。

知郡傅丈載酒幞被過某於九日山夜泛小舟弄月劇飲
（宋）朱　熹

扁舟轉空闊，煙水浩將平。月色中流滿，秋聲兩岸生。杯深同醉極，嘯罷獨魂驚。歸去空山黑，西南河漢傾。

其 二

誰知方外客，亦愛酒中仙。共踏空林月，來尋野渡船。醉醒非客趣，心迹兩忘緣。江海情何恨，秋生蓬鬢邊。

九 日 山 送 客 　　（宋）趙時煥

頻來因送客，携手訪山靈。歸去成何事，重來愧此亭。天寬野水白，松潤石崖青。倚杖思今古，寒鷗落遠汀。

題 隱 君 亭 　　（宋）陳炎子

隱君在何許？把酒喚英靈。已矣成千古，悠然見一亭。雨淋碑自墨，歲老柏長青。大笑下山去，潮平月滿汀。

九日山送客次趙循州韻　　　（宋）趙宗皦

蒼松藏野寺,山以隱君靈。俯仰千年事,孤高九日亭。抗塵頭漸白,弔古眼猶青。有客耽幽討,吟詩起鶴汀。

四賢祠次韻　　　（宋）傅定保

四傑唐遺迹,千年此妥靈。草荒丞相冢,雲鎖隱君亭。助教衣猶綠,翰林山尚青。因懷水南令,愁思繞春汀。

四賢祠追次趙使君韻　　　（元）歐陽至

唐像衣冠古,空山筆硯靈。老僧新棟宇,隱士舊池亭。茶竈雲根白,書燈鬼火青。殘碑蘚化碧,小篆雁書行。

題延福寺　　　（元）馬祖常

托鉢千峰裏,枳花洞未開。哀猿依講席,饑鳥下生臺。潭影留雲住,鐘聲送月回。山中太古雪,誰寄一瓢來。

五峰巖即一片瓦。　　　（元）釋大圭

一尋五峰老,孤塔在雲端。鐵樹已古色,石房空晝寒。風流無後輩,山水入多盤。見說潛公隱,天華雨滿壇。

正月游一片瓦巖道人留竟日適興成詩　（元）釋大圭

片石成巖屋,高扉寂寞濱。雪晴來野客,春早見幽人。煙火寒山近,盤蔬午甑新。留連愛林麓,城郭有囂塵。

病甚郭上人能來二首　　　（元）釋大圭

臥病百餘日,擁衾山雨寒。世人不我愛,之子獨相看。市藥能盈裹,春蔬得

滿盤。一聞此問訊,吾道愧艱難。

其 二

亂餘饑又甚,雲散我廬空。時運方如此,人心莫與同。病身須一壑,天下付諸公。爲報平生友,途今處處窮。

題 石 佛 巖　　　（明）黃河清

佛國開奇緣,居然壓萬形。身前原一石,幻後憶三生。禹鼎龍還嘯,銅駝迹亦靈。乾坤能不朽,腐骨更惺惺。

築 永 利 圳　　　（明）黃河清

社鼓三更裏,千夫一望中。無霖分澗溜,有力補天工。野老先憂舊,臣心後樂同。因思吳楚地,願效半年功。

新圳成岸行有感 時太守葛公上其事。　（明）黃河清

萬壑中江下,流分小澉東。折筒添石髓,種樹禦溪洪。歲就三農緒,人歌比屋封。黃堂煩一諾,千載有餘功。

游九日山一眺石待月　　　（明）黃淑清

被衲出山房,石盤已暝色。乍收叠嶂青,猶見一溪白。林鶴愛游人,松風欺醉客。梵鐘遠近聲,漁火兩三隻。

其 二

暮嵐倏已净,明月胡遲來？石竈茶煙冷,金溪漁火回。白知山夜氣,寒覺水雲堆。且與山僧約,竹門試半開。

家事違己復作遠游杪秋還茅谷乘船下
歸金溪對景感悵有懷王遵巖蔡可泉　（明）黃淑清

早發茅谷口,秋波放船便。静陰諧鳥聲,微雨碎溪面。耳目望爲娱,心情聊

自宴。如何持一杯,二子不相見。

寄福城諸故人　　　　（明）黃淑清

萬事不掛眼,故人牽夢多。閉門終日裏,辭客九秋高。子任扶田耕,妻能緝約襃。深期一酌酒,聽我白蘋歌。

紀　變有序　　　　　（明）黃淑清

嘉靖六年冬十月,在縣二十七都,有耕牛生人孩,其家識爲怪異,懼有聞者,即死而瘞之。近方見其狀,比人道其事頗詳,但忘其日耳。余謂,愚夫未悟上天垂戒之意。不有斯人一發,則大事竟淪,非天假之。敢用特筆,告我同志。

愚夫藏至怪,隔歲昧連邱。不有斯人發,誰明爲國憂？野懷勞夢寐,天命托歌謳。寄語調元者,今應速問牛。

秦　君　亭　　　　　（明）黃　澄

潮落汀沙净,風高木葉乾。振衣雲不礙,坐石鳥相看。白髮明江水,青樽對釣竿。結廬人已去,藥竈火猶丹。

贈南湖丁隱士　　　　（明）黃　瓉

湖海有高士,逍遥水竹居。江空山入牖,雲净月侵書。卧釣滄洲上,行歌白雪餘。猶開仲蔚逕,松菊日教鋤。

唐婁江明府邀游九日山同黃竹溪東石四首
　　　　　　　　　　　（明）王慎中

夫君善爲政,自鮮簿書情。張幕人皆悅,傳杯吏亦清。花衝壺矢落,雲逐烏絇生。造次成游賞,應留此地名。

其　二
最有登臨賞,兼之賢達俱。落英妝藉草,鳴鳥勤提壺。古寺藏林表,輕霞映海隅。青春垂欲暮,莫遣興情孤。

其　三

簪爲襟期盍,樽因名勝携。荔煙陰白石,花水漲清溪。佳卉當春發,嬌鶯近酒啼。如何更辭飲,斜景竹林西。

其　四

處室何其迫,坐爲城郭拘。稍看山色遍,頓使欲情無。此地寧須賈,今茅即可誅。且將狎鷗意,暫爾伴飛鳧。

高士峰　　　（明）朱梧

仙衣餘薜荔,苑石散芙蓉。竹老經棲鳳,巖深想臥龍。墨池秋草遍,藥竈暮雲重。著書吾豈敢,此地擬巢松。

不老亭　　　（明）朱梧

二樹懸空界,三天宿客亭。狎鷗心匪石,巢鶴姓疑丁。飛露要林白,平蕪入海青。宿醒能幾許,坐臥片時醒。

過項羽廟　　　（明）王承箕

試劍秦關日,咸京即故宫。重瞳疑萬國,一火失三章。赤帝元天定,烏江晚自傷。故鄉富貴地,芳草映斜陽。

宿多卿樓　樓在安溪縣。　　（明）唐愛

晚宿多卿地,樓高景最幽。插茅圍屋宇,折竹引溪流。爐火松煙曖,盤飧夜雨稠。談兵感往事,喜見海烽收。

其　二

石磴連雲暗,肩輿帶雨行。足知山勢險,身爲國謀輕。野鶴依人立,靈鼯掛竹鳴。風寒春未透,酌酒聽泉聲。

贈方雙江守松江　　　　　（明）傅夏器

天子憐民瘼,江城特借君。蠲舟千里別,鳳侶九霄分。白苧城中雨,金山海上雲。他年訪政績,遺愛有碑文。

春日懷舊游　　　　　（明）傅夏器

遨游憶暮景,耆舊各分風。車馬雖遺迹,聲容半屬空。水浮清勝遠,鴻怨羈途窮。世事春波泛,徘徊回顧中。

巖野秋樓 在錦田鄉。　　　　　（明）傅夏器

金洞隱净域,仲春常迫寒。生涯採蕨易,迷路出花難。江静日初就,雲歸龍已蟠。更悲悽切處,萬里見長安。

七月十五日暮登永安道　　　　　（明）陳學潛

夕照當空斂,嵯峨向晚登。蒼蒼嵐氣積,藹藹暮煙凝。城上鳴雙杵,天邊渺一燈。山高遲月色,徑險倚蘿藤。暗水沿崖急,疏鐘入谷仍。何須愁路暝,舉足躡雲層。

初夏新晴　　　　　（明）陳學潛

翠袖輕煙斂,青郊宿雨餘。薰風飛絮盡,暖日小荷舒。曬翼喧黃鳥,翻波戲錦魚。燭龍回赤道,神女息雲裾。未燥囊中瑟,初乾案上書。生憎殘淄落,紅片滿階除。

天竺山 在十四都臨漈鄉。　　　　　（明）詹仰庇

山結毫光勝,麓緣天竺名。雲陰連片瓦,野色繞孤城。急管松風静,清尊夜月明。蕭然忘俗慮,萬籟定鐘聲。

翠　光　亭　　　　　　　　（明）黃克晦

寺外山亭古,今人潔不如。檐喧得孔雀,池聚放生魚。積翠含堤柳,涼風泛水渠。百年應有盡,一飲願無餘。

登姜相臺　　　　　　　　（明）黃克晦

姜相登臨處,青山空落暉。古人今不見,來日去如飛。一逕迷芳草,孤墳隔翠微。欲知消百感,惟有醉時歸。

蓮　花　峰　　　　　　　　（明）黃克晦

一朵秋蓮碧,青天削翠巒。可憐雲外見,宛在水中看。香滿垂蘿合,花明過雨殘。如逢太乙子,莫忘問金丹。

雪　峰　寺　　　　　　　　（明）黃克晦

日落多山氣,林深步自涼。梵鐘過水斷,樵徑入雲長。坐石喧禽語,開簾散佛香。清樽從此夜,夢月白如霜。

明心山寺　　　　　　　　（明）黃克晦

怪石千回角,高松徑尺鱗。猿枝低復掛,蛇徑險難遵。水奏杯中曲,苔生坐處茵。欲拚終日飲,蒼翠濕衣巾。

游報親寺在金鷄山。　　　　（明）黃克晦

弭棹青莎岸,繫舟古樹藤。山雲飛到寺,溪雨送尋僧。花密鐘聲翳,林昏水氣騰。無生今已覺,有興直須乘。

游延福寺　　　　　　　　（明）黃克晦

何年延福寺,松竹抱山幽。井說釣龍日,巖傳出米秋。冷煙銷佛骨,暗雨滴

僧愁。坐久心主道，人生更覺浮。

九日山秦君亭同張郡公賦名程，自禮部謫判延平。
（明）黃克晦

昔賢容小隱，巖壑尚餘光。沙嘴銜漁艇，松陰冷佛堂。開樽山鳥囀，移席野花香。詞賦誠何物，登高興自長。

泛舟游九日山分韻　　（明）黃克晦

欲泛金鷄去，伊人況復同。江星偏好雨，水鳥自知風。魚美新投網，芹香乍出籠。今宵溪上夢，併入櫓聲中。

其　二

何處訪秦君，捫蘿入鳥群。山行常帶雨，石坐不離雲。樵徑林間得，漁歌水上聞。何時還築室，重註五千文。

其　三

星軺臨欲發，意氣轉相傾。人有千年想，山餘九日名。乍雲峰翠重，先月水波明。安得偏師手，當君萬里城。

覺海巖在五峰山。　　（明）蘇　濬

獨有林間客，尋幽帶雨行。江峰橫地出，海樹接雲平。鳥雀空中語，煙霞洞裏明。輕風吹覺路，夜夜聽泉聲。

再游石鼓山　　（明）蘇　濬

山靈迎故客，樽酒罄交歡。殘菓星星落，輕風隱隱寒。谷幽親鹿豕，地僻賴衣冠。大塊容吾拙，浩歌且自寬。

題四賢祠步舊韻　　（明）李廷機

往哲遺香火，聚英話地靈。懷人爭有詩，弔古已無亭。舊事悲回祿，芳名照汗青。臨風重搔首，落日映沙汀。

題菩薩泉步舊韻　　　（明）李廷機

石泉名菩薩，水以聖僧靈。垂蔭無名木，有石刻在泉左。回流懷古亭。舊址在泉之右。濁世塵多眯，何人眼獨青。徘徊今古事，歸來月半汀。

秦　君　亭　　　（明）黃鼎象

千里入閩客，選勝九日山。竈冷緇衣裂，夢虛白日寒。今無聘書貴，所貴在怡顏。回望會稽道，蘭亭水漫漫。

一　片　瓦　巖　　　（明）黃汝良

石屋乾坤永，神工結構真。上方窺萬井，下界坐千人。躡履寧知險，振衣已出塵。翩躚雙鶴迹，仿佛在嶙峋。

泛舟游九日山　　　（明）何喬遠

廣庭時縱步，舉目是葵山。岫岫蓮花色，層層薜荔關。禪心終歲寂，客思一時間。橋水金鷄上，扶攜相與還。

大　小　潘　山　　　（明）丁啓浚

非關謀選勝，暫此息塵勞。軒檻臨流險，煙雲送目高。網懸閑夕市，帆掛急春濤。小飲江天暮，歸途首重搔。

和泉州知府程公朝京同諸公游開元寺角巾登塔有序
（明）袁崇友

開元禪寺其來舊矣。鐘聲一片，佛火猶紅，塔影雙標，法雲長紫。時維春日，雅屬勝游。郡侯程公停旄至止，二郡姚公諱純臣，吳郡人。解帶斯同，七級既登，四賦爰著。於是肖源先生名黃文炳。從之和之，玉塵齊揮，金音併唱。元言如屑,夸白雲以猶孤;攬衣遙臨,攝青雲而更上。可謂神襟邁古,勝致無今者矣。友鄙人也。孟夏之日,羽蒼徐君與寓目焉。肖源公復執主禮,乃出琬琰以爲觀,叩宮商而並雋,形神可釋,魚兔皆忘,命步和。以菲才愧追迹而莫及,雖文謝作者,而意悟昔人,用申兩章,以酬一諾。因貂續爲慚,亦龍雕已盡云耳。具書於左。

塔出日不暝,雲藏殿故幽。緣心消聖偈,佛意解蓬丘。擬作出塵侶,權參濟世儔。請君臨眺處,高咏一回頭。

其　二

車騎追隨覓勝游,題詩轉覺紫雲幽。欲從白社膽千頌,未種紅蓮愧一丘。塔影自懸空不染,鐘聲長寂意難儔。神宮且莫論興廢,悟得餘生到上頭。

原整理者按:此七律不能移入本類,姑附前作五言。

崇禎間鼓山僧元賢修溫陵開元寺志采入,而志板已没,傳本亦稀。予家藏有殘本,從其録出。

登　九　日　山　　　（明）黃景昉

似爾供流寓,休官策未迂。駁班秦硯眼,夭矯晉松鬚。蟲食碑苔盡,雀窺丹火無。相傳舊舶使,曾此祭天昊。

其　二

捫葛攀蘿上,千年此度看。日風生靜曉,人鳥避高寒。海老黃龍徙,秋深白露殘。詎知煙影裏,一簇是南安。

大　小　潘　山　　　（明）周廷鑨

薄暮潘山道,蒼茫落照低。香煙威惠廟,沙礫秀才堤。夾岸妨牛矢,回飆逐馬蹄。何時將斗酒,深樹聽黃鸝。

宿報親寺三首　　　（明）周廷鑨

晴峰納野寺,毒鼓應潮音。鸞雀棲雙樹,旃檀馥滿林。山幽紅葉落,僧老白雲深。古殿蒼苔遍,差憐佛面金。

其　二

寒影閉松寮,燈闌人静宵。峰高遲上月,溪峭易歸潮。梵響樽前度,空香定後燒。忽思清净理,携手步長橋。

其　三

溪光秋泛泛,山翠日沉沉。樓閣生虚想,松篁有静音。雲横孤棹滿,香定一鐘深。辛苦支林輩,逢人説布金。

洪　瀨　渡　　　　（明）陳國琠

去去町畦遠,萬家一水湄。屠沽争野店,稻黍熟塘陂。鷺没椅邊渚,蟬鳴塢外枝。嗟予何所務,牛笛正催詩。

寄賀楊新總鎮度五六　　　（國朝）洪承畯

上將宜分閫,雙旌復出秦。關河三晉路,賓從五原人。孤戍雲通海,平沙雪度春。酬恩看玉劍,何處有煙塵。

此詩寫於立軸絹素,長六尺一寸,闊一尺四寸。半行書有"勁節",肖其爲人。款署"温陵紫農洪承畯"。鈐印一曰朱文"兩朝隱士",一曰白文"紫山農人洪承畯草筆"。是幀與洪六生先生諱清鰲在豫省軍營作。家書别鄉人絶筆之函一帖,藏東瀛洪浦南家。予每過訪,屢索閲之,真至寶也。

過邵伯湖　　　　（國朝）傅爲霖

將曉出維揚,高春經邵伯。秋風吹葉紅,江鳥掠波白。兩岸水浮山,千家船入宅。年年頻過此,僕僕孤征客。

寂　寞　　　　（國朝）釋德萃

柴門終日掩,幽徑絶人來。睡起惟看菊,心閑獨上臺。山深宜用拙,世險莫懷才。寂寞同瓢杖,然龍掛壁隈。

萬石巖在厦門城東二里許。　　（國朝）鄭纘祖

洞壑猶然昨,依稀記昔游。山空餘萬石,海闊有孤舟。天地本難老,風煙容易秋。客心何所感,惆悵大江流。

虎溪巖一名玉屏山,與虎溪相對。　　（國朝）鄭纘祖

滿眼旌旗在,疇能辨劫灰。虎溪浮地出,鯨石倚天開。夜月誰吟嘯？秋風自去回。不堪懷往事,腸斷水雲隈。

宿　僧　舍　　　　　　（國朝）鄭纘祖

夜靜群情歇,高懷寄小庵。微風初到樹,殘月半窺潭。蟲響室虛白,雁飛天蔚藍。孤燈照無寐,夜漏已催三。

畫　　眉　　　　　　　（國朝）蔡仕舢

燕雀樊中質,迦陵世外音。娛雙惟顧影,見類必爭心。戰苦場嫌窄,吟多思不禁。本來雲塹裏,何未解招尋？

早　發　黎　嶺　　　　（國朝）洪科捷

旅次青山外,黎明趨嶺程。天陰禽不響,雨滴竹聞聲。折屐憂歧路,長途望化城。僕夫頻告瘁,杖策且行行。

望古迹寺時下第抵家。　　（國朝）洪科捷

古刹橫門峻,亭亭遠望中。青山依故態,綠樹發新蓬。日出禪關净,雲生佛界濛。歸來頻仰止,即此悟窮通。

游 雲 頂 巖　　　　（國朝）洪世澤

方丈連清淺,蓬萊半紫氛。雙湖林外合,二郡望中分。竹外瑤池夜,衣留玉洞雲。幽尋殊未厭,出谷已斜曛。

生芝草堂詩存題詞　　　　（國朝）洪世澤

追風騏驥力,拔地棟樑材。袖裏一編出,蒼然萬象來。張均訒庵。望宏獎,蔣渙礪堂。亦交推。稍倖名山業,繁枝自剪裁。

英溪渚上即事　　　　（國朝）洪世澤

小渚曉淒淒,臨流意轉迷。輕雲遮半嶺,飛雨過前溪。水漲芳洲綠,煙含野樹低。人村何處是?隔浦有鳴雞。

其 二

空亭憑綠浦,乘興倏離群。坐對千峰雨,平臨一島雲。洲連青草合,樹向碧溪分。自愛羅浮近,歸途日已曛。

游 樂 山 寺　　　　（國朝）徐時深

古刹鴻濛入,深窩宿白雲。吸呼通帝坐,仰俯排天門。海外魚龍變,山中虎豹文。能參第一義,仙景即長聞。

游 樂 山 頂 庵　　　　（國朝）徐時深

山巔復有寺,一覽松關開。石磴牽風上,鐵鎖連漢來。天聲渺若樹,日色老荒臺。萬古蒼茫裏,巨靈秘莫猜。

高 郵 舟 中　　　　（國朝）洪士輔

南下淮流急,三湖水勢連。野帆青草外,茅屋白鷗邊。江送千山雨,寒生六月天。吴歌應耳熟,鄉思轉予年。

游白雲室　　　（國朝）戴標香

峰腰幽曲處,石室旁雲鄉。花落巖頭翠,苔迷客路荒。微吟迎岫色,薄酌帶泉香。雅慕開科迹,流傳萬古芳。

閑居　　　（國朝）許廷圭

興來拼一醉,濁酒不妨賒。雲外看飛鳥,風前數落花。嬌兒能應客,少婦學持家。得意忘言際,徘徊日欲斜。

題黃封翁香圃採芝圖　　　（國朝）蔡景瑛

獨有宦游人,清虛自葆真。兒童娛杖履,草木健精神。芝石還生海,桃源豈避秦。瀛洲仙小謫,明月悟前身。

其二

世德清芬誦,家聲閥閱傳。風流芹藻泮,月滿紫薇天。君是嵇中散,人稱魯仲連。藍田騎鶴去,公子又神仙。

登臨漳樓望南安溪山之勝　　　（國朝）夏綉

群山環海國,曲水繞魚城。晉代江猶在,唐碑士得名。穿波垂釣艇,犁雨帶蓑耕。風俗留淳樸,登臨見物情。

雪峰坐雨　　　（國朝）黃彬

遠峰雲氣合,釀雨更留行。泉瀉秋琴響,山含太古情。寂來真景現,塵隔道心生。鎮日僧房裏,焚香禪話清。

送友歸南安　　　（國朝）夏元椿

故人南邑去,天外白雲秋。風急江鴻杳,霜棲旅客愁。消魂不在酒,載恨只孤舟。相送應難別，思登王粲樓。

五言長律詩

延福寺送封虞佐　　　　　　（宋）李　邴

復絕天南郡，岧嶤海上城。亂離傷客寓，祖餞喜山行。磴道緣雲上，嵐光惹履輕。雨餘秋葉墜，日落暮潮平。地勢金鈴出，神光寶殿成。姜墳餘馬鬣，傅釣但龍泓。華國標曾史，騷人隙筆耕。乳源清不渴，巖樹老無名。小憩濤驚枕，高談月徙楹。棋傳幽谷響，琴落亂泉清。別嶼孤煙起，遙天一雁橫。登高兼送遠，誰識異鄉情。

詠鰲石制軍以蘇州明倫堂立扁題名
之例行於溫陵府學明倫堂紀盛　（國朝）黃以圭

清紫鍾靈地，溫陵禮義鄉。衣冠來溯晉，文物盛沿唐。代有賢豪出，垂爲志乘光。流傳今已久，景仰信難忘。鏤榜成新制，明倫紀學堂。宏規期不朽，大節喜先揚。孝弟爲人瑞，忠貞爲國良。曾邀旌獎美，聿播姓名芳。盡厥君親誼，登諸上下庠。忠孝得旌者立扁。特書昭鄭重，亙古振綱常。次及登科第，群堪表令望。科名能不愧，爵里必兼詳。德業垂千古，標題各一行。榜先開進士，人尚說歐陽。行周先生詹。與愈齊馳譽，爲閩首發祥。冰銜稱助教，文筆破天荒。嗣是人爭奮，因之運寖昌。觀光賓上國，濱海擅名疆。學校培英俊，勳猷立廟廊。士風媲鄒魯，龍首數曾梁。梁丞相克家、曾學士從龍俱廷對第一。執政無私謁，蘇子容先生頌，《宋史》稱其居政府潔己奉公，門無私謁。傳家有義方。曾公諱會，五子登第。詩聲誰勝謝？謝名伯景，天聖間甲科。廬陵稱其詩無愧唐賢。才子合推黃。族祖叔才先生宗旦有神童才子之目，登咸平初及第。汗簡爭彪炳，儒林共頡頏。公卿原袞袞，理學更煌煌。蔡虛齋先生清、陳紫峰先生琛諸大儒。淺達千秋業，朱程一瓣香。高樓輯蒙引，舉世仰文莊。虛齋先生謚文莊，從祀廟庭。大力扶經傳，遺書溢縹緗。地靈鳴玉磬，祀典列宮牆。著述功洵鉅，淵源朔正長。元燈尊傅許，傅會元夏器、許會元獬。篤行有蘇張。蘇紫溪公濬、張襄惠公岳。致用宏經濟,乘時慶拜揚。屢參黃閣務,有明一代入閣者六七人。爭看綠衣郎。李文節公廷機,會元及第,莊羹若公際昌,會元狀元。山有兜鍪石,人嫻甲冑裝。大才生將帥,重任寄劻勷。俞大猷諸公。經緯洵兼備,風雲正未央。右文逢聖代,應運集天閶。蕊榜魁龍虎,陳公常夏順治間會元。仙班翶鳳凰。安溪隆相業,李文貞公光地。靖海奮龍驤。施襄壯公琅封靖海侯。茅土酬勳伐,五等爵立扁。倫扉侍贊襄。京職三品以上立扁。作肱居鼎鼐,宣力掃封狼。星使乘軺貴,烏臺佩玉鏘。學政台諫立扁。建牙開府壯,專閫巨材當。總制中丞提督立扁。廉訪勤明弼,屏藩任保障。方伯廉訪立扁。縉紳難悉數,儀羽共高翔。集紀官階富,恩承湛露濃。特科寒士峻,直宿上清房。洪艮堂先生世澤以諸生召試鴻詞科擢翰林。重宴沾優渥,耆英俾壽藏。皇華叨策遣,冊使達梯航。鄉會試重宴及冊封使者立扁。白水能徵夢,奎躔屬吐芒。瑣闈推弁冕,射斗擅文章。春秋闈兩元得立扁。議自名儒倡,立扁盛舉鰲石先生實倡之,並為作紀,以垂不朽。郡人士賦詩紀盛焉。人欽峻望彰。謂茲懸厥額,怳類樹之坊。曩哲書名氏,吾儕敬梓桑。文明開五邑,盛事炳千霜。璀璨登科記,崢嶸選佛場。還期接步武,特達盡圭璋。帖每泥金報,才憑玉尺量。彙徵占叶吉,積慶卜餘慶。後進材爭礪,無窮願庶償。從茲覘蔚起,婁莘咏梧岡。

豐州集稿卷三

七言律詩

獻薛僕射　　　（唐）秦　系

由來那敢議輕肥，散髮行歌自採薇。逋客未能忘野興，辟書翻遣脫荷衣。家中匹婦空相笑，池上群鷗盡欲飛。更乞大賢容小隱，益看愚谷有光輝。

山中書懷寄劉長卿移居南安作　　（唐）秦　系

時人多笑樂幽棲，晚起閑行獨杖藜。雲色卷舒前後嶺，藥苗新舊兩三畦。偶逢野菓將呼子，屢折荊釵亦爲妻。擬共釣竿長往復，嚴陵灘上勝耶溪。

元日陪早朝　　　（唐）歐陽詹

斗柄東回歲又新，遂旒南面挹來賓。和光仿佛樓臺曉，休氣氤氳天地春。儀籞不唯丹穴鳥，稱觴半是越裳人。江皋腐草今何幸，亦與恒星拱北辰。

及第後酬故園親友　　（唐）歐陽詹

才非天授學非師，以此成名曩豈期？楊葉射頻因偶中，桂枝材美敢當之。稱文作藝方慚德，相賀投篇料愧詞。猶著褐衣何足羨，如君即是載鳴時。

許州途中　　　（唐）歐陽詹

秦川行盡潁川長，吳江越嶺已同方。征途渺渺煙茫茫，未得還鄉傷近鄉。隨萍逐梗見春光，行樂登臺斗在旁。林間啼鳥野中芳，有似故園皆斷腸。

贈九日山僧　　　　　　（唐）韓　偓

盡說歸山避戰塵，幾人終肯別囂氛。瓶添澗水盛將月，衲掛松杪惹得雲。三接舊承前席遇，一靈今用戒香薰。相逢莫話金鑾事，觸撥傷心不忍聞。

釣龍臺在九日山，府志載在清源南臺巘。　　（唐）韓　偓

無奈離腸易九回，強攄懷抱立高臺。中華地向城邊盡，外國雲從島上來。四序有花長見雨，一冬無雪却聞雷。日宮紫氣生冠冕，試望扶桑病眼開。

南安寓居　　　　　　（唐）韓　偓

此地三年偶寓家，枳籬茅屋共桑麻。蝶矜翅暖徐窺草，蜂倚身輕浪著花。天近函關屯瑞氣，水通吳甸浸晴霞。豈知卜肆嚴夫子，潛指星磯認海槎。

夢　仙　　　　　　（唐）韓　偓

紫霄宮闕五雲芝，九級壇前再拜時。鶴舞鹿眠春草遠，山高水闊夕陽遲。每嗟阮肇歸何速，深羨張騫去不疑。澡練純陽功力在，此心惟有玉皇知。

苑　中　　　　　　（唐）韓　偓

上苑離宮處處迷，相風高與露盤齊。金階鑄出狻猊立，玉柱雕成翡翠啼。外使調鷹初得按，中官過馬不教嘶。笙歌錦綉雲霄裏，獨許詞臣醉似泥。

春　盡　　　　　　（唐）韓　偓

惜春連日醉昏昏，醒後衣裳見酒痕。細水浮花歸別澗，斷雲含雨入孤村。人間易得芳時恨，地迥難招自古魂。慚愧流鶯相厚意，清晨猶爲到西園。

題金粟洞景祥院　　　　　　（唐）徐　夤

一溪拖碧繞崔嵬，瓶鉢偏宜向此隈。農罷樹陰黃犢卧，齋時山下白衣來。

松多往日門人種,路是前朝釋子開。三卷貝多金粟語,可能心煉得成灰。

題建造寺後改名延福。　　　（唐）張　爲

疊障橫空向郡西,迥然高峭衆山低。樹杪缺處見城郭,日影落時聞鼓鼙。風觸薜蘿鴻鵠語,谷生煙霧鷓鴣啼。游人步步出林去,碎月玲瓏滿石梯。

題建造寺　　　　（五代）劉　乙

曾見畫圖勞健羨,如今親見畫猶粗。減除大半石初泐,欠却幾株松未枯。題像閣人漁浦叟,集生臺鳥謝城烏。我來一聽支公論,自是吾身幻得吾。

上呂蒙正相公　　　　（宋）劉昌言

重名清望遍華夷,恐是神仙不可知。一舉首登龍虎榜,十年身到鳳凰池。廟堂只似無言者,門館長如未貴時。除却洛京居守外,聖朝賢相復書誰?

題威惠廟祀唐陳公元光。　　　（宋）呂　璹

當年平賊立殊勳,時不旌賢事不聞。唐史無人修列傳,漳江有廟祀將軍。亂營夜雜陰兵火,殺氣朝參古徑雲。靈貺賽期多響應,居民行客日雲雲。

此府、縣志失下四句,從家譜補全。

琴泉軒次韻　　　　（宋）李　邴

但怪朱絃韻枯木,那知古澗墜寒泉。鳥啼靜夜應傳譜,風入寒松擬續弦。妙體難尋斤斫處,高吟寧墮膝橫邊。飲光到此如欣舞,笑倒雲門逸格禪。

謁迪上人　　　　（宋）李　邴

數眷招提四面山,羡師終日掩禪關。憑欄人語風煙上,乞食僧來紫翠間。萬木深藏雲泱莽,一溪空鎖月彎環。十年不踏門前路,只遣松風送我還。

宿華巖院　　　　　　　　（宋）劉子翬

淺水荷花開傍橋，晚鐘樓殿碧山椒。松林邃路行不徹，野鳥避人飛更遥。
喜有高情共邱壑，應須長嘯混漁樵。老僧好事能延客，未覺山房人寂寥。

鳳凰寺在廿三都，五代刺史王延彬葬妻徐氏於此。
（宋）黃公度

一代衣冠霸業休，半山金碧梵宮留。傷心廢宅松榆老，滿目寒塘菡萏秋。
馬鬣未平餘葬地，蛾眉不見但妝樓。憑高欲問豪華事，耆舊無人僧白頭。

九日宴蓮花峰　　　　　　（宋）陳知柔

多病登臺今古情，菊花搖動午凉生。山前木落石巖出，海上潮來秋渚平。
野興已隨芳草遠，歸鞭更傍落霞明。愧無十丈開花句，獨卧禪房心自清。

題隱君祠次鄧經略韻　　　（宋）陳知柔

入境初無車馬喧，卜居元得近姜村。山圍古寺苔生砌，花落前汀潮打門。
已許揭身如日月，不妨爲客任乾坤。清詩海内流傳去，亭下空餘石硯存。

謁姜相墳祠次鄧經略韻　　（宋）陳知柔

欲將興廢問洪鈞，來謁孤墳獨愴神。千載高風餘凛凛，一池秋水自粼粼。
門前帆影來天際，林杪鐘聲落海濱。此道寥寥今復振，不應洙水是東鄰。

奉酬九日東峰道人溥公見贈之作　（宋）朱　熹

幾年回首夢雲關，此日重來兩鬢斑。點檢梁前新歲月，招呼臺上舊溪山。
三生漫說終無據，萬法由來本自閑。一笑支郎又相惱，新詩不落語言間。

佛巖塔　　　　　　　　　（宋）吳　栻

灑落巖題宴寂高，旋添香火掛青袍。霜頭不懼九侯劍，雪臂應懸二祖刀。

月照瓦棺服虎兕,風吹石室嘯猿猱。檜前舊雨天花處,循想眉間兩白毫。

登姜相臺　　　　（宋）吳　栻

滿林紅葉墜紛紛,耆老猶言別駕墳。舊府光華關右月,故鄉蕭索海南雲。酒杯湖上同方伯,茶竈巖邊共隱君。二百餘年真一夢,繞墙荒隴半耕耘。

其　二

苑門北出禍匆匆,叩馬何人獨記公。葬厚欲裁寧詐直,謀南能利信真忠。剛名臘後喬林雪,廢迹秋來敗葉風。華表千年相對鶴,長看碑鎖舊亭中。

題秦君亭　　　　（宋）吳　栻

芸閣酬書謝建封,生涯瀟灑一枝筇。曾爲剡隱雲橫水,更作閩游月滿峰。子美藩籬清可造,長卿城郭巧能攻。拂琴無復塵埃想,落落霜風一晉松。

其　二

秋日春風麗句亭,先生天上少微星。滿爐松影隨香碧,一硯苔痕帶雨青。姜相笑中應斗酒,等公談外衹函經。何人爲我携氈蠟,來洗蒼碑墨數廳。

題清洋院在廿一都。　　　　（宋）吳　栻

瀟灑堂中披晚襟,紅蕉花裏葉成陰。飄來無雨水長急,飛去有雲山更深。苔蘚細痕緣巨石,藤蘿密影掛疏林。上人莫作人間想,此地人間不可尋。

題隱君祠　　　　（宋）鄧　祚

九日山前避世喧,紉蓮踝足臥荒村。軸書漫道登芸閣,抗志終期老蓽門。頑石自堪供研竈,老松相與臥乾坤。幽懷倘爲微官屈,安得高名萬古存。

謁姜相祠墳有感　　　　（宋）鄧　祚

布衣崛起秉洪鈞,料事當年若有神。三尺孤墳封馬鬣,一時直道犯龍鱗。

從容未見回天力,流落空聞棄海濱。賴有高人秦處士,不妨築室作居鄰。

題白蓮院在十四都。　　　　（宋）鄧　祚

古樹紛紛千嶂雨,遠寺鳴鐘迷處所。一水東流浮落花,隔雲應有秦人住。海風不斷長松路,萬籟寒生蒼玉塵。此去漳南山更深,桄榔葉暗猿啼苦。

題姜相峰前祠和韻　　　（宋）傅伯壽

草間荒冢沒麒麟,古寺何人爲寫真。華表不歸空怨鶴,長松平落欲生鱗。艱難曾藉扶危力,鯁介原非賣直人。安得貞元同貞觀,懷思忠憤一沾巾。

游延福寺　　　　　（宋）王十朋

十日同游九日山,山中好處略躋攀。桑田改變松猶在,車馬往來僧自閑。昨日風應吹紫帽,今朝菊已帶衰顏。登臨稍愜南來意,好逐飛飛倦鳥還。

題隱君祠次鄧經略韻　　　（宋）王十朋

去剡游閩避世喧,清風寥邈典型存。峰前鳥宿無名樹,祠下僧敲有月門。高尚端如上九蠱,含章更類六三坤。偏師勝後詩無敵,正要公來與共論。

題姜相峰祠前　　　　（宋）王十朋

姓名端合上麒麟,當世那知相是真。遺冢尚餘封馬鬣,孤忠曾記犯龍鱗。三巴流落知音士,九日追陪避世人。精爽不迷祠宇復,儼然唐室舊冠巾。

勸　農　　　　　（宋）周　震

飛廉怒息海天明,十里籃輿出勸耕。隴麥低頭須雨意,林花迎面笑春晴。熙寮聯轡勤田事,父老傳杯識至情。及物無功慚竊廩,豐年有願是忠誠。

浯江瀑布泉　　　　　（宋）呂肖翁

萬仞懸崖勢欲飛,下平如石深漣漪。雖云島嶼非吾土,未必江山有此奇。荒草萋萋牛客墓,朱門寂寂馬風嘶。何時取得巖頭瀑,筆寫未乾幾首詩。

題廓然亭　　　　　　（宋）梁知錄

危亭縹緲斗星傍,俯檻連雲掛碧蒼。航快遠隨飛鳥下,樹濃陰覆酒樽凉。胡床坐久景方見,詩句評多味最長。況有青山對揮塵,每逢高論嘗仇香。

九日山中宴集　　　　（宋）趙　源

九日登臨老奈何,強將幽恨寄悲歌。疲欹巾帽愁風動,病著飢腸厭酒多。東嶺荒榛藏馬鬣,西巖空榻鎖蛛窠。獨憐堂下千章木,跨歷齊梁未改柯。

南安道中　　　　　　（元）薩都剌

籃輿初下上江船,無數青山入枕邊。幾處猿啼愁入瘴,五更雞叫夢朝天。不堪歲月如流水,賴有文章似湧泉。歸日鄉人問何往,云從海上覓神仙。

題金粟洞　　　　　　（元）龔　丙

紫帽崚嶒天與齊,諸山似揖向人低。千年世界藏金粟,半夜星辰繞玉梯。石鼓聲沉蒼蘚合,丹爐人冷白雲棲。雒中羽士無消息,十二峰前日又西。

題陳元光父子舊築雲榭　　（元）釋大圭

老屋危臺雨氣昏,石苔不見舊鐫痕。當年霸業旌麾盡,故國秋聲樹木存。度海雁行驚斷角,近城螢火沒荒垣。無人去買長瓶酒,一酹陳王千載魂。

懷惠廓象運山僧　　　　（元）釋大圭

聞道崎嶇盜賊間,爲視扶侍入深山。竹林罷泣時供饌,萱草忘憂不解顏。

亂世幾人能色養,故園何日遂生還？我家亦有高堂在,音信寥寥道路艱。

游 九 日 山　　　　（明）胡　器

郡中無事少從容,眺望閑登九日峰。雲影半巖來紫帽,江流一道透黃龍。林中載酒惟瓢飲,石上題詩盡蘚封。無計可辭軒冕繫,歸時猶聽晚來鐘。

五　峰　山　　　　（明）羅　倫

翠微深入興優優,身世飄然閬圃游。天界青山雲外斷,地分滄海日邊浮。仙家白晝應無夜,玉樹長春未覺秋。歸去客窗孤枕夢,悠悠多在五峰頭。

高　士　峰　　　　（明）傅　凱

世事將非此避名,先生踪迹有高亭。一庭芳草埋丹竈,千載清風聳翠屏。浩蕩乾坤浮海島,優游鷗鷺滿沙汀。登臨自覺無窮思,富貴都輕水上萍。

錦田鄉新居遣興　　　　（明）傅　凱

本尋幽僻事潛藏,雅景相迎到草堂。碧水蘸光澄遠漢,青山倒影入幽塘。花間看鳥隨來往,林下分魚任短長。自識盈虛消息意,乾坤無處不徜徉。

姜　相　峰　　　　（明）黃　濟

龍顏曾犯進規箴,一寸忠貞百煉金。流落閩山終白首,匡扶唐祚有丹心。幽潛表揭名卿筆,苔蘚摩挲過客吟。千古高山人仰止,乘閑我亦樂追尋。

題姜相墳次韻　　　　（明）黃　璣

長安萬户鎖柴扃,車駕蒙塵晝晦冥。曾托股肱登鳳閣,肯於風雨斷雞聲。建中若用扶危策,相國何由贏得名。莫恨忠魂閩海泊,宣公不起忠州城。

古元室次陳考功思獻　　（明）黃河清

樂山隨處爲山留,白鳥青篁箇箇幽。醉裏菊花應笑我,病餘詩鬢却逢秋。百年難了江山債,終夜多爲夢寐游。暫服刀圭飛未得,浮雲猶隔小蓬邱。

題金粟洞　　（明）黃河清

披雲迢遞覓仙宮,老鶴聲中一綫通。文姝何心開罔象,去華有意續天工。_{文姝、去華二仙名。}輝煌碑刻千年字,幻化金成一粒功。就裏尋真真未得,海天雲樹兩濛濛。

題明心巖　　（明）黃河清

委蛇小徑入懸崖,爲訪劉郎到上臺。向我曇花偏索笑,傍僧青鳥不疑猜。明心自透參禪路,採藥曾收醫國材。我欲問僧醒酒訣,如何獨贈一鹽梅?

其二
何事登山自作勞,新情隨處寄林皋。若教佛醒僧應醒,一任山高我亦高。綠竹滿林搖白鳥,東方幾度竊青桃。農桑自是羲皇里,不是陶翁亦賦陶。

不老亭聯句陪程信吾郡伯　　（明）黃河清

幾度期登叔度砰,天風今送到蓬瀛。溪山歷歷清秋畫,雲物依依不夜情。公瑾醇醪應自醉,孟嘉破帽有餘酲。月來更立峰前望,若見東吳幾樹縈。

題小身瑞迹巖　　（明）黃河清

誰結蓬壺碧漢涯,公輸何事費輪材?天奇只爲高僧設,地勝不招墨客來。鹿守門呦隨泮渙,猿吟徑下自徘徊。坐忘塵海三更月,借問禪心門未開。

題覺海巖　　（明）黃河清

胡蒜水泛覺秦村,欲叩秦家幾逸民。菊鬥冬寒黃更好,鳥欣客至語尤真。

蜃晴海遠濤望樹，山夜庭空月近人。來得却愁歸不得，竹枝遍認問前津。

題蓮花峰　　　　　　　（明）黄河清

步躡煙雲上翠屏，石蓮朵朵倚空青。山於秀處應生巧，地欲章時自結靈。玉井泉清花獨放，若耶溪涸夢還醒。我來却把虛名附，日日瞻依不老亭。

題一片瓦次一峰先生韻　　（明）黄河清

鐵脚搜奇更問幽，分明今日愜情游。地吹山起聊成象，石貼天邊偶爾浮。誰冶誰陶隨幻化，佛醒佛定自春秋。荒煙已鎖桃源路，爲種桃花到上頭。

游清源南臺巖　　　　　　（明）黄河清

絶崖高掛小岑樓，鳥自低飛雲自留。曙發海天鷄獨閧，山分閩越景全收。江清樹老今還古，石峭寒生暑亦秋。悟入尋真真已悟，移文休到此山頭。

與友人約游清凉室　　　　（明）黄淑清

十年夢寐憶清凉，山自高高水自長。明月滿巖僧幾定，好風吹帽客誰觴。鳥啼曾作留人語，花氣還開撲鼻香。我欲乘秋尋舊隱，報君先掃白雲床。

喜南安新城訖功城扁四門曰熙和曰拱華曰文明曰平成作四咏以紀之　（明）黄潀清

熙和門外雙陽山，逶迤十里開名寰。新城百雉中屹立，夾龍兩水會前灣。邑中父老相顧語，昔年溝壑今粒餐。南安之民今復安，孰知此功成獨難。

其二

拱華門外峰如蓮，八石天開勢自然。此華萬古稱不老，直待夏至倍增妍。維昔濂溪愛此華，爲與君子相比賢。孰知我公百世功，直與此華同貞堅。

其三

文明門外紫帽峰，上有高塔凌蒼穹。長溪西來走其下，汪汪百頃蟠黄龍。

新城控帶平原上,水若增深山增崇。我欲題塔擬殊績,願借巨筆如長虹。

其 四

平成門外九日巔,捧駕寺中祝萬年。南安新城今鼎建,卜與皇圖歷億千。東峰姜相西高士,勛德及民孰公前。年年九日人登高,應有重刻峴山篇。

明 心 山　　　　（明）李　源

曾經蘆口見明心,一望連雲碧樹森。春曉鐘聲催鶴舞,夜分燈火伴龍吟。泰山好比胡耽篤,長岫應如范苦深。寄語高僧多碾茗,謫仙不日要登臨。

題 姜 相 墳　　　　（明）馮　澄

相國何年掩夜扃,年年風雨過清明。夕陽送斷麒麟影,古木啼殘杜宇聲。賣直得譏原是直,售名遭貶不求名。翻成別駕孤墳起,碑碣峨峨對郡城。

題 金 粟 洞　　　　（明）陳　琛

拔地凌空失眾邱,雄奇應得數南州。白浮雲谷真堪玩,青映吾廬若可收。滄海遙看深處淺,仙壇幾見昔人留。亭亭老柏丹崖下,欲挽憑誰借萬牛。

題 古 元 室　　　　（明）陳　琛

抱素真人曾此留,排雲掃榻耿巖幽。也知有雪偏能暖,尤訝無風亦作秋。石澗潺潺驚水逝,塵纓裊裊嘆人游。半年待我西銘了,紅綠描春定滿邱。

次韻題小丹邱　小丹邱在紫帽山。　（明）陳　琛

紫峰先生嘗主講於王簡齋先生家,家在紫帽山之下。正德乙亥,紫峰先生曾借寓於小丹邱也。

白雲縹緲四時留,青壁迴環盡自幽。露竹珠涵滄海月,風松波撼洞庭秋。窩中已足逍遙樂,頂上還堪汗漫游。待看羽翰生嚮日,人間始信有丹邱。

其 二

漁郎到此可能留,好鳥一鳴山更幽。正喜清樽宜對菊,那知白髮解驚秋。高情直與千峰合,環堵真堪萬里游。頗怪忘琴陶靖節,崎嶇何事又經摎。

宿康店驛　　　（明）林希元

肩輿凌曉指歸程,山嶺煙埋雨氣橫。綠草連阡迷客路,青苗遍野喜農耕。每聞桴鼓傷時事,慣見炎涼識世情。遠望鄉關東嶺外,郵亭高柳且停旌。

金溪懷古　　　（明）史于光

九日山頭向曉開,疏嵐飛翠落舟來。鶯藏春岸嬌啼柳,犬隔寒溪漫吠梅。携手期登聚秀閣,懷金欲買釣魚臺。可憐姜相峰前石,獨宿無心雲一堆。

九 日 山　　　（明）郭 　

正德戊寅夏六月望前一日,泉州別駕行西郊,至南安駐節。省風之餘,拉蓮峰子黃河清、方舉子彥,登九日山。三人情志同也,因聯近體付諸石。

九日山纔一日登,山靈應待我來曾。入亭野色浮詩案,落石溪聲雜夜鈴。古岫何心留釁釁。南薰有力掃炎蒸。乘高莫道肩輿穩,我自攀蘿我自升。

度 瓊 海　　　（明）黃 瓚

夜發滄溟聽棹歌,飄蓬逐客任風波。蒼茫雲水連天闊,杳渺帆檣一葉過。星月翻濤驚漢墜,海樓結蜃入秋多。鬼門生度三千里,魂斷朱崖五指何。

游覺海巖同陳瑞山蔡可泉　　　（明）王慎中

吾生寡好獨耽奇,更接良儔汗漫期。嘯向空山成節奏,行窺止水鑑鬚眉。坐茵每藉林中草,解佩時懸石上枝。顧謂同心高蹈者,便堪脫屣視妻兒。

由覺海巖訪石龜巖　　　（明）王慎中

迴環叠嶂欲迷方,來往微通一徑長。怪鳥啼多山更寂,閑花落盡樹還香。

鳴泉數處褰衣屨,側石千磐策杖妨。沉病嬰身形已廢,獨於游踐力能強。

哭黃應初山人　　　　（明）王慎中

碧山長在人何處,豪氣杯中恍可尋。靈魂應隨遼海鶴,遺風猶寄廣陵琴。同盟猿狖驚多夢,舊撫松筠怨獨陰。佳句卷中時把玩,堪嗟已是古人吟。

其　二

舉樽酬汝知何用,涓滴曾入地下無？星象還天仍是酒,姓名着谷定稱愚。解酲誓婦留今語,藏畫夸神守故厨。還幾桑扈真長已,雙淚空垂楊子朱。

寄黃小竹遂昌　　　　（明）王慎中

聞君領縣括蒼東,瀟灑爲官有道風。每夜猿聲如舍里,四時山色在城中。薙間置水姦皆息,花下鳴琴訟自空。遥憶潘生多暇興,欲將佳句覓來鴻。

覺　海　巖　　　　（明）莊一俊

覺海峰頭五老峰,仙人手種玉芙蓉。時騎天上雙飛鶴,欲訪人間一臥龍。流水不知花落盡,青天久與客相從。丹砂自古醫塵俗,羨爾千秋學赤松。

秋日游高士峰　　　　（明）朱　梧

葭葦浮舟綠屬紋,憑高何處弔徵君。簾鈎寒掛蓮峰月,藥竈秋濃竹樹雲。潮下前洲漁火現,日銜西浦梵鐘聞。天清木落人踪少,仰視長空雁一群。

楊梅山雪峰寺　　　　（明）陳　鷗

寺外秋山冷欲霜,晚村煙火隔林長。雲深闇闇蟲鳴宇,夜静幽幽螢入堂。獨客感時聊對酒,老僧禮佛自焚香。結庵幾欲居南野,銀漢遥瞻清夜光。

九日山書室　　　　（明）黃養蒙

曾搆茅屋九山曲,時望金溪小徑通。堆葉掃雲尋老子,烹茶讀易夢周公。

幾年司計慚明主,何日乘舟掛曉篷。江上清風猶舊否?沙汀爲我問漁翁。

九日山宴集留咏　　　　(明)程秀民

空山木落驚秋暮,爲惜黄花載酒過。樹隱禪宫棲白鳥,水深沙界滿青莎。疏篁日午侵棋局,遠浦風生起棹歌。三十六奇何處覓,憑僧猶説隱君窩。

其　二

翠光亭上碧山頭,千古登臨九日秋。風掃榕陰雲半落,煙濃石室雨初收。秣陵東去懷高士,臨海南來笑古邱。漫説諸賢追勝事,浪傳覊迹作閑游。

游鯉湖仙宫紀迹　　　　(明)傅夏器

煙雨沉濛古殿陰,一燈明滅翠光沉。清都杳杳鈞天夢,方丈懸懸化極心。萬里功勛生枕蓆,百年懷抱滿衣襟。此身自惜睡無着,起坐聊爲梁父吟。

惜　　時　　　　(明)傅夏器

江水無情日夜流,百年身世一孤舟。朱顔倏似驚風度,白髮勝於野草稠。新息事功嗟已晚,永康學術愧難酬。憑君欲話前賢事,蘆荻蕭蕭起暮愁。

題雙髻山白水巖　　　　(明)陳學潛

峭壁懸空草徑斜,高低古洞繞煙霞。雙堆鴉髮雲中髻,兩結芙蓉天外花。馬甲地名。一支千澗水,雉城片掌萬人家。孤根絶巘殊無障,目斷滄溟那有涯。

陳山人遠游初歸訪而有贈　　　　(明)陳學潛

飄飄書劍一身輕,十載相逢白髮生。四海浪游空寄迹,千山題遍不留名。雨過舊堂歡舞鶴,春回故國語流鶯。樽前却憶當年别,幾度相思對月明。

高　士　峰　　　　(明)戴一俊

早賦歸來棲碧山,巖頭風景謝人寰。嵐光映牖青霄落,松影摇階翠岫環。

幽鳥忽來音自好，行人坐看意俱閑。樵人故訝蘇門隱，清嘯風鳴不可攀。

游高蓋山資福院　　　　　（明）戴元佐

高蓋峰頭晚樹陰，秋來乘興此登臨。參禪不索杯茶去，採藥方知草徑深。煙火近村催薄暮，山禽傍寺促歸心。名賢仰止思難企，龍虎聲稱冠古今。

題清水巖　　　　　（明）歐陽模

千尋鳥道見山巔，迴繞螺亭倚澗邊。樹掛雲煙迷野色，徑回翠藹入禪天。摩碑細認前朝字，憑檻常思出世緣。此際凌虛真境界，携棋對酒伴閑眠。

謁歐陽墳　　　　　（明）歐陽模

慈母千秋有古墳，詩山縹緲帶晴雲。傍林鳥雀今何在，滴淚叢荊古自芬。雨濕黃泥逢晚到，風高華表作秋分。傳疑傳信君休問，總是文章孝行聞。

題一片瓦　　　　　（明）歐陽模

巍峰怪石峭憑虛，天作空中片瓦廬。幽谷苔生僧步怯，土階井洌客來疏。四時風景煙霏裏，一榻禪燈日月餘。弔古却懷羅太史，當年棲托意何如？

題郭山神廟　　　　　（明）陳學伊

突兀來峰勢若鶱，石梯百仞到山門。原疇一望平流水，煙火相連遠近村。棟宇半成棲佛像，藤蘿幻迹說將軍。欲尋舊記今無考，指點群山笑白雲。

游清源巢雲巖明詹仰庇謫歸隱此。　　（明）黃思近

誰構禪居此一阿，逍遙從昔羡詹何。亭流曲水堪環座，石老盤松可倚歌。和郢客來芳草碧，閉關人定白雲多。只欲巖際覓真隱，何事滄洲制芰荷。

九日山留題　　　　　（明）詹仰庇

九日風高向晚天，馳車迢遞躡孤煙。巖幽有客堪乘興，雲宿無僧可問禪。

一水波光連樹杪,千山秋色落樽前。微茫月影迷歸路,簫鼓中流入夜船。

初發康店驛別黃吾野　　　（明）詹仰庇

巢雲回首北山隈,客路風塵曉騎催。萬里離情依碧草,一天愁思滿高臺。逃名久學謝安臥,報國應慚賈誼才。入夜鄉關煙雨外,停驂且醉故人杯。

覺海巖在一片瓦巖之外。　　　（明）詹仰庇

棲息山中忘却歸,相携去路叩禪扉。亂禽鬧樹僧聽慣,一犬當園人到稀。荒殿經殘疏雨過,香臺秋盡落花飛。驅車逼迫堪惆悵,何日重來坐翠微。

送劉省齋歸田　　　（明）陳嘉猷

邯鄲塵夢一朝醒,笑指雲山訪舊盟。袍笏送將官裏去,琴書擁帶馬頭橫。從教桃李爭春寵,盡把罍樽對月傾。別後有懷空佇想,臨風還聽雁來聲。

楊梅山在二十都。　　　（明）蘇希栻

古寺前開得月樓,長應明月到山頭。出林疏影隨杯轉,依檻清光入夢浮。未敢天花來作雨,故移雲樹動先秋。知君對此能相憶,一任禪棲半榻留。

不　老　亭　　　（明）丁一中

海上孤懸不老亭,乾坤終古此山靈。雲霞遙映童顏赤,松柏高盤佛髻青。福地自宜鍾上壽,鈞天應為慶遐齡。巖翁莫秘長生訣,華表未歸舊姓丁。

歲除日習儀九日山因偕屬令登眺　　　（明）丁一中

青陽淑氣正熹微,九日山巔一振衣。巖谷千年餘勝概,冠裳萬里共春暉。秦君亭廢名猶在,姜相祠荒世已非。欲覓遼東舊時鶴,馭風仍向海天飛。

宿康店驛　　　　　（明）黃克晦

離筵暮散古祠陰，處處春江水氣沉。半夜驛亭浮客夢，一燈風雨別家心。窮來好友偏相倚，老去名山尚可尋。天地翩翩何所着，却憐孤鶴在空林。

題隱君祠　　　　　（明）黃克晦

松桂空山久寂寥，新祠誰卜近歡囂。吳國多賢思季子，箕山有道報神堯。酒瓢猶掛巖邊樹，釣艇虛隨月下潮。想見秦君詢我否，江頭小隱不須招。

中秋再游九日山　　　　　（明）黃克晦

高亭秋氣夜蕭蕭，下界人家鼓角遥。何處山光如九日，一年月色在今宵。風吹桂露沾衣濕，潮送溪雲撓樹搖。潦倒不知東外白，金鷄聲下錦溪橋。

其　二

本與名山有宿緣，一年兩度此山巔。風流不落孟嘉後，強健還居杜老前。出壑野猿迎舊識，孤僧茶竈起新煙。秦君物色憑誰領，細揭荒碑弔昔賢。

明心山　　　　　（明）黃克晦

山頂峰生入望新，山腰蒼翠積松筠。禪房有客聞清磬，樵徑無人見束薪。金字經殘諸品靜，丹青殿古一僧貧。下山蘿月紛紛白，米汁從君更數巡。

瀘溪　　　　　（明）黃克晦

薜蘿溪上暮停車，路入空村一徑斜。野老迎人歸草閣，稚童問酒過鄰家。疏林半出前朝寺，殘菊猶開十月花。栗里尚存敦樸處，他年就爾學桑麻。

宿雨登隱君亭奉次張植田公韻　　　　　（明）黃克晦

清游曾記遍巖巒，一眺石邊幾度看。陳迹那堪如落葉，流年誰爲障狂瀾。

空聞到處逢丹竈,不見當時戴鶡冠。愚谷蕭條松桂晚,鳴琴猶自向人彈。

其　二

雨過晴峰錦作紋,維舟訪古最憐君。千年人去惟流水,萬壑秋深是白雲。橋斷天鷄何處舞,江空野鶴有時聞。題詩坐拂莓苔石,猶喜沙鷗不亂群。

黃有及拉余再登九日山兼游不老亭次少鶴丁大夫韻　（明）蘇　濬

一蓮峰上勢亭亭,十丈開花若有靈。貞質不隨塵劫染,高標遥映海天青。時將美德思君子,漫說深根結晚齡。自是天公呈大巧,剖開巨璞役神丁。

丙午秋杪拉友人登九日山石佛巖謁郡守程信吾公新祠　（明）黃懋中

嶙峋一柱削孤根,紫霧黃雲互吐吞。涌出真身通地脈,煉成石骨劃天門。古松聲響疑長嘯,高士神游伴晝昏。應識宰官原是佛,今來整得舊乾坤。

其　二

菩提跌坐對溪深,萬壑松風白晝陰。不見不聞同片石,何生何滅到來今。雲煙長繞舊香鼎,燈火新懸古佛林。已是無心空色相,猶留半地待知音。

贈王門許烈女　（明）傅鳳巖

紛紛世事那堪聞,漫道幽閨烈薄雲。人到九原方識面,魂銷匹練已留芬。不爭丹史千秋重,爲惜綱常一念殷。肯使鬚眉皆女子,應看許國淨妖氛。

雪峰巖得月樓　（明）黃鼎象

高山得月最宜先,況有危峰百尺懸。生魄隨人分冷暖,清光原自不尖圓。移花寒影驚僧夢,入鏡净心淡客禪。爲問風飄來桂子,華巖會在幾重天。

雪　峰　巖　（明）楊道賓

雨後城南喜見招,孝廉同載木蘭橈。登臨已動經年思,選勝何妨信宿遥。

九日青藜懷舊火,一江白練泛新潮。雪峰隱隱樽前出,可奈溪雲暗小橋。

詩　　山　　　　　（明）何喬遠

歐陽博士已年久,千載詩山尚著名。今日真因公一至,何峰得與此争橫。吹笙老鶴疑無地,執玉群仙有太清。弔古登高同此日,溪清嶺翠若爲情。

郭　　山　　　　　（明）何喬遠

佳節登臨興欲飛,虛臺獨上遠巍巍。陰沉林氣幽人語,蒼翠山光逼客衣。楓葉嵐晴還不動,藥苗秋晚正應肥。主人愛客清尊滿,十日流連歸未歸。

金雞橋一作金溪。　　　　　（明）史繼偕

透迤遠勢卧長虹,西引地形接郡雄。一日興梁思惠政,萬年舟楫屬神功。弦聲滿邑隨風轉,桃色盈庭映面紅。自是仙郎深雨露,褰裳不如沐恩同。

瀘　　溪　　　　　（明）蔡復一

秋陰乍駁滿天痕,繞檻溪聲過雨渾。江樹將晴浮遠浦,白雲帶濕抱孤村。煙迎落照山如滴,苔綉殘碑字半昏。歸鳥能言樽有酒,夕陽何事欲消魂。

辨高蓋山非有歐陽公哀母詩　　　　　（明）戴廷詔

紛紛浪説古墳奇,高蓋山頭哀母詩。誰撼陳嵩空淚語,枉成歐士早歸詞。歿時親老簡猶墨,死後友傷事豈疑。欲破齊東習見語,請披韓卷檢哀辭。

游古山在十三都。　　　　　（明）戴廷詔

步入名山萬丈溪,藥苗競秀滿山畦。潺湲曲澗紆餘出,壁立高峰崒崒齊。未向澄潭探古樹,先從石徑覓仙蹊。飛流瀑布千尋急,雙闕翹瞻望轉迷。

游高蓋山　　　　　（明）戴廷詔

名山高蓋幾經游，覽古直須到上頭。草蔓石門迷舊室，雲連穹宇護靈邱。三峰並峙臺階叠，二水中分玉帶流。千古破荒鍾間氣，於今仰止憶前修。

游郭山廟　　　　　（明）戴廷詔

山門縹緲俯遥岑，雲樹蒼茫玉洞陰。累石嶒崚疑鳳馭，環流澎湃隱龍吟。當年遺迹藤蘿杳，此日明神帳殿深。却喜高僧如惠遠，焚香誦偈一相尋。

游高田山　　　　　（明）戴廷詔

凌雲蒼翠接魁躔，恍惚桃源別有天。勁柏倚山移步爽，名花繞徑拂衣鮮。町畦獨向雲間辟，樓閣多從漢外纏。帝室聯姻雖已久，於今閥閱尚昭然。

游天柱巖　　　　　（明）戴廷詔

選勝巖游眼界寬，尋幽登陟幾盤桓。閑花倚徑逢人笑，古木護門爲客闌。石柱高擎天外迥，蓬壺遥向海中看。俯視諸峰皆渺小，竦身已出白雲端。

鴻漸山在四十三都。　　（明）黃懋京

寒聲無地不霏微，處處孤村已掩扉。石上苔生遲野屐，泉頭雲冷問秋衣。長空半暝人初醉，滿樹殘紅鳥未歸。回首紛紛車馬路，何如天際一漁磯。

金石峰在二十都。　　　（明）黃懋京

樽酒相携對客吟，將軍遺迹在孤岑。青山豈動悲秋意，白日偏寒弔古心。煙火幾村含樹色，牛羊一笛下溪陰。逢人欲問殘碑字，無數蒼苔没已深。

報親寺中坐月　　　　（明）黃景昉

風露浩然酒氣消，清尊華髮興能饒。不嫌六月寒侵坐，無奈三更白滿橋。

荔菓舊傳陳氏紫，鱘魚新寄潤州遙。鳴榔何客獨宵邁，掉落黃陵幾尺潮。

再游報親寺　　　　（明）周廷鑨

荔陰一抹夕陽低，巖浦西山路欲迷。哀壑嘶風餘石馬，晚潮吹雨過金雞。池荷無力驅殘暑，野鳥何心戀故棲。留得半龕檀種在，不妨蓑笠帶雲犁。

登九日山　　　　（明）張守質

步入禪關一徑賒，攝衣登眺夕陽斜。金溪碧落千條練，紫塔光涵五色霞。月繫扁舟漁火渡，風清古碣隱君家。游人亦卧東山麓，醉倚煙蘿學種瓜。

登雪峰巖謁諸葛廷瑞墓　　　　（明）蔡道憲

虎拜先賢露未稀，青楓白馬黃金犧。樵眠有路無心得，僧老何年帶雪歸。秋色一江分客供，暮雲千里落書幃。層樓猶有高未極，片石峰頭好振衣。

潘山市　　　　（明）沈佺期

鼎革百年竟莫成，誰分逸興共春晴。安排叠嶂半床穩，鎖鑰雙虹一水橫。洲渚參差柔短楫，雲煙斷續幻巍城。忍教殘雪留絲鬢，卧聽東山屐齒聲。

其二

機盡隨鷗尚未閑，駒陰不肯駐衰顏。相將醉醒消人事，剩得風流在世間。霞絢雲蒸妝淡水，花殷鳥傲靜空山。此時春色猶無賴，一曲漁歌一棹灣。

豐州集稿卷四

七言律詩

送友顏紫巖之任無爲　　　（國朝）洪士銘

金臺倐爾來高人，萬里晨昏重此身。楚水謳歌時互答，燕山劍舄日相親。張羅欲跂雲中履，折角頻夸雨後巾。願借匡廬竿許竹，層梯百尺上星辰。

潘山八詠之一　　　（國朝）傅爲霖

畫舫清尊憩緑陰，橫飛逸興聽龍吟。鶯花待客開三徑，風雨懷人共一琴。野色全收春色遠，鐘聲半落水聲深。偶然坐挹前溪月，凉氣侵裾白滿襟。

同南安主李公游九日山敬步原韻　（國朝）丁　煒

高閣凉生暑氣微，溪雲拂拂颭輕衣。山含細雨浮空翠，樹擁殘雲隱落暉。石古虛傳秦硯在，煙深莫辨晉松非。遥聞山吏留佳咏，化鶴何年此地飛。

楊　梅　山　　　（國朝）釋超宏

古寺楊梅山一半，檻外巉岏群峰亂。官田人去已陳迹，佛閣年深猶壯觀。霜酣紅樹錦千層，溪帶平蕪練一段。人事往來成古今，山體如舊那曾換。

其　二

巖畔梅梢蕊尚纖，氈氎一衲任冬嚴。懸崖水落微垂練，小雪輕寒不散鹽。觸石雲閒仍出岫，喧枝鳥墜忽投檐。道人未免牽詩思，吟蹙眉頭八字尖。

客天心寺呈異木兄　　（國朝）釋德萃

當年那覺行路難,十載馳驅始識艱。一杖懶携歸故里,把茅欲結卜何山。江城旅榻春欹枕,風雨飛花晝掩關。幸有故人勤慰問,□愁不鎖兩眉間。

山行值雨　　（國朝）釋德萃

風瀟瀟又雨瀟瀟,頂笠扶筇過板橋。複嶺繁紆雲裏上,行裝短結霧中挑。崖頭飛瀑聲加壯,樹尾殘花色尚嬌。駐步回看煙靄散,許多詩思在芳郊。

游圭峰　　（國朝）釋德萃

携筇出郭探幽棲,細草如煙欲滿蹊。游興自隨春色動,吟情不逐夕陽低。舟橫金浦煙波渺,路入圭峰雲樹迷。賓主談來忘夜永,月明不覺轉松西。

高士峰秦君亭　　（國朝）劉佑

偶緣公事出郊坰,遂造秦君處士亭。故館於今餘草蔓,伊人已久付沉冥。金溪曲抱梵宮靜,倒影平臨亂岫青。老我慚無公緒節,回車忽忽入琴廳。

送阮疇生南歸鷺島　　（國朝）鄭纘祖

千載燕雲托迹同,驪歌初唱出城東。他時對景懷詩伯,此日臨歧送阮公。歸去江山曾記識,夢來煙月總朦朧。知君到處咏吟遍,好把新詩寄驛筒。

次劉邑侯登九日山高士峰原韻　　（國朝）蘇鐸

不緣牒控向前坰,咫尺何從到此亭。弔古尚煩搜志乘,憑高正好問蒼冥。可憐九日樓遲廢,猶自三冬草樹青。倘有公餘能載酒,重來幸莫厭荒廳。

清源山　　（國朝）蔡仕舢

別下源山日欲曛,齋心入夜禮元君。中峰一綫開青壁,半嶺千松鎖白雲。

春水自縈深草徑,夏蟲堪語舊冰紋。醉眼不辨仙凡隔,鷄犬聲聲到枕聞。

金溪泛舟登九日山　　　（國朝）蔡仕舢

一彎斜篷解城西,客艇留樽盡日携。綉壁波紋來返照,傍洲魚沫噞香泥。歌穿菡苕因風度,杖掛巉巖破蘚題。夢裏乾坤誰曉唱,桃都亦自有天鷄。

其　二

不知炎夏黯然消,似迓寒門冷氣饒。露濕晴空熏細草,月隨溪水漲平橋。秦君亭右堅城在,姜相峰高舊事遥。曾是爽鳩行樂否?向來斯地屬王潮。

九日登白雲室　　　（國朝）陳石鐘

爲叩行周到此山,白雲助我遠躋攀。最憐開創文章久,欲識依稀笑語艱。古洞千尋秋色裏,荒邱半壁夕陽間。徘徊未了登高興,忽覺風吹兩鬢斑。

李邑侯新造金鷄橋　　　（國朝）陳石鐘

巧匠工成巨浪吞,弦歌暇日度高軒。何須烏鵲秋前墜,恍似龍螭雨際翻。帶映長江推保障,襟連瀚海作籬藩。他年好把橋名李,滕閣蘇堤號尚存。

步登紫帽山　　　（國朝）陳石鐘

聞説凌霄塔上秋,風飄不净好招游。幾多佳士來題筆,難得名山一點頭。古洞遥吞滄海氣,仙鷄自報午天幽。何時覓句驚神鬼,携到高峰瞰數洲。

游雙陽正名朋山,在晉江轄。　　　（國朝）陳石鐘

兩岫巉巉若弟兄,崔巍並峻自天成。巖前翔鳥交峰舞,洞口幽花對户迎。霧散煙凝均曉暮,林輝石潤共陰晴。好將此地藏書卷,二酉高山可與京。

游金溪觀曉日　　　（國朝）陳石鐘

夾岸山來十丈高,長溪春曉涌洪濤。朱丸忽起驚浮鴨,赤轂初翻動睡鰲。

賢相濯纓神倍豁,徵君滌筆氣增豪。年年九日峰頭客,未敢輕題一字糕。

游九日山　　　（國朝）李延基

約客攜樽上翠微,山光冉冉襲秋衣。松杉挹翠凝朝露,鷗鷺沖波弄夕暉。秦硯草荒高士去,姜碑苔蝕古祠非。雙鳧何日朝天去,空羡凌雲一鶴飛。

題不老亭步明人丁少鶴韻　　（國朝）賣草翁

蓮花峰上起孤亭,亭自蕭疏峰自靈。垂地修藤千丈碧,參天古柏萬年青。仙踪秘錄無尋處,怪石幽花不記齡。他日名山投老去,飄然塵外作閑丁。

漸溪舟雨初晴　　　（國朝）洪科捷

匏渡天涯淫雨霏,忽聞梢子唱朝暉。一竿乍映布帆濕,兩岸猶添溪腹肥。蕩漾時慚流水咏,菁蔥飽看翠山歸。何年得抒舟霖用,客夢鄉關對月扉。

雨過仙霞　　　（國朝）洪科捷

跋涉風塵抵故關,攀藤冒雨上霞端。披雲有路嗟千仞,捧日無梯繞數灣。去去祈神人幾許,來來歇足客衣單,依稀學得謝公屐,自此無憂造頂難。

端午舟次劍津　　　（國朝）洪科捷

無端端午泊延津,擊鼓催舟鬥捷人。共識當年飛劍地,枉勞徒手捕龍神。聊揮班管付流水,那得蒲醪解俗塵。遙想弟昆千里外,春期還憶遠行親。

其　二

四度龍門莫問津,劍溪船繫有心人。家家潦倒鬧蒲節,處處波淘驚客神。懸□當空輝萬象,誰驅陰翳淨纖塵。乘流解纜辭茲去,歸把珩璜壽兩親。

黯淡灘　　　（國朝）洪科捷

已入故鄉愁不刪,非真黯淡此高灘。不驚籛浪三層涌,自有心思九曲灣。

滚滚中流誰砥柱，蕭蕭古道付狂瀾。叮嚀準備渡江楫，勿使飛塵過浙關。

假歸留別南埔諸友　　（國朝）洪科捷

告歸信宿舊鱣堂，碧草層波意渺茫。幾度歸雲催去馬，一天晴靄勸飛觴。浦橋景發春前思，夢筆花添別後香。潦倒斜陽攜戀處，滔滔未似此心長。

其二

忘形主客雨淹留，又囑篙師漫解流。只爲帳前將款款，非關柳下去由由。巨杯滿酌歡無算，小菜微添幅不修。向夜月明猶把臂，踏歌南浦望仙樓。

其三

勇退急流識者稀，前程春色滿重闈。深期侍膝雙親喜，寧覺空囊一物微。秀草遲滋書帶瑞，春花早發榜金緋。相思何處堪相慰，桃李成蹊日菲菲。

柳煙　　（國朝）洪科捷

輕煙著柳挹行塵，漏洩韶光到處春。漠漠和風低拂草，霏霏映日遠隨人。濃妝鶯織看成幻，淡抹蛾眉畫未真。疑是九天施雨露，依稀彈計着袍新。

荷雨　　（國朝）洪科捷

方塘灧瀲漾空濛，馥郁微聞君子叢。擎蓋團團迎晚氣，散珠點點落清風。聲隨夜幌侵青卷，香引春醅透碧筒。十友推君姿最净，更教濯洗好妝紅。

梧月　　（國朝）洪科捷

一葉飄飛忽報秋，水天澄景共悠悠。高枝掩映金波轉，翠影參差玉鏡浮。露洗清輝添素色，風吹皓魄動寒愁。敲詩乏得卷阿句，慚對朝陽彩鳳游。

松雪　　（國朝）洪科捷

森森雪幹擁清都，歷盡窮冬心不渝。偃蓋連雲凝秀麗，懸池帶月晃虛無。

寒飛玉屑標貞質，凍繞龍鱗老白鬚。佇看東風吹泮涣，菁葱不改舊時圖。

九日山登高　　　　　（國朝）洪世澤

人間盡愛重陽節，此地偏傳九日名。落帽風流今已矣，憑欄眺矚不勝情。煙埋古迹雙峰在，秋老空江一練明。菊蕊山中閑自發，清樽石上且同傾。

登不老亭　　　　　（國朝）洪世澤

策杖重躋不老亭，蒼藤峭壁秘仙靈。晚潮海上初回紫，春草洲前遠送青。陸地孤根還八石，閑花遞謝任千齡。登臨今古消塵劫，華表何從問姓丁。

憶黃龍荔子　　　　　（國朝）洪世澤

黃龍十里荔爲鄉，六月炎天有蔗漿。火齊含風千樹爛，水晶凝露五更涼。主人置酒林間晚，客子行舟水次香。青李來禽安可致，悠悠川路一何長。

憶培園荔子　　　　　（國朝）洪世澤

雨過培園訪荔鄉，綠陰深處護名莊。池中菡萏嬌相映，盞底春醪潑共香。坐倚雕欄時小滴，曉凝甘露快先嘗。盛園仙菓年年發，清夢遥應憶渭陽。

游鳳山　　　　　（國朝）徐時深

九載青林一別難，冷風吹面不知寒。共盟淡水形骸外，獨貴芳蘭陌路間。南北東西人異地，春秋冬夏望家山。關心便有關情處，回首蓬萊嶺樹丹。

天心洞在廿一都瓊山。　　　　　（國朝）黃開泰

江嶺崎嶇碧翠回，蕭蕭紅葉滴蒼苔。仙人遠乘白雲去，游客西從碧澗來。萬壑泉聲天外落，千山樹色霧中開。洞猿野鶴歸何處，夜月疏鐘鎖石臺。

題賓月軒　　　　　　（國朝）龔廷耀

仙人結隱倚崇阿,待月開軒隔薜蘿。杯泛餘光澄野色,簾分片影落秋波。解襟對坐成賓主,散步相邀入嘯歌。予亦寒蓬風雪夜,不知清興屬誰多。

宿梵天寺　　　　　　（國朝）許廷圭

曲徑通幽暮靄侵,風泉清籟發禪心。一龕佛火諸天靜,萬壑松聲下界深。孤客夢闌疏磬曉,乳鴉啼散落花陰。坐來悟得旃檀味,獨自燒香爇水沉。

初知桐柏卸篆後與士民唱和　　（國朝）潘澍霖

夾道依依父老情,漫勞爾輩送行旌。綠殘紅遍韶光煥,雨散雲開氣象更。守分定教消外侮,逢年多是在深耕。我今解組離居日,留贈空言本至誠。

其二

是處難忘父母情,如何今忽動行旌？桐山雨潤恩膏洽,淮水風清習俗更。愛士原憑五夜讀,憐民却在九秋耕。笙歌拜送人盈路,和到新詩也獻誠。

催菊　　　　　　（國朝）黃梧陽

荒厨無火瓶無粟,猶自逢人不說貧。半畝祇將花作伴,一秋常與月為鄰。待簪綠鬢驚開晚,自憶黃花來訪頻。老圃正須渠點綴,西風叮囑獨諄諄。

冬月戲作　　　　　　（國朝）黃梧陽

筆硯於今縱不无,衡門生計一般無。事如籠鶴行多礙,人比龕僧坐更枯。時節小春梅著樹,關山荒月雁啣蘆。遙林漸染丹黃色,當作南宮好畫圖。

秋海棠　　　　　　（國朝）黃梧陽

何年幻出此花魂,憔悴深閨日易昏。夜雨似添將盡淚,秋風先長有恨根。

顔因薄命翻常好,生本幽懷却避喧。千古相思同一例,國風唐棣逸仍存。

春日陳二衡廣文招余同謝定甫拔萃游賜恩巖
（國朝）黃梧陽

自是來游不厭頻,風光一到一番新。僧雛擘紙求詩句,客子携觴酬古人。草色嫩於初嫁女,山容癯似苦吟身。男兒事業能粗就,長與兹巖結净因。

憶　　梅
（國朝）黃梧陽

揚州官閣寄幽衷,無限相思在此中。北使憑將芳訊訴,南枝可有暗香通。情深院落三更月,夢繞關山一笛風。老鶴如人懷舊侶,梳翎静對夕陽紅。

種　　梅
（國朝）黃梧陽

幾番料理費工夫,宿蘖新條倒復扶。不怯尖風揮鍤去,每將殘雪當泥鋪。安排盡護窗三面,繚繞多栽水一隅。最好橫斜千萬樹,就中吟賞著詩臞。

尋　　梅
（國朝）黃梧陽

江店村家不斷香,騷人日日爲花忙。雀聲林近知春曉,驢背風來忘路長。愛談孤山新畫本,頻携灞水舊詩囊。去時看雪歸看月,十里行吟興欲狂。

折　　梅
（國朝）黃梧陽

繁英密密樹垂垂,擷取園林第一枝。鐵幹有花開滿處,玉人和月拗來時。搴將袖底粘霜垂,插向花瓶掬水滋。持較牡丹多品格,畫圖重與問徐熙。

登高蓋山
（國朝）黃錫奇

崔嵬直上誰争先,步到峰頭興灑然。澗水西環玉帶琯,嵐山北拱翠屏鮮。遠看海外千帆艇,俯瞰村中萬竈煙。莫愧無携謝朓句,還來搔首仰歐賢。

送　　别　　　　　　（國朝）黃錫奇

故交情友策回鞭，冠劍飄飄古道前。雲卷琴書征色翠，雪沾行李旅途鮮。聽鶯谷口宜停蓋，立馬津頭便問船。此去到家春色好，後逢共嘯碧溪邊。

其　二

聚首經年喜樂群，今朝折柳贈別君。情憐花艸一時瘁，心恨山川兩地分。束篋朝辭羈旅日，揮鞭夕破故鄉雲。別携漫作相思賦，載酒重來也覺殷。

題三山楊茂才春寅令節母紡燈課讀圖
　　　　　　　　　　（國朝）陳步蟾

春風秋月減宵眠，剪得銀釭映翠鈿。雛鳳聲諧鍾貴相，靈黿更短勖韶年。母爲前世天孫女，子是上清謫降仙。藻泮槐廳通履迹，五花並誥敬姜賢。

輓李槐庭先生_{先生邑人也，諱書耀。壬辰進士，出宰四川威遠縣，授江西南安知府。}　（國朝）陳步蟾

山川間氣萃彭溪，蕊榜聯翩姓字題。_{先生辛卯、壬辰聯捷。}江右未曾歌衮補，蜀中先已慰雲霓。_{授江西南安府，以省親故，未赴任。}十年宦迹冰霜凛，八代文章華岳低。自是醇儒爲醇吏，也應壽與柏松齊。

其　二

一路星軺望梓桑，非因鱸膾故思鄉。北堂萱草回春健，南圃荆花浥露芳。本以愛親爲愛國，每思餘力積餘香。予生也晚頻瞻仰，泰岱而今墜夕陽。

其　三

螢窗猶剩紙墨緣，_{先生惠贈尚用未完。}人已餐霞脫劫仙。無力買絲將佛綉，有言斷石作刀鐫。_{公車時，有友人戲於某某，先生正色曰：人禽介於幾希，死生懸於呼吸。斯言余實敬佩。}楚騷句並招魂寫，魯酒傾同滴淚泫。地下修文名署汝，應憐猶誦蓼莪篇。_{先生有太宜人在。}

夏日同金華章子芳司馬仙游王藎廷孝廉游海印寺

（國朝）陳步蟾

環泉地脈本皆山，濱海峰回勢欲還。蘿徑人來疑寺遠，苔龕佛古笑僧頑。潮回天亞舟如葉，樹茂風多戶自關。六十年來聞福地，至今消夏想追攀。

其　二

榴花接引稻花迎，共到寺門思益清。樹外有天忘夏氣，階前得水送秋聲。傳杯醉後添詩膽，健筆題時補畫情。飽吃風煙勝塵飯，夕陽低照筍輿輕。

臨漈八詠　　（國朝）陳步蟾

仙漈懸流此處乃吾鄉水口捍門，通志及《閩書》載曰仙人漈，其即此也。吾鄉因名臨漈。

天然砰兀匝重重，漈水懸流出兩峰。樵牧陰晴疑海吼，田疇灌溉足村農。松低路曲難驅犢，壁峭波深欲奮龍。鄉中歲旱禱雨，此處請水，每驗。石凳石床遺迹在，不知何處認仙踪。六月蘊暑，鄉人此處洗澡，好事者泅至深處，歷歷能狀之。

南湖發雨

天遣雷聲撥黑雲，南湖發雨雨驟云。松杉恍惚收晴畫，煙靄連茫掩夕曛。籬角衣衫忙疊疊，溪頭蓑笠送紛紛。人家何事聽鳩噪，翹首咸知作息分。

天螺曉日 原名天竺山，俗名向天螺，上有祖墳兩穴。

高峰列岫結旋螺，觀望朝暾坐柏柯。幾點石尖光磊落，一痕嵐氣喜晴和。銅鉦纔轉恒春樹，東方有樟樹，數百年物。銀海分明絕頂阿。領識黃人天竺向，傾葵佳詠咫亭哦。明詹咫亭先生有天竺山一詠。

旗麓晴雲

孤峰若削透清霄，雨後雲痕帶束腰。山似漁翁宵肅立，此山象漁，郡城象鯉，登其半，雙塔收入眼界。天教獸舞晚涼飆。唐詩云：秋雲似獸形。鄉村鎮日居停老，此山爲一鄉主山。聚散乘風變幻消。廠室依然苔蘚剥，壁間狂草何人雕。山之右有廠室，壁間雕狂草兩行不可識，又殘其半，必唐宋代高人隱此。

赤壜狂濤

雲垂兩立遍山低，萬派坑流赴一溪。赤壜上游皆倒瀉，碧村兩岸盡平堤。枚乘大筆秋風老，伍氏清神夜廟棲。怒吼奔騰逢八月，壯聲渾似曲江西。予至三十四歲冒雨觀濤，始知此景之妙，農夫牧豎真夢之也。

青泉茂樹 青泉，地名，韓致堯先生之雲礽世居於此。

旗麓東回翠色懸，青泉無刻不涓涓。山因缺角陰節日，院在當頭石泖年。青泉之右有報恩禪院，不知建自何代，而院之內外有石槽七具，泖天聖四年丙寅、政和八年戊戌等號，院必宋以前所建。妙景可清川上地，化工爲繪雨餘天。嗟予陟屺空流淚，塋畔松楸起曉煙。地爲太宜人葬處。

松根怪石 松乃明代始祖臨軒公所栽，大可百圍，以空幹古。

百圍松幹老龍鬚，怪石崚嶒四面扶。黿象蛇形天與壽，下有石黿，其背穹窿，石蛇長二丈許。筍尖木屈地分區。又有石筍矗起，屈木橫排，皆松根盤注。山樵消夏安棋局，野客停踪遞茗壺。仰藉祖宗培植意，雲礽蒙蔭暑無虞。

崼面梯田

萬頃鱗塍聚作堆，大崼層纍疊苺苺。美田。秋風黍熟緣梯刈，夏雨秧分拾級栽。同井鋤雲瞻苑杏，收豐戴月印畦苔。聖恩優渥高低遍，田賦均輸免役催。

送李太守潤九夫子　　（國朝）陳　椿

北平射虎舊家風，佩綬分符苫刺桐。纔見南陽來杜母，又隨西蜀送文翁。聞歌城裏詩書振，喜雨亭前黍稷豐。猶是莆中蔡學士，松陰覆遍泉漳東。

其　二

第一治平冠七閩，輿歌載道口碑新。堂懸明鏡無私照，澤下甘林有脚春。一代懸魚清自酌，三生咒虎化偏神。何常宿望推西隴，便是龔黃傳裏人。

其　三

從來循吏出儒林，校藝曾收纘下琴。坐我春風門士福，雨人夏雨長官心。文章有價珠船獲，衡鑒無私玉尺臨。慚愧蘇門陳師道，雙雙拂拭重南金。

其　四

龍門佳士忝知名,祖帳蕪詞竭寸誠。江上蓴鱸催去棹,秋邊琴鶴漾行旌。人思借寇官聲好,政已懸蒲案判清。他日青驄重莅上,家家載德字陽城。

　　　　游　石　迹　巖　　　（國朝）陳仁士

山形三面勢高危,石室中開特地奇。古樹虬龍蟠屋角,清泉琴筑咽階墀。登臨到此神俱爽,結伴多人志更怡。最愛松風聲不斷,歸途鼓吹遠相隨。

　　　　題東門鄉敬文亭十四都。　　（國朝）謝家樹

同人協築一新亭,早共識風偕識丁。鍾意逐來收斷簡,敬心在處篆殘經。濃煙散彩鋪痕碧,熱火純光映挹青。從水付流長洗淨,胸羅腴味字含馨。回文上青韻,下冬韻。

其　二

星纏奎璧仰輝煌,上古庖羲字迹藏。柳骨顏筋未許散,蠹篇鳥篆詎能忘。文光高射文章地,寶鼎濃熏寶樹鄉。鄉皆謝姓。經史爛時成膾炙,祖龍作俑尚留香。

　　　　　金　雞　橋　　　（國朝）傅以貞

高士峰前草色萋,汀沙雲影共迷迷。何年古渡空流水,此日長虹駕遠溪。過客須經催寶馬,行人恰喜唱金雞。政平隨在皆棠蔭,留取豐碑載兩堤。

　　　　大盈送劉二總戎赴鎮碣石　　（國朝）夏士淙

十載知交憶薜蘿,每逢樽酒共酣歌。三千虎士襜帷駐,一道龍標祖席過。舊路漸隨閩樹遠,故山偏傍越溪多。陽和到處流澌盡,時送東風與碧波。

　　　　　大　盈　途　中　　　（國朝）夏志琰

結束行裝莢蹇羸,千峰萬壑眼中過。山浮遠浦渾如髻,塔露疏林半若螺。

野店榕陰垂緑蓋,村墟竹影落清波。僕夫也解詩人意,請我停鞭試放歌。

游蓮花峰不老亭　　　（國朝）康侍素

水旋高閣俯城埔,覽勝人傳不老峰。鐘鼓常懸千尺石,雲煙時抱幾株松。斑苔染座天仙迹,寶蓋泥金古佛容。更立山前看晚景,輕風頻送一溪舢。

龍江春水在金溪下流,宋時有黃龍之異。（國朝）黃季楊

龍江一曲接銀河,分得天家雨露多。新漲受風牽翠縠,好山隨月墜青螺。峰因高士綿餘澤,船載先賢溜碧波。猶記臨流泛春酌,倚欄同唱濯纓歌。

七 言 長 律

題溫陵明倫堂立區紀盛　　　（國朝）曾天眷

人材堪作閭里先,濟濟衣冠萃海疆。垂裕光型高甲第,相承舊德重縹緗。標題粉額千官列,輝映華堂萬古芳。月旦評論符志乘,風規肅穆傍宮墻。蟬聯共羨簪纓盛,鵲起欣看運會昌。勝擅八閩留準則,基丕百世示周行。廟庭俎豆徽堪嗣,閥閱聲華樂未央。從此彌昭邦國望,山川間氣益靈長。

五 言 絶 詩

張建封大夫奏系爲校書郎因寄此作　（唐）秦　系

久是煙霞客,潭深釣得魚。不知芸閣上,遺校幾多書。

效崔國輔體三首　　　（唐）韓　偓

淡月照中庭,海棠花自落。獨立俯閑階,風動秋千索。

其　二

羅幕生春寒,綉窗愁未眠。南湖夜來雨,應濕採蓮船。

109

其　三

雨後碧苔院,霜來紅葉樓。閑階上斜日,鸚鵡伴人愁。

舟中對月寄姜相　　　　（唐）歐陽詹

村步如延壽,川原似福平。無人共相識,獨自故鄉情。

十三歲戲答清源牧　　　　（唐）陳　黯

玳瑁應難比,斑犀定不如。天嫌未端正,滿面與妝花。_{時公痘病初痊,清源牧令自咏之,故吟此戲答。}

題玉枕山東林寺_{在四都。}　　　　（唐）黃　滔

已到終嫌晚,重游預作期。寺寒三伏雨,松偃數條枝。

謁曾公亮應答　　　　（宋）釋惟慎

闕下無禪侶,如何駐得君？曾公曰。敢言知已少,性本類孤雲。_{惟慎答。}

蓮花峰刻石　　　　（宋）戴　忱

此石非頑石,成因浩劫塵。一蓮花不老,歷盡世間春。

題姜相峰　　　　（宋）黃公度

抱琴歷高岑,拂石就晚陰。空山對搖落,懷哉千古心。

題九日山石佛院亂峰軒二首　　　　（宋）朱　熹

因依古佛居,結屋寒林杪。當户碧峰稠,雲煙自昏曉。

其　二

巖中老釋子,白髮對青山。不作着山想,秋雲時復還。

題蓮花不老峰　　　　（宋）朱　熹

群峰相接連，斷處秋雲起。雲起山更深，咫尺愁千里。

其　二

流雲繞空山，絕壁上蒼翠。應有採芝人，相期煙雨外。

題姜相墳　　　　（宋）傅伯成

三尺孤墳古，秋風草自衰。淒涼埋玉地，想像逆鱗時。

和王龜齡詩　　　　（宋）傅伯壽

名節士所重，當如護睛腦。立朝與行己，本末要可考。

詠秦君亭　　　　（宋）傅宗教

隱君在何許？遺迹此山阿。春風閉門處，回首空煙蘿。

金溪渡　　　　（宋）傅宗教

長江渺天末，照此兩山青。落日寒潮上，蒼煙孤艇橫。

集杜贈陳龍復　　　　（宋）文天祥

卿月昇金掌，老氣橫九州。前輩復誰記，吾道長悠悠。

題五峰巖　　　　（明）豐熙

片石千人宇，天工大洩機。海風吹不到，應待野雲歸。

古意　　　　（明）黃河清

流螢渡珠簾，秋夜長無極。爲郎制羅衣，淚痕多如織。

其 二

桃花紅復紅,江水深復深。花紅強似面,水深不如心。

沙溪呈使君　　　　　（明）傅楫

溪汀逢農夫,丁寧與使君。邇來不得飽,莫上東封文。

看　荷　　　　　　　（明）傅夏器

蓮船乘晚浪,歌舞迎風歸。人競摘花去,誰憐花摘稀。

秋　興　　　　　　　（明）傅夏器

鳥迹風吹盡,孤雲山際閉。逐臣不盡意,隨日到函關。

其 二

露滴秋光縈,天高月魄清。但逢寒颷動,更作落花聲。

卓雲山　　　　　　　（明）黃克晦

怪石千回角,高松徑尺鱗。樹枝低復掛,蛇徑險難遵。

一片瓦巖　　　　　　（明）蘇濬

石室劃然開,青雲歸一片。夜靜衆山空,清風自相扇。

自題桂芳亭　　　　　（明）黃懋京

叢桂芽抽新,芽疏花亦細。静者聞其香,引袖取香勢。

其 二

開門遂見山,鬱然元氣厚。雲出山不先,雲歸山不後。

其 三

山光與水氣,淋漓青欲滴。側耳聞天風,颷颷過松柏。

覺海巖　　　　（國朝）傅景星

落日山行處,寒煙野望中。蕭條覺海寺,無日不秋風。

山　行　　　　（國朝）釋德萃

閑步聽啼鶯,鶯聲覺漸老。僻徑少人行,落花惟不掃。

丙辰七月十一日陳祖培太學邀同李葵南司馬楊義賓上舍陳仲義太學游紫帽山上凌霄塔憩金粟洞得詩四首許澄甫比部以事未至。　　（國朝）陳慶鏞

秋色從西來,落帽與之俱。卻付戴鰲去,頭銜接斗樞。

其二

一躡上凌霄,天踏萬山小。山小亦朝趨,葵羅青未了。

其三

俯瞰指金粟,僧來最上迎。衲袍兼跣足,談笑天彌明。

其四

游罷下長坂,雷驅雨亦隨。回首雲深處,已懸路九馗。

古意仿黃莘田體　　　　（國朝）許廷圭

為儂惹相思,相思不能主。儂吃蓮子心,只知個中苦。

其二

制得紅羅襦,郎前試先着。誰知消瘦多,當時失斟酌。

題香圃老伯採芝圖　　　　（國朝）傅國英

携鋤刈金草,金草蔚翹翹。君是蓬萊叟,白雲笑未遙。

113

六言絕詩

　　　　次韻題控巴臺　　　　　（宋）李　訦

誰道地拘侷仄，須知天閎幽妍。一段丹青臺閣，何人淡掃松煙。

　　　　康店驛題壁　　　　　　（宋）黃公度

西風落漠空館，暮色迷蒙遠巒。家近不妨酒盡，夜寒不怯衣單。

七言絕詩

　　　　即事呈韋郎中使君　　　（唐）秦　系

久臥雲間已息機，青袍忽着狎鷗飛。詩興到來無一事，郡中今有謝元暉。
時公試秘書省校書郎。

　　　　秋日送僧志幽歸山寺　　（唐）秦　系

禪室繩床在翠微，松間荷笠一僧歸。磬聲寂歷宜秋夜，手冷燈前自納衣。

　　　　答明惠上人房　　　　　（唐）秦　系

檐前朝暮雨天花，八十真僧飯一麻。入定幾時還出定，不知巢燕汙袈裟。

　　　　期王煉師不至　　　　　（唐）秦　系

黃精蒸罷洗瓊杯，林下從留石上苔。昨日圍棋未終局，已乘白鶴下山來。

　　　　答泉州府薛播使君重陽贈酒　（唐）秦　系

欲強登高無力也，籬邊黃菊為誰開？只知不是潯陽郡，那得王宏送酒來！

泉州赴上都洛陽亭留別舍弟及故人　（唐）歐陽詹

天長地闊多歧路，身即飛蓬共水萍。匹馬將驅豈容易？弟兄親友滿離亭。

題　梨　嶺　　（唐）歐陽詹

南北風煙即異方，連峰危棧倚蒼蒼。哀猿咽水偏高處，誰不沾衣望故鄉？

晚泊漳州營頭亭　　（唐）歐陽詹

回峰叠嶂繞亭隅，散點煙霞勝畫圖。日暮華軒捲長箔，太清雲上對蓬壺。

贈九日山僧　　（唐）歐陽詹

笑向來人話古時，繩床竹杖自扶持。秋深頭冷不知剃，白黑蒼然髮到眉。

咏燕獻主司　　（唐）歐陽澥

翩翩雙燕畫堂開，送古迎今幾萬回。長向春秋社前後，爲誰歸去爲誰來？

贈佛巖禪師 師名無等，居石室中四十年不下山，九十九歲茶毗。　　（唐）盧仝白

九日峰前八十秋，禪庵遙枕晉江流。師心應共山無動，笑指雲霞早晚休。

咏荔支 感前朝事，寓南安作。　　（唐）韓偓

遐方不許貢珍奇，密詔惟教進荔支。漢武碧桃爭比得，枉令東朔號偷兒。

其　二

封開玉籠鷄冠濕，葉襯金盤鶴頂鮮。想得佳人微啓齒，翠釵先取一雙懸。

其　三

巧裁霞片裹神漿，崖蜜天然有異香。應是仙人金掌露，結成冰叉蒨羅囊。

宮　詞　　　　　　　　（唐）韓　偓

綉屏斜立正銷魂，侍女移燈掩殿門。燕子不歸花着雨，春風應自愁黃昏。

仙　山　　　　　　　　（唐）韓　偓

一柱心香洞府開，偃松皺澀半莓苔。水清無底山如削，始有仙人跨鶴來。

贈孫仁本尊師　　　　　（唐）韓　偓

齒如冰雪髮如鸞，幾百年來醉似泥。不共世人爭得失，臥床前有上天梯。

繞　廊　　　　　　　　（唐）韓　偓

濃煙隔簾香漏泄，斜燈映竹光參差。繞廊倚檻堪惆悵，微雨輕寒花落時。

紅　樓　　　　　　　　（唐）韓　偓

夢啼嗚咽覺無語，杳杳微微夢煙浦。樓空客散燕交飛，江靜帆稀日亭午。

其　二

鯤魚苦筍香味新，楊花酒旗三月春。風光百計牽人老，爭奈多情是病身。

日　高　　　　　　　　（唐）韓　偓

朦朧猶認管弦聲，噤瘶餘寒酒未醒。春暮日高簾半捲，落花和雨滿中庭。

深　院　　　　　　　　（唐）韓　偓

鵝兒唼啑梔黃嘴，鳳子輕盈膩粉腰。深院下簾人晝寢，紅薔薇映碧芭蕉。

建造寺　　　　　　　　（唐）周　樸

建造上方藤影裏，高僧往往似天台。不知名樹檐前長，曾問道人巖下來。

題清源山　　　　　（宋）錢　熙

巍峨堆壓郡城陰,秀出天涯幾萬尋。翠影倒時吞半郭,嵐光凝處滴疏林。

蓮花峰　　　　　　（宋）林　杞

天開五葉蓮花峰,神龜引子巢其中。千年皮骨老化石,玉色不與凡工同。

刺桐城　　　　　　（宋）呂　造

閩海雲霞繞刺桐,往年城郭爲誰封？鷓鴣啼困悲前事,荳蔻香銷減舊容。

登石佛巖　　　　　（宋）劉　濤

唐時賢士今何在？晉代青松此獨存。往事悠悠何處問,金鷄山色又黃昏。

題白雲巖　　　　　（宋）劉　濤

白雲巖在白雲間,巖下千山與萬山。莫向公卿容易道,恐伊來此一生閑。

思古堂　　　　　　（宋）劉　濤

今人思古不如古,後代思今亦似今。古往今來祗如此,溪山傷盡幾人心。

題九日山奉先院東壁並序　　　（宋）蔡　襄

慶曆四年二月二十日入延福寺,登秦君亭,觀白雲井,訪北臺,還書奉先東壁。

日照溪山生翠光,春深花卉雜幽香。登臨誰識遲留意,門外塵埃去路長。
院内以忠惠公之詩翰重,遂名曰墨妙堂。

詣飛陽廟禱雨題　　　（宋）蔡　襄

年年乞雨問山神,羞見耕耘隴上人。太守自知才德薄,彼蒼何事罪斯民？

九日山建造精舍　　　　　（宋）呂夏卿

日暖江空水漲沙，白雲平處見人家。獨憐此地重陽近，柿葉傲霜菊有花。

贈真覺大師　　　　　（宋）陳　軒

車輪馬足走塵煙，競看成都萬炬然，獨我踏開庭下雪，伴師同坐一庵禪。

題南安巖主大巖禪師即志添。　　（宋）黃庭堅

蒲團木榻付禪翁，茶鼎薰爐與君同。萬戶參差瀉明月，一家寥落共清風。

述夢神人贈詩　　　　（宋）林景淵

平生萬事皆安分，須信靈台一點清。歸去分明無障礙，蓬萊兜率是前程。

行由同安題康店鋪　　　　（宋）李　邴

短衣自獵南山虎，正好漁樵不亂群。妄以宿嫌誅醉尉，令人翻恨李將軍。

題報劬院在二十一都。　　　（宋）吳　械

山列三峰來不斷，水交雙港送無窮。帆邊洲渚瀟瀟雨，墻外園林淅淅風。

白雲巖在三十都五峰山下。　　（宋）吳　械

雲煙杳靄環諸峰，石徑詰曲穿疏松。更無飛埃趁短屐，只有鳴溜迎修筇。

其　二

玲瓏數竇明相通，造化恍惚真難窮。陽回三冬照暖日，陰納九夏吹寒風。

題報慈院　　　　（宋）龔茂良

洞寒草木釀秋光，山底雲煙度短墻。隱几塵埃心已老，閉門風雨話偏長。

咏　隱　公　　　　　　　（宋）陳知柔

長松鬱鬱午風清,茶竈煙沉春草生。句律森然誰敢敵？偏師元已破長城。

送梁狀元題廓然亭　　　　（宋）陳知柔

隆興改元人日,餞送梁叔子狀元於九日山。詰朝烹茗廓然亭上,蘧庵索題壁,偶書絕句。

廓然亭上少遲留,萬壑風煙眼底收。飲罷徵車已催發,都人待看上瀛洲。

游九日山宴蓮花峰　　　　（宋）陳知柔

一蓮峰上幾人攀,千古清風起懦頑。指顧乾坤千里目,世途隘甚此中寬。

石　佛　巖　　　　　　　（宋）朱　熹

臥草埋雲不記秋,忽然成殿坐巖幽。紛紛香火來求福,不悟前生是石頭。

廓　然　亭　　　　　　　（宋）朱　熹

遲留訪隱古祠傍,眼底檸松老更蒼。山得吾儕應改觀,坐無惡客自生容。

蓮花峰次敬夫韻　　　　　（宋）朱　熹

月曉風清墜白蓮,世間無物敢爭妍。如何今夜峰頭雪,撩得新詩續舊篇。

次韻陳休齋蓮花峰之作　　（宋）朱　熹

八石天開勢絕攀,算來未似此心頑。已吞繚白縈青外,依舊箇中雲夢寬。

題　梅　堂　　　　　　　（宋）李　訦

將梅作雪已非真,用雪名梅轉未親。幸有西山橫爽氣,品題留與箇中人。

無　名　木　　　　　　　（宋）王十朋

一木蒼然老更奇，肯將名與世人知。我來不具知名眼，深愧平生未學詩。

晉　朝　松　　　　　　　（宋）王十朋

孤山陳柏已物化，九日晉松猶後生。欲問東南兩朝事，風枝瀟灑似談情。

其　二

老節蒼蒼不計年，傳來恐在太康前。虬枝翠髮梳風韻，猶似清談往昔賢。

拜善利王廟在九日山，宋嘉祐間蔡忠惠公禱雨輒應，奏加封善利王。

（宋）王十朋

有德於民廟貌崇，我來端爲謝年豐。曰暘曰雨皆神力，不止南風與北風。

九日山御書閣　　　　　　（宋）王十朋

黃龍溪上祥雲覆，紫帽山頭瑞氣蒙。俗眼驚傳佛光現，不知宸翰在山中。

和韻題秦隱君　　　　　　（宋）王十朋

山中高隱欲逃名，不謂名隨隱處成。鑿石一泓詩數首，也曾攻破五言城。

題姜相峰　　　　　　　　（宋）王十朋

相國忠如宋廣平，危言流落晉江城。天資自直無心賣，何事青山亦得名。

題郡守蔡君謨禱雨飛陽廟詩後　（宋）王十朋

賢侯去久迹猶遺，乞雨詩奇字更奇。世俗妄論公政猛，愛民心有彼蒼知。

香爐山在十七都。　　　　　（宋）鄭　鑑

峙立交輝紫翠間，疏簾半掩鎮長閑。神仙似有祈年術，一縷奇煙起博山。

題棲真院在四都　　　　　　（宋）王觀國

野行晴晝飯僧家，刮地霜風撲面沙。獨喜山間春到早，隔墻無數妙梅花。

題北巖院在二十四都　　　　　（宋）王觀國

雲巖亂石漱寒泉，通夕泉聲到枕邊。宛似昔年嚴瀨口，五更風雨宿溪船。

次陳休齋韻　　　　　　　　　（宋）梁克家

已行更爲玉泉留，好景煩公傑句收。紫帽峰前雙鷺下，幾多清興滿滄洲。

題姜相峰　　　　　　　　　　（宋）傅伯壽

早歲聲名起日南，暮年病骨卧煙嵐。死生有地皆天命，不用人間更疾讒。

一眺石　　　　　　　　　　　（宋）傅伯壽

一眺人間萬事非，海鷗山鳥更忘機。林端仿佛見帆影，知有扁舟天際歸。

碧玉峽　　　　　　　　　　　（宋）傅伯壽

野迥方知天廣大，身高更覺石岧嶢。泉人試爲平章看，勝絕何如透碧霄。

釣臺　　　　　　　　　　　　（宋）傅伯壽

倚空絕壁勢雄豪，招引山風接海濤。不假他人立名字，嚴臺何似此臺高。

和武夷九曲棹歌　　　　　　　（宋）王克恭

一曲磯頭上小船，道人指點過前川。丹爐幾處無踪迹，唯有深林鎖翠煙。
按是作乃和朱子《棹歌》十首之一，又步其原韻，餘無存。《武夷志》亦缺載。

贈諸葛琰　　　（宋）白玉蟾(仙)

指點篇書説向誰？武侯之後獨公奇。許瓢却大堯天小，嚴瀨應高漢座卑。

九　日　山　　　（宋）陳　思

九日爲名亦異哉，好將萸菊繞林栽。海風正共山風急，説與孟嘉休上來。

題　秦　君　亭　　　（宋）陳　思

蟬蜕真爲一世豪，雙蝸逐逐笑吾曹。秦君已去亭猶在，著向山頭更覺高。

碧　玉　峽 在九日山。　　　（宋）陳　思

野迥方知天廣大，身高更覺石岩嶢。泉人試爲平章看，勝絶何如透碧霄。
府志載是張思，他處載爲傅伯壽之作。

原整理者按：此詩前已刊載，署名傅伯壽。

醉　　席 在高士峰頂。　　　（宋）陳　思

席地爲茵寄此生，洼樽獨酌有餘清。蓑衣和月卧不醒，江上數峰雲自横。

次朱文公蓮花峰韻　　　（宋）廖信孫

石蕊天然不可攀，八風莫動却真頑。我心匪此花能併，十丈何如方寸寬。

懷　古　堂　　　（宋）廖信孫

深入林泉避世喧，幽人已往迹空存。登臨懷古懷何事，山不能應石不言。

其　二

我來未暇訪疇昔，先拜文公戲鐵畫。盤桓上下坐忘歸，月影婆娑散林隙。

次翠光亭韻　　　（宋）傅定保

墨妙銷沉萬丈光，人間流落句文香。青山不管興亡事，暖翠浮煙竟日長。

題廣福院在三十五都。　　　（宋）王　建

小松新檜未成行,勸督栽培想上方。檐外老松知幾歲,亭亭孤立傲風霜。

靈秀山在三都。宋梁公護隱其山下。　　（元）陳　駭

靈秀山前日欲斜,尋仙因到梵王家。年來不減登臨處,獨倚寒梅嗅落花。

坐翠光亭追次蔡忠惠公韻　　（元）歐陽至

山翠浮林咽日光,落花猶帶佛爐香。詩中野興道不盡,隔水棹歌聲短長。

題蓮花峰　　（明）黃河清

濂溪時送舞雩風,無極都歸太極中。萬古此花應不老,五峰却與此花同。

寄太平節推應圭弟　　（明）黃淑清

十月金溪秋菊天,白衣未到葛巾邊。分明想爾龍山頂,落帽誰家有萬年。

萬年,孟嘉之字。

題壺公山　　（明）黃淑清

壺公本是北山陬,誤入莆陽幾萬秋。我欲携公歸去也,好將絲綫作纏頭。

陳圖南睡影　　（明）黃淑清

五季干戈一枕間,擔頭天子起華山。陳橋崖海須臾事,公在夢中開笑顏。

翠屏山在三都。　　（明）黃　潤

花柳重重薇蕨肥,翠屏春色倍光輝。呼童携酒獨登眺,搔首長吟送落暉。

游玉枕山東林寺在四都。　　（明）康　朗

閉門遠數石泉聲,坐定時聞山鳥鳴。廬岳高僧誰復在,白雲作伴虎溪行。

煙　雨　　　　　　　（明）傅夏器

煙靄含風暝不收，楓蒿未落已知秋。江流夜漲欲平岸，瑟瑟飄蓬一片愁。

京邸候補遣興　　　　（明）傅夏器

塵漲長安陌上陰，寒聲散入五雲深。獨騎瘦馬衝殘雪，世路茫茫何處尋？

其　二
風鳴萬竅暗塵飛，彈鋏孤歌何所依。輦下若無容足地，海濱應有釣魚磯。

其　三
十載郎官爲世輕，春風未改布衣情。月光四壁寒吹骨，兀坐東窗欲二更。

其　四
清時讓與祖生先，愁臥牛衣又一年。更作書生辛苦態，孤燈殘照亂風煙。

秋　感　　　　　　　（明）傅夏器

枯桐落葉彌天愁，野眺歸來更上樓。山郭水村風月夜，猶疑光景在孤舟。

春　游　　　　　　　（明）傅夏器

温陵淑景新春調，秦系青山聯洛橋。無限日斜江上趣，蕭蕭笙管泛清潮。

石鼓山在三十都。　　　（明）蘇　濬

滿徑蒼蒼煙雨深，長江浪捲曉雲沉。江頭不斷清商曲，留得春風與客心。

其　二
穿雲斜倚兩三松，踏遍蓬萊第一峰。古洞無人春寂寂，圖書半掩聽疏鐘。

其　三
春風吹到野人家，夾道苔痕帶落花。散步江村吹一闋，閑聽野老話桑麻。

其　四
亂雲堆裏一峰孤，隨意江風送舳艫。夜静月明簾不捲，風吹片片入冰壺。

江　夜　　　　　　　　（國朝）鄭纘緒

寒雲倒照數峰斜，碧水光含十萬家。惆悵月坡堤上望，空山一笛滿蘆花。

洋　嶼　　　　　　　　（國朝）釋超宏

亭池錯落互高深，怪石崚嶒洞壑陰。翠篠蒼松重匝匝，天風迸作海潮音。

訪異木　　　　　　　　（國朝）釋德萃

憶昔春初下翠岑，尋君不遇暗沉吟。今朝杖履又何往？空對梅花雪滿林。

三忠宮　　　　　　　　（國朝）蔡仕舢

千載之間此廟存，誰人弔得古忠魂。我來只解瞻遺像，事在何勞奠一樽。

武夷九曲歌步朱子韻　　　（國朝）洪科捷

一曲灘頭泛小船，嵐陰四合漾晴川。無邊風景初迎目，不盡山原落翠煙。

其二

二曲臨崖玉女峰，千春不改少時容。雨收曉沐青猶滴，雲繞妝臺翠幾重。

其三

三曲仙撐藏壑船，維虹泊霧幾千年。丹邱留有舊鄉在，翹首飄飄只自憐。

其四

四曲巨靈劈兩巖，東西日照綠毿毿。羽人不解著鞭去，靜聽金雞唱碧潭。

其五

五曲雲深山更深，石門精舍蔚平林。峰回路轉稀人跡，流水高山萬古心。

其六

六曲舸行綠水灣，蒼屏仙院倚雲關。雲飛尚有勞勞意，不及仙翁盡日閑。

其七

七曲懸流急石灘，銀河挽瀉月中看。布帆送棹青山外，高並隱屏仙掌寒。

其　八

八曲鼓樓向曙開,津頭碧澗自縈洄。巖花隨水繽紛去,賺得劉郎去又來。

其　九

九曲目窮興渺然,晴嵐簇簇擁平川。乘槎欲覓歸來路,回首數灣別有天。

建溪即事　　　　（國朝）洪科捷

一片青山一片灘,孤帆遠繫白雲間。舵工知我歸心切,速放扁舟下急瀾。

金榜山訪闇公石室_{金榜山在同安,闇公陳黯別號,不第隱此。}

（國朝）洪世澤

金榜山高對玉臺,隱君舊業半蒼苔。著書人去成千載,洞外寒花閑自開。

其　二

迎仙片石倚巑岏,場老當年此閉關。欲問藏書何處所,白雲空自鎖名山。

其　三

前人著述後人傳,考獻徵文此必先。石上摩挲深剝字,風流又見令威篇。

蓮河竹枝詞　　　　（國朝）許廷圭

月白衫兒高髻丫,後盧溪口路三叉。春心大半無拘束,日日田中拾菜花。

雙江竹枝詞　　　　（國朝）許廷圭

刺桐城外筍江潮,襆被呼舟帶月搖。消受水晶宮世界,隔江風送一枝簫。

其　二

玻璃水面鏡光鋪,小艇清溪載小姑。六月荷花香十里,星湖端不讓西湖。

香圃賢咸屬題採芝圖玉照　　（國朝）黃以圭

沖穆胸襟世罕儔,最清幽處最風流。旁人莫指商山老,此是君家馬少游。

其 二

石古泉香静不喧,自携鑱柄劚靈根。拈來微笑緣何事？得意深時已忘言。

其 三

路入煙雲縹緲間,爲尋仙草到仙寰。小奚也解高人意,緩步相隨看好山。

其 四

夙契曾從訂竹林,清談幾度豁塵襟。披圖今見圖中景,同是庭階種植心。

祝黃封翁守綵七秩四首　　（國朝）陳元策

白髮朱顏長壽仙,趙抃。綠楊低映畫鞦韆。韋莊。四時最好惟三月,韓偓。多少歡娛簇眼前。黃滔。

其 二

玉盤珍菓漫堆筵,李祈。白髮朱顏長壽仙。趙抃。隨分笙歌行樂處,韓琦。錦堂鶴算頌三千。孔文仲。

其 三

外人曾卜宜春喜,王珪。最愛笙調聞北里。陸龜蒙。白髮朱顏長壽仙,趙抃。月光當照金階裏。李白。

其 四

鑿井燒丹八百年,蘇轍。瑞露明麗滿晴天。李商隱。願將雅樂調元氣,王轂。白髮朱顏長壽仙。趙抃。

燈　謎　　（國朝）王玉書

擎出鰲山五夜時,偏題隱語費尋思。聰明絕頂先猜着,笑問旁人知不知。

虞美人花　　（國朝）王玉書

曉露風前如起舞,疏燈夜半幾聞歌。興亡劉項須臾事,占得春光爾獨多。

彌陀巖瀑布　　　　　（國朝）傅炳煌

珠璣飛過遠峰迷，坐聽泉聲倚樹低。一嘯臺前雜清磬，等閑驚起老闍黎。

九日山懷姜別駕　　　（國朝）傅炳煌

唐安塋隴獨廷爭，羈寓閩南黜亦榮。高士峰頭同慨慕，好教忠節埒詩名。

虬髯客觀弈　　　　　（國朝）傅炳煌

對壘何人寓品評，虬髯豪氣尚爭衡。中原大局輸全勝，獨有扶餘一面生。

豫讓吞炭　　　　　　（國朝）傅炳煌

獨向烘爐撥獸形，變音爲啞淚先零。熱腸漫送成灰燼，伏劍三呼語細聽。

殘　碑　　　　　　　（國朝）傅炳煌

荒煙蔓草自年年，篆籀模糊額角穿。弔古無從稽姓字，斷橋西畔壞墻邊。

膽　瓶　　　　　　　（國朝）傅炳煌

水氣渾凝五色顏，净瓶斗大翠屏環。照來應有秦宮鏡，一朵菱花斜插間。

漢武帝畫周公負成王圖　（國朝）傅炳煌

元公負扆繪芳踪，猶溯甘泉墨瀋濃。畢竟霍侯承顧命，安劉終不屬同宗。

中秋偶成　　　　　　（國朝）黃梧陽

誰家弦管小樓頭，吹徹濃雲竟不收。如此朦朧今夕月，人間潦草過中秋。

刺桐城新春詞　　　　（國朝）黃梧陽

容易春風又一年，三江烽火尚連天。小窗書罷宜春帖，背寫穠苴第幾篇？

其 二

畫卷香爐間酒杯,東坡生日會新開。迎春曲并迎神曲,破例先期兩日來。

其 三

湘妃簾外日遲遲,新種紅梅三兩枝。窗紙綻痕全不補,愛他香氣透來時。

送泉州李潤九太守慶霖　　（國朝）黃梧陽

壓裝應有鬱林石,歸橐惟餘劉寵錢。只飲清源一杯水,如公何邃讓前賢。

其 二

已辭印綬促歸裝,猶爲泉民計久長。他日萬安橋邊樹,是公南國舊甘棠。

題仙游王藎廷照像鏡　　（國朝）陳步蟾

金相玉質好身材,搴入菱花鏡裏來。莫道此間天地小,須彌芥子細心猜。

荔城和孫修昉同年翼恭贈別時光緒甲戌三月二十五日,府幕校閱已竣,予將曉發回泉。　　（國朝）陳步蟾

鷓鴣聲裏雨交煙,糁徑泥花馬不前。自是壺蘭山水好,故將名勝阻鞍韉。
廿六清晨偕莊上舍蘭士、茂才春士兩昆玉、張學博秋翔游廣化、普門二寺,登五雁塔,展拜唐鄉先賢行周先生墓。

其 二

荷齋聽鼓樂趨公,履迹衣香擁蠟紅。誰道廣文官獨冷,滿階桃李暖薰風。
時學憲駐節興化。

其 三

何須卮酒說流連,七字珠璣契夙緣。其奈中書羞髮禿,勿將子固笑同年。
孫詩有"未奉寒齋酒一卮"之句。

其 四

荔城桐郡路非迢,繫雁傳魚只隔宵。合取桃花潭裏水,研磨墨瀋寫詞條。
孫詩有"隨風應有雁書來"之句。

抵漳供職雜詠 時髮逆甫退。　　（國朝）陳國試

一行奉檄到南州，浩劫遭逢記昔秋。學署成灰官廨燼，滿城枯骨待西周。

其　二

瓦礫頹垣遍四鄰，別尋古剎寄安身。兩三胥斗更番至，俱是焦頭爛額人。

其　三

冷官印綬覓曾無，鈐記頒來樣亦殊。雕字真書書教授，黃堂槧木戳相俱。

銅印遺失，頒木鈐記作長方形，真書"漳州府儒學教授之鈐記"九字。知府亦用木鈐記。

其　四

不完裋褐上堂來，細叩方知舊秀才。應對劫餘雙淚墜，全家遭戮隻身回。

其　五

循例庭參謁上司，分巡觀察駐荒祠。轅門不設堂廉靜，吏舍護持插竹籬。

其　六

滿城蔓草與荒煙，曲巷通衢總蕩然。惱得途迷無指點，躊躇四顧不能前。

樓　東　怨　　　　（國朝）陳國試

秘殿春深覓念奴，君王行坐玉環扶。卻珠去後宮車遠，偷曲何心學李謩。

煮　蔗　詞　　　　（國朝）陳國試

車中碾出蔗漿來，竈上蓬蓬火候催。十里霜風香撲鼻，鞭牛聲裏鼎初開。

冰　箸　　　　　（國朝）陳　椿

玉骨枝枝四散交，檐牙掛處莫輕敲。只應借與龍華會，雪脯霞漿佐旨肴。

凝碧池張宴　　　　（國朝）呂煥英

弦索丁東映水窪，胡兒得意酒杯添。消魂怕憶華清夜，三疊霓裳度綉簾。

月下聞桔橰聲　　　　（國朝）呂煥英

紅樹鄉村白板扉，月痕如夢韭花肥。一聲伊軋秋宵寂，知是灌園人未歸。

　　光緒丁亥二月二日偕黃連初王錫茲蘇
　　用廷同游楊梅山雪峰寺合作四首（國朝）呂煥英

緩步尋踪一逕斜，山有緩步逕。雪峰登眺樹杈丫。洗心憑聽泉聲急，又有洗心泉。悟得禪機理不差。

　　　　其　二
片石朝天勢更遐，山有朝天石。躡衣獨上眼尤賒。老來回憶登高興，洞裏尋真樂意加。又有樂真洞。

　　　　其　三
五僧禮佛記名山，又有五僧山。前度游踪任往還。道是昔賢晦翁。曾寄迹，最清高處最清閑。

　　　　其　四
東坡雅句羲之筆，叔度清才合荀班。愧我來游空結伴，峴山聞望可追攀。

　　　　跛　驢　　　　（國朝）陳國瑩

溪橋板窄雪霜高，背上尋詩得句豪。訝是吟囊偏壓重，不堪一步一辭勞。

　　　　佩　韋　　　　（國朝）陳國瑩

韋本溫柔性所存，剛强賴此把心捫。仲由好勇曾殺佩，箴躁何如學聖門。

試　帖

　　賦得雨過琴書潤　　　　（國朝）洪科捷

積雨對琴書，新晴澤未除。瀟瀟聲已斂，藹藹吐方徐。開卷光無極，張弦韻有餘。雲和焦更濕,蝌蚪定還舒。陶令消夏日,蘇樓騁目初。猶希來早歲,弦誦起樵漁。

賦得山川出雲得和字。　　（國朝）陳桂洲

清明開志氣,雲物吐祥和。岫合天鋪翠,川飛水漾波。氤氳龍彩煥,舒卷鶴文過。結蓋初回嶂,浮輪復映河。溟濛原合寸,繚繞似攢柯。影薄長空轉,滋含四野多。陰陽精吸呴,山澤氣摩拏。行見爲霖雨,楓宸喜且歌。

恭和御制咏雪元韻　　（國朝）陳桂洲

凍雪初密佈,空際灑瑤華。冬令占時叶,農書紀歲嘉。玉河隨水漾,閬苑壓枝斜。自是涵清白,真堪净垢瑕。堤頭疑柳絮,嶺上訝梅花。襆被聊爲御,珠簾不用遮。山陰思訪友,陶穀喜烹茶。何若天章煥,勤民意有加。

賦得静裏乾坤大得坤字。　　（國朝）陳桂洲

靈台虛朗鑒,个裏見乾坤。浩浩渾無間,悠悠自有原。須從微處認,始悟静中存。太極胸爲蘊,鴻鈞手可捫。八紘游莫礙,六鑿徹其藩。境寂餘藏息,心空任際蟠。觸來皆月窟,妙看盡天根。康節詮名理,宏開橐籥門。

壬申六月御試風動萬年枝得名字。（國朝）陳桂洲

萬年枝不老,搖曳入風清。景麗春長在,時和氣自迎。垂垂含雨潤,裊裊帶煙輕。澹蕩元功普,吹噓碧樹繁。植來依禁禦,拂處近軒楹。對育皇心喜,芳叢愛此名。

賦得晴天養片雲得初字。　　（國朝）李　夔

山徹濃陰後,檐殆急溜餘。四圍青嶂翠,一片白雲舒。靉靆排空上,霏微入座虛。淡滿天色迥,薄透日華疏。澹沱三春暮,清和四月初。太平休養見,虹縵

覆宸居。

賦得讀書用三餘得勤字。　（國朝）徐雲驥

讀書推董遇,績學著精勤。百遍生新義,三餘獲創聞。研鑽真力倍,卓犖務觀群。堂覺中宵焠,膏緣繼晷焚。高吟風與雨,足用史兼文。數積歸千策,爻成重一斤。牘曾披以尺,陰更惜其分。睿藻淵淵蘊,宸衷邁典墳。

賦得臨深履薄得冰字。　（國朝）徐雲驥

經歌傳夙訓,戒謹惕淵冰。履薄加危懼,臨深凜戰兢。隕之心自慄,涉矣志彌懲。水闊驚狐度,波寒躍鯉登。底須防足失,莫致嘆陰凝。帝祉汪於海,如川莫不增。

賦得目送飛鴻得彈字。　（國朝）徐雲驥

纔抱囊琴奏,飛鴻過影寒。心游千仞遠,手把五弦彈。便覺輕風順,渾忘古調闌。高吟思別鶴,逸興寄離鸞。指下精神遇,空中羽翩搏。飛從雲際渺,趣想靜時觀。檞葉山風徑,蘆花水月灘。曲終泥迹沒,得意對漁磻。

賦得飛泉漱鳴玉得鳴字。　（國朝）吳文璧

非玉非泉響,玎玎轉莫名。漱原兼水石,勢總挾飛鳴。洞口因風想,峰腰帶雨傾。巖巒何屈曲,環佩不分明。芳潤雲同潔,玲瓏月有聲。應知緣磴瀉,未改在山清。幽谷諧琴筑,凡音洗笛箏。漫勞招隱士,珊網貢群英。

賦得詩情又入早秋天得詩字。　（國朝）張家駒

消夏曾留課,吟秋又有詩。遠天臨水净,派驛泊船遲。樹影凉蘇夢,山容瘦入眉。客邊明月夜,江上晚霞時。信手蓓箋拾,關心節序移。盤雕雙翩健,味蟹一螯持。元白誰堪壓,丹鉛肯告疲。他年梅市過,重與續新詞。

　　　　賦得窗間風引煮茶煙得煙字。　（國朝）陳仁士

窗靜微風漾，烹茶雅興延。半甌和曉露，一縷引晴煙。絮撲輕颺颺，薪添活火然。青痕盤蔓曲，碧篆暈紗圓。團鳳香分後，談鷄味品先。瀹泉修竹地，啜茗雨花天。鈴索音徐動，瓶笙韻欲傳。逢瀛邀拜賜，清嘗稱群仙。

　　　　賦得翠壁蒼崖晚更奇得奇字。　（國朝）林化時

探勝攜筇至，悠然晚更奇。崖蒼銜夕照，壁翠映晴漪。暮靄依山重，浮青隔浦滋。嵐光迷遠近，霞練散紛披。樹古籠苔磴，雲多擁蘚碑。空濛添秀色，蔥蒨掛殘曦。石骨高懸巧，秋容瘦削宜。游踪傳妙景，忠定記題詩。

　　　　賦得花開鳥鳴晨得晨字。　（國朝）林化時

鳥亦知時樂，花逢此日春。開曾當破曉，鳴恰值芳晨。鼓翅風前細，含苞雨後勻。香迷金粉地，韻雜管弦人。簇錦瓊枝麗，調喉玉琯新。露華酣蝶夢，霞彩冪鶯身。晷待欄移午，聲傳漏轉寅。帝鄉多淑景，喜氣萬家真。

　　　　賦得幔亭峰影蘸晴川得晴字。　（國朝）鄭懷陔

幔亭君不見，一棹認仙踪。影蘸雙溪水，晴烘九曲峰。圍屏天幂屜，倚檻浪玲琮。鸞吹停雲久，螺痕染漲濃。鏡涵紅日麗，縟憶紫霞縫。欲接晶宮路，如描鐵佛容。煙巒開畫本，水石蕩詩胸。自敞中秋宴，何年勝會逢。

　　　　賦得移柳待山鶯得鶯字。　（國朝）傅國英

不有盈堤柳，難邀出谷鶯。移來新蔭密，待得好音清。細雨鋤根早，春風刷羽輕。一枝憑寄託，百囀記分明。撲絮連朝影，攜相異日情。上林多美植，鳳翩協和鳴。

詩　餘

詠雪　調寄青玉案　　　　（宋）陳　瓘

碧空黯淡同雲繞,漸聞枕上風聲峭。明透紗窗天欲曉。珠簾纔卷,美人驚報,一夜青山老。　　使君命客金樽倒。正千里瓊瑤未經掃。歌壓紅梅春信早。十分農事,滿城和氣,管取來年好。

立春　調寄小重山　　　　（宋）李　邴

誰勸東風臘裏來？不知天將雪,惱紅梅。東郊春色尚徘徊。雙彩燕,飛傍鬢雲堆。　　玉冷曉妝臺,宜春金縷前,拂香腮。紅羅先綉踏青鞋。春又淺,花信更須催。

中秋月　調寄念奴嬌　　　　（宋）李　邴

素光練静,映秋山,隱隱修眉橫綠。鵁鶄樓高天似水,碧瓦寒生銀粟。萬丈斜輝,奔雲涌霧,飛過盧仝屋。更無塵氣,滿庭風碎梧竹。　　誰念鶴髮仙翁,當年曾共,想紫巖飛瀑。對影三人聊痛飲,一洗離愁千斛。斗轉參橫,翩然歸去,萬里騎黃鵠。滿天霜曉,叫雲吹斷橫玉。

豐州集稿卷五

序（一）

宋清源文集舊序　　　　　　　（宋）真德秀

郡有志，何始乎？昉於古也。郡有集，何始乎？昉於近世也。有志矣而又有集焉，何也？志以紀其事，集以載其言；志存其大綱，集著其纖悉也。志猶經也，集猶緯也，可以相有而不可以相無也。

清源郡志成於嘉定之初元，山川、封域、人物、風俗，登載蓋略備矣。至若名卿巨儒之論述，騷人詞伯之賦咏，散見於國史，於家集，與夫碑碣所志，楹壁所題，可以驗賢才之衆多，風物之盛麗。而志不能具者尚多，有之，新安程公來鎮之明年，謂郡從事武陽李君方子曰："此邦號文章之藪，而有志無集，非闕歟！子其爲我輯之。"

李君既承命，則退而羅網收拾，得詩賦雜文凡七百餘篇，合爲四十卷，而公括田廩士之本末，與郡人所編《島夷志》，則別爲之帙以附焉。其纂輯之例，則或以理，或以事，或以祠，調而以理。若事者居十之七，大抵主於關教化，存典法，否則詞雖工弗錄焉。

集成而某至。竊以爲此邦之吏者不可無此書，蓋凡昔者明哲之官，忠信之長，教條風績之可尚者，皆其龜鑒也，有一事焉之弗逮，其能自安乎？爲此邦之士者不可無此書，蓋凡前修故老德行學術之可師者，皆矩度也，有一節焉之不相似，其可不自勵乎？若夫咀含其英華，漱濯其芳潤，抑末耳。

公名卓，字從元，其爲此州建明施置以幸吾民者，斑斑見之集中云。嘉定戊寅十月甲子建安真某序。

奏

代河湟父老奏　　　　　　（唐）陳黯

臣等世籍漢民也，雖地没戎虜，而常畜歸心。時未可謀，則俯傴偷生。既遭休運，詎可緘然？

伏思中國之患邊戎，其來久矣。唐、虞、夏、殷之前，則淳風未漓，夷夏自判，故干戈不興，事亦宜矣。由周以降，或侵或伐，無代無之。然則享國長久，君臣有謀，惟是其餘不足征也。

周漢討邊之事，臣知之矣，請較而論之，以爲國朝比。且周之伐獫狁也，以斥逐爲心，不常事之，故進則遄征，退則息兵，致其邊鄙無備，壁壘不營，此乃周之謀失於不固矣。漢之討匈奴也，乘時之豐，恃兵之雄，侵入窮荒，莫計遠邇，故雪山青海，皆爲内封。其後財匱力殫，厥功不就，遂交和親之好，自浼帝屬，延法後時，斯爲漢之謀失於太廣矣。

唐有天下，邁於周、漢之道，一家其六合，一心其兆人，唯兹犬戎未能無患。當開元中，有將臣善於攻戰，振張皇威，殲殄醜虜，自秦渭而西，有地數千里，此則展拓周疆，剪截漢域，所謂廣袤得其中矣。

其後國家以内寇時起，不遑西顧，其藩戎伺隙侵掠邊州，臣等由此家爲虜有。然雖力不支，而心不離，故居海湟間，世相爲訓，今尚傳留漢之冠裳，每歲時祭享，則必服之，示不忘漢儀，亦猶越翼胡蹄，有巢嘶之異。噫，其怨慕也有是！

陛下親統寰區，以慈仁化育，聞之得不惻然而軫念乎！夫事有必行，勢有必克，苟懈而不爲，是失官人見機之義。今國家無事，三方底寧，獨取邊陲，猶反掌耳。矧故老之心，觖望復然，倘天兵一臨，孰不嚮化？今陛下采臣之言，則先選良將，不以前負勳業者與更授節制者爲之。何者？彼功崇矣，彼位極矣，復將悉力營之哉？以此臨事，必多自顧。願陛下詔班行之中，器識有殊，籌畫可用者，逾一資一級授鉞將兵，俟見功寡而後加之爵賞，必能摧凶破敵，無所愛矣。

戎翟者,亦天地之間一氣耳,不可盡滅,可以斥逐之。伊周漢之事如前所陳。今之所取,願止於國朝以來所没秦渭之西故地,朗畫疆域,牢爲備禦,然後辟邊田,飽士卒,可以爲永遠之謀,迴出周漢之右,則臣得棄戎即華,世世子孫,無流離之苦,生死幸甚!

進四明尊堯集表　　　　　　（宋）陳　瓘

臣瓘言:臣六月初五日準通判牒,準編修政典局牒,奉聖旨取臣所著《尊堯集》。臣依稟聖旨,不敢違滯。緣臣著撰此集,未經奏御,令具狀申編修政典局,乞爲繳進,合於御前開拆者。

臣竊以畎畝愛君,精誠雖至;芻堯議政,迂闊難行。葵向不習而常傾,芹陋敢期於得獻。獨因睿斷,許貢危衷。中謝。伏念臣糞土下材,犬馬賤質,數罪固多於擢髮,捨生無意於兼魚。初欲糜捐,終難緘默。因續前言之緒,聊輸垂絶之忠。非敢有善善惡惡之辭,但欲明尊尊卑卑之義。此螻蟻所能知也,在縉紳安可渺然? 八十卷之私書,奪此與彼;十九年之懿績,可從而違。陛下於繼述之初,首辯明於兹事;微臣持將順之志,在流竄而靡忘。鋪張痛詆之言,編類厚誣之語。初謂熙寧之輔,不愧有商之臣;於成湯敢肆厥欺,疑安石有所弗忍。及究觀於懟筆,始粗見其游辭。因思大典之久誣,益願忘軀而往訴。

合浦十論,申舊疏之餘言;四明八門,撮其要於一序。實欲彰大德之盛,不敢畏王氏之强,寧碎首於邦誅,忍謾心於國是? 彼傲尤於往轍,亦苟逞於陳編。難以縷窺,略舉綱要。謂藝祖濫誅無罪,謂真宗矯誣上天,訕薄裕陵,攘奪先美。以托訓爲箝口之術,以歸過爲自譽之媒。但矜詆訾之極工,罔顧威靈之如在。幾乎罵參,豈不痛哉! 讀其書,寧忍終編;稽其文,可爲流涕。代言之筆,盡目其徒爲儒宗;首善之官,肇望其形爲坐像。禮官舞禮而行,詔吏書獻佞而請。

觀光乎仲尼,乃王雱聖父之贊;比諸孟子,實卞等輕君之情。彼衰周之僻王,棄真儒之將聖。當時不得配太廟之饗,後人所以廣上丁之祠。今比安石爲欽王之臣,則方神考爲何代之主? 又況一人幸學,列辟之班隨至尊拜伏於爐前,故臣驕倨而坐視。百官氣鬱,多士心寒。自有華夏以來,無此悖倒之禮。神考之再相安石,始終不過乎九年。安石之屏迹金陵,棄置不召者十載。八字威加於鄧綰,萬機獨運於元豐。豈可於善述之時,忽崇此不遜之像。因壞先朝三舍之法,遂費今日千倍之財。人材之可擢不殊,國用之添費徒廣。朘吾民之膏血,增彼像之精神。美成其私,怨集於國。陸贄設枝顛之喻,承業以財盡爲憂。忠哉古人愛君之誠,異乎今日養士之意。又況臨川之所學,不以《春秋》爲可行,謂天子有北向之儀,謂君臣有迭賓之禮,禮儀如彼,名分若何?此乃衰世侮君之非,豈是先生訪道之法?

贛川舊學記刊乎四紀之前,辟水新雍像成於一婿之手。唱和如聲,召應若響。隨使王氏浸至於强梁,乃元祐助發其氣焰。昔宣仁權國之際,謂介甫節行甚高,宜贈崇官,仍加美謚。司馬光書之於簡,呂公著行之於朝。不以稽敝爲心,徒發鎮浮之議。負安石者重加黜責,欺神考者略不誰何。遂至於枝蔓而難圖,豈非由偏助之太過。雖當時未見誣史而先朝自有聖批,恬不奉行,養成乖悖。蒙蔽裕陵之衆美,眩耀鍾山之一書。四輔之行,謀畫本生於日錄;三衛之設,規模初定於新經。密密乎鄧蹇之安排,草草乎京攄之傳授。考其聲音,則篋唱而塤和;譬諸手足,則左弱而右强。凝爲冰山,烈若原火。愚公老矣,益堅平險之心;精衛渺然,未舍填河之願。殁而後已,志不可渝。望雖隔於戴盆,夢不忘於馳闕。丹誠上格,天語遥詢。要觀尊主之恭,緩議奸時之罪。淵冰在念,梟桀寧逃?

恭惟皇帝陛下,天大普容,日月遍照。覽熙、豐記勳之史,仿虞、夏採詩之官,咨興議之多於方,證私書之百毀。舜纂堯緒,孜孜乎善繼之勤;武廣文聲,斤斤乎丕承之美。兹所謂一人有慶,可以得萬國之歡。凡有識知,孰不將順?天尊地卑之已定,手足上下之宜分。孔志在乎《春秋》,漢律嚴於名分。戴上者皆知此義,尊堯者豈獨臣書。燕馬以市骨而至,駑驥者以必將來矣;鄭校決防川之壅,有舌者其忍默乎?

臣命可危,衆口難遏。伏望皇帝陛下念臣役志於享上,憫臣積禍於敢恭。

以尺朽之廢材,貢一得之愚慮,言多妄發,事則有稽。宣宗當紹憲之時,寧容德裕之奪語;武帝以述景爲事,忍視馬遷之短辭?父子至情,古今一揆。不徵謗史之辜,則何以謝過於宗廟;不毀坐像之悖,則何以示順於華夷?

國是方强,勢難遽改。大器至重,要在深思。庶乎苗莠之分,始於冠屨之辨。至美成於剛健,大患生於因循。儒宗數人,自是一家之説;聖主獨斷,乃爲我宋之休。天心篤愛之甚明,人情企想而有待。解神考在天之怒,成聖主奉先之仁。克果斷於蔡功,人將大覺;善光揚於堯績,上可無爲。於一顰一笑之中,成允武允文之業。

臣將獻駿惠太平之頌,豈特進狂簡不裁之書?胸臆無奇,但盡恭於文字;筋骸已憊,當致命於君親。仰酬再造之恩,退聽一成之議。闔門待盡,殞首知歸。臣無任惶恐戰汗激切屏營之至。臣瓘誠惶誠恐,稽首頓首,謹言。

是表當與《尊堯集》前後序並讀,即知助舜尊堯之時務。後序已抄在其中,而前序在忠肅公全集,未抄,暇時須抄補入。谷叟記。

忠肅公始貶廉,著《合浦尊堯集》,尚未敢盡非於王半山也。及貶台州,著《四明尊堯集》,與王半山《日録》對敵如冰炭也,專攻半山之誣謗神宗之聖明。四明者,今屬浙江寧波府,有四明山得名,而宋乃屬台州。谷叟。

台州羈管謝表　　　　　(宋)陳　瓘

九月二十一日,都省札子,奉聖旨:陳瓘自撰《尊堯集》,語言無緒,盡系詆誣,不行毀棄,送與張商英,意要行用,特勒停送台州羈管,令本州當職官常切覺察,不得放出州城,月俱存在申尚書省。臣即望闕謝恩,發離本家,水陸兼行,不敢住滯。

今於十一月初十日巳時到台州城内者,言念畎畝之志,一書可通,芻蕘之言,萬里不隔。集群辭而上達,遭一覽以爲榮。竄路雖遥,陳情已畢。中謝。伏念臣材如糞土,身若梗蓬,非敢以著書爲能,所陳者戴君之義。如詆誣之不可,志在尊堯;豈行用之敢私,心惟助舜。語言無緒,議論至迂。獨歸美於先猷,遂大違於國是。不行毀棄,有誤咨詢。虛耗十載之光陰,靡恤一門之溝壑。果煩揆路,特建刑章。若非恃庇於九重,安得延齡於再造?

由淮入浙,自通至台,怒濤雖阻於重江,毒瘴幸殊於五嶺。尚留頂踵,獨賴君親。此蓋伏遇皇帝陛下,天地併容,日月洞照。以至慈而善貸,推親過之深仁。憫此顛濟,欲求存在。以身償怨,螻蟻之命至微;殉國捐生,犬馬之心未替。夢馳丹闕,日嘗清光,重干擢髮之誅,徒鬱戴盆之望。餘生易捨,大德難酬。

忠肅公被貶台州,乃《合浦尊堯集》也。及貶台州,再名《四明尊堯集》也。合浦之作為十論,四明之作為八門。谷叟。

賀册皇后表　　　（宋）傅伯壽

離日麗天,休益綿於寶祚;軒星著象,位宜正於璇宮。大册渙揚,群情欣忭。恭惟皇帝陛下,懋招聖德,克謹化源。念宵旰憂勤,妙斡萬機之務;而夙夜警戒,實關中壼之賢。爰登天作之良,用即坤承之重。新二南之風教,揭四海之儀型。臣假守潛藩,欽聞盛典。以婦道率下,既追美於葛覃;願聖人多男,尚伸虔於華祝。

疏（一）

災異疏　　　（宋）傅堯俞

臣伏讀舊史,見前世已然之風,國家將有失道之敗,而天乃先出災害以譴告之,不知自省,又出怪異以警懼之,尚不知變,而傷敗乃至。

今陛下操有為之心,以恭儉求治,而大雨壞廬舍,殺人殣眾,水入宗廟,冒宮闕,其譴告警懼,丁寧切至之如今是者,何哉?臣伏思其所以然之故,蓋有所得。

傳曰:簡宗廟,逆天時,則水不潤下。昔至和大水,當時議者亦以為簡宗廟之罰。先帝納諫,事即施行。今陛下受天下於先帝,而昭陵之土未乾,執政之臣導陛下以非義,將以濮安懿王為皇考於仁宗之廟,簡孰甚焉?是以大失人心,上干天譴,事甚於昔,故害亦過之。陛下倘不感悟,臣恐大異仍至。

更有甚於此者,陛下縱不能盡遂執政,猶當黜首議之人以謝天下,此固天道,抑又有人事焉。夫兩日之雨,京師之患如此,陛下謂人事修乎?廢乎?賴天之靈,姑爲譴懼,倘更一日未止者,豈無傷敗之憂?陛下得不爲之寒心哉?

臣願陛下取禮官兩制之議,遂定濮王封册,黜歐陽修以暴其所以誤陛下者,使天下輕然知此意不出於陛下,然後進修子道,通廣言路,切責三公,以圖後效;重黜水官,以懲不職。庶幾可以壓塞人情,消弭他變。此所謂應天以實,不以文;動民以行,不以言者也。若謂降詔責躬,許有位,粗陳得失,便爲於事已足,患至則惕然知畏,事緩則置而不思,讜正之言,一切不入於天人之際,適足有所激耳,求福則未之聞也。況公議鬱而不申,乃復區區以求直言,臣恐天下不以朝廷爲至誠也。

方今佞邪之臣衆,將有以天時常數,上惑聖聰,甚者,又將有堯湯水旱之説,願未死,何敢以耄辭?惟公端莊而樂易,寬博而脱俗,和不詭隨,隨聲玩好,淡然無營,平居簡默,言若不出諸口。陛下深拒絶之,勿使此曹重誤天下。此繫國家安危成敗,幸陛下留神,毋忽。

圖終惟始疏　　　(宋)傅堯俞

臣聞之,《書》曰:慎厥初,惟其終。又曰:慎厥終,惟其始。始則念終,不敢不慎也;終則念始,不敢不勉也。

臣愚伏念陛下考古御今,修明法度,恭儉以克己,慈惠以愛人。登崇老成,開廣言路,大義明著,仁聲流聞,總攬萬幾,得其綱要。所以欽崇祖宗,導世成俗,爲子孫百世之慮甚備,非臣筆舌所能形象。雖詩書所載,丹青所傳,殆非有以過也。可謂有其始矣。臣愚不勝拳拳,謂陛下雖聖得之,猶當加聖心焉。

夫天地無全功,聖人無全能,此不可不思。傳曰:審好惡,理情性,而王道畢矣。治性之道,必審己之有餘,而强其所不足。有餘則養之不敢矜,不足則勉之以爲戒,然後無間可窺,而巧僞之徒不得比周而望進。今陛下不出房闥,而天下嚮風,百僚奉職者,無他,以陛下通達平鈞,而政出於太公云耳。苟一時有所偏,則好惡之情露,百邪群柱必争隙而入矣。陛下前日積勞之所成,就將中廢而完矣,可不兢兢業業,日慎一日以圖厥終哉?敬願陛下留神省察,則天下幸甚!天下幸甚!

陛下不遺臣愚,屬以言責,非臣衰拙所當蒙被,仰貪盛明,黽勉就職。臣輒自惟忖,蓋志有向背,而材有能否;事有大小,任有重輕。陛下使臣拾遺補過,以輔盛德,明善正失,以平庶政,舉直錯枉,以正大臣。方是之時,臣格其力,以死繼之。

若夫窺人之私,摘其細故,有聞必達,遇事輒言,則非臣之任,又非臣之志也。伏惟陛下責其大節,寬其近功,因臣所能,俾效其力,臣終不以狗馬之年爲子孫計,畏首顧尾,以孤負恩獎。惟始之之難,陛下既蹈之矣,顧不能善其終乎?然不可不戒也。

伏望陛下察臣懇款,不廢其言,特賜覽觀,則永鑒無悔。臣不勝大願。

請孝養太后疏　　　　（宋）傅堯俞

竊惟皇太后有旨,更不於内東門同聽朝政。臣伏以皇太后佐佑先帝,授陛下於藩邸,有不得已,遂權同機務。及清躬和豫,舉神寶以歸之,其始終恩力,可勝道哉!

陛下天畀仁孝,思所以報塞,固無窮已。雖然,自去年以來,淺見者妄意宫禁中事,頗有浮議,流於人間,此睿聽所具悉者也。今陛下於九重之内,雖日極曾、閔之志行,以奉事皇太后,天下安得遽聞?臣謂宜順承顔色,既致其悃愊,又取奉養隆顯之禮,可以使士民共知者,速講而數爲之,自然聖孝之聲,亟聞於四海。如是則端拱無爲,長享天人之助矣。

至於給事皇太后之人,向者既未得專力於陛下,苟見皇太后復辟,慮其知識鄙短,未能測乾坤之量,不免有所疑畏。臣謂宜録其勤勞,少推恩例,上足以慰母后慈惠之意，下足以安左右疑懼之心。

愚慮所及，不敢不言，惟陛下矜其狂愚，而特加收採，則不勝幸甚。

申南安知縣梁三聘劄　　　（宋）真德秀

證對，某去歲蒙恩再守泉州。是時已聞本郡年來民窮財匱，大非昔比，意謂此特未知節用之方而已。

曩自江東移守之時，郡計亦自甚匱，多方撙節，甫及年歲，遂可支吾。今者不過力守前規，必無不可及。到官數月，推尋顛末，乃知昔年之患在枝葉，而今日之病在根本。夫一郡有一郡之財賦，一歲有一歲之財賦，量入爲出，豈不可爲？而今之泉州，乃真不可爲者，蓋由根本戕伐之已盡，生意蕭索而無餘，故雖極意撙節而未能救也。根本之壞，其事多端，某不敢悉以瀆朝聽，姑舉預借一事言之。

蓋自十數年來，諸邑令宰，多非其人。産錢失陷而不知考核，版籍散亂而不知整頓，鈔書積壓而未嘗勾銷，奸吏豪民相爲欺隱，於是常賦之入大虧，而預借之弊始出，二三大縣，大抵皆然，而南安尤甚。緣其中間屢不得人，或以他官攝事，故其積弊日以寖深，而通直郎梁三聘適承其後。倘其人稍有材力，到官之後，於前三者用力整頓，亦不至弊壞若是之極，而因循廢放，遂以預借爲當然。紹興四年已借至今年，而五年已借至來年矣。自某之來，不得不行禁止。而三聘乃謂預借者，縣之所仰以送州者也。州既我禁矣，使我何所從出？於是自今年正月至於五月，一錢不復上州。

某既爲黥竄縣吏之尤奸蠹者數人，以其家資代版帳一月，而自餘月份，仍前不輸，截日，終拖下版帳錢、上供銀錢、大禮錢，共一萬五千貫有奇。本州即目困於宗子之廩給無所擘劃，而又須爲人户理豁預借錢，爲本縣代出上供、大禮銀錢，又將何所措辦？某考其人，本縣貪暴之行，深欲保全之，每諭以振刷精神，興起廢壞，而其材力終不可强。

漢人有換縣而治者，亦欲仿而行之，又適無可換之人，不免委惠安簿吳子良往助其鈞考,而事權不專,猝未見效。顧念南安爲泉壯邑,獄訟財賦倍於他縣。三聘在官,非惟財賦不辦,獄訟亦多不理。又其到任甫一考有半,來日尚長,深恐邑事日甚一日,至於不可扶持而後已。三聘亦自揆其材不足以振起凋弊,數欲自爲去就,用敢冒爲申陳,伏望朝廷特賜敷奏,亟降指揮,令三聘赴部,別行注授,而選擇賢能之宰整頓此邑,磨以歲月,庶幾浸還舊觀。乞賜指揮施行,申聞事。

小帖子:某聞下任已自差人,亦非士材,偏郡守臣不敢輕易申辟。竊見奉議郎新除南劍州尤溪縣徐鹿卿,材識不凡,強毅有立,欲乞堂差,改知南安縣事,則本邑庶有興起之日。其已差下人,乞送部別行注授,伏候指揮。

十月十日奉聖旨,依梁三聘與祠禄,徐鹿卿差知泉州南安縣,填見闕。

題

題夫子泉　　　　　（宋）傅自得

此泉與皂莢、芙蕖併瑞圖諜。按五季間廟有皂莢,本州人舉進士,視其生之多寡以爲驗。梁貞明中,忽生一莢有半,人莫測其祥。是歲,陳逖進士及第,黃仁穎學究出身。後唐同光中,仁穎亦進士及第,半莢之枝遂生全莢。

書傅忠肅諡誥後　　　（宋）洪天錫

靖康之禍,尚忍言哉!列聖之所封培,諸老之所樹立,一壞於新法,再壞於紹述,而盡壞於黨禁。一時公卿,無非誤國迷朝,甚者賣以爲利,其能見危授命,不辱其身,惟劉忠顯、李忠愍、傅忠肅三忠而已。

或者尚擬劉、李二公不得不死而死,傅公可以無死而死。當時此一種議論,入人骨髓。人知身耳,家耳,識君臣大義爲何物?夫是三忠,蓋天理民彝之僅存而不與世變俱廢者。一葦障河,雖不及救,然使醜虜知中國有人,遺黎知我宋有主,則不可謂之無益也。爲國家者,謹勿自壞其金城也哉!

姜相墓後石壁隸書題字　　　（宋）黃汝嘉

秘書莆陽林公治泉之明年秋七月，既浹，命有司給公錢三萬，指授南安攝吏黃汝嘉曰："唐直臣姜相墓，歲久荒圮，不足昭遺烈。子爲葺治之，毋侈故度，毋役齊民。環植之以所宜木，俾來者起敬焉。"

汝嘉奉命惟謹。越二十有三日，報成。時淳熙丙午後七月戊申朒謹識。攝尉錄塘朱孝謹書。

莆陽林公即林枅，淳熙十二年乙巳任，丙午即十三年。黃汝嘉亦莆田人，淳熙五年進士。宋之黃汝嘉，乃文雅人也。宋槧本之書居多黃汝嘉重刊，刻於每卷之末行。九日山剗石之字甚多，但歲月遥遠，苔蘚消殘，難以句讀，惟蘇才翁篆高士峰三字未殘。光緒丁未三月望日陳國仕謹識。

九日山集題辭　　　（元）釋可庭

夫境不負人，人何負於境也。然境因人而後名著者，人勝也；人因境而後名顯者，境勝也。人境俱勝而兩不負者，其惟泉之九日山歟！

考諸地輿，山水勝絕，爲泉南第一麓，有寺曰延福寺，三十六奇昭人耳目。寺自典午太康九年創始，至於元朝後至元間再造，遷徙離合，建革爲禪，廢而復興者數矣。而山水效奇獻異，猶如故態，可謂境不負於人矣。

古今人士，有善鳴者，一獲登覽，則必咽江山之精華，泌乾坤之清氣，命毛穎，浣龍香，韻正始之遺音，瀉絕塵之旨趣，或留諸蜃壁，或鑱諸翠珉，則人於境亦無負矣。

首衆苾蒭逆流順公懼其歲久湮滅，採摭古今名姓留題，及碑刻金石之文，得若干首，目曰《九日山集》，謀住持石堂王公、耆舊湘江月公，募緣繡梓，流通於世，可謂攻尺璧於荆山，拾玄珠於赤水，使世無遺抱之恨，豈惟人境不相負哉！

時至正辛卯佛誕日庭嗇中題解。

嗇，查無音義，疑窨之誤。窨音蔭，《說文》：地室也。谷叟。

恭題第一林泉後　　　　　（明）鄭　普

嘉靖乙巳年閏正月二十四日，户部湖廣司郎中臣鄭普、兵部車駕司郎中臣程秀民、户部雲南司郎中臣張邦瑞，以部命赴内科，填銷出内之數。其日，天和景清，相與循宫墻望舊闕，苑外花園者，我太祖高皇帝時游息之所也。内宫監太監張宣適率人掃除其中，因得入觀之。

修竹千竿，老樹百餘本，土山一堆，環湖石數層。上有御亭一屋，僅數椽，檻旁立"第一林泉"一石；又一石刻"龍穴"二小字，中有龍形，無奇花怪石、崇臺深沼以爲樂。因慨然有感於吾高皇帝之垂訓立國，其儉質類如此。

乃因張宣摹刷一幅，置之静齋，使窮邑委巷之人，或得與觀之，庶知我國家所以長久者，固有在也。臣鄭普謹識。

書

與鄭伯義書　　　　　　（唐）歐陽詹

居方足下：胡孀物故，仁孝多感，悲慟如何？遠助淒惻。秋凉，體與神康。僕素寡悰暢，遐亦可悉。

華下來人，居方居華山之陰。承今冬以前，明經赴調，罷舉進士，何顛且不沛，逝而能復與居方哉？夫非有必行，則諫必有拒，忤情懷歡，古人所難，雖僕於居方，亦不易之。今流既從川，華既歸根，輒分間布白，致以箋素。居方忖覽，知及蘧瑗"四十九年之已往"，陶潛"今是昨非"之悟焉。漁者所務唯魚，不必在梁在笱；弋者所務唯禽，不必在矰在繳。國家設尊官厚禄，爲人民也，爲社稷也。在求其人，非與人求；在得其人，非與人得。唯道德膺厥求，唯賢能膺厥得。賢能事事而後見，道德誠誠而後信。苟須事事，苟須誠誠，則必委以務，命以職，從而核之。

四海之大，億兆之衆，不可逢而委命之，是用啓稍異之間，姑致其我樂而自耀者。讀往載,究前言,則曰明經;屬以詞,賦以事,則曰進士。中夫程度者,取政事最輕小者,命以始。又令公侯子孫、卿大夫子弟,能力役供給者,曰千牛、進馬、三衛、齋郎,限以年月,終亦試之。其有成則陟,陟不已,乃尊乃厚;其有敗則黜,黜不已,乃戮乃亡。取之於諸科暫殊,用之於諸科則一,良未即以進士賢,而明經不賢也。但以選才如選材焉。以規則失之於方,以矩則失之於圓。欲方圓畢至,然後擇其利用者寶之。中方,則善於圓,中圓,則善於方。

木材也者,在堅貞可久;人才也者,在德行有恒。不可久,不有恒,雖售之於今,必不售之於後,蚩蚩之人,貴此賤彼,是不深達國家選士之意,見近而迷遠者。居方寧斯人之徒歟!況目睹進士出身,十年二十年,而終於一命者有之。明經諸色入仕,須臾而踐卿相者有之。忠與孝相生,君與父相隨,於家美,即於國良。爲閨門重,則爲朝廷尚。此古今聖賢絕慮萬不失一之得也。

僕忝居方交游,自貞元之初,於今十有三祀,熟得居方之爲人。甘旨可求,則已在尊長之前矣;衣食可讓,則已在兄弟之邊矣;急難當行,則必在交游之先;禮義當往,則無在時賢之後。晨昏無方之性,愛悌友於之情,長長之敬,下下之眷,與朋之信,接物之道,居方無不盡,則於家於閨門至矣,於國於朝廷詎少哉?

嘗清宵月下,寒序火邊,或醉或醒,接以餘論。君子欲其闇然而彰,惡自炫自媒沽名者。二年間,見居方求試於詞場,僕恨恨如失,才如居方,地如居方,方如所得,詎止乎得?然諸科中,升乎一科矣,宜存一梁、一笱、一繒、一繳之義,事事誠誠之旨,中規中矩之求。委恒久,循黜陟,俟乎闇然之來也。況近聞宗懿之中,景行居方彌篤焉。

上以居方達慈於下,下待居方申愛乎上。居貧、孀孤、達宦、棺櫬,悉居方竭力,已可行咨乎可及,饑飽不異,魂體皆歸。年纔弱冠,行迹如此,豈徒生哉?借如居方束帛到門,而有未起,居方以藝自謁,雖從家命,亦以非矣。悲哉,更逐齊人之後邪!僕竊以爲知人。

曩得居方,以爲居方也,泊昨視所行,則非居方。今聆嘉聞,又知居方矣。如其知,如其知,竟履元和以葉愚念,得之以道,爲姜爲傅;不得以道,爲回爲憲。

時之令人,豈是善歟!面叙不周,此亦何云。

上鄭相公書　　　　　　（唐）歐陽詹

將仕郎守國子監四門助教歐陽詹,謹齋沐緘書再拜,遣隸子弟,獻於相公中衢之車下,庶及乎閣下。

當今主上聖明,宰輔賢明,可行已行,可止已止,其或未行未止,非不知也,非不念也,未可行而未可止也。

詹愚蒙,欲陳所見,則在知之之後,念之之内矣,不敢復言。今斯有言,自言而已。人有百行修,萬事精,内扣潛鳴,外聽無聲,非不願用,而人不用;非不願旌,而人不旌。雖和平之代,至老至死者,相公以爲有之乎?詹將十有十,百有百,千有千也。何以若知,自近之耳。

詹嘗讀《論語》,得孔子曰:"古之學者爲己,今之學者爲人。"傷時之學者,不由所學,矜所學也。詹雖不敏,傷竊如之。況禀羔羊鴻雁之性,未資訓導,而敬順和合乎教者,十或四五。潔身畏人,直拙自守,始亦以孝弟忠信,約禮從義,人生合爾,博聞游藝,行義修詞,人生固然,殊不以有爲而爲也。

本屬昭代,以此官人,敬趨條日,遂希銓擇。五試於禮部,方售鄉貢進士;四試於吏部,始授四門助教。詹兩應博學宏詞不受,一平選被駁,又一平選授助教。夫人百行庶幾,萬事留心。不仕則已,仕則冀就高衢遠途,展其素蓄,垂名於後代,播美於當時,匪徒利斗粟,希片帛,救寒暑,給朝夕也。所以利斗粟,希片帛者,不能無之,其將百行庶幾,萬事留心之流,有所分別也。詹非斯人之徒歟,其慕彼人之徒歟,企夫高衢遠途也。

噫!四門助教,限以四考,格以五選,十年方易一官也。自兹循資歷級,然得太學助教,其考選年數,又如四門。若如之,則二十年矣。自兹循資歷級,然得國子助教,其考選年數,又如太學。若如之,則三十年矣。三十年間,未離助教之官。人壽百歲,七十者稀。詹今四十年有加矣;更三十年於此,是一生不睹高衢遠途矣,況先三十年,孰知存亡哉!其或素蓄,當在重泉之下矣。忖己方人,所以知百行修,萬事精,內扣潛鳴,外聽無聲,非不願用,而人不用;非不願旌,而人不旌,雖和平之代,至老至死者,十有十,百有百,千有千也。

嗚呼!今之高懸爵祿,廣設名位,實待乎德行與乎能事也。德行也者,孝悌也,忠信也,不可於公堂斯須而得試也。須漸乎父母昆弟之言,洽乎州閭鄉曲之譽。詹遠人也,父母昆弟居萬里之外,州閭鄉曲在三江之南,孝悌之言無由漸朝廷之耳,忠信之譽莫得洽闕下之聞也。能事也者,秉持也,應奉也,不可虛處無任而得呈也。須形乎政令裁判之庸,著乎伎藝使才之致。

詹冗官也,政令裁制,一月兩衙之謂,伎藝使才,二尊陪行音航。而已。秉持之庸,纔可形考課之目,應奉之致,是亦絕著選能之見也。縱有顏、閔之德,游、夏之學,宰我之政事,夫子之文章,其於是也,但父母昆弟自相知,州閭鄉曲自相許,於海隅嶺徼,其奈拳拳之身何?夫大田斯獲,而有遺秉滯穗也。萬秉稀一,萬穗稀一,詹豈遂當其一乎?

且天地也,命之翅,必與之羽翮,副其巨細,使得飛也;命之足,必與之蹄跙,稱其長短,使得行也。若命之翅,而不與之羽翮,與之而巨細不相副,飛則墜;命之足,而不與之蹄跙,與之而長短不相稱,行則顛。命適遺之墜,與適遺之顛,則如無命無與也。其庸愚不知造物之旨者,視之則不之怪。其明賢深探理源者,其謂天地何?

邦國也,勸人以德行,用錫之爵祿,必契其分量,使得行道也。縱人以能事,用錫之名位,必權其輕重,使得榮身也。若勸以德行,而不錫之爵祿,錫之而分量不相契,道則屈。若縱以能事,而不錫之名位,錫之而輕重不相權,身則辱。勸適遺之屈,縱適遺之辱,則如無勸無縱也。其庸愚不知造化之旨者,視之則不之怪,其明賢深探理源者,其謂邦國何?

詹代居閩越,自閩至於吳,則絕同鄉之人矣;自吳至於楚,則絕同方之人矣。過宋由鄭,逾周至秦,朝無一命之親,路無回眸之舊,猶孤根寄不食之田也。人人耘耨所不及,家家灌溉所不沾,其濯乃條枚,成乃華實者,上天至仁之膏澤,厚地無私之陽春乎?

相公爲上天霖雨,佐厚地發生也,何以處詹焉?夫舉善不遺於微陋,使能必盡其材器,真宰相之任也。至唐及虞有其人,至夏及商有其人,至周及秦有其人,自漢而降,無代無有,洎國朝歷歷可數也。相公能以詹爲手下濫觴乎?似善斯升,真善以至;似能斯拔,真能以來,古人行此,天下歸仁也。相公行之哉,行之哉!今則猶古,算度途遠,蒼皇造次。某惶恐再拜。

移陸司勛沔書　　　　　　　　(唐)歐陽秬

日月,歐陽秬移書郎中閣下。夫百女蕩,一女貞,蕩者紛然爲貞者笑。脱使貞者始貞而後蕩,奈百人之笑一人耶?嗚呼!一之笑百,百者有比,恥於人而已;百之笑一,一者舉目無比,其如恥何?伏惟閣下少垂聽覽。

秬在閩中時,聞閣下之名十年矣。及來京師,又逾一紀,嘗期閣下不出則若南陽劉子驥、會稽謝慶緒;出則如蜀孔明、殷傅説,不然亦如賈誼、朱雲之徒,庶幾於直道也。

今皇帝起閣下爲郎,閣下俁俁而來。秬謂斯來也,享數年有見必言,有聞必論。今日復一日,僅三百日矣,豈九牧之民皆治矣,無有術耶?四夷之患皆平矣,無有策耶?天下之無賢者不可舉耶?天下之無倖者不可黜耶?天下之無贓者不可劾耶?天下之無冤者不可雪耶?天下之無屈者不可伸耶?天下之無驕者不可誡耶?既無所聞,又無所見,則樂堯、舜之道,讀周、孔之書,劉麟之、謝敷斯人也,閣下亦斯人也,豈徒鼓動以朝,廊餐而退,是何前踞而後恭?若彼始貞而後蕩,如此且一之笑百,雖有比也,正今百人之反笑矣,閣下欲何比焉?

夫名利之心不可卷,正直之心亦不可轉。秬謂閣下今之爲,不及昔時不爲明矣。且逢萌不挂冠,孰有萌耶?孫楚不漱石,孰有楚耶?閣下始心爲直,苟在爲郎,國家有明經進士史傳諸科,孰不郎也?後達者雖在閣下之左,先達者果在閣下之右,秬所謂爲郎不若不爲,蓋悲閣下身未死而名已滅。

雖然,尚有可復之計,何者?閣下有所見勿恃其位而言,有所聞勿顧其身而論。論或不行,言或不用,則乞骸歸去,斯謂可復之計也。

已矣,吳越暖景,山川如綉,鱸鱠蒓羹,放歌長嘯,夫如是永爲陸司勛,庶幾乎不朽。伏惟念之。秬再拜。

與曾布書　　　（宋）陳　瓘

瓘聞之,古賢未嘗無過,周公、孔子、顏淵皆有過。子路聞過則喜,所以爲聖賢之徒;成湯改過不吝,所以爲百世之師。故曰,過而能改,善莫大焉。匹夫改過,善在一身;大臣改過,福及天下。

閣下德隆功大,四海之内所讚頌,然謂閣下無過則不可。尊私史而壓宗廟,緣邊費而壞先政,此二者閣下之過也。違神考之志,壞神考之事,在此二者,天下所共知而聖主不得聞其説,蒙蔽之患孰大於此?瓘之所撰《日録辯》一篇,已進之於上,閣下試一讀之,則所謂尊私史而壓宗廟者可見矣。瓘去年所請陝西河東事,未盡詳悉,近守無爲奉行朝廷詔敕,乃知天下根本之財,皆已運於西邊。比緣都司職事看詳,内降劄子,因述其事,名曰"國用須知",亦已進之於上,閣下試讀之,則所謂緣邊費而壞先政者可見矣。主上修繼述之效,閣下乃違志壞事以爲繼述,自今日已往,其效漸見。所以誤吾君者,不亦大乎?效之速者,尤在於邊費。

熙寧條例司之所講,元豐右曹之所守,舉朝公卿無如閣下最知其本末。今閣下獨擅權柄,首壞先政,彌縫壅蔽,人未敢議,他日主上因此兩事,以繼述之事,問於閣下,將何以爲對?當此之時,閣下雖有腹心之助,恐亦不得高枕而卧也。且邊事之費,外則帥臣,内則宰相。帥臣知一方之事而已,雖竭府庫之財而傾之,不可責也。至於宰相之任,則異乎此矣,豈可以坐視天下匱乏而恬不加意?因壞先政,因務蔽蒙,閣下欲辭其過,可乎?

瓘比緣稟事,閣下之言,指尚書省爲道揆之地。瓘謂此言失矣。三省長官宜守法而已,若夫道揆乃天子三公之事,豈太宰之所得預乎?兩年日食之變,皆在正陽之月,此乃臣道大彊之應,亦閣下之所當畏也,宜守而揆,豈抑畏之謂乎?《周官》曰:居寵思危。今天下旱蝗方數千里,天變屢作,人心憂懼,邊費敗壞,國用耗竭,而閣下方且以爲得道揆之體,可謂居寵而不思危矣。

閣下於瓘有薦進之恩,瓘不敢負是以論吉凶之理,獻先覺之言,冀有補於閣下。若閣下不察其心,拒而不受,則今日之言謂之負恩可也。負與不負在瓘,察與不察在閣下。事君之位無高下,各行其志,孰得而奪之乎？

瓘去年九月三日上封章,皆乞奏知東朝,所以尊人主而抑外家也。欽聖未見察,則瓘被貶黜；後來慈意開悟,則瓘得牽復。人主察孤臣之盡忠,欽聖知忠言之有補,母慈子孝,主聖臣直,此國家兩全之道,廟社無疆之福也。今欽聖納忠之美未白於天下,而諫官不二之心得罪於廟堂,脅持之風甚於去歲,乖離之論唱自大臣,所以厚欽慈者果在此乎？瓘前言辭都司之命,而閣下未許其去者,閣下必有以處瓘矣。此士大夫之所共喻也。主上念欽聖納忠之意,察孤臣不二之心,獎勸之恩,至深至厚。瓘欲擇死,所以圖報效,無負於人主,無愧於外家,一身之安危,豈暇惜哉？然則今日之言,安知不見察於閣下也。閣下深思而已,瓘不敢供要職,重取煩言,又不忍默默而去,惟閣下留聽,幸甚。

前書《尊堯集》表,蓋與此互見始末,警諫之懦不厭屢書也。正彙是事,蓋可嘉後,竟坐罪流削坎廩,不自悔云。

與大慧書　　　　　　（宋）李邴

某近扣籌室,承擊發蒙滯。忽有省入,顧惟根識暗鈍,平生學解,盡落情見,一取一捨,如衣壞絮行草棘中,適自纏繞。今一笑頓釋所疑,欣幸可量,非大宗匠委曲垂慈,何以致此？

自到城中,着衣喫飯,抱子弄孫,色色仍舊。既無拘執之情,亦不可作奇獨之想。其餘夙習舊障,亦稍輕微。

臨行叮嚀之語,不敢忘也。重念始得入門而大法未明,應機接物觸事,未能無礙,更望有以提誨,使卒有所至,庶無玷於法席矣。

再與大慧書　　　　　　（宋）李邴

某比蒙誨答,備悉深旨。某自驗者三：一、事無逆順,隨緣即應,不留胸中；二、宿習濃厚，不加排遣，自爾輕微；三、古人公案，舊所茫然，時復瞥地，此非自昧者。

前書大法未明之語，蓋恐得少爲，足當廣而充之，豈別求勝解耶？净勝現流理，則不無敢不銘佩！

李雲龕先生有書一碑，在我泉府學。

與黃蓮峰文選書　　　　　　（明）王　宣

先生仕而處至劇，日讀天下書，追兩漢、先秦、三代以上，探萬卷，續千篇，矻矻猶未已。雖然，使先生以嗜學劬書不已之心，待天下之賢，知人所不能知，如其爲學，用人所不能用，如其爲文，而其心之不忘不已，殆有甚焉，則天下豈復有遺才哉？

僕尋常讀韓昌黎三上宰相書則厭薄鄙惡俱作。一日讀程子與韓公、范公泛舟於潁湖，有屬吏謁韓公求薦舉，公不悦。程子曰：公爲州太守，不能求人，顧使人求君也乎？韓公無以語，愧且悔久之。程子顧范公曰：韓公可謂服義矣。使今之在内閣翰林吏部臺諫，内外百執事皆以程子之心待天下之賢，亦能如韓公之愧且悔，則雖上書如昌黎，猶當尊榮推挽，而不厭不忘不已者，而況於道誼高峻如陳白沙公甫、陳布衣剩夫、胡敬齋居仁、陳如賓茂烈輩，顧不能識其人，聽其老死於山林不用者耶？

此事自李文達、彭從吾、朱梆陽諸老没後，都無人主管，且將休息數十年。俗吏腐儒恣意橫流，在今日會當有任其責者。先生仕而知學，學而知道者，其何以辭爲！

與傅錦泉書　　　　　　（明）王慎中

南宫奏名爲天下第一，吾黨之喜可知也。然不敢馳書備賀問之儀，已於家問中屬吾弟道原，爲述此意。不圖執事者不罪僕以自外，而辱賜之書，仰知執事所處之雅矣。

書中詞旨見待尤至，鄙人何足以承之？此誠執事不得自誘，雖海內一時魁宏杰出之才，猶不敢越執事而當此也，況以責之極疏至陋之鄙人乎？惶恐不敢聞命。

　　人之才分賦受各有所至，不可强致，亦難以相易。以韓昌黎之好古而經訓不敢贊唊、陸輩之詞，史法不能與劉知幾之論。雖晚作《論語解》及爲《順宗實錄》，《實錄》非工筆，《論語解》不能行也。有宋蘇、曾之賢，而窮經訂史亦自爲人，二公不能兼也。是則執事所論，乃唐宋二三名家所未能及，僕又何足議於其間，而猥以見待耶？此僕所以惶恐不敢聞也。抑所謂憂勤惕厲，使天理常存，人心不死者，僕亦竊有所聞焉，而非如執事見命之謂也。

　　末由奉質，書不盡言。

與鄭海亭書　　　　　　（明）王慎中

　　吾子所與於蕙川人書，因後書見示，始往取而得之。向遣人候子時，未見此書，故不及啗喪子之戚也。人生遭此，直是東門吳乃能不悲，吾輩自有性情，焉有頑然不痛者耶？要當以理命自勝，勿爲所累，乃不失正。此際最是工夫，勿云常情細事也。

　　向聞應常州已考績入都，曾因朝覲人便，寓書問之，如子所示，則書莫由致矣。有歐巡撫便，新識應常州。士之相得，固非苟然，取人與取於人，皆必有道。今人但言受知於人者之難，而不知知人者之尤爲不易。且如吾子爲政，受毁固多，然使彼毁者數輩，盡變而譽子，亦不足爲子重，吾輩須認得此意端的，始能不奪所守而淫於俗。喜怒哀樂中節爲達道，而又有聞譽不喜，聞毁不懼之説，無乃近於木石其心，而非情耶？彼以爲其毁我者固不足懼，而譽我者固不足喜，如使賢者譽之毁之，亦豈有不喜不懼者哉？善者好之，不善者惡之，非但觀人，君子自考，良亦若此，吾子以爲何如？

　　予近來讀《易》，稍見聖人之用，追念昔者所處所履，何以免於災戾？大抵《乾》、《震》之卦，必多危辭。雖《乾》六爻，亦不言吉，至於用九，言其所以用剛之法，然後稱吉，德已然矣。亢則有悔，乾健知險，坤順知阻，此何等作用，而其歸只在吉人、躁人之詞之多寡，此與老子知雄守雌、大辯若訥之旨何異？但聖人無私心，而老氏一意自私其身，所以爲不同耳。

《易》之告人，未有不正而得吉亨者，而亦多貞凶厲之詞，是凶厲亦正之所不免也。夫過剛則不吉，多言不免於險阻，而守正亦有凶且厲之時，此所以爲《易》之道一也。吾輩處世，固不宜必有亨且吉之心，而亦自有免於凶厲之道，每每以此意自檢括，頗能不以世故累心，但恐信道不篤，舊習未除，終不免於補耳。

子去無錫，想亦不久，時過必行，亦《易》之道也。李生黼者，僕未詳其行，然能潛心講究，有稽古之長，與虛誕浮薄之士作字寫畫者，大不同也。今之所謂富貴貧賤者，何必其人之材德足以當之，直有幸不幸，豈爲士大夫者皆足以致富貴，而此生獨以不肖宜貧賤哉？不必深議之也。

應常州爲此生刻《二禮集解》，向曾許以作序，未就也。應君見寄一部，已爲人取去，子到毗陵，能爲予寄一二部來尤望。僕病尚纏綿，不能脫然去體，第爲薄祿，羈此不訾之軀，豈有行志及物之效哉！

子居彼頗與人接，宜詳得僕過失，以相告曉，而第以二三好言見慰，何也？子以爲此便足以塞明游之責乎？非予之所望於子也！相見未知何時，臨書耿耿。

與黃曉江書三則　　　（明）王慎中

吾所長者，爲人解紛息爭而不能争首。今公已數挑，而芳洲深壁堅壘，絕不一出，吾雖有宋牼之辯，無所用。無已，則當爲子貢交鬥諸國，而徐收之耳。然吾方以多言爲戒，公之言又不爲少者，吾不能禁，而顧助之耶？尚此袖手以觀，公如將芳洲之間以起其爭，吾縱不相助，亦當有以解兩賢之厄也。其努力圖之。

其　二

兄遣語奇崛險刻，自有一段出塵之氣，成其爲隱者之言。若文從字順，聲比律諧，自難以一一論也。故予於兄之詩，但取其過人者，而不復置論其間。兹於聯句，尤製作中之末事，更勿用詳評，況又最短於此，亦何以相正耶？必欲不虚見命，則亦有可論者。

大抵對聯，只是品題形容某山水，某臺寺之風物景象，不合把自家意思來用，惟自題齋舍室廬則有之。《上洞》對云："濯足未成星海去，振衣閒嘯閶風來。"此純是説自家矣，當易無疑。如愛其句佳不忍棄，則足成一絶留題壁間可耳。

《贈吴道士聯》以"玉屑"對"庚申"，非徒不的，道家經典亦無"玉屑"之文，乃妄杜撰。"三彭"對"一洞"尤不的，妄意欲易之曰"甲子欲言雙樹知"，蓋云欲問吾歲若干，請觀雙樹耳，蓋樹古，則歲閱多也。雙樹是佛家事，莫若"雙鶴"似無憾。令威化鶴，本仙家事，鶴固壽屬，可以論年也。《南台》一聯"如封閣住甚，生地中日月"，意雖未嘗不可會，而語已難通，不如"人間日月"字面平正，且不輸也；"然到山高則無味"，山本是高，何須着此模寫？若云"人間日月此中閒"，則語不迫，而味可玩。如此當盡換却母句，不審於尊意何耳？

細故閒費此評論，病中未敢有作，聊以解煩頓，故不覺刺刺盈紙矣。可否見示不妨也。

其 三

振衣濯足，非是不知兄之高節遠志，第因評論對句，以爲於此用不得耳。如兄此等拗見，何由長益也？到山高文又解以"窮崖日月遲"，益失其意。果如此，又莫如僕爲人之説，雖非郢書本意，猶爲得力也。呵呵，天地由他大風，只管吾身有一段光霽，便是真樂。

今不思嘗坐烈風弗迷之旨，而欲爲齊女飛霜、燕士蝕昴之感激，雖精足以變天地，豈得謂性情中和之效，請兄思之。"百歲無幾"之語極爲懇切，令人懼然知省，然學問只涵泳兢業中，有真味獨得，若急迫爲之，亦屬私己，且恐退之反速，而其得不固也。城中與野外，要各有用力處，未可以兄之在野，而疑吾城中爲溺也。

復林次崖書　　　　　　（明）鄭普

前在方洲處，得讀《易經存疑》。此書一出，《通典》、《蒙引》俱可無矣。近有小疾，未能遍閲，中間可疑，尚有一二節。普以質諸明者，謂當請執事更改之，如謙象哀多益寡，本是舊説，但覺於義理未甚明當，或者當於謙外立説，不必拘泥謙已意。蓋君子體《易》，只取其意，不必執定卦義何如。且如常德行習教事，於坎何與？只取一重字意。獨立不懼，遁世無悶，於大過何與？只取一過字意。若哀多益寡，稱物平施，分明是均平天下之道，只取過而當損，有謙之意耳，不識然否？

理氣道器之論，如尊劄所言，更何改評？整庵公尚未肯釋然相從。甚矣，舍己從人之難也。然其説破陽明數語，真痛快可喜。但陽明之學固有偏處，今人動輒排之，亦未爲是。蓋人之爲學，隨其所見皆足以適道，何必俱出於一，然後爲是。如象山、晦翁二氏之學，本不相同，自今觀之，孰是孰非，而二先生亦未嘗明目相擊，如今之人也。

孔門諸子，有侃侃者，有誾誾者，有行行者，有狂者，有狷者，有文學者，有政事者，隨其所長而各造其成，雖不足擬聖人中和之極，然亦成人而爲君子，均不負於爲學。今人無諸子毫末，輒昂昂然便以聖賢自任。擇古之有名於世者，極力攻排，謂是足以驚人而峻已地位。就使立論皆是，於己性分有何干涉，曾能使得身修家齊而國治天下平否乎？此今世講學者所以重得罪於世教而自身取禍往往不少。説來説去，只是成得個"惟口起羞"四字耳。

大抵君子立身，只尋得正經道理，循循做去，成得一善便成一善之人，成得十善便成十善之人。彼聖賢道理，典籍所載已備已詳，不必日講是非也。

執事先生文章德行，海内何可多數？然未嘗立門户、縱辯説如今之講學者，彼方是實學，此方是真儒。吾泉風氣乖漓，士俗日病。先生如大廈一木，人未之知。普雖不敏，竊知向慕久矣。

舜臣令婿刻意向行，日求諸内，未嘗津津然談人長短，即其所造，何成人之難？普輩一接一見有益，私幸吾泉産此一人，勝一處而數元老也，蓋其得於尊教者多。

久失候問，偶便布此，不覺多言，惟先生進而教之，不任拳拳。

林次崖先生之存疑，明版已殘。近年有翻刻。陳谷叟注。

紫峰先生之淺説，舊名《通典》，非杜佑之《通典》。谷叟注。

爲諸生時上南安王大尹書　　（明）沈　洪

人之所以生者，以有元氣也；學校之所以振者，以有士氣也。元氣索，不可爲人矣；士氣索，不可爲士矣。元氣之索，病止一身；士氣之索，病關天下。

昔張橫渠爲雲巖令，禮進學者，每有惓惓接引之意；程明道倡言於朝，曰：治天下以正風俗，得賢才爲本。之二公者，誠知士氣在天下，猶元氣在人身，不可一日失養也。不特此耳，周公，元聖也，一食三吐哺，一沐三握髮，猶懼失天下之士。今之士去昔遠矣。執事之德之位，去周公亦遠矣。而侮謾自賢，顧欲駕周公之德之位之上，其亦弗思甚已。士者，朝廷所儲以爲世用者也，故所作養，期望既優既渥。而有司今日之爵，朝廷之爵也；有司今日之禄，朝廷之禄也。擔爵享禄，曾弗念所以作養期望之意，豈忠朝廷者哉！

南安，泉巨邑也，菁莪棫樸之化舊矣。加以陳公廷忠植之，黃公濟培之，楊公濂從而充長之，故一時之士，各自矜奮，固有所謂可親而不可迫，可近而不可劫，其過失可微辨而不可面數者矣。

邇來文風雖盛，士氣實索。譬如佳木，花葉並茂，而風霜摧剥，推求其端，一折於周公銘之用壯，再折於顔公容端之用罔，三折於陳公楚華之用愚。夫以堂堂正大之氣，摧折之令之手，遂索焉弗振，可嘆也。厥後三公摧亦稱是，然則士氣之振否，豈特關學校之盛衰，亦有司者吉凶禍福之所繫矣。

執事蒞政以來，方其始也，接士以禮，待士以誠，車轂之下，凡得於見聞者，皆歌咏嘆賞以賀兹士之遭也。夫何甫閲載餘，輒渝其初，口説騰焉而無其誠，倨傲施焉而無其禮，兹則狴犴之囚復加無罪之士。夫士無罪而可囚，則民無罪亦可殺矣。以一人之身,二載之内,其施爲大致懸絕如此,此豈無其故哉？誠恐執事向也德政昭蘇如日之明,未陰翳也,今則浮雲點矣;向也本源瑩净如水之止,未汙濁也,今則止水波矣。

或者曰,語云:周士貴,秦士賤,其自取也。夫人品不齊,士之甘自賤者固多,而知自貴者亦不少,顧上人遇之何如耳。獎恬退,抑奔競,崇正直,遠諂諛,遇士之道也。執事於奔競者則與之,而恬退者下焉;諂諛者則親之,而正直者遠焉,無惑乎一二莘莘相習而趨於秦也。雖然,亦有不容弗秦者,如上無期功,下無應門,事之訟於官者,或有孚見窒,無辜吁天,斯時也,雖欲不秦而周,其將能乎？有司弗原其情,揆其勢,概以秦士目之,挫辱橫加,稍拂咈則援法以恐之曰故違卧碑。

嗚呼！苟充是説,必傾資拱手以與敵而莫之或抗,含垢忍耻以受挫而莫之敢争,然後爲可耳。我聖祖之卧碑雖嚴,恐不若是迂且刻也。《詩》曰"無罪無辜,讒口囂囂",士以之。又曰"君子不惠,不紓究之",執事有焉。泉縮而潛魚驚,鐘鳴而巢鳥怨,蓋懼夫川之竭,林之落也。魚鳥且然,況士之索乎？然往者不可諫,來者猶可追,誠以孚之禮以接之,非分干焉,正辭以謝之。誠孚則知所感,而士心悦;禮接則知所奮,而士氣振;正辭以謝,則知愧,而士習美,追來之道也。願我執事留意焉。

復吕天池書　　　（明）王　畿

吾二人者,行同艤,憩同舍,食寝同居起,追隨同談笑,幾三歷矣。不佞弟竟以失路彷徨,剖翼分飛,言之何不令人忉怛也？

至於今芝宇佳温者,無日不展轉寤寐,計使旌道武林,必棹游剡溪,不寒舊約,而藉口子猷,孤我延佇。仁兄非是無心人,奚遽恝爾拂裾？

受事以來,無一善狀,敝床確篤,依然窮措大家風。而鞠躬束帶,送迎江浙,僕僕然從邑大夫之後,靡分宵晝,督令墨卿,隨索隨應,使一副腎腸皆非吾有。

本圖偷懶,反博煩瘁,鈞之亡羊耳,何事獨揶揄博塞爲也？悔甚悔甚。晝錦之華枌榆，紛紛羊酒，倘有垂問不佞弟者，則請曰：陸沉王生，非吏非隱，採蕨稽山，欲賦歸來而未可得，貌不加腴，毛則增白，此真消息也。

塵垢緘縢，重累行李。瓶瓴雜屑，又煩封識。仁兄恤念我艱，固若此哉！

臺灣答友人書　　　　　　（國朝）諸葛晃

某一自離居，七悲秋氣。歲月鶩過，鄉土雲遥。人孰無情，能不蘊結？

昨者荷惠新篇，淋漓百韻，金石相宣，宮商迭響，僻壤窮居，舒之朗誦，所謂飛雪層冰之地，忽載三陽；膻肉酪漿之鄉，俄聞九奏也。故亦粗述所懷，輕塵藻鑒，乃過荷獎詡，又復索我近作。吁！某其何以應哉？

此地邇來詩道殊盛，蓋干戈日尋，學校久廢，科目不設，雖復學富董子，策冠賈生，賦若揚子雲，文如韓昌黎，制義如王、唐、瞿、薛，俱無所用。惟茲游閒公子，才情相競，建鄴下之騷壇，待汝南之月旦，固自謂家蘇子而人王猛矣。亦常廣宴邀題，分箋索和。雖強應一二，而終非所樂，何也？韶光易逝，修名未立，雕蟲角技，諧聲鬥靡，可寄興於適然，而非資心之實務也。加以危葉易飆，驚禽易落。安期渡江，我始欲愁；王粲登樓，情思懷土，猶未足喻此也。於是懷音藏器，遵丙吉之晦沉；抑節抑心，類敬通之慘愴。蓋趙景真所謂物不我貴而莫之與，又恐傷之者至矣。

所居之地，荒沙一帶，前後皆海，數椽竹屋，與營卒漁家相錯處。樹木臃腫，皆非中國之植。夏秋之交，潮一盛至，則几席之下，皆為巨浸，坡公詩所謂"小屋如漁舟，茫茫水雲裏"者。旅斯三載，不特美景良辰，歡情永絶，舉凡世間奇籍異書，名花時鳥，都無到目，勿問消受矣。

緬思同學少年，俱盛五陵衣馬，而某尚作羈人遷客，冷落於荒煙衰草之區，望知己於雲中，思故鄉若天上。每皓月圓時，悲風起處，登高北望，目與天盡。足下視某此際何以爲心？即哀吟狂嘯之餘，綴而成章，亦愁蛩困蚓之聲，不堪為知己道也。

言歸之期，杳然未卜，蓋此間人從無有敢作此想者，當聽諸造物耳。荷愛籌劃，感極涕下。至於故宇荒頹，自當置之度外。邇有從鷺中來者，爲道風來橋舊寓。大略吾兩人向之所謂花明柳媚者，今變而爲煙顰露泣矣。燕語鶯歌者，今變而爲蛙喧鼯嘯矣。滄桑變滅，即在須臾，何況故鄉兩遭兵燹哉！

吾知足下有事晉水，訪我舊廬，或遨游鷺江，適經門巷，感臺榭之傾頹，憶芳筵於仿佛，未有不人懷永嘆，而馬作長嘶者也。然事難逆料，安知臘盡春初，天假之奇，一葦所如，遂親顏色，亦未可知。

意迫情荒，語無倫次，敬候新祉，臨風泫然。

豐州集稿卷六

啓

上董相公東風啓　　　（唐）歐陽詹

某啓：詹業文者，相公昔領大司成，則飲相公訓人成俗之教；中爲大司樂，則煦相公合莫移風之德；及籌廟略，則浹相公調元厚生之化。竟未能歌謠芬馥，紀叙茂實。下居暗室，有愧明神。

昨以赴調東周，又聆相公此方鎮安之美，陪輿人誦，作《東風》詩二首。既咏諸途，輒塵左右。干犯明白，不任戰懼。

回壽詩啓　　　（宋）傅伯壽

大塊勞我以生辰之安，在君子愛人以德，譽乃過情。兹蓋某官，惠顧陳人，寵光初度。寒知松柏，儻獲保於後凋；匪報瓊琚，第弗諼於永好。

謝送荔支啓　　　（國朝）諸葛晃

紫綃紅縠，艷繪香山之圖；瓊液瑶漿，美載君謨之譜。一經題品，倍益珍奇。荔支夙傳南海，擅緗枝黛葉之稱；更盛西川，標紅錦緑羅之譽。矧我閩土，嘉植萬株；迨此朱明，薰風千畝。枝垂碧玉，迎水甸以交陰；實結珊瑚，映火雲而争燦。叙其麗質，人揮合浦之珠；咏彼濃香，家抒荆山之玉。然未有如輪山師分種摘詞，隨名寫照。淋漓而敷彩藻，筆有餘妍；宛轉而叶清商，物無與蘇。

琅函乍啓，香凝寒玉之脂；緗帙初翻，艷透絳紗之幪。分其墨妙，爰及荔奴。類靈草之九莖，洵明珠之一斛。五里一置，十里一堠，笑飛遞之徒勞；如蓋之張，如帷之垂,覺卧游而倍適。是真吾師之麗,抑亦佳菓之遭云爾。

代陳維明與張婚啓　　（國朝）諸葛晃

伏以桃符煥彩,喜憑尺木以乘龍;梅蕊舒香,更列修篁而引鳳。誼良由於縶足,歡不覺以揚眉。恭維邃學金聲,高標玉映。鳴琴員嶠,抒滄海黄石之徽;耽書藝林,擅龍肉鳳毛之富。風雲生筆底,詞傾鄴下之雄;星斗蘊胸中,藻潤曲江之秀。積慶遠垂乎弓冶,鳳鷟凰翔;奇姿並毓於門楣,芝榮玉茂。

私幸芳型可即,契已結於三生;重以嚴訓恭承,姻欲聯於再世。遂指腹而言倚玉,本同心之臭如蘭。念第以薄官偶系,雖燕閩久闊,每時廑暮雲春樹之思;而兒某稚歲出嗣,況詩禮未嫻,尤宜切喬木絲蘿之附。際兹鵲巢之應候,爰占鳳卜以欣諧。文定聿昭厥祥,合巹僉云迪吉。屏開雀影,聯花燭以增輝;簫遞鸞聲,與瑟琴而交叶。

一之日,二之日,淑景斯逢,佇盼虹流褓屋;九其儀,十其儀,素友自渥,行看瑞靄蓬門。繄地望之無嫌,信天緣之有自。伏願鑒兹葑菲,俯就蘋蘩。宜室宜家,此日兆瓜瓞之慶;以似以續,千年昌燕翼之麻。惟祈尊慈,統賜原納,不宣。

重修福清寺募啓寺在邑三都。　　（國朝）陳慶鏞

泉築大士林,祇園無慮數十旃也,貝葉無慮數百樹也,三乘五宗七寶無慮數萬卷也,而稱最古者,南則龍山寺,北則福清寺,二者爲冠。

龍山建自隋,而福清建自五代王延彬,築以寓高麗僧元衲也。地居靈秀峰下,亦曰翠屏山,晉南交界之區,而郡北一大屏障也。廟貌興廢,數數更,嘉慶丁卯重修。其時説青鳥者,以地沮洳,測土圭,稍徙而上,迄今四十有一載矣。蒸成菌不勝戴,棟阿邛有旨鵰。又不勝瓴甋蜉蝣,有殷掘閲爲患。西北觸不周風,杌棿如累卵。

友人林茂才廷琮議倡修,請啓事。余曰:"屢修屢廢,修其如廢何?而屢廢屢修,廢亦其如修何?然必更諸爽塏,俾風煙得無蝕焉,蟻螘得無穿焉。《詩》

曰'相其陰陽,觀其流泉,度其隰原',斯爲大矣。"林君曰:"否,否。今以二麥未登,農方率均田,大興畚捐,勞民與傷財交困,且易置方位,今人未必遠勝前人,不如毀者襄之,斜者整之,漏者彌之,蠹者易之。翼以牕,樓樓然;通以闈,軒軒然;淘以井,鑿鑿然;浚以渠,坎坎然。氣疏則風直,風直則螙不僵,蟲不穴,茅龍第取更衣,無煩改作,如之何?"余曰:"善。"天之所壞不可支也,而天之所支亦不可壞。吾儕小人皆有閭廬,以避風雨,矧神靈翔泊之所,忍令鞠爲茂草而莫之顧,是豈不住相之謂乎?

因思泉多好義,衆志成城,固無難事,是必有起而應之者。昔高忠憲公出爲令,凡境內古先聖賢,及山川祠宇,載在祀典者,隨塌隨修,用力少而成功多,民到於今稱頌。請定鳩貲之法,就農出屋粟,其猶醵與?種樹作旃檀,將在德矣。記曰:凡有功德於民則祀之,能捍大災禦大患則祀之。神爲保衛全邦,出雲降雨,呼之輒應,則其有功德而兼能捍災禦患者也,其亟修之毋緩。是爲啓。

爲徐明府玉清復許比部祖涝婚啓（國朝）陳步蟾

伏以梅筐吉迨,飛盞聞豆蔻之香;柯斧詩賡,畫圖繡鴛鴦之譜。玉田璧種,銀管笙調。

恭維太岳徽聲,汝南盛族。侍御勳高,將軍握金吾之節鉞;天卿望重,太史樹玉鑒之權衡。簪笏蟬聯,聲華豹蔚。尊姻翁老大人,藻麗文章,芝齡耆德。種福田,開麻綿,百世恒春;樹茂蔭,普雙江,機云譽擅。龍津桓李,榮叨象笏。飽陳庚之宿學,叶算亥之遐年。敬諾雉媒,殷承雁奠。綫結紅絲,肅效晉秦之締;天開黃道,虔修桃李之車。兩愧鵲巢,緣成鴻配。

竊謂備掃閨閣,夙慚四德,何幸調羹覃第,偕老百年。從茲琴瑟和鳴,堂上奏克諧之韻;爾後熊羆叶吉,夢中征載弄之璋。雀躍陳言,梟趨復命,統希尊慈,俯賜鑒照。弗宣。

勸修南涂二關外路橋啓　（國朝）陳步蟾

蓋聞造橋修路,爲《文昌陰騭》之條;集腋成裘,乃人事贊襄之舉。泉郡南涂孔道，泥濘堪傷。負販通行，溝渠又險。紳商垂憫，思砌石以途人；憲典森嚴，立科條以鋤鄉梗。而道阻且長，捐題攸賴。伏願殷盈門戶，喜掬床頭之金；資助舟車，樂解纏腰之貫。興工啓作，化險爲夷。他日石泐芳名，途歌厚德，是所深望靡涯也。

光緒乙亥重修福鼎縣學文廟並教場演武廳勸捐啓
光緒乙亥代門人黃維祺祺任司訓作。　　（國朝）陳步蟾

於戲聖人，德侔天地。廟貌煥然，師表萬世。閣建崇經，經學昌明。禮明樂備，春秋二丁。示民之則，王道正直。義路禮門，威儀是式。

鐘鼓無聲，金繄不奏。禮儀闕如，伊誰之咎？奉祀有官，齋稱苜蓿。凡厥士紳，共聞木鐸。至於秀良，咸知禮教。理宜潛襄，修治學校。各供爾事，勉出乃力。集腋成裘，或豐或嗇。黽勉同心，經之營之。

凡茲盛舉，不日成之。飛閣流丹，道路歡顏。執秉籥翟，聲容雅嫻。行有餘力，並修演武。此邦之人，聿來胥宇。藻芹以馨，籩豆以新。與執事者，名勒貞珉。謹啓。

序（二）

歐陽四門集序　　（唐）李貽孫

歐陽君生於閩之里。幼爲兒孩時，即不與衆童親狎，行止多自處。年十許歲，里中無愛者。每見河濱山畔有片景可採，心獨娛之。常執卷一編，忘歸於其間。逮風月清暉，或暮而尚留，宵不能釋，不自知所由，蓋其性所多也。未甚識文字，隨人而問章句。忽有一言契於心，移日自得，長吟高嘯，不知其所止也。

父母不識其志，每嘗謂里人曰："此男子未知其指何如，要恐不爲汨没之氓也，未知爲吉凶邪？"鄉人有覽事多而熟於聞見者，皆賀之曰："此若家之寶也，奈何慮之過歟！"自此遂日日知書，伏聖人之教，慕愷悌之化，達君臣父子之

節,忠孝之際,唯恐不及。操筆屬詞,其言秀而多思,率人所未言者。君道之容易,由是振發於鄉里之間。建中、貞元時,文詞崛興,遂大振耀,甌閩之中,不知有他人也。

會故相常衮來爲福之觀察使,有文章高名,又性頗嗜誘進後生,推拔於寒素中,唯恐不及。至之日,比君爲"芝英"。每有一作,屢加賞進,游娛燕饗,必召同席。君加以謙德,動不逾節,常公之知,日又加深矣。君之聲漸騰於江淮,且達於京師矣。時人謂常公能識真。

尋而陸相贄知貢舉,搜羅天下文章,得士之盛,前無倫比,故君名在榜中。常與君同道而相上下者,有韓侍郎愈、李校書觀,泊君,並數百歲傑出,人到於今伏之。

君之文新無所襲,才未嘗困。精於理,故言多周詳;切於情,故叙事重複,宜其司當代文柄,以變風雅。一命而卒,天其絶邪!

君於貽孫,言舊故之分,於外氏爲一家,故其屬文之内,名爲予伯舅。所著者有《南陽孝子傳》,有《韓城縣尉廳壁記》,有《與鄭居方書》,皆可征於集。故予沖幼之歲,即拜君於外家之門。

大和中,予爲福建團練副使日,其子櫃自南安抵福州,進君子之舊文,共十編,首尾凡若干首,泣拜請序。諾其命矣,而詞竟未就。櫃微有文,又早死。大中六年,予又爲觀察使,令訪其裔,因獲其孫曰澥,不可使歐陽氏之文遂絶其所傳也,爲題其序,亦以卒後嗣之願云。

福建等州都團練觀察處置等使、正議大夫、使持節都督福州諸軍事、福州刺史兼御史中丞、上柱國、賜紫金魚袋李貽孫纂。

香奩集自序　　　（唐）韓　偓

余溺章句,信有年矣。誠非大丈夫所爲,不能忘情,天所賦也。

自庚辰、辛巳之際,迄辛丑、庚子之間,所著歌詩,不啻千首。其間以綺麗得意者,亦數百篇。往往在士大夫之口,或樂工配入聲律,粉墙椒壁,斜行小字,竊詠者不可勝記。

大盜入關，緗帙都墜。遷徙不常厥居，求生草莽之中，豈復以吟詠爲意！或天涯逢舊識，或遠地遇故人，醉詠之暇，時及拙唱。自爾鳩輯，復得百篇，不忍棄捐，隨時編錄。遐思宮體未降稱庾信攻文，却笑《玉臺》何必倩徐陵作序。粗得捧心之態，本無折齒之慚。柳巷青籠，未嘗糠粃，金閨綉戶，始預風流。咀五色之靈芝，香生九竅；咽三危之瑞露，春動七情。如有責其不經，亦望以功掩過。

陳希孺先生集序　　　（唐）黃　滔

唐設進士科垂三百年，有司之取士也，喻之明鏡，喻之平衡，未嘗不以至公爲之主，而得喪之際，或失於明鏡，或差於平衡，何哉？俾負不羈之才，蘊出人之行，歿身末路，抱恨泉臺者多矣。嗚呼！豈天之否其至公之道耶？抑人之自坎其命耶？潁川陳先生，實斯人之謂與！

先生諱黯，字希孺。父諱贄，通經及第。娶江夏黃夫人，賢而生先生。兄肇。無姐妹。十歲能詩，十三袖詩一通，謁清源牧。其首篇咏歌河陽花。嚮時痘，新愈。牧戲曰：“藻才而花貌，胡不咏歌？”先生應聲曰：“玳帽應難比，斑犀定不加。天嫌未端正，滿面與裝花。”由是聲名大振於州里。十七爲詞賦，作《蘇武謁漢武帝陵廟賦》，便爲作者推伏。二十爲文。先生松姿柳態，山屹波注，語默有程，進退可法。

早孤，事太夫人彌孝，熙熙愉愉，承顏侍膳。雖隆雲路之望，終確彩衣之戀。既而及其子蔚冠，太夫人勉之曰：“付蔚於潘岳之筵，俟爾於郤詵之桂。”方起於鄉薦，求試貢闈，已過不惑之年矣。及會昌乙丑，逮咸通乙酉，其間以寧家，兼在疢之日，斷絕往來。吴楚之江山辛勤，秦雍之槐蟬嘆嗟。

知己之許，與同郡王肱、蕭樞，同邑林顥，漳浦赫連韜，福州陳蒇、陳發、詹雄，同時而名，價相上下。嗚呼！斯八賢皆以不羈之才，出人之行，懇懇乎進趨，恂恂乎鄉黨，而無所成，豈天之意否其至公耶？抑人之自坎其命耶？俾有司失其明鏡，差其平衡之如是？結冤氣於冥路之中，銜永恨於泉臺之下，豈不甚與！

先生之文,詞不尚奇,切於理也!意不偶立,重師古也。其詩篇詞賦箋檄,皆精而切,故於官試尤工。

滔即先生之内侄也。自卯趨隅,洎隨計之歲,先生下世。後二十年而忝登科第。東歸之日,求遺稿,其季子蘧泣曰:"兵火也。"少得其文三十首,賦若干首,他處得詩若干首,敬俟增而後述。天復元年,滔叨閩相之辟,旋使錢塘,與羅郎中隱遇,曰:"咸通中與先生定交於蒲津秋賦之場,賦則五老化爲流星,詩則漢武横汾。先生之作也,爲試官嚴郎中下都之吟諷,秋場五十人之降仰,今遺稿可叢,願爲之序。"既還,不及求增,謹以所得之文賦詩箋檄,分爲三卷,收淚搦管,爲之前序,將寓正郎爲之後序。正郎負宇内之雄名也,用釋泉臺之恨。

時天復二年壬戌秋七月十日也。

此篇集序乃序之變體也,實則傳之體裁。吕東萊先生云:凡序文籍,當序作者之意。此篇記載事迹,以傳於後世,即傳之正。司馬子長作《史記》,創爲列傳,以載一人始終之事,此篇盡有之。而序有大序、小序之體裁,傳有史傳、小傳、家傳、外傳、托傳、假傳之體裁,古文家自能知之。陳谷叟揮汗評。

縣　法　序　　　　　　　　（宋）吕惠卿

天下之民事皆領於縣,則奉朝廷之法令,而使辭訟簡,刑獄平,會計當,賦役均,給納時,水旱有備,盜賊不作,衣食滋殖,風俗敦厚,必自縣始。然古之官學皆有師法,雖上官猶莫不然,況於爲數萬户之縣,而當古一國之任,獨可以無法乎?惠卿之有意於此也久矣。

兹者出守大名,當薦饑之後,民卒流亡,盜賊多有。隨宜應務,粗亦竭愚,復召畿内之知佐,問其所以施設之方,而監司部吏之歷縣,道老民事,皆咨訪焉。既盡其所長矣,於是又附以平日之所嘗講聞試用者,爲法令、詞訟、刑獄、簿歷、造簿、給納、災傷、勸課、教化,凡十門目,原整理者按：這裏只列九門。曰《縣法》,以趣時便事,宜與敕令合而易曉,故不敢甚高而文,以其意與所學於先王者不異也,故時及焉。而其事多河北之風俗,則以行之部内而已。然愷悌君子,有志乎民者,亦所不廢也。

四明尊堯集序　　　　　（宋）陳　瓘

臣聞先王所謂道德者,性命之理而已矣。此王安石之精義也。有三經焉,有《字說》焉,有《日錄》焉,皆性命之理也。蔡卞、蹇序辰、鄧洵武等,用心純一,主行其教,其所謂大有爲者,性命之理而已矣;其所謂善繼述者,亦性命之理而已矣;其所謂一道德者,亦以性命之理而一之也;其所謂同風俗者,亦以性命之理而同之也。不習性命之理者,謂之曲學;不隨性命之理者,謂之流俗。黜流俗則竄其人,怒曲學則火其書。故自卞等用事以來,其所謂國是者,皆出於性命之理,不可得而動搖也。

臣昨在諫省,所上章疏,嘗以安石比於伊尹。伊尹,聖人也,而臣乃以安石比之者,臣於此時猶蔽於國是故也。又臣所上章疏,謂安石爲神考之師。神考,堯、舜也。任用安石,止於九年而已矣。初用後棄,何嘗終以安石爲是乎?臣乃以安石爲神考之師者,臣於此時猶蔽於國是故也。臣昨者以言取禍,幾至誅殛,賴陛下委曲保全,賜臣餘命,臣感激流涕,念念循省,得改過之義焉。

蓋臣之所當改者,亦性命之理而已矣。孔子曰:"乾道變化,各正性命。"又曰:"地道無成,而代有終也。"性命之理,其有以易此乎?臣伏見治平中安石唱道之言曰:道隆而德峻者,雖天子北面而問焉,而與之迭爲賓主。自安石唱此說以來,幾五十年矣,國是之淵源蓋兆於此矣。臣聞天尊地卑,乾坤定矣。定則不可改也。天子南面,公侯北面,其可改乎?今安石性命之理乃有天子北面之禮焉。夫天子北面以事其臣,則人臣何面以當其禮?臣於性命之理安得而不疑也?

傳曰:君之所以不臣於其臣者二,當其爲祭主則弗臣也,當其爲師則弗臣也。師無北面,則是弗臣之禮也,豈有天子而可使北面者乎?漢顯宗之於桓榮,所以事之者,可謂至矣。而所施之禮,亦不過榮坐東向而已矣。若乃以君而朝臣,以父而拜子,則是齊東野人之語,龐勛無父之教。以此爲教,豈不亂名分乎?

亂名分之教，豈可學乎？臣既誤學其教，豈可以不悔乎？

《易》曰："不遠復，無祗悔，元吉。"臣於既往之誤，豈敢祗悔而不改乎？臣昔以安石爲神考之師，是臣重安石而輕神考也。臣昔以安石比伊尹之聖，是臣戴安石而誑陛下也。臣爲陛下耳目之官，而妄進輕誑之言，臣之罪惡如邱山矣。臣若不洗心自新，痛絶王氏，何以明臣改過之心乎？臣之所以著《尊堯集》，爲欲明臣改過之心而已矣。

莊周曰："明此以南向堯之爲君也，明此以北面舜之爲臣也。"莊周之道虛誕無實而不可以治天下，然於名分之際，不敢不嚴也。飛蜂走蟻，猶識上下，豈可以人臣自聖而至於缺名分哉？

孔子曰："名不正，則言不順；言不順，則事不成。"安石北面之言，可以謂之順乎？崇此不順之教，則所述熙、豐之事，何日而成乎？廢大法而立私門，啓攘奪而生後患，可爲寒心，孰大於此？臣請序而言之。

昔紹聖史官蔡卞，專用王安石《日録》，以修神考實録，薄神考而厚安石，尊私史而厭宗廟。臣居諫省，請改裕陵實録；及在都司，進《日録辯》。當是之時，臣於《日録》未見全帙，知其爲私史而已，未知其爲增史也。自去闕以來，尋訪此書，偶得全編，遂獲周覽。竄身雖遠，不廢討論。路過長沙，曾留轉藏之語；待盡合浦，又著垂絶之文。考詆誣譏玩之言，是蔡卞僞增之意，尚謂安石趣録皆可憑據，卞之所增乃有誣僞。當是之時，臣於《日録》考之未熟，知其爲增史而已，未知其爲悖史也。蓋由臣知識昏鈍，覺悟不早，追思諫省奏章，乃至合浦舊述，語乖正理，隨俗妄談。既輕神考，又誑陛下。若他時後日，陛下以此怒臣，臣將何以自救？敢不悔乎？

《日録》云："卿，朕師臣也。"乃安石矯造之言。又云："督責朕有爲。"豈神考親發之訓？既托訓以自譽，又托訓以輕君。輕君則訕侮譏薄，欲棄名分；自譽則矯蹇陵犯，前無祖宗。其語實繁，聊舉一二。《日録》云："朕自覺材極凡庸，恐不足與有爲，恐古之賢君皆須天資英邁。"此非托訓以輕君乎？又云："朕頑鄙，初知識，自卿在翰林，始得聞道德之説，心稍開悟。"此非托訓以輕君乎？又云："卿初任講筵，勸朕以講學爲先，朕意未知以此爲急。"此非托訓以輕君乎？又云："卿莫只是爲在位久，度朕終不足與有爲，故欲去。"此非托訓以輕君乎？又云："所以爲君臣者，形而已矣，形故不足累卿。"此非托訓以輕君乎？訕侮譏薄，欲棄名分，可以略見於此矣。《日錄》又云："王安石造理深，能見得衆人所不能見。"此非托訓以自譽也？又云："如安石不足知識高遠，精密不易，抵當流俗，天生明俊之才，可以庇覆生民。"此托訓以自譽也。又云："卿無利欲，無適莫，非獨朕知卿，人亦盡知，若餘人則安可保？"此托訓以自譽也。又云："卿才德過於人望，朕知了天下事有餘。"此托訓以自譽也。又云："朕用卿，豈與祖宗時宰相一般？"此托訓以自譽也。驕蹇陵犯，前無祖宗，可以略見於此矣。

聖主以奉先爲孝，群臣以承上爲忠，明知其誣，誰敢核實？不可以箝塞衆口，可以熒惑聖聰，誑勒之術，莫工於此。始則留身乞批以脅制於同列，終則著書矯訓以傳述於後人，誣脅臣鄰，何足縷道？上干君父，可不辯乎？

自到闕以來，至爲參政之政，不錄經筵之款奏，但書七對之游辭，載神考降問之咨詢，無一問仰及於三代。言神考，但慕魏葛，謂厥身不異皋伊，仍於供職之初辰，首論理財之不可，恐宣利而壞俗，陳孟子之恥言。凡他人極論之辭，掠爲己説，彼所獻管商之術，歸過先猷，書神考之謙辭，則曰"以朕比文王"，豈不爲天下後世笑？論太祖之征伐，則曰"江南李氏"，何嘗理曲？恣揮悖躁之筆，盡假烈考之詞，矯誣上天，孰甚於此？祖宗之威靈如在，聖主之繼述日新，若不辯托訓之誣，何以解在天之怒？而況托訓之外，肆訛尤多。神考小心慎微，彼則曰"好察細務"。神考畏天省事，彼則曰"畏謹過當"。神考欲除苛細之法，彼則曰"元首叢脞"。神考欲寬疑似之獄，彼則曰"陛下含糊"。神考禮貌勳賢，彼則曰"含容奸慝"。神考嘉納忠直，彼則曰"不懲小人"。又謂奸罔之徒，陛下能誅殺否？比忠良於元濟，責神考爲憲宗，請不可以罷兵，當必勝而後已。

神考守祖宗不殺之戒，以天地好生爲心，厭棄其言，眷待浸薄。先逐鄧綰，次出安石。至熙寧之末，而安石日之所怒者，復見收矣。至於元豐之末，司馬光等前日之所言者，復見思矣。

卞等不尊神考末命，但務圖己之私，以專紹安石爲心，以必行誅殺爲事，請於哲宗而哲宗不許，請於陛下而陛下拒之，人心歸天，仁助有德，遂使奸謀内潰，逆黨自彰。卞既不敢居金陵，人亦不復聖安石，悔從王氏，豈獨臣哉？朝廷縉紳協心享上，庠序義理士所同然，科舉藝能，孰肯遽陳其所藴？有用之士，亦將先忍而後爲變。王氏誣君之習，合《春秋》尊元之義，濟濟多士，何患無人？又況安石所施，其事既往，若不自述於文字，後人安知其用心？著爲此書，天使之也。

然安石著書之意，豈是便欲施行？卞所安排，非無次序，自謂舉無遺策，何乃急於流傳，宣示遠近，不太速乎？然則流傳之速，天促之也。天之右叙我宋而不助王氏，亦可知也。如臣昔者，妄推安石，謂之聖人，如視蟻蛭以爲泰山，如指蹄涔以爲大海。易言無責，鬼得而誅，駟不可追，齰舌何補？聖人，人倫之至也，傲上亂倫，豈聖人乎？聖人，百世之師也，教人誣僞，豈聖人乎？

孔子集大成者也，尚以不居爲謙；光武有天地者也，猶下禁言之詔。豈可身處北面人臣之位而甘受子雱驕僭之名乎？雱爲安石畫像，贊曰：列聖垂教，參差不齊。集厥大成，光乎仲尼。蔡卞書之，大刻於石，與雱所撰諸書經義，並行於世。

臣昔以答義應舉，析字談經，方務趣時，何敢立異？改過自新，請自今始。於是取安石《日録》，編類其語，得六十五段，釐爲八門：一曰聖訓，二曰論道，三曰獻替，四曰理財，五曰邊機，六曰論兵，七曰處己，八曰寓言。事爲之論，又於逐門總而論之，凡爲論四十有九篇，合爲二門爲一卷，並叙一卷，共爲五卷。臣以憂患之餘，精力困耗，搜文索義，十不得一。加其海隅衰陋，又無賜書，神考御集，無由恭閲。又《日録》矯誣與御批《日曆》、《時政記》牴牾同異，無文可考，欲校不得，但專據私書，略分真僞。雖不能盡究底藴，亦可以窺其大概矣。

凡臣之所論，以紹述宗廟爲本，以辯明聖訓爲先。蓋所述在彼，則宗廟不尊；誣語未判，則真訓不白，何以光揚神考有爲之心？何以將順陛下述事之志？凡今之士學古入官，身雖未試於朝廷，心亦不忘於畎畝。戴天履地，寧忍同誣，日拙心勞，徒唱爾僞。犯古今之公義，極典籍之所非，陰奉寖言，顯違格訓。安石欲置四輔，神考以爲不可；神考欲建都省，安石以爲不然。今則四輔成矣，都省毀矣，道路爲之流涕，聖主能不痛心？人皆獨罪於一京，安知謀發於蔡卞。至於宿衛之法，亦敢更張，變亂舊規，創立三衛。用私史包藏之計，據新經穿鑿之文。以畏憚不改爲非，以果斷變易爲是。按書定計，以使其兄當面贊成，退而竊喜，京且由之，而不悟他人。豈測其用心，事過而窺，踪迹乃露，賫咨痛恨，雖悔何追。在私家何足備論，於國是豈宜如此。謂塘濼未必有補，可以決水爲田；謂河北要省民徭，可以減州爲縣。至於言江南利害，則曰州縣可析；論民兵將領，則曰獎拔豪傑。四海本是一家，何爲分彼分此。大法無過，宿衛安得率爾動搖？棄舊圖新，厥意安在？

昔元祐更張之始，方安石身殁之初，衆皆獨罪於惠卿，或以安石爲樸野，優加贈典，欲鎮浮薄。司馬光簡尺具存，呂惠卿責詞猶在。深懲在列，曲怒元臺。凡同時議論之臣，無一人指點安石，往往言章疑似。或於裕陵致下，以窺伺爲心，豈藏而待，潤色誣史，增汙忠賢。凡愠懟曾布之言，與怒罵惠卿之語，例皆刊削，意在牢籠，欲使其述私書，將以濟其大欲。布等在其術內，卞計無一不行，良由議贈之初，不稽其弊。若使早崇名分，何至橫流。司馬光誤國之罪，可勝言哉！

臣聞熙寧之初，論安石之罪而中其肺肝之隱者，呂誨一人而已矣。熙寧之末，論安石之罪而中其肺肝之隱者，呂惠卿一人而已矣。呂誨之言曰：“大奸似忠，大詐似信；外視樸野，中藏巧詐；驕蹇傲上，陰賊害物。”呂惠卿之言曰：“安石盡棄素學，而隆尚縱橫之末數，以爲奇術，以至譖訴脅持，蔽賢黨奸，移怒行狠，方命矯令，罔上要君。”凡此數惡，莫不備具。雖古之失志倒行而逆施者，殆不如此。平日聞望一旦掃地，不知安石何苦而爲此也！謀身如此，以之謀國，必無遠圖。而陛下既以不可少而安之，臣固未易言也。又曰：“陛下平日以何如人遇安石，安石平日以何等人自任，不意窘急乃至於此。”又曰：“君臣防嫌，豈可爲安石而廢哉！”又曰：“臣之所論，皆中其肺肝之隱。”臣瑾竊謂：元祐臣僚於呂誨之言，則譽之太過；於惠卿之言，則毀之太過。此二臣者，趣向雖異，至於論安石之罪，獻忠於神考，則其言一也，豈可專譽呂誨而偏毀呂惠卿乎？偏毀惠卿，此王氏所以益熾也。元祐之偏，可不鑒哉！

臣竊以天下譬如一舟，舟平則安，舟偏則危。臣之以言取禍，初緣此語，然臣自視此語猶野人之視芹也，切於愛君，又欲貢獻，前日之欲殺臣者，必益嗔矣。然臣之肝腦本是報國之物，臣若愛吝此物，則陛下不得聞安石之罪矣。陛下不得聞安石之罪，則人之利美咸在，凡爲我宋之臣，豈可以不思乎！乃者，天子本學拜謁宣尼，本朝故臣坐而不立，躋此逆像，卞唱之也。輔臣縱逆而養文，禮官舞禮而行詣，僭自内始，連於四方，萬國寒心，外夷非笑。鷩冕夷俟，載籍所無，履加於冠，何以示訓？自有中國以來，五品不遜，未有此比。然則觀此一像，而八十卷之大概，可以未讀而知矣。蔡氏、鄧氏、薛氏，皆塑安石之像，祠於家廟，朝拜安石而頌之曰"聖矣聖矣"，暮拜安石而頌之曰"聖矣聖矣"。國學，風化之首也，豈三家之家廟乎？臣故曰：廢大法而立私門，啓攘奪而生後患，可爲寒心，莫大於此。尊主愛國之士，孰敢以此爲是乎？是非之心，人皆有之。極天下之所非，而可以謂之國是哉？

嗚呼！講先王之道而以咈百姓爲先，論周公之功而以僭天子爲禮，咈民歲久，蠱國日深，僭語爲胎，遂產逆像，以非爲是，態度日移，廢道任情，今甚於昔者。初立國是，使惇行之，惇既竄逐，移是非於布。布又竄逐，移是非於京。三是皆發於卞謀，三罪同歸乎誤國。然則果國是乎？果卞是乎？若以卞是爲是，則操心頗僻，賦性奸回如鄭瑺，不當逐也。若以卞是爲是，則以塗炭必敗之語詆誣神考如常立者，不當竄也。神考逐瑺，可以見侮用安石之心；哲宗竄立，可以見斥絶安石之意。兩朝威斷天下，皆以爲至明。陛下光揚亦以去卞爲先，務掃除舊穢，允協人心，布澤日新，上合天意，樂於將順，縉紳所同，夢闕馳誠，各恨疏遠。

彼元祐、元符之籍，雖漸縱弛，而人未見用。應詔上書之罪，雖已釋放，而士猶沮辱。沮辱者不可復問，未用者自當退藏。其餘雖在朝廷，或非言路明哲之士，又務保身，縱有強聒之流，且無私史之隙。唯臣因論私史，禍隙至深，得存餘命,全由獨斷。臣之所以報聖恩者,敢不勉乎?兼臣年老病多,決知處世難久,與其賫志於歿後,寧若取義於生前。義在殺身,志惟尊主,故以臣所著日録論,名之曰《四明尊堯集》云。

四明尊堯集後序　　　　　　　（宋）陳　瓘

右《四明尊堯集》者,芻蕘改過之書也。昔諫省所論,合浦所述,妄推王荆公以爲神考之師,又妄以王荆公擬於伊尹,議論乖錯,得罪公議,窒惕悔恨,故不敢不改也。

夫芻蕘者,匹夫之採薪者爾。其人未必有知,而其言或不可廢,心竊效之,此集之所以作也。聖主詢知,因命取焉,此集之所達於上也。野人之芹,欲獻無路,適逢詔索,鼓舞而進之,自以爲適及其時,不知其可不可也。

集有序,進集有表,自得罪至台,又有謝表。瓘所以改過之因,並所以得罪之由,皆具於二序一表之中矣。夫辟雍坐像,天下之有目者,無不見天子也;無北面之禮,天下之有耳者,無不聞也。神考任相,先舉後黜之序,合於虞舜,天下之有心者,無不知也。芻蕘雖陋,是亦有目有耳有心之民耳。四海九州,豈獨一芻蕘哉?衆説而進之者,乃芻蕘之任易輕生者爾,其心以我宋爲重,而不合乎明哲保身之義,下愚不移不可改也已。

政和元年十一月,始至竄所;二年正月,尚書省劄子委台守取索《尊堯集》副本。副本在明州徐璋秀才家,台守於朝旨之外,遣兵官突來追攝,囚之於石佛寺,然後遣兵官入家搜索,並牒明州遣兵官搜索徐璋之家。初瓘之所撰《尊堯集》有二:合浦其一也,四明其二也。凡合浦所著,不忍以荆公爲非,故其論皆回隱不直之辭,每自覽此書,内愧外汗,是故離家之日,獨取改過一集,置於行篋,到台不敢復閲,即以寄於數百里之外,屬友人藏之。及自石佛寺得釋,又遣僕往通州本家取索前集之稿,以俟再索。五月,果又有旨取合浦集副本,然切考批中之詔,辭旨溫潤,然後知正月之索,奉行峻切,非聖主之意也。

瓘自抵丹邱,觭脆尤極。人情畏惡,日甚一日。當此之時,察之於衆毀之中,知其有愛君之意,雖在危辱或庶幾乎無憾者,復何人哉?賢士大夫嗟憫之餘,或惡其以訐爲直,或責其干時而動,或疑其所以著書者初緣私隙,或謂其所以忘生者專爲取名,往往多中其病。

嗚呼!直而不訐,動而不干時,以公滅私,名實相副,此皆賢知之事也。愚不肖者,而責之以此,是乃賢士大夫樂成人之美者,凡愛長厚之情爾。又或以謂善善惡惡者,《春秋》之義也。芻蕘之書,曷可僭此?瑾則以爲不然。孔子曰:"吾志《春秋》。"孟子曰:"乃所願,則學孔子也。"夫孔子乃萬世聖賢之父,孟子乃百世學者之兄。父其父,兄其兄者,皆子弟也。父之志,兄之願,皆本於《春秋》,則天下之爲子爲弟者,當繼其志,隨其願而已矣。義當繼隨,乃古今子弟日日常講之事,若以是爲僭,則是棄此而取彼者爲不僭矣。又況天尊地卑,即是君臣之義。凡在覆載之間,有心知血氣之類,皆由其理,由之而不知者,非不具也。父坐而子立,羔羊有之;君一而臣二,螻蟻有之。夫羊蟻芻蕘,其性雖異而同具之本皆出乎一理,自太古以來,至於今日,亹亹而不斷者,非此理乎?冠履衣裳一易其位,則此理倒矣。芻蕘之所論者,論此而已爾。故瑾進四明表,豈敢有善善惡惡之辭?但欲明尊尊卑卑之義,何嘗有僭擬之論乎?取諸羊蟻,驗諸天地,然後知辟雍坐像及天子北面之説爲不然耳。

初,建中靖國元年,蒙恩際實録院檢討官,瑾辭不敢受。當是之時,未有辟雍坐像,而王氏自聖之書已在史院矣。鋪張短薄之詞,紀述我宋之事,知而爲之,其亦忍乎?自王氏作畫贊以來,宗王氏者皆以荆公爲過孔子矣。畫贊唱於前,坐像應於後,迨今三十餘年,元祐學術雖亡焚蕩,而熙寧之異論其在人心者未泯也。如中丞吕公所陳十事,瑾盡取其言載於集中。又《日録》所造熙寧之初對上之言曰:"他時共致太平,唯吕惠卿一人可望。"又嘗謂:"吕太尉之學出於生知。"又熙寧之末,吕太尉宛邱奏劄之言曰:"安石聞望一旦掃地。"又謂:"臣之所言,皆中安石肺肝之隱。"瑾於《尊堯集》亦載此語,因繫之以言曰:"吕某吕某,其趣雖異,而中其肺肝之隱則一也。"凡集中所載如此之類,雖曰得之公議,然而取舍之際,亦係芻蕘一時之見,豈敢以私意斷其是非乎?更在後之君子審辨而已。

瑾竊謂天下大理譬如一身，衆賢之身猶手之有拳指也。其爲拳也，融結而不貳；其爲指也，分布而不一。指縮而爲拳，拳舒而爲指，或弛或張，皆此手也；一動一寂，皆此身也者，天下之大理也。鼓身之物，其惟手乎？聖主聖度如天無不包覆。前日放廢之臣，時一叙復不終棄也。一日舉而詢之，則必各有對上之言矣。開陳大理，博訪公議，則神考任相終始之意，我宋强盛不拔之本，何患於不白哉？今日芻蕘之死生何足算也。俚諺曰："市無丹砂，勿棄赤埴；盧華並試，野醫退藏。"此亦自然之勢也，敢不知乎？敢不知乎？

前年初抵丹邱，即杜其門，默自喻曰："心所欲陳，苟已無憾，而今而後，可以忘言矣。"然而緣取副本，內外紛擾，又半年而後定。方追逮囚閉之時，旨外施行既不可測，顧計目前有因系吝之意，既而愧且嘆曰："口談致命，而心則動搖，將何以善其死哉？"

念自離合浦以後十年之間，光陰精力畢於此集矣，終誤咨詢，聲實俱墜，尚欲操之，而不捨乎初政。典局奉旨取索，瑾以此集未經奏御，非人臣所得先見，故函封具奏，請於御前開拆。由是徑達乙覽，方舜主繼堯之時，聞尊堯之說，舜心開納，留中不復降出，昔者竊聞之矣。及尚書省取索副本劄子付台守，乃云其《尊堯集》元初進本，在張商英家，已下衡州取索，茲乃實封不下司密劄之語，非萬方疏遠可遽窺者也。今除副本之外，尚餘此稿，不敢復藏私室矣，欲罄其餘語，跋於此集之後，以俟後賢。而心力疲乏，恍惚健忘，每思索文字，則悸眩不寧，臨紙數休，勉强累日，僅能終篇。人知其簏跪且死，而不知其衰耗又如此矣。雖復戀此餘生，將何以哉？又況絕禄以來，苟營活路，積垢如山，死有餘愧。雖並舉百川之水，其將何以自滌乎？就使鶤鵲之命，倖脱寬網，而身心垢憊，亦明時之棄物矣，敢不知乎？

安養不在彼，浮雲非我有，此涑水公所"安樂國"也。洗心之藥，莫良於此。晁文元公亦云："但以無生一方，遍治衆病。"前哲之所自悟，先覺之所躬行，實告之矣。心不頓革，敢不習乎？淵冰之地，死將及之，尚敢懈乎？蓋捐書不讀，亦不復爲文，冥心待盡，自今日始。

嗚呼！生爲太平採薪之民，殁作我宋無憾之鬼，復何事哉？而今而後，真可以忘言矣。此可與知者道，難與不知者言也。

政和六年八月二十八日，特勒停送台州羈管、前宣德郎、賜緋魚袋陳瓘書於寶城之南。

王初寮先生文集序　　　　　　　　（宋）李　邴

本朝承五季之後，楊、劉之學盛於一時，其裁割纂組之工極矣。石介憤然以楊公破碎聖人之道，爲世鉅害，著論排之甚力。然當時文宗鉅儒，司翰墨之職者，亦必循本朝故事，如近世張公安道，高簡粹純；王公禹玉，温潤典裁；元公厚之，精麗穩密；蘇東坡先生，雄深秀偉，皆制詞之傑然者。譬如王良、造父，策驥騄而騁康莊，一日千里，而節以和鑾，馳之蟻封，亦必中度，豈能彼而不能此哉？

初寮先生太保王公，自布衣以文稱天下，由東觀入掖垣，由烏府登鰲禁，皆天下第一選。司内外制者累年，其所制，體大而義嚴，事核而旨深，奇而不失正，雄而不爲夸，褒勛勞則有帶礪丹青之信，施霈宥則有雨露涵濡之澤。文治平則祥極乎鳳麟，申戒飭則誠著乎金石，嘉武節則毅乎彪虎之威，美文德則昭乎藻飾之華。極其致，蓋與本朝數公不相上下，而馳騖乎燕、許、常、楊之域，若不以體制拘之，駸駸乎漢氏矣。

蓋公天才英邁，學力有餘，於文於詩，皆瑰奇高妙，無所不能，故出爲世之賢如此。自徽宗皇帝即位以來，擅制誥之美者，公一人而已，得不謂一代之奇文歟！

《初寮集》八卷，王公安仲（中）撰，今此書尚有之。公乃邑之寓賢也，葬於葵山。邑志有傳。天白閣注。

傅忠肅公文集序公諱察　　　　　　（宋）周必大

二帝三王時，人才多出於國子，蓋其見聞積習，作成有素，非如秀民必俟族黨州鄉賓興之然後用也。

觀舜命夔典樂，教胄子曰：“直而温，寬而栗，剛而無虐，簡而無傲。”及命契爲司徒，教民則敬敷五典，在寬而已。《周官》大司樂，以樂德教國子曰：“中和、祗庸、孝友。”及司徒以三物教萬民，則置禮樂於六德六行之後，其視成材詳略次第，固有別矣。

夫子不云乎：“興於詩，立於禮，成於樂。”學至於樂，則義精仁熟，和順於道德，而性成焉。故以之事親必孝，事君必忠，臨大節，大節必不可奪，文其餘力也。晉唐以來，各學與監，置祭酒若司業，皆冠以國子，亦古之遺意歟。

本朝世臣巨室，前後相望。在仁宗時，有若獻簡傅公諱堯俞，未冠，以進士起家。平居號稱長者，及事四朝，屢歷言路，忘身徇國，有不可奪之節。遭時遇主，致位二府，生都美譽，没保令名，遂爲大家。

其從孫忠肅公諱察，年十有八，復踐世科。宣和末以吏部郎假宗正廷勞金國賀正使，行及境上，會幽燕交兵。或勸其歸，公不可，猝遇斡離不，强公使拜，公又不可，竟握節死之，詔贈徽猷閣待制，乾道追賜今謐。

其諸子皆以問學才猷翱翔仕途。至孫伯壽，文采益高，方以直焕章閣，按刑畿部。興念前烈，既編定獻簡公《草堂集》，又裒公遺稿成三卷，將傳布四方，屬必大序其首。惟公文務體要辭約而理盡，甚類獻簡，詩尤温純該貫，閒次韻，愈多而愈工。惜乎享年纔三十有七，名宦未達，高文大册無自而發，其淵源則可考矣。

竊嘗論之，獻簡幸生太平無事時，止於正言不諱，是以爲宋良臣。公則不幸，將命艱難之際，仗節死難，遂在忠臣之目。要之，忠孝大節，易地則皆然，特所遇不同耳。故爲推本帝王之教以及本朝之盛，使學士大夫知公世濟其美，不隕其名者如此。

按：忠肅公文集三卷，後附行狀，晁公休撰。是書《四庫簡明録》著録及張月霄先生藏書志亦載之。公乃傅公諱自得之父，諱伯壽之祖。惜此書不得而見，是一大憾。天白閣注。

朱韋齋先生文集序　　　（宋）傅自得

文章之工拙繫乎人，時命之通塞存乎天。天人之適相合也爲甚難，是以古今負文章之名者，未必得貴仕，而都公卿之位者，又未必以文章顯也。故吏部員外郎韋齋先生朱公，建炎、紹興間，詩聲滿天下。一時名公巨卿，交口稱薦，詞人墨客傳寫諷誦如不及。

予少時學詩，嘗以作詩之要扣公，公不以輩晚遇我，而許從游。間宿於閩部憲臺從事官舍之東軒，夜對榻語，蟬聯不休。比晨起，則積雨初霽，西風凄然，公因爲予舉簡齋"開門知有雨，老樹半身濕"，及韋蘇州"諸生時列坐，共愛風滿林"之句，且言古之詩人貴衝口直致，蓋與彭澤"採菊東籬下，悠然見南山"同一關鍵。三人者出處窮達雖不同，誦此詩則可見其人之蕭散清遠，此殆太史公所謂難與俗人言者。

予時心開神會，自是始知爲詩之趣。別去未幾，而公下世。予既爲詩以哭公，因求其遺編伏而讀之。愛其詩高遠而幽潔，其文溫婉而典裁。至表疏書奏，又皆中於理而切事情。乃喟然嘆曰：公之於詩文，可謂至矣。今世能言之士，非不多也，然淺則及俚，華則少實，是無他，徒從事於末而不知其本之過也。

公幼小喜讀書綴文，冠而擢第，未嘗一日捨筆硯。年二十七八，聞河南二程先生之遺論皆先賢未發之奧，始捐舊習，朝夕從事於其間。既久而所得益深，故發於詩文自然臻此，非有意於求工也。使其時得通顯於朝廷，施諸潤色，而見於事業，必有大過絕人者。不幸位不媲德，雖兩入東觀，三爲尚書郎，卒不得以其所長發紓，又不得年而没。天人之難合也如此，可不太息也哉！

雖然，人定亦能勝天，故公之嗣子，今南康太守熹，能紹公之訓，早踐世科，而益篤志於伊洛之學，安貧守道深山窮谷之中者三十餘年，明天子用寵嘉之，即其家拜二千石。君懇辭不獲命，强起視郡事，逾年而政成訟簡。一旦走介二千里書抵予曰："熹先人遺文，江西遂將刊行，而未有序引冠篇首。先友盡矣，不孤之惠誠有望於門下，敢以爲請。"

予覽書，悚然追思束軒之集，怳如隔世，而緒言歷歷猶在。公之木既拱，而予蒼顔白髮，頹然其亦老矣。愴歲月之不留，懍餘年其無幾，爲之感慨不寐者通夕，而病憊廢書，筆力衰退，文不逮意。獨念自少至老，游南康父子間爲最久，相知爲最深，得其父子之賢爲最悉，故不敢以不能爲辭。若夫公之詩文自足以行後而傳遠，豈待區區之鄙言。顧予早歲承誨，迨老無成，乃得挂名集端，以托不朽，其愧且幸爲何如哉！

公名松，字喬年，韋齋蓋自號云。

按：傅公此序末署淳熙七年庚子夏四月既望。傅公名上有"河陽"二字。是集十二卷，前有年譜、行狀、墓碑、祠記，後附《玉瀾集》一卷，朱公弟諱槔撰。建寧府於雍正七年以宋刊本重刊。又同治七年再行重刊。天白閣注。

雍正間之刻有李月階先生序之。先生諱丹桂，中副二次即登康熙戊子正榜，晉江人，占籍永春，居水門城内竹街。今子孫無一讀書，室亦傾圮，難禁有過墟之感。嗚呼！吾泉先正何其與朱先生有筆墨緣也？於宋有南邑人序之，於雍正間翻刻而有晉邑人序之，何幸如之也。壁堂在天白閣再注。

裨政書序　　　（宋）朱　熹

《裨政書》四十九篇，凡三卷，唐終南隱士陳昌晦撰，某所校訂繕寫。初某被府檄，遍閱府内先賢碑碣事傳，此書得最後。余詳其詞調，殆出於晚唐偶儷，而特創以奇澀，殊難以句讀也。相傳久遠，字多譌謬，無善本可以參校時，於私室訂其一二，而其不知者蓋闕焉。

觀其高潔岩阿，不汙紛垢，博達舊聞，以著此書，雖非有險奇放絶之行，彪炳偉麗之文，其微言奥旨，亦有發明義理之致而切乎名教者，真可謂守正循理不惑之士矣。惜其著述不少概見於世，亦足悲夫。語曰：世亂則思其君子，不改其度。若昌晦者，可謂近之。某因校其書而爲之序。

宋熙寧三年甲辰花朝望前二日，新安朱某撰。

歐陽行周先生文集序　　　（明）蔡　清

閩人登進士第自歐陽詹始，此昌黎韓公之言也。夫以一第倡一方，此其人物似亦未足多者，何至動韓公之紀録也？

蓋閩自漢武帝徙其民於江淮間，而虚其地，至唐中世，民之生聚猶且無幾，而況於文物乎？獨歐陽先生秀出凡民之中，早知從事乎周公、孔子之道，義行蔚然。觀察使常公深獎異之。至京師，受薦陸宣公，與韓公及李觀、李絳、崔群諸公聯第，皆天下之選，時稱"龍虎榜"焉，則其視尋常一第者，有間矣，謂非一時之豪傑，不可也。

自是，閩士始知所向慕，儒風日以振起，相師不絶。迤邐至於楊龜山、李延平輩，分河洛之派，授之朱子，而正學大明，道統有歸，吾閩遂稱"海濱鄒魯"矣。是正有類夫瓜瓞之勢，其蔓不絶，至末而益大者，謂非先生實為之根柢又不可也。

先生故有文集十卷行世，前輩稱其精於理，而切於情，可知其非止工於辭者，而近世無傳焉。今冢宰福郡林先生始自内閣録出，以傳吾師信豐尹莊世平，先生得而刻之於梓，力未克成。吾郡守弋陽吳公克明聞之，曰："是兹郡中文獻也，吾當有以表章之。"遂捐俸以卒其工，而屬清一言。

顧先生家世履歷行業詳載《唐書》本傳，及李公貽孫之序者，已刻其卷端，無庸清小子之贅矣。兹特揭其所繫於斯文一脉者如此，使後之人知先生之功在閩者，不止為進士第破天荒而已也。

黄曉江先生文集序　　　（明）王慎中

三代而下，世何其多佚才也。方世之盛，人不慕為士，為之者修於庠序，賓於司徒，論於司馬，冢宰詔焉，王者必得而用之，故才與賢者，必興於在位，而不遇之嘆，不作於其時。後世人矣，莫不有好功名之心，而為士者始多。為之多，則其修之不至，詖窳濫竊之弊，出於其間，而賢不肖才否之辨不明，於是有才且賢而終不遇者，以其聰明才智，不可苟同於凡人，欲置其扶世救物之憂，退焉而自佚，則有所不釋於中，見於言語文字，以諭志意、達性情而汲汲期其言之行於遠也，而義理載以行焉，雖欲不遠，不可得也。次焉者，亦且以其不樂之心，發憤於意氣，陳古諷今，傷事感物，殫擬議之工而備形容之變，如近世騷人才士所爲言，亦其聰明才智之所至也。

自科目用人，士無他途以發身，舉一世聰明才智并力於此，以伸其好功名之心。爲士之衆，莫盛於今日，蓋已薦於前有司，從官得位，而沉於卑冗，因於斥竄，終老且死，猶謂之不遇；若吾友黃君應初，卒無所合於有司，以儒衣自老，可謂不遇之尤者也。

君聰明才智，絕出同輩，每試，有司輒異之。君以科目之學爲不足好，且惡夫備者之不至，而偷爲詖窳濫竊之儒，耻與之群也。長揖謝有司，棄庠序之籍，拂衣入山中，然則君之不興於位，非不遇也，自舍以去，人不得而用之也。

予謂之不遇者，以其果才且賢，而老於野言之也。君既入山，遂與俗遠，蕭然自放於丘壑水木之間，孤高介特，酬接幾絕，而形容樸野，流俗頗以爲怪，君益自得也。

既死，胠其篋，得詩歌雜文數十篇，皆有可喜，以其聰明才智之異，使發憤而工爲之，視近世騷人文士未知孰高下也。然君自舍而去，無不樂也之感，以搖撼其心，精神閒暇，而志意宏肆，未嘗頵頵期以言語文字聞於人也，故所作不多。以其行高而節介，鷟傑之氣，終不能掩於言，讀之者自見其奇奇怪怪，離塵出囂，非齷齪拘謹，煉字句、模體法者所能及也。是雖不與發憤工爲之者競其所立，而亦不爲無得於載義理以行其言者之歸趣也。雖傳以示同好可也，豈直其家子弟藏之而已。

君弟溧清，與子樗仲，好學勤行，不替父兄之志。溧清尤才而有文，皆偉然名家子也。予爲之序，使其子弟刻君之文，傳之同好，正不在以多爲貴也。

君名淑清，別號曉江，與予交最善。方謀銘君之葬，而先序其文。

黄蓮峰先生文集序　　　（明）陳道基

蓮峰先生妙齡舉進士，陟華要，志概不群。尤善著作，閩小泉林公嘗爲其初稿而序之,莆省吾林公攜刻於粵以傳焉。

先生以嘉靖乙酉殁於留都,享年雖不永,而所著作已甚富。先生季弟應萃,乃偕諸子侄輩益收先生遺稿,合初稿編次之,凡若干卷。愚嘗受而讀之,既而仰思國家更造華夏,文章著作,至於弘治,滋益精醇,猶之淑氣渾噩,品彙涵濡乎其間,莫之遺也。

先生生於其時,以少年遭際,内承家學,外友天下豪俊,同時若蔡虛齋、王陽明、湛甘泉、董中峰、何大復、鄭少谷諸公,咸以經術著作有聞於世。先生與之往復議論,道契志乎,故其所得益深,由是抽思灑翰,出人意表,與諸老並稱為一時之盛。三衢棠陵方公固,以文名家者,而推崇先生,謂所為文,動以先秦為則,斯非漫語也。

愚嘗歷覽秦漢以來大家著作,各有專詣。若唐韓子之於貞曜,受其所作,神施鬼設,間見層出,可謂奇矣。然貞曜之後,天獨嗇之,豈非天地精英忌乎太取,若已羨於才者,而其餘有所靳耶?

乃今讀先生之文,精英踔發,前追大家,而年未及艾,奄作古人,乃二子謙誨亦無胤者,竊為浩嘆,天之不弔,而至於斯也。愚非能序先生之文者,追慕先生之賢,不可及見,而執役於遺文,則竊願云。

文徵私志序　　　　（明）李廷機

黃君有及與余為文字交有年矣。君在庠,負文名籍甚,不得志於科第。以選入太學,積資出為粵令,繼擢姑蘇郡佐,滿三載。

當之京時,余為南少宰。貽書與予,謂:"我將賦歸矣。"予以書勉之云:"君之資望已深,曷需之?當入為京秩;不則,且典方州,此時歸未晚也。余今亦倦且還矣,將從子於清源、九日之間耳,子姑待我。"顧未幾而君果決歸,兩臺代為請,得予告假。予嘆君果不負所志,非漫語予者。

歲辛亥,予自内閣蒙恩賜歸,君時家居十載矣。相見歡甚,且謝踐盟言晚焉。君時過予山莊,相與談往事,嘗欲借《國朝實錄》觀之,云:"向在長安相邸中,王對南先生曾以全書發予訂正,汗漫未能悉指歸。今再求觀,將以摘而錄焉。"予謂:"《實錄》浩繁,予既無力而以好忘自棄,遂不及抄,子休矣。且君負良史之才,何不取郡邑志雌黃之,以憲今啓後,《實錄》不必觀可也。"

越數時,君書來,謂:"余有所修《南安文徵私志》,蓋邑志久廢,姑修之以備野史。"以其副授予觀之,且屬予序焉。

予謂君備史家三長而不得任編摩之責,以窺金匱石室之藏,顧退而著於邑志。其叙述典雅,即公爲信史可也,曷私焉?顧余自乞歸以來,棄筆硯,謝絶文請久矣,不欲破予戒爲君叙之。然睹君所自叙,其意微矣,體備矣,何俟贅焉?乃君亦不欲强予,姑相與論訂而題數語於編端,使他日有賢士大夫請而傳之,知文獻之有在也。君安得遂私之耶?因題以復黃君。

君字有及,晚更號谷谿云。

傅錦泉先生文集序　　　　（明）何喬遠

國家以經義取士,雖卿相繼起,而精經生之業以出身者,數人而已。其哀然南宫之選首,子大夫以應明廷所治經義膾炙人口者,自國家以來,亦僅得五人焉:吴郡王公濟之、毗陵唐公應德、海虞瞿公師道、吾武榮傅公廷璜、今太倉相公王公元馭。是五先生者,皆以經術名,而嘉靖之間居四焉。

蓋國家之運至於肅皇之代,文章彪炳,焕爛極矣。要以五先生之作,吴郡正於質,毗陵澤於理,海虞醇於氣,太倉相公贍於才,而吾傅先生沉深釀麗,蒼然鬱然,尤陶鑄於六經而型範乎羣儒。然吴郡四公皆致身卿相,有人倫之望。獨先生浮沉郎署間,由禮部郎丞光禄轉吏部郎,遂以樸直廢,不偶當世。

公治經義,老於孝廉者二十餘載,而其游世之年差及孝廉之半,故公經義至今爲後生洛誦之宗,而事功當世無聞焉。公所以不聞當世者,由其淡然無競,訥然而多内歛,其言貌聲光無足使世有可駭可喜之端,而斯世亦羣然去之,公固不怨不尤。

其邑之南有坂田山者,退而築室老焉,灌園種樹,與世俗絶。凡離支龍目,來禽青李,它諸美菓,皆身植而手蒔之。接葉交枝,翳然匝甕繩者數畝。公既取其重葩累花以暢四時之觀,又藉其嘉實蕃子以代力食之入。世既去公,公亦果於去世,而竟以終其天年。

　夫文辭之業,皆探元鉤深,有出世之思,然後得之。史稱千頭橘、千畝竹、千畝卮茜,其人皆有心計之畫,乃能埒户封。公所用於治經者精如彼,治生者纖如此。豈其漫無經世之術?士之無競内斂者,當就其無競内斂用之,置之廊廟,比於夏敦商彝,以爲一代寶,乃器之言貌聲光之間,公不拙於用世,世何拙於用公,使一代名人終老林麓,可惜也!

　公殁之四年,其子萬容等彙公遺文刻焉。大要公之文皆其久精於六經群儒之論,故見之諸體者,隱然麗於聖賢之言,而卓乎不詭於正。公無四公之建明,而心術學問可伯仲之而無愧。夫麒麟鳳凰,山谷陂澤之中,皆可以瑞世,豈必盡儀帝廷、群游先王之苑囿也?故叙而歸之,以存吾鄉前哲之概,且以見肅皇一代所得人文之盛,毋論仕於朝、宅於邦者,莫不皆有先正君子焉!

　萬曆二十五年八月之望,邑後學何喬遠頓首識。

王慕蓼先生樗全集序　　（明）吕圖南

　余於王翼邑先生,譜則雁進,年則父行,文則不啻蓍蔡而衿裼之也。

　先生早歲失怙恃,以海東孤童依倚荒郊。屋有四壁,家無片軸,瓶無儲粟。塾有書聲,於先王仁義之説,壁聽而樂之。時輟耕,時竊讀。古人顧歡燃松之照,邴原聞書之泣,不是過也。漬久而心靈,功深而章達。年幾而立,始蔚然黌序間。

　先生嘗爲余言:"吾始而學《易》,以《易》試而格不利,因學《春秋》。《春秋》苦寡侣,然皆演無師之智,而意匠之卒不利如故也。又學《詩》,《詩》幾蓼莪矣,乃反於《易》,卒用《易》。生平惟取吾夫子詞達躬行之旨爲宗,既不能艱澀以自難,復不欲廢思以徑《易》。既不能爲不文之行以自縮不遠,復不敢爲無行之文以自取墜落。唯是行止於所不得行止,而强立於所自强立,以求無負吾人世而已。"

夫先生之語余如是。今日者質先生之集而信，以其集質先生之爲人而尤信。居恒聆先生談，泛瀾該洽，六經諸子百家，供其揮麈，無問不酬，無理不透，而要澤於雅，非先王之法言不言，非先王之法行不行也。

論文則以韓、柳、歐、蘇爲宗，上世獨服膺唐應德、王道思，而於王元美衷其材，濟南奇、京山雜無取焉。論學則以濂、洛、關、閩爲派，近世獨服膺蔡文莊、薛文清，而於王陽明衷其曠，泰州傲、廬陵泛，無取焉。論事業則常舉國家無輕豢虛餌之爵祿，世上無便宜富貴之聖賢二語自勵。

故自粃糠於計部，持籌於邊郎，簿書於守，冰鏡於文，典試於蜀、滇，獲漕於江右，總司於首藩，皆孜孜矻矻，凡綜而經，委而緯，次第而標本，莫不批窾導窾，以究竟學仕仕學之訓。而時見之文章議論者，又煉格暢氣，相質披文，無非從心性發揮，本道德流注，雖精思不能損其富，雖鴻筆未易增其簡也。

嗚呼！余之習先生也詳，而先生之即余也篤。余每見先生而益也，無論聲律身度可以步趨，即微言嬉謔亦且道存。蓋余竊自喜專愚無所似人，獨"友"之一字於晚年最爲得力。

往者已矣，存可屈指數，有作必示，有往必携，惟恐吾鑱削之盡而思振之者，張子環也。有作必示，有往必携，惟恐吾鑱削之不盡而思冥冥之者，翼邑先生也。無日不晤，晤輒談笑入三昧，超然於天高地下之外而活我者，黃瑩甫也。無日不晤，晤輒憂盛危明，惻然於臨深履薄之際而免我者，翼邑先生也。

先生今亦已矣，余其夢夢猶人也哉。惟有手先生遺編，涵濡而咏嘆焉，以庶幾無失有述之戒，而不至爲入門之寡也哉乎！無意於文而文積焉，有意於行而行成焉。若先生者，其亦無愧於人世矣，其亦可以世矣。韓退之曰："仁義之言藹如。"余持之以爲先生俎豆之券。

年友弟呂圖南頓首撰。

坑邊呂氏宗譜後叙　　　（明）呂圖南

貴富其足重族乎哉？一身之餘，一日之華，來若綴業，去如辭柯，是烏足重？

地望其足重族乎哉！隴西之李,羞居門下；王謝之燕,久去堂前；琅玡、太原,人人堪稱,處處能寫,是烏足重？繁指又足重族乎哉！深山大澤,實生龍蛇,匪人能攝,則附翼彌雄,肆螫彌毒,蓋吾嘗受繁指者之螫矣,而持議者,未嘗不反唇彼氏也,是又烏足重？夫舉數者而皆不足重,則將盡寡人賤人愚人卑人而後足重乎？

吾非以寡人賤人愚人卑人爲重於貴富、地望與衆也,政使貴富望衆而重不在也,即使寡賤愚卑而不重不在也。蓋吾見平門之寂然者矣,無以儕俗之觀也。抑情斂囂不得不然,竟其終寂反爲延之。因吾又見夫高門之烜然者矣,無不與儕俗之歡也,而擡高呼疾不覺其然,竟其終烜反爲促之,因其所爲延且促者,默造於己,不自知之地,而明受於子孫所不能免之券。且其延之極,至有不必其子孫而願名爲子孫,而不顧爲賢者之所唾；其促之極,至有爲其子孫而羞爲之子孫,而庶乎智果之別爲輔此而誠足重也,重安在乎？故吾謂無取輕足矣。姑無論延保,今夫一手也,戟而向人,人怒；拱而揖人,人喜。一舌也,君人公人,人喜；爾人汝人,人怒。彼一情,此又一情也,與一世情與萬世情也,情恬事適足矣,安所置種種隆窪於懷抱間而差等之爲高此而平彼,不如彼此之兩置也。

吾呂聚族於此,自壽章公而下迄於今,爲世十二,總其系亦三百年間闊也。雖培塿之呸,勢無松柏,而寸耕之也,留有畬菑。生則相與聚首,没則相與丘首,出則以廉末用,入則以勤本用。即當代更世移干□,蕩析之後,而宗祊如昨,昭穆猶明也。豈非祖宗厚德之效歟？因寂延世之徵歟？

孔子曰："慎終追遠,民德歸厚矣。"慎終之時,哀號辟踊之時也。同氣分形以來,忽而離魄,慎也情乎。異日遠不可追之人,亦即今日終不忍捨之人,以恔心追求,自身而考,而曾高以上,如生如存之念,固有油然而不可已者矣,此若木之歸根,水之還源,雖欲不厚,焉得而不厚？德肴諸天者也,厚釀諸人者也,民復其爲人也,歸反其自天者也。故明於天人之際,而又何平門高門之足軒輊哉？

史稱漢鄧禹之教子也,有子十三人,各使守一藝,修整閨門,可爲世法。今不知所守藝何業,要亦不至任放達,乘裘馬,若河南之陽貴人之不可問者矣。馬伏波戒子書,至舉不願爾曹效之之人,今觀其所舉,猶名使者也,已斤斤若是,況以吾宗區區不振之數,而漸沿不可慕效之習之更下者乎?吾自思惟誓不敢敗壞祖宗之初脉,亦不願後人之自漓其厚,而使有識者之用爲戒也,民乎奚尤哉?

竊有一瓣香告我壽章以下列祀諸祖父曰:願朝家福靈,百世無悉;海上桑麻,百世無悉,錢嶼一掌大厚濕塋廬,子子孫孫,荷思相保,百世無悉。又以一窮措大語告我兄弟若後人曰:凡子孫任詩書則詩書之,不能詩書亦不可失詩書之意。能仕教之清白;能農能商賈,教之勤儉。毋奸訟,毋弈博。富毋態於市,貧毋淫於行。四方豐熟,天下太平。願世世作太平有道之民而已。審如是,即鄉黨目爲寠人賤人卑人至愚人也,吾終以爲吾所重者,自有在也。

譜成,因志其私於後。

涵江陳士初囈言限韻詩小序　　(明)傅元初

自三立難言,大雅不作;潘江陸海,誰泛津涯。授蝶夢烏,莫窺秘奧。非多聞爲饋貧之糧,則窮於叩銅刻燭。非得一爲拯萬之業,又何以含沉吐任文彩不墜,責在莫流。

僕索居紫帽山下,值梅花初放,得蘇龍華《嘯梅詩話》,快之,殆是寒香和雪咽,以吐其不可一世之思,鳴其先德憂當世之志,幾乎嘗鸞和鼎,窺管見豹矣。旋得陳士初所爲《裴巖紀游》詩及限韻詩,至"天包大海無窮處,人在青山絶頂時",不覺浮白叫絶,令我如漢帝讀《子虛賦》,神游天地之間也。

其詩如縣圃積玉,五河吐流,佳句豪致,嘆賞不盡。然二語者,可以見其生平之概矣。裴巖記殊覺題目壓手,君顧易之,揮毫運腕,無半點凡氣,幾幾乎欲與清源爭勝,何其勇也。

蓋君家涵江,應夢見江中沙石皆篆籀之文,且於八公蔣少宗伯先生昆仲爲中表,許與氣誼,玉局藜火,每與分焉。倘所得於辟呞濡染者實多,抑其天性也。讀"鐵漢由來關面壁,書生自可上凌煙"之句,君自此遠矣。

崇禎辛巳春王正月人日,美溪山人傅元初拜手書於吉爲堂。

按：邑先正諱元初，字子訒，萬曆四十三年乙卯由晉江學中式舉人。崇禎元年戊辰進士，官工部給事中。

此篇必有譌字，須檢點校對。璧堂記。

士初先生諱雲鶚，明末諸生，晉江涵口鄉人。入國朝，隱於鄉。凡有書年，不署順治，均以崇禎之年遞書，亦有書及隆武之號。璧堂再記。

蔡思日印譜序　　　（國朝）諸葛晃

論篆法於今日，蓋亦難矣，而論印章爲尤難。蓋自秦程邈變小篆爲隸書，後世舍繁重而趨簡易，篆法遂置不講，而印章亦因之。故論者謂印章之法自秦漢止，唐、宋以降無傳，至明而又始盛也。然印有明觀之所稱擅卓絶之工者亦寥寥不數人，信乎其真難矣。蓋非摹擬篆刻之難，而辨溯源流，手與心會，力與筆俱，正而能變，奇而能淳，無悖乎古者之爲難也。

思日蔡君，幼即好爲古文奇字之學。弱冠讀書辟雍，雖覃精制藝，然篝燈之暇，時取篆籀諸書旁稽參考。如三代碑銘彝鼎，以及六書說文，諸家金石之刻，靡不廣其搜羅，恣爲漁獵，因以其所得於心與手者運而爲筆與刀，期年之內，爲章至三百有奇。

今秋遺我印譜一册，以索余序。展覽之間，覺芝英雲氣之奇，鳥迹龍精之秘，燦若攤金，繽如披錦。美哉技乎，雖其天姿之峭穎，抑亦夙嗜然也。

噫！印章亦一道也。自世人急於考辨，往往以翰墨之珍，付之拙匠之手，而斯道遂汩没，至不可勝言。何幸得博雅好古如思日者，與之論列流賞，則不特印章之法存，即篆法亦於斯存也，不亦藝林樂事哉？因喜而序之。

蔡思日疑是蔡元裹之字，府志載有《梅軒印品》一卷，俟查。璧。

清溪閬湖李氏族譜重修序　　　（國朝）李天寵

惟吾宗遠有代序，自元初迄於明之季年，族姓繁衍，其世次名諱，莫不粲然著於譜牒。入國朝而增修者三：始於康熙之己未歲，繼而丙子，至雍正癸卯又增修焉。蓋支派之蕃昌，歷二十年而生齒滋多，不可以不志也。

自癸卯迄今又適丁其年數矣，我宗人是以有請。既事竣，天寵乃爲之言曰：嗚呼遠哉！惟我祖宗種德襲訓，勤劬於厥躬，以能迓天之庥，子若孫繼繼承承，歷年五百迄於今，食舊德，服先疇者，人蓋四千有奇，咸具備於譜。

嗚呼！觀斯譜也，向善之心可以勃然興矣。天之道福善而禍淫，或驗於一時，或遲之又久，要之，未有或爽者。然而陰陽造化，推蕩之理，間有參差不齊之數，惟吾族姓，則如龜之卜，如響之應。某善人也，必孫枝暢茂，科甲連綿，譜之所載者，可指而數，其或不然也則否。蓋萬萬無一相左者，是何也？

人之生於天地間也，芸芸然非如蓬之浮游而無根也。統之於厥初而莫不受其範圍，故天之於人也，有命哲吉，凶命歷年，惟祖宗亦然。

祖宗往矣，而其神靈常陟降於窈冥之中，其大者如《詩》所稱曰："在帝左右，赫赫明明。"有如耳聞而目見之者。聖人深知其情狀而垂之於經，以爲世教，夫豈空談其理哉？

然則祖宗之靈昭昭也，生爲正人，歿爲明神，必加福於守道之子孫，而異己者則譴及焉，固其理也。今吾祖考妣如玉山公之種德；玉山公妣之守節；樸庵公之規模宏大，尚義賑窮，排難解紛。人若此者，振古用布，其立心行事如此，其所以施好惡於子孫者可知已，而有不善惡各以類報，如龜之卜，如響之應者哉！

觀斯譜也，向善之心可以勃然而興矣。夫無欲而好仁，無畏而惡不仁者，斯已難矣。故吾之叙譜也，爲之指陳善惡感應之理，俾我後嗣子孫知勸戒焉。

乾隆九年甲子春正月十四日，世孫天寵謹序。

希綠窩詩稿小序　　（國朝）陳桂洲

余自維譾陋不工於詩，生平有所作輒任散佚，其存稿不及什之三四，擱之巾笥，未敢以問世也。

今聖天子加意作人，獎勵風雅，歲科兩試及鄉會闈，並以詩取士，則帖括家應舉人不得不揣摩及此。余謬叨學使，凡所屬多士，可不倡率而導之先路？詩雖不工，顧其責有所難辭。因檢稿中應制及館課並近作約四五十首，頗無詭聲律，有宜於科場之程式者，授之梓人，以便初學步趨一助。至於古體泊五七律與絕句諸近體仍有待，而未敢問世也。不然，騷壇藝苑著作如林，而余顧斤斤焉炫此數什，不幾貽遼東豕之誚也哉？

乾隆戊寅仲夏朔日，陳桂洲題。

自乾隆二十二年丁丑以後，則鄉會歲科之試，皆益以五言八韻詩，而裁去表判。修堂先生督學於粵時，適逢功令新頒，是以刻此，爲諸生法程也。

繼成堂趨避通書序　　（國朝）吳煥彩

星學一道，難言之矣。自大撓首創甲子，羲、和分職授時，欽若之典尚已。至若鄧平改閏，劉洪立差，與夫前漢之初書，建安之乾象，隋之皇極，唐之戊寅，察時立法，亦詳且備焉。顧術數之家，更相推衍，吉凶禍福，不無矛盾。而一二尅擇者流，又泥無稽之神煞，愚庸衆之聽聞，宜忌混淆，是非倒置，星學之道，愈晦而不彰矣。

我朝時憲，採西洋新法，著《協紀辨方》暨《數理精蘊》諸編，集古今之大成。然其書頒行雖久，或則聞之而弗及見，或則習焉而不能察，無怪乎尅擇之家，互相牴牾，迄無定論也。

元池洪先生，世以堪輿尅擇著名。購書京師，考訂粵南，乙卯下廉温陵，與余時相考證。觀其所造《通書》，原原本本，一遵《協紀辨方》、《數理精蘊》，與憲書無不吻合，洵趨避之津梁，而吉凶之著鑑也。

夫星度運更，既有盈縮，神煞宜忌，不無混淆。苟非研求至精，推步何由均洽？余於此蓋有以見先生之學矣，因書以弁其首。

時嘉慶丙辰端午月，賜進士出身，奉直大夫、原任湖北鶴峰州知州、年姻家愚弟吳煥彩拜序。

始　志　序　（國朝）旌表孝子梁廷圭

吾輩初生，四德具備。衆欲交侵，天理遂去。立志卑卑，有愧賢聖。禮教甚昭，竟不深省。幽獨弗敬，內而多私。措履弗慎，矢志徒虛。同是天生，我獨不肖。神人鑒觀，能無恥笑？置安斯世，竟不振擢。抑何蚩蚩，自待甚薄。矧是後生，皆我徒類。我而無良，彼曷知愧？生既寡知，死而無聞。一行不飭，禍及後昆。

兹者夜清，忽起佳議。自顧無能，怒然有志。祖宗靈，不使我宅躬多戾；鬼神仁，不使我合汙於世。孔顏可師，復何猶豫？胞與爲懷，可少自恕。求殫厥職，奚必襲名？求盡厥性，於以踐形。

世雖予憎，聖賢好我；世雖予訛，天地信我。滌乃心，奮乃力，忠孝節廉，美大神聖。在此舉矣，不可不警。

重雕於陵子序　　　（國朝）李峥嶸

陳仲子，齊之世家也，亦名田仲子。趙威后稱"於陵子仲"，與《史記·鄒陽上梁王書》、班氏《古今人表》及《列士傳》同。《韓非子》則稱"居士田仲"。《姓氏族博考》："陳，嬀姓也。"《書·堯典》："釐降二女於嬀汭。"孔穎達謂："舜居嬀水旁，故周武王賜陳胡公之姓爲嬀，封於陳，以邑爲氏。"後《陳敬仲完世家》，徐廣曰："應劭云，始食菜地，由是改姓田氏。"《正義》曰："按：敬仲既奔齊，不欲稱本故國號，故改陳氏爲田氏。"而陳成子亦稱田成子。迨田太公立爲齊侯，傳至宣王以下，皆姓田氏，是田姓，實祖乎陳。

陳仲子乃齊之公族。《索隱》曰："陳仲子，字子終。"劉向《於陵子序》云："於陵子，名終，世稱陳仲子是也。"夫仲子因兄戴蓋祿不食不居，欲避兄，遂至離母。孟子謂不義，與之齊國而弗受，亡親戚君臣上下。蓋戰國，縱橫捭闔之流，皆急於仕進，非如春秋時楚狂接輿、長沮、桀溺、丈人輩，匿迹銷聲者甚多。故七篇中惟傳一陳仲子之隱逸沉晦，不以富貴薰其心耳。且孟子以守先待後，數過時可，思欲平治天下，舍我其誰。視夫泉石自甘，久不齒及，況以無人倫之仲子，能不深惡而力訛之乎？

彼夫趙威后譏其率民而出於無用，屈轂指其無益人國，亦堅匏之類，猶此意也。全紹衣謂仲子辭三公而灌園,豈是易事?不食於母,不過不食於兄,觀其他日之歸,則於寢門之敬,亦未嘗竟絕,孟子責之過深矣。故王厚齋謂其清風遠韻,視末世徇利苟得之徒如腐鼠,乃公允之論。周柄中駁之謂:孟子以仲子為巨擘,自非徇利苟得之徒,但其避兄離母,不可為訓。蓋祿萬鍾,受之先君,傳之祖父,有何不義?而汲汲去之,他日之歸,亦僅事耳。篤寢門之敬者,固如是乎?

於陵,齊地。顧野王《輿地志》:"齊城有長白山,陳仲子夫妻所隱處。"《一統志》諸書謂:"長白山在濟南府長山縣西南三十里。山跨鄒平縣西南一十里,又名會仙山,乃泰山之副岳,綉江源發於此,離鄒平縣南二十里。"《太平御覽》:"以山中雲氣長白,故名。"酈道元《水經注》:"濟水入於隴水。又西北至梁鄒,東南與魚子溝水合。水出長白山東柳泉口,山即陳仲子夫妻所隱。仲子避兄離母,家於於陵,即此處也。"

唐張說《古泉驛》詩下注"於陵子宅",詩云:"昔聞陳仲子,守義辭三公。身賃妻織履,樂亦在其中。豈無窮賤苦,羞與傾巧同。長白臨河上,於陵入齊東。我行弔遺迹,一作"我今行至此"。感嘆古泉空。"《山東通志》亦載之。古泉,《四書釋地》訛刻作石泉。計於陵仲子家離其母居幾二百里矣。又《一統志》:"於陵城在長白山北,即齊仲子所居之地。漢置縣,屬濟南,晉改曰烏陵,是於陵為齊地。"而集中《辭祿篇》末云:"遂去齊之楚,居於於陵。"《高士傳》亦謂:"適楚,居於陵。"又以於陵為楚地,何也?然孟子於仲子,未嘗指其適楚,而於陵為楚地,並無考據。豈以在齊舊隱之地,名為於陵,在楚移居之地,亦名為於陵歟?況孟子前後兩至齊,陳仲子係宣王時人,與匡章談論及之。而《戰國策》齊王建時,趙威后問於陵子仲尚存乎?鮑彪注謂:"趙威后乃惠文后孝威太后,而於陵子仲則曰此自一人,若孟子所稱已是七八十年矣。然不臣於王,不治其家,不索交諸侯,則非二人可知。"特仲子前既自齊適楚,何以晚年竟在齊,而不在楚也?

細玩《未信篇》,楚王聘於陵子為相,於陵子辭而謝其使者,因入占其妻,妻謂:竊恐亂世多故,不保夫子朝夕。遂信其妻,與逃去,避楚之重命。抑或復由楚反於齊,仍歸於陵乎？蓋爲人灌園,未詳其在何方耳。

於陵子著書十二篇,經劉中壘作序校定,與《荀卿子》、《子華子》,並爲之序,以行於世。其文辭古峭幽奇,千變萬化。於尹文子、子墨子、鬼谷子、子列子、莊子、惠子、申子、韓非子、慎子、鶡冠子、公孫龍子外,自樹一幟,斷非周秦以後人手筆所能爲也。

余素喜藏書,自遠宦滇南,家多散失,今所存者,不過十之二三。暇日偶檢《於陵子》一卷,系吾閩陳先登、周彬評注。適親家二衡陳君家藏秘書,内有《於陵子》一本,乃明徐渭評點,題曰"齊田仲著",並爲之序。陳君博雅好古,遂合二書之評說註解,暨余及陳君之十二篇跋語,總彙一集,付之剞劂,以公同好,因掇其大略如此,以見有其書,尤當重其書,讀其書,傳其書,庶不負昔人著作之精意,而刊布之功爲不朽也夫。

咸豐戊午花朝,南安李峥嶸葵南題於温陵城西樓鳳山房。

黃封君香圃採芝圖序　　　（國朝）李峥嶸

六英獻瑞,瑶光發象德之精；三秀浮真,玉質含延年之蘊。掇靈姿於華頂,挹露焚香；吸繪色於仙都,飛丹煉液。杜荀鶴科名有草,蓄山川雲雨之華；蕭景喬環澤不根,通晝夜陰陽之氣。香圃世講《採芝圖》所由作也。

夫其簪纓累世,冠蓋盈門,却紈袴之奢,分芝膏之潤。波汪叔度身居廉讓之間,繩正士元人在羲皇以上。謂陰功積德,可獲嘉祥；孝道慈懷,能臻盛美。探月精於元圃,蔓蔓未柯；擷雲母於丹田,煌煌翠羽。蟬聯滿手,垂寶葉以貫珠；蟠錯盈胸,捧瓊葩而連鼓。握石木火金之産,神明可通；餌赤黄白紫之光,天地相極。真能萃延禧之慶,而凝遐福之宗也。

僕慧業多疏,鈍根未化。歷天荆與地棘,羨杖竹與鞋芒。溯師友於四十九年,淵源若接；抱簿書於萬三千里,鞅掌未休。惟慕君子修真,至人養壽。萬年兩目,時遇遐算之春；三幹九枝,常挹長生之樂；迓天休之滋,至不隨衆卉同芳；喜繁祉茂增,定有群仙來引。

考卷斑窺序　　　　　　　　（國朝）潘澍霖

入彀之文非具有性靈,熟於機法,助以卷軸者,難詭遇也。操選者亦因是以別擇之,謂舍此論文,則藝林無以奉爲圭臬矣。

吾閩八郡二州,文風日上。近時歲科院試,府縣童試,及各書院課,佳文美不勝收。兹特拔其尤者梓之,取窺見一斑之意以名。

是編所選雖隘,僅登若干首,而於性靈之勃發,機法之圓健,卷軸之麗藻,已足覘其概也夫。

道光戊申冬日,豐州潘澍霖雨亭氏書於娜嬛藏書閣。

不知非齋紀聞自序緣起　　　　（國朝）陳步蟾

行年五十,有置册一本,記見聞瑣事。積之,首尾三年,自家居案頭移置齋几,忽焉遍覓不可復見。古人云:"年華近老境,則習見之人頓忘名姓。"故再置一册,聊復爾爾。

咸豐十年庚申十月念日,南安陳步蟾桂屏氏記於不知非齋。

此部計八本,記事四百七十餘條。六不肖國仕註。

輯豐州先正文存自序　　　　　（國朝）陳步蟾

予於先正文稿,多所購藏。於我南者尤極意搜輯,正以重鄉先正也。

其前有刊稿行世,作後進之津梁者,皆可彙爲成册。即或年月湮遥,鋟版散佚,尚可求之朋儕楮墨抄補。故凡入吾手者,缺可獲完。至於顯宦名元,孝子鴻博,登鄉會者,間有一二藝文經刊刻,儒林膾炙,復錄存之,名曰《豐州先正文存》。

第不自知區區之意,究竟何説耶? 既而思之,古人拈題課游藝之事,予之收輯古人游藝之作,亦游藝之事也。事吾之事,以適吾之心。吾之心安,則吾之意以樂。並望後之人不賢則遵吾意而收輯之,賢則擴吾志而刊刻之,俾鄉先正一腔熱血猶留數十百年,斯亦當日文場之苦心所不料其如是也,想亦勝於局戲煙銷游談曲説者之自爲快意也夫。

同治紀元壬戌八月十一日,南安陳步蟾記。

此部釐爲十卷,文有二百餘篇。因功令改制,誠爲不合時宜,仍舊藏之高閣,以附於尤天興先生之《温陵先正文藏》之後也。光緒三十年甲辰嘉平,六不肖國仕注。

豐州集稿卷七

序（三）

泉州刺史席公宴邑中赴舉秀才於東湖亭序
（唐）歐陽詹

貢士有宴，我牧席公新禮也。貞元癸酉歲，邑有秀士八人，公將首薦於闕下。

古者相覲相祖，有享有宴。享以昭恭儉，宴以示慈惠，二典爲用，鮮或克兼。諸侯升俊造於天子，遣之日，唯行鄉飲酒之禮，則享禮也。薦肉玄酒，莫飲莫食。公念肉不使食，則仁不下浹；酒不使飲，則歡不上交。方欲激邦俗於流醨，致王人乎德行，而賢者仁未伊浹，才者歡未我交，其若茧茧何？

秋七月，與八人者鄉飲之禮既修，乃加之以宴，肴移己膳，醴出家釀。求絲桐匏竹以將之，選華軒勝境以光之。後一日，遂有東湖亭之會。公削桑梓之禮，執賓主之儀，揖讓升堂，雍容就筵。樂遍作而情性不流，爵無算而儀形有肅。鏘鏘焉，濟濟焉，於是老幼來窺，盡室盈岐，非其親懿，則其閻里，皆內訟而誓遷善焉。

於戲！行其教，不必耳提而口授；移其風，不必門扇而戶吹。公斯宴，則風移教行其間矣。真盡心竭誠，奉主化民之宰也。

煙景未暮，酒德俱飽。有逡巡避位而言曰：“夫詩者，有以美盛德之形容。君侯因片善附小，能回一邑之心，成一邑之行，而昭吾人恭儉於嘉享，示吾人慈惠於清宴。回人心，成人行，周、孔之才也；昭恭儉，示慈惠，管、晏之賢也。不有歌咏，其如六義何？”

是日，人有《甘棠》、《泮宮》之什，客有天水姜閱、河東裴參和、潁川陳詡、邑人濟陽蔡沼,佐贊盛事,亦獻雅章。小子公之氓,幸鼓微聲,先八人者鳴。捧豆伺徹,時在公之側,睹棠君子之作,遂從卜商之後,書其旨爲首序。

送蔡沼孝廉及第後歸閩覲省序　　（唐）歐陽詹

昔人論別有賦,論恨有賦,狀仳離,陳感憤,其未見予於蔡侯是日之情,蓋古人之遺情也。人之漸,莫先乎同有求而一不得;人之慕,莫甚乎偕遠游而一先歸。

蔡侯沼,字虛中,予之邑人,又懿親也。虛中以學,予謬以文共受遭乎長吏,皆求試於宗伯。虛中登太常第,歸寧故園。予有曝鰓之困,猶留京師。同求在予則不得偕游,虛中則先歸。堂俱有親,身亦祈達,自負違顔落羽之耻,對人飛鳴就養之慶。懷方寸爲丈夫,禀太和曰人子,不包羞,不痛心,行道之人也。

虛中胸中有心者,以予此辰之意如何哉?悢悢悽悽,渾渾迷迷,飲甘觴似苦茶,視春光其如秋。周秦九軌之道,吳楚千里之水,騁逸騎,揚輕舟,激爾清風,歡拜非遠,人則姻昵,家惟里閭,到日榮賀,盡室當在。

念沽名之不異,想出門之是同。父也母也,兄也弟也,雖喜人之善則有,而傷予之不肖豈無,重增予鬱結之端矣。明鏡前,平衡下,姿媚無取,銖兩不登,才歟命歟,不自知也。烹乳爲醍醐,鍛金爲干將,予期烹鍛以變化。

虛中其行乎,勿謂業就不增修,勿謂名成有所忽,及此方遠大。虛中志之。

泉州泛東湖餞裴參和南游序　　（唐）歐陽詹

泛舟餞行,別禮之重也,昔李郭有之。降自近代,名望之士,亦往往而用,皆其殷勤复出於人意,文雅足賦乎時物,俾操執之容可觀,風景之媚不孤。理未符此,事罔得舉。

清源郡春正月,客有河東裴參和將南游,郡司户置同正前大理評事扶風竇公,因携俎豆,展故實,蓋厚裴而昭己德也。

奇哉!英秀哉!其裴歟?明嶷乎風姿,瑰麗乎詞華。朗如嵩如,輝如焕如。

予翰苑十年之游,飽睹四方之彥,九霄寸步,一日千里者,予得識之,如其人!如其人!

是餞也,主賢賓賢,譬古無怍。指方舟以直上,繞長河而屢回。弦管鐃拍,出没花柳,勝趣則深,離觴且酣。斜日應程,賓辭及固。

噫! 停橈一挹,裴其升車。美哉裴,何往而不利! 況此選游列郡,莫非哲人。有知之鑒,其豈相失?游意倘盡,姑爲時起,予從此更詣承明,寶公不日應召宣室。秋風似緊,當共天衢,佇羊角而來,一舉磨蒼蒼矣。詩人同志之。

送王榮序　　　　（唐）陳黯

黯去歲自褒中還輦下,輔文出新試相示,其間有《江南春賦》,篇末云:"今日並爲天下春,無江南兮江北。"某即賀其登選於時矣。何者?以輔文家於江南,其詞意有是,非前朕耶?今春果擢上第。

夏六月,告歸省於閩,命序送行。某辭以未第,言不爲時重。輔文曰:"吾所知者,惟道與義,豈以已第未第爲輕重哉?"愚繇是不得讓。鱗群之衆也,必聖其龍;羽族之多也,必瑞其鳳。鳳非四翼,龍非二首,所以異於鱗羽,惟其希出耳。嚮使日百時千,盈川溢陸,則蛇虺鳩雀,無非龍鳳矣,其誰曰聖且瑞哉?

進士科由漢迄今,爲擢賢之首也。寰瀛之大,億兆之衆,歲貢其籍者,數才於千,有司升其名者,復止於三十,其不爲貴而且稀乎?

輔文旦歲業儒,而深於詞賦,其體物諷調,與相如、揚雄之流,異代而同工也。故角於文陣,而聲光振起。今之中選,是榮其歸,想寧慶之晨,爲鄉里改觀,孰不謂人之龍鳳乎?懿哉輔文! 是行也足以自重。

王榮字輔文,或字輔之。福清縣人。咸通三年進士,官至水部郎中。著有《麟角集》一卷。天白閣注。

樂齋公文集後序　　　　（宋）李邴

東坡罷徐守時,伯父以書抵之。坡答書,歷道黄、張、晁、秦數公,且曰:此數子者，挾其有餘之姿，而騖無涯之知。必極其所如往而後已，則此安所歸宿哉？惟明者念有以反之。其意蓋以彼爲不然，而勉其有所至也。惟伯父往誠乎忠厚，故其爲文，橫騖別驅，曲折演迤，而一貫於理，有萬折必東之勢。志樂於靖退，故其爲文崒然其立，淵然其止，不侈衆目，而風神自遠，有久幽而不改其操之美。學博而思精，故其爲箋奏、應用之作，博古切今，琢削穩密，不傷膚骨。叙事外自爲文章，才贍而意廣，故其爲詩，奇麗愜適，章斷句絶，餘思洋溢，得詩人味外之味。此其大略也。

是集今名《樂全集》四十卷，張方平撰。今尚有之。天白閣注。

金溪泛舟序　　　　　（宋）傅自得

紹興丙子八月十一日，携酒襆被，謁朱元晦於九日山。

向晚，幅巾藜杖，相與彷徉於金溪渡頭，喚舟共載，信流而行。老蟾徐上，四無纖雲。兩岸古木森然，微風搖動，龍蛇布地。溪光山色，隨月照耀；遠近上下，更相輝映，殆非塵世境界。朱子曰：「樂哉，斯游乎！」舉杯引滿，擊楫而歌楚騷《九章》，聲調壯大，潛魚爲之驚躍，棲鳥起而飛鳴。余亦誦東坡先生《赤壁》前後賦以和之。每至會心處，輒遞起相獻酬。時常飲酒，率不過三杯皆大醉，至是連酌十餘觥，而月愈好，舟愈快，氣愈逸，飲愈豪，興愈無窮。

酒且盡，艤舟岸側，命老兵貸錢於酒家保，亟挈一檻來。解維復去，洗盞更酌。少焉，斗轉參橫，風作浪涌。余曰：「樂不可極，將安之耶？」鼓棹而還，會宿於東峰道場。

明日，朱子賦詩以紀一時之勝。次韻爲謝，殊恨筆力衰退，無傑句以稱清游也。

送迎陽吕堂長歸武榮序　　　　　（元）陳樂所

閩之文風興於唐，閩之人物盛於宋。乾、淳、端、祐間，考亭朱子，先聖之道學，集諸儒之大成，文風人才，愈興愈盛。閩爲南方鄒魯，豈不信哉？

宋之季，樸鄉呂先生生吾泉，私淑於朱子之徒；釣磯邱先生生吾同，親炙於樸鄉之門。斯文一脉，天將不墜。愚生晚，不及見考亭與樸鄉矣，猶幸北面釣磯而從之游，相間一葦，師事者四十年，得所矜式，而聞其緒餘。

邇來木壞山頹，朋徒凋落殆盡。小儒曲學，妄議高談，獨障狂瀾，落落寡合，深爲吾道慨。至元庚辰春，呂君惟宗奉府檄來長浯江書院，前吏部樸鄉呂大奎之侄孫也。天資聰敏，足繼文獻之風；儀表端嚴，足稱縉紳之冑。負卓犖之才，而能有所施爲；養剛直之氣，而能無所疑懼。觀其道學同一淵源，文章同一杼軸。意氣相孚，言語相符，《詩》所謂"如塤如篪，如珪如璋"者，惜乎吾浯得君之晚也。

浯江立學自司馬令始。雖云草創，而學制咸備，遂移文省府漕憲二臺，且薦以愚，令教事九年而代者至，迨後更易不常。再十五年而領學者四五指，惟學舍頹沒而徑行，學宇盡廢而弗顧，孔殿岌然僅存，神人咸共嗟憤。

君始至，奠，盡大傷心，因灑酒祠下，而矢之曰："所不能再興廟學者，有如先聖。"聞者或笑或疑，惟愚獨深信之。君乃奮勵謀之，同官莫不贊美。先修殿宇而壯麗之，次飾列像而光華之。左右翼室，內外闕門，兩祀焕如，從祀肅如。肯構新功，絕勝舊制。力雖憊而不以爲勞，財雖殫而不以爲費。今則笑者愧服，疑者嘆羨，然後知君之誓言爲不誣，余之信心爲不苟矣。

是役可以張風化之本原，可以增斯文之風焰。上無愧先聖之神靈，下無忝祖先之名望。大賢之後世不乏人，豈前尸學碌碌所可同日語哉？

《傳》曰："見義不爲，無勇。"君於是能勇於義矣。又曰："幼而學之，壯而行之。"君於是能行所學矣。蕞爾書院，未究設施，使進之要津，其大行必有可觀者。千尋之木，固宜棟樑於廟堂；萬斛之航，□□□□斷港哉？

友士美其盛德，而惜其歸。既囑祠於廟左，又征序於餞章。予故道相愛之真，且致相期之意。君歸益自勵，余老，尚及見。

時至正三年癸未元日也。

喜雨序　　　　　　　　（元）留玉書

至元之十八年，夏深不雨，燥氣風挾日，播植焦黃。農夫紅女，蹙頞相弔。

喇侯莅邑南安,憂民之憂,泉源涸竭,何以堪命?乃令爲壇,徧叩神祇,告天祈禱,而天不雨。抑余誠有未至也,乃引咎責躬。合衙齋素,不復茹葷,躬詣羅山龍潭以致靈湫,往來徒步,不啻三百餘里。

每視事之暇,詣壇焚香禮拜,涉旬逾月,不懈益恭。一旦片雲自西北而作,初若玄衣,須臾變爲鐵騎蒼狗,晦冥靉靆,空濛係灑,用昭厥應。明日,霡濡四野,又明日,雷電交轟,遂大傾注,溝澮皆盈,人民歡欣,謂侯誠悃,以感動天地,旱而賜之以雨,雖古之長民慈祥愷悌,殆不過於是。唱和詩章,歌侯之德,遂繪圖以示不忘。

予惟元氣之融,結爲山川,山川吐雲,霈爲潤澤。天地陰陽之氣,與人氣相爲流通,精誠懇切,乃有感動。故遭水旱必禱之,禱之有應者,古今同是理也。

今侯應列宿,宰巨邑,念百里生民之寄,始旱而禱之以雨,使呻吟之人轉爲謳歌,憂者喜,而病者愈,安不衽席,是宜美盛德於無窮。允作喜雨序,以爲贈。

元至元十八年秋七月吉日,致政七十三翁清源留玉書。

贈陳公誠魁樹德堂序　　　（明）朱　鑒

武榮爲泉郡名邑,誠魁爲武榮故家。平居樂善,爲人好義。一日築室數椽,爲藏修之所,自扁曰"樹德"於堂眉,俾朝斯夕斯,目睹心觸,有所警醒,合司馬溫公所謂"積金以遺子孫,子孫未必能守,積書以遺子孫,子孫未必能讀,不若積陰德於冥冥之中,以爲子孫長久之計"。此"樹德"之扁所由以立。《易》曰"積善之家,必有餘慶",此之謂也。

成化丙戌,郡都紀吳道楨輩,素與交游,時相往來,歷談古今人物賢否得失之迹,或評世態炎涼善惡成敗之由。論門第則遥遥華胄,與國同休者有之;語簪纓則金紫貂蟬,充盈幄内者有之;語田廬則又田連阡陌,門容駟馬高車之盛,是皆人情之所欲而不可必得者也。然門第有時而盛衰,簪組有時而貴賤,田廬有時而消長,要之,傳遠遺安於子孫者,莫如樹德焉。

樹者,種也積也;德者,理也善也,得於心而不失也。誠魁得其理於心,知其善之可積，故取此名堂，其賢於人也遠矣。今道楨與誠魁方外之交，喜其立志有龐公之賢，故特謁予，備道其情，請言以狀之。

予惟君子樂道人之善，言烏得辭？因告之曰：古所謂故家巨室，非以其門第之高，簪組之貴，田廬積蓄之多故也。惟其平居鄉曲，處心謙和，制行端嚴，事親以孝聞，教子有義方，幹事貞固，接人禮遇，至於治家立業，咸得其道，無出位分外之思，然後可以爲君子矣。否則，烏能逃士林之清議，而取重於鄉里之獎與也哉？

今誠魁既能以仁禮存心，見義勇爲，樂善不倦，又且積而能散，安之而能遷，日與文人才士時相講習，延師儒以訓子孫，修譜系以謹宗祀，可謂知教子之方，水木本源之義者矣，是皆可書也。

吁！吾知誠魁心得其理，躬行其事，而"樹德"之扁由此益著，殆見爲子若孫之賢，出爲明時之用者，繼繼承承於後，詎可量哉？視彼盛衰消長者，大不侔矣。是爲序。

贈榮山洪氏耕樂序　　　　（明）朱　鑒

人生天壤間，所業有四：曰士，曰農，曰工，曰商。業於士者，有榮辱之憂繫焉；業於工者，有造作之役繫焉；業於商者，有舟車之險繫焉。皆有所繫，何樂之有？惟業於農者，無榮辱之憂，無造作之役，無舟車之險。春則力耕，秋則望成，守乎本分，聽其自然，其樂爲何如哉？此耕樂之名所以不可不尚矣。

自古有國家者未嘗不以重農勸耕爲先務也。知所先務，則國可富，家可裕，所以能知其耕之樂也審矣。

今榮山爲武榮之勝地，層巒聳乎林麓，諸流通乎渤海。其地膏腴，厥田平曠，宜黍宜稷，宜稻宜粱，至於百穀二麥，靡不用成。芻蕘者往焉，雉兔者往焉，然知其耕之樂者，罕有其人。

惟洪氏名宗字勉道者，世居是地，能讀書知義理，於功名等爲外物，於富貴睹若浮雲，無一毫慕外之心，惟知事乎西疇，樂於東作。當其舉趾之時，父子畢出,耕之種之,稂莠之害必除;耘之耨之,螟螣之蠹必去。殆見黍稷薿薿,粱菽穗穗,於以釀泉爲酒,於以擊鮮爲肴,萃昆季以叙天倫,祀八蠟以報神功,舉酒相勞,咏之詩曰:"倬彼甫田,歲取十千;我取其陳,食我農人。"又曰:"我田既臧,農夫之慶;琴瑟擊鼓,以御田祖。"非惟自知其樂,而神亦且有以享其樂也。衆皆和之曰:"以介我黍稷,以穀我士女。"熙熙焉,陶陶焉,不知天壤間復有何樂如之哉!雖鹿門之德公,彭蠡之靖節,其耕且樂,殆不是過也。

吁!然則洪公耕樂可謂能尚友於古人者歟?洪笑曰:"宗也愚昧,幸生於聖朝明盛之時,際乎太平無事之世,養生無術,惟竭三時之功,以收一歲之利。賦役之外,別無苛政,故得優閒暇逸以耕且樂,曷敢自擬於龐、陶二先生之在鹿門、彭蠡者哉?"聞者然其言,予亦喜其謙,乃爲之叙其事,以復徐耀之請云。

弘治甲寅南安邑志序　　　(明)傅　凱

古者列國皆有史以記事,邑之有志,猶國之有史也。非史則一國之事無所稽,非志則一邑之事無所考,志固不可以不修。然使見聞之不博,去取之不精,則不足以傳信而示遠,志又可易修耶?此揚子雲所以勤拳於纂輯,而江文通又有修志之難之論,良各有以也。

南安自古爲郡爲州,而復爲邑,山川之清淑,風俗之淳厚,人物之傑出,皆非他邑比。舊嘗有志,歷兵燹而廢失已久。或傳聞於故老,或雜見於碑刻,或手錄於人家,或附著於郡志,又往往多謬誤缺略而不得其全。

弘治乙酉,江右臨川黃侯濟,以丁未進士,來令兹邑。甫下車,首以邑治沿革、民情利病之類,發策考士,蓋深有意於修志而未暇也。比六年政成,乃屬予與邑諸生黃麒、柯信、洪文輩,互相考校而纂修之。

於是訪之人家,撮之郡志,採之碑刻,詢之故老,而彙參衆見。首之以地圖,繼之以建置、沿革、形勝、風俗,與夫户口、財賦、山川、人物、官守、典禮、守禦、物產、邱墓、寺院之屬,而終之以文辭。缺者補之,謬者正之,誕謾者去之。分爲三十六目,總爲十五卷,衷次成帙,送侯訂正。

侯以最績久著，天子臨軒，特垂清問，部使者上其名而內召之。徵書旦至，以趣入京，故未獲鋟梓，乃捐俸金寄邑藏，以爲之資，仍屬予輩以畢其事。

荏苒未就，姑蘇常熟沈侯誠繼令茲邑，即欲畢此，而黃侯擢丞太僕，又屢寓書速之。侯因復訂正而鋟梓以傳。僉謂予宜有言以序之。

夫南安之志久廢，固不容以不修。然非黃侯勤勤以倡之於先，沈侯拳拳以繩之於後，而又非黃生輩博洽之相資，如予固陋，惡能以寡見渺聞成厥鉅典哉？是志一出，庶幾可以傳信而示遠矣。

古今此天地，古今此形勝，古今此人心也。後之官於此者，觀前人之善政，必知所矜式，而就乎正大；生乎此者，觀前人之芳躅，必知所興起，而進乎高明，風俗亦將轉而復厚矣。其有補於治化，有關於氣運也不小，又豈但爲記事之書而已哉？因僭書以爲序。

賜進士出身、奉直大夫、户部雲南清吏司郎中、前陝西司員外、四川司主事治生傅凱頓首拜撰。

送吕積中冠帶歸養序　　　　（明）傅　凱

余泉武榮吕君積中，孔倫甫之冢嗣也。少負淳篤之資，遠大之志，以壁經游邑庠，習舉子業。屢試鄉闈不利，乃於成化壬寅年從有司貢於京師。試魁多士，將升之南雍，畢業以貯用。

君嘆曰："吾幼而力學，將以顯親揚名，依違牽制，迄今年幾邁，先君已不禄，幸慈母張氏無恙，年躋七秩有四矣。吾聞天下士游國學，必五六年，始得歷官政；又一二年，始得註名於銓曹；又七八年，始得入選。如是吾年不逾邁，而吾母亦敢必爲我留乎？年逾邁而壯志或以衰，官恐不職矣。萬一母不我留，雖禄又不及養，於吾親乎何有？孰若抗疏援例，取冠帶以歸養，使我母猶及見之，庶幾有以慰其心。且先人遺我以安，有宅可廬，有塘可魚，有圃可蔬，無待於外，亦可陶吾志，而供甘旨於百年之餘，雖不禄，猶禄也。"疏上，詔許之。遂冠帶將南歸，鄉縉紳咸請余言以贈。

余與君居同邑，游同庠，而交且善，雖不請當有言，況重以請爲？昔尹和靖先生少孤，奉母陳氏以居，爲進士業。年二十，師事伊川程夫子，應進士舉，以策問不對，而出告於伊川曰："予有母在，辭先生歸。"告其母，其母曰："吾知汝以善爲養，不知汝以禄爲養。"於是退，不復就舉。伊川聞之，曰"賢母"。夫賢其母，則所以賢其子者，可知矣。

　　今君積學有素，擢用有日，年尚未邁而慮其衰，不敢爲不職之官。幸母之存，欲慰其心，以終其養，殆無愧於和靖之爲矣。雖然，臣之於君，猶子之於親。孝於親者，不以年邁而衰其心；忠於君者，不以年邁而怠其志。故和靖先生亦將應召而出矣。君之事親不衰，可謂孝矣。若出而事君，豈以年邁而遽衰乎？聖天子以孝治天下，他日求忠臣於孝子之門，舍君其誰歟！勉爲一起，毋曰"九重仙詔，休教丹鳳銜來；一片野心，已被白雲留住"，有負乎昔之志也。遂書以爲贈。

　　賜進士出身、承直郎、户部主事、同邑傅凱書。

　　翰林院編修李仁杰

　　太常寺少卿張苗

　　兵部都給事吴願

　　監察御史陳紀

　　户部浙江主事陳睿

　　户部山西主事史盛

　　刑部江西主事謝寧

　　獻陵衛經歷蔡智

　　順天府儒學訓導陳經

　　浙江嚴州府遂安縣學訓導留臣表

　　　　送太守李君之任泉郡序　　　（明）黄河清

　　泉郡宅於海山間，閩越奥區也。山海之産視九州之得於山海者，貿繁而異。

山而居者歲食其山之入，猶出其餘以貿易於海；海之居者亦食其海之入，舉得而有焉。蓋山海之利居田之半，其民亦侈然安其利以自足矣。民樂安其利，相觀而善，故吏於土者恒不勞而理，號曰"佛國"。

數歲以來，有賦其山之利於官曰：蜀山、楚山之所未需也；有賦其海之利於官曰：東海、西海、北海之所未需也，皆上方之所欲致也。始而開若賦，既而倍若賦，今則殫其山海之出而賦之，而山海之人俱告困矣。

夫賦之止於山海之利，猶可爲也，致之又十百倍其直焉，則並其田之所入者亦告匱矣。遞遞相傳，以至於弊，由是有顛連而僵者，有倚官而爲市者，有乘風而囂者，胥戕胥虐，而獄訟滋矣。如是而猶號曰"佛國"，寧不誣哉？

然則天下之急賢守，孰有先於泉者哉？莫先於泉，雖以李君抑之之賢，天子固不得而靳，君亦不得而辭也。

君初舉進士，令崇陽，其爲政廉而睿，惠而安，剛而不撓；入爲工部亦如之。今日稱賢令與賢大夫者莫先焉。然則泉之急賢守，孰有先於李君者哉？廉而睿則民威，惠而安則民懷，剛而不撓則漁吾民沮吾法者不得逞其欲。上不得逞，民懷而威，則訟獄息而禮樂興矣。

嗚呼！泉之理"佛國"之號，其將復於故也耶？泉大夫士之萃於朝者，皆喜於得公，因役河清識其喜，爲送行序。

送鄭御史師舜往南臺序　　（明）黄河清

論人易，知人難；論事易，識事難；論時易，濟時難。故論時必究其常變，論事必權其輕重，論人必察其心迹。故不可因事而病人，亦不可因時而病事，亦大要歸於能濟乎時而已耳。

嗟呼！居今之世，欲濟今之時，不過用今之人，行今之事耳。使易而言之，天下將玩而弗信；若概以爲難而自默，上下之間，又將無所感創而趨舍，恐於治體有乖，於世道無裨也。

河清尸素十餘年，常竭耳目之力，考論今之世與人若事，而得其端緒，然豈敢以不肖之身而律他人？亦豈敢以迂腐之見而畫他人哉？

昔趙閱道爲台官，於君子有過則保全愛惜，小人有過則力加遏絕。程明道爲御史裏行，嘗對神宗言："使臣拾遺補闕，裨贊朝廷則可；使臣掇拾臣下短長，以沽直名則不能。"是二君子不惟知人，而且欲全人；不惟識事，而且能成事，皆濟時之鉅材遠器也。然則難易之際，固有體要者在矣。吾能持其體以充其責，若吾之責者，亦與吾同，則國是公論歸之台諫，何疑耶？

友人鄭御史師舜爲行人時，常奉使四方，能周知四方之故，故其所謂常變、輕重、心迹，皆已得其概。今茲之行乃歉然以難爲憂，蓋思欲持其體以充其責者。河清因道所以處難之道，而併以程、趙二君子之事語之。

別方豪序　　　　　　　　（明）黄河清

正德庚午夏四月，浙人方豪以進士出宰崑山，閩人黄河清以司封員外郎留京師。豪與河清蓋密游從爲兄弟者，一旦言別，此情易耶？

豪嘗與河清言："吾輩用功處，在不爲時俗所化。情性爲時俗化，或爲徂詐；聲音爲時俗化，或爲諂佞；氣節爲時俗化，或爲萎薾。"又嘗與河清言："今天下之勢，歲饑饉，而吏不懼，故民是用困。民告困而賦斂愈急，故心是用離。人心怨離，而上罔聞知，故兵是用熾。在我者當日斯邁，而在天下者不可謂非吾憂。"河清方領之以相激勵，遽爲造物者忌而涣焉，欲強爲情，得耶？

豪今宰東南巨邑，事得乘時而爲之，將懼其所當懼而紓其所困，知其所怨而導其所趨，殆不化於時，而於時有補。視河清之纍然居此，愚身心而敗之，其於平日之所期以相成者，何如也？

與豪去者有四明王應鵬，與河清居者有增城湛若水、會稽董玘，交相戀勖，咸亡有窮已也！人各有詩，河清又爲序。

方豪字思道，開化人。谷叟。

賀南安令唐婁江獎勵序　　　　　　（明）王慎中

徵爲令者之美於民，其歌詠蹈舞，翕然戴之，如或恐失，吾知其賢也；徵爲令者之美於上，其襃異嘉嘆，隤然任之，不復有間，吾知其賢也。

民之得失有常，而上之好惡靡定。執其有常之機，以求得民，而應靡定之好惡，於是有違咈牴忤，冀在上之猜忿，以危其躬，而後可以不得罪於民，是則爲民所歌詠蹈舞者，未必皆得嘉異於上也。

徵於民者，存乎我，可以無所不得；徵於上者，存乎人，有遇不遇於其間。寧獨如此而已？夫所謂民者，固亦上之民也；不得於上，而後可以得民，則其形勢之所格禦，文法之所拘攣，不得於己者必多，其及於民者亦鮮矣。以其如此爲令者，益有以明其苦刻卓鷙以犯上，而要民之集，其及民也鮮，而取譽也著，吾將何徵焉？

又非獨然也，夫所謂上者，固亦民之長也，皆長之，而皆治之。德之不一，心之不孚，精神之乖隔，而意氣之背馳，徒持其苦刻卓鷙以爲明己之地而自解，其及民之澤，烏云有不遇，實爲令者之未至焉爾。

蓋有處其至而幸其遇，如吾唐婁江君之在南安，豈非吾之所徵而慕者哉？君爲南安，好以德化摩揉其民，導之於相收養，必以本業教之，以爲父子兄弟必於孝弟忠信，其倚刑辟以爲威，事鉤箝以見察者，曾不一出於政，而未嘗有不得之伏，漏失之科，由其剛決明晢，發於仁義，故慈祥而不爲弛，修潔而不爲迂。用其求瘼去害之誠，以開籌畫，起事功，而百里之封，情僞赴於一堂；千年之利，計慮始於今日。民之歌詠蹈舞，洋溢旁皇，芻蕘行路之謳謠，可採而記也。

君之爲吏，有以得民如此。尤不自伐其治，而思與守長同心合德。勞之獨任，而事出於交修；力之專成，而謀本於叶贊。其惻怛懇至，方將融乖隔爲和同，反背馳爲推挽。而守泉州者，又方侯西川，純德君子也。虛心盡下，而恭己以責成，泯然遺去知名勇功之累，獨執體要以先。一時之有司推其意，將使不職者奮，悖德者興，而況於南安之賢，上下之間相爲交勉，如家人父子，不知有形勢之拘間，文法之牽繫。君於是益得殫其力，而不愛其勞。

其惠民之事甚多，其最巨者，履田度地以平一邑之虛稅，跋涉阻深，崎嶇迫阨，靡朝靡夕，芰草而舍，橐餱而飡，而不以爲病。侯爲之出教，下南安，若曰盛明之治,九牧率屬,以阜其民。太守牧也,得率列邑之屬,以共阜民,而南安之令,克副攸率,求民之康。太守雖愧,蒙成實嘉,與共享平理,賢令宜思所以休節勤苦,益宣令猷,以終民惠。一教之褒,何足以爲君榮?而心孚德一之意,藹然可見,何其盛也。

縣之不得於郡,而有志之士慨於澤之難究,功之難成,其已久矣。君之所遇,可不爲幸與!爲令者之於上,其自爲有未至,則幸與不幸之論,不得施於其間。惟其自處至矣,而不得於上,然後可以致憾於所遇。今君之所遇若此,故予於其僚之來請文,而特論其所處之至,以明其所遇之幸,而徵君之美,蓋亦君之志也。是爲序。

康公之治南邑,爲之立祠尸祝,即漢之召信臣、杜詩亦不過如是,太守之獎,誠知人也。谷叟饒舌。

侯梅峰七十壽序　　　　　(明)王慎中

嘉靖二十八年十月望日,南安侯梅峰翁生七十矣。同姓子弟與夫外姻賓友、鄉閭之長幼,咸以壽爲翁祝,而請予文者,則其姻李顒輩,而因吾外弟陳子和以來。子和在翁外姻之卑屬,而特爲翁所愛者也,故其請尤勤。

予謂子和:若輩所以致愛敬於尊長者,竭其誠心以願之,則又治其酒食之美以進焉。餚其筐筐以侑之,作其鐘鼓以銜之,以安其口體,而樂其志意,斯亦可矣,而必以予文,何哉?

蓋翁雖伏處田野,不以文見其身,其於詩書之言,皆能習而通焉。挾册吟誦,與儒生無異。其閱史最詳,談其行事名迹,亹亹不休,至與人論難往復,處其可否,有條貫也,故於文知貴之,而尤知貴賢者之文,而姻戚之欲悅翁之心,以祝其算,以爲幣帛之奉將,金石之考係,皆末也。

神氣之在於人,患其難全,而亦不欲其無所用,故詩書之士既苦其泄越而不全,田野之老又牾於顓固而不用,如是者,豈獨其性智有不足哉?其於永年之理,亦有所偏,而不得遂其宜也。侯翁既不以文見其身,全其神氣,老於田野之生業，其於詩書之言，泛涉而嬉獵焉，以免於顓固之陋，揆以永年之理，翁於所取爲兼而不偏矣，其厚壽宜也。

子和輩求其心之所悅者之在乎此，請而得焉，以致之於翁。蓋予之文，非有幣帛"黼黻元黃"之章，金革"鏗鎗鞺鞳"之節，然適投乎翁心之所欲，而知貴者。於是焉而設之以筐筐，奏之以鐘鼓，則其所飾者皆足以爲侑，所作者皆足以爲銜，宜有以樂翁之志意，而增益其無疆之算，而李顯輩致祝之誠，豈不得哉！故諾其請，而爲之序。

贈洪君逸吾拜益府官序　　（明）陳　讓

吾姻英山洪君逸吾，青龍在己酉應律，拜益府官屬，職掌祭祀賓客之事，受八品服官，烏紗束帶以華其躬。匪直以華其躬也，將致勞王家，形著其所志，遭值聖明，凡天下有志之士，孰不欲憑藉職業爲階以自見？如物值陽春，無夭喬小大形色，類皆欣欣吐幹露英，以媚造化。而朝廷風動四方，氣象亦若鈞曹與物，爲體之德，固可以見朝廷之大。凡有志之士，皆欲得名器爲章，是亦禀受鈞曹元氣之美者，而後得與於是也。

洪君逸吾，居南安英山。今泉州凡言山水深厚秀沃者，必曰英山洪氏；言文物衣冠美盛者，必曰英山洪氏；言務本實尚，退讓忠信，厚積不驕者，亦必曰英山洪氏。而吾逸吾與其先君石泉翁，務本實，尚退讓，忠信不驕，進於好禮，蓋厚德於英山者。觀其祀先具備，濟濟漆漆，有孩提戀親之恩，遇親賓又有孔北海"座上客常滿，樽中酒不空"之趣。今佐益府而典祭祀、賓客之事必能以孝其先者助王以孝其先，以禮賓客者助王以禮賓客。致王於孝祭，必受福而萃福於皇家，致王於敬賓必燕喜無寧萏患，而助敬於皇家。

逸吾於是職，能求所以盡之道，則聖賢之學亦無不在。仲教圍治，賓客祝鮀，治宗廟保其國而顯諸侯，聖人所與，而邢文偉減膳一事，亦著汗青。逸吾未可以是官爲小，而易爲之，君子亦未可以是官爲無所繫而易視之也。受鈞造元氣之美，而後與於衣冠。逸吾亦當自愛其所受之美，亦未論及官。但逸吾之爲是官，人皆曰：是善人也。則逸吾之所以爲榮者，亦至矣，豈專在於冠裳束帶之間哉！

送陳質吾先生南歸序　　　（明）魏文焌

陳先生吾閩南安人，癸酉歲拔貢，選上春官。戊寅受融邑博士，歷官十四年。強毅特立，時坐諸生於春風中，而詞嚴義正，靡不見憚焉。

初蒞政，首進諸生，謂曰："予南安去而邑計程不及旬日，誼同鄉井，分實師弟。予懼率教者以近而玩也。"諸生唯唯惟命。

先生曰："今與諸君訂之，吾融多士之藪也。藝器文運，教學相長，均與有責，諸君念之。予欲開闢道教，使願學者嚮方也。顧明正經術，供他歧之途不惑也。勇進者欲其不凌人，卓絕者欲其不矜己，分門立户者約之大同，麗藻飾華者規之實德。去委靡之習，以伸剛大之氣；崇恬退之風，以杜干謁之門。夫教若培樹耳，非根不立；學若濬川耳，非源費衍。庠序無善士，則天下無善治。諸君勖之！"

由是多士競奮，砥礪興行。壬午歲領薦書者十人，全閩蔚然盛稱先生之教澤居多。顧先生歉然若不有焉。

彼十人者，上試南宮，謁謝先生。先生執手爲別，作而曰："諸君行將連茹彙征於蒼龍闕下矣。予固不敢以美莊相覷也。君等寧能阻我不爲詩山猿鶴之游乎？"蓋先生嘗從尊甫公牧樓讀書高蓋山歐陽公詹講學之所，景念科甲之宗，冀光揚事業以大存於世。顧牧樓公竟於廣州司訓十三年，先生復齟齬不第，屈融文學博士。牛刀小試，孤憤有懷，每每疏求歸。諸生雖日勉留，大尹羅鵬公百爲諭上，亦不能爲先生一解也。今兹得遂初盟矣，先生沾沾以喜，若脱沉痾。顧諸生不能爲情，丐予文以揚南歸。

予昔總憲廣臬，已知陳司訓牧樓之賢，因牧樓而知先生，且重諸君之惜別，乃爲解之曰："諸君知劍乎？濯清水，範南金，綴日月之光華，干象緯之元英。必有悟術如意，探機公孫，庶幾騰霄沖漢，其不然則鐔鍔淵沉已矣，況先生乎？

是故白陽柱山,景倩金門,彼且須臾焉。用之則抗乎彤雲麗日之表,不用則歌乎南山白石之濱,固宜先生之歸,其樂陶陶也。"諸生曰:"斯足以盡先生矣,請書之以贊行李。"

先生諱際可,字克遇,號質吾,邑之十二都林柄鄉人,佔籍永春縣。登萬曆癸酉選貢,授融邑博士,在官十四年。其父諱時謙,號牧樓,任廣州府訓導。天白閣注。

賜進士第、嘉議大夫、廣西按察使魏文焴

按察司照磨冷文燭

縣丞方鏡

主簿翟儼

管捕務大使趙同派

鎮東衛指揮葉文選

儒學教諭敖琇

訓導李昌期

袁莪溪泉州府節推序　　（明）傅夏器

年友袁莪溪君授泉郡節推。維泉介在海隅,去京師八千里而遙,其去藩城亦無慮三百里。故下民之困抑不得其平者,上不能直之於輦轂,次不能直之於臺省,皆求諸府而直焉。

又其地阻山跨海,奸宄剽盜,出沒濱海。航海之民,習見擊刺,武勇鷙悍,動以忿悁相刃相靡,殺傷不避誅,其於獄訟爲繁。節推司刑,綉衣使者行部,輒以節推隨。凡民間獄訟,皆先以節推訊服,而後上之台,故節推代兩台莅事,其斷獄又爲繁。

夫典刑者,民之司命也。君非泉之司命,而泉民之所爲生死耶？言刑則律令具矣,豈其所以具哉？

昔者聖人議事以制,不爲刑辟。世之僞也滋甚,提防不能也,乃徵於書,而律令定。若以聖人意注胡不愁焉,故得其好生之意,即法令具備,而不爲苛;不得其意而惟法是徇,是執盈尺之紙,鍛煉囹圄中,罪狀某也當某律令,某也當某律例,格式具備,不過費一朝檢閲而已也。如此則一吏可矣,菓菜之饋,集之可以成臟,言矣之微,摘之可以爲罪,誠所謂大可論,而小可斬者,而民始無所措手足。

老子曰:"天地不仁,以萬物爲芻狗;聖人不仁,以萬民爲芻狗。"其言則過。然自用刑者之不得其意也,而民始搖首觸目,輒抒法網,桁楊桎相望,聖人之智故亦亡,乃盡天下而芻狗之耶?

世常酷趙禹、張湯。夫見知腹誹之法,自湯作始,深文巧詆,得酷名宜矣。禹常據法守正,亦不免焉者,夫不得其意,而惟文法是繩,雖以蕭何之律案劾,民之不聊生者,已過半矣,雖比之湯亦可也。

莪溪君明經高第,其立心常以龔、黃、卓、魯自期抱,豈以申、韓刑名爲君過計哉?君董刑法,而於敝邑之萌隸是董,故爲敝邑昌言之也。

邑侯涂桂泉旌獎序　　　(明)傅夏器

余邑南安,瞻比府城不十里,而披山帶海,故泉之諸縣而山而海,有事則南安均受其瘁。以其瞻比府城,則承府事,又與附郭無異,故南安於七邑爲劇。

涂侯桂泉,以大理寺司務,拘王國例,出掌令事。始余謁侯於京邸,見其愨然坦然,不矯異,不詭隨,知其爲德讓君子也,而竊意余邑之必受其福。及至余以制歸籍,親見其政如春風披拂物品,慘刻不形,亡幸有麗於法者,爲之戚焉憫焉,原反欽恤之,廣開其生出之路,即事關上官,有直之不得者乎,亦且言之弗置,或以取尤於上亡恤。至如細務尤留情,自朝視事至昃,故余邑雖劇,以侯之寬處之,無病民,亦罔廢事,則余向所臆於侯者,果其然也。

雖然,篤實者乏皦皦之績,平易者無赫赫之名。以侯之悃愊寬厚,或者於近民易而獲上爲難。及至當道諸大吏譽侯不置吻,而巡按胡滸南公又特旌獎,獎其賦性溫淳,用法平恕,勤政而廢墜畢修,宜民而循良允稱,可不謂知侯之深哉?

則侯受知於上，又有出余臆計之外者也。

然余臆之嘗中矣，則南安民有幸焉。而出於余臆外者，則尤爲天下民也幸。蓋自循良風邈，吏以酷爲威，以刻爲明，束濕繩於氓亩，救火而揚其沸，其烈已久。至於忠誠惻怛，置之和平之鄉，與以安全之福，而吏治蒸蒸，世少其人焉。此由上之大吏以所尚慘刻者風之，故與厝薪赴火亡異，此民所以益凋敝也。

侯治以循良，而澖南公又以循良獎。彼居官爲長吏者，知上之嚮用而象指於此也，則誰不勸於長厚，慘刻之風，庶有瘳乎，斯天下有大幸矣。

余托桑梓，沐在侯涵煦之中，羨澖南公之知所尚，而余邑之得所天也。又以所尚之風乎天下，而天下之盡獲所庇也。於是乎紀其事，而縣丞焦子、主簿應子、典史倪子以侯僚屬來徵余言，因爲諸公叙之，且以俟觀風者。

涂侯桂泉入覲序　　　（明）傅夏器

天子以賓禮親萬國，率三年而天下之省、府、州、縣各以其職入覲，丙辰歲屬當其期。歲乙卯，南安涂侯桂泉，以十月北轅，諸大夫祖道，屬予序其事，以祝其行。

序曰：粵古初平世，禮行而法立。惟兹禮有朝覲，非以諧萬國之情耶？而省成之法寓焉。按禮，歲必有成。百官所質，司會所考，冢宰所授，皆以成言。夫勞施於事，而事立焉之謂成；勞施於民，而民安焉之謂成。

涂侯桂泉之茌南安，治也成矣。吏事無曠，民情罔譸，四野之外靡警，四業之民弗遷，以仁用刑，不怒自威，以清行政，不令自服。以禮觀之，洵可爲成也。以是成也，可藉以見天子矣。

且夫禮之有覲也，猶水之宗於海也。水順其道，而匯其潤，故海受之以爲大。予觀其潤下之性，山下始出，涓涓乎漸漬，草木固已滋養生息於此矣。及其盛也，騰爲百川，爲四瀆，以資灌溉，以利舟楫，成其功於萬物，而後放之於歸墟之壑。水之朝宗也愈遠，故其海之禪納也愈大。百川致成物之功，而海受之；百工致成民之功，而王受之。百川不盈海於兹乎成其大，庶尹克諧王於兹乎成其大一也。

今國家盛德洽於遐方,儀禮被於殊俗,異域絶黨之君長靡不來王來覲,況我南安雖遠在萬里陬海,而鄒魯其鄉,洙泗其人,又以桂泉公爲之長治也。三年之内,勝殘若未期於人,以課成於考功也已最,亡亦如水自崑崙岷峨,以朝宗海東耶?於此見我明太平蓁隆,薄海内外,物亡不得其理,而吾儕躬逢盛際,與侯之丁其盛也,詎不猗與休哉!

於是乎孕虞夏之輝炎,陶殷周之砥範,煽皋夔之翔風,襄衡奭之藻黼,而奏功成也,在此行矣。涂侯桂泉公曰:"予何敢言成,予日思勉焉,期無戾於法爾。"予曰:"此侯之所以有成也。"諸君子曰:"然。"命予書之,以爲桂泉公贈。

揮使歐陽新田守銅山序 　　(明)傅夏器

銅山水關缺守將,督府上其事於朝,以歐陽新田君樞掌其事。

君東田公深子也。公死事於莆,推其蔭,次及君。遂由增廣生世襲指揮僉事;又推公績,進襲署都指揮僉事;又以斬獲崇武倭級,進署都指揮使,守銅山。將之鎮,僚某等請余言以榮其行。

余於東田公爲舊知,聞之,嚛然喜,既而嘆曰:古之名將多出於死事之門,何者?其忠烈義勇之氣,感天地,靡日星,凌霜雪,貫虹霓,不可磨滅,故舉而鍾於其裔。

嘗讀《五代史》,晉王克用破黃巢,復帝京,史敬思爲先鋒。當上源驛之變,兌晉王劍掫間,而以其身死。其子建塘,繼父卷甲持戟,並朱梁柏鄉之捷,棗强之捷,梁日以蹙而晉業遂成。有父之志,有子之功,有爲之前,有爲之後,此非忠義銳烈而天道顯忠之常耶?

公之勇於義也,倭方猖獗,民不識兵,望風奔靡。公奮自民間,犯白刃,蹈流血,與豨突角於武榮之野,卒招撫以安遺黔。及至莆郡攻陷,公又承檄救莆,率群帥沖焱鋒,爲東蕭之戰,以力不敵,隕於陳。

今子某,襲公後,累掌軍政,累樹勛閥。嘗管屯糧,而督征高浦所崇武所,屯糧能其事；嘗管清軍，而得逃亡軍士三百餘；嘗修葺衛署宇，而功成士悅，其軍政甚嚴肅。守崇武所而生獲倭級於大岞一十有六名，其軍績甚著。東田公之以身殉國也，新田君之以子克家也，處危處平，奏職事無玷缺；肯堂肯構，萃忠孝於一門，於史氏奚異焉？

或謂新田業自書生，媾茲平世，文墨之儒，乃疏於劍術，太平之世，安所奮於武衛？是又不然。夫兵以政立，武維文經。東漢盛時，祭氏之後有祭肜，耿氏之後有耿秉，皆名將世家。際太平，起儒業，揚勛數千里之外，降車師，撫鮮卑，文墨之儒，太平盛世，其能樹功乎？其不能樹功乎？

余即新田軍政積閥，知其必能揚偉績，而萬里之勛，自銅山始也，余將日望焉。新田君謂予言何？

明天啓元年安溪縣志序　　（明）呂圖南

《清溪志》者，志清溪之山川、土田、民風、建置與文若獻也。柄其事者，稚孝何先生也。

先生博極群書，慕古修道，材宏而筆無曲，志之信也。始之者，清溪邑侯賀君也。始賀君鄭重邑乘，而屬之何先生。方屬草而賀君行矣。成之者，灌陽王侯也。王侯方下車數月，不急辦期會，而即委刻事於諸生黃曦陟氏。亟成此志者何？一邑之典章，參錯不整，次當吾世，而名士大夫高節懿章不表錄，如椽之筆，委諸紙上，爲政者之過也。曙其大成也。

刻成，而南寓目焉。其義例自原縣分野至紀秩，凡十八則。覽之，燦如也，秩如也，彬彬乎備哉！蓋仲尼嘗論述夏、殷而致嘆杞、宋之文獻。彼傷當時之君卿大夫，不能有所識別發明，令天下之遺迹名憲，不獲前耳目而舉，後耳目而傳，遂爾泯泯者，盡杞、宋也。乃其自硜硜洙、泗間，則以《禮》、《樂》、《易》、《詩》、《書》、《春秋》爲文，以祖述憲章爲獻，而以萬世爲系。

故當仲尼而命文獻，實難其人。即禮之聃，官之郯，良史之董狐，博物之子産，君子之蘧瑗，好惡與同之丘明，遍觀六代禮樂之季札，皆身遇仲尼而得其褒贊。則之數君子者，固一代爛然之文獻也。夫文獻而山川、風俗、興建、名迹、大官貴人乎，此可按名籍而臚列者也。

凡文而不擘畫朝家，指切邪正；獻而不麟鳳郊藪，鴻儀世宙；識者雖載筆，不愜志焉。文而擘畫指切，獻而麟鳳羽儀，則一都一邑之文獻，固天下之文獻也。何也？賈生治安數策，可以洛陽之文目之乎？汲長孺古社稷臣，可以濮陽之士目之乎？天下一大方隅也，古今一大簿帳也。郡邑而天下，則無負郡邑志；郡邑而天下，則無負志郡邑。與杞、宋並時者，小至邶、鄘、衛，微咏片簡，世知有邶、鄘、衛也。然則授事茲方，與其杞、宋之也，毋若邶、鄘、衛之也。

吾觀太史公書成而欲藏之山川，山川亦不杞、宋矣。禹穴、二酉，非是書不知是山。又令太史濡毫時，而即有殺青播之通都大邑者，太史更不言藏矣。王平子行陳留郡而問士人，吏以蔡子尼、江應元對，因嘆賞此邦有風俗。則子尼、應元者，陳留之文獻，而停車一問，姓名彌香，平子亦識所以傳之耶？

稚孝先生，世方捧古文辭盤皿與之，而躬行一本之仲尼正學，自身具文獻矣。嘗承台使者陸瑞亭氏《閩志》委，詮次數載，已脫稿，特未授梓。又嘗修泉郡志，茲志清溪，其一支也。

清溪多君子，不具論。如詹汝欽公父子侍從，侃侃天下大計，直聲在隆、萬間。李克蒼氏以一郎署，上書言事，無所不指斥，白首偃蹇；斯豈復一郡國士哉？王侯不頃刻忘斯志也，亦君家平子停車問士人意也。余故論其大而爲之序。

天啟元年辛酉春三月。

崇禎壬申南安邑志序　　　（明）呂圖南

武榮設治，視郡城尤先。又歐陽行周先生以文章首起應常觀察，興文之治，卓然名世。嗣後遞合遞分，或州或邑，千百年而始定。明興治仍縣而附廓，視晉江爲二巖邑，有大事兩畫焉，有監司兩謁焉，有土有人有子弟兩隸焉，如驂之於靮，輔之於車，吾泉西偏一大都會也。文人輩出，文治不乏，獨志乘一書附於郡而無專册，致徵文者問焉而無以應。夫將簿書之未遑乎，文獻之無徵乎，抑運會之有待也？古者襄陽之傳《耆舊》，汝南之傳《先賢》，王仲宣之記《英雄》，郭璞之註《山海圖》，酈道元之註《水經》，彼徒欲以其人與事與時重耳，無關政令，猶且勒成一家焉。有包絡山川，奠置圖版，政教治行所關，兵賦田土所領，風俗淑慝所攸繫，官司視爲太簿帳，而士民視爲遵舊章者，而可任弗廢，不詮次乎？

豫章李侯所以恝然己任而思就此志也，誠識其大也。於是以不自暇逸之暑，下如許長之椽筆，摘其綱而條其目，芟其煩而補其所未備，若犀然而燭照也。其凡自輿地、規制、官守、防禦、以至雜志、詩文若干則，皆剖析竅會，隨事附見，井井不紊。蓋《文征志》、《武榮書》爲謀野之獲，而侯不啻國僑之潤色矣。

余不文，無能贊一辭。竊謂談志難，而談志於今日之武榮爲尤難。異時難志者，率謂難在名宦鄉賢人物耳。其意以不虛美，不隱惡，乃爲董狐可傳之筆，固也。然鄉賢責在督學使者，以寧嚴毋寬爲主。寬於上而欲核於下，毋乃非孝子慈孫之心乎？

吾又憶三山林楚石之對葉文忠也，曰：「但出西郊外無生祠、去思碑者，即爲賢父母公祖。」嗟乎！人心一時，直道千古，其然，豈其然乎？若夫士大夫立朝居鄉，蓋棺之日，淑慝可望而知。或取全瑜，或取一節，或取法戒，以其素還其人，吾儕與爲吾儕之後者，均足以受也，未甚難也。

惟夫國家多故，紅朽無聞，當事者勢不得不亟於民間涓滴之輸。凡食土之毛，日就削瘦矣。而名目靡定，有增無已，上之爲民望寬，與下之思寬於上者，欲識所爲畫一之象魏而不可知也。兼之干揪失職，海氛汲競，勇怯於公，義樹於宼，汎移於內，兵耗於籍，餉削於扣，而吳澨邊桑之争，不在民，而在盜，其禍乃延之於民，求如前者，置巡司，設弓兵，遺意蕩然烏有，而又寺田日清而日蠹，新墾時復而時消，徒滋民螙，無取寸補。

蓋余讀建置、防圉、賦役、田土、加派、裁減諸條，而不勝國恤民艱，溰漫紛挐，緯蔾之慮焉。侯皆比櫛而鱗次陳之矣。《記》曰：「爲上者可望而知也。」侯爲政而人知其仁，知其明，又知其修潔，今又爲邑書數百十年可知之文獻，以貽之後，使武榮不至杞、宋，斯亦無忝於爲上也已矣。

至於山川之清深，可以悦情而娛意；古哲之寄寓，可以思齊而景行。貞女節婦義士之淒清，可以維俗而慰幽。衲士外道之逍遥談乘，可以超玩而滌煩。睹草木百菓之森然者，可以該物而多識。災祥雜志之纍纍然者，可以聳聽而憭念。此又琬琰之餘光，而載乘之剩事。夫亦使繼今而讀者，手一編而巨細精粗，了若指掌。繼今而有事兹方者，日修日備，以無替此文獻而已。

時崇禎之壬申孟夏朔，邑人治生吕圖南拜手撰。

崇禎壬申南安邑志序　　（明）王振熙

南邑去郡城十餘里，無附郭之名而有其實。凡拜謁交際之煩，與晉邑等而贏。其往返之程，驛傳之設，遠在六十里之外，當道按臨必造焉。田賦視晉邑稍溢，而多爲晉紳衿寄莊。粟麥輸於鄰邑，而徭役無可旁貸。石井四澳巡司之設，界於晉、同之海濱，鞭腹之虞，近日尤劇。邑事殷繁，視晉蓋倍之矣。

江右滑疑李父母在公之餘，考一邑之記載而無從也，慨然曰："夫志者，治忽得失之林也。經理之要，控御之方，與夫徵文徵獻，皆於是焉在，而兹邑闕然，司是邑者將何辭以脱於固陋？"是用廣詢博採，得黄有及先生之《文征私志》，何匪莪先生之《武榮全書》，參之郡邑之乘，以及縉紳、庠序、宿儒之所聞見彙集之，爲志一十有一，而書成，以示邑人王振熙，命爲之序。熙蓋卒業焉，而有得於論世之説也。

邵康節《經世書》曰："至變之謂世，世變而政教行乎其中矣。"陵谷之有遷徙也，而地利變焉；川澤之有流復也，而水利變焉。村郊之寥落而生聚也，生聚又變而争奪；衣冠之樸野而文明也，文明又變而侈靡，又或變而争奪。如志所載山川、版籍、典禮、防圉、風俗，有沿有遷，有盛有衰，有正有變。補而救之，則政著矣；章而明之，則教著矣。政教著而世變之升降，且維挽於其中，是志之所必傳者哉。

乃又有進於是者。國家祀典，以名宦鄉賢附於學宫，與聖賢春秋並祀，此志中一盛事也。士民爲父母舉名宦則爲敬，子孫爲父祖晉鄉賢則爲孝，當道因呈請而允之則爲勸。然政或未兼乎教,而行或未副其文。搏擊之與撫循,而概命之曰良吏;鄉原之與狂狷,而概命之曰賢者,至聖臨之,群賢質焉,未知其能享而妥乎否也?

往者不可諫,來者猶可追。惜斯名而慎之,是在後日哉,是在後日哉!

山東提刑按察使司按察使、前奉敕提督山東學校副使、晉升浙江布政使司右參政兼僉事、奉敕管理溫處兵巡道事、通家治生王振熙拜序。

呂天池先生六十壽辰序　　　（明）鄭之鉉

上臨御之六載,即家召起天池呂先生拜左納言還朝,於是先生以直指按浙歸,尚羊林皋之下者十四年矣。縉紳士夫相與祝先生之轅,而疑其出之已淹也。會是年十月十九日,先生嶽誕,其歲六十。親朋觴而致先生,且以有新命,不可無一言。

某事先生晚,然竊有以諗先生之大而窺先生於出處之際也,乃執觴揚言曰:夫明主之知其臣也,豈不審哉?

昔蘇子瞻當神、哲二廟間,元祐初年,濯之新主之知焉。子瞻再廢再起,朝端未有一日之用,而究之無林壑一日之安,可嘆也。上初嗣服,蒲牽之輪,被於藪野,勇退之英,懋遺之老,無不蒸蒸登進者,先生時以持服山中,不即徵去之,幾年而召用,諸賢亦皆成功之退,亦遂有升沉不可問者。

今上銳精振刷,意有所分別。天下士大夫先生釋服久之乃召。夫不用先生於山林畢進之日,而用先生於用舍分別之際,上之所以用先生,何其遲重而審也?

當先生自省秘而西臺,不矜正色之操,不爭搏擊之名,所至按粵按浙,精明渾厚,嚴霜旭日,寓內視之,威鳳也。陪京學政無足重先生者,先生可以不避忌者之以督學厄先生也。先生稍一言自理,可以無歸。其時士君子徒交口訟先生之無他,然而先生之席蓋已帖然於梅嶼之下也。

先生今起爲今官,主爵者嘗以先生貳太常,會爲夤緣者所得,上固疑其人而信先生矣,亡何襫得太常者,而仍用先生於門下省。先生於人主之知,真不數數矣。士君子之於進退也,龍蛇也,泯然奉身以退而有所不白,顯然奉身以進而有所不辭,先生出處之大,其概如此。

客曰:"吾子勸駕之言,非南山之指也。"余曰:"固然,《詩》不云乎:'天保定爾,亦孔之固。'夫公論者,國家之元氣;言路,中外之咽喉,往往其病非鯁即噎。方今時事之急,孰急於此?先生起爲納言,於民生之休戚,軍國之利病,祝其哽而通其噎,使天下若一身,君國之固,孰大於是?若夫先生起居儒素,登朝服官,無改寒士,山居藿食,步行山野中,恬淡而無營,夷猶而不爭,此皆足以爲壽之道。"

余又觀先生好作書,多子瞻海外之語,用以自寓。子瞻五十二始以七品入侍延和,賜銀緋,比六十,滯惠州,荏苒以老。先生早歲入秘書省,簪筆爲名御史,年六十鄉用,方新事唐虞之主,非子瞻所及。異時槐棘之次,統均之重,盡發其一十四年林皋之氣,以爲霖爲雨,而頤情養性,恬淡夷猶以爲金石,爲松柏,皆先生不期而饒有之者也。敬爲觴。

重修歐陽先生祠序　　　(國朝)徐之霖

清源爲溫陵巨鎮,一郡之文章氣運繫焉。溯閩未開闢以前,問所謂冠纓弁人詩禮者,無有也。厥後生聚教誨,郡南邑始有歐陽行周先生,置書院於清源山之麓,以啓後學,旋與韓昌黎同登貢舉,此非溫陵文運之所自始乎?

嗣是都人士又以桐城之北爲清源入脉之處,於城隍廟之後祀朱夫子其中,而行周歐陽先生之祠亦在焉。其有關於文章氣運,故所云講堂以及祠宇由來舊矣。歷宋而元而明,時廢時興,至我本朝,數年來廢瓦墜垣,蕪穢不治。登其堂者,能無樑空燕雀,古壁丹青之思乎?

康熙甲戌歲,予判溫陵,都人白其事於予。予親履其地,愀然嘆息,苦綿力不克肩其事。至客歲,始捐俸,先將朱夫子講堂重建,獨行周一祠像被塵封,塵不勝拂,甚非所以妥先賢而崇文教也。夫修廢舉墜,崇文重道者,士君子之心也。矧行周先生之事業經邦,文章華國,爲此地斯文主,則不忍剥落頽壞,諒必有一片同情者。

是舉也,正當三年比士於鄉之期。若鳩工庀材,適與賓興相值,借國中之俊秀,進而登聖天子之闕廷,其翩翩連袂以應光昌之選者,有不捷若影響也哉!是一以生彩筆之華,一以奠龍脈之固。人以地傑,地以人靈,相須以成,諸君子幸無以予言爲贅爾。

後學知通判事徐之霖序。

鑲藍旗官學生,康熙三十三年任。

李孺人八十壽序　　　（國朝）柯　輅

乾隆庚子辛丑,余並試春官京邸,識虛浦黃兄,見其性樸而温,學淳而博,心向慕之。回籍以來,兄家武榮之蘆溪,余家晉江之南塘,相去不過百里,而役於奔走,旋分教道山、晏湖之間,不相見者已十八年。

嘉慶己未,余司臺灣武營訓,虛浦亦教是邑,以同鄉爲同寅,復同義誼,喜可知也。晨夕聚首,悉年伯母李孺人之賢。

黃爲豐州著姓。唐以來名人杰士,代多偉出,封翁璧園公,器量恢宏,磊落慷慨,投筆爲韜略之學。早年掇巍科,試兵垣。方封翁之數上公車也,大母王孺人櫛縰之勞,甘旨之供,孺人奉事維謹。王太孺人晚得風疾,卧病床蓐間,起居食飲,動輒需人。孺人事之益周,且至三年如一日。孺人有三子,次即虛浦。庶陳生二子。樛木下逮,人多其慈。

虛浦以乾隆庚寅舉於鄉,七上春官,輒報罷。辛丑大挑一等,得縣令,辭就教職。庚戌選受侯官教諭。以萬壽覃恩,馳封母孺人,翟茀之榮,以德受祉。虛浦秉鐸三邑,人稱得師。季弟及孫國屏,皆爲博士弟子,餘多能讀等身書,孺人景福未艾也。

嘉慶辛酉花朝前一日,孺人八十帨辰,虛浦以羈宦海外,不獲長跪進觴爲恨。輅曰:"重洋險阻,板輿難迎。明年歲在壬戌,兄將考績西歸,長依膝下,誰復不遑將母哉?"

於是武巒人士得虛浦之教,咸樂壽母孺人,作爲詩歌,置酒於泮宮。青衿儒雅,彬濟一堂,跪酌而祝曰:昔《閟宮》之頌,壽母也,以母之壽,徵魯侯之福;今泮宮之壽母孺人也,祝母之壽,教師之賢,義各有在。輅奉觴趨進,附登堂之末,率抒數語爲序,以代祝辭。

潘雨亭先生莅桐柏德壽序　　（國朝）黨敬立

今上御極之元年,勵精圖治,宵旰勤勞,大小臣工,罔不祇肅。而心簡所尤廑念者,莫重於州縣。以州縣爲親民之官,民情之通塞,閭閻之利害,地方之安危,悉於是乎在。居是官者,果上無負於朝廷,下無負於百姓,庶幾無負於吾心焉。如我邑侯雨亭潘公,其真能各無所負者乎?

公以是歲七月來攝邑篆。下車後問民疾苦,知桐境南連楚省,北接泌疆,素多捻匪出没騷擾。民間有以案來報者,急往勘驗,比捕勒緝,一有所獲,不惜嚴刑究治。又恐宵小竊發,匪徒潛匿,須制之於未然也。城内則親出查夜,四鄉則親出閱邊,櫛風沐雨,備極勞頓。其禁奸保養,除閭閻之害,而利吾民也如是。

桐雖僻壤,獄訟頗多。鄉里勃豀,動輒煩官。公隨到隨結,案無積牘。是非曲直,剖判如神。愚夫愚婦,無不知邑有清官。民有被譴者,出謂人曰:"吾被譴,理也。責即釋我,並不我累,吾獲幸多矣。"其明決服人,俾民情之通而無塞也又如是,然是猶勤民之易見者。

桐西百里與桐邑接壤,忽夜聞人馬之聲,遥望火光閃爍,遂驚相告曰"寇至"。訛言鼎沸,男女棄竄。問其實事,不知所云,是則有急,難措手者矣。警報至縣,公方堂上理事,即退謂同寅曰:城池根本地也,宜先設守備。安置既定,星夜馳往,謂民曰:"此妖言惑衆耳。我來矣,爾民無恐。"查鄰民爲妖言,擒之,民遂安堵如故。昔蜀人有警,張益州鎮之而安,老泉謂如器之攲,未墜於地,公顔色不變,徐起而正之,即若兹之危而安乎。

兹當八月之吉，爲公懸弧之辰，邑人士製錦稱頌，屬序於予。予謂：公清操盛德，昭昭在人耳目，行當擢遷不次。黼黻皇猷，必能爲生民造福，爲方夏立功，豈僅以百里羈龐士元哉？然而宰桐期月，吾桐民已受賜多矣。既可上對朝廷，下對百姓，而公之心已皎然共見矣。公論具在，固無俟予言以爲贅。是爲序。

丁酉科拔貢，候選儒學黨敬立撰。

吏部候選縣丞王秉正書。

桐柏必彈丸小邑，以此爲紳士中之篤者，而文字至末，稍有不接之病。饒舌饒舌。

送盅軒張夫子之邵郡序　　（國朝）陳步蟾

別之有送禮也，荇菱之雅誼，芝蘭之同心，皆有行之者，所以致其情也，況弟子之於先生哉！

抑又聞當今之爲勢利者衆矣。輿馬喧闐，郭門絡繹，爭先而恐後者，爲慕勢來也。錦綉在前，短褐在後，遮道面望風者，爲趨利來也。客亦不必秦越吳楚，人亦不必氣節文章，稍有微爵厚資，遂爾軒豁呈露。噫！送者與其受送者，皆潰潰焉，不足爲當途者一盼也。

今先生將之邵矣，春風之披拂，時雨之霑濡，被其澤而望其光者，類能言之，兹不贅。而其守於身也，以廉潔清介自持；其事於君也，則必欲利之無不興。弊之無不剔，不拘拘司鐸是事。人曰"出位謀政，先生所不免"，而先生固非敢出位也。第以利弊所在，冀當道行之，以無負設官之意，即明知必不能行之，亦必宣諸言，以冀當道之萬一，推此意也，雖與日月爭光可也。惟見利不趨，見勢不慕，故欲以勢利相動者，咸不覯於先生，而先生自若也。

先生名冕，丙戌名進士，教授溫陵。自道光丙申迨辛丑秋滿，以卓異，例應遷，以夷逆滋擾，鷺島府道制憲留先生查察新關，壬寅履端，六日，行有期矣。

蟾偕蘭譜兄松軒李總戎送先生東郭外，而不知聞先生治裝者，有文武諸孝廉暨諸茂才、太學，已數十輩，送且餞矣。先生不以勢利趨慕，足爲弟子式；弟子之送先生，亦非以勢利趨慕，足爲先生信。今先生歸矣，弟子思之，何日忘之。是爲序。

送福州林殿撰奉使琉球序　　（國朝）陳步蟾

欽惟聖人馭宇之十有七年也，鳳組脣鰲，鱸圖錫極，治光龍德，書負馬圖。調玉燭於蠢假繘終，拓金甌於東西南北。普離明以昭景爍，稽乾則而紹清和。遐區宣福祉之庥，絕域布威靈之懋。螟巢荷德，蟻穴覃恩。瑞獻龜文，符昭鳳籙。日欣王字之呈，祥徵烏趾；河出榮光之耀，喜動龍顏。是以重譯來貢，盡恒山弱水而遐；抗手稱臣，悉斗北星東之遠也。於時桂殿澄霞，楓宸啓旭，雲官峙鵠，月使停鸞。敷《虺誥》之克寬克仁，沛《禹謨》之乃文乃武。皇猷如玉，臨夏屋以綸宣；士行似銅，登春臺而鼓俗。

惠此中國，綏及外邦。不必陳涿鹿之師，夫何侈長蛇之陣？普天同慶，率土歸王。雖金根之不通，亦玉旨之可至。化彰有日，教訖無雷。屬有血氣者，莫不尊親；托茲姘嶸焉，率皆畏服。高麗式教，交趾欽承。羌四夷之咸賓，實一人之建極。況其島嶼之流虬，敢不俯伏而馴象哉？

其爲地也，昔隸清都之版，今爲款納之邦。據遐陬以外，地勢數百里而遙；當建安之來，水程五百里而近。巨浸千尋，龍潭激三三之浪；名山七島，馬齒連六六之灣。土産則琉璜、胡椒而外，悉多貢材；物華則熊掌、狼皮之餘，尚贏殖貨。

且其地有大小琉球之分，猶之國有南北中山之別。男則旋髮束簪，寬衣短袖；女則梳頭跣足，彩襖明璫。士習詩書，開甲科以上進；農歸田洞，秉辰耒於平原。工賈交通，官民異制。蓋彼都之人安物阜，實我朝之海晏河清。敢思王號自尊，冀民康而國慶，必待聖恩特簡，斯雨順而風調。

皇上爰命翰林院修撰臣林爲正使，以某銜臣高副之，大書特書，冊封焉。鸞翔鳳翥之英，蓉鏡蘭臺之選。甲觀忻歡，辰居訓誨。於是中庭虎拜，旁砌鳧趨，將保赤之一篇，用膳黃而四諭。無論東西新疆，庚郵疊遞；何只西申遠略，亥舍周知。璈笙奏《夏》,歌九有於鸑埠;筠管生春,草三無之鳳詔。

雖舜狩堯巡,未及湯趨禹奠;而鵷班鷺序,應煩雀軸龍舸。仙仗夸其整齊,臣心凜如;抱蜀塵飛驃騎,彩徹驊騮。紫芝與翔鳳呈祥,綠柳共征旗□色。由陸而水,舍車而舟,適浪靜而波平,快天清兮雲霽。蟹户煙銷,鴨頭漾綠。鷖帆飄起,鷁首連青。欣利涉之順風,副微區之仰雨。

至焉則玉符金簡,焕北斗之輝煌;星使月卿,普南天之德澤。嵩呼遍幣,華祝頻聞。蒼髻絳老,以爲不見天子,猶見天子之威儀;壬婦丁男,僉謂未拜皇家,先拜皇家之雨露。

夫惟天之生民,有主乃治,斯我王其敬德用,即乃封。縿纏紅錦,何非玉檢金泥;詔啓黄綾,盡是赤文綠字。鳩羽雖來,武功叠耀。虎皮不載,文教旬宣,琉球於是聽命焉。百家雷動而騰歡,千乘風趨而壯采。將卸鎖金之甲,士鳴玉佩之珂。行臺内外,駱駕雲屯;使館東西,鷰旌霞布。縱中華之日月,别外地之山河。隔水波遥,采風日記,戴天心一,既膺褒典,共沐恩洪。使臣復勉其政肅民和,彼國將何如歡歌忭舞者矣。

遂乃蘭唐斾捲,綠靄頻添。花路車移,香塵鮮動。垂鞭惜玉,贈策却金。欽恤元元之思,敬畏蒼蒼之意。登舸艦以乘飆,裁波再煩風伯;肅旌車而指日,清道又賴雨師。

駐馬言還,趨朝告至。上慰辛勤於蓬觀,下抱寅畏於寞階。溯厥天高水闊,鯨浪浮花;詢及風土人情,魚箋草起。金液披章,乙覽愛凌雲之筆;玉堂握管,寅恭頌化日之文。不雍雍乎中外咸和,君臣共樂也哉!

菊　酒　序　　　　　（國朝）陳步蟾

咸豐六年歲丙辰夏秋之交,天作淫雨。城之西南,地稱卑濕,水溢溝渠,泛衢巷者六七次。花木之根黄,少舒暢焉。

九月重陽前四日,飛廉震怒,拔木壞屋,鱗瓦紛飛,商旅爲之息市。菊之蓓蕾摧折而零落者,莫得而誰何也。

温陵種菊之家，若上峰王進士芳川、范志吳茂才克范者，素稱爛熳之圃，今歲寂如。獨南關内天妃殿後，比之去秋，倍加榮耀。此皆人力之調護，實家竹坡_{師海}孝廉之培植有方，故物亦報之彌至也。

竹坡處館授徒，治經之暇，即學治圃。察其燥濕，勤其扶持，得標佳色者二百餘種。庭之中畫十字，可兩人盡步往來，就而觀者如市，戒候門者勿阻焉。折柬招陳大尹毓書、_{琴船}。許比部祖涝、_{少山}。及黃君福潮、_{小海}。李君企文、_{古塘}。薛君戒庵、莊君紀雲、_{維韜}。王君昀、_{秋嵐}。李君時中_{劍亭}。諸孝廉及予與門人超功、遠汀、成均士設席命觴，縱談竟日。予曰："竹坡主人，清福也；吾輩尋香攬勝，眼福也。"

是日也，天氣晴和，樹聲寂静，佛堂鐘無聲，胸中塵慮如洗，澹如之趣，是人是菊，兩不自知。適有雙蝶栩栩然自花間來，群雀噪唧唧，集於花下。予將起呼人而逐之。時十月下旬四日。

十月焉得有蝶，是先君子誤記之也。六不肖國仕改正。

光緒十六年歲庚寅英國檳榔嶼波池滑重修福建全省公冢序
（國朝）鄭懷陔

金碗玉魚，腸斷冬青之曲；白楊衰草，心傷夜碧之燐。況乎七洲遠客，重譯孤魂，莫正狐邱，誰封馬鬣。迢遥故國，空瞻萬里於枌榆；凄愴夜臺，孰奠一盂之麥飯？

閲滄海桑田之變，切溝池道路之憂。爰有仁人，情深桑梓，建兹義冢，蔭滿松楸，波池滑冢。我閩人之客檳榔嶼所購，以周棺而公其同里也。

創自咸豐之代，規畫未周。迄今光緒之朝，荒蕪遞甚。於是募資修葺，蠲吉興工。拾其殘骸，無使暴露；芟其灌莽，無使蟠根。除舊亭之積穢，會葬可憩賓朋；化厃徑為康莊，祭掃盡容車馬。擇人守冢，器皿俱全。編籬為垣，牛羊勿踐。駕雙橋以通流水，春潮無泛濫之憂；植佳木以廣濃陰，夏暘有招凉之快。凡兹締構，具見周詳。復有羡餘，留為工款。

是役也，經始於丁亥年，告蕆於庚寅年，計用銀萬六千有奇。李君丕耀為之倡，而諸董贊其成。

夫西伯掩骼，能作游魂之主；文成瘞旅，同爲中土之人。今死者無非閩産，何妨聚魂魄以相依；而生者篤念鄉情，宜其獲鬼神之默報也。爰因友人郵寄，而樂爲之記，以垂不朽云。

豐州集稿卷八

跋

跋文公再游九日山詩卷　　　（宋）熊　禾

　　此淳熙乙巳，文公先生與休齋公諸賢游山唱酬集也。前三十年，紹興丙子，文公嘗游九日山，與竹隱傅公泛舟金溪，劇飲盡歡。歌楚辭，其音激烈悲壯。夷考其一時先生之志，其孰能測之？今集中懷古等作，乃其再至也。

　　余嘗同釣磯邱君歷覽遺迹，則懷古猶存。嘗語寺僧以先生前後游山詩刻，置堂中，並繪爲圖，使後之登攬者，想見一時風猷之懿，而寺無好事者，徒有感慨繫之。因思宇宙間無一物非道，則亦無一處非可樂。太山之登，沂水之浴，夫子豈好游乎！要其胸中自有樂地，故隨其所寓，自然景與心會，趣與理融，無不自適也。

　　兒童誦東坡《赤壁》前後賦，但覺有動心悦目之趣，而不能自已。夫水月之喻，豈不自以爲至而莫悟其然，元裳縞衣之夢，亦竟何所歸宿？要之，此等語見，蓋自陶、謝、王、柳以來，諸人所卑者，留連光景，直徇目前；高者怡曠神情，傲睨物表，千人一律，如是而已。視文公廬山紀行，南嶽唱和，與夫雲谷武夷題咏，竟何如哉？

　　嗟夫！漢唐諸儒不見，道其不識此樂，宜也。紹興丙子距今凡三百閱甲曆，企典型之無存，睹風景其如在，獨無慨然於其心者乎？

　　予來清源，與公四世孫與義過從甚稔。與義學明行修，克世其業，與予有再游之約，而未克遂。敬題其末，以識高山景行之思云爾。

跋日新録　　　（國朝）洪世澤

　　吾鄉梁君立齋，自幼穎異，不爲世俗之學。曩余嘗一接之於舟次，色温而氣峻,言談動作,必於儒者,蓋可謂不苟之士,有志於古之學者也。

惜乎天不永厥年,而未及見其成。然觀其遺書,察其生平,所以自策勵,與其發明先儒之旨者,刻切奮勵,使人感興,益信其爲卓然有志之士而非世俗所可及也。因書數語於其後,既以自勉,且以告同鄉之有志者。

乾隆丙寅孟春既望,同邑洪世澤書於英山學舍。

跋立齋梁先生日新録　　（國朝）柯菁莪

笑檢飭爲迂腐,指正論爲蔀障,意見各殊焉。有人之見,存志之立,難矣;知之致遠矣,勵功修以協之道,抑又難矣。

先生卓然自奮,淑心以四德,曰:敬、義、正、固;治家以四禮,曰:冠、婚、喪、祭。涵濡邃密凝萃者,静而遠;持履精詳操守者,確而堅。每以所著察印之宋五子之書,以及薛、胡之緒論,由後溯前,因分求合。匪徒知之,必勉行之;匪徒不苦於煩難,且深有企於精熟。或且以能事能勞,盡哀盡禮,來矯拂拘固之譏。而大本所存,設誠致行,無敢懈也,而餘此之刻勵可知矣。

南軒義利之辨,鵝湖心性之幾,枯寂之異趣,功利之殊習,自其髫年固以勤勤懇懇,判黑白,析疑似焉。發穎悟於簡編,凜欺慊於幽獨,證聖凡於幾微,獲梯航於前哲,曾無日而不惕省者乎!

偶有著述,貫穿經史,可增文苑之光,非其生平之大端也。享年不永,而可以壽世者自永,不朽之盛事在人不在天,諒哉!

門人柯菁莪頓首拜跋。

跋採芝圖　　（國朝）王玉書

香圃年大兄,生閥閱之家,靈根夙具;敦倫常之誼,懿行可風。崇儉黜華,不苟同於流俗;急公尚義,時裹助夫餉輸。除花會以正民風,衛桑邦而籌練費。剪荆除棘,安危繫於城池;輓粟飛芻,窮餓蘇於蒼赤。信遠孚於郊野,鬥息觸蠻;心尤切夫解推,澤周涸鮒。體上天好生之德,堂議達乎育嬰;憫斯人行路之艱,力還勤於治道。濟人惠大,修數百丈之長橋;築室謀臧,復百千年之古迹。揚表閨門苦節,採訪必周;遐稽志乘遺編,搜羅無失。凡茲盛舉,幾於美不勝收。景彼高風,洵爲世所罕見者矣。

予於癸丑,始挹蘭芬。越在丙辰,奉題芝照。自慚俚句,徒摭浮詞,蓋其時但服寄意之高,猶未悉制行之卓也。及今久居鄉里,互證見聞。君實果是端人,宜稱名於婦孺;彥方真爲長者,共薰德而善良。則景仰芳型,曷禁心爲藏而心爲寫;道揚盛德,猶是美斯愛而愛斯傳云爾。

同治癸亥二月初吉,弟王玉書識。

跋桐陰吟榭詩甲編　　　（國朝）黃梧陽

桐陰吟榭者,數年來同人吟集,多在刺桐城西,遂以榭。榭中所得七言絕句三百餘首。鬥捷催吟間,有未盡研煉,姑志墨緣,具錄如右。各人存詩多寡懸殊,由其所作有疏數,非甄錄時有所軒輊也。近謀付梓,俾余手抄。既成,並識如此。同治甲子花朝。

跋金荚揚言侯官楊浚撰。　　　（國朝）陳步蟾

盥誦全函上部,則殫見洽聞,元元本本。漢儒之箋經,參法家之講律。下部則握珠截玉,炳炳琅琅,推一時之豪杰,拓萬古之心胸,具此作才,直以救世婆心,兼摩天巨手,爲文昌覺世經,爲吏部驚天集。此陳思王之綉虎,非玉谿生之祭魚也。在鄉國可爲善士,在殿陛定是名臣,安得不瓣香頂禮!

跋金荚揚言　　　（國朝）陳國試

敬讀十三作,如游武夷諸峰,曲曲入勝;如觀河漢交匯,滾滾然來。是能以六籍之笙簧,從一心之規矩也。自班孟堅、張平子、左太沖而後,世罕有傑作,當今安得不以此事推袁?

記（一）

姜秦二公祠記　　　　　（宋）趙令衿

泉爲郡，界閩海之陬。唐都長安，距泉五千餘里，聞人勝士罕有至者。

貞元末，丞相姜公輔以直諫忤旨，始謫爲泉州別駕。先時隱君秦系居南安九日山，晦影收光，不事夸耀，姜從之游。姜既歿，秦爲葬山下。姜嘗料朱泚必叛，張鎰必敗，遂相帝以濟奉天之難。秦以詩名，權德輿嘗云："劉長卿自以爲五言長城，秦用偏師攻之。"二公皆唐偉人，名在簡策，邦人景慕之若山斗焉。姜之墳號曰"姜相峰"，秦之故居榜曰"秦君亭"，而又命其山之巔爲"高士峰"，以示後人，使仰其高躅而不忘也。

令衿假守茲土，初見吏民，時訪遺迹。幕有鄭丙者，博學能飾以吏事，因爲之言："今亭、墳俱存，而祠獨缺焉，非懷古尚賢之意。"於是悠然慨嘆，作堂宇於延福寺之東，以奉祀事，俾來者永其香火而不墜，且爲之銘，庶幾百歲之下，聞者竦躍而興起也。銘曰：

鱗攖神龍，蹇蹇匪躬，姜相之忠；塵視公卿，惟義是榮，秦君之清。懷哉二魂，作於九原，英風如存。

泉州大成殿記　　　　　（宋）洪天錫

天下萬形皆囿於數，惟形而上者非數所能囿，故巨浸不能汩五行之倫，烈焰不能燔六經之理，此夫子之道所以超衆有而獨存，閱萬變而亡弊也。

旃蒙赤奮若之歲冬十月辛巳，泉州大成殿火，宗正行守事趙侯希侘以兵救止，故學不毀。申旦率僚佐及有位於學者，臨夫子之庭三，提學使者移問火故。校官林起東、黃以謙震悸承命，郡帑素枵，侯悉少府用度，輟師生餐錢，命別駕虞會元、幕史霆聲莅其事。大漕寄公各致助。里之喜於義者，願受役焉。

明年六月甲子，禮殿告成，用舍菔禮釁廟。重檐四阿，視舊加壯，塑繪就章，各按儀式。先儒從祀,一如穆陵詔事。竣事,二校官以侯命來謁曰:"典教亡狀,貽禍聖師,無所逃戾。兹幸而濟,未知能自贖不?記事之成,敢重奉以請。"

予謝曰:"此童子時所咏歸也,雖老且病,曷敢曰不可?《春秋》書新宫災,而新宫成不書,今書《春秋》意與?"二君固謝曰:"謹知罪也,顧微以復侯命。"予不得謝,乃曰:"俟命辱矣。"紫陽夫子,侯之外王父也,文獻在焉。朱子嘗議白鹿禮殿,欲按開元禮臨祭設位,不果。欲改跪坐,又不果。豈像於古未有,而禮以義起,亦莫之敢廢與?我朝通祀之典所以度越前古,非但門二十四戟,冕十有二旒,錫之鎮圭,扁以宸翰而已。列聖以儒立國,諸老以道覺民。緯義經仁,祖性宗命,億萬斯年,賴此一脉。學宫像設,特以收斂人心之敬。夫子之道,豈依形而立哉?

嘗聞至人入火不熱,是雖寓言,可以喻道。善學者能於温厲恭安而得夫子之氣象,於踧躇襜翼而得夫子之步趨,於鑽仰瞻忽而得夫子之傳文約禮,於及門歷階、升堂入室而得夫子之宗廟百官,道在人心,火固不能熱也。特患人心不火而熱,如朱子所憂爾。内愧束緼也,外誘抱薪也,吾爲此懼。二君幸以復侯,倘以爲然,願與承學交相儆焉。侯方築精舍祠紫陽,尊師重道,不以乏辭。蓋政出於學,故知所先後云。

咸淳二年六月朔旦,朝請大夫洪天錫記。

重修南安縣學記宣德二年　（明）陳叔剛福州人

泉爲八閩大郡,而南安連郡治最近,號稱劇邑。治平垂六十餘年,深仁厚澤之所甄陶者,百里之間,弦誦相聞,英才之出而效用於時,既彬彬而其廟與學相沿宋元舊址,湫溢仄陋,規模未備。矧自締構以來,閲歲滋久,棟宇撓敗,赤白漫漶,日就傾圮。宣德二年,臨海包君原明,以進士乙榜來職教諭事。顧瞻庭宇,惕然於中,鋭以重建爲己任。

是年冬,謀諸郡經歷麻城黄君友忠,爲建欞星門、學官廨宇,並崇垣墉,甃街道。明年冬,知縣新會余君慶,又爲購旁近地,以廣泮池射圃,作亭圃中,而孔殿工費夥繁,卒難具舉。

越三年爲六年,適通判山東朱侯旭,才足以任事,與教諭並志一慮,首輟俸資爲倡。而縣丞四明張君尹剛、主簿李君祖、訓導韓君勸,皆協謀助資。至鄉之耆老,邑之士族黃逵、黃光生諸人,亦捐財勸相匪懈,市材以直,僦工以資,而絲毫不以厲民。

經始於六年冬十二月,明年夏五月殿成。以間計者五,高五丈二尺,深亦如之,廣六丈四尺餘。宏壯顯敞,丹彩焜耀,而穹門邃廡,夷庭峻級,堅致華麗,或倍於曩昔。聖像中嚴,配侑就列,師生有所,而學與廟次第聿新。

落成之明年,教諭君走書三山,屬叔剛記其歲月。聞之廟學之建所以廣教育而新士習也,邑士子群居聚講於斯,執籩豆駿奔走於斯,仰瞻宫墙而俯服謨訓,將何以仰報聖朝造育之仁,與酬良有司賢師範作新之勤也哉!

《魯頌》之詩又曰:"濟濟多士,克廣德心。"叔剛不佞,庸因屬記,並書此以爲諸士子勸。

邑志此記不載。又有正統十年重修,汪公諱凱立記,當不知學中尚有碑否。府志載其碑記,有節略之,暫俟他日查之。當年修邑志甚爲草率至極。

追布金廢院田地充爲泉州府學田記 (明)黃河清

士之學也,以其學養天下之才也;士之仕也,以其才易天下之養也。士能以其才易天下之養,亦能以其才還養乎天下也,士能還養乎天下而不知所以預養之以人事君者之責也。士無所於養而能力,惟顔子能之,端木、冉季之徒亦或有借於養以資其學者矣。第今養士之法,朝有定制。制外之需,民有定業,欲周其養以廣其澤,固竭心思者之所難覆也。

正德丙子,御史胡公按泉時,有以布金廢院田地爲請者,公遂責其租入以贍邦之增廣生員。既而尼於淄流之訛言,僉憲潘公檄其實以上於御史程公,又閫郡士而均惠之。教授林君瓚喜士之養溢於常供之外,而教澤之易溥也,命周生濂輩謁記於河清。河清曰:"是舉也,宜記也。"不勞之功,不費之惠,君子之政也。君子之政,泉士蒙之,泉士之幸也。百千年官政之數也。泉之宅田半爲淄流所據,群然坐食民力之入以侈於鄉邑,而朝弦暮誦,身徇君父者,水飲蔬食,日不暇給,豈人情哉?布金之貲,淄流所據中千百之一耳。

七邑之士猶郡士也,嗣今得無歸七邑之田者乎?誠有之,則數盈而聖人之學興,士將繩繩然以其才易天下之養而還養乎天下,亦豈俯然受若養,事若事於一家一邦也哉!諸公之功,功於一時而烜於萬世,碑而功之可後耶?郡守葛公碑於學宮,又命訓導余淮來速記,遂燃燈記之。若公之所以爲功者,人亦將碑而功矣。

公名恒,錫山人;胡公,山陰人;程公、潘公,俱徽人。院之田地凡二百畝有奇,稅十二石有奇。

泉郡博胡時軒先生修學記　　（明）黃河清

泉郡學甲於天下,蓋極其規,盡其制,備夫天下之所未備,前人遞修之,所以侈具瞻,示景行而崇化本者,至矣。因仍歲久,勢且就圮。正德戊寅,錫山葛公志貞,來守是邦,周遭學宮,嘆曰:"大哉宮乎!吾弗忍弗續前人之烈,以沒泉郡之勝也,其將圖之。"

越明年己卯,墊江胡君道明來教是邦。公覘其才具,曰:"是與可共圖者。"乃合生儒白於臺察於藩臬,搜剔祠宇之弗應祀典者,悉毀之。掄材爲材,直地爲直,經度出納,率委重於君。君日與生儒談理道,論正體,若弗剸於事事者。

閱數月,告大成殿新;又數月,兩廡過泮橋及肖像新;又數月,告明倫堂,告戟門、皋門,告齋序號舍,告賢守、名宦、鄉先生祠新。間凡前人之告,時宜損益者又遞詳而備。竹苞松茂,金輝玉映,所謂甲於天下者,至是益侈於齊、魯、燕、秦、吳、楚之區矣。

子產相鄭伯,如晉,欲崇大諸侯之館,至數百言。君子謂子產有辭,諸侯賴之。夫諸侯之聘會弗時,猶欲崇而安之,況賢聖妥靈,生儒藏修之地哉?使子產而當此會,其所以大公之功與君之盛美,不知又幾數百言也。

河清嘗訪君時軒，坐少間，君拉予遍觀，目力所至，酬應不暇，耳吾伊聲若武城然，私喜曰："泉之人士所以甲天下者，其肇兹乎！"晉文能大諸侯之館，猶足以霸其國。今日之所以昌人文而運化機，固王天下者之所宜先也。況聖明更化之初，泉士之鼓舞彙征，又適逢其會者乎！他日學以人勝，人以學勝，公與君之功，世載學宮可乎？公之功，中丞林公紀之；君之功，泉之大夫士謂吾職太常氏宜紀也，隨紀之。

嘉靖改元，歲在壬午仲夏吉旦，賜進士、中憲大夫、太常少卿南安黃河清撰文。

重修晉江縣學記　　（明）黃河清

正德己卯歲春正月，重修晉江縣學成。以成來告，請書之，大復古也。復而大之，大其事也。

先是，學之徙置弗常。洪武改元，始定於今縣治之東，僅再修於正統之乙丑。嗣是浸以敝圮，中更守若令，若倅貳、丞尉，若師儒，率仍之然，待代以去。歲辛未，教諭朱君文簡來，蹙然曰："士有家弗可弗飾，矧廟宇弗治，尚忍言哉？"乃與司訓黃君兖、霍君球議借力焉。適郡守李侯銳、向侯一陽、節推熊侯一中，相繼役事。工就，修治者甫十之一爾。既而無錫葛侯來，核其事，慨然曰："終事吾責也。"乃經費度力，以次修舉。又拓所未備，規制貌像，焕然改觀。多師多士之氣，皆鼓舞興起。

河清再拜，揚言曰："士之為學，豈待於官之修學哉？今官必修學以居夫士，俾為士者，必於是乎學焉，專之也。專之，責之也；責之，厚之也。上之也專之、責之、厚之者如是，士之所以自責自厚者，何如耶？故居學而不為學者，自荒也；為學而不知所以學，自薄也。所以學何學也，正學也，即所謂道也。道全德備之賢，固未敢望人以遽至。七十之徒之學之得於師授者，漢人得之鳴於漢，唐人得之鳴於唐。至宋則闡其秘，廣其義，完其正，而大鳴焉，其容有赫儼於廟庭可稽也。稽其人，論其世，以淑諸身而見於用，則今日居學者學以天下，修學者功以天下，書而大之，非勸功也。功之興，衆和會之；功之成，吾侯葛專力焉。"

成之序，堂先之，次兩齋，次欞星、大成、集英三門，又次廟階、兩廡，又次晦翁祠及倉庖廨舍。成之費出官之羨餘，與地稅以没入於官者。相成之費則沈令松、陳丞叙，董成之役則主簿者徐瓚，代襄事者唐臣與生員留志及陳恒檢、黄鷔，皆宜附書，故備書之。備書大書之後，又宜特書，則吾侯葛與吾友朱也。葛多善政，朱善教，蓋得所學而鳴者。

葛名恒，知府；朱名文簡，教諭；霍名球，訓導。

南安始城記　　　　　（明）林希元

昔者聖王之治民也，爲之安養以濟其生，爲之教化以容其性，爲之禁令以防其淫，然後道德一，風俗同，災害不作，禍亂不生，雖無城郭而守固。不幸寇盗交侵，奸宄並作，民無保障，則城郭之築，又不在所後。

南安自唐久視。元年於郡西北别置武榮州，復蒙南安之名，於今千有餘年，無城郭而守者，世在承平也。

自倭寇昌熾，而築城之議始起。時則巡撫都御史阮公、巡按御史吉公也，以其事責之分巡盛公。或者以官帑方虛，議移縣治於府城。若爾則南安舊地荒爲盗區，衣冠仕族富室千餘家置之何所？識者固知其不可矣，而縣官觀望，遂閣而莫舉。及縣治火，縣官去，分巡萬公加意程督。縣尹夏侯至，始自以爲功。縣官之觀望者，蓋錢糧之難料量，經界之難疆理，版鍤之難安植，匠作之難驅馭，夫役之難徵發，非知無以慮事，非力無以任重，非公無以服衆，於是見侯之才矣。南安有城實自侯始。

且其地居晉江上游，穀粟竹木薪炭之財，羽毛之利，永、德二溪浮於南安，下金溪橋，輸泉城，波及永寧、福全諸衛所，皆出自南安，則南安其咽喉也。南安不守，則咽喉塞，府城以下皆困。故南安之城最當要害，侯之功於是爲大。侯於是城也，寢食不安，日臨諸匠而敦督之，一寸一尺不容苟簡，故功集而完美。

相其役者，縣丞焦蕃、主簿陳鵬；監其工者，鄉官知縣黄源、傅陽明，教諭蘇民望、黄秀也。源尤當事,功多於城。

經始於嘉靖己未秋九月,越辛酉夏而功告成。城高二丈二尺,周圍七百七十六丈,計費白金五千五百七十九兩。垛子一千二十一,計費白金五百二十四兩。城門四,東曰"熙和",南曰"文明",西曰"平成",北曰"拱華"。門各起樓,以樓門者。周圍窩鋪若干座,以樓邏者。其經費出自晉、同、惠、永、德、南之提編,與其邑之丁糧。黃源等與諸士夫述其本末,請余記。

夫朔方之城,以命南仲;東方之城,以命仲山甫,詩人美之。城緣陵,城楚邱,齊桓之功,《春秋》書之。侯之城南安,何以異,是故爲之記。侯諱汝礪,字維金,廣右融縣人也。尹南安多德政,士民別有祠堂記,茲記城故不備。

重修南安縣秩壇廟記　　　（明）王慎中

南安唐侯爲政之期年,補助興廢,既有以助民之急,使樂其生,然後教之以親睦收恤之義,服習戒令,蚤避而鮮犯,邑以靜治。乃始用其力於所可勞,而社稷、山川、城隍之祀,以次修舉。棲主之壇,安像之廟,繚壇之墻,翼廟之室,木堅石密,崇碩壯麗,與夫齋舍庖區,各得其所,如新作然。而器服之有事於祀者,考之法式,無有不備。其財之所出,而民相勸樂輸,期以集事而止,數入,不待會而足,各執其役,以赴所事,嚴侯之命,如嚴於神。訖事之集,侯未嘗少見聲色。既成,相與鼓舞、歌咏以樂之,莫有以爲病己者。

方未事之初,侯以朔望之謁春秋之祠。有事壇廟,肅恭蠲潔,介神之聽。顧其傾壞剥蝕,蓋慨然有意矣。益究度其所以勤於民者,至於期年,而後知其時之可也。茲役之舉,果以不勞而成。侯復有事於神,牲肥酒清,苾芬通徹。登降奠獻,始卒有容。肅潔之誠,有加於初。神益顧饗,靈貺昭答。民來瞻視,嘆慕悅喜。祥氣休曥,疵癘不作。侯懼後之廢其事,而卒無以相民也,乃來請記。

夫祭之爲義深且遠矣。其最著而易知者,爲民而已。有水患之遭,則社稷可得而變,順成之年,蠟始通焉,此其易知較然者也。民之所求乎上,不越憂樂欲惡之端，而憂樂欲惡生於安危得失之際。先王圖民之所以安，爲之聚其所，必得其始，必在於居與食。

彼有欲、惡之情，起於微，則祝慕歡嚮以迓其來，嘻嗟咈懥以送其去，亦理之必然者也。而彼不可使之明者，民也，故立之祭焉。使其望之而不能知之，表而常冀之於可有獲之間，而祝慕歡嚮，嘻嗟咈懥之情有所寄，而無淫越壅閼之患。此其明之之術，而所謂鼓之舞之之教也。天子以命諸侯，諸侯以自建其國，未有廢此者。然君之所以致力於民，則有政矣。取予、斂散、勸董、誅賞，所以與民從事，皆肴於社稷，核於山川，以爲降其施設，出於仁義之盡，而感通動於精誠之極。玉石之沉燎，血毛之鑱瘞，猶其文之所爲享，而非義之所存也。至於風霆霜露迭出而有節，暘雨寒燠之行不失其時，以相民出作入息，寒衣饑食之求，無弗得所樂而不逢其殃，則以爲神之所爲，而不知其政之出於仁義，有以導播嘉祉，禳却乖凶，其始肴之而降者，終執其權以助其能。彼不可明者，徒以爲神之所爲也。

民之所以與神交，有祈，有報，以奉歲事之常，滿其祝慕歡響之欲，而雩禜檜禳之禮，雖設其名，具其儀以待，將以宣其嘻嗟咈懥之情，爲之求去其所惡，而卒無所用之，是政之所爲貴，上之所以得尊於民，而君子所以藏身者也。

昔之學於孔子之門者，蓋講之矣，曰：“有民人焉，有社稷焉。”他日復以事鬼神爲問。嗟夫！是猶未免惑於幽明，舍其所以治人而謂有可事之鬼神，則所事者，將在乎玉帛血毛之物，齋沐薦撤之節，而取予、斂散、勸董、誅賞之施於民，以爲有司之法而已。果如此，則所以治人而辨且嚴，蓋府史之能，其齋祓祗敬之接於神明，何以異乎祝巫之所執？蓋其義失而教存，則賢者不免於惑，而況於禮樂廢缺，其數既失之後？

吏不學道，雖有土有民，卒無善治，民亦不可得而使。而唐侯獨能奮於今日，其出於政者，未嘗不貫乎禮；而致於祀者，未嘗不通乎事，侯其學道者歟！故予樂爲之記，且使繼侯而來者有窹而不惑，勤民而不爲府史之政，敬鬼神而不爲祝巫之禮，而民之永有相也，其亦侯之意也歟！

重修南安縣廟學記　　　（明）黃養蒙

南安學宮，舊在邑治之東。宋紹興中，邑令劉孔修改於邑之三都。元至正中，令李宗閔復遷於邑之東址。既而以廟學逼尉司，仍復於今地，國朝因之。嘉靖乙酉，邑令顏侯，恢辟舊基，改作新廟。壬寅，節推葉公奉令建啓聖公祠於廟左；己酉，邑令唐侯改築雲泮橋，翼以毓俊、應奎二坊，中鑿泮池以匯江潮，邑學遂爲大觀。戊午己未，倭寇煽亂，民居盡毀，惟學宮巍然獨存，蓋異數云。

是時學宮寄寓郭內，灑掃弗常，廢墜益甚。甘侯來令茲土，乃周視學宮，喟然太息，以爲廟貌弗肅，神人異處，精神氣脉之罔乎，非所以妥靈而育士也。乃調度用費，課工擇材，於是廟宇煥然一新。官有廬宿，士有肄業，克復舊觀，師生董因來請文以記其成。

竊聞之，學也者，所以學乎其心也。心者，人之所同具，而常患於不自知。先王詩書禮樂之教，能順而達之，非能強其所本無也。士生其時，周旋揖讓於詩書禮樂，不離乎日用躬行，而自得其道德性命之實，其論而選之也，足爲天下國家之用，而未及用者，亦無躁進競取之嫌。流風所被，雖衰季之俗，猶有先王教化之遺意焉。噫，何其盛也！

三代以降，漢人講經術，崇師門，數傳不變。若董仲舒之《春秋》，京房之《易》，伏生之《書》，王式之《詩》，終身立朝議論奏對，不出乎一經之中，而取予進退，率能自度於禮義。其風節猶足以懾奸雄而奪之氣，安可以其訓詁牽滯而少之也？

至宋諸儒發揮義理之精微，窮極道德之根本。語學術則卑游、夏，論治功則陋漢、唐，似乎其過之矣。然考其所樹立，多後於漢，而事功更不逮者，何也？毋乃利祿之途既啓，則得失之患已深；議論之功日勝，則躬行之實益微。故天下國家未有以收士之實用，而當時之好議論者，亦未見有以用乎天下國家也。夫虞廷之告戒，"精一"之外無數語，而所交警者，惟水、土、工、虞、百穀之事，寇賊奸宄之憂而已。即孔門之教，性與天道則罕言之，所言者惟孝、弟、忠、信，居處，執事、子臣、弟友之道，豈不以百工庶績，固"精一"之所寓，而庸言庸行即性道之所存歟？

今之工文詞以取科第者，既不止於漢人訓詁之陋，而高明者則又剽竊宋儒之緒論，以附於道德性命之微。夫道德性命之微，皆發明其所自來，使人歸宿於實用。今者躬行、講説，歧爲兩途，不能忘情於富貴利害之際，而欲自附於道德性命之微。此其用心，毋乃與學者綈章繪句以鈎取利禄者等耳。且道德始於愚夫愚婦之可知，而極於聖人之所不能盡。今必求工於聖人之所未言，而所行未有以服匹夫匹婦之心，烏在其發明夫子之道哉！甚者欲廢舉業而言道德，立己見而夸獨得，所言者非其所用，好名之士靡然從之，使言之而是也，已非夫子從周之意，而況乎其未必然也。

故六經之訓具在，而諸儒之説已詳，有志之士不患乎言之不精，惟患乎行之不力，誠使因所讀之書，反求其所言之理，守所習之業，以究其所施之用。爲子言孝，爲臣言忠；在官言政，在士言學。内不欺於吾心，外不欺於其人，則所謂道不遠人，親親長長而天下平者，在是矣。若夫紛紛於異同之辨，汲汲於功名之途，則非所願聞也。今邑侯之汲汲於修學宫而勿敢後也，夫豈無意歟！

是舉也，費凡百有餘金，出於公帑之羡，罰贖之鍰，而佐以書生之義，助役附廟，民工數以百計。堅致牢實，視昔倍之，皆甘侯克成厥終之功也。

侯姓甘，名宫，江西餘干人，鄉進士。在官修廢舉墜，績多，别記。

南安新城記　　　（明）黄養蒙

凡郡邑之有城池，所以宿兵、守禦、防宄，古之制也。顧承平之世視爲迂緩，而識治者每先之。

南安舊爲武榮州，後改爲邑，以隸郡。郡之屬惟南安居上游，爲郡襟喉地，最重而要。當元至正間以罹兵火，僑寓郡治，嘗一議築城而罷。明興，垂二百年，又嘗屢議之而又罷。蓋自先朝以來，休養日久，民生不見兵革，故議者咸以是爲過計。嘉靖戊午歲，倭人犯且急，先令涂侯光裕申議舉行，未就。會賊破縣，民居蕩毀，於是天子震怒，易置守土之臣。涂侯以謫去，而廣右夏侯汝礪自通城簡來代侯，至，憮然曰："城固當築，雖勞民亦佚道也。"乃力請於上官，咸然之。

於是度地正方，程工計費。維時兵事方興，公私告匱，首請發公帑之羨，約得金七千有奇，而復以闔邑之丁田與稅地之金濟之。群材胥具，衆工畢集。侯乃躬率士民，祗告於神曰："汝礪承簡命守兹土，夙夜為民祗懼，肇建斯城，有敢徇私者，神其殛之。"又合士民諭之曰："余為南安，用圖永逸。凡諸勞費，非為若厲。所不與同心者，衆共棄之。"復申飭於衆曰："惟兹大事，盡慎厥初。惟石必巨，惟土必固，惟基必深，乃庶其無後悔。"於是執役之徒受命，罔敢不恪。

經始於嘉靖己未秋七月，以辛酉四月告成。其垣墉之堅厚完固，皆足以垂不拔；而臺閫雉堞之峻，棟宇扉闌之崇，又皆煥然華麗，重威肅觀。下逮城壕、馬路、堤岸、橋樑與夫防禦之具，莫不綜理經畫，曲得其宜。蓋自是南人樂胼褣之庇，而百世享金湯之利矣。

余嘗綜其始終，以為侯之功，其不磨者三，而其難有四。始邑遭倭患，民庶流移，井里蕭條。自侯城成而民還故業，世享其利，是功在南邑一也。邑距郡十里，凡薪蒸粟米之費，郡所取給諸邑者，皆由南安而達。自侯城成，諸邑通道，郡無咽喉之患，賊亦不敢西向而窺伺，是功在郡城二也。永春、安溪、德化，皆僻介萬山，賊至則群竄郡城，人多積少，其勢易困而難久。自侯城成，可以捍蔽諸邑，賊有腹背之虞，則不敢越我而攻，是功在鄰邑三也。

然當侯之始事，民多不便，或則謂邑多水患，兹舉必罔功，是其為說善能惑人，若是者難。郡惟晉江附郭，諸需皆晉出，而利於協濟者則欲入邑於郡，曰：是可與晉并力固守，且多省費。於時一和群咻，而持議者方盛其氣，力以相攖，若是者難。遭時詘乏，大工遽興，急之則胥怨以讒，而參以不與者之心，則其說易行而讒易入，若是者難。興事之初，不免壞室廬，毀田地，存此傷彼，則不無不平之憾，而怨謗由生，若是者難。

夫侯履孤危之沖，際衆難之會，使其心少一疑阻，未有不為其所怵而奪者，而侯獨斷然爲之，從容周悉，竟以成功，豈非卓爾有立者哉！

侯既擢守福寧，邑之士民相與建碑以頌侯德，而以記來請。余因備列其始終之端，以付諸石，使人知侯所以成功者，其難如此。

侯姓夏，諱汝礪，鄉進士，廣西融縣人。

南安重修儒學記　　　　（明）傅夏器

學校之關天下也，詎不稱盛典哉！唐宋來，郡縣始各有學，有廟貌，以致尊崇；有明倫堂，以萃英俊，師生瞻依，講習其中。

南安儒學在邑治城東郭外，黃龍江之灣、潘山之陽、朋山之原，村落聯繞，靡防禦。嘉靖辛酉、壬戌之亂，倭第憑陵，震蕩我城郭，掠毀我邑廬。黌宮徼有天幸，無煨盡。惟是歲月之侵淫風雨，棟倚趾顛，是咨博士傍講，諸生廢業，不振甚矣。

知府朱公炳如，雅意作興，署縣事、同知丁公一中謀修飭，未舉也。邱侯凌霄以鄉進士知縣事而來，慨然以爲任，乃鳩材敦匠，董甚勤；而學博樊棋，亦宣竭心力，各捐俸以助。經始於隆慶某年某月，襄事於某年某月。瞻依之地，聚講之堂，煥然新矣。

公凌霄乃立諸生論之曰："學校弗修，責在有司。學之不講，德之不修，則惡乎責。古者設爲庠序學校以教，非責諸生以修德講學邪？學以明道，道在彝倫，而君臣之義事，尤處其繁。觀《洪範》所陳彝倫之叙與斁。凡百政事，布滿宇宙，敷錫謀猷者，孰非彝倫？凡倫之以協而叙，以僻而斁者，孰非皇極之用，以盡其義於君？臣五行、五事弗叙，不可以用極而事君。八政五紀三德弗叙，不可以用極而事君。徵疑福極弗叙，不可以用極而事君。君臣之義，講明而攸叙之，以聖人爲瞻依，以稽古爲實務，明經則標的端，習史則變故審，詩書說則嗜欲淺，禮樂敦則中和生，好善善惡惡之念焉而實，忿慾好樂、憂患恐懼之發焉而平，親愛畏敬、哀矜賤惡傲惰之偏焉而正，老老長長幼幼之施焉而擴，興孝興弟不倍之化焉而成，是諸子之修身叙倫以事君也。吾有司毷毷之忠，庶萬一塞乎？若徒嚆矢是僥,弁髦是棄。又其矯者,不師古而師心,言空言元以資清談樹風度,塗羹塵戴,繪土綉木,措之天下國家一無所用,亡寧上以土苴置,即諸士且譏而肴之責之,謂何是非建學之意也。"

於是諸生唯唯,與學博某等述侯教於夏器也,因援筆而爲之記。

侯凌霄,廣之雷陽人。

重修南安城隍廟記　　　　（明）傅夏器

邑有城隍,其神佐官司安治百姓,天所司也。以幽佐明,以隱助顯,春生開陽,秋殺閉陰,俾無縱泄夭閼,爲生靈菑,民於是乎事之如官長。水潦旱熯,於是乎禱之;螟蝗癘疫,於是乎禳之;善惡辜戾,於是乎鑒之。夫既已事神矣,得無廟貌重乎?既已重廟貌矣,得無時修乎?

南安邑治已舊,而城隍之有廟,則在邑治東偏,其來亦已舊,迭興迭廢,已難具舉。唐公愛宰邑時嘗修之。中築堂陛,旁列六房,儼如官司聽治,崇等級,列橡曹,以與下民從事。未幾,倭寇艾我邑,廬廟雖幸不毀,而殘破已甚。邱公凌霄莅任之二年,政治人和,乃慨然嘆曰:"廟宇之不修,勢且日就圮。有神不能事,其焉能治人?然兵興餉急,將安所取辦!"於是捐俸以爲倡,而僚屬百姓皆承公德意,欣欣然子來共成也。

乃飾前堂宇以聳外觀,乃廣後堂署以邃內居。棟樑楹桷代其腐者,瓦甓磚石易其燬者,丹堊垩青新其墁者。像之金碧,望若瓊瑶;貌之威嚴,嶷若干戚;旁之邏卒,森若橡曹,蓋規制乃備而一新也。

既訖工,衆歸公功,索記於余。余惟古之君子勞於民治,惟日不足,明之而制政,幽之而禱神,蓋宣化明教之和,明罰敕法之嚴,斂賦處役之均,興利防患之勤,雖日孜孜,而大水大旱之變,大疫大祲之災,盜賊兵戈之劫數,寒暑晦明之淫戾,猶戚戚然爲民憂,求諸己而不足,復於神乎是求,詎非惟日不足盛心哉?

公之斯舉也,其心惟不足也。公明察而有威,清惠而有節,不苟媚,不詭隨,可以事神矣。敬爲公記。至於神效其靈,民盈其福,明公之政,與神同永。余雖不佞,尚能爲公記之。

重修秦君亭記　　　　　（明）鄭維岳

　　名山勝境,閱游人多,然出於良牧、賢君子之迹,則地乃以人重,貌名不廢,如柳子厚之西山,歐陽子之醉翁亭是也。夫是特以施之玩賞間,而人猶名之至今,矧其興感甚巨,不在煙霞泉石以娛目暢志者也。

　　武榮邑治之西有九日山,其下爲延福寺,祝聖壇在焉。對峙爲報親寺,金溪橫其中,舊有橋爲金溪橋。橋久毀,屹然中流棋而布者,故址也。九日山之上,一名高士峰,由延福寺之陰躡數百級而上爲秦君亭。亭西迤邐數武,折北十餘級而上爲石佛巖。巖前爲一眺石,有二古榕籠其上。自亭經巖前至一眺石,地皆坦平,跨山之頂,前無遮塞。凡遠近諸峰,大小溪流,無不俯伏拱揖,紆縈屈曲,以逞技獻巧於前,洵奇觀也。自古名賢多游詠刻石者。

　　高士即秦君也。秦君名系,字公緒,會稽人。征辟不就,避難剡川,徙隱於此,後人馨慕其賢,以名峰而爲亭。亭已圮,殘甓斷堵,既没豐草。

　　安溪蔣侯者蒞武榮之四年,四方既輯,百廢俱舉。嘗移縣之譙樓,更新南堞,拓縣治左右二街,拱合內門而於署後積土爲山,以負屏之。已而修學、修倉、修延福寺、報親寺。延福寺既修,而祝聖有所。侯便道從寅僚,捫藤踏苔至秦君亭,慨然興慕,求所謂"穴石爲硯注《老子》"之處,相與道大曆、建中間薛兼訓奏薦倉曹參軍故事,謂有名賢遺迹,湮鬱不章,吾之過也。擇日鳩工,咄嗟而成。蓋蔣侯於茲,凡興十役矣。自蒞政以來,廑身爲民,無少休暇。凡廩祿贖鍰之贏,不以賑饑,則以興墜,絕不入私囊。

　　亭成,復集寅僚陟游,俯瞰大江,嘆民往來病涉,見橋故址屹然,問興廢所由。故老盛稱:茲橋乃泉州天關,西障一路,昔人相傳有金鷄之讖,其關係甚大。毀後經多良牧營度,竟以動費不貲,計無所出而止。蔣侯乃起而曰:"在昔以一叟平太行、王屋,而漢陰無壟斷,顧事可以興與否耳,何難一橋乎!"於是不旬日而畚鍤動矣。偉哉!百年缺功,乃待今侯,蓋天數適然兆於茲亭也。

鄭維岳曰："謝康樂豈不壯游乎？疲民自快，民亦病之。若夫西山、醉翁二君子者，皆以功澤及民，時一眷焉，以節其戴星之勞，民則忻忻然願之。然亭之建也，亦自爲游觀地。乃若建不以游觀，而以景行仰止。明景仰之游，興感大慈，垂規百世，尤其勝者也。由二君子觀之，游能使地重，矧茲關係且十此者乎，是烏可以不記？"

侯姓蔣，名如京，號宏溪，直隸武進人。亭之建爲萬曆癸巳年仲冬朔日。

洪瀨鳳凰橋陳觀察祠記　　（明）李廷機

士大夫《羔羊》、《蟋蟀》之風徽，往往背罕言而蹈在得當，其服官處位，好爵在前，文網在後，宜有所顧惜畏憚，而簠簋不飭者，已多有之矣。及其免而歸，前無所顧，後無所忌，受取之柄，然而不復操封殖之欲侈而不可饜，則有以鄉井之人供其求。左網右弋，明攫陰牟，蓋受其享，其徵逐，其東拓西益，以貽所不知何人者，輒拾乎取之，曾不念夫人也，與吾居相聯，世相處也。

彼見吾一日而青其衿則喜，一日而峨其冠則大喜，無亦謂榮可刈，芘可席，餘明可分，不平爲之太邱，不能舉火爲之平仲。今即不然，而秦越視之，又從而外府之，其可乎？至使耳捷音而心悸，目樹幟而首疾。猛者擇肉，瑣者嚌膚，群苦群詛，將伺其物化，及其子孫而釋憾焉，而不悟者猶以爲外侮也。

夫愛人人愛，桃投李報，固不爽者。吾鄉先輩惺吾張公，嘗爲德於清濛里，歿而里人祀公。余嘗持以勵躬風世，乃今南安五都有生祠尸祝之也。

先生弦直鯁介，不諧於世，垂橐而市，老屋城隈，以居子孫，而自遲於其故鄉，所謂樸溪壩田者，淡持身，嚴訓家，表正其鄉。而藍田呂氏之意聯屬，要未之有爭，質之而平，有爲不善，憚之而止。有冤狀間爲白之，不令知，不受謝。蓋環五都之村落，有先生在而雀角鼠牙之訟稀，椎埋胠篋之奸寢，強不弱食，巧不思紿，隸卒不民螫，其民得相與耕鑿樹藝，輯睦和協，以安於山谷田畝之間。

若梁津甃道，其小者耳。語稱是亦爲政，先生有尊，是先生仕宦未竟之績，乃盡究於鄉，而主爵者靳之嗇之，方盛年而式遄其歸，若將以私其鄉之人者。其鄉之父老子弟處先生宇下，願其長生久視，永庇此一方人而爲之祠，以寓其瞻仰敬共之一念，又烏能已乎？

祠在鳳凰橋之南，枕山臨道。前故平蕪，邇溪流徙，祠下縈迴若帶，山水之勝，恐畏壘所未有。堂若干楹，堂之北爲寢爲龕，塑先生像其中。前爲庭爲廊，又前爲門，左右爲室，敞豁完美。

經始於萬曆某年某月，以某年某月落成。適余請告家居，都人請記再三，余辭弗獲。既奉詔命入都，乃爲之記。從府志補入。

南安教諭龔劍峰先生祠記 諱鏢，仙游人。萬曆間建。

（明）李光縉

郡邑吏有功德於民，去而民思之；既去而思不忘，則立祠祀之，歲春秋不絶，此古誼也。故南陽、桐鄉，流麗千古，後世相沿爲故事，輓近滋多，郊關之外，畏壘俎豆之宫，往往相望，然未聞有祀及於廣文先生者。廣文先生之有祠自龔先生始。

龔先生以明經起家，由建寧訓擢南安諭。振鐸三年，士遵其教，佩其德，依依絳帳，不啻成蹊。念先生任滿且擢去，相與鳩金伐木，築宫構亭而祠先生。弟子中故多貧，無不人人樂輸。祠成，儼然門墻在望矣。

亡何，擢王官之報至，則相與歔欷扼腕嘆先生不宜去，尤不宜左遷去，留先生席，北面立雪者三餘月，復勒石而碑之，問記於不佞。縉不佞，灑然異焉。請試問之，龔先生所居者冷署耳，所坐者寒氈耳。道尊而位弗崇，分嚴而權不重，非有專城之貴能使人畏奉，亦無神明之政可爲人稱述，其率先諸弟子勝其任而愉快，粗不過鼓篋來學之規，精亦不出乎説經講藝之事，其何以蒙此賢聲於膠序間，而使諸君思不忘也。且諸君尸而祝之，社而稷之，何爲哉？

先生雖去，仙游去武榮不遠，宿舂糧而可至，疑問易以相質，造請可及其廬，而竊竊然以先生爲去已也，亦惑矣。吾是以不釋於諸君之言。傅啓光、黄光藻等，争前言曰：不然，吾儕何可一日離先生也。先生之教人也以道不以權，非以文而以行也。

先生之尊人達吾翁、母陳孺人,食貧喜施,不逮禄養,先生以爲恨。故自爲諸生時,每雞鳴夜,必誦《孝經》一通,至"曾子問喪禮"篇,有泣下者,痛父母荼苦。既入仕,飲食節嗇,寸絲不以着體。來諭吾庠,先德行,後文藝,以孝道迪諸生,時時舉其尊人質行爲言,而嗚咽隨之。每凌晨,先叩首啓聖先師,然後及其尊人。歲時忌節,設奠必恭,作三日哭。諸生偶有遺饌者,先生以獻,攀几跪號,竟不忍食,乃以頒其左右。諸生自是相誡,無敢遺饌者。此先生以孝教人之大也。

其事先師尤恪勤,葺啓聖祠,補諸賢神主,置籩豆祭器七十餘種,皆出自其俸餘。廟中焚香不絶,上丁臨祭,物必躬閲。所得聖胙,廣頒諸生,無私寸臠。諸生以文請,謝却弗任。閑與談論,原本六經。月試課士,所評騭俱確。

辭進見之贄,新進脩脯,聽其自將;貧者却不受也。諸生中有未伸冤狀,自爲白之上官,不使其人知之。或出自上官批辭,爲具申牒而止,終不受謝。其人固請,先生曰:"安有服冠裳而身市井者乎?"拒之益峻。故先生雖居官而貧益甚。

有不逞之徒揭火露刃,强掠先生齋,先生篋無長物,僅搜敝衣數襲以去。時有建文明閣公銀三十兩,貯先生所,盗搜之不能得,先生揚言曰:"幸也,此未入盗囊耳。"其忠信廉潔,造次不違如此,吾儕何可一日離先生也?今先生去矣,於何考德問業,是以思而祠之。

噫!此寧可要結勉强得哉?漢文翁以文雅誘蜀之人立祠堂祠之,彼猶假大府之尊而親行其飭厲之權,然不過遣諸弟子明經史傳,奸令吏民,榮其名迹,覬而慕之耳,於修身淑人之道,概乎未有聞也。先生一博士官,無其權而能有其道。士爲四民之首,孝爲百行之原。先生廢詩,人人罷社,其感發與興文孰多?

昔仲尼論居下位獲上,本之順親信友。先生廉潔有於身而孝慕動乎人,思親之念,無日可休,於身能誠,於友不爲不信,顧不能使上官大吏一疏一牘而薦,先生竟沉淪下潦,左轉以歸,豈資格之限人,抑士論與官評或錯忤而相左與?然假令先生不左轉,按格而例遷,亦擢一郡授而止;於先生乎何裨自古仁人君子,名垂千秋,而道師百世,寧必盡高位顯庸之人哉？諸弟子俎豆先生,先生去而道存矣,吾故知先生不以此而易彼也。

教諭龔公先生祠記　　　（明）何喬遠

廣文故未有生祠。廣文之有生祠也,自南安掌教龔先生始也。

先生諱鏢,字某,別號劍峰,莆仙游人也。持身廉重,敦行孝弟,風木昊天,昕夕在懷,二釜之悲,篤於寤寐。每值諱晨節序,哀涕有加。諸生時有饋美食飲,即以恭奉几筵,承睫不御,人謂徒增先生之痛,無復敢饋先生者矣。

至其尊事先聖,籩豆有嚴,齋沐載虔,雖在邃事,未敢即安。所以待諸弟子課試訓迪,有盡無隱,束脩之饋,一無所問。其居約辭豐,耻心蹇舌,赤著於頰,汗沾於背,若恐汗浼。

至夫振貧申抑,惟力是視,衷不辭苦,色不見德,苴蓿之餘,節口縮腹。群從姻婭,讓哺分啜,懇至肫切,孚於儔衆。忠實誠信,自士迨民,可謂先輩之懿軌,學者之方型矣。銓曹以例遷先生弋陽王府教授。諸弟子熟道德於耳目,洞肺腑於内外,不忍先生淵抑以去,聲實不彰,空學越境,走告何生,爲文記之。

何生曰：蓋遠伏睹我高皇帝隆師之盛矣。高皇帝立紀建極,爲生民統其法,最嚴於贓吏之罰。一時爲國學師者,惟宋文憲公訥,最稱上意,謂其以道教人,有功於父兄之子弟,雖鞍馬幣帛,踵門稱謝,適足明恭。一時婪斐官屬,並置誅夷。其所以隆師之意,何其盛哉？

孟子曰：“無爲其所不爲,無欲其所不欲。”其論義也,欲人自其有所不爲,達於其所爲。夫其不爲不欲之心,蓋露於卒然勃然之間,而成其介然決然之舉。稍有遲疑顧念之情,則貪昧隱忍,且從而隨其後。

先生以正大光明之操,發慈祥忠孝之實,道徹於本原,而行峻於坊表,著頰沾背,若恐汗浼,所謂施諸四體,不言而喻,令先生而當鞍馬幣帛之加,必有所逡巡避却而不敢受。其幸而值高皇帝之時,眷注褒獎,必且出宋文憲之上,而猶然不免於王官之行,舍曰棄之,而必謂之遷。然以先生取予辭受之介已決,其何况於進退仕止之大。而諸弟子之爲祠以祀先生也,若將見羹見墻,景先生而高山焉,抑以見好義之公,人人之所同。然而不爲不欲,推而至於不可勝用者,諸弟子且守先生之教,共明而共行之也。

南安建文明閣記萬曆四十一年。　　（明）何喬遠

南安學之左方所由入郡城道也。田畝錯雜,溝塍駢貫,前邑令唐公愛爲橋高之,以便行人。前郡丞丁公一中來視篆,曰:"是在學宮之東,橋實如龍,而周道夷然,於以興起人文,不稱。"即橋之首亭焉。亭曰"見龍",若龍驥矣。今侯史公曰:"曷若'閣'之?"捐俸金與廣文先生龔君、陳君、嚴君,閣名曰"文明"。於是巍翼改觀,學宮之勢益壯。

三廣文先生徵何喬遠爲文以記。喬遠曰:於《易》有之,"見龍在田,天下文明"。史公有加於"見龍"之上,意其是也。公之名斯閣也,無非欲是邑之人聲名焜耀,事功宣朗,振起光大於無窮。乃予推公之意,則所以斯之者遠矣。士也有不篤實,而能光輝者乎?備大人之事則本於尚志。夫民達可行天下,是豈漫然應世者比哉?學以聚之,問以辨之,寬以居之,仁以行之,所以培滋其中,含宏其外,而要之,庸言之信,庸行之謹,規矩準繩,不能而越也。

士備科舉之業,而兼通詩賦文詞,猶以爲害也。有備科舉之業,而不可自準於聖人之道者乎?古之人一郡一邑之長,皆謂之"君",故曰"雍"也,可使南面得百里之地而君之,德博而化,利見大人,以爲君德,則夫士修其德,將以學君人也。畎畝之與居,溝塍之與侶,非士其誰?見龍在田也,當時舍之日,而有文明之兆,大人之事備矣。然則我史公所以期望夫邑士之意,誠欲其先於庸言庸行,以立其基,而後以造篤實光輝之盛,則其於宣明焜耀光大振起有不期然而然者。夫惟斯邑之士設誠行之,然後無負有司於學,建閣之盛心也。三廣文先生皆曰善,遂以爲記。

重修明倫堂記　　　　　　（明）呂圖南

先王之教民也甚簡,而其責士也甚重。夫士也,才視民則敏也,而心猶之乎

民之心也。

先王設教於道，寄士於教，群天下才俊於澤宮而廣造之。春夏秋冬以爲期，而詩書禮樂以爲業，管籥羽干以爲器，而擊戛拊奏，升降俯仰以爲容。若是其備者，何也？夫子固曰："民可使由之，不可使知之。"夫有"可由不可知"之民，意必有"能由而能知"之士矣。

"知"與"由"合，則"由"爲"知"之寄徑，而"知"爲"由"之精微。"知"與"由"分，則"知"將爲滑性攖心之具，而"由"且爲狂瀾叛道之端，此聖人所以有"可使""不可使"之說。使之"由"其所可"由"，而不使之"知"其不必"知"，夫非士之責乎哉！"所知""所由"又孰有切於人倫乎哉！

齊之華士，魯之少正卯，所稱畸士聞人，而太公、夫子疾惡而去之若恐後。太公猶曰："以尚功利與不容以虛名蠹實。"夫子"溫、良、恭、儉、讓"，何不能容一有譽之大夫，而斷斷輒類申、韓之刻乎？豈非以不臣、不民之侶無以率世，而僻堅僞辯之言徒以捍衆取黨哉？士民之望也，望隆而隆，望替而替，要使之全其"可由""可知"之人而已。

《大學》，四子之首也。其初章曰："在明明德，在親民。"德無有不該倫者，明德無有不明倫者。本明德以明倫，不特道同俗一，民與民親，而明明者之心，旁皇周浹，亦無有不與民親矣。天德王道，同條共貫，此不責之士而誰責哉？

孔、孟當時所歷群國，自王公、大人、卿士、陪隸所爲，君臣、父子、夫婦、昆弟、朋友，舉可知矣。然而平日所諄諄以告衛靈、魯哀、梁、齊、滕、宋之君，皆以達道、九經、孝悌、忠信、井田、學校爲首稱；至於詖淫、邪道，無父無君，則不遺餘力而辟之，固不以世衰道微而少變其學問也。

聖賢若曰：明於其道，而耳目之所存，固有維繫者矣；率於其教，而手足之所約，固有舞蹈者矣。由所設之教而各成其材，由所成之材而交相爲教，代有偉士，相託無窮，則聖人以三代待斯民之心也。吾故曰："先王之教民甚簡，而責士甚重也。"知先王所以責士設教之心，則知吾李侯所以重修明倫堂之心矣。

侯生於道學之鄉，而廉、簡、溫、仁，民信之久。風範既舉，文獻肇興。手取久缺殘廢之邑乘,而次第成之。又以爲顯道章教在於五倫,於是以其有本之學問,貴人文而觀化成。葺新學宫之明倫堂,費出諸俸,期不以迫。訖事之後,其堅密壯麗,視昔有加,非徒以了藻飾黌宫,標修文之故事已也。侯誠加意於士也乎!

夫今日之士,即後日之縉紳,至縉紳而君臣之倫在肩矣,肩遠而途歧。漢臣有言:"士修之家而壞天子之庭。"夫且有修於天子之庭而壞之家者。壞之家而父子、兄弟、夫婦、朋友之交,舉可知矣,並其君臣亦可知矣。此誰非"可知""可由"之倫而弁髦棄之也。

嗚呼!尊其名於見知聞知之間,而猥其實於愚夫愚婦之下。天以淑人維世之權,散寄於天下之爲士者;天又以淑人維世之權,專寄於天下之長士者。斯先王建明倫堂之意也,斯李侯修明倫堂之意也。南安之士自是有興乎!

侯姓李,諱九華,江西瑞州新昌人。戊辰進士。董修事者,訓導陳慎從,漳州龍溪人;陳君道,貴州安順府平壩衛人。

泉州晦生王公鄉賢特祠記　　（明）陳繼儒

勛臣從祀太廟,儒臣從祀文廟,重道也。其次有鄉賢祠,即在學宫旁。鄉三老與博士弟子員德舉賢者,上之督學,使無異議,乃許導主入祠。有司將事彌謹,厥惟重重哉。江右羅念庵先生,吾鄉陸劬思先生,抱父主出祠,雖驚駭見聞,而識者感慨繫之矣。得中者其泉州晦生王公之特祠乎?

公諱振熙,字君含,別號晦生。按譜,唐光啓間王審邽公從兄潮,由光州固始入閩,後刺泉郡,因家焉。十二傳而後居武榮之金坑山。歷毅齋公璹、靜庵公艮。贈中大夫豪山公阡,爲公高曾祖;贈中大夫儲梧公,公父也。天性早慧,封翁呼而告之曰:孺子,而亦聞淡泊明志,寧靜致遠之旨乎?蓋摩頂授記時,即以俎豆事業期許之,不沾沾青紫爲矣。己酉登賢書,庚戌成進士,筮仕長清,鳌物價,革羨征,不煩五伯追呼,而鄉人襁負輪租,奉令若流水。

調煩章邱,適偪藩之國,道出治界中,供億之外,中貴無敢索一鐳。有訶詰者,公以病謝免。歲大旱,飢民易子而食。公齋戒步禱,甘霖隨之,而猶請賑請蠲之,至八萬餘有奇,溝中瘠不化爲若敖鬼矣。骯臟忤時,僅以常調轉工曹。請假省覲。假滿,除酉陽太守。時彭宣慰已露叛萌,而安苗復蠢蠢思動,守道入黔,莫適爲主,公叱馭,鼓行而前,繕甲登陴,勇氣百倍。郡無賴有譁於監司儀門者,公出撫諭之,立散去。而守道成心未捐,轉羞成怒,公笑勿辨也。

適報外艱,行,橐金不滿百,徒步還家,質貸以辦喪事。服闋,補大名,庀狀甚卓。督山東學憲,公強立執法,閱卷焚香如對上帝。所拔知名士,摩天而飛,嘖嘖稱人倫之鑒。轉浙江參政,尋轉山東按察使。下車不數旬,中讒,遂賦歸來矣。

廬墓挑燈,手著詩文,直追古先作者,而尤邃於《學》《庸》、羲《易》。平生不殖生產,不闌戶外事,不撓郡縣權。養邱嫂,敦故交,營構墳屋,祭田躬督,風饕雪虐中,得疾不起,春秋僅六十而終。識者嘆息而追悼之,必欲專祀於學宮之旁而始快,其亦三代之直道哉!

公清不近名,類胡荊州;介不樹黨,類司馬君實。練衣蔬食,則其淡泊也;閉戶著書,則其寧静也。文苑循吏,俎豆厥詞,無後言,亦無愧色,雖百世不遷可矣。

長公鼎,儻落奇男子,自清溪八山勤請,而同鄉元圭吳使君且以記見屬。使君謹嚴月旦,信曰有徵,故不佞臚記其始終,以壽公於能言之石。

崇禎己卯五月,華亭八十二翁陳繼儒頓首撰。

修社稷壇記　　　　　　(明) 李九華

南安舊有社稷壇,不知何年更爲南址。崇禎五年春季,鄉老洪世臣以復舊制請余。竊惟土谷,皆滋於水,若南其位,則不免過燥,從舊爲是。即以世臣董其役工,不日而告成。

諸鄉老有請勒石以張大之者。余竊愧焉,勉志其一時爲民之意,以釋好事之譏云爾。

重修温陵朱子祠記　　　（國朝）洪士銘

吾郡爲朱文公過化之地，比屋弦誦，私淑其遺澤者，五百餘載於兹矣。郡有先生祠，鼎革後，軍旅頻仍，廟貌傾圮。沛國王公來守是邦，乃允諸生請捐俸餘，以倡修治，撤祠而重構之。又於祠北建十堂，置號房數十楹，以爲諸生講習之所。蓋鳩工具材不逾時而告成事。於是堂宇聿新，遺像儼赫，拜瞻考肆，罔不祗勤。諸士因屬予爲言記之。

予惟我國家文教覃敷，道化蒸蒸，侔於雲漢。獨閩濱澨遠隅，二十年來，司是土者，率未遑禮樂事。今屬當清晏之會，而公以彬雅儒宗，宏聖天子作人至意，以振興斯文爲己任。噫，何其盛也！

夫温陵夙被文公之化，藹然有鄒魯遺風。然前此固患獎進之無其人，即有其人矣，或阻於時會之未得爲，而今乃幸覯於斯，是知吾道之將興，殆非偶然，異日必有真儒踵起以紹紫陽氏之絕學者，繄惟公實啓之，蓋與宋梅溪、西山同有功於兹土者比列矣。予懼久而湮其姓氏也，因爲之記。

劉邑侯重修儒學記　　　（國朝）應國貢

學所以明道者也，學校興則道興，學校廢則道廢。古今以來，紹千聖之統，開精一之傳者惟孔夫子一人。當時從學弟子，各有所表見，故顏、曾、思、孟配於堂，而十哲兩廡以次從祀，凡皆所以明道，有功聖學不少也。

自是而降，得其傳者或寡。能羽翼經傳，使聖賢復燦如日月之麗天，惟程、朱兩夫子。程子倡自河南，朱子繼起吾閩，歷宋、元、明，咸得從祀廟庭。我朝重道崇儒，仍其祀典，使天下學者咸宗焉，厥功爛如。

南安建學在邑治外東郊。不佞國貢忝鐸兹地，入其宮，拜謁先像，惟夫子四配十哲，猶巍然如在，兩廡諸賢諸儒僅存什一。蓋由宮墻柵頹圮，兼洪水浸淫，愈加散失。余朝夕兢兢，廢墜是懼，懼學廢則道亦廢也。

己酉，邑侯劉公自河南來，謁禮畢，即慨然有重興之任，進諸生謂之曰："若亦知學所由建乎？育才必有其地。學校者，教化根本之地。司教者於斯而考業，受教者於斯而問字，而且崇廟貌以肅瞻依，明道德以端士習，苟廢之不修，如建學何？"爰鳩材敦匠，盡捐其俸助之。今者若殿、若廡、若祠、若欞星、戟門，煥然新矣。而旁及文昌宮、奎星閣、鄉賢、名宦兩祠，亦次第舉。

夫自定鼎以來，蒞斯土者不乏，求其實心實政，倡率修飭，以崇報我夫子，竟鮮其人。則數千年以迄今日，復紹孔、孟聖賢之道，闡濂、洛、關、閩之學者，亦惟我劉公一人而已。吾道南矣，豈其然乎！

諸生傅廷麟、蘇鐸等勒侯功德於石，徵言不佞，故輒為序之如此。

侯偉佑，字伯啟，己亥進士，河南鄢陵人。

重新南安文廟記　　　（國朝）洪科捷

南安文廟建於三都吳亭之陽。始自宋紹興中，既而移於縣治東南，旋復今所，不知凡幾更矣。今所承其敝者，即明嘉靖辛酉所重建者也。

歷年既久，朽蠹剝落，都人士咸議更新，請於邑侯劉公，偕兩學博周視諏度，議以克協。筮日鳩工，乃相乃理。自大成殿、兩廡、欞星、戟門、啟聖，咸用重新，祗慎將事，榱甍、瓴甓、堊黝、丹漆，悉如法式。其朱子祠、奎星樓、文昌閣、土地、名宦、鄉賢各祠，廢者復之，雜無序者更之。

肇工於雍正癸丑年三月，越甲寅五月十有五日竣事。糜白金二千六百有奇。爰諏吉釋奠，以告厥成。初集諸狐給百役，兢兢業業，惟恐弗勝。費重用巨，鳩衆財而用之，若難為力也。總武榮而計之：坊五，鋪八，都則四十有六。地異人殊，而先聖神明默相，上自薦紳，下逮編氓，莫不踴躍趨事，共襄盛舉，鼛鼓無煩，告成不日，非天縱神化，安能若斯之速耶？宮墻巍焕，士深向往，且益濯磨砥礪，期無負於吾先師之教，此尤多士所宜共勖者也。

是舉也，邑士勞勩之最著者，如陳經邦之殫精詳核，梁開汀、王綸禮、王聯登、黃通理、呂玉珩、葉長源之跋涉征催，黃竃、趙育麟、黃維樞、傅圭之疾呼倡議，皆心乎宮墻，忘私濟事，故特表而出之，俾來者有述焉。

雍正甲寅重陽前一日。

修文廟凡例記　　　（國朝）洪科捷

董事曷爲不記名？隱也。何隱乎爾？昔葉公好龍，天龍聞而下，葉公見而懼。葉公非好龍也，好畫龍也。務名而不務實，因人而不任己，罪莫大焉。攻之者，都人士之向義；成之者，賢有司之作興。清夜自思，何勞之敢紀？夫鼇則冠山，螻則戴粒，力不同也。恭默人信，誓誥人疑，德不同也。才難措大，孚不盈缶，而力小肩鉅，嘖有煩言，得一而過百，君子弗取也，故從而隱之，抑亦聊以救其過也。見原獲戾，則在乎高明之鑒別云。

功不可掩，善在必揚。是舉也，邑士皆爲鼓舞，而勞勛之最著者，如陳經邦之殫精詳核，梁開汀、王綸禮、王聯登、黃通理、呂玉珩、葉長源之跋涉徵催，黃燦、趙育麟、黃維樞、傅珪之疾呼倡義，皆心乎宮墻，忘私濟事，故特表而出之，俾來者有述焉。

事必需財，數必可稽。諸凡題捐共樂輸如數者，固爲尊師向道之誠。間有力不從心者，原其初捐雅意，亦匪有他也。而必付諸剞劂，非敢暴人之短，第以有入必有出。出入蒙混，事何由集？故或完或否，毫髮不敢涉私，以示核也涓涓小，諒忠恕君子，其亦以爲然否？

貲富冠乎一邑，而鄙吝浮於四惡，此亦過之無可原者也。第思含齒戴髮，皆沐聖人之教，樂效涓滴，而彼獨悍然不題，甘自外於門墻，斯亦可哀之甚矣。躬逢盛事，家擁厚資而空名，亦不得與，自是有生大不幸事，又何必過爲暴揚，有玷包荒？故且無彰之，以附《春秋》隱惡之義。

朱子祠小記　　　（國朝）洪科捷

閩中所在郡邑，類祠祀朱子，蓋南來道脉繫焉。

南安故有祠，建於元至明嘉靖間。倭寇毀後，復毗其址建"敬一亭"，而朱子之祠遂缺如。吾南人士蓋悵悵然仰止而無從也。

今既重新文廟，乃卜建於廟之左以爲翼。考朱子生平矻矻，著述訓釋極詳且富。然其指歸不出於窮理以致其知，躬行以踐其實，爲能謹守聖門博文約禮之傳，使學者有所持循，上之可以希聖賢，而下亦不失爲寡過。然則求聖人之道者，舍朱子何之焉？

邑故爲朱子游息講論之所，金溪、九日，餘韻未湮。南望石井，則又淵源在焉。

祠宇既立，多士升其堂，讀其遺書，於以求聖人之道，循宮墻而探美富，其庶乎得其門而入也歟！

移建文昌祠記　　（國朝）洪科捷

古星辰多秩祀，《天官書》文昌六星爲天之六府，而道家稱上帝命梓潼神掌文昌府事，司人間祿籍。自元以來，加號"司祿宏仁帝君"，天下學校多有其祠。歲以二月三日祀之，則今所祀，蓋梓潼之神，而第冠以"文昌"之號者，舉其所祀而言。精爽既合，則神明無二歟？

邑舊有祠，夾文廟、崇聖之間，逼迫弗稱。今移建廟殿左廡前楹。考古志載：上丁日，林飛神觀察見帝君絳袍，周視殿廡，察誠否。然則下掌祿籍，上相精禋，皆聰明正直攸司。祠祀於此，知神之必能扶樹聖教，以大啓此邦人士也。

移改土地祠記　　（國朝）洪科捷

山川井邑，建造之區，皆有土地之神司之，況靈秀攸鍾乎？學宮舊有土地祠，在廟前之右，西向護明倫堂，厥制不稱。今既建文昌祠於廟東廡前楹，乃改土地祠於西偏以配之。皆因廟向西南，規制既肅，位置無訛。神尚其永護聖域，無負鍾毓之職乎！

重建文明閣記　　（國朝）洪科捷

南安學宮之左築雲泮橋，舊有文明閣。閣奉奎星而以"文明"名，非第以奎宿光昭文府而已。蓋此閣與見龍亭對峙，實網絡雲泮橋，相爲表裏焉。在《易》"見龍"之占曰："龍德而正中。"又曰："天下文明。"然則有正中之德，斯應文明之祥。以此命名，其屬望於邑人士者，不其偉歟？歲久閣圮，過雲泮者欲瞻奎宿，希光耀而末由，文明之義，斯其晦矣。

歲癸丑，鼎新文廟，爰就故址伐石創建爲閣，再成棟宇，皆石也，窗櫺則疏以木。登高以眺，朱鳥翔於南榮，帝座通於呼吸。文明之兆，其在兹矣。若夫依類考義，本之以學問，而行之以寬仁，修其在田之德，將善世不伐，文明在天下，豈惟瑞吾邑而已？爰述其旨，以詔來者。

重修南安縣學記　　（國朝）周學健

唐貞元七年，陸贄知貢舉，所得士如韓愈、李觀、崔群、李絳、馮宿諸先生，皆天下重望，而閩人歐陽詹與焉。

詹故南安產也。説者謂閩中進士之選自詹始，閩中文教之興則自南安始。然是時南安尚未有學，觀察使常袞思有以振之，見能治書典、通文辭者，接以賓禮，尤雅好詹。詹遂以文學爲八閩冠，教之爲功也如此。

洎宋靖康中，乃建學於縣治西。閱紹興，又遷東郊外，距縣境二里許，今因之。以地爲吳亭山雙陽之支脉，環黄溪，挹紫帽，靈秀殊絶。故形家言，建學莫如此宜，而民間亦有"水繞吳亭"之讖云。

余惟三代盛時，樂育人材，鄉國異制。天子之學，小學居外，大學居内。《文王世子》"凡語於郊者，取爵於上尊"是也。以其選士由外以升於内，然後達於朝，故居内。以其選士由内以升於外，然後達於京，故居外。南之學，其猶王制在郊之意乎？非獨形勢異也。

顧學既居外，邑人未得朝夕就肄業，學易疏。自建學以來，其毁於流寇，漂於水災，圮於地震者亦數矣。又以故明中葉後道喪文敝，黨禍蔓延，天下至以講學爲大戒。官斯土者，朔望釋奠，視爲具文。雖有縉紳先生慨然修葺而振興之，然士氣沮喪，協力者少。此其所由興廢無常而不可以經久者也。

皇清受命，太平之化，翔洽有年，仁漸義摩，淪浹膚髓。世宗憲皇帝詔諭直省郡邑，大修文廟。於是南之人士聞詔踴躍，爭相勸輸。司鐸林上錦以告令尹劉浴，具詳各憲獎藉，士氣益奮，鳩工庀材，刻日興作。自正殿、兩廡、櫺星、戟門以暨崇聖祠、紫陽祠、文昌宮、奎星閣，次第興建，規模敞如，金碧輝如。

自雍正十一年三月經始，迄十二年五月落成。既麗且固，迥非舊觀。夫今之士大夫，猶昔之士大夫也。昔也沮而今也勸者，向也獨而今也同者，何也？惟君上之教化鼓舞天下而不知其從之，故悅學也深而趨義也勇。所謂聖人之道，必待聖人之世而益彰者歟？

適余奉命督學閩中，歲科兩試，按臨泉郡，於南安尤多通經學古之作。手披口吟，乃知此邦人士之秀而文，際休明之運，而益大發其光，使人想見四門先生與韓、李更唱迭和時也。假使陸公而在，亦將有目不給賞者矣！繼自今由外而貢之京，以備馮翼孝德之選，意者"水繞吳亭"之讖其將驗乎！

會邑侯曹君來請曰："願有記以示來者。"余既喜賢令表率之意，與賢士大夫鼓舞之誠，而幸予來之適際其成也，爲述其詳如此。

令尹曹姓，鑾其名。賢士大夫者，進士傅奏啟；孝廉洪科捷、黃用賓、戴時新；歲貢吳肇烺，董率尤力，例得並書。科捷有子曰世澤，即余首撥士，方以鴻博薦官庶常云。

重修鄉賢晦生王先生特祠記　（國朝）洪應心

蓋聞源遠者流長，德盛者歷久而不敝。余於先賢王先生有感焉。

先生晦生，諱振熙，字君含。朝廷右儒重道，崇之特祠，報以春秋，附在吾邑文廟之左。自未登第時，至爲督學、總憲，其生平學術品行、事業文章，炳炳麟麟，詳詳悉悉，前華亭陳眉公已爲志之，列在祠中，無容贅也。

顧數十年來，先生廟宇甫就頹壞，振興殊難爲力。今闔邑紳士重修文廟，復鼎新先生祠。堂構聿煥，棟宇生輝。其經營雕琢，視曩時有加焉。轉嘆先生之盛德，歷久不敝，實賴紳士尊賢慕道之誠，有以共維於不敝者在也。

先生後裔,時表瞻拜庭下,不禁銘恩於諸公者深。然銘之於臆,不若宣之於文,因請志夫余。予素仰先生德,樂諸公今日義舉,爰率筆記此,以告天下後世焉。其首事官爵,詳載廟碑。

乾隆庚子蒲月,後學洪應心號華圃。拜撰。

豐州集稿卷九

記（二）

泉州六曹新都堂記　　　　（唐）歐陽詹

貞元八年，刺史安定席公爲邦之二祀，冬，造六曹之都堂。公表微而慮遠也。天子建六官以紀綱天下，分刺史六司，用經緯封中，猶天之有四時，而人之有四肢：一時不若，則歲罔成功；一肢不和，則體莫全用。

公以六司之掾如股肱，思安之，與身之安也。火流定中，將壞城郭，親覽廨宇，首視斯署，既隤而墭，非凝神揆務之所。日撫人民，不則有國。營宮室是亦爲政，乃量羡府以度用，指斯宇而命易。又曰："處湫居卑，非智也；煩人蠹財，非仁也。吾欲全仁而就智，蕆事者志之。"有司於是審基址，程廣袤，山節藻梲，僭也，削而不取；土階茅檐，逼也，革而是捐。非約非豐，允執厥中，然後計具材，量日力。山木則酬之如市，人功則稅之若時，物樂民願，未旬而畢。飛樑三道而通負，連楣六接以都豁。陽軒迢引，陰室旁啓，挹以重屛，翼以回廊。晻黕黕以秘邃，屹崇崇而宏敞。夏處其達，則炎天以涼；冬居其隩，則淒風以溫。足以寧肌靜心，以蠶厥職者也。

夫哲人有作，不唯利身，在利人；不唯利今，在利後。相斯堂者，公侯卿士，禮隔殊品，公不之降也，斯不亦利人，不唯利於身歟！堅壯固護，存延千祀，人不之逮也，斯不亦利後，不唯利於今歟！

睹斯堂，見公之意。以某處某乙爲司功，某處某乙司戶、司倉、司法、司兵、司田，皆外莊內融，懷材抱忠，無回邪以茇下，有謇諤以承上，當時之彥也，請列於記左，庶後之君子睹名訪德，知夫是日堂有人焉。

建堂之明年記。

泉州二公亭記　　　　　　　　（唐）歐陽詹

勝屋曰亭,優爲之名也。古者創棟宇,纔禦風雨,從時適體,未盡其要,則夏寢東室,春臺秋户,寒暑酷愛,不能自減。

降及中古,乃有樓觀臺榭,異於平居,所以便春夏而陶堙鬱也。樓則重構,功用信也;觀亦再成,勤勞厚也。臺煩版築,榭加欄檻,暢耳目,達神氣,就則就矣,量其材力,實猶有蠹。

近代襲古增妙者,更爲作亭。亭也者,藉之於人,則與樓觀臺榭同;制之於人,則與樓觀臺榭殊。無重構再成之縻費,加版築欄檻之可處。事約而用博,賢人君子多建之。其建之,皆選之於勝境。

今年暮春月,邦牧安定席公,别駕置同正員前相國天水姜公,念兹邦川逼溟渤,山連蒼梧,炎氛時回,濕雲多來。又曰臨胃次,斗建辰位,和氣將徂,畏景方至。《月令》云:"可以升山陵,可以居高明。"蓋謂是月。況地理卑痺,而不擇爽塏以蕩夫汙廬乎?因問風俗,相原隰,郭東里所,共得奇阜,高不至崇,卑不至夷,形勢廣袤,四隅若一。含之以澄湖萬頃,挹之以危峰千嶺,點圓水之心,當奔崖之前,如鏡之鈕,狀鼇之首。二公止旌輿以回睇,假漁舟而上陟。暮煙茵草,玩懌移日。心謀意籌,有建亭之算,而未之言也。

二公既回,邑人踵公游於斯者如市。登中隆,觀媚麗,前來後至,異口同詞曰:"漢帝不曰:'百姓安其田里而無愁怨之聲者,其由良二千石乎?'是謂政平教成,時和境清,使俗泰而民以寧者也。《虞書》不曰:'股肱良哉!庶民康哉!'是謂翼帝藩皇,調陰序陽,使物阜而民以昌者也。席公今日之化育,吾徒是以寧;姜公昔歲之弼諧,吾徒是以昌。且以之寧,又以之昌,愷悌君子也。《詩》曰:'愷悌君子,民之父母。'二公者,真吾父母也。兹阜二公攸選,尚而加愛,務休訟簡,必復斯至。上露下蕪,忍令父母憩之乎?"

遂偕發爲公就亭之,如牆而前,陳誠於縣尹。縣尹允其請,而爲之辦。方經趾,等周環,當上頂,誠奢訓簡,以授子來。於是家有餘糧,圃有餘木,或掬一抔土焉,或剪一枝材焉。一心百身,蜂還蟻往,榛莽可去以自薙,瓦甓無胫而奔萃。一之日斤斧之功畢,二之日圬墁之墉息,再晨而成,二公莫知。

層梁亘以中豁,飛甍翼而四矞。東南西北,方不殊致。糊白墳以呈素,腰赬壤而垂繪。通以虹橋,綴以綺樹。華而非侈,儉而不陋。煙水交浮,巖巒疊回。精舍奉其旁達,都城企其遐際。容影光彩,搖漪入瀾。指朱軒於潭底,閱云岑乎波裏。爣烺油演,如飛若動。又釣人飄搖於左右,游禽出沒乎前後,一昒一睐,千趣萬態。稅息之者,若在蓬壺方丈之上。

二公重清曠於舊賞,納忠懇乎群庶。尋幽探異常於斯,勞賓祖客常於斯。加以平疇開辟,通途在下,可以親耕耨,可以採謳謠。作一亭而衆美具。噫！天造茲阜,其固與人爲亭歟？不然,何不遠郛郭而博敵詭秀之？若此非常之地,意待非常之人,故越千萬祀而至二公方覯也。

邑人想之,復言曰："事無隱義,物有正名。地爲二公而見,亭從二公而建。斯亭也,可署曰'二公亭'。"雖芻蕘之云,中實有謂。二公不忽,遂以爲號。

小子藝忝於文,曾觀光上國。去之日,歷越游吳；歸之辰,逾荊泛漢。會稽之蘭亭,姑蘇之華亭,襄陽峴首,豫章湖中,皆古今稱爲佳境。或棟宇猶在,或基址未沒,山川物象,遍得而覽。方之於此,遠有慚德。

懿哉二公！智周德厚。卜地如此,感民若彼。詹非飾說,入吾邑者陞吾亭者知之,古之制器物,造宮室,咸有銘頌,以昭其義。斯亭也,豈無敦古而爲之章句者？

小子薄劣,不敢議其事。粗述其旨,姑爲之記。兼藉二公之名,記於左,以爲邦榮。在位賓僚,亦以次序從公而列。

貞元九年三月二十五日記。

泉州北樓記　　　　　（唐）歐陽詹

《釋名》曰："樓者,瞜也。"謂其高明覷遠,瞜瞜然也。建於第宅,則以閱圍林有媚;樹於雉堞,則以警寇盜不虞。故《墨子》曰:"城三十步一坐候樓,百步一立候樓。"

兹樓者,蓋此郡北墉之立候樓也。卜築之始,微而具之。袤不倍常,廣唯再尋。製造日遠,土木力殆。左騫右陊,上露下圮,有年數矣。

邦牧安定席公,貞元七年下車,至九年牧之三祀,重民力而未形言。是年暮秋,歲豐農隙。有司率常典,告有事於土功。公曰:"斯郡之南極也,元后帝鄉,實在於北。《詩》不云乎:'心乎愛矣,遐不謂矣,欲因戀主,嚮方瞻矚。'惟此有樓,半傾半摧,日夜闕登陴擊柝之所,風雨憂折榱復隍之患。政因時令,爾其營之,俾有布席跪立之地,間更人防卒之莅事。予將時躋,展北面拱辰之心焉。"

受命者感公之意,如公之意;野人群庶感公之誠,如公之誠。川朝子來,壞崩易蠱。趾有餘而不剗,基跡自延;材有長而不剪,棟宇自崇。既望庀徒,未晦成功。倚層霄於軒檻,納千里乎窗牖。如鱗之廨署,若岸之軍壁。得之之狀,若連山之有重巒,長江之蹙洪濤,氣勢由是以雄焉。公每予牟情來,莊舄思生,俯仰於斯,徘徊於斯。

夫完城壯邑,有邦之本也;戀闕愛君,爲臣之節也。善矣哉!公廣兹樓也,遠得有邦之本,近貞爲臣之節。執邦之本曰公,謹臣之節曰忠。惟公與忠,公斯昭矣。

小子家在委巷,多聞輿頌,藝忝儒術,每侍公居,上志下衷,兩獲而達。敬書其事,爲之記以獻。至若眺四維之雲物,臨萬井之煙景,退象佳致,眸莫勝觀,非公有樓之素,故不之載。

貞元九年秋九月三十日獻。

福州南澗寺上方石像記　　(唐)歐陽詹

萬物闐闐,各由襲沿。無襲無沿,而忽以然。苟非妖怪,實爲珍慶。斯石像者,其珍慶歟?始孕靈韞質,兆朕未見,則峨峨鉅石,巖峭山立。鎮郡城之前阜,壓蓮宮之上界。海若鞭而莫動,天時泐而終固。

皇唐天寶八載五月六日清晝，忽騰雲旁涌，驟雨來集。驚飆環駭，砰訇杳冥。雄雄者雷，驫然中震。迸火噴野，大聲殷空。岑嶺躑跜，潭洞簸蕩。

須臾，風雨散，雲雷收，激劈輪囷，斬然中辟。南委地以秭落，北干霄而碣樹。不上不下，不西不東，亭亭厥心，隱隱真像。三十二相具，八十種好備。列侍環衛，品覺有序。莊嚴供養，文物咸秩。端然慈面，儼矣儀形。似倚雪山而授法，如開月殿以趺坐。

異矣哉！不曰博聞乎？未聆於既往；不曰多智乎？罔測其所來。且物之堅，莫堅於石，況高厚廣袤，又群石之杰。一朝瓜剖，中有雕琢。其爲造石之初，致有相以外封乎？其爲有石之後，入無間以内攻乎？噫！不可以人事徵，試請以神化察。

巍巍釋氏，發揮道精。其身既傾，其神不生。等二儀以通變，齊四大而有力。教於時有所頹靡，人於教有所忸怩，則爲不可思議，以煦以吹。故示此無迹之迹，難然之然，俾知我石，存我之門。

經曰："千百億化身，蓋隨感而應。"茲身者，則千百億之一焉。昔諸佛報現，皆託於有命。有命則有生，有生則有滅，曷若因其不朽之物，憑乎不動之基。形既生存，法亦隨是。與夫爲童男而出世，假長者以來化。玄玄之徹則雖一，永永之利則不侔。可以禮足而悔罪，寄形以安樂。

予則求福不回者，焚香跪仰，或從釋子之後，故於巉巉之餘仞，聊書其所由來。

貞元六年七月十五日記。

同州韓城縣西尉廳壁記　　（唐）歐陽詹

《説文》曰："尉，畏也，亦慰也。主也，故字從尸示寸。"寸者，寸量禮度以敬上；示者，示陳教令以諭下；尸者，典職司以居位。敬上所謂畏，諭下所謂慰，居位所謂主。全茲三者，以苞王爵，則仕義周。

是以古之人嘉用"尉"字爲官號。陶唐有太尉，周有軍尉，秦亦有太尉、輿尉、東南尉。洎漢則復命縣掾曰尉，自是以名。至於我唐無或易，所命善也。

我唐極天啓宇，窮地辟土，列縣出千，分爲七等：第一曰赤，次赤曰畿，次畿曰望，次望曰緊，次緊曰上，次上曰中，次中曰下。赤縣僅二十，萬年爲之最；畿縣僅於百，渭南爲之最；望縣出於百，鄭縣爲之最；緊縣出於百，夏陽爲之最；上縣僅三百，韓城爲之最。上之最次於緊之最，非最之緊無與焉；緊之最次於望之最，非最之望無與焉；望之最次於畿之最，非最之畿無與焉；畿之最次於赤之最，非最之赤無與焉。最之縣長於餘縣，如麟鳳五靈之長於群靈也。

數長不數類，則韓城之稱，與萬年、渭南、鄭縣、夏陽並。自緊而上，簿尉皆再命三命已往而授，資歷至之而至也。上縣而下，則自解褐授。韓城既上縣之最，簿尉解褐之貴者惟三員，伺其闕，非年年之有。或一員之闕，天下皆知之。授之日亦皆知之，曰："某人授韓城尉。"是其人則頌，非其人則誹。雖一命之官，其爲人尚也如此，則主司慎擇才地精美。

縣亦有六曹。尉二人：一判功户倉，其署曰東廳；一判兵法士，其署曰西廳。兹廳，兵法士之廳也。根之州，則司兵司法司士盡在；形之國，則兵部刑部工部盡在。

兵主武，法主刑，士主工。今武未大威務尚繁，刑未大措訟尚生，工與人興無時休。州縣司或雙曹，六人分其職。國則部屬僚，八九十人分其職。一人理六人、八九十人之理，雖大小有異，而揆緒不殊。官其官，其官不易，能至於易者，則人無敢易之。人無敢易之，則國必重之。國重之，則踐洪鈞大柄，所由乎此也。

貞元十五年春，余友人榮陽鄭伯義授焉。鄭自上，累葉聲名爲天下聞。鄭以明經登科，又三舉進士，屈於命，詞學亦流輩推内行第一。其受命之年五月，余詣焉，十月又詣焉。見東廳有記，西廳無記，因記書其姓氏，序於左。其或先於鄭，芳馨猶在者，亦得之。至於鄭，系於鄭譜皆系之。若土壤廣狹，物產有無，尉非得主，不敢僭序。

十月十五日記。

真覺禪師葬父母墳記墳在楊梅山。　　（宋）黃　允

真覺禪師法諱義存,泉州南安縣潯亭村梅山下人。俗姓曾,有考妣墳於五代時葬於本都靈感里,乃西林蘭若地,號柘林。

山水雖顯,年深久不整治。迨我宋宣和二年庚子春,鄉鄰教諭黃祖舜者,最好事,特為一新,植柏其旁,刻石示之,令後人不忘真覺之親。又以金綵繪師真容,自撰碑文贊之,置龕室香燈,永鎮於保安禪剎祠奉,今已頹廢。且潯亭之村,梅山雄秀,碩德賢哲孕於其下,榮耀鄉閭,使人瞻仰,豈易得哉?

噫!間生異人,年協五百,不可里中無記聞於後世。於是本郡前知清果,忝同鄉老德士蔣有朋,次教諭黃先生贊後,略述其始末,刊之於赤嶺瑞泉塔庵之西壁云。

水　陸　堂　記　　　　（宋）李　邴

凡人居其家,以孝弟雍睦教告其子弟。子弟順以從,必其人孝弟雍睦有素,故其出諸口也無愧辭,施諸人也無怍色,否則其家不誠,其言且弗從之矣。非惟弗從,又從而慢易焉。

家其易者也,移而施之鄉,以禮義廉恥教告其鄉里朋友,鄉里朋友順以從,必其人禮義廉恥有素,故其出諸口也無愧辭,其施諸人也無怍色,否則其鄉弗誠,其言且弗從之矣。非惟弗從,又從而靳侮焉。鄉其易者也,移而施之國,之天下,則又有難焉。

人其易者也,移而施之鬼神,斯極矣。神與人異乎?曰:好惡同。人視聽有形,神無形。人可欺,神不可欺,則神之難也滋甚。人能以責於人者,望諸神而出之無愧辭,其施之無愧色,神誠其言而從之焉。必其人仰不愧,俯不怍者,而後能之。不然,則歝咎作焉,其為慢而靳侮也,豈直其家其鄉之比乎?

泉之南安有精舍曰"延福",其剎之勝,為閩第一。院有神祠曰"通遠王",其靈之著為泉第一。每歲之春,之冬,商賈市於南海暨夷蕃者,必祈謝於此。農

之水旱,人之疾病亦然。車馬之迹盈其庭,水陸之物充其俎,戕物命不知其幾百數焉。已而散胙飲福,觴豆雜進,喧呼狼藉。

有禪師慧邃,以紹興元年尸是院,其持身也靜而通,其莅衆也簡而嚴。逋責之未償者償之,規繩之未舉者舉之。未幾,院之徒循循焉異前之有,惟神祠依舊。師愀然曰:"吾教以殺牲爲大戒。神依佛而守焉,猶人之於家於鄉者,而弗從其教,可乎? 此非神之意,特人狃於習俗耳。"質於神曰:"其能易殺爲仁者,則兆吉。"卜者曰:"然。"又曰:"其能却茹葷爲蔬食者,則兆吉。"卜又曰:"然。"師曰:"神其許我矣。"又號於衆曰:"吾教有所謂水陸會者,能化刀鋒爲金溪土,化鑊湯爲蓮花池,化針喉火噉爲天人,化洋銅熱鐵爲香飯,以一色一香爲無邊,以十方三界爲一會,其德莫大焉。神許余以不殺,余將爲是會以報神之功,且與人爲清福之地,其可乎?"衆唯然曰:"諾!"

於是辟祠之左爲屋若干楹,環其外,中設十六位,堂宇靚嚴,繪事焕列,不勸而事集,不督而工成。作於四年十二月,成於五年六月。涓日之良,師即其堂設壇場爲大施會,受成以五戒,如其法之儀。

自是凡祈謝於此者,其牲饗牢饎魚稿之費,易之爲水陸會,救物命歲不知其幾千萬。人不作罪業而作福業,神不享福報而享净報,其利益不既大矣乎!

或曰:師以佛戒信於神,其有不信於人乎? 神以佛戒惠於物,其有不惠於人乎? 是佛與神交致其道,人與物兩蒙其利。將見泉之人無罪疾,無災殃,年穀順成,壽考且寧,水陸堂其相也。

雖然,吾聞入世間法以鬼神和爲貴,出世間法以鬼神不知爲貴。昔玉泉山神受教於智者大師,嵩岳山神受教於元奎禪師,與師故無以異者。障蔽魔王隨金剛齊菩薩一十年,覓起處不得,而提婆尊者與自在天神相見,以心不以形。王老師游莊土,神預報以爲修行無力,爲鬼神覷見,與今日是同是別,師學雲門禪,得其奧旨者也,必自有關鍵,其尚有以語予哉!

墨妙堂記　　　　　　　　　(宋)陳知柔

吾州之西有九日山焉。俯金溪江,爲寺其中,蓋閩之一奇也。晉以來,士大夫避世氛,多游息賦咏於此,至唐益盛,宜其筆墨與茲山俱傳,今訪求無幾也。

晉遠矣,唐自馬懿公爲郡,以儒雅稱,而相國姜公實廬山下,席使君、秦隱君從之游,詩益多,而字不可復見。其後内相韓公偓居南安,尤以詩名。其家刻之碑有吾伯祖龍學公簡夫之跋可信。邦之文士如歐陽四門、林御史兄弟、陳黯、盛昭州均,與李山人沂、周處士樸輩,往往有墨迹在巖崖間,率磨滅不傳,獨四門書"建造寺"額在焉。國朝進士題名由大諫錢公始,曾楚公、龍學公踵之,太師魯公、丞相蘇魏公諸先賢,時嘗留題。今存者,賢良公"姜相峰"三字,與舍人呂縉叔所爲"林少卿墓志銘"而已。中間陳君舉再爲吾州,其子瑩中有書房在山巔,鄒志完、郭功甫過之,蔣穎叔將漕往來,亦題名其寺。改律爲禪,屋老而碑非。惟端明蔡君謨之刻巍然,并存題名,爲詩文凡六:其三在寺,三在州治郡庠。若雒陽江之涘,摹拓者無虛日,愈久而愈完,豈非山靈海若之呵護歟? 抑世情好惡有薄厚也。

住山僧無可,一日合諸公碑刻,敞舊奉先院爲"墨妙堂"以棲之,與蘇東坡柯氏瑞鵲章、黃魯直蓮花岩銘、陳瑩中詩並帖,近時大參李漢老、謝任伯郎、儒冠温叔皮詩贊列於壁,屬予記其事。

吾老矣,文不足垂世,且素不習字,而嗜古學之心猶在也。

嗚呼! 自古文廢於隋,學者不見古人製作久矣,能由漢隸以考周秦籀義者絶無。蓋唐晉之帖,鍾、王、顔、柳,多工行書,世人跂慕終身惟恐不到,尚暇及其他乎? 君謨人物風流,不居王、顔下,其行書亦今日第一,此所以獨傳。然書之工不工,無深泥也,學者要當論世尚友,考其行事,似無愧於天地間足矣,而後商略古今之非是,悼石經之缺,補奇字之亡,猶不失爲蔡伯喈、揚子雲。若夫臨池嘔心,退筆成山,以謀一時之名,果何益哉?

乾道六年冬至後五日也。

郭　山　廟　記　　　　　(宋)王　胄

世之士大夫必廟食而封侯,非徒曰美秩徽號、瑞圭華袞,蒙君之寵而已也;

非徒曰潔粢豐盛,肥牲旨酒,享民之祀而已也。其勞在於國,其功加於民,則山河同其誓,日月同其休,是所謂垂名而不朽也。今郭山廟祀是已。

其姓郭,名忠福。其爵"侯",其廟"威鎮",其謚"忠應孚惠"。呈靈於五季,顯迹於國初。廟額錫於紹興之間,爵號增於慶元之始。迨今二百年間,國家寵渥有加而無已,并邑香火相傳而不替,是豈無所自而然哉!

生而英異,化而神靈。上則爲國保障,佐時太平;下則爲民休庇,相世榮達。御災,孚佑,福善,禍淫,消水旱之災,屏盜賊之患,利國安民周且悉,悠且久,所謂聰明正直者也。則侯爾封,廟爾食,壯爾廟宇,永爾祭祀,咸曰宜哉!

昔初立廟,凡百草創,未免隘陋。乾道間,邑尉陳君大方等從而廣之,恢其隘,侈其陋。撫幹陳公君説爲之記。凡士之輸財助力者,備記其姓名;侯之呈靈顯迹者,詳述其始終。自是鄉邑之祈於侯者,皆有稽焉。

歷歲既久,祈禱益衆。侯德所庇,鄉人富繁,文物殷盛,已非昔此。士庶僉議以稱侯之德,又從而增廣其所未備者。

歲在癸未,鄉之彥倡始其謀,鄉之士協力以贊。有財不怯其費,有力不憚其勞,有木有石皆争輸之。鼎新廟宇,翼以兩廊。後立寢殿可以燕息,前辟門庭可以趨蹌。由階而升,八十有二層,巍其高也,焕其麗也。

成之日,判簿戴公夢申作歌落之曰:"粢荔丹兮蕉黄,奠桂酒兮椒漿。儼冕黻兮輝煌,參鸞鶴兮翱翔。爆牲薦兮葷香,雞卜陳兮歲穰。驅百疫兮導千祥,蝗螟銷兮蛇虺藏。明綸巾兮天澤滂,徽名烏奕兮日月齊光,我民報祀兮永不忘。"神人相和如此。

其廟背負文章,面挹高蓋。龜山、育漿聳於左,魁罏、天柱聳於右。水環而山秀,地靈而人杰。携牲酒以受釐,喧管弦而召和,四時不斷也。自是侯之封號日增,而里之民人日殷,日富,日相繼而顯達。

夫冑時一夕假寐於館,有神相訪,出一篇示余。余受而觀之,乃侯之履歷也。晨興,有人來自郭山,以奉侯之意命余爲記,乃以夢中語援筆而書之。

宋寶慶二年九月朔癸未。

南安修復水利記　　　　（元）黄貞仲

南安邑令張侯夔,莅縣之明年,政通人和,民已安之、德之而頌之矣。其父老復相與造其庭曰:"是邑也,創始於晉。迄今垂千祀,雖歷代建置不同,而其治所則未嘗易也。比歲給事於郡,官弗寧居,其邑遂墟,故環縣之水亦失故道,而不可溯,民甚觖望。今公既復治署,百廢俱舉,而水尚汨於行,誠不能無望於公也。"侯蹵然曰:"是吾責也。"監縣亦赤馬丹、簿劉昌裔、幕僚翁榮輔,僉謀協同,遂考其水之源。

蓋縣之北有大葵山焉,東迤而高起爲雙陽峰,折西南馳爲蓮花峰,由峰曲折而下,是爲縣治。左右諸山趨而翼之者,莫不蜿蜒蜓蜓。然山有谷,有泉,絲髮而綸演,循其翼而下注。東行者至九皋橋,西行者至大坑橋,其勢始逮會於縣之南,而田之灌溉者不可勝紀。苟不防而導之,又惡得以澤民哉?

侯於是倡以己俸而趨事焉。其洫其溝,堙者辟之,決者窒之,堰以抑之,閘以節之。抑之則可以入田,而不置於川也;節之則可以限其去留,而不底於淫而涸也。其堰其閘,悉礱石爲之,費雖浩而民弗擾,負郭之田賴以無旱潦焉,民其利之。既畢工,父老征余言以記侯德,且以示將來。

嗚呼!水之爲利於人也尚矣,誠爲政者之要務也,故國家歲賴有司以修其防,復署都監以治之,然有司不以文具視之者幾何人哉!是水也,廢塞既久,又非若陂、渠、湖、浦之類,而侯乃能於父老一言之頃,復數十年不治之防,以利吾民,非知其政之要務者,詎能如是乎?宜乎人之利其利而不忘也。《傳》曰:"因民之所利而利之。"侯其有焉。

余少讀《河渠書》,蓋以天下之水爲憂也。今侯既能不以溝洫之微而忽之,則於其大者有弗力乎?苟惟是而勉焉,則西門豹、鄭國之功又豈得專美於前哉?且孔子之贊禹也不過曰:"能盡力乎溝洫。"夫如是,則將來可不一書於太史氏乎?予何足以傳之。辭既不獲,姑志其歲月以俟考焉。

南安金雞橋記　　　　　　　　（明）朱　鑒

泉之南安縣西數里許，有大溪，古名金雞渡。環溪之前後有金粟、紫帽、清源、翠屏諸山。東則翼以黃龍江，西則殿以飛陽廟，郡邑之勝概於是爲最。

讖云："金雞通人行，狀元方始生。"宋宣和給事江公謹，因葬母，造舟浮橋，建炎丁未始造成，梁文靖公適生。久舟廢，嘉定間郡守葉廷珪命守净募緣創爲石墩，架以木樑，覆以樓閣，人甚便焉。是時文靖公名魁天下，其言足徵也。

入國朝洪武二十二年鑒始生，又九年道經於此，橋之規制猶有存而未毁者。永樂初，梁閣没於災，僅三五石墩存焉，人復病之。又十年，爲今成化己未，太守徐公憫人病涉，乃謀諸同寅，欲修繕之。有工師李王生者，告云："水深數丈，無容措手足，未可爲也。"公乃率同僚友往視，果如言。越數日，王生走報云："沙漲數丈，功可舉也。"公又與同僚友往視之，復如言。乃鳩工市材，命知縣馬燧、經歷鍾强董其事，與凡趨事施帑者，咸出於歡心。

迨兹歲五月朔日落成，沙忽退去，水深如故，然則橋之作殆有數與？其規模視昔有加：墩十有七，每墩架桃木九十有九鋪，巨樑有十，上則建長亭八十三間，旁則翼遮屏三十有四。

雄哉斯橋也，僉曰功成不可無記。太守曰："知斯橋之顛末，今之老成惟都憲朱先生在。"遂以記請。予曰："先正謂平政君子。歲十一月，徒杠成，十二月輿樑成，民未病涉也。若太守者，其知所以爲政歟！"

萬石陂記　　　　　　　　（明）洪　顯

陂以萬石名，蓋用萬石累築而成，故曰"萬石陂"。縣西三里許即其處。元至正戊子，縣令張夔爲民興利，募衆建築也。

源出葵山之陽，延流而下十里許抵陂，復由陂繞縣南十里許接龍江之潮。溉田萬餘畝，諸家咸蒙其利，雖遇水旱，人民自若也。厥後爲洪水沖決，奔放入江，莫有疏導，畎澮皆涸，田成龜裂。值雨暘時若，則秋成可卜，遇亢旱則苗立槁矣，不惟失西成之望，抑且乏供國之輸。如是者有年，繼知是邑者目爲泛常，無有如張侯之用心而勇於必爲也。

天順元年，吉水鄒侯璉至，循良豈弟，子惠人民。蒞政之明年春，備聞陂頹民病之由，乃惻然曰："邑令者，民之帥師。民之失利，即令之失職也。"於是率耆老詣陂所，相度其淺深廣狹，計諸家田畝之多寡，量出入以修築之。凡承教令者，莫不同心畢力。經始於天順二年正月念五日，訖工於三月二十五日。其民樂於赴工，蓋與"靈台經營"之咏無以異者。

是陂也，可放而放，則無水溢之患；可收而收，則無旱乾之虞。由是人民悦懌，罔不舉手加額曰："豈弟君子，真爲民父母矣。"雖然，思昔孫叔敖起芍陂而楚人蒙其惠，鄭國導涇水而谷口受其恩，民到於今稱之。今鄒侯能築堤障水，導灌田疇，利澤廣被，功流後世矣。故下民爲之歌曰："民社寄，政平易。築萬石，興水利。昔無苗，今有穗。"其得效之速有如此者，豈俾孫、鄭二公專美於前哉！

邑之耆宿凡若干輩，同征余爲記，用鐫諸珉，垂不朽云。

獨善山房記 在州九都大豐山下，明邑人歐陽秋讀書建。

（明）蔡　清

予少有山水之癖，雖家居闤闠，而心未嘗不往來於泉石間。嘗一樓雲谷矣，未幾以累挽歸，念之輒悵然。每登高以望雲谷，隱隱在東山之限，舊日之松竹杳藹，猶依依有迎人意。北顧清源，巍乎高哉，先民之景行猶在目睫也。南瞻紫帽金粟飛仙之事，不知有無。西望九日山，庶幾猶有秦隱君子者乎，不得載琴書而從之游，既而靜言思之，是亦隘也已。

丈夫生世，蓋自許多分内事在所當經營者，奈何直踽踽然山間水涯，自諉爲宇宙一閒人而已哉？彼海濱之老，商山之翁，大抵皆非其夙志之所期者，此何時也，而可引以自況耶？用是不自揆其愚不肖，猶時與一二士友，竊論當世事。適友人武榮歐陽時察來致其尊甫元之君之命，屬予爲作獨善山房記。

噫嘻！予方讀《岳陽樓記》而有味也，君乃縈予《盤谷序》，何哉？世有登山而採玉者，亦有入海而採珠者，予以是又私喜嚮日之好，又有與予同者，則亦未爲全非也。且古之君子，達則兼善於人，窮則獨善其身，二者固不同矣。然兼善善也，獨善亦善也。君子亦善而已，何必同洪君汝言武榮之望也。

予往見其所爲，壽君一序，備述君隱居豐山之下，孝友而善教，又能推其餘以賑人之乏者，大爲士論所歸，則君之善固已章章在人耳目，而於獨善之義果不負矣，予復何言？故於此獨詳予區區衷臆之見，始與君同，而終則不盡同者，非惟以廣君之意，亦因爲時察告而相與勉之也。

王曾不云乎，"吾雖不做，吾子二郎必做"。以予觀君之種德如此，而時察又穎敏出群，而忠信仁厚能不失其世守，然則歐陽氏豈終獨善者哉！是爲記。至若山房之形勝規則，時察當自能記之矣。予之記姑借以寄其意也。

武榮黃氏祠堂記　　　（明）黃河清

吾黃元司令忠勇公裔也，故燕人，南安籍焉。自是世遞而衍，子孫貌公之像，各祠於其家。

正統丁巳五世孫乾捐己地入於公，吾高祖捐己貲以創祠，六世孫變嗣拓而飾之。第像未尚立祠，且方弘治己未五世孫壽、六世孫慶、孫睿、孫銓、孫琛，復議重修。吾先子復捐己貲爲宗倡，乃易腐以堅，益卑爲亢，改䉾而嶒，隨像公及許宜人祀而落焉。

翌歲建兩廡，建前堂。又翌歲建門坊，皆如度。正德丁丑，河清自官歸。越己卯，造遷許像於正寢，以正公位，立二主，書爵，復列左右十室，二世祖及妣主依而侑焉。歲祭以爲諱日從事，今冬至而祭諱，則薦朔望，則參出辭，越旬而歸謁。冠婚告、喪告、誕告、爭告、能直告、善告、惡告，其於義於禮於情亦肅矣。宗人恐其久而墜也，授記河清。

竊惟初祖之祭，古所未有。程子方以義起，朱子仍廢之，以疑於禘也。朱子廢矣，歲率族人一祀於墓，是其情亦有不安者。先王制禮，緣人情而設，因義而起。農祭先稷，畜祭先牧，樂於夔，禮於周，其初固與我弗相維也。而祭之追本也，矧相維之祠可廢乎？祠之中，宗法寓焉，而又可廢乎？故祖之祀，士族所尚也，朱子亦非廢也，吾黄其敦之祠之。大較亙二十丈有奇，衡五丈有奇，楹以百計，若架、若挺、若椽以千計，費以子孫之産計禄入者倍，貧者蠲，好義者聽，是皆記之，詔於宗人。

賜進士出身、通奉大夫、南京通政使司右通、前翰林院、提督四夷館，太常寺少卿、吏部文選司郎中、驗封清吏司員外郎主事、十房八世孫河清拜撰。

永利圳記　　　　（明）黄河清

去南安縣治二十里許，有山曰"楊梅"，勢特聳秀。山之麓平疇綿亙，可百頃餘。土著盤互，若市廛然，蓋縣治之外一大都會也。

疇之洼而田者可十之九，阜當其十之一，山之泉溉田不能十之三。雨弗時，稼輒弗奏功，民病之。故老窮水利，抵通溪之源，溯源而下，至董湖。董湖之水駿駛，鑿圳引之可達於田，顧未有執其柄者。

正德甲戌越丁丑，旱太甚，民益病，洶洶然議轉徙。適河清自官歸，纍然來言，曰："相公活我！相公活我！"予愕而問故，乃具以事白，隨往閱圳，相其平險，衡水與地之高下，詥於衆曰："利，可興矣。第興利之中有大政焉。予，鄉人也，弗可以政。"乃白於太守石崖葛公，光大其事。嗣有咻者，公屬其罰。遂令典史唐必盛宣若令，耆民黃弼、黃子光、戴元裕董其役，衆大和。

會籌田出粟，籌丁出力，按粟出直鳩工，事事更番以佐之。自董湖溯於蘆口以達於鄭山，又自鄭山以達於琉塘，達汩港，達澗埕。辟障以鑽，堤沙以石，障洪以樹，御沙以栅，續斷流以槽。由是溪與圳會，圳與水會，水與泉會，如招而來，如游而歸，蔓衍轉注，支合脉湊，蓋四時雨也。

經始於戊寅春二月，訖於己卯秋八月。又修頹築堅，訖於辛巳秋七月。以步計四萬，丈計一萬，雇工二萬有二千，侑工亦萬有三千，備費百金有奇，粟六百斛有奇，佐費莅之。歲得稔可萬鍾有奇，可謂一勞永逸，一費永利，因名之曰："永利圳"。

夫仁人君子，利一時，功一人，且樂爲之，矧千萬人，千萬世者乎？以千萬人,千萬世之利而成於一時,數萬人之功,豈數適然耶!吾嘗聞前守亦有知而欲爲者,事竟輟。蓋興利之心旋發而旋輟,爲畏難所格耳。公力足以易其所難,故緒餘所至而續終焉。鄭國渠涇,西門豹治鄴,亦因水懋勛,史氏書之,以爲美談。公之勛史可也。元裕董礱石請予記,記之爲史氏地云。

公名恒,字志貞,錫山人,石崖其號也。起家進士,歷刑部郎中至今官。在郡修廢舉墜,急巨略細,皆可史,此其一節耳。

不老亭記　　　　（明）黃河清

去縣治西北二里許,峰巒聳峭,奇石矗立。中通外綻,若吐若舒,溪光野色,藻浮萍襯,儼然一蓮花也,因名曰"蓮花峰"。

峰之源實溯於雙陽山。雙陽爲泉具瞻,其氣之秀特雄渾,孕巧幻奇,固如是耶。在昔遷客騷人,元儒巨夫,游迹尚新,泉之登玩賽禱必之焉。

正德丙寅春,三月不雨。外翁趙省庵、叔祖竹崖公、家君玩槐公,禱於石蓮之巔,一雨三日。翁諗於衆曰:"景勝地靈,衆所趨也。盍宇以休之。"乃各捐己資,鳩工伐石,亭於石蓮之麓。榱甍楹棟、瓦甓檁梃皆石也。亭與蓮稱,因名曰"不老",蓋取宋戴忱"一蓮花不老"之詩之義乎?

嗚呼!至誠無息,天地常在。峰之壽依於天,石蓮之壽依於峰,亭之壽依於石。第人之禱者,賽者,登玩者,或歲而更,或世而屢更,亭若峰遞遞而見之,可感也。惟道德文章,有壽而不老者,則在人自力之耳。河清荒頹無似,謬竊峰之名以爲號,其敢依於此峰、此亭,共載於不老矣乎?

亭成於正德之初載。高一丈四尺,廣二丈六尺,深若廣,皆如亭。唱役之勛,省庵翁最;董役之勛,竹崖公最;相役則家君最。諸凡功於役者,皆列於左方。

游明心山記　　　　（明）黃河清

出縣治十里許,遥見一峰若立若卓,若文筆,若削玉,若蓮花高出水際者,明心山也，予素望而愛之。

　　一日游至巖麓，巖道陡絶，但聞入耳聲潺潺，訊輿者，曰："非泉乎！"巖棲信宿，覓一藤杖，令二僧隨携肴醴，溯所聞處。出巖百餘武，樹林茂密，風習習，有泉自樹杪鳴叢薄間，琤琤琮琮，斷續相應。偵樹根出入於深潭，潭畔多田畦，歲飲其潤。

　　佇立良久。又前數武，一樹立道周，若張蓋。樹下小池一區，周遭可丈許。上有亂石，流泉汩汩嗽石齒，注於池。予席池旁，流觴焉。又里許，泉自高蓋山尖飛動蜿蜒如舞白虹而下。至山腰，一石蹲立如青壁，泉循壁瀉，如垂乳，如懸瀑，聲瀏瀏趨於壑，壑趨於溪。

　　予跨一石，平如砥。面壁而坐，觀且聽，聽且吟，吟且酌。移時，僧曰前一泉更清灑可愛，留餘興往。移里許，遠望氤氲，銀漢浮閃，古木雜藤蔓，纍纍然。蔓中如蛇如蚓，迤演而行。初不聞聲，遇石穿罅，始呀呀然赴於窪。窪中之石凸者凹者，跂者伏者，卧而僵者，皆成奇像。草木生泉中，作四時青。掬泉咽之，泉清入骨。灑酒酬泉，投肴核爲侑。

　　從者報日暝，予弗知也。將登輿，見一坪約可坐十餘人，語僧曰："亟爲作四亭泉，予將記之。"應曰："諾。"

金　溪　游　記　　　　（明）王慎中

　　一畝之宫，環堵之室，堙陰而牖明，畜妻子其中，而身與爲處。出户而行，前有擊轂之車，而後有連帷之袨。驟而之乎空曠之野，寂寞之濱，蒼山崒嵂而高起，緑波澹蕩而長浮，則爲之忽然而喜，如出幽室，脱縛束，耳目爲之加明，手足爲之改適。此何異乎飫粱肉者悦蔬茹之食，酗醇醴者渴清冷之漿？其舍醇醴而即蔬泊，而不得謂之知味也，由其無所得於此，徒以迫劫於喧湫謷雜之甚，意煩氣倦，急於有所投而自解。峙者知其爲山，逝者知其爲水，而豈爲有遇於己哉！

　　嘗試登高丘，泛長川，見夫樵夫牧竪，罟師估人，争道而捷馳，疾榜而擊汰，以家爲赴，望望然不及，如其去山水之不速而恐其或後。以彼觀之，則醇醴之可舍,固在山水,而城郭室家,其蔬泊而思即在矣。

物之美惡無常態而有定形。山水之爲佳,而城郭家室之爲垢濁,亦美惡之大齊也。由樵夫牧竪罟師估人觀之,則所謂佳與垢濁者,舉易方而顛處。世之偶得放於山水,輒自謂絶去喧湫瞀雜之患,方多其所游之適,以傲乎城郭聚而室家居者之人,吾亦未知其美惡之所常也。飲漿冷者,暫快而非甘;嘗蔬食者,少蘇而不美。其甘美之常,固在酒肉也。彼驟之而忽喜者,意豁於久煩之餘,氣舒於積倦之後,喜且未幾,厭已生矣,何必不爲樵夫牧竪罟師估人?而何以笑彼之望望?

凡物之美惡無恒,而人情之欣厭有向,昧者挈情,以徇物中之厭欣,變於外之美惡,迭欣迭厭而不知自主,惟明者爲能以情御物,物變於外而不足以易其中之所樂。樂之取於物,未嘗無所寄,而皆其自足於中者之所取,則惡者未嘗不美,而況於其美?然後美惡者卒歸於有恒,而皆吾之所御,欣且不得而有,而何有於厭?苟其無所厭,則遇物皆適,無之而不喜,而奚待於忽然?

蓋吾泉州之江,自諸山發源而下,建瓴而急瀉,至於金溪而始演漾渟濔。山起於兩涘,高深之景相得,草樹互映,雲煙相鮮,茲亦山水之勝處也。之焉而急喜者,不知其何人,而吾獨與黄應初、洪舜臣二君往游而樂焉。

當其舉杯相屬,唱咏方希,而諧笑間作,計彼驟之而喜者,亦必有以同乎此。而山之峡然而静止,水之沛然而流行,接於吾目,著於吾心,形器都遺,而情神獨遇,信有彼所不能同,而吾三人者亦可以目擊而交存,而不可以口説喻也。然而其樂可以忘言,而其游不可以無述,故予爲記其意如此,使世之游者知吾三人之游而能樂,蓋其有以御乎物而談山水之美者,必出於吾,而後爲山水之美常也。

游之日,爲嘉靖戊申八月七日。應初名淑清,南安人;舜臣名朝選,同安人;而予晉江遵巌居士王慎中也。

修歐陽書室記 室在賜恩巌旁。　　(明)陳　讓

清源巍然,臺座昂伏,而東歷九侯山,將轉爲府治,石益壯以奇。巍者基累

怒虎鬥,列者堵墻,覆者瓦屋。煙龕風竇,若門若屋。若探營窟,以防葛天氏之民;若閱陋巷,以尋顏氏子之居。俯而下,躡而登,折而東,又折而南,反出於若門屋者之上。乃天空地迥,山岳開而溪海會,怪石環錯,居然翠微,固歐陽先生讀書處也,久且荒。

其裔孫琛大懼先迹弗治,捐己資,伐木陶土,拓舊址而新之,考極相方以完其美。中爲歐陽子讀書堂,西闢小軒,南北其戶,任風月雲煙以來往。東巨石援山而橫出者二,如承露仙掌。浮以飛亭,望滄溟而臨千里。南俯泉城,如晬盤觴豆,羅列幾下,午夜書聲可以相聞。紫峰在座,浸以晉江,若可架長虹,研硃而濡墨焉。此則歐陽書室之大觀也。

軒之西矮屋數間,闢東牖以迎朝曦。牖東石如崖門,由以入北室,奧然小區,可以居休觀妙。室右巨石如立蛙,前仰後俯僂以入,可坐數十餘人,固棲元之秘關也。是歲三月告成,屬兩山見吾子陳讓作文以紀之。

某惟吾閩風氣在漢如長夜,在唐如昧爽。而歐陽行周奮興於泉,乃能修詞立誠,挾策上國,至動陸宣公,名實與昌黎諸賢相上下,是固未可止以首登進士,破吾閩天荒論也。日出扶桑,風氣新而人文著,安得不爲楊龜山、朱晦翁之諸大賢倡?漸到天心,文治宣朗,則吾閩泉所以自源而流者,又惡可量哉?則斯室也又不得僅以可游觀山水論矣,茲固某所願有言者也。

若公平生行業之美,唐書本傳備矣。《禮》曰:"先祖無美而稱之,是誣也;有善而不知,不明也;知而不傳,不仁也。"則歐陽生修其祖遺迹以明著於後,禮也,宜籍也,乃鏤之於堂西之石。

臨漳通津迎春三門水利記　　(明)黃養蒙

郡城之南爲大江,上接屬邑諸溪,下通鉅海。城内漸鑿長河,股引海潮,一自臨漳門而入,一自南薰門而入,一自通淮門而入。潮水時至,皆達於郡學之前,而通淮之潮,其入尤爲最。先皆可以通舟楫,民稱利焉。

按郡志:河舊在郡城之外,爲城外壕。元至正間,監郡偰玉立南拓羅城,今遂爲内河。約溝砌石，東西相距數里許，夾河皆民居矣。

城之内又有八卦溝以泄市巷泛溢之水，有放生、肅清、板侖、泉山、行春諸橋，勢相聯絡，疏溝水以入河。大率城廓諸水與長河皆相爲委注，而彙歸於通淮以出於江。通淮之水則自東南入，與臨漳、南薫水會。說者謂當後天巽位。巽，東南也，萬物潔齊之方也。宋紹興中郡守劉子羽嘗於學宫鑿河浚池以通巽流。葉廷珪仍辟通淮水門，引巽水入城。嘗語人曰："今通此水，後必有大魁天下。"已而梁文靖公克家果應其期，以狀元拜相，則此河之浚，於科第人文尤有關，非徒爲民利已也。

嘉靖間郡守高侯越、童侯漢臣，嘗再浚之，然止疏内溝停蓄之水，而外潮竟淤不入。先是，河於關外斷以積石，蓋昔人爲防禦之備，後遂無開之者，而居民日稠，汙淖日積，以故外水不入，内水不出，雨水時至，溝潦衍溢，民咸病之。

隆慶戊辰，適靈湖萬侯治郡之三年，民既大治，乃考郡墜典，鋭意修復，而尤窮心於是河，以白於兵憲心泉蘇公。於時蘇公方練兵撫民，留意封疆，深然其議。而郡丞丁侯一中、别駕潘侯璘、晉江令羅侯名士，實相與贊助之。於是撤積石以通江，決壅土以入潮，而各於門内設水關，置閘板，以便防守時蓄泄。於是臨漳、南薫、通淮之水復其故迹，而潮之抵於郡學者，如昔矣。侯乃定爲啓閉之期，自初三至初五，自十八至二十，皆海潮盛長之候，每是日皆辰啓未閉，以通舟楫。蓋月開關者二，爲日者六，餘不得擅啓而扃鑰，守視則以屬於衛所之官。復於關内聚石級，置小舟，以便民間轉運。或遇有警，則仍以所撤之石堅塞如故。其於興利防虞之意，亦既周且悉矣。

大工既就，侯以三月十八日乘潮放舟。是歲適天子龍飛首科，是日又爲傳臚之旦，而黄君鳳翔殿擢第二人，遠近嗟嘆，以爲符於梁文靖公故事云。

夫川澤之灌注猶血脉之周流於一身，勿使有所壅閉湫底，其理一也。自三門之河既辟，而舊水可消，新水可入，以鍾其美，以出其惡，清氣磅礴，人文宣朗，理有固然而事又有適然者，宜乎人之喜談而嘉頌也。

然余又謂爲政有本，興事有機。自昔賢人君子莫不以水事爲重，而致謹於溝洫坊埔之制，然其忠信之心皆有所以本之者。侯自莅郡以來，直方廉毅，慈惠惻怛，凡可以安和乎人者，行之堅勇，不俟終日，則其於興功濟物，固宜若此其汲汲也。向當侯之未至也，上下五六年間，海氛不靖，震動閩嶠，即侯欲從事於此，其可得耶？自侯之來，年豐歲登，海波不揚，穀米充羨，士民晏堵，此又天時地利人事之機參合符會，而其微渺未易以究詰者。他日道德行誼之士彬彬然以科第顯出，而爲山川人物之光者，余固知其自今日始矣。

署晉江邑事德化令何君謙，偕邑學博余君采、董君秋葦，詣余徵文以紀侯功，因爲記之，俾勒諸石，永憲於後祀。

侯名慶，字子餘，和州人，己未進士，由刑部郎中出爲今官，靈湖其別號也。

邑侯靜泉甘公疏萬石陂水利記　　（明）黃養蒙

夫古今言興利者多矣。利在天地間，夫人能言之，而今之君子亦未嘗不以興利爲美，然而卒不能以必興，或興於數百年之前，而復有待於數百年之後者，何也？有非常之功，則必有非常之人，功固有待乎其人也。得其人矣，或氣數之未通，而時與人之不值，則或垂成而中且若陰有譏之而莫得其故者。故利與人遇，人與時遇，而後非常之功可得建，此古人興利者之所以難也。

余邑舊有萬石陂，爲元至正間張夔所建，迨我國朝，蓋數百餘年矣。陂之水發源於西北諸山，轉折而南下，合而東注，抱邑治而入溪，潮會而甃石爲門，以時蓄泄之。天旱則可以滋灌，而潦亦可免於淹没之患，蓋邑人莫廢之水利也。歲久湮塞，水無復東注，而南泄於溪，利廢而病矣。寥寥數百年間，率莫之有興者，豈皆爲力之難耶？蓋吾所謂人與時之難遇也。

邑侯餘干甘公，以嘉靖乙丑春來莅是邦。甫至，則博詢民間利病所當興革者。嘗以暇日登九日山，攬萬石陂故迹，因憮然曰："此利源也，奈之何弗興？"乃於是簡邑之耆民而迹陂，丈遠近而相其高下廣狹之所宜。湮者疏之，隘者拓之，計費鳩工而使用之。隸於陂者出其力，而捐己資以助之。於是民皆知侯之爲利己也，群趨而競勸，不數日而工告成。

夫侯爲此舉，特一時聞見之敢爾，以費則不甚鉅，以力則不甚難，然前乎此者，以數百年興之而不足，而侯以頃刻興之而有餘。公帑一無所費，而利遂與南安相爲悠久，將非所謂非常之功，必有待乎其人耶？

夫天下之事要不難爲，惟患不爲耳。使侯皆如前人之因循而待代以去，則誰得而議侯者？而侯斷然爲之，而竟以成功，得非氣數之通，適逢其會，而天然乎於侯與？不然，何數百年未舉之典，而獨舉於今日也？

自侯之疏斯陂也，陂水流通，沆滿彌漫。余嘗城以登，則見夫金溪、黃龍之水繞乎其外，而此陂之水匝乎其內。海潮西入，陂水東下，而陂之水東與潮會者，復西折而入於城溝，以達於縣門之左右，縈紆回互，若襟若帶，蓋煥然一邑之鉅觀，而山川融結之氣繫之矣。異日鍾秀效靈，人文將駸駸向盛，侯此舉豈獨灌溉之利乎哉？

侯直亮其心，平易其政。自莅任以來，輕里甲，平徭役，省浮費，袪宿弊，其所裨於民者，固不可一二數。至於修舉廢墜，尤其夙心。若修九日山祝聖殿宇及建千石陂、翠光亭、社壇、潘山、鳳凰、康店等橋，以通人行。而議修高士峰名賢故迹，固皆侯明作之政，而此陂之建，則尤爲百世不磨之功。古所謂有功德於民則祀之者，非與？

惟時邑耆民洪宗耀等相與勒石以紀侯功，而後言於余。余惟侯之功，其經理規劃之詳，錦泉傅君已記之矣。今復因士民無已之請而重之記者，蓋慶邑人遭逢之幸，而值時與人，以舉此數百年未舉之典，而又因侯之舉而知天下之事不難爲也，於是乎書。

隆慶元年歲次丁卯仲春吉旦，賜進士出身、通議大夫、户部右侍郎、前吏部考功司郎中黃養蒙撰。

南安縣龍鬚巷雙井修復刻石記　　（明）黃養蒙

南安之山，自雙陽西北行，至蓮花峰又折而南向於大溪，轉移如龍之變。邑治據其高阜，儀門之外辟二迲以通往來，又鑿雙井以便民汲。

故老相傳：堪輿家名二巷爲龍鬚，雙井爲龍眼，肖形取像，術家之說不可知。要之，古者建邑居民，溝塗井巷之設皆有深意，然後可以鍾美孕秀，誕育人文。歷歲既久，二巷爲民居所侵，僅存尺許，淖穢傾積，不可以行。所謂龍眼井者，考之郡邑志，惟云九龍井在縣之東，龍眼之名，實本於此。西井，民屋其上，漫没已久，志亦無考。

邱侯來令南安，既已善政和其民，乃陟相降觀，以度民宅。謂附郭之地，民居日稠，勃蔚熇蒸之氣，當預有以宣泄。咨訪故老，尋二巷故址而辟之。廣以八尺爲度，翼以闤門，南折而達於通衢，砌以石基，預防侵移。東井仍舊，浚深。新鑿西井以配於東，深廣如之。於是憑高以望，邑宇崚嶒而昂聳，櫛比而鱗附。披道夾而内屬，井泉冽而上出。老幼嗟歎，以爲大觀。

夫"通茀不行"，《春秋》所議；"改邑不改井"，大《易》所著。故宅民者相其陰陽之和，辨其方位之向，審其經緯之端，通其水泉之利，此政之大綱也。侯於兹舉，可謂知所先務矣。於是士民相與刻石，以大復古，永詔後人。

重修大盈橋記　　　　（明）傅夏器

甘侯宮以江右餘干鄉進士令南安，飲冰茌政。越二年，能以政和其民，而民是用休蒿。視我南安之民困於倭爐，諸營苴苴塌廢，謂亂緒也，不可以怠弛理。既修萬石陂水利，修西山壩、千石陂，以溉近都之田，百廢蒸蒸起矣。

而康店驛之南有大盈橋，上吞大羅山東來四十里之水以注於海，旁溉溪南北腴田無慮萬畝，其路通閩廣往來衝衢，部使按郡邑及商旅之負販，陸出者經此尤多。創於宋嘉熙間，屢圮屢修。近復以倭亂圮，往來艱涉，至移驛傳於晉江安平鎮以通使客。甘侯乃湫然嘆曰："橋樑之不修，詎惟行旅阻嗟，實王事不供是懼，而胡以邑爲？胡以守邑爲？"於是捐俸首倡，鳩材聚徒而砌焉。不征遠，不煩公，期令旁居近民以成始終。即時水涌波砰，過若歷塊，其轍迹遂能以南北通。

經始於嘉靖丙寅年二月初三日。橋成，舉人林大柱，生員周浚，耆民陳登之等,請余記其事。

夫此一橋耳,修圮而治亂征焉。昔之圮也,以倭亂也;今之修也,無亦惟天其悔禍而假手於我甘侯以鋪治平耶!使車馬電拂,旅途虹通,方來無虞,利往有功,無惟惠也,政其有治乎!

昔者人謂斯何?今者人謂斯何?侯承亂餘,勒此明功;余承亂餘,勒此明功。秉筆揮槧,感極而傷,傷極而幸,幸治平之情不自勝也。因爲之記,而系以詩,勒諸道左。詩曰:

惟彼大盈,水自中注。迤北而南,萬里通度。天作之橋,以代方渡。嘉靖己未,倭寇作蠹。浸淫不已,四塞蒙霧。蕭蕭飛風,冥冥亂雨。蛟起蜂騰,莫測變故。我侯之來,淑慎舉錯。廢者以舉,頹者以固。有橋中峙,惠聲載路。我水維悠,其流播播。淺有葦葭,深有魚鷺。我道有蕩,我行于于。公有車騎,私有轉輸。侯在有懷,侯去有慕。此邦是庥,無我遺斁。

修南安萬石陂水利記　　（明）傅夏器

南安縣治,朋山起之,清源、大葵掎之,蓮花峰迤之。自是彌爲平原,闤堞建焉。山環水匯,左自朋山東,北折而西,又折而南,至鵬溪入黃龍江。右自朋山西,北折而西,又折而南,至萬石陂入金雞江。維陂障水東注,抱邑聚與鵬溪合,是爲山川融結,乃壯都會大觀。歲久陂壞,水奔放入金雞東流,不交地脉解竇,負郭田畝苦西流靡蓄,既易於旱傷;山溪暴漲,苦東流壅於陂,不任泄,又易於潦傷。建邦拓迹,相度陰陽,決排地利之意,暗乎没矣。

甘侯宮以嘉靖乙丑莅兹土。誠篤其德,平易其政,明察嚴於吏胥,節儉蠲於徭役,用能惠懷於我有民。登臨縱眸,慨然嘆曰:"美哉,洋洋乎!邑有山川,相之在人;邑有水利,興之在人。惟我畎澮之有灌溉焉。我利導也,涓滴珠玉。"

乃畫便宜上請,捐俸首倡,計畝均力。庶民趨事,應若鼓而來若子。於是乎疏圳道,自萬石陂引水東行,經延福寺,繞城壕以會鵬溪陡門,達於金溪。陂口兩旁涘岸,度水勢與田高下而築堰,堅厚其灰石,蓄水之匯,泄水之溢,以待旱乾,備泛濫。繞邑南門,東會鵬溪陡門入江,潦則兼由金雞而泄。相度水會,若天爲塹,若神趨工。平疇耕作,轆轤成龍;激水上施,亢炎若雨。一望千頃,秀實離離;渙若橫雲,錯若綴珠。民於是乎仰事俯育,有厚藉,實惟懋功。有事則壕塹迴環,隍積水而深,城憑險而高,守禦不鑿而固,實惟懋功。無寧茲陰陽會合,山川孕育,衣冠之英日熾,龍虎之榜增輝,實惟懋功。

考之《元史》:至正間,張夔始建此陂。今二百餘年矣,惠澤猶在,故址未堙。侯茲修復,寧二百餘年惠澤已耶!陂以萬石名,侯方起家縣令,數未盈漢之萬石君家,祿秩亦惟此之數而滿意者,侯必有後,其以萬石昌乎!山川靈秘,茲始兆矣。爰勒諸石,以俟後之人。

見龍亭記　　（明）傅夏器

南安邑庠,上迎大朋山、大葵山之水,下通黃龍江之潮,環庠爲泮,旁溉民田,一望汪洋。

先是,邑大尹唐公婁江改庠前馳道,築石橋於田中,以通行旅,望之蜿蜒若龍。少鶴丁公署邑篆,廟謁畢,覽而嘆曰:"茲非龍歟?在田見龍象也,而首下伏,其蟄未伸。"因捐俸築亭以象其首,命之曰"見龍亭"。

是亭也,前向黃龍江而昂,此江之神騰怪兆文,自石起宗以來,咸以此征休祥。公之作斯亭也,固非知往事也,詎有神默相耶?其成也,若神所使;其兆也,人世所異。

公清德仁政,視篆浹旬,聲稱炳蔚。神之相矣,天造地設,而默以兆啓。乃今而後有應龍祥者,乘瀚雲,翼疾風,聳九閎而耀八紘也,詎不稱異耶?

亭成,諸庠士歡然嘆南安人文之盛,自茲愈熾也。邑博樊桓、王士魁屬記於夏器。

於戲!《易》取龍象,飛象君也,見象臣也。見龍在田,臣之盛節也。龍能噓風雲,騰霖雨,散熇蒸,以澤潤六合,萬物所以蕃盛也。《易》之見龍,《傳》曰"龍德而正中也"。其所以爲龍德,惟是庸言信,庸行謹,閑邪存誠,善世不伐,德博而化。

夫乘時以澤物,龍中之龍也。戀德以應時,人中之龍也。表裏山河,襟帶日月,亭羅景也。朱拱翔雲,飛甍騰霧,亭告兆也。豢之以煙雨,濯之以清波,長其鱗翥,布其爪牙,有司之德而學博之功也。持之以敬慎,主之以誠信,善以一身,澤及天下,諸士子之成龍,而有司所圖也。樂其成而共其事,大府和州萬公也。其作亭,二守丹陽丁公一中也。其記亭,傅子夏器也。其時日則隆慶二年孟夏望日也。

蓮花石巖室記　　　　　（明）傅夏器

南安附郭之勝有蓮花峰,層巒疊石,纍纍若蓮花之錯落。隆者几張,卧者綉盤,錯者棋設,架者鐘懸,罅者劍斷,呀者鼇伏,怒者虎踞,貫者魚頡,突者鳥頏。迤南崇岡磷埼,竅然爲石室,如堅有棟,如覆有罩。上有箭道通天,光朗而下照,層宮岑熒而嵯峨,與蓮花峰刿崺嶜崟争奇瑰。向之菝叢、土湮、草翳、藜蕪者不知其幾歷祀矣。侄孫履約,始披剪蒙薄,艾厥荆棘,鑿石門,辟石徑,甃凉亭,砌欄榭,雜植嘉木異葩,披蘭桂,鬱芷蕙,而紀以八勝。

余履巉巖,攀危石,攝衣而上,四顧嶄嶄嶂嶂,崔巍壁立,崚嶒聳骨,簸邱跳陵,騰青霄而馭雷霆,山水大觀有在是者。古之賢豪覽其勝而樂之,則有抗節危言,批鱗折檻,即百折而不屈,姜公輔氏以是流寓此間,今北望姜相峰是也。

余至石室入坐,煙火迢杳,飛霧蒙朧,軒軒綽約,寥廓靚邃,水瀾不驚,山青長環,迥絶乎塵埃,山水大觀,有在是者。古之賢豪覽其勝而樂之,則有挂巾投笏,鏟採埋光,即没世而不悔,秦系氏以是盤隱此間,今西望隱君亭是也。

余縱登其巔,遠瞰日盡,海色煙浮,天光霧繞,列嶂雲屯,溪流蜒蜷,吞吐萬千,曠若躡閶風閶闔之閎閱,山水大觀有在是者。古之賢豪覽其勝而樂之,則有神契真倪,與造物游,障百川,回狂瀾,宇宙無能爲廣大,江海無能爲盈虛,朱紫陽以是曠覽游戀此間九日而還,今西望九日山是也。

子之構是勝也,古未有聞。發之自子,始不知山川有助於人耶,不知子助山川靈耶,不知吾子與山川之靈兩有待發耶？因爲之記。

詩山郭山廟記　　　　　　　（明）陳學伊

出南安縣治之北八十餘里爲詩山。詩山十二都之巨村爲社山,村之北可二里許爲郭山。山有廟,廟有神,郭其姓,山以此名。山之脉自文章山而來,龜山、育漿、高田、高蓋諸山環左右而向之,一澗之水自西而東,紆迴曲折以入於溪,亦邑東北之奇觀也。

山以神名,亦以神勝。神之名曰"忠福",世居山下,以十六歲蛻化於山之古藤上,里人異之。又以其屢有靈應,建廟祀之,蓋僞閩時也。其後著靈於紹興、慶元之間,宋天子至遣官敕封之,侯王其秩,廓大其廟。敕凡三,珍藏於大姓黃家,蓋四百餘年矣。廟凡再拓,則宋撫干陳公君説爲之建,教授王以公爲之記。王之記則大學士曾公從龍爲之書,兩碑並樹廟門外,亦已四百餘年。

嘉靖辛丑之季,島寇不靖,鴟張於詩山、永春。吕尚四復起,詩山人褚鐸復應之。大姓築堡於廟之北,與里人三四百輩避其中。堡中乏水,賊更番困之。鄰堡率鄉兵三百,以半夜銜枚直趨廟門逐賊去,堡中因得取水,而賊死者十餘人。賊意爲神也,詰朝縱火焚廟殆盡,仍更番困之。堡中炊米而餐,幾不支。是夜天大雨,而賊所用攻堡藥亦燼於火,遂終以爲神,遽遁之他方。

當是時,廟中二記俱毀,而黃家所藏諸敕亦爲賊裂棄無存。其後賊平,里人稍稍復居,因以次漸葺,廟貌金碧,雖未得遽如昔時,而規制宏敞,則大都不失其舊。蓋予再游時視初游時既有間,三游時則視再游時峨然改觀矣。

予嘗讀《八閩通志》,南安祠宇僅載五六,城隍廟之後,即繼以此,誠重之也。詢之里老,云：敕之端有宋人記述,里人有吳惹者,素喜事神。一日,以掾職赴京邸,奉香火偕往。宋帝宫火,神麾以白旗,火遂止。是以有紹興侯爵之封,其詳在敕中。《通志》亦頗言及之。果爾,則亦異矣。然神能滅火於數千里外帝王之邃宫,而不能止賊火於咫尺自樓之所。《志》中又載,宋時賊將入境,神引之他往,里得無患。乃不能遏嘉靖辛、壬之賊,使之猖狂得所欲而去。又不能預阻里人之邪心,使之叶謀吕賊,以重汙里名,則何以稱哉?豈汙隆盛衰,天實爲之,神固不能爲力耶?要之,降一夕之雨,焚囊中之藥,救三四百人之命,亦不可不歸其功於神。吕賊倡亂,里人誤附,竟不終朝撲滅,又安知非神所爲耶?語云"聰明正直之爲神",蓋郭將軍之謂耶!

予重游里郭山,備詳神之終始而具著之,俾後之游者考焉。

重修雪峰巖樓記在楊梅山。　　（國朝）蘇希栻

南邑迤西諸山,莫大於吾鄉之楊梅。吾家世宅於其下。山之半有雪峰巖焉,爲真覺禪師葬親之所,而樗拙和尚作爲巖宇以奉其香火也。

真覺,吾鄉人,出家於會省之雪峰,此亦因以爲號。當唐末五季,閩越作鎮時,其葬父母也,不過窀穸苟營,封樹無識。而樗拙爲僧,則在宋南渡後,理宗紹定之朝,去之三百七十餘年遠矣。乃一念皈依,大作巖宇,以爲崇奉。今巖之中堂建爲大樓,上塑三世尊佛大像,下列真覺傳授禪祖,則其所崇奉者,非真覺毛裏之父母,乃真覺淵源之大父母也。道固一脉而相傳,心亦曠世而相感,即無論其傳燈微旨,誠諦真如,而斯巖斯樓,實山谷第一蘭若也。

往時閭里殷富,檀施者多有,僧數輩爲之住持,賓至如歸,留題滿壁。近數十年,頭陀日遠,蒲塞風微,香積厨虛,給孤路絕,徒使寥寥,孤僧躬耕自給,而危樓廣殿,任其風雨飄搖。議修葺者,工費實難矣,此豈惟苾芻之罪,抑亦檀樾之羞乎?

余乃遍閱其摧剩蠹殘,堅木完壁,尚有半存。及今圖之,倘得百金,便可集事。乃計巖前後雜樹爲薪,可鬻五十金,遠近善信聞而施者,亦可鳩五十金。遂召一二巧匠爲之設機張轆,先正其衰圮,而後漸易其頹朽,可因者故,可革者新,專命從弟子矩及僧超鏡董其事,而余時程督之。

始於己巳季冬,越明年春盡而畢工,蓋費僅百金,而初完此樓。其餘山門方丈,前後客舍,不暇及焉。余謂此巖興建,每與吾家相值。方樗拙經營之始,吾十世祖諱一鳴公,捐資助搆。而未幾有子諱敬公登第,蔭垂兩世。逮明宣德之

初，功德主柯氏，大加修建，而吾梅祖爲之檀主。於時孑立一身，故以子孤爲禱，而及今七世族居，生聚逾五百口。祖德深厚，佛力果報，有自來矣。余將持以勸世也，故特揭此以樹之標云。時在萬曆丁未春題。

萬曆癸巳重建金鷄橋記　　　（明）蔣如京

金鷄橋，宋宣和間造浮橋，嘉定間壘石墩，樑以木而屋之。遞毀遞修，載在郡乘中。迨今距正德四年毀又閱幾十春秋矣。樑毀石墩猶在。至萬曆十二年，有當道惑於險説者，欲溯渠灌南方斥鹵，興建衆之役，拆墩爲壩，會檄去乃止，完而未拆者三墩而已，人益絕望，是橋無復興理。每部使者至，詢問民疾苦，耆老請益力，有司益難，莫敢動也。

余不敏，承乏斯邑，諸廢墜者，每於公餘漸次修舉及重建。秦君亭落成之日，余乘高寓目焉，則九日山之從雙陽而來者，盡於一眺石，若將舒翅展翮，盤舞而南。而圭峰山之擁紫帽而突者，奔於金鷄山，若將昂頭聳肩，跳踴而北。兩情相授，而一水經絡潛穿其間，周圍抱以諸峰，誠山川血脈所關。若有橋爲之聯其隔而媾其交，何啻涉險一便？而余始慨然信斯役之不可以已。

有坊里徐士采、洪尚稷、柯蓮毓、洪有纘等，復陳其利。顧工役浩奢，上供既不捐贖鍰，又以積穀，飢民所待命也，乃有稱前令夏碧泉築城時故事，按籍計產，出率錢，設撲滿，攔水道稅船及往來行旅渡者，則諸民夫可更番役也。

余曰：“是其事寧無強所不欲哉？本以利民而強之，爲德幾何？”余悉不用，先捐俸以倡。又爲募簿五十餘，委坊里約正副，就民題之，有無多寡隨願。又爲簿紹介晉江寅丈蘭皋應公，以請於彼縣之士大夫，得資若干。余喜斯役之可成也，乃敢以聞於上，而撫院許公、按院劉公、興泉永道楊公、太守汪公，不以余不勝任，俯而聽余。楊公、汪公又各捐俸補助有差。

余乃禱神揆日，庀具鳩工，果有神明。余營度之日，石墩在中流者，深不可測，衆俱難錯趾，一夕而水漲沙平。昔徐公源、李公哲修建時，亦有斯祥，數固不偶云。

規劃既定，諸工匠詣官授直，令六七耆老分功而督。而吾寅丞江君景浩、寅簿傅君懋霖、典史吳國定、巡簡吳宗賢，輪日監之，不動官帑半鎰，不役民間一夫也。

石墩之拆者高之，墩架以木，橫六直五相枕，由短漸長以承樑。樑闊有八尺，袤一百十七丈有奇。樑平以板，板鋪磚石以防水。翼以扶欄，建亭九十三間，增舊十。蓋亭多則連綴固，颶風無虞拔。亭蓋以瓦而灰匝其瓦縫。下樑旁各有遮屏，東西竟其長，亭南北各有庵，塑觀音、玄武像於中，答神貺也。庵各立守視人。

上津李逸吉捐俸二十四兩，買延福、報親二寺田各十二畝以食之，給以券。工始於萬曆癸巳年十一月十二日，迄於甲午年八月十五日。橋成，遠近觀者，冠蓋士女拍塞無虛日。笙歌喧沸，燈球燭天，知民心之歡也。

余始不揆以蚊力負山，今而後可幸無罪。孔子曰："夫信而勞其民，以為厲己也。"又曰："不獲乎上，民不可得而治矣。"南安民幸而安余，然余亦安敢自必其無興厲，可必於民而不可必於上？如上聽稍移，一中蜚言，余且為罪府，安所俾成乎？惟是上下交贊，克告成功。蓋山川勃發之靈奇輳，而假手於余，余適當其會焉，敢自以為功耶？

今士民獨賓賓然構祠、傅像，俎豆余於橋北玄武之後，余安敢無作？爰立石記興橋始末及有大功於茲者。上而兩院，下逮耆民，皆書其爵里姓名於左；其諸助資少者，不能悉書，榜其數於各鄉約所。

是記也，非今日之為，亦詔來者，知慮始之艱，無忘修治之勤也云爾。

萬曆乙卯重修金雞橋記　　（明）柯有斐

金雞橋肇自有宋，其間興廢不具論，第就由廢而興者，備述以志不朽。

橋長亘百十八丈，橫寬二丈。橋分十三洞，每洞相距八丈或八丈六尺有奇。往歲邑侯蔣公弘溪鳩工修築，架亭其上，費金千餘。閱二十春秋，而橋亭及樑，日傾以圮，行者凜凜懼焉。

歲乙卯,橋壞日甚,濱於斷絕。邑侯趙霖宇公,悼民病涉,銳意葺之,而集思採謠,議者盈庭。或謂無亭不能蔽雨,或謂有亭勢且張風,或謂積灰不能疏水,或謂叠石勢必壓木,甲可乙否,漫無定議。不佞年耋,無所可否,第受成於主者之命而已。蓋此橋全收四縣雙溪之水,以達瀚海。兩峰峙立其旁,高風巨浪撼山摧崖,非若新浮橋之平波赴海,地勢寬而水勢稍殺也。

客歲仲秋,余與邑紳黃受我諸君,隨父母同至橋,相度所壞幾何。自陸登舟,往還數四。舟首甫東,而轟轟一聲,不移時而橋亭數十間頹然於洪波中。旌斾方抵縣,而報亭壞者踵至。趙侯慨然曰:"亭無風而壞,神告我矣,豈可以復延歲月?"已而憮然念:"比歲饑饉,民力竭矣。以濟人者擾人,吾弗忍也。"乃捐俸銀百五十金,繼以鍰贖。佐政李亦捐俸金十兩助其費。雖縉紳士民續有慕義而輸工者。

乃召耆民黃鴻昌等,市巨木,而令耆民柯乾夫等董其役。剔其腐蠹,而易以新木;斥其汙土,而砌以灰磚。兩旁欄石二百四十丈,中構橋亭三間,以便游憩。凡五閱月而功成,費鏹三百餘貫。

是役也,神洽而民獲永濟,皆侯一視之力與獨斷之功。是爲記。

崇禎庚午重修金雞橋記　　（明）周維京

金雞自諸山發源而下,據筍江之上游。建瓴急瀉,山川靈氣所渟滴也。

溪之有橋也,實自宋嘉定始。歷我明吏斯土者,先後修葺之。累石架木,覆以亭,量長百餘丈。厥後不戒於火,僅石墩齒齒存耳。迨萬曆十一年,吾泉兵使者拆石爲壩,以達水道,墩壞過半,蓋橋運之百六也。二十一年,縣尹蔣公如舊制,稍葺之。四十三年,縣尹維揚趙公盡撤橋亭,築石墩,其旁覆兩翼,中構一亭以備行憩,南北各顏之崇碣,儼然玉蝀大觀也。

崇禎三年,巨浸觸墩,漸將傾圮,行者患焉。幸邑侯李父母來莅茲邑,過而嘆曰:"斯非前人已就功緒耶? 若之何晏坐而視其墜耶? 且及今不圖,後益沖決,何政之爲也?"於是捐俸鳩工,令耆民洪邦楊等董之。凡上樑、下墩、旁翼、中亭,漸見圮端者,咸力鼎之。十閱月而蔵工。

諸紳衿士民共樂觀其成,而又喜其成之易也。然使爲政者不凜一其難於胸中,慮及他日,則安能奮然而勇爲？今日之易,倘或玩狃其易,務在循文興事,戒徒庀工之際,一切稍容其苟且,則其勢不得不遺後人以難,於是邑中息謳而鄭國無政矣。侯於難易之幾,燭之瞭如,戴星出入之暇,移注其精神於此,以故指麾一動而百靈效應,其在戒令勸勉之下者可知。

凡侯所爲收功易者,皆他日其難一念有以成之,然在今日之難尤翕然爲士民所共知者。蓋不築舍,難;不後時,難;費靡帑出,役靡農妨,難;知人而誠任之,無撲挾呼召之擾,難;功成而垂之永久,毋隳前人已竟之緒而克有功焉,又難之難者也。

橋去圭峰寺咫尺,余以習靜,時往來聽禪空說法,暇則共步橋上,水天一碧,概然有懷前人創始之功,至睹所爲圮端者,徘徊焉,默默思一轉語,乃未幾而長慮先之政通者,果不異人意哉。故因耆民之請記而爲稽其來歷,侈侯之迹。若侯之善政種種,則載在通國之口碑,不能盡也。

侯諱九華,別號滑疑,登崇禎戊辰進士,江右之新昌人。

原整理者按：原抄本此文末後蓋一篆刻玉章"外臺執法"。輯錄者按語："當不知誰人爲御史所用之印,疑是勝國之物,其玉色甚舊。"

游清源山記　　　（國朝）諸葛晃

泉名山有四：清、紫、葵、羅是也。其巍然居四山之長,開温陵一郡而毓唐宋以來人文之盛,與海内名邦相頡頏者,清源也。

三峰鼎立,左北巘而右南臺,皆具奇勝。齊雲巖居中,石室嵌空,名清源洞,爲宋裴真人斬蛇升仙之所,遺蛻在焉。山容秀蠹,多以泉石標奇。

自山麓至峰頂十餘里,初上爲碧霄巖,層臺飛觀,青楓怪石,相爲隱現。再上爲中峰巖,紆迴曲折,率皆絶壑幽崖,足令怡神動魄。將陟山椒,有巨石如荷,泉從蒂中出,琤琤琮琮,潺瑗漱玉,甘冽而瑩澈,蓋乳泉也,山與郡得名以此。

達齊雲巖,則峭壁夾天,長松匝徑,躡百十級而上,濤聲黛色,恍置身於綠雲滄海中矣。憑欄俯睇,見郡城形如赤鯉,躍渤澥中,而暴鬐碣石之上。九衢朝煙,萬家春樹,歷歷在几案下。

城以外,大海匯於東南,群山拱於西北,春麥若雲,秋禾如綉。傍有亭曰"天然圖畫",蓋實錄也。至若山之巒岫逶迤,其因石成龕,臨湍架閣,如蕉巖歸山,彌陀靈鷲,爲關尹瞿曇氏作勝場者,夜靜山空,則列嶂燈幽,諸天磬響,各自成一壑,不可殫記。而唐歐陽詹以甲第開先,榜夸龍虎,讀書臺巋然長存,覺雪窗螢燭,與嶺月岫雲,千載下猶相輝映也。

蓋以地論之,則茲山爲主,而紫帽、羅裳、葵山爲輔;以形勝論之,則衆山亦分符綰綬之才,而茲山則玉堂之英,金閨之彦也,宜其毓秀鍾靈,卓然爲名山之冠乎?

春觴既具,俊侶交攜,相與捫藤蘿,扣雲扃,磴道蒼森,苔莎綉軟,塵襟凡想,已蕩滌於清泉一勺中。且觸目忘疲,賞心獨往,如行山陰道上,興到則凌絶頂,瞰大荒,聆山花村酒之歌,吸海濤天風之勝,然後可以盡清源之巨觀矣。

游九日山記　　　　（國朝）張雲翼

泉州之西,山川盤鬱,有江自北來會。南安雙溪之水,歷金溪黃龍,徑於石筍橋下,是稱筍江。溯江而上十五里,有山曰九日。奧衍明秀,傳爲士大夫探憩登高之所。今年雨暘時若,萬寶既升,余欲行郊原視其盈寧之象,因偕賓從游焉。

出臨漳門,夙於橋畔連三舠爲方舟,載弦管壺觴於後,乘風潮揚帆。先之以魚艇縱橫水面,計烹鮮以供客。是時,曉嵐依浪,新日暄沙。洲渚之間,時有野老結綵於竹,鳴社鼓相迓,而從行列校人馬雜岸,知讓道被襖者,俾各攜嬰扶杖以觀。

余屬停舟,詢其歲計,涸於方言,殊不多解。但指顧箬屋、稻畦、鷄犬、煙火,色欣欣有喜也。因命射於圃,使糾桓者決拾破的,少示扞圉衛民之意。日中始抵通濟橋,橋既圮,剩累址如封堠,玉虹偃波,不可以跨。

橋西爲金鷄山,東即九日。乃登岸經延福寺廢址,先陟姜相臺,是以直諫忤德宗貶此,築室與秦系相近者也。系之穴石註《老》處,則在臺西。遂由東峰凌頂俯瞰,江光縈繞群山裒鏊間。南放於海,蒼蒼茫茫,目不可窮。降自石佛巖後,折而前,見系所爲爐、碾、盆、硯,遺迹宛然。並看蘇才翁所篆"高土峰",字蒼勁古質,如睹系之爲人。日將夕,自秦君亭移坐一眺石,於碧玉峽踏仄磴而下,過無等巖,尋前徑以歸。

余顧謂客曰:"山以人重,盛衰之故,山亦不能不聽消長於人。方九日之盛於唐,則高隱如公輔、公緒,於宋則游咏如朱文公、陳休齋,而磨崖紀勝則又有若蘇魏公、蔡忠惠之所揮題,乃俱湮滅於巖壁之間,與琴泉、雲井三十六奇,鞠爲茂草。今九日既衰,自有起者。追踪古人,重爲山靈生色,即厚自斂,寧能止林木之不復滋蔚乎?然山終亭亭無意增華,惟知觸石興雲爲雨澤,以相化育而已,何有於人事之消長耶?"客曰:"諒哉!如公言,此大臣端樸,不事緣飾,殫靖共以亮工之義也,請書其語,以爲記。"遂相與登舟,泛月飲酒,至石筍橋,此記已成。其時則康熙三十年閏七月十五日。

游石佛巖記　　　(國朝)洪科捷

歲在辛亥二月初旬,獨坐小齋,研硃點《易》,神游羲皇上世。忽聞叩門韸韸,則伯幬叔、騰侯弟,邀爲妙峰之游,躡履以赴。

一路蒼山綠水,着着入眸。晚到山麓,巖徑蕭條,松幹槐根,半爲樵夫薪火。至梵王宮,參石佛,孤亭巋然。騷人墨迹,若明若滅,苔侵半榻矣。轉觀音閣,鍾簴不改,爐火無煙,沙彌迎出,入方丈,水流竈缺,徒有四壁耳,而數椽不蔽風日。夜宿寺樓上,山阿寂寥,惟聞泉聲潺潺,與櫺風相和,感慨繫之矣。

夫佛持慈悲,昏衢巨灼,苦海寶航,多以濟世爲心,夫何凄凉之甚也?清晨皈依,香積散滿,山僧引人入勝。步仄徑,尋幽穴,名花暨草,鳥語蟲吟,頗有山中佳致。叩叢石,石門荒穢,斧以斬之,俯伏而入。中有一竅,可通石背。背脊嵯峨,推挽乃得上,意在探奇,不厭也。背上復負叠石,叠石半壁,空洞如龕形。山僧告余曰:此神仙宅也。佇立以望,飄飄然仙矣。

龕旁古樹盤結罅隙中,枝葉扶疏,宛然一道佳畫。又其上不數武,則土地石,石平,可坐四五十人。一躍登之,生安隱心。支體婆娑,結跏趺坐,四畔虎豹蛇龍,形容瑰奇,目不給賞。天下名山半屬僧,信乎!

同人間有倦色。余曰:"游名山如詣名理,不造極不止也。"夫乃攝衣而上。石壁千仞,下臨無地。中有鳥道,一綫可通,蜿蜒邐迤,亭午造其巔。回視培塿,俯伏如兒孫。其西則雙溪迸流,布帆挂風,片片飛來。東則郡會,金鷄曉日,筍江夜月,依稀在望。而極目渺茫,海天一色,始悟佛法無邊,空諸色相。天地吾室廬也,日月吾户牖也,八荒吾庭衢也,又何有區區數椽哉?向之感懷,不覺當頭一棒矣,因書以志其事,而系以詩:

爲愛崚嶒試一臨,碧峰路轉日陰陰。禪門不鎖煙塵舊,寒犬無聲戒法深。明天龍蛇紆客思,離披棟宇惹風吟。獨餘鉅石參天在,不共浮雲變古今。有洪紫農書"大慈大觀"四字,俗呼龍蛇字。

誰道妙峰特地偏?亭亭壁立點頭禪。他争土梗煩雕塑,此却神工肇自然。月照松林分寶炬,雲興澗壑一爐煙。何時索得驚人語?搔首携來問彼天。

石　跳　記　　　　　(國朝)洪科捷

環山之下有石跳焉。夫石跳皆石也,此何以名?曰:以其於中流激湍之處,而有數石横排於其間,狀若列齒,雖大雨參傾,山泉怪浪横空而來,而水去則依然如故,似藤漆水,蓋毫黍未嘗動也。

或曰:是石也,固天之所造,地之所設,而收四面之水,使回聚於此,以朝於大宗之前者也。然則我洪之富貴冠南邑,科第甲泉州,雖曰祖宗功德,而石與有力焉矣。

夫由前以至於今,不知幾千百年,而跳石鞏永如斯,則由今而推之,後雖萬億年而跳石之永遠如斯,可知矣。跳石永遠如斯,則我洪之科第富貴,亦永遠如斯,又何不可知之有哉?

然而人之稱我洪者,群曰:天馬來其後,發源長也;獅子當其前,錦屏秀也。古迹翁山列其左右,擁護堅也,而石未之及焉。石有及之者,亦不過曰此天生之俾東西行者,有砥矢之安,無揭厲之勞,如此而已矣。而豈知間氣之所鍾固在此,不在彼也。予故表而出之,俾後之議地脈者,曉然於形勝之區,不特山水供其職,即頑石亦爲之效其靈也,豈偶然哉?既已記之,又從而歌之。歌,原抄本失抄。

通 安 橋 碑 記　　　　（國朝）洪科捷

大宇地當安、南二邑孔道。舊有橋,直金溪迤東三百步許。後溪徙而西,與西澗合,橋遂埋,而溪之匯益闊,流益馳,霖潦泛溢,厲揭維艱。余頻年經行,心竊病之。

歲乙亥,議欲成樑,謀之樂善諸君子,咸有同志。筮日鳩工,參址架石。垂成,復圮於雨。於是深其址,增其崇,飛樑亘空。釃水爲三道,在東者二,在西者一,中爲石壩。窪之以殺水,蜿蜒穹隆,若虹若龍。從茲川慶安流,人歌利濟,命之曰"通安橋"。計靡制錢一十三萬有奇。

共其事者爲傅奏功、黃得先、王崇超、黃啓輝、趙翼鳳、洪應悌、葉長源、洪紹業、顏國選。國選家橋西,故命董其役。

夫道路橋樑,所在皆是也。公其善則可大,繼其事則可久。茲當告成,爰記諸石,以廣同人,且有示於來者。

乾隆戊寅年十有二月吉旦。

青 雲 橋 記　　　　（國朝）徐時深

彭溪,永、德抵泉之要道也。考邑志,故名浪溪。溪有橋,名"青雲橋",或曰"浪溪"。

高山四塞,淫雨傾盆。時萬壑爭赴走平原,勢不可制。巨浪翻空,隱隱蛟龍交鬥,逆折奔流數里許,然後達巨川,以故橋圮於水,蓋今父老不能記其年矣。

秋冬水涸,或作榷,或置小石,隆然出水上以濟。雨甚則不可以濟,濟則虞出意外。春夏之交，此爲畏途，識者病焉。

李君正煜，年七十矣，篤於義，傾資鳩工以營之。舊上有址，更徙於下。其北傍石，南抵岸，甃石焉。爲基五，縱幾丈許；橫七尺，旁樹石欄。

起於癸亥仲冬，三閱月工竣，糜金約三百餘兩。險者夷，陂者平，可不謂李君之篤於義哉！

夫除道成樑，修廢舉弊，士大夫之責也。而李君獨毅然行之，青雲橋今復偃然龍卧矣。遠客里人之過者，其可幸也夫，其可感也夫。於其成也，相與酒而落之，石以記之，是爲序。

乾隆歲次甲子年四月□□日。

重修鵲鳥橋記　　　　（國朝）陳步蟾

予少聞故老曰：鵲鳥橋，古迹也，在郡之南薰門內左轉不數武，過竹街而橋聯之。上通行人，下通潮汐。橋之石條有三，別一條離半尺許，以容閘之收放者，然其象有鵲踏枝之形。橋石惟中條光潤鮮澤，有自然黑紋，恍惚如梅鵲，細雨霏霏時，始能詳辨之。或於人踪稀少，朝陰夕晦，石上有舞鵲交鬥，見之者亦無所謂休咎徵，旁人以是爲常，不之訝。

會有麻瘋丐人過之，手持拳石琢之三而去，後遂不見有舞鵲交鬥者。歲咸豐癸丑□月，馬自城逸而下，橋折，而此所謂光潤鮮澤者獨存，馬亦無恙。附近居人慮其履之趺也，謀修之，長闊如其舊。予怪夫馬之自城上而逸也，何以不折則俱折，而偏於古迹者留之，豈天將以壽斯石，故有神靈呵護之也？

橋成，予爲之歌曰：橋之固兮，鵲其晤兮，行人其有餘慕兮；橋之成兮，鵲之靈兮，俾斯城永息甲兵兮。是爲記。

重修花橋廟記　　　　（國朝）陳步蟾

橋以花名，美稱也。予閱故家志乘，知所謂花橋者矣。古來東塗二關內外諸花擔，結市於此。時猶架木爲之，後易以石。橋之上有壇，夏暑雨，冬祈寒，貿易者賴之，以花名橋，以橋名壇，因以壇前名街，其源遠矣。

余又聞之故老曰：前明中葉，是街爲都姓者所聚族，迄今氏裔皆無所可考，亦猶之文山鋪新門街一帶，爲丁姓者之居，月異而歲不同，里閈門閭，幾易姓氏也。橋之左祀吳真人。廟之所由始與其人之所由來，碑記譜系詳之，茲不贅。

我朝雍正間火，修之。乾隆間又火。是時聖像及古銅爐瓶外，蕩然無存。辛卯二月興工，迨甲午臘月告竣，費白鏹二千三百有奇。董事曹鍾讓等勒石於廟之旁。迨道光庚寅患蟻蛀，太封翁陳君樹苾捐資又修之，未勒石，陳君已作古人。

越丁未臘月念五夜，火起於橋之右，從胭脂巷轉出府學口十字街。始燃於三更，蔓延於四更。時附近闤闠猶藉斯廟爲寄頓貲貨也。五更時，風力愈猛，更難撲滅。予於是議遷真人像及一切於他。黎明火至廟而熄。真人之力，庸俗婦孺咸知頌之。

是時瓦縫之蹂躪，樑棟之焦枯，旗杆之焚，斯廟之中，丹者變黝，白者變赤，宰官善信謀以修之，所費白鏹若干，皆好義者捐輸。有不敷者，黃君貽檀墊之。自經始至落成，陳君壽勛備籌畫，蕭君維芳掌會計，予輪督工匠，參酌事宜，不數月，焕然一新焉。

初，四川制憲壽臣黃先生，任粵東雷瓊觀察也，夢真人語之曰：予有難。制憲郵書來泉，未旬餘，而廟有回祿之警。非壽臣先生之福澤足以庇及梓里，不能致真人授之以夢；非真人爲郡之福神，不能於火當熾而焰息。廟不日而告成。

凡事非創之難，塾其事之爲難。黃君之功曷有涯哉？今石未勒，而陳君壽勛又作古人。予恐其事之顚末，後之人罔聞知也，爰爲之記。

花橋壇自道光二十七年丁未火，至光緒七年辛巳正月念六日申初，火從十字街常羊之維第一間起，延燒廣袤四百餘間。至寅刻畢，方騰空，四火俱滅。廟則祝融呵護以存，一無所損。廟外有盛世名賢坊，爲嘉靖三十八年己未科郡中進士九名建。我南邑黃襄、歐陽模、洪有第登是科也。坊圮於火。越十四年戊子重建仙姑宮，又買地以廣之，並修真人廟，至甲午落成。董其事盡登鬼籙，時又無勒石紀事。六男國仕附識。

重建考亭書院記　　　（國朝）陳步蟾

　　玉枕之麓，錦水之濱，有書院焉。傍屏山之講席，近石鼓之書堂，擬以紫霞之州，亦溪山一覽也。顏其名曰"考亭"。"考亭"者何？文公因父志而徙居，不忘厥考也。"考亭書院"者何？宋理宗詔立所賜之匾也。

　　然則考亭之地，忠孝之所，萃乎夫聖學，日在人心。人心胥本忠孝，教者溯本窮源。以爲教學者，顧名思義，以爲學親親尊尊、天下平治之理，日在几席，是庵雖號爲"晦"，而道統昭垂，則顯也。

　　自宋代興，至今有歷年矣。圮而修者不一，廢而建者不一，正以忠孝之故。經之於天，是爲日月星辰也；鎮之於地，是爲江河嶽瀆也；用之於人，是爲布帛菽粟也。

　　若夫碑題程子之詩，石鐫文公之字，此則園林之勝概也；臥羲皇於斗室，課風雨於升堂，此則肄業之勤修也；門停問字之車，戶脫來游之屨，此則仰瞻之嚮慕也。文章煙景，開悟性於四時；魚躍鳶飛，澈中庸於一貫，此又神而明之，默而存之，迥越乎懦頑廉立者之自成活躍也。此其中蓋有候焉，而亦原於書院範圍之曲成，斯可以馴而致之焉。惟然則重建者可嘉，而游於重建之考亭者，更宜勉矣。爰作歌以落成之，曰：

　　建之陽，山高水長；亭之中，養正聖功。可以教忠教孝兮，正軌是宗；可以卜世卜年矣，與古無終。書聲鞈鞈，聖道昭融。枕葄者流，衣被者流，咸謂重建維何兮，重以徽國文公。後之人，因以名書院者，名文公，尊文公，親文公。

　　謹按：考亭乃五季時黃端字子稜，隨父入閩，見建陽勝地，遂居之。父殁，葬於三桂里，子稜乃築亭山下，以望厥考，因名曰"望考亭"。朱子家於此，後人竟以考亭稱朱子。雖人以地傳，自古而沿誤也。先君子以文公因父志而徙居，不忘厥考，因沿誤而證以韋齋先生欲居三桂里而未果，至朱子居之，雖然實事，究非名之實義。子稜先生居建陽，有詩云：青山木笏尚初官，未老金魚是等閒。

世上幾多名將相,門前誰有此溪山。市樓晚日紅高下,客艇春波綠往還。人過小橋頻指點,全家都在畫圖間。六不肖國仕謹註。

南安錦溪諸山修築義冢記　　（國朝）陳榮仁

《周官》著冢人墓大夫之職,所以正墓位,蹕墓域,屬墓禁者至詳且備。洎月令布政,復有掩骼埋胔之典,而文王葬枯骨,當時尤嘖嘖然侈爲仁政。然則古不修墓之説,諒哉,其非夫子之言也。

南安壤甸偏窄,窮檐氓隸弗克有私兆域,華離磽确之處,若錦溪,若馬坪,若佛迹,若錦屏,若石角,後茂,靈秀,鵬溪,大小潘諸山叢攢,浮瘞鬱鬱焉,纍纍焉,蓋蒿里邙山勿遑也。星霜綿亘,漸即毀阤。每當冷節酸飆,淒晨苦潦,遺骼衆露,哀磷亂飛,蛇鼠穿臨陷之封,牛羊碎將枯之骨,恫心慼目,莫可名狀。日而月之,風而雨之,其不幸犁爲田,夷爲隴者,比比矣。其或幸而不田不隴,而陁敗隤圮,終無以保其一抔之土,而免於鑱夷,此樂善好義之君子所爲勤勤懇懇,掩之覆之,而弗思其暴露也。

抑蒙更有慨者。海禁大開,而後他族迫處,夷場鐵路,塹山堙谷,隳高增埤,其鑱削墳壟者何限？斯地幸而不當其衝,復得樂善好義之君子,體先王仁政之意,經營而封樹之,杳冥有知,當必能妥其魂魄,而不爲淫厲於兹土也審矣。然則雖無先王設官布政施仁之事,而其意之善也,將無同。

是役也,經始於光緒丙申年三月,蕆工於戊戌年十月。最凡修築一萬一千二百餘冢,縻白金一千六百零兩。募諸施者,職事諸人,皆樂善好義之君子也。

光緒二十有四年,青龍在著雍,嘉平月吉,前史官陳榮仁記。

黄旗山報恩禪院記　　（國朝）陳國試

天下事莫難於創而易於因,然因之而實創其難尤甚。

邑之十四都黄旗山,距郡六十餘里。中峰插天,陟甫及半,郡城已歷歷在目,如棋枰然,洵巨觀也。山之腰有報恩禪院,志乘失考,殆即唐天成中僧文浩所建之報慈院，郡志載在天竺山。天竺與黃旗毗連，"慈恩"二字形似，或傳寫有訛，抑鄉音錯改耶？

國試先世宅山麓，自徙於郡，未嘗一游，竊以爲憾。同治甲子與四弟楚白、族侄拔仁，躡履登眺，度其故址，凡五層，尚仿佛得之。前後已成園圃，石柱傾圮，率卧於荒煙蔓草間。古松古柏則爲風拔，獨桂與柳存。巍然古殿，大鐘已缺，僅一"嘉"字可辨，爲宋之嘉祐、嘉定、嘉泰、嘉熙耶？抑明之嘉靖耶？不可得知。

再巡頹垣及石槽七，深廣數尺，重剔蘚苔，上有"天聖四年丙寅三月"等字，"政和八年戊戌春造，弟子王助並家室余五娘捨"，另行存"宋"字，以下存"丙寅五月記，永充大衆洗衣僧令從造"。雖大小高低不等，是爲磁盆之亞歟！按天聖爲宋仁宗號，政和爲徽宗號，相距九十四年。而政和只有七年，至八年已改重和，或海澨山陬，頒書未及周知，猶爨碑之年月錯書例也。

志云：僧文浩建已廢，而天聖、政和石槽具在，則宋復建矣。去院百數武，路如壁立，有廠室，鑱壁草書兩行，如龍蛇飛舞，摩挲認之，不可識讀，必宋以前高人隱處無疑。廠室依然，禪院莫得詳考。考父老相傳，明萬曆有黃氏重修，亦無從可稽其實。據殿中奉其觀音而靈感最著，上雨旁風，不勝感慨繫之。然則補葺之役似因也，而實創矣。家大人曰："是當爲其難者。"於是倡捐，命族人董其事。告成有日，欣喜爲識緣起如此。

豐州集稿卷十

碑　　記

重修清源郡武榮州九日山寺碑　　（宋）曾　會

夫山川之秀者，閩中爲勝絶；閩中之勝者，清源爲靈異。故其著地形，辨土脈，陰協於鬼謀；憑高峰，俯空谷，幽居於佛刹者，其惟建造乎！

東去郡城十五里，南去大海三十里，左則南安屬邑，市人之所游集；前則晉江通津，海潮之所吐納。獨其西北，岡阜連絡，若虎而蹲，若龍而奔，黛滴藍噴，藏煙泄雲，自遠而來，豁然屏開，雙峰對峙，中坦數里，疑其融結之初，已張本乎造寺也。始晉太康九年，在縣西南，至唐大曆三年，移建於斯。會昌廢之，大中復之，五年賜其額。有沙門宣義者，諭衆以輸財，邑父老洪玉、丁潛同謀而市基。庵巖院落，總五十有四，得錫額者二十有一。

故其托平地，瞰懸崖，架石梯，跨澗水，高與下相叠，背與面相倚。草樹陰森，藤蘿交盤，檐窗隱映以回合，鐘磬春容以遲舉。樓台輪奐乎半空，門徑委曲於絶頂。每海日明，天籟生，虹霓掛峰，苔蘚縈壁。逍遥淡演，若在鷲嶺沃洲之上，雖勞塵俗志，至而穎脱，曾不知心因境静，境逐心閑，優之游之，真趣自得。允所謂東南之美，爲幽人之窟宅；造化之功，開後世之基址。故唐之周樸、張爲，聆風嘉尚，寄詩美之。

其大殿者，唐咸通中將取山材，先齋，禱次，忽遇人指其處，果梗楠杞梓者。是夕又夢許與護送。既而一日江水暴漲，其筏自至，了無遺失。大壯既隆，目爲神運。

自開寳中，連帥中令陳侯割俸增飾，兼重建三門焉。其東南隅別立奉先，報劬勞於考妣也。寺之講堂者，先是連帥鄂國留公造經藏於招慶禪刹。功既成而財有餘，陳侯繼舊治補遺事，乾德中興建立。至端拱中，寺用常住作亭於前，因以集講學而示宏敞也。

殿之前，衆作石幢石塔以引翼之。殿東南鐘樓者，周廣順中募衆財而造之，薦冥祐於含識也。殿之西北星宿堂者，濟南郡夫人建之，資景福於陳侯也。

寺之東浴室者，勸群緣而構之，用以滌外塵而植净因也。講堂東影堂者，通判團練使陳侯奉孝終於此也。西堂五百羅漢者，邑尹翁、留二君勸吏民以植福也。

東峰亭基，唐相姜公輔左遷是邦也，尋幽致而營棟宇也。西峰亭石佛者，獨標奇形，控壓列岫。唐徵君秦系昔爲隱君，勒篆曰"高士峰"。乾德中，連帥陳侯鐫而爲像，擇僧尸之峰之下，構以亭，因石爲爐、碾、盆、硯，皆系之遺物也。

亭之右，古松二株，偃蹇盤屈，異於常者。昔寺未遷，有老僧獨坐，志之謂晉時所有。今或天地陰晦，有龍盤攫其上也。北峰之南白雲井者，泉味甘涼，爽人肌骨，唐進士傅筍寄褐在兹，旭旦汲之，見雲覆波涌，中有龍躍者也。井之左檀樾林者，青葱聚秀。昔殿甫成，夜有神人擁徒歷觀，俄隱是所，今陰雨中有燈自明也。

林之下菩薩坑者，出大盤石，莫測其源，奔湍漱響，有聖僧時見也。坑之右石龕者，危巖虛室，人迹罕到，無等禪師昔常宴居。唐大中中，郡守問道，留偈旌德，今猶存也。古《金剛經》者，昔天竺三藏拘那羅陀，梁普通中，泛大海來中國，途經兹寺，因取梵文，譯正了義，傳授及今，後學賴也。凡得法要，分爲人師者，由大悲至岩頭，由觀音至朱溪，由天王至隆壽，由西庵至招慶，皆是寺所自出也。

大哉如來之教，見性以成道，假相以遷善，外以因方便，内以契真實。故塔廟者攝執滯而發信，根由回向而通覺路。念念自在，塵塵圓通。三界翳王，四生慈父，將必興者，待於時，繫於地乎！

吾皇帝平一區宇，百姓無事，是教於天下得以更始也。布告正朔，百越覃化,是寺於閩中得以勃興也。不然者,何窒於彼,通於此,若斯之盛者與?知沙門惟峭,主領有程,誨導不倦。始余間里間屢然來登樂作嘉賞。及端拱初,首與鄉書,息駕精舍。越明年登甲科,授勛丞直史閣,歸暇東歸,來追舊游,寺之黑白。衆僉謂,熟山水之趣,知廢興之本,作記事官,見命論撰,奮筆摭實,乃作銘曰:

天地成氣,融結著形。山澤之秀,東南炳靈。通海流澗,排空聳青。中有佛宇,昭然福庭。唯禪之門,亦覺之路。本乎虛空,孰爲堅固?運以慈心,拔其苦趣。瞻此儀形,與之齊度。巍峨月殿,重疊雲樓。石徑幾泐,煙巖半浮。松寒不夏,桂暖長秋。仿佛鷲嶺,依稀沃洲。緬邈聖賢,杳然長逝。盼蠻鬼神,聿來加衛。古物斯存,靈踪益熾。發揮寶乘,振灼遐裔。真人出兮,書軌大同。諸佛來兮,教法載隆。梵刹維新兮,郡邑其東。勒銘豐碑兮,昭融帝功。

唐相姜公墓碑記　　　　(明)傅　凱

樹直節於當時,流芳名於後世,此大丈夫事也。

夫臣之於君,謨明弼諧,相與都俞吁咈於一堂之上,而共成乎德業。初不相見,其所謂直,固所願也。不幸君有過,在所當諫;諫之不聽,而譴怒隨之,黜罪隨之,遂使君有拒諫之失,而臣有直諫之名,此豈其所欲哉?然視夫貪位固寵,依阿不言,寧覆公餗而不失吾私圖,則婦寺之所爲耳,惡足爲人臣,惡足爲大丈夫乎?

故爲直臣者,肝可裂而口不可緘,首可碎而志不可奪。嶺海煙瘴可犯而諫疏不可以不陳。其身家之利害且有所不暇計,而名何有焉?然書之簡策,播之天下,傳之後世,其名自有不可得而掩者,士大夫而不知乎若人,不重若人,則是無人心矣。此唐相姜公墓之所以修而碑之所以立也。

稽之史傳,公愛州日南人。德宗時爲翰林學士,預知朱泚之將叛,諫誅之而不聽;知涇卒之將亂,復諫取之以從行而不聽;及德宗欲駐鳳翔,又諫以張鎰之不可倚;及在奉天,又諫以羽衛不可不嚴:後皆果如其言。除公諫議大夫同平章事。既而德宗欲厚葬唐安公主,諫宜從儉約以濟軍興,德宗遽怒其賣直以沽名,雖有陸宣公之解不能釋,遂罷爲庶子。未幾,又貶爲泉州別駕。當時盧杞保朱泚之忠貞,而致乘輿播遷,宗社幾覆,德宗曾不之咎,公何負於國家而一黜不可復還?德宗何如君,是固不足尤,而直道不容於時,可慨也。

公至泉時,與隱君秦系往返於南安九日山,遂終於此。秦君爲葬於山麓,即今姜相之峰,秦君之亭,屹然砥柱並立。而故邱斷壟,頹然於寒煙荒草之間,幾莫能識者。別駕相盧羅侯憕以鄉進士來治郡幾五載,廉介公勤,崇儒尚道,雅慕公之直節。弘治辛亥冬,出按南邑,屬余訪公之邱壟,將立石以示後。乃謀郡守李侯、通判張侯、節推楊侯,同心協力,命工修葺,卜日具牲醴以奠,屬予書於石。

嗚呼!天地有正氣,人心有正理。正氣不容一日息,正理不容一日泯。當時若盧杞之姦,雖一時榮寵,至今人將唾罵之不已,其枯骨在地,尚有欲發而暴之者,況望其垂弔哉!惟其直節不回,可以質天地而無愧,此所以雖屈於一時,而起敬於千載之下者,尚未有艾,公其可以小丈夫比哉!

睹高山而仰止,啓後人之具瞻,侯亦可謂知所重而無愧於公之爲人,故皆可書也,因係之詞曰:

天地交而萬物通,時有直臣而不顯其功;天地不交而萬物不通,時有直臣而獨無所容。公之在唐,知社稷之將危而幽憂抑鬱之無窮。封章朝上,匹馬夕走乎閩山之中。忠言逆耳,王臣匪躬。自昔迄今,孰不仰姜相之高峰!滿林紅葉,孤冢朧朦。不有我侯,孰起其崇!鐫石以記實,蓋將使後人知異世而同風。

重建鰲頭石井書院碑記　　(明)傅　凱

鰲頭石井書院爲宋韋齋朱先生與文公先生父子而建也。紹興初,韋齋嘗爲是鎮官吏外,進民之秀者,教以義理之學,士向慕之。後文公來簿同安,屢過此,見其父老與其長上論說理義且詳,士用益勤於學。

嘉定間,鎮官游公絳,因士民之請,白於郡守鄒公應龍,相地於廨之西,爲書院如州縣學之制,建大成殿、尊德堂及富文、敏行、移忠、立信四齋,繪二先生之像而祠焉,仍給五廢寺田以廩。士之肄業於斯者,當時家禮樂而人詩書。

由宋至今，田既迷失莫追，書院爲風雨所震壞，地基爲豪強所侵併，而夤緣蓋屋，集墳於基内。郡庠生莊概等白諸巡撫張公，行核未復而去。後國子生莊楷奏行縣邑核實，將屋屏傾，復建中殿及門樓，而四齋猶克舉。

弘治丁巳十月，貳守桐廬羅侯憶公出按海濱，慕先生之遺迹，有感於夢寐而往拜焉。見齋地鞠爲草莽，内仍被侵蓋屋，門樓傾塞而傍出入，中殿黝掛，亦幾毀漫漶。咨嗟良久，而遂有興復之念。歸謀諸同寅，郡守四明李公哲等咸壯之，因立拆其屋，捐俸金十兩以倡。致仕江陰邑丞伍君環，偕諸耆民黃隆海等，各勸捐資之助有差。隨委伍君而下九人董其役，重建四齋如舊制，改建門樓三間而高大之。修葺中殿而塑文公之像於中，東小山叢竹亭西杏壇外，仍樹以石華表，而扁之曰"石井書院"。

興工於丁巳十一月十一日，畢工於正月二十六日。躬行釋菜禮而告成焉。仍欲建後堂而塑韋齋之像於中，以九載秩滿當行，乃計於民，許助未入之資，今書□□世志謙從入之，改日輯衆鳩工，以完其事。伍君偕諸耆民以侯之功不可泯也，屬郡庠生伍超、黃援來請記。

嗚呼！周室既衰，教法不行，堯、舜、禹、湯、文、武、周公之道幾晦。孔子出而集群聖之大成，删述六經，表憲萬世。群聖之道失明，灰燼於嬴秦，駁雜於漢、唐，孔子之道幾晦。文公出而集儒之大成，研極精微，解釋經傳，孔子之道於是乎大明。然則孔子有功於群聖，文公有功於孔子，而淵源有自，則出於韋齋與仲素討論之日，不可掩也，故皆得從祀於孔子之廟宜矣。而此石井乃先生父子教化之地，教澤之及人者深。石井如親炙之人，安得不軒昂其棟宇，巍峨其貌像，而致尊崇於無窮哉！然世之俗吏，以是爲法令所不及，而略不加之意。侯以鄉進士來官於泉，清白是守。政務之餘，一以崇儒重道爲心，能爲人之所不能爲，亦可謂有功於吾道，不可以不書也。後之士友相率而肄業於斯者，能以先生教人之法而從事焉。進以是道而行於國家，退以是道而善於風俗，則書院之重建，寧不爲有光耶？因書以並勖之。

莊楷後爲得慶州判官，莊概今爲陸川令云。

時弘治戊午七月下浣。

賜進士出身、奉訓大夫、致部郎中事、南安傅凱書。賜進士第觀禮部政、雁峰李雍篆。

董事九人及書碑人不錄。碑後勒題捐人不錄。

按：石井鄉屬南安。石井書院在安平鎮，晉轄也。康熙間修邑志，有修入石井書院記，究竟與何涉？石井者，宋安平鎮間，開一井數十丈，而不及泉，其底乃大石，朱子書"石井書香"四字勒斯石，而泉從字中出也。俯於井欄，可見四字分明，是井今在人家。近年有一婢溺於此，字自此不得而見也。門人倪鑒秋述之。璧堂記。

崖　山　碑　　　　（明）黃　澄

皇明嘉靖十二載春正月甲寅，總督軍務巡撫兵部左侍郎兼都察院左僉都御史陶總兵官、征蠻將軍咸寧侯苞鎮兩廣。

時維陽春，西山蠻寇，負固滋蔓，貽患最急。乃恭行天罰，閱兵七萬，釐爲三軍。維僉事黃澄、都指揮李森爲中軍，由瀧水進屯羅銀；右參政祝續、右參將程鑒爲左軍，由新興進屯灣口；僉事鄭允璋、都指揮高睿爲右將，由陽春進屯鳳凰，拱受成算，尅日俱奮，一鼓而擒。凡擣巢百二十有五，馘魁從趙林花等三千七百有奇，俘執如之，罔有遺者。

於是復田賦七百二十餘石，奠民居一千八百餘家。威德大沛，遐邇懷懾，獠寇殞膽革心，兩廣用靖。夏四月丁巳，振旅而還。

嗚呼！昔漢銘燕然，唐刻劍閣，考烈徵勞，何以加此。

僉事黃澄謹拜稽首而志諸崖山。

崖山在粵東新會，宋帝昺爲行官於此。元張弘範在此滅宋。後有輯爲崖山志，本專言楊太后、帝昺、張、文、陸三大忠等事。璧堂。

南安邑侯唐公生祠碑　　　　（明）陳　讓

南安令唐公名愛，字有德，號婁江，江蘇嘉定人，登嘉靖辛丑進士。宰茲邑三年,欽召內補。去之日,君子執爵餞於郊,小人簞食送於野,兒童擁車轍先後。遠者百里,老弱不能百里,亦二三十里。返舍於潘山之上,相顧而語曰:"自此官到任,無二三之令,無紛紛之政,無二藝之征,追呼之吏,冤滯之獄,清德之愛,從來未嘗有此官也。"皆對曰:"然。"

又相顧而語曰:"此官今已去,百不可留。惠在吾民,曷云能忘?思在吾民,曷云能已?惟立祠塑像祀之,庶幾朝夕若或見之,答惠愛而永民思。其於國家,勵庶官,子惠元元之意,亦有所贊發,後世有述矣。"皆對曰:"然。"

相地潘山通衢之南,捐資市材,會工爲堂三間,崇以榱題,中塑公像,遠近來觀,莫不歡喜曰:"肖我父母唐公矣。"有未肖則令工易塑,至肖則又歡喜羅拜。公得民若是其深,必於聚其所欲,勿施其所惡。得其心百姓至愛,一念至誠,惻怛之微,與民感通無間。不然,豈可以聲音笑貌爲哉?

耆民□□□、生員□□□謁予,言公美政,不可殫書。今撮其大而可書者:清鹽戶詭奇以免借編,計畝均糧以省賠徵,折糧省運以餌侵漁。歲省民數千金額,乞一言以永諸石。

予嘗得觀婁江之政之美。婁江之可思者,正在於可書不可殫書之間。此三言者,尤公聚其所欲,勿施其所惡之大端,實政以傳舍,視官之吏,思慮皆不及此,知及之亦漫不肯爲,卒沮焉而不敢。惟公獨觀於利害之原,冒浮議一澡滌而釐正之。小民得其所欲,喜若更生。大家違其所咈議,然皆信公心無私。君子行政必先無告,而後富人,興革之始,未有無咈議者。惟有受惡無私之心可以俟後傳遠,必有咈議然後此心可得而見。苟此心不信於民,雖無咈議,君子必不肯以彼而易此。不但咈議,縱改公之政,小民失其更生之歡,大家失其無私之信,得失之際,是又在彼而不在此也。今小民悅其惠,大家信其心,則公之道其所行也遠矣。

公好深沉之思,宰官百里而心無一時不行乎百里之內。爲政三年,其爲民慮,每及乎千百世之遠。神思運行乎千百世之遠者,無一日不在乎武榮百里之封。愛民一念,出於至誠,惻怛之微與民感通合一,則其享百里之祀,以至於千百世之遠也，豈逾德哉？

昔羊叔子守荆州，強魏窺吳，至誠一念，洋溢人心，登峴山墜淚一點，至今人思之不忘。杜元凱勒功二石：一置峴山，一投漢水。而人思元凱不若叔子之爲深。蓋元凱之用在迹，叔子之用在心。天理不落形器，貞珉固形器。吾文公碑，以公之心理神思在南安，不落形器也。

是文從舊抄本，見吾公文集傳抄，保無帝號之僞，當搜尋原碑校正。唐公之祠，勝國建於潘山。今潘山未見有此祠，抑傾圮，其基址諒必父老知之也。俟查。璧堂。

平寇碑記　　　（明）鄭　普

海巨寇曰阮其寶、四師老、林剪毛者十八種，爲患於閩、浙、交、廣間二十餘年。嘉靖某年四月，掠同安小嶝嶼，被執者二百餘人，小嶝遂墟。旋掠東石，圍攻深滬，而惠安屬地則一歲三四至。民遭殘毒，視北擄尤甚。

吾郡侯習齋程公至，即講求所以禦之之計，白之監司，建會兵館於城南。治戰艦數艘，募水兵千餘人，分遣文武材官截守諸路。是年五月，阮其寶寇圍頭，統二十餘舟，吾縣貳丞馬一洪，指揮孫廷槐，實承侯命，發四澳兵船攻之。侯下令曰："能得賊者，賊所有悉與之。"又曰："汝勿浪擊，勿妄殺無罪民。"用用命。

五月二十一日，與賊戰於小嶝南岸。自巳至申，破其三舟，獲賊三十餘人。賊退保草嶼。是嶼萬石所結，峭聳孤出。忽夜聞有聲，爭解維遠避，乃風浪交作，舟悉沖没，爲五月二十八日也。賊黨宵遁，阮其寶獨携共舟者八十餘人屯嶼上，以覬援兵，然煙火已絶，勢將自斃。

先是，石井鄭汝暢、張本應數人爲賊所執，至是歸且以報侯。侯命馬丞發舟攻圍之，戒曰："此窮寇也，毋深逼之。"六月初一日，舟四集，賊度不能免，輯殘謀遁。衆合擊之，斬其寶首級，獲其妻妾並賊徒番子，浮尸蔽海，餘黨先後奔竄。指揮張文昊守浯州，盡索得之，械送侯庭者二百餘人。次日，賊援至，已盡殲矣。

未幾，林剪毛復合黨寇蓮河，方揚舟爲登岸狀，其酋檣忽壞，心惡之，乃自焚舟而去。是月十八日,寇晉江石湖,又寇蚶江,民爭奔訴。侯復命馬丞宵赴,集諸社有力者百餘人,自隨披甲上馬,約曰:"却而顧者,死!"衆力倍奮,遂手殺賊,獲十四人,焚二舮。賊乃遠遁,民以寧。

侯思戰苦之民,於是親行海上,召諸效命者勞以酒肉。張十一、張尚魁身被數槍,命至庭而慰賚之。登石井墩臺,料賊所向,詔諸父老曰:"浩浩乎,波濤之大,渺無際涯。浯州一山,逆流高出,此天地造設,爲環海藩屏,賊難突進,且非潛伏之區。爾民務自爲守,緩急相應。吾且申諸戍之令,責諸息事者,使前後無可乘之隙,則爾屬保無虞矣。"

嗟呼!群醜煽禍,天道所厭。至仁溥群生,幽明咸賴,我侯得天之威,平禍之易一至於此,積威敷德之效,何容言哉!不肖家居是地,目擊戰功。敬將目睹,輯爲實錄,庶頌功歌德,而後之觀風者,或有採焉。

漳州二守北門許公生祠碑　　　(明) 傅夏器

嘉靖丙辰仲夏,漳庠生魏文翀、沈震,監生張甫,舉人顏若愚,介於蔡子烈,以漳鄉先生及其士庶之意,謁余曰:"我漳二守北門許公,德成政立,所至俱不可泯忘於民而生爲祠,維我漳之受惠渥而祀,禮弗可廢已也,請有以紀其實。"

維侯名鑰,字準卿,浙之錢塘人,舉辛丑進士,授進賢令,改教授松江,晉贛州推官,以及今職。淹於官途者十五六年於兹矣,而持身居官,終始斬斬。吏初謁時,例有公堂供奉,侯一無所受。至於饋遺蒸糈,纖細率盡却不染,冰乎潔也!

漳俗囂於訟而事繁,侯案無留牘,朝至夕發,處之若無,所事其精如此。而尤恤於刑,讞最詳平。縉紳有過,力爲保全,不以精故爲深文刻詆。當此時海防急,議者欲增稅橋房粵船,命已成矣,侯執不可。大略言橋房水波蕩折之所,小民無以爲生者,厝屋其上,以資糊口,課額不可爲常。舊額已爲民累矣,而況增之乎?至於粵船,捕採水居之匹船,筏之小者,課無幾。乃方艘巨舫,今編號聽調用,已出不得已計,若復征其稅,則必以爲名而陰博厚利,莫之能禁也。老姦巨猾由此造番舶生意於海外,爲患大矣。於是議遂寢,並增浯、汭等處課鹽,俱不行。

龍溪八都港口，衆謂可以築陂興利，侯親爲相度籌利害，溉田無慮數千。龍岩礦賊千餘，勢且煽亂，侯命武舉生林時化諭以威信，中其忌諱，賊遂遁去，威信旁孚。至漳平感化之寇，聞之，亦盡解甲。其有德於民甚溥。

乙卯之夏，淋雨不止，且害稼。侯齋戒，徒步涉水以禱於神，神應侯節，雲駮日穿天地開，除暴漲不涌，禾乃大熟。及丙辰春歲事將興，又久不雨，民皇皇。侯自引咎齋焉禱雨，雨亦應侯節如往歲之禱晴者。府治之東有虎，七八爲群。侯爲文以告於神，募民驅之。無何，虎遂引去。禱晴而晴，禱雨而雨，禱虎而虎害息，其精誠之格於神明如響。蓋侯孝友稱於家，學問聲於世，秉身潔己，一介不取，有四知是畏之節；毀譽顯晦，不入其心，有三公不易之操，而其施於政者如此。

夫禮法施於民者，皆從一代之祀典。朱邑之於桐鄉，文翁之於成都，所居民治，所去民思，爲之立祠，久以不廢。漳人竊二邑之高義，遵前世之大禮，欲永永傳誦，以慰思慕。惟先生有以發其思也，惟先生圖許侯之德於永也。

於戲！循良之風邈矣。以刻爲明，以矯爲高，救火揚沸者比比，而民滋擾不聊生。許侯刓方爲圓，琢瓠爲平，與民相安，而民自不麗於網，且感恩而生，願爲之祠，乃知天下之吏治在此而不在彼。漳之祠侯也匪私，亦以勸天下之爲吏者也。

余嘉其事，因爲之序，而係以頌曰：

於休許侯，金玉涵德。學積淵泉，至性悃愊。匪摘春華，乃見秋實。漳俗嚚嚚，惟侯正直。漳俗桓桓，惟侯允塞。一誠所通，百僞俱息。天應休徵，隨禱靡忒。物從風靡，泡暴感格。漳山峨峨，漳水湜湜。有鬱佳氣，作廟翼翼。侯之在斯，父母是即。朝夕敬事，如恐不克。侯之去思，雨霖萬億。漳沾餘澤，時致矜式。於休侯德，悠哉無極。

南安邑侯吴公老父母去思碑　　（明）李光縉

邑侯吴公令南安，三載政成，邑大治。中丞王公具疏薦吴公，是以得滿考，給由奏最。天子下綸音錫之，所以襃嘉非一。

今天啓元年，侯將抱功狀入覲，適邸報至，擢爲均州太守。吳公乃釋覲事，趣裝將歸而抵州任。諸薦紳士民難其去，相率攀轅留之，不能止也。謀所以紀吳公之績，以垂永思，於是介文學王生鑄丐言於不佞緒。不佞謝主臣曰："揚休述美，此盛事也。有邑中賢公卿在，非鄙儒所宜能。"王生曰："不然，吳大夫喜得先生久矣。大夫誠禮賢下士，及門者延見無虛晷，然未有先枉車騎，自造廬而請者。先生足不及邑庭，寄傲山中，大夫再請而得見，此上世式廬折節之風，而武城宰所以得人於澹臺君子也。國士之遇是在先生，願先生勿辭。"

不佞唯唯，退而思之，耶谷之老人，涇陽之樵夫，是皆以山翁野叟不識官府之民，而能頌郡邑吏之美，使萬世下不但仰止其所頌者之清風瑞政而不可得，並其所爲頌者人可仰而名不可聞，兩有餘休焉。且吾夫子論先後進，左君子而右野人，則野人雖嗇於位，而豐於禮樂，亦有時爲士大夫君子之藉者。不佞樸邀，方今野人也，縱以足下請而頌吳公政，吳公其若耶、涇陽哉！無出罪我吳公之政南安也，可謂通治理，識時宜矣。昔之稱賢令者，不過曰持身欲廉也，讞獄欲平也，征賦欲實也。以是三者可政，今日不過得一廉靜長厚之吏已矣。

今有大不然者，遼左用兵，國課日急，加賦增派，名色多有，薄征緩輸，不可得而行也。姦僞萌生，獄訟滋起，請託盛行，枉直樊亂，按法停讞，不可得而問也。邑與晉鄰，山川林麓田園之利，二邑共之。豪右爲政，獻古成風，封屋奪田，恬不知畏，而豪家之子弟，官室之門幹，揪徒之集黨，橫行州域，搏擊劫掠之事起矣。主名不可問，答簡不必設，有司之法非行也。

吳公之爲南安亦難矣。吳公惟是本之以廉潔，先之以平恕，而後行之以震肅嚴厲，諸所爲戒暮金，寬贖鍰，禁官市物，斥例供之類，皆已布信於民，故令必行，而禁之必止。征輸急以應上供，程之限與力之間；訊獄平以達下情，參之理與法之際。亦間有追呼，但使完逋而已，無加兌也。亦嘗聞關說，但使依法而已，無枉情也。勢趁相激，時事俠然，非吳公意也。

吳公所盡心力者，在決河渠，引城西南之水以澆東北之疇。其所最目力者，在童生試，騁己雌黃之見，以通寒畯之路。是皆摧豪强，抑鑽刺而一意行者也。故雖晉人有欲未遂，爭未平，與才未盡録，輒走而訴之吳公之庭，就吳公之試，吳公皆有以使得所欲而去。獨其於投獻人室廬墳墓者，雖極權貴，不少曲徇，必痛法懲之而後已。他如修文廟，清義廩，嚴保甲鄉約，賑旱饑，優老恤孤，種種具舉。大抵吳公精於其職，治以嚴，輔寬而行，其得之英敏，振刷獨多。

余觀其最後署晉篆月餘，一何寬大長者。以撫字爲催科，以蒲鞭行教化，桁楊不事，民亦樂輸。南人嚴之，晉人和之，南人以爲神君，晉人以爲父母，以余所稱吳公通治理，識時宜者，率是道也。夫治亦審所尚而已，何必畫一。

吳公今行矣。九日山之下，黃龍溪之上，故有延福寺，壽聖習儀於是。吳公構堂於旁，爲更衣待福之所。大夫國人謂吳公所茇舍棠陰托焉，相與勒石，不諼其思。余且以溪山當耶谷，筆札當樵言。後有讀斯碑而峴淚者，得無曰吳公真德讓君子也，大夫逾垣閉門客也，豈其仰天薰艾，大呼若是於頌吳公，不誣不漏，質勝文也。是則野人已矣。君子野人兩相引，重有餘休也，寧非天啓初武榮一盛事哉！

吳公名廷諫，號如素，江西南昌人。以鄉進士授令兹邑。今擢州刺史。

辛酉陽春月吉，晉江宇下，景壁居士李光縉宗謙甫頓首拜撰。

此碑僕在九日山下延福寺口左畔之路。相距不遠，又一碑豎立，建亭以護。今亭圮碑殘，字無多也，當不知何事也。璧堂記。

武榮邑侯吳父母修城功德碑記　　（明）王　畿

南安去府治十里許，城墉古未有也。城之自玉融夏侯始。始侯當嘉靖之季，寇夷訌侵，民鮮寧宇，是用條便宜度地，據扼以衛我民，蓋此乃泉西一重垣云。歲承平久，烽燧不驚，即小有竊發，一虞候之力能制之，故有司緩視城築，幸得安堵，稱奉職無害，徒秋以去足矣，於濡衱乎何有？

南昌吳侯之蒞兹土也，滄檗拔葵，慈赤禮士，所厝注恰中利病，尤圖所以葺墜舉廢，爲久安碩畫。一日登城垣四顧，喟然曰："南邑處府治西偏，與晉安相犄角,而梅花、九溪之間,實清溪、永德所藉咽喉地。惟茲保障雉堞在,奈何置瑕圮勿問而以委土封,虛有其表,爲令猝有不測,彼乘墉斬關之夫,得無生睥睨也耶?"

於是捐俸貲如干,斥贖鍰如干,度同事邑簿胡君廉幹勤敏,遂與分董其役,仍石於城,藉土於濠,因工於傭,不糜公帑,不妨農收。不兩月而樓櫓埒垺之瑕者堅,隙者堙,委頓漫漶者飭,邑城百雉,煥然改觀。金湯之險,彌增而固。

始其事於萬曆丁巳之夏月,而即其秋告成。侯且咨民瘼,嗇物力,羨廩精搜,卒乘繩繩,實政漸次具舉。蓋自是南安誠安矣哉,真百世澤矣。

夫《春秋》書城虎牢,重設險也。莒恃僻陋,謂孰以我爲虞?至使楚陝辰克其三都,君子賦管蒯刺焉。頃者幺麼不逞,揚舲窺我内地,海壖村落之民,扶攜遁奔,望城郭如鶩,賴有固志。然則侯之綢繆徹桑,預設險以固吾圉,政《春秋》特筆所必書者,諸父老不能一日毋恃城,宜益不能一日忘侯矣。

先是,城功成,父老謀欲碑之,侯不可,曰:"古司空不視塗,尤以爲非固,豈其城復於隍,而秦越視諸?予不敢特陋廢備而興斯役,既告成事,復攘以自勞人,其謂之何?"已而侯以述職行,適不佞從豫章歸,過里門,猝有海氛之警,諸父老環城而頌曰:"微侯其孰遺我以安?可碑矣。"邑舊祀夏侯於縣治之左,茲將碑侯於其中,與夏侯並尸祝乎不朽。乃藉手諸子衿礱石,以請於不佞。今而後乃知士若民之不忘侯,有以哉?

侯在邑,故多善,不書。特書其城功者,揚其顯伐也。

重修武榮文廟並鼎建文昌祠碑記　　(明)鄭之鉉

武榮去郡郭十里,鱗瓦相望。文廟在邑之南郭,其地踞奎阜而瞰金雞,郡邑襟帶,文章爲盛。然歲間潦,山水所趨,溪流在趾。博士先生蛙黽之與處,時時若沉竈矣。廟貌之觀,丹青常剝,守土者歲謀修舉,炭炭與支祈_{支祈即無支祈,水怪名。禹治水,三至桐柏山乃獲。禹授多人,均不能判,授之庚辰以銳之。詳見《太平寰宇記》。乾隆皇上曾一見之。谷叟。}爭非一日也。異時士大夫之言曰:聖廟之制,沿襲故元,塑像而祀,淪於夷鬼。蓋自宋金華建廟堂,謂搏土肖像,失神而明之之義。嘉靖間行天下釐革,而郡國屬邑,因仍未改,武榮其一也。又上雨旁風,俎豆不肅,使佛老之宫、緇黄之輩,吾儕报焉。

宛陵唐侯司李形似獬。司理,刑官也,亦稱司李。吾郡,明刑正體,以振起斯文為己任,來署斯邑,顧瞻宫墙,徘徊而嘆。既而展謁聖像,瞿然謂博士張君仕達曰:"非禮也。"亟謀所以恭藏之者。乃自捐俸鏹於衣冠之座,前施坐障,示不敢毁。與張君為期約,庀腐飭瓻,綴以丹彩。闕門之内,言言翼翼,齋厨篋篚,莫不備舉。譬於靈光之殿,巋然故宫矣。齋舍故有書籍之庫,蕪弗治,即其中創文昌帝君祠而祀之。於是士子益踊躍鼓舞,不謀而合。曰:"非唐公,吾等寧有此?"張君使余書於石。

余竊觀文廟沿革,古今非一,而易像以主,尤尊聖之大者。自宋金華發之,及張永嘉贊行之,而武榮之舉及唐公釐正之,明禮若此其難也。世傳梓潼化書,不足深信,然文昌之位,象著於天。按:文昌本星名。星有七,在北斗魁前。天府主營計天下事。化書本黄帝子,名揮,始造其神,乃四川梓潼縣張惡子也。以文昌而證其神,全無干涉。神在宋時,求科目甚靈顯。朱子謂梓潼與灌口二郎兩個神,幾乎割據了兩川也。元代遂以文昌帝君封之,今仍封文昌帝君,實則無人議奏,以祀典改正之。其教主陰騭力行,積功累善,與吾夫子文行之教差合,其為張翼之精,司文章之命,固無疑者,袝於學宫焉宜也。

唐侯父子以壁經世其家,並起名進士,其為司理平明廉恕,哀矜勿喜。誦法孔子者,不當如是乎?張君博雅君子,人士歸心,刻期竣事,才如風,志如日,唐侯獨重而屬之。若唐侯者,可謂好賢如《緇衣》矣。

按:崇禎二年,攝縣推官唐公諱一澄,建文昌祠於敬一亭之左,此邑乘載之,未聲明以書籍庫地改建。唐公,天啓五年乙丑進士,寧國府宣城縣人。

南邑祖父母築城碑記　　(國朝)龔必第

武榮故豐州也,濱海依山,夙稱淳厚。舊無城,創自夏侯汝礪。始嘉靖之季倭寇内訌,乃以三十八年己未秋興工,越辛酉夏告成,閱今百有餘年,邑居聚落安堵無恙。

壬辰春,關東祖侯蒞兹土,敬士撫民,百凡勵精,沐浴歌咏者非一日。甲午冬，寇氛匪茹，變生意外，城之壞，蓋似有氣數焉。

侯目擊心惻，議築新城。爰酌諸里役，計見年之丁米，扣全年之供應以充工資，而即以下年接役焉。上無煩於公帑，下無損乎錙銖，遂不日報竣，殆若有神助者。侯經營課督，心力俱殫，周遭行視，劃若熨若，雉堞門樓如舊，隆聳倍之。邑父老爰鑱石以頌侯遺愛，竊心慰焉。

經始於丙申正月初五日，告竣於二月二十日。爲門四，聳以高樓，數如之。爲敦臺六，爲砲臺百七十有六，爲垜子八百五十有九。高二丈七尺，周圍九百五十九丈。木瓦灰石之材以數計之，縮敕度削之役以工計之。費實不貲，然皆情協衆擎，誼切樂輸，陝陝馮馮，迄用成城。

昔人云："衆志成城。"今也衆力成城。夫用力之難也，百倍於志，則能用其力，猶之能用其志也。今我侯能用其力，兼能用其志焉。以是知我侯豈弟子惠之深，而吾邑風俗淳厚之猶仍舊也。是爲記。

侯諱澤茂，號滋淵，歲進士，關東人。

南安縣重修學宮碑記　　　（國朝）劉　佑

自皇畿至於郡邑，皆立學而祀孔子，非特以尊崇先師，亦將以萃處一方之俊士，使之朝夕肄業其中，成德立業，以備國家之用者也。若然，則堂廡齋舍，庖庫器具，羽籥干戚，經史書傳，必備必具，始有以居士子而勸懲其率教不率教者。

顧自古治少亂多，民力困於輓輸，雖通都大邑，往往不能備物，以故學宮雖設，止於春秋釋奠，以應故事。而其所謂教化之實，究未有能行之者，又況乎僻陋下邑，財賦告詘之世也哉？

南安雖爲泉郡巖邑，而城垣湫溢，不足以立學校。故前賢相土宅基，獨建於城東三里許吴亭山之陽。負山面水，地理爲優。唐宋元明以來，迄於今日，名卿碩士，代不乏人。然而齋厨器用，干羽書史之類，不備不具，不能如古教化之盛也。

康熙甲辰，水溢爲災，門庭廊廡，半付波臣，所存者僅聖殿六楹耳。余於己酉之冬，書疏告募，而學博應君國貢董其役。於是戟門櫺星、大殿兩廡，以及啓聖、文昌、奎星閣，名宦、鄉賢兩祠，漸次復完。雖一時屈於物力，廣文舊署未及營建，然較之嚮日敗瓦頹垣，觸目蒼涼之象，則亦大不相侔矣。

嗟呼！士生今日，其亦猶幸而被詩書之澤，不渝於固陋；其亦不幸而不出於古之世，得被先王之教，修德勵行，不區區見長於文詞也。

余生平讀古人書，竊見古者教化風行之世，士行狷潔，民風敦樸，私心向而慕之，以爲苟叨一命，當必興學育賢，敦崇教化。雖不能如古昔盛時，亦庶幾使一方之人，移風易俗，不染於舊習之汙。乃待罪於此且三年，而學宮一役尚未克竣事，豈廢墜已久，爲之必以其漸歟！抑余涼德薄植，不足以感格群心而使之樂從歟！

博士應君國貢，諸紳某某等，請余記之。余辭不可得，乃爲書余之所慨慕修營之月日，以遺之後人，俾得漸次修葺，備物廣教以躋此邦人士於三古之盛，是則余之志也夫。若夫捐助姓名，尤不可以無紀，兹故並刻碑陰，以示來者。

復浦城縣金鳳門碑記　　（國朝）洪科捷

運會之於地脈大矣哉！驗之事後，歷歷可數。夫君子創業垂統，幾費經營，繼之舊章是率，乃爲無弊。閔子欲止魯人之改，晏子終復景公之更。府宅且然，況城闉乎，況城闉之休咎乎？

浦堞東門，原在龍山之首，出於巽方，右山抱左，去水環來，形勢翔集，林木聲若翩翩然，故名曰"金鳳"。於時名賢輩出，理學神童聞乎今昔。自明季爲堪輿惑，按：堪輿家不知至理，以八煞位何以爲煞。又以利器數件而絕斷山腰。此等邪惑，足見不知地道之至理，直以爲可與天戰，又可與地戰也，好笑之至。璧堂。改移辰方八煞位，且以鐵剪一刀一叉，四釘五雜，瘞於閫下，絕斷山腰，煞方直掃西極。余聞之邑人云：按：愚公能移太行、王屋，爾豈能斷絕山腰？邪術惑人，真可恨也。璧堂。清興八十載，旱潦烽災，莫不叠見。庠序人民委靡凋敝，登賢書者，鄉科僅數人，甲科則自故明萬曆辛丑後百三十載無聞矣，此浦地運會之咎也。

在《復》之六二休吉，有心者思欲復之，復其休也。時有明經徐芳桂毅然首倡，邑人咸悦，乃於世宗憲皇帝御極之元年癸卯，與紳士劉君璟、張君顯謨，僉告前制臺滿、撫臺黃、府臺張，蒙察輿情，咨大部，準復舊址。而前邑侯徐公球，暨城守楊公守金者，則因民之利，與衆紳士醵金伐石，塞地脈之斷者以續，復古制之窒者以通，新樓櫓於雲間，治道途於山麓，皆刻期以成，信如吕氏云："遷善之門，翻手可辟也。"

今上乾隆七年壬戌，距復時已十九載矣。余自雍正十三年乙卯秉鐸浦庠，見其歲序豐和，人民庶富，家禮樂，户詩書，士爲民表，俗淳而風振，文武登會榜者三，捷鄉闈者十有七。以斯門未復之先八十載，與既復之後十九載校之，運會之休咎，不大彰明乎？且驗之事後，不特有利於民，並利於官。十九載中之邑宰，如張公、杜公則升，趙公、楊公則調，皆前所未聞。即余之叨列祠垣，亦未必非由是而見。故此碑遲至於今而未立者，待有徵也。既有驗於文風民俗，而理學神童之緒，將來接踵而起，定有休徵。故此碑遲至於今而後立者，示後人知運會之所自也。適余歸省過浦，從紳士之請，而追記之，以見浦邑東門之復，非若春秋南門之復作也。猗歟休哉！爰書。

厥工肇於雍正甲辰五月十三日，至夏杪工竣，鑱石以告來者。其樂輸姓氏，胥列於碑陰。

大清乾隆七年，歲次壬戌冬月立。

重興九日山延福寺並清理田地租稅寺産碑記

（國朝）潘晉晟

九日山爲武榮名勝，東西二臺勝迹三十六所。中殿延福寺，溯爲祝聖道場。邑志詳載，傾頹日久。

康熙甲戌，邑侯李介持捐俸，鳩衆樂輸千有餘金，復爲增構，於神得宫式焕，堂相重輝，捐拓買田園及清出本寺原業，以備香燈齋糧之需。田畝糧餉，制定印册，交僧收管。其有功於禪林而增耀於山水者，豈偶然哉！

壬子春，余宦游歸里，躋九日，訪延福之勝。昔之焜然金碧者，忽而頹圮於瓦礫；昔之巍然軒翼者，忽而漂摇於風雨。祇園之功德，曾幾何時，而遂幾於湮没。方爲感喟未已，因諮詢其故，乃知住持不得其人，大姓棍謀變蕩所致，不勝慨然。夫以千年之勝地，合邑之福田，若不整頓而維持之，亦士大夫之過歟！

時方思圖復其田，逾歲，值司馬劉公祖，借補武榮。甫下車，即以振興百廢爲己任，如明倫堂、城隍廟、縣堂，一一贊襄重修。余已知九日山必漸次而理矣。未幾而邑之陰陽學黃天佐等以情具請，公祖可其呈，即弔訊鄉保耆民，查照前邑侯李公邱世印冊所載寺業，逐一究清，議釋謹慎，交付僧人指谷住持，管掌供課奉佛，而寺宇乃焕然一新。

噫嘻！凡事莫爲之前，雖美而不彰；莫爲之後，雖盛而弗傳。向使九日山寺非逢劉公祖爲畫一區處，則田業蕩盡，雖有名僧亦將望而思去，鐘鼓之聲，奚以時聞於林壑？是今日斯舉，其得力爲尤大也。然則劉公祖善積福緣，安得不勒之石，以垂不朽！而寺業之土名租額米數，安得不附此以貽將來無弊哉？

兹臘月既望，黃天佐、僧指谷，以余留心於九日山，索余爲序。余唯唯不能辭去，爰記其略云。

一、土地：山一片，立石下不等處，自東臺山至西臺山下截止，立石爲界。

一、園地：寺内東畔三層，各兩丘下落，二畝二分三釐。

一、田：五段十二丘，在西芹洋、虎碇口、金雞鄉、西芹山西畔等處。現納租穀六畝八分。

劉公祖諱浴，號素庵，直隸真定府棗強縣人。

雍正十二年十二月□日，賜進士出身、中憲大夫、雲南曲靖府加三級、邑人潘晉晟頓首拜撰。

其田業租稅，有在附近二十一、二都、三十二都者甚多，原碑竪在釋仔寺西偏，載有畝數、米聲、佃户等，名目皆被匪人琢毁，漫漶不可辨。據此，則東臺下至西臺下地段田園，皆屬寺産。

現在大殿外深井中，石俱挖去，開作田丘，約十三四籃之額。據父老稱，住持僧借黃姓小債，被他占管。惟東畔及殿後園不等丘，現占耕納稅，三大員逐年借完錢糧。糧約二三兩。東畔釋仔寺邊及大殿後園内，尚存龍眼樹五十餘株，係僧恒志照顧。每逢大生成時，年約賺銀二三百元。金雞黃姓視爲奇貨，每與僧人向五佛神前便擲杯珓，由多降少，僅以數十元估賺。寺僧叠遭糟踏，站不住脚，民國五六年付與流民老陳看管。老陳兼充城櫃糧勇，將龍眼賺與黃姓一百二十餘元，修理大殿。此碑雍正十二年十二月立。此碑舊志不載，斗船六月竪於碑下，手摸碑文尋繹其義，重爲抄存。

吳斗船於民國六年六月修志將竣，避暑於延福寺，並採訪九日山勝迹碑文。其斷碑殘碣，尚有黃養蒙所作《萬石陂水利記》竪於祝聖壇西偏，半没於塗，字亦琢滅良多，無可抄存。尚有李延基《修理延福寺珉石碑記》，斷裂不可辨。又有洪承玼所撰《吳公去思碑》，倒於寺之東偏，字可摸見。諸古迹殘壞已甚，所有寺産悉爲黄姓有力者負之以走，不勝慨然。姑記之以俟賢有司及邑紳之有志者恢復焉。

新建豐州書院碑記　　（國朝）鄒召南

南邑古豐州地也，負山抱海，名人代起。自唐歐陽行周與韓、李諸君子同出陸宣公之門，時號爲"龍虎榜"。至宋劉禹謨、柯仲常，明傅錦泉、鄭孩如諸公，並以學問文章顯天下。迄於今，積學輩出，科名叠起，出入承明者，大有人也，鄒魯文物何多讓歟！然士大夫家自爲學，興育就正之地，由來闕焉。

夫人才之興，先視其學；凡學之道，先立其教。《書》曰："教學半。"《詩》曰："成人有德，小子有造。"古之人無斁譽髦。《庶士記》曰："時教必有正業，退息必有居學。"《周禮》："國子舍於王宫，教於師氏；萬民居於閭里，教於塾師。"朱子謂："王宫、國都以及閭巷，莫不有學。"蓋不特士之俊秀者，設官以教之，而凡庶人之子弟亦莫不擇德行道藝爲之師，彬彬就學，此教之所由興也。

我國家崇儒重道，加意作人。名公巨卿，相與廣勵學宫，其自海隅徼塞，四方萬里外，莫不仰體古文至意。郡邑黌宫而外，循仿黨庠術序之制，並白鹿、鵝湖遺法，建書院，興義學，勤宣教育，鼓舞人才。嗚呼，盛矣！

南安以沿海大邑，鄉前輩不乏讀書有志之士。莅斯土者，歷來俱有知名，而書院尚未及議，雖欲延請山長教習義學，而因循故事，體制未周，無乃大負朝廷造士之法，而重貽此邦人士羞乎！

歲甲戌，余承乏茲土，慨然欲鼎興之，而水旱洊臻之後，案牘山集，民情未協，弗遑及此。既明年，時和歲稔，囹圄一空，百姓安余之拙，而余亦幸都人之可與有爲也，乃大會紳士，相時度勢，議以丞署故址爲書院，毗縣署而起建。委群材，鳩衆工，糜金錢百二十餘萬，而人不以爲多；木工、石工、土工積五千數百有奇，而人不以爲勞。有齋祭之室，有講論之堂，有肄業之舍，有憩息之亭。東西夾室，周以回廊，軒廡庖湢，舉以法堂，敞以亭門，肅以牆垣，而復聳其左爲奎星之樓，虛其右爲喬木之蔭。嚴嚴翼翼，宏偉壯麗，而人不以爲侈。蓋經始於乙亥之十有一月，而觀成於丙子七月。雖創從古所未有，實順人情所同欲也。

書院既設，士相與講貫服習乎其中，明先王之遺經，佩聖賢之成法。不亂於百家，不蔽於傳、疏，而窮經窺其奧。勿競夫聲華，勿欺夫幽獨，而提躬峻其坊。積之以勤，浸之以漸。其賢者超然自信而獨立，中材之士亦將勉焉而不自知。則處爲經明行修之儒，出備公卿將相之選，人才蔚起而教化大成，行將駕唐宋有明而上之，寧僅歐陽諸公光照邑乘已耶！

雖然，有造士之地，不可無養士之規。士收於書院而給以膏火，乃得施其愧厲而責以成功。適余方奉旨入覲，而膏火之資有志未逮，一切章程未及釐定。上之不能爲國家宣揚尊經稽古之鉅典，下之不能與諸生考究明體達用之實功，則所望於後之君子以成余志者，正自無窮也。

夫是役也，與余定其議者，進士吳君得元，孝廉即用。教諭施君寅亮，監生傅奏功、洪水洲、葉天達，生員戴需。時施君爲義學長，傅、洪二生總理其事，監生傅其言董率成功，進士吳君、戴、葉二生，共襄諸役，均以例得書。故於其始成也，刻辭於石而立於其廡以俟。

乾隆二十一年丙子，賜進士出身文林郎、知泉州府南安縣事、加三級紀錄三次鄒召南撰。

豐州書院膏火碑記　　　（國朝）伍　煒

閩爲文物淵藪，郡邑多書院，南獨未建，亦計及常餼所資，遲有待云。

岁乙亥，汉阳邹公佥谋而鼎兴之。庭舍辉煌，规模宏敞，洵鳣堂一大观也。旋以北上阻举善後事宜，未及筹焉。

余适承其乏，见夫教士有地，养士无资，为吾南一缺憾事，乃喟然曰：责岂可贷欤？夫事必待其力之可为而後为之，则旷焉未逮者多矣。且必待其为而为之，则其力之未可为而不为者，固有以自安也，是将终无可为之日矣。堂构既充，疏水弗给。晦明风雨间，操尺幅呻唔，将无藉以自谋，奚暇力学？虽日取院宇而塗塈之，丹艧之，究与羽流缁客崇饰梵宫者无异，於身心性命之学何与也？余力纵不逮，愿则殊殷，爰偕学长蔡君凤、邑绅吴君得元、施君寅亮、戴君时新、邑士傅生奏功、洪生永洲、叶生天达，谘询商榷，集诸绅士以劝输，计得一千八百镪，营息度支。俟捐资加饶，用以市田购租，垂为经久计。并就中参酌胪定规条具报，上宪许可，诸绅亦罔攸忒。

是举也，既弗格於例，复不限於力。分父兄之馀囊，润子弟之书囊，则积镪不为派；出入皆本於分捐，丝毫无假乎私耗，则营运不局屑；执经有资，登云有自，後之钟鼎非云多，今之升斗非云少，则分馂不为嫌。如是，余安问其可为不可为哉？

南号滨海名区，唐宋以来，欧阳、刘、傅诸公，後先拔出。迄今读书秘阁，视草木天者盖不乏人。山川磅礴，应时叠起。诸生讲学会文其间，方将养潜鳞，奋健翮，以为邦家光。是余今日之所为，正可卜多士异日之大可为也。用寿贞珉，以垂不朽。

时乾隆二十有二年丁丑秋月，赐进士出身文林郎、知泉州府南安县事、安成伍炜撰。

重修路桥碑记在郡城南涂二关外。　（国朝）陈步蟾

畴衆苦斯途泥淖久矣。当泽雨酿膏，原田洋溢，沟浍窪盈，桥樑倾欹，舆者为之息肩，步者为之裹足，凛乎若临深履薄焉。

郡中乐善好施诸君子，自省会以抵厦漳，旁通安平，窄隘险巇，倡捐修筑，既

易危而爲安。獨此南關車橋以通法石孔道,猶抱憾事,毋乃難者易,易者難與!孔子曰:"見義不爲,是爲無勇。"諸君子勇矣哉!一喏同聲,共襄義舉。浹辰得白金兩千,購石於山,召工於肆,修之平之,爲墩爲筏,如其途之曲直而砡之。長五里,寬五尺有奇,坦平如砥。造橋四,翼以扶欄,曰登洲,曰河溪,曰沙墩,曰院前。建路亭一,可避風雨,可蘇疲憊,往來行人心焉德之。

經始於同治壬申六月,越癸酉八月告竣。前捐者郡補道黃君貽檀,浙江候補府何君鴻文、陳君祥,都轉陳君懷德、貢生黃君恩元,督工貢生方君碩聲、監生陳君文波。樂捐者芳名泐石,共垂不朽也。是爲記。

同治甲戌立石。

賦

白雲照春海賦以鮮碧空鏡春海爲韻。 （唐）姜公輔

白雲溶溶,搖曳乎春海之中。紛紜層漢,皎潔長空。細影參差,匪微明於日域;輕文磷亂,分炯晃於仙宮。始而乾門辟,陽光積。乃縹渺以從龍,遂輕盈而拂石。出窮巒以高壽,跨橫海而遠攄。故海映雲而自春,雲照海而生白。或杲杲以積素,或沉沉以凝碧。圓虛乍啓,均瑞色而周流;蜃氣初收,與清光而激射。雲信無心而舒卷,海寧有志於潮汐。

彼則澄源紀地,此乃泛迹流天。影觸浪以時動,形隨風而屢遷。入洪波而並曜,對綠水而相鮮。時惟孤嶼冰朗,長汀雲净。辨宮闕於三山,總妍華於一鏡。臨瓊樹而昭晰,覆瑶臺而縈映。鳥頡頏以追飛,魚從容以涵泳。莫不各得其適,咸悦乎性。

登夫爽塏,望兹雲海。雲則連錦霞以離披,海則畜玫瑰之翠彩。色莫尚乎潔白,歲何芳於首春。惟春色也嘉夫藻麗,惟白雲也凖以清貞。可臨流於是日,縱觀美於斯辰。彼美之子,顧曰無倫,揚桂楫,棹青蘋。心遥遥於極浦,望遠遠乎通津,雲兮片玉之人。

明水賦以玄化無宰至精感通爲韻，貞元八年及第題。

(唐)歐陽詹

智之不測，有明水焉。方諸在手，圓月居天。象質遐分，則迢遙而迥遠。英華潛合，遂滴瀝以流漣。可謂妙自斯妙，玄之又玄。此道也，自何而來？彼靈也，從何而藉？

越杳杳之蒼旻，阻冥冥之永夜。望蟾魄而光彩殊流，端蛤形而清冷忽下。等陽燧之通感，實柔祇之秘化。豈不以我惟陽德，伊乃陰徒。精靈合契，氣類相符。共禀坤而配坎，諒交津以有濡。此理焉自取之乎必有，斯水也遂生之於本無。精潔可嘉，清明斯在。湛玉壺以無垢，入犧樽而有待。處罍實爵，今則由於鬯人；置下升堂，已不關乎真宰。

稽夫所自，原夫所致。臨庭目擊，雖從陰鑒而來；嚮月心祈，又似上天而至。來莫我挈，至莫我精。棄本不仁，故存名而曰水；從宜酌號，遂表性而稱明。信可薦宗祐，祈上清，故得歸先歲享，告帝功成。

冠三酒而首進，掩五齊以先行。招百神之景福，致萬姓之元禎。無益於人，鄙玉漿於夜漏；自求其益，哂珠露於金莖。游原習坎，固有冥感；處陸浮空，不無玄通。龍吟雲而致雨，虎嘯谷而來風。動無千里之效，潤纔百里之功。詎若以握中之瑣細，嚮天上之瞳矓，精液下融，神人以崇，而福祿攸同者乎！

出　門　賦　　　　(唐)歐陽詹

出門辭家兮，人有志而斯逞，予紛然而遠游。別天性之至慈，去人情之好仇。嚴訓誡予以勿久，指蒲柳以傷秋；弱室咨予以遄歸，目女蘿而起愁。心眷眷以纏綿，淚浪浪而共流。惕懷安以敗名，曾何可以少留？

於是驅忠信以爲車，執藝業以爲贄。越三江，逾五嶺，望堯旌而求試。庶亦呈功取爵，建德揚名。獲甘旨以報勤，光畫錦以回衡。如弧斯張，如鳥斯征。射百步而期中，飛三年而必鳴。

蕭瑟天寒，崢嶸歲晚。鵠聯翩以不定，蓬悠揚而自轉。逮前程之尚遙，顧所離而日遠。事紛拏以争拔，情交戾而不和。退藩籬則弱羽戀於雲路，激龍門則纖鱗限於尺波。身違日日之晨昏，戀淒淒而莫遣；親益年年之羸老，思搖搖而若何？

慜靈輒於困窮，舉冀缺於壟畝。一仁聲之永大，一孝德之兹久。伊錫類以拯窮，豈今無而昔有？爾乃循否泰以俟命，默風塵以愴艱。苟疎溟以納流，願覆簣以成山。

路實多歧，絲無定色。任玄黄之濡染，信强理之南北。管因媒而解縛，越自遇而陞車。虞先榮而後悴，姜始卷而終舒。傷哉！數子之稅駕，吾未知其所如。

懷 忠 賦　　　　（唐）歐陽詹

丙寅歲，因受譴，季冬之月，次於殷墟，歷關龍逢墓焉。昔聆其風，未嘗不迴腸隕涕。睹夫塋壟，心又增傷。遂寫憤於言，爲賦以弔。先生以忠諫致命，故以"懷忠"命篇云。其辭曰：

天生彼辛兮，用殲覆於夏家。欲悠悠而罔極，毒浩浩而無涯。無辜殞身，肆市朝之若莽；有道並命，委炮烙以如麻。伊先生之謇謇，爲酷烈之所加。嘗披圖於往載，每廢卷而興嗟。蕭條舊邑，莽滄空陂。陷陵成坎，古木無枝。或人曰"此其墓也"，又一倍以增悲。

嗚呼！麟非騰噬之儔，詎豺狼之共穴。鳳實仁靈之類，豈鷹鸇之同列？惟玉石之明分，亦薰蕕之自別。是以謇謇之心競，昂昂面折。彼炎炎之原燎，信撲撲而不滅。寧歸死以申懷，不貪生而結舌。

痛矣哉！古人有言："輔仁者天，福善者神。"胡爲是日，功不如人？使典章之不信，俾忠義之空勤。律中大吕，日臨蒙谷。風颼颼於衰草，煙茫茫乎平陸。思淒淒而填臆，淚淫淫以盈目。義則非其知友，親故遠乎骨肉。節臨危而不撓，行於艱而彌篤。惟其有之，是以傷之而慟哭。

紅芭蕉賦　　　　（唐）韓偓

瞥見紅蕉，魂隨魄銷。陰火與朱華共映，神霞將日脚相燒。謝家之麗句難窮,多烘繭紙;洛浦之下裳頻換,剩染鮫綃。鶴頂盡侔,雞冠詎擬。蘭受露以殊忝,楓經霜而莫比。趙合德裙間一點,願同白玉唾壺;鄧夫人額上微瘢,却賴水精如意。

森森巉巉,脈脈亭亭。蒨玉之瑳來若指,彤雲之剪出如屏。鶯舌無端,妒夭桃而未咽;猩脣易染,覰浮蟻以難醒。在物無雙,於情可溺。橫波映紅臉之艷,含貝發朱脣之色。僧虔蜜炬,爍柱棟以難藏;潘岳金釭,蔽繡幃而不隔。

大凡人之麗者必動物,物之尤者必移人。不言而信,其速如神。所以月彩下螮蝀之水,梅酸生鶴嗉之津。寧關巧運,自合天真。有影先知,無聲已認。體疏而意密,迹遠而情近。天穿地巧,幾人語絕色難逢;萬古千秋,唯我眷紅英不盡。

黃 蜀 葵 賦　　　（唐）韓　偓

色配中央,心傾太陽。布葉近臨於玉砌,移根遠自於銅梁。萼緑華未遇楊羲,冠簪駮騀;杜蘭香喜逢張碩,巾帔飄揚。銀漢之星機欲曙,金臺之漏箭初長。動人妖艷,馥鼻生香。千里鵠雛,濫得名於太液;三秋菊蕊,虛長價於柴桑。嚮日微困,迎風欲翔。周昉神疲,呎筆而深慚思拙;江淹色沮,擘箋而所恨才荒。

蝶翅堪憎,鶴鬟可妒,幾多之金粉遭竊,一點之檀心被汙。何須逼視,漢夫人之駕寢多羞;不待含情,晉天子之尊車自駐。激電寒喧,跳丸烏兔。得不淹流,深勞顧慕。懊恨張京兆,唯將桂葉添眉;悵望齊東昏,却把蓮花襯步。騷人易老,絕色多愁。曷忍在綺窗側畔,唯當居繡戶前頭。目斷猶駐,魂消未收。映葉而似擎歌扇,偎欄而若墜妝樓。感荀粲之殷勤,誓無緘著;怨謝鯤之强暴,未近風流。

清旦鶯啼,黃昏客散。鶴頸兮長引,猿腸兮屢斷。攀條立處,林鳥應笑於後樓;欹枕看時,梁燕或聞於長嘆。已而已而,唯有醉眠於叢畔。

指佞草賦 以"生於堯階,有佞必指"爲韻。二等三名。

（國朝）洪世澤

稽上聖之致理,見休徵之克生。伊和氣之召祥,既儀鳳之在庭。覽嘉生之微植,亦獻瑞而效靈。蓂莢撫辰,允協司天之紀;屈軼指佞,還契知人之明。

時則帝道隆,皇路清,玉衡正,泰階平。元首起而君倡,敕天咏而臣賡。固已德讓遍乎群后,寧弓讒頑之力争。然以帝道允恭,既懷其難之慮;皇仁廣運,尚廑包荒之虞。

彼峻德之克明,信孔壬其何畏?乃天心之仁愛,産瑞草而儆予。向茅茨而擢秀,迎化日而長舒。挺勁操於聖世,秉貞心以相於。結芳馨於松棟,表丹誠而自輸。悦君子以無言,指邪佞而欲誅。依日月之末光,助四聰而無餘。

雖弱質之所指,宛垂象夫招摇。大君無爲以穆穆兮,靈草有指而昭昭。苟忠邪其猶未分兮,盍俯視此柔條。惟兹草之信美兮,傾葵心於帝堯。陋無言之桃李,吐繁華於崇朝。同有心之松柏,託芳節夫後凋。與神羊兮觸邪,符秦鏡兮照妖。

匪玩好之爲供,故罔産夫靈囿。唯姦諛之是識,獨抗節夫君階。濯雨露之清氣,蔭雲日之芳葰。拂干羽之陶陶,覆梧鳳之喈喈。觸四凶而不忘,視八元其無猜。誠可以特立丹陛,增耀三臺。寧比夫商毫祥桑之拱,與夫漢室豫章之材。

若其亭亭螭坳,矯矯龍首。聖主之所照臨,百辟之所趨走。傾兹密葉,每依太陽之光;植彼纖莖,直並靈蓍之久。如逢稷契,還同有杖之枝;倘遇共驩,似別若苗之莠。豈無尋夫斧柯,恃聖明以免咎。故能風清百僚,垂蔭九有。論功聖世,不在夔龍之後。

誠以人之所履,莫大於忠;國之所遠,莫先乎佞。是以大君開國,《易》垂勿用之占;咨岳分官,《書》紀納言之命。自古保泰之休期,每戒辯言之亂政。以大聖爲神之智,不廢靈草指佞之聽。於此見自用不如用物,而聖人之心不自聖。惟不諱指佞之名,故罔受佞人之病,奚是協恭交讓之風,於斯爲盛也。

天啓昌期,聖人復出。穆師師於虞廷,燦濟濟於周室。明玉鏡以照萬里,物靡遁情;御大明而受群言,人無異説。聽高崗之鳴鳳,士藹藹以多吉。固無佞之可名,詎有讒之可塈。

爾乃宸衷淵然,無意無必。以忠臣爲堯階之祥,以正士爲靈草之匹。故使賢者輸其誠，頑者化其鄙。同效寅恭，臻於上理。於斯時也，聖化所被。可致之祥，莫不畢至。九枝茂於西域，應中國之聖人；洛如產於吴山，占太平之瑞紀。雖有指佞之草，徒生於堯、舜之階，而不知其所指也。

花發上林賦以"瀛洲春好，宫花競發"爲韻。

（國朝）洪近光

春回御苑，時轉光明。風習習以布暖，氣融融而獨盈。雪漸消而瓊液若滴，日初出而靈曜輪晶。百谷同吹鄒子之律，萬彙共仰大皞之晴。

時也玉燭調，泰階平；帝道隆，皇輿清。百花齊秀，衆卉向榮。舒寂寂之春容，時臨風而擢穎；沐溫溫之嘉氣，每當曉而吐英。獨贈一枝，等崑山之片玉；常標五色，媲祥雲於蓬瀛。

爾其葩呈香披，萼絢彩流。獻歲者山茶綠跗而徐開磬口，報魁者紅梅絳萼而幾翻回眸。碧藻生茸於崖畔，白蘋露莖於中洲。藥欄蔓兔絲之絮，方磚昂鹿葱之欲。玉砌之玉針迎玉輦，而刺繡呈媚；金階之金粟聞金鐘，而報歲豐收。若夫祥光既耀，秀彩獨匀。粉壁爲箋，木筆空題於無字；花磚作席，水仙聊坐於綉茵。舞兮欲罷，嬌無力於虞氏；睡兮初起，醉餘酡於太真。半含半馥，一笑一顰，無非欲向玉階以貢瑞，入禁闈而趁春也。

蓋其化本天工，氣應大造；運以自然，合於至道。吹不鳴條，輕微偃草。紅者韡韡，白者皓皓。有文而章，洵美且好。比一刻於千金，羨春光之爲寶。醉賞園中，原不傷於眠遲；妝開曉鏡，夫何訝於起早。更觀其輝春徑，燦園東。或垂帶而綽約，或出墙而摇紅。或華實並茂，已擅雙美；或天香國色，獨冠三宫。一片錦明，光聯罘罳之威鳳；兩層綉色，輝分天際之彩虹。馥馥飄來，早忙斷魂之蛺蝶；翩翩弄起，獨沸綉蕊之游蜂。

夫惟得栽培於紫苑，沐雨露於天家。登彤庭而立節，向御階而抽葩。欄中静養其孤根，氣回自茁其秀芽。檻前不推其勁質，時來乃發其奇花。灼爍兮凌鴛瓦之陸離，錯彩兮上風窗之絳紗。明媚兮照翠華之羽蓋，燦爛兮映宣詔之白麻。

至若獨立者負氣昂昂而難攀,並欲者含情依依而莫競。輕盈映日,百尺畫樓皆春;嫵媚臨池,十二雕欄一净。夫亦可以見其姿之雅,情之正。有得時則見之懷,無葑菲貽棄之炳。故能入上林而大顯其光輝,對聖主而鬱鬱以稱慶也。

乃知物得其所則敷榮,花得其地則勃發。叢蘭毋傷於幽谷,辛桂何憂夫見伐。而懷香抱艷,握彩含醇,則得銳志培植者爲之一移,種於上林,庶不與朽樗兮同泯没。

擬宋廣平梅花賦　　　　（國朝）陳步蟾

唐垂拱三年,廣平授館東川。抱疴累月,顧瞻墻梅,封以榛莽,悄然嘆曰:絶俗之姿,托非得所,感而賦成。後人謂其貞姿厲質,有鐵石心腸,而斯賦却能柔詞婉麗,疑非其手,故有宋李忠定公所補之説也。謹援筆而擬之。

幽齋晝静,曲巷花深。風凝寒而料峭,景低迷而沉陰。對琴瑟兮寡韻,嗟匏落之窮吟。扶杖藜以獨步,香暗襲夫予襟。蔚有寒梅,矯然挺特。魁衆卉以先春,結高標而自得。堅金石以貞心,謝丹青之雕飾。冰可爲肌,玉堪比德。

羌抱質之清修,竟托根於叢棘。例彼美於深閨,極名流之生色。若夫幽姿爽朗,素質清妍。儼如軟玉,是爲麗娟,幽馥遥聞,清芬暗逼。儼如温香,是爲合德。晚來帶雨,曉起溜霜,又如孫壽,愁眉啼妝。朝旭初烘,晴霞乍染,又如碩人,巧笑舒臉。濃雲掩擁,凍雪彌漫,又如明妃,出塞沖寒。粉落飆飛,香銷魂别,又如韓妻,墜臺守節。若近若遠,以邀以嬉,洛水宓妃,習禮明詩。不秾不纖,或舒或直,漢宮婕妤,閨箴壺則。或高潔若孟光,或緘默若息嬀。或憔悴若翾風,或艷冶若虞姬。擬之難遍,實爲多姿。

彼其蓮出淤泥,菊芳籬落。夏秋之間,隱逸所樂。漢苑之杏樹森森,武陵之桃花灼灼。乃太露其英華,亦當春而綽約。然必和煦而揚芬者,安知不遇窮而失之弱?必點染以趨時者,安知非失真而僞於託?曷若兹梅耐寒争妍,精白逾鮮。不隨乎俗,自淡其天。老鶴與守,孤月如懸。超超凡骨,灑落癯仙。至若地静心閑,春遲睡起。小築依山,短垣傍水。誰授文通之筆,《恨賦》兮未成;聊假彭澤之懷，杜門兮有以。超塵慮，心抱其友竹松之君子。歲既若斯，樹猶如此。

論

片言折獄論懷州應宏詞試。　　　　（唐）歐陽詹

夫子説季路於人曰："片言折獄者，其由也歟？"夫子之言，蓋非有激於季路之云也。後之人不窮聖旨，以爲夫子美夫季路，任一時之見，輕而折獄者，十有八九焉。迂哉！斯人也。

夫兩訟之爲獄，獄折而有刑。刑者，侀也；侀者，成也。一成而不可變，不其重歟！古之帝王，將刑一人，循三槐，歷九棘，訊群臣，訊群吏，訊萬人，億兆絶議，然後致法。猶徇於朝於市於野，昭然與衆方棄之，所以不易也。

君莫聖於堯，而有舜、禹、稷、契佐之；莫明於舜，而有夔龍、縉雲、高陽佐之。莫哲於禹，莫賢於湯，莫察於文武，莫敏於成康。於時皆濟濟盈朝，明明在位，豈無獨見，而可臆斷？慎刑之道如斯，不敢失明，刑獄不可輕也。

凡至獄訟，多在小人。至於訟也，皆欲己勝。何則？不勝乃罪戾隨之。若是，則君子時或妄訟於人，未有小人而能自訟者。

片之爲言，偏也，偏言一家之詞也。偏詞，雖君子不足以信之，矧非君子乎？且先師曰："人而無恒，不可以作巫醫。"巫以鬼神占，醫以筋脈體。無恒之人，筋脈且不足以自體，而況訟乎？鬼神不足以爲占，而況視聽乎？以斯折獄也，小則肌膚必有抶撲之濫焉，大則性命必有鐵鑕之冤焉。

夫子祖述堯、舜，憲章文、武，師老聃而崇周公，此六人無一以傷於人者，夫子豈好輕傷哉？脱夫子實爲片言可以折獄也，不幾乎一言可以喪邦歟！夫子之言，非於季路，賢者審之。片言不可以折獄，必然之理也。

自明誠論　　　　（唐）歐陽詹

自性達物曰誠，自學達誠曰明。上聖述誠以啟明，其次考明以得誠。苟非

將聖，未有不由明而致誠者。

文王、周、孔，自性而誠者也。無其性，不可得而及矣。顏子、游、夏，得誠自明者也。有其明，可得而至焉。從古而還，自明而誠者衆矣。尹喜自明誠而長生，公孫弘自明誠而爲卿，張子房自明誠而輔劉，管夷吾自明誠而佐齊，公孫鞅自明誠而佐嬴。

明之於誠，猶玉待琢，器用於是乎成。故曰："玉不琢，不成器；人不學，不知道。"器者，隱於不琢，而見於琢者也；誠者，隱於不明，而見乎明者也。無有琢玉而不成器用，明而不至誠焉。

嗚呼！既明且誠，施於身，可以正百行而通神明；處之家，可以事父母而親弟兄；游於鄉，可以睦閭里而寧訟爭；行於國，可以輯群臣而子黎氓；立於朝廷，可以上下序；據於天下，可以教化平。

明之於誠，所恨不誠也。苟誠也，蹈水火其罔害，彌天地而必答，豈止君臣鄉黨之間乎？父子兄弟之際乎？大哉明誠也！凡百君子有明也，何不急夫誠？

先師有言曰："生而知之者上也。"所謂自性而誠者也。又曰："學而知之者次也。"所謂自明而誠者也。"且仁遠乎哉？我欲仁，斯仁至焉夫。"然則，自明而誠可致也。苟致之者，與自性而誠，異派而同流矣。知之者知之，委之者知之。

春　秋　論　　　　　　（宋）呂大奎

是非者，人心之公，不以有位無位而皆得以言。故夫子得以因魯史以明是非賞罰者，天王之柄，非得其位則不敢專也，故夫子不得不假魯史以寓賞罰。

夫子，匹夫也，固不得以擅天王之賞罰。魯，諸侯之國也，獨可以擅天王之賞罰乎？魯不可以擅天王賞罰之權，而夫子乃因推而予之，則是夫子爲其實而魯獨受其名。夫子不敢自僭而乃使魯僭之，聖人尤不如是也。

大抵學者之患，往往出於尊聖人太過，而不明乎義理之當然。是故過爲之論，意欲尊夫子而實背之。或謂兼三代之制，其意以爲夏時商輅、周冕、韶樂，聖人之所以告顏淵者，不見諸用而寓其說於《春秋》，此皆一切謬妄之端。其大要皆主於以禮樂賞罰之權，爲聖人自私之具爾。

夫四代禮樂，孔子之所以告顏淵者，亦謂其得志行道，則當如是爾。豈有無其位而修當時之史，乃遽正之以四代禮樂之制乎？

夫子，魯人也，故所修者魯史。其時周也，故所用者時王之制，則此聖人之大法也。謂其修《春秋》之時，而竊禮樂賞罰之權以自任，變時王之法，兼三代之制，不幾於誣聖人乎？後之觀《春秋》者，必知夫子未嘗以禮樂賞罰之權自任，而後可以破諸儒之説。

《春秋》之作，謂以權自予固謬，謂以權予魯亦非。蘇老泉《春秋論》謂：天子之權不在周，夫子不得已而以予魯。其意曰：武王之崩也，天子之位當在成王。而成王幼，周公以爲天下不可以無賞罰，故不得已而攝天子之位，以賞罰天下，以存周室。周之東之遷也，天子之權當在平王。平王昏亂，故夫子亦曰天下不可以無賞罰。而魯，周公之國也，居魯之地，宜如周公，不得已而假天子之權以賞罰天下，以尊周室，故以天子之權予其子孫，所以明見思周公之意也。

田恒之亂，夫子沐浴而朝，告哀公而請討。然則天子之權，夫子固明以之予魯矣。是説也，似是而非者也。許子遜先生《春秋論辨》云：周公雖聖，不先文、武；平王雖不肖，不下隱、桓以後之公。周公不敢以其聖加文、武而隱、桓以後之君乃以其不肖加平王，此理之必然者，曾謂孔子爲之耶？孔子而予魯以天子之權，則魯之郊之禘之雉門之兩觀，不當疑其僭。而季氏者亦周公之裔也，魯可僭，周季亦可僭。魯八佾之舞，不當譏其忍。然而僭也忍也，夫子且侘傺而不堪矣，則非予魯以天子明矣。

然則《春秋》之作，將謂予乎？曰：天下無君，天子之權，魯不能有也，周亦不能有也，而有道者有之。道非天子之道，而文、武、周公之道也。亦非文、武、周公之道，而天之道也。以文、武、周公之道而賞罰文、武、周公之後人，以天之道而賞罰乎天之子與夫天子之臣，庶其理直，其辭順，奚病而不可？舜、禹之禪也，湯、武之放而弑也，其初亦非天子之位也，然且爲之而不疑，天下後世安之而無譏者，亦曰道在我故也。

道之所在,舜可擅唐,禹可擅虞,湯、武可以擅夏、商,孔子亦可以空言擅周家之賞罰。夫空言之與實事也,相去則亦遠矣。誰謂舜、禹、湯、武以實事得孔子以空言失與? 舜、禹、湯、武、孔子之所爲,皆以天下古今所有之理,行天下古今所無之事而已。

世　變　論　　　　　（宋）呂大奎

讀《春秋》者,先明大義,其次觀世變。所謂世變者何? 春秋之始,是世道之一變也;春秋之終,是世道之一變也。

劉知幾云:"孔子述史始於《堯典》,終於獲麟。"蓋《書》之終,《春秋》之始也。孔子述《書》至《文侯之命》而終者,《文侯之命》,平王之始年也。隱公之初,平王之末年也。平王之始,不共戴天之仇未報,而其命文侯之辭曰"汝多修,扞我於艱",患已弭矣;"用賚爾秬鬯一卣",功已報矣。其歸視爾師,寧爾邦,國無復事矣。即此一編而觀之,已無興復之望,然而聖人猶不忍絶也。蓋遲之四十九年,而無復一毫振起之意,聖人於是絶望矣。由是而上,則爲西周;由是而下,則爲春秋。此獨非世道一變之會乎? 此春秋之所以始也。

入春秋而夷狄橫,然猶時有勝負也。蓋至於獲麟之前歲,而吳以被髮文身之俗,偃然與晉侯爲兩伯矣。入春秋而大夫強,然猶未至於竊位也。蓋至於獲麟之歲而齊、陳常弒其君,齊自是爲田氏矣。在魯則自季孫逐君之後,魯國之政盡在三家,則魯如贅旒矣。在晉則自趙鞅入絳之後,晉國之政在六卿,而趙籍、韓虔、魏斯爲諸侯之漸已具矣。

向也夷狄之交於中國者,其大莫如楚,而今也以望國東方之魯,而奔走於偏方下國之越,以求自安矣。向也諸侯猶有伯,今也伯主不競,而諸侯之爭城爭地者,日以擾之,而無一息寧矣。故自獲麟之前,其世變爲春秋;自獲麟之後,其世變爲戰國,又非世道一變之會乎?

是春秋之所終也,不特此也。合《春秋》一經觀之,有所謂隱、桓、莊、閔之《春秋》,有所謂僖、文、宣、成之《春秋》,有所謂襄、昭、定、哀之《春秋》。伯主未盛之時,莊之十三年,會於北杏,合天下而聽於一者,古無有也。僖元年而齊遷邢二年,城衛四年,伐楚五年,會世子九年,盟葵邱,安中夏,攘夷狄之權皆在伯主矣。伯主之未興,諸侯無所統也,而天下猶知有王。故隱、桓之《春秋》多書王伯主之既興,諸侯有所統而天下始不知有王。故僖文以後之《春秋》,其書王者極寡。

伯主之興固世道之一幸,而王迹之熄非世道之衰也？僖之十七年而小白卒。小白卒而楚始橫中國而無伯者十餘年。二十八年而有城濮之戰,於是中國之伯昔之在齊桓者,今轉而歸晉文矣。

晉襄繼之,猶能嗣文之業,靈、成、景、厲不足以繼,悼公再伯,而得鄭駕楚,尚庶幾焉。自是而後,晉伯不競,蓋至於襄之二十七年而宋之會晉、楚之後,交相見。昭之元年而虢之會,再讀舊書,於是晉、楚夷矣。四年而楚靈會於申,實用齊桓召陵之典,蓋不預中國之事者十年。平邱之會雖曰再主夏盟,而晉之會諸侯由是止鄢陵以後參盟見矣。參盟而後,諸侯無主盟矣。

天下之有伯非美事也。天下之無伯非細故也。天下之無伯而春秋終焉。故觀隱、桓、莊、閔之《春秋》,固已傷王迹之熄。觀襄、昭、定、哀之《春秋》,猶以傷伯業之衰,此特其大者爾。始也諸侯盟諸侯,於後則大夫盟諸侯矣。始也諸侯自相盟,於後則大夫自相盟矣。始也諸侯僭天子,於後則大夫僭諸侯矣。始也大夫竊諸侯之柄,於後則陪臣據大夫之邑矣。合《春秋》一經觀之,大抵愈趨愈下,愈久愈薄。

溯之而上,則文、武、成、康之盛,可以接堯、舜之傳。沿之而下,則七雄分裂之極,不至於秦不止。後之作編年通鑒者,托始於韓、趙、魏之爲諸侯,其亦所以繼春秋之後歟！學《春秋》者,既能先明大義,以究理之精,又能次觀世變以研事之實,則《春秋》一經,亦思過半矣。

性焉安焉之謂聖論　　（國朝）吳宏謨

且夫人受天地之中以生,賦之以成聖之性,篤之以希聖之才,盡人皆有爲聖之望者也。然而倫類雖衆，純德爲難。求其全體大用完備無缺者，則必全乎天而不雜乎人。且盡乎人而有合乎天，斯人極之所爲立也。試取周子之所謂性焉安焉之謂聖者論之。

夫性者禀乎五常之理也，安者行乎五常之道也。五常之理，爲生人所同具，自有聖而性焉之名爲所獨居；五德之行，雖衆人所與能，自有聖而安焉之品爲所獨擅。豈非有全乎？不雜乎人而合乎天者乎？

抑又思之，古之言聖者，始於《禹謨》，然第言其聖而不言其所謂聖。言性者始於《湯誥》，然第言其性而不兼言所爲安。言安者昉自《堯典》，然第言其安而不先言所謂性。自周子合而言之，則性其體也，安其用也。體之所立，必獨備乎五常之理；用之所行，必無拂乎五德之事。合全體大用而稱爲性。周子之言，蓋參證往古而觀其備者也。

且周子之言，更有與《太極圖說》相表裏者。圖主靜而此言性安者，主靜即所爲性安也。圖言中正而此言禮智者，中正即所謂禮智也。然則誠者太極也，幾者陰陽也，五德者五行之謂也，性焉安焉立人極之謂也。周子之言，不有若合符節者哉！

鄉試次場有論承明代以來爲功令，至是科而止，以故次場無之。是篇吳先生掄元進呈之作也。天白閣注。

孝悌通於神明論　（國朝）徐雲驤原名玉本

今夫幽明之道無二理也，感應之幾有同原也。以幽明之道征感應之幾，惟其誠焉。常人求神明於孝悌之外，峕以不見不聞者爲神明，則日見其隔。君子求神明於孝悌之中，即以能視能聽者爲神明，而日見其通。君子所云孝悌之至，通於神明，旨哉言乎！請申論之。

吾聞至治馨香感於神明，神明之道雖微至顯，誠不可掩也。誠者五常之本，百行之原也。孝悌亦誠而已矣。以誠感誠，將見臨之則在上也，質之則在旁也。故酒未嘗不在樽，而曰神具醉止；肉未嘗不在俎，而曰神嗜飲食。然無異端有所以通之者也。

蓋天下可百年無奉神明之人，必不可一日無謹孝悌之人。世之降也，大義不明，陰邪迭勝，所謂合諸鄉射，教之鄉飲酒禮者，此風渺無聞焉。乃一言及餘慶餘殃，遂悚然動於其心，究之精誠不至，則二氣之良能亦扞格不相入。是以土田之賜降於莘，桑林之禱見於卜，睽孤之象載以車，高明之家瞰其室。心既無主，禍福易動，此其明徵矣。然而惠迪從逆，冥漠之災祥不敵，日用之邪正，氣數之淑慝，動關幽獨之從違也。

昔者明王能通神明之德，其於人治蓋極詳耳。故近王近霸易則也，明堂太學易由也，敦和別宜易明也。於是廟祧壇墠以誠奉之，禘祀烝嘗以誠舉之，牲牷酒醴以誠薦之，琴瑟鐘鼓以誠奏之。鬱鬱乎煥哉，天人之事盛矣。鬼神之望允塞，仁人饗帝，孝子饗親，修禮地祇，謁欵天神，始於一念之真，終及百靈之感，其事同，其理一。揆厥所元，豈不懿哉！

由此以談孝悌者，理也，性也。窮理盡性以至於命，斯可與天地合德，與鬼神合吉凶。夫孝莫盛於虞舜，悌莫隆於元公。乃父母是慕，號泣深而瞽允若，至誠之感獨真；寡兄是代，珪璧植而疾克瘳，敷佑之言斯應。

博觀前代，曠覽遺文，苟非至孝至悌，其孰能與於斯？吾乃穆然於感通之道爲甚微矣。仰觀天文，俯察地理，是故知幽明之故。精氣爲物，游魂爲變，是故知鬼神之情狀。

今言孝悌而神明之格時露機緘。彼立愛惟親，立敬惟長，明王亦祇自盡其心，以敬天下之爲人父人兄者耳。乃和平之聽，竟若感而遂通焉。

《書》曰："惟爾有神，尚克相予。"《詩》云："昊天曰明，及爾出王。"言神明之日，感在茲也。而豈知父子篤，兄弟睦，一誠所孚，體信達順。且使光天之下至於海隅蒼生，罔不共被孝悌之化也哉！

讀屈原離騷論　　　　　（國朝）陳步蟾

六經以下無文章，《離騷》何以特存？得乎性情之正也。屈原以國戚之臣，抱懷忠悃，卒遭讒謗，敦敦然以冀君之一悟，故其聲哀，其詞若。《記》曰："言之不已，故長言之；長言之不已，故嗟嘆之。"其《離騷》之謂乎？

太史公以爲天者人之始也，父母者人之本也。人窮則返本，故勞苦倦極，未嘗不呼天；疾病慘怛，未嘗不呼父母，可謂知屈原矣。人君無智愚賢不肖，莫不求忠以自爲，舉賢以自佐。懷王則内惑鄭袖，外惑上官大夫，以是爲賢者不賢，爲忠者不忠，屈原能無痛心疾首哉！

夫屈原之時，何時也？而能言不詭於經，將之以誠穎，是以歷世貴之，雖大賢如朱子，猶眷眷焉。古者始學《宵雅》，肆肆欲其識君之義也。屈原有皇華四牡之才，邂逅不辰，音非和正。然以視周衰，大夫憫時念亂，繁霜十月，無以益其衰矣。學者讀其書，論其世，豈不慨然於人生之大倫？

今按其編，味其大旨，自皇考命名，以至女嬃訓誡，直述己事。自陳詞重華以至問占遠逝，托意寓言，述己之事者，身之已經，道其志行，以抒其憂鬱，托以寓言者，意之未已，而決其時之無可爲斷，以志行之所不屑爲，以矢其貞也，是皆性情之正也。

向之治《騷》者七十二家，往往惑於舊詁之傳訛，而好奇之士又復憑臆穿鑿，削趾適履，遂使千古奇忠，爭光日月者，幾爲所掩。嗚呼！其何以讀《離騷》歟？

王　導　論　　　　（國朝）陳步蟾

自古才難，而德更難，才德兼全則尤難。才有餘而德不足者，以之濟治，則以才誤者多。德有餘而才不足，以之坐鎮從容，亦足以立國之基，彌禍之至，納忠諫之言，消奸雄之忌，而收才畯之望者，若王導其人乎？

當琅琊王之建業也，以之爲謀主，推心親信，每事必咨之，以致顧榮、賀循輩，道拜傾心，江東遂以歸附者，皆資導一人耳。維時海內鼎沸，獨江東差安。中國士民避禍者多南渡，導能説琅琊以收士，時人有百六掾之説。桓彝一見，擬之夷吾，其實琅琊固非等之齊威公，導亦不得擬之管仲父也。

當琅琊之即位也,導遣從事行揚州郡國,獨顏和無言。及進以明公作輔,何緣以察察爲政,而導稱善,嗟咨不已者,其氣量何如哉?

當朝廷之疏王氏權也,導獨任真推分,其中澹如,可謂鎮定矣。而隗等勸帝盡誅王氏,帝之不許者,蓋以導有可取信於平日也。輔明帝,帝親征,破王敦,其帥千人渡水,皆出於帝之謀,導惟遺王含書,陳其明目張膽而已。

成帝即位,導負德望,以老成自持,傳幼主,以安襁褓。如庾亮欲征蘇峻,導以爲不如包容。峻兵犯闕,侍中抱帝登前殿,其所以兵不敢上者,以導爲有德望也,抑何以不能弭峻於機先哉。

至議遷都之說,導以建康爲王者所宅,苟務本節用,何憂凋敝。若農事不修,則樂土爲墟。且北寇游魂,伺我之隙,不宜示之以弱,特宜鎮之以靜。此皆由德望涵養而出,可爲千秋金鑑。倘加之以才,則内建威而外銷萌,江東一方人物輻輳之地,土物膏腴之區,則明帝、成帝安知其不恢宏大業也哉!甚矣,才德兼全之難也。

頌

德勝頌二章並序　　　　　　（唐）歐陽詹

唐貞元六年,歲在庚午,陰陽家流曰:"歲在午,人馬食土。"人之所食也穀,馬之所食也草。今言"食土",明歲無嘉穀,而野無青草。則運數於兹,合凶災之大者。於是天尋舊步,地轉恒軸,交紏迴薄,將有結於常沴。自春三月,至於夏五月,或赫日杲杲,或密雲溶溶,爲焦灼,爲霖淫,似不日而至。

皇帝宿布太和,人神鳥獸魚鱉,咸若騰歡,心揚靈台,欣欣熙熙,休氣中積,浹磅礴,浮蒼蒼,潛相戛磨,力強者勝。九陽構旱而莫展,六陰作潦而不就。氛祲藹爲慶雲,烈景曒爲祥光。油油熏熏,宛復如春。塊不破而雨足,條無聲而風暢。日者沴氣欲凝,淑氣猶競。彼雖罔得爲禍,此亦未能爲福。徘徊相持,時澤不降。五稼含萌而待藝,百芳蓄穎以思圻。

至是土膏融，甘液宣，若決渟泉，如開涌煙。豐本增岐，芃芃綿綿。無磽瘠與良沃，獲一十於百千。剩蔬雲蠹以萎圃，餘糧嶽峙而棲畎。夫體病不能害心，心平必能制體。古人曰：“人者，天地之心也。”既和且平，則天地之病，又焉得成歟？況奔走游泳之物，曰靈曰祇之類，皆吁愉怡逸於其中乎？宜其療乾元之宿疹，愈坤元之常疾，以至於交泰，如斯之盛也。

　　古先帝王，至聖則堯，至仁則湯。有黎氓以稱理，歷水旱而莫禦，豈不以道未全洽，而德尚凉哉！皇帝非徒能禦之，又易之爲大慶殊祥，其於道德，可謂充塞洋溢，光今而邁古矣。元元蚩蚩，嗚嗚啞啞，歌聖代者，動天殷地，以夜繼晝，而其詞未弘，輒爲頌二章，用貽於康衢，庶事明而聲暢，流乎無窮，而以《德勝》目篇。頌曰：

　　歲在午，天災於常。昔人食土，今我飫粱。匪徒我飫粱，鰥寡千箱。盛矣乎，吾皇之德，變眚爲祥。休哉德兮。

　　歲在午，天災斯屬。昔馬食土，今牛饜菽。匪徒牛饜菽，犬豕粱肉。盛矣哉，吾皇之德，轉禍爲福。休哉德兮。

豐州集稿卷十一

讚

南安岩主大嚴大師真讚即志添。　　（宋）黃庭堅

石出山而韻自丘壑，松不春而骨立冰霜。今得雲門拄杖，打破鬼窟靈床。其石也，將能萬里出雲雨；其松也，欲與三界作陰涼。此似昔人非昔人，山中故友任商量。

南安岩主定應大師真讚　　（宋）黃庭堅

定光古佛，不顯其光。古錐透穿，大千爲囊。臥象出家，西方參道。亦俗亦真，一體三寶。彼逆我順，彼順我逆。過即追求，虛空鳥迹。驅使草木，教誨蛇虎。愁霖出日，枯旱下雨。無男得男，無女得女。法法如是，誰奪誰予？今君威怒，免我伽梨。既而釋之，遂終白衣。白帽素履，鬚髮蟠蟠。壽八十二，與世同波。窮巖草木，枯臘風雨。七閩香光，家以爲祖。薩埵御天，宋有萬姓。乃錫象服，名曰定應。

題呂圭叔像讚　　（宋）邱葵

泉南名賢，紫陽高弟。造詣既深，踐履復至。致身事君，捨生取義。所□所守，於公奚愧？

宋諸葛文肅公像讚諱廷端。　　（明）諸葛應科

天鍾英哲，誕縱異質。望之如雲，就之如日。胸次浩涌，下筆萬言。才雄千

古,學浚百川。初官尉尹,惠政亘流。召杜卓魯,實維其儔。爰擢郎署,登對稱旨。天語襃嘉,鴻名聿起。奉使虜庭,巍巍勁節。逆龍履虎,烈逾霜雪。完節歸朝,天顏有喜。邦家之光,君子樂只。陟居銓曹,寵冠百僚。屢疏引嫌,志彌漢霄。樹節耀星,辭名若逃。碩膚既遜,帝心益襃。爰成美德,俾參祈父。方倚柱石,須臾今古。褆衡萬象,冠冕諸儒。踐形惟肖,曷忝扶輿?

宋諸葛子岩公像讚諱直清,廷瑞子。(明)諸葛應科

維公誕育,麟鳳之郊。不問而知,肉角九苞。丰姿偉質,蘊負恢宏。細行罔缺,大受克勝。初仕海陽,民困涂泥。公諭彼衆,築此新堤。十保利周,義役畢集。水患永除,烝民乃粒。歷官十二,節播政聲。榮親庇子,勛莫與京。報德至今,俎豆宮墻。瞻像儼然,俾也可志。

宋諸葛公像讚諱琰,字失傳,譜亦缺。(明)諸葛應科

天賦特達,兼灼才藝。腹笥群集,掌帝之制。官守廉平,和煦子惠。敷政優游,父母豈弟。叢薄宵吙,遠近爲庪。奮身式遏,器精兵脫。緊彼凶醜,忽忽殲殪。厥功惟茂,上達於帝。帝曰噫嘻,汝績匪細。公爵進秩,用以勵世。致政而歸,卜山居第。繩繩振振,隆我後裔。

公始遷居古榕,今祠堂即其舊第。此族譜載之。谷叟。

梁立齋先生像讚　　(國朝)柯菁莪

肅貌正容,文獻迪躬。淵微澄汰,明旦就將。隆禮由禮,學博說詳。萬仞壁立,千古豪雄。群疑終釋,潛德必揚。丹青莫罄,當鏡其衷。

文

弔九江驛碑材文　　(唐)歐陽詹

弔傷而有辭者也。噫!九江驛之碑,其可興辭而弔歟?斯碑之材,昔太師

魯國顏忠肅公所建祖亭之碑也。

公素負辭華,昭代之銘志,多公之辭,亦好採異留名之致。頃爲湖州牧。州產碑材石,每使工琢之,與詞兼行,磨礱而成,常心使用者不可勝數。斯碑也,終山之窮僻,得之於自然。趺本有龜,護頂有螭。雖不甚成,而拏躩償興,如神如靈。公神而珍之,精選所處,湖州無稱立。罷守回朝,載而途卜。出蘇臺,入毗陵,亦無稱立;轉丹陽,游建業,亦無稱立。次江州,州南有湖,湖東有嶠,蛟奔螭引,直至湖心。頓趾之處,則茂林峭石,勢瑰氣勝,非往時所睇,而神祠曰"祖將軍廟"在焉。公覩其詭秀,與碑材叶,即日以酒醑奠其祖神,出錢五萬,造亭曰"祖亭"。南香爐峰,北潯陽城,九江爲庭,千艘歷階。

亭既就,公創制亭之文,手勒斯碑而立之。公文爲天下最,書爲天下最,斯亭之地,亦天下最。庶資三善,加以斯碑之奇,相持萬古,而採異留名之致一得也。後典州吏,於州之九江驛,有修圮之勞。狀其末績,乃取斯碑,剗公之述,置己之述,今爲九江驛之碑焉。

予旅游江州,稅於兹驛,祠部員外郎鄭恕同之。鄭與州將嚴士良共爲予說,而俱以視。嗚呼!先賤後貴,世之常也;先貴後賤,人之傷也。以祖亭方九江驛,則蘭室鮑肆矣;以魯公之文方人之文,則牢醴糟糠矣;以魯公之札翰方人之札翰,則錦綉枲麻矣;以魯公之用方人之用,則諸華夏夷狄矣。

痛哉!斯碑出祖亭,入九江驛,失魯公之文,得人之文;削魯公之札翰,題人之札翰;亡魯公之用,就人之用,是去蘭室而居鮑肆,捨牢醴而食糟糠,脫錦綉而服枲麻,黜諸夏而即夷狄,可悲之甚者。況我質天成,必將可名。魯公所以卜擇敬慎如彼,而常人無良,黷辱如此,與有道而黥,無罪而刖,投四裔,禦魑魅,何以別邪?石不能言,豈其無冤?故弔之,文曰:

情違乃傷,理拂乃冤。人實有之,物亦應然。嗚呼子碑,冤可予知。陰騭子材,豈曰無意?必有以殊,方頒以異。與顏表勝,以殊則名。從吏居卑,以異奚旌?子產既授,子不終致。悠悠彼蒼,何嗟及矣!美玉抵禽,高冠藉足。有類子碑,先榮後辱。繼世生哲,詎無賢兮?將覬於斯,將悼於斯。庶滌所黷,而復攸宜。屹屹子碑，如神如祇。人得以專，天造何爲？其不然矣！其不然矣！

弔漢武帝文　　　　　（唐）歐陽詹

閱太史氏書，見漢武之御極，雖非求仁蹈道之主，亦英雄之君也。然睹其《内傳》，有學神仙與築三山焉。飲露飡霞，希升汗漫，激流企石，用擬林泉。

嗚呼！履其位而不知所以守，好其事而不知所從。夫一物各異道，萬彙不同致。帝王之與神仙，林泉之與朝市，猶鱗群毛族，川陸分之。日居月諸，晝夜常之。麒麟不可有處淵，蛟龍不可更居藪。玉兔莫延於旦，金烏罔瞻於宵。附其翼者兩其足，與其角者去其齒，不兼之義，天理昭彰。

帝者宜本於親人，仙者宜先於遠世。以林泉爲意者，可居於草澤；以天下爲念者，可謹於朝廷。是以唐堯、虞舜無野心，子晉、許由辭寶祚，誠以帝王與神仙有隔，林泉將朝市難並也。今據唐堯、虞舜之地，而求子晉、許由之志，不亦迂而可痛哉？況君子所以推心屈體爲僕御，元元所以刲膏割血爲飽暖，又非圖林泉而學神仙也，故予覽其傳傷心久之。

戊辰歲秋八月，周覽秦原，次茂陵之下，既睹永歸之地，彌懷所行之事。且夫承天統物，豈無足稱之德歟！蓋觀日月高明，有時虧昃；珠玉貞潔，不免瑕疵。徘徊路隅，興言而弔曰：

赫赫兮炎靈降神，造漢焚秦。四葉重茂，翹英薦新。首出群龍，卓爲世珍。秋風揚文，夏日昭武。柔不化之人，辟未名之士。雖殊仁聖之後，是異凡庸之主。伊可膚寸，明有不周。事非所事，求非所求。

惟此帝謨，想夫仙道。魚處重淵，獸居茂草。辨乎朝市，別以林泉。日由旦陸，月麗宵天。迹既兩分，理難齊克。若死將生，猶南與北。貪臣王公靸掌者可以勤萬機，欲升汗漫逍遙者可以爲匹夫。愛深宮秘殿者可以垂旒纊，好青山綠水者可以棲江湖。飲露乘景，激流貫都。苟能同致，實曰殊途。

堯、舜曰聖，由、晉匪愚。確乎守一，亦以難俱。況乎小人唯唯，罔圖山水；君子乾乾，孰爲神仙？嗚呼哀哉，前鑒孔彰。高臺深池，夫差以戕。尋山越海，嬴政其亡。有一於此，未或無殃。胡爲乃辰，互窮厥方。

舟全虎臂，車出羊腸。已臨燧炭，幾絶苞桑。反覆前聞，痛心疾首。藥石無人，瑾瑜有垢。暑來寒往，時移代久。古壟將頹，惡聲不朽。日臨宇宙，有時而虧。目睹毫釐，或不見眦。將爲而不知，復知而故爲。嗚呼噫嘻！

補漢書封雍齒册文　　　　　　（唐）歐陽詹

曰："臣節貴忠，后德貴公。"忠則爲其主所自盡，公則爲其人罔以私。咨爾雍齒，爾有臣節孔明，予以公心獎爾，其敬聽予言罔惑。

嗚呼！昔嬴氏不臧，流毒四海。天將剿絶厥類，假手於予一人。爾主項氏昧厥命，木蠹猪突，附振旁撓。予在泉未躍，用困於彭地。爾爲厥主來戕矛，實有必戮之志。罔若天之曆數，徂於予躬，俾泰山萬尋，蔽於一葉。予於所自隱，有見爾心。於時爾爲楚臣，予爲漢人。予則爾讎敵，爾宜討之，予罔攸憾。

今大寶歸予，夷嬴殲項。予欽若上帝，惟天下君。爾則率土之濱，罔非予民。予宜子之，爾罔攸惕。夫爵以尊德，禄以養賢。爾能致身於厥主，孰若爾賢德？予分爾茅土，以勸所事君。爾奉上之誠，罔易乎舊。予體元之政，咸用維新。砥礪爾能，輔作予人。兢兢栗栗，共闡大猷。無使齊桓、管仲，專於棄瑕之美。念之哉！

三酉酸文碎聯　　　　　　　　（宋）錢　熙

渭川凝碧，蚤抱釣月之流；商嶺排青，不逐眠雲之客。

年年落第，春風徒泣於遷鶯；處處羈旅，夜雨空悲於斷雁。

按：讀此聯，如聞梅花味香。《三酉酸文》在宋稱爲精絶。全文無考，僅見王銍《四六話》載此兩聯。有鄉人李慶孫哭之曰："四夷妙賦無人誦，三酉酸文舉世傳。"邑志本傳叙及《四夷來王賦》萬餘言而已，而《三酉酸文》府志有叙及也。李慶孫，惠安人，咸平戊戌進士。王銍自號汝陰老民。《柳亭詩話》作"四夷妙賦無人繼"，"繼"字妙於"誦"字。邑後學陳國仕識。

諭子侄文　　　　　　　（宋）陳　瓘

　　幼學之士，先要分別人品之上下，何者是聖賢所爲之事，何者是下愚所爲之事。向善背惡，去彼取此，此幼學所當先也。

　　顏子、孟子，亞聖也，學之雖未至，亦可爲賢人。今學者若能知此，則顏、孟之事，我亦可學。言溫而氣和，則顏子之不遷，漸可學矣；過而能悔，又不憚改，則顏子之不貳，漸可學矣。知埋甖之戲不如俎豆，念慈母之愛至於三遷。自幼至老，不厭不改，始終一意，則我之不動心，亦可以如孟子矣。

　　若夫立志不高，則其學皆常人之事，語及顏、孟，則不敢當也。其心必曰，我爲孩童，豈敢學顏、孟哉？此人不可以語上矣。先生長者，見其卑下，豈與之語哉？先生長者，不肯與之語，則其所與語皆下等人也。言不忠信，下等人也；行不篤敬，下等人也；過而不知改，下等人也；悔而不知改，下等人也。聞下等之語，爲下等之事，譬如坐於房舍之中，四面皆墻壁也，雖欲開明，不可得矣。此言下愚之事，當背而去也，下等之語，下等之事（下缺）

責沈文　　　　　　　（宋）陳　瓘

　　適粵而北轅，粵不可至。徙粵人而置於齊里，則粵語可易而爲齊。然則氣質一定而不能自易其習者，非以其不學歟！

　　氣質之用狹，道學之力淺，習其所自習者，未嘗察也。天氣而地質，無物不然，人藐乎其間，亦一物耳，物與物奚以相遠？或哲或愚，不繫其習乎？思誠之道，莫先於學。務學之要，在於求師。顏子不遷不貳，得於孔子，希顏之人，將孰師焉？

　　葉公問孔子於子路，子路不對。夫葉公有知人之明，有謀國之忠，愛賢而得民，慎微而憂遠，其事皆有可指。其遺語之寄於緇衣者，亦可觀焉，楚國之賢無出其右。子路非慢賢者也，魯有仲尼而彼不知焉，則於其問也，何足對哉？

　　陳良，楚產也，而能使北方之學莫之或先，故孟子以良爲豪杰之士，爲其能悦周公、仲尼之道,而己不知仲尼,則雖賢如子高,亦孔門之所不對者也。爲士而稽古者可不鑒哉!

予元豐乙丑夏爲禮部貢院點檢官,適與校書郎范公淳夫同舍。公嘗論顏子之不遷不貳,惟伯淳有之。予問公曰:"伯淳誰也?"公默然久之,曰:"不知程伯淳耶?"予謝曰:"生東南,實未知也。"時予年二十有九矣。自是以來,嘗以寡陋自愧。得其傳者如中立楊先生,亦未有識也。

崇寧之初,兄孫漸即陳淵。就學其門。時予在合浦,始獲通問。余之内訟改過,賴其一言。漸於是時,亦所以聞警餘之謬,余始忽其言,久而後知其爲藥石也。今漸來天台,考其學益進,聞其言益可喜。陶染薰鑄,有自來矣。舉修步於南溟,觀洪瀾於北壑,此可遠之基也。始之不謀,何以得此?

古之善學者,心遠而莫御,然後氣融而無間;物格而不惑,然後養熟而道凝。山上有木,其進也漸矣。合抱之材,豈一朝一夕之可俟哉?人之患在不立其基,基立而不勉,亦何以愈於彼乎?物之終始可不嚴哉?始識而終成,同乎一默,非言語所能究也。

余以多言取禍,尚未誅殛,載恩自幸,不知歲月之久,而生死之有二也。既老且病,手痹目昏,簡編筆硯,殆將捐棄。今於漸之行不能無言,作賁沈以貽之。喜漸之能謀其始而篤之,使有成也。

政和二年八月九日,了齋書。

辭　廟　文　　　　　(宋)傅伯壽

某假守此邦,顛末三載,荷神之佑,雨暘時若,年穀登稔。繩治豪强,因被重劾。荷上寬仁,許解郡章而罷去。惟神聰明正直,必有以鑒臨之,其去不敢不告。

讖　病　文　　　　　(國朝)諸葛晃

朗亭子體羸氣弱,瘋憂以癢。戊寅迫臘,劇熱爲創。嚴冬凝冱,鬱而蘊隆。

手如握炭,面若當煬。欹枕而歔,豆泣焦釜;擁衾以喘,魚喝弗湯。炎炎赫赫,罔知其方。若寐若寤,恍見巫陽。乃祈爲請於帝曰:臣之病也,以火而積火也,以勞如勞薪。火從薪厝,抱薪上火,火以益怒。

臣以志大才疏,周身乏具。動與屯期,行輒蹇遇。緶短汲深,墻高基汙。外役萬有,内橫百慮。中宵求衣,臨餐廢哺。汲汲惙惙,瘁容失度。精華凋竭,臣猶不悟。今在病中,臣勞猶故。巫陽見帝,爲我上訴。臣將收視反聽,匿影屏迹。圖書束架,車轂懸壁。歸真抱素,斫雕廢飾。去而鞅掌,抗虚守寂。惟帝其允,庶延餘息。

巫陽曰:嘻,子何言?子何言?吾知帝將貸子於病,而正欲玉子以勞也。聞吾語汝,惟聖踐形。子非其類,廢思怠勤。官骸虛器,種學積行,惟勞是視。富者逸獲,子遇又嗇。不稼不狩,胡困與特。將翱將翔,宜食而力。上有諸昆,子居其後。拾遺補罅,服勞奔湊。事或廢闕,就執其咎。從子如林,以子爲師。先之勞之,各殫厥職。如影隨形,就範協則。

歲時伏臘,禴祀吉蠲。煮蒿淒愴,式禮莫愆。乘以跛踦,神不享焉。母柩在殯,祖兆未安。仲也從師,陟巘尋巒。子寧高坐,徒事簡編。薦紳碩望,典型攸歸。趨承嚴憚,豈特師資。危而無援,昔賢所譏。良師益友,砥礪磨礱。解珮贈紵,出門有功。行將負笈,而況從容。

制義之學,淵乎浩矣。以翼經傳,以紆緋紫。子才未竭,奚由振起?詞賦末技,六藝之華。鏤肝搜腎,抒藻揚葩。漫言莫嘗,亦有嗜痂。至若門祚衰薄,子每懷憂。捋荼拮据,未雨綢繆。墳山小醜,啓疆發難。急起圖之,無使滋蔓。庭内灑掃,且戒不虞。寧無潛伏,社鼠城狐。士未試用,雞豚亦察。往哲所用,竹頭木屑。又或吉凶弔慶,繁縟實多。子欲脱略,其如禮何?

族黨寥寥,乾糇以失。子或一言,紛解難釋。徵催獞卒,咆哮當門。子或一見,遂戢其狺。蠢諸丁佃,弱肉強食。子或一剖,遂脱其厄。凡兹種種,庸行庸德。《詩》咏明發,《易》稱夕惕。猥云无咎,庶曰鮮失。

乾元旋轉,大海潮汐。烏飛兔走,險禽陽辟。仰觀俯視,疇乃自逸。越主卧薪,蘇季發策。武肅枕鈴,元凱運甓。彼豈好勞,勞乃著績。大任將降,諸艱備歷。仁道至大,先難後獲。吾恐子勞之未至,若何以病而思適?

予乃渙乎若醒,皇乎若失。稽首再拜,敬佩無斁。須臾火退,病亦旋釋。搴帷治煩,據床理牘。事無大小,敢遺餘力。

祭 虎 文 　　（國朝）劉　佑

維康熙八年十一月某日,泉州府南安縣知縣劉佑,謹遣某官以羊一、豕一,致祭於司虎之神而告之曰:

本朝驅除禍亂,海內乂安,設官置吏,撫馴斯民。天下之大,元元之衆,下及禽獸蟲魚,莫不各安其所,強敢暴服,無敢肆其吞噬者。武榮雖濱海叢山之地,亦聖天子撫御所及之區也。而大小盈二嶺間,南北三十餘里。界之內外,輒多猛虎窟穴,朝夕陰霾之時,往往成群逐隊,中害行旅。不知爾神所司何事,乃敢縱爾惡孽以蠶食長吏所撫綏之民耶?

本縣受命作牧,誠欲使一邑之民利興害絕,是以日夜憂勤,刻無寧晷,不惜功名,不畏強禦,苞苴不入,請託不行。豪猾漸已斂迹,小民漸已安生。而虎患未除,余竊羞之。惟神秀秉西方,聰明剛正,其不與泉郡豪惡同識解所可知者也。

今吾與神約:其驅爾所屬醜類,令各率兒孫徙居他境,凡本縣所轄之地,毋得更居。期以三日,毋使一留。則是神之有靈,助吾善治,爲今天子愛此一方之民,吾且德爾不忘。如其冥頑無知,縱爾惡畜,依然逼處吾土,殘害吾民,余雖孱弱書生,豈肯甘心,將必盡起鄉勇,糾合軍卒,以窮搜廣捕,盡其窟穴而掃蕩之然後已。惟神其善裁之。尚饗。

咸豐八年九月十二日起鎮雅宮文昌夫子巡游第三日路關文
（國朝）黃梧陽

維清肅洽九秋之序,正巡游值三日之期。帝君載乘金鳳之輿,爰出玉犀之里。本廟起駕。時則熙春民樂,被通政者愷澤旁流;由熙春入通政巷。節孝風高,列仕曹者芳徽遠播。過節孝鋪，出仕曹巷。文章光吏部，王明占井汲之爻；入井亭巷，過吏部宮。嘉瑞獻仙姑，夢兆燦筆花之果。由仙姑亭出夢果巷。駕經莊府巷內，仰莊敬於冠紳；入莊府巷。珂鳴丁厝埕中，聽丁冬於環珮。上丁厝埕。輦路則芳生叠叠，出叠芳橋。涂山市馬踏皆香；轉涂山街。花橋則玉立亭亭，過花橋亭。通津門龍登不遠。入水門巷出水門。遂乃由一堡而連五堡，遍錫福於民人；過一堡至五堡。從浯江以望筍江，長發祥於土地。上浯江土地後新橋頭至海關米埔。富美仰宮牆之盛，過富美宮。宏敞直列亭衢；出敞口街。蓬嬴登御殿之高，從登嬴御殿頭。寶光遙連渤海。轉寶海宮。

夫孰不欣瞻斗極，過斗門頭入新巷。拱珠垣於聚寶街中；落聚寶街。高躍鰲峰，入水巷過鰲璇宮。拂琪樹於水仙橋上者乎？轉水仙橋。而帝君猶復示人以陰騭，種福須憑德濟之心；入南門直上寮仔街至南嶽宮。訓士以忠貞，奏名盡列元魁之選。由雙忠出胭脂巷，入奏魁巷。是蓋著東觀西臺之美，科第芳聯；從東觀西臺，今改吳氏大宗。將以訝和風甘雨之祥，寬仁澤溥也已。過寬仁鋪。

乃者俗徵富庶，慶集殿庭；轉富埕後。無何愆伏偶臨，氛祲宜净。帝君大發靈慈之願，方相氏索寶而歐；入靈慈宮溝。宏施教誨之方，選佛場降魔最速。由教場欲過旗盤園。法沿東魯，曾傳辟疫孔聖之丹；入東魯里，出涂門街。節出東郊，如睹迎春於曲臺之册。出迎春門，隨轉入城。

豈獨臺閣擅舍人新樣，入舍人巷。後光輝映於禁城；過厚誠街。方使海濱復鄒魯遺風，轉海濱鄒魯。遐爾率由茲義路。從府學埔出義路門。寰海清而遵王道，由海清亭轉道口街。清源郡長樂升平；過清源書院口。磐石固而承天庥，從承天寺過石牆邊。刺桐城咸新景象。落新府口。所以觀風而昉時儺之典，出觀東巷。願斯民悉納於中和；由東街過中和。旋躋而標鎮雅之坊，俾大衆同躋夫仁壽焉爾。由雙門前轉南街頭入玉屏里，駕回鎮雅宮。

咸豐戊午，郡中大疫。九月十二日逹十三、十四日，恭迎鎮雅宮文昌夫子以銷疫氛。凡道路經過，預爲擬定，名曰路關，裁成駢體。一之日有歲貢陳世清之作，二之日有太史張端之作，三之日即我邑黃梧陽之作。始制文字，風氣開先，輯入集中，以備一體。嗟乎！皆南世叔，令嗣早逝，文字盡皆湮没無傳，興思及此，深堪婉惜。陳璧堂識。

祝陳桂屏先生七十壽文　　（國朝）楊　浚

陳桂屏仁丈大人七十攬揆之辰，敬祝之曰：

今天下一機心也，雖堯、舜、禹、湯、文、武、周公、孔子復生，亦無解於機之一道。其來也若億萬千人，人同此心，求如漢陰老圃而不可得。予嘗味乎圃者之言曰：有機械者必有機事，有機事者必有機心。機心存於胸中則純白不備，純白不備則神生不定，其寓言之大爲養生者所莫能外耶。

丈今之忘機者。年且七十，養心若魚，時而見昳蕩之天，時而游活潑之地。不酒不煙，口無所嗜也；不好樗蒲，手無所戀也。然則將何好？曰：好聚書，捐百金而購散亡，非易之事。夫人在日，則典釵珥以佐之，不寶金玉亦能化機。機者曰好善舉任恤，豈措大所能辦？乃獨肩其小者，以其大者要同志共爲之。自化於機，兼能化人者。

夫天下之機，莫甚於要津。迎之隨之，料氣勢而爲之，率奔走恐後者也。丈則非公不至，又慎於機也。鄉校或以正直稱，或以廉潔許。若曰正直廉潔，則吾豈敢，第不作機事耳。太守如平和沈公、金華章公、蘄州陳公、太倉孫公，咸折節下交，與之商榷文字，久而益敬，未嘗以他事溷，蓋爲天之機而不爲人之機也。

夫人之機猶弩牙也，日蹈於危也；天之機猶北斗魁星，第三爲機運轉於自然也。丈少孤，祖母及姑母撫育之，叔父教之。六歲入塾，《四書》、《毛詩》能背誦。十六歲出授，往爲饘粥計，十九歲補弟子員，旋食天饎。顯廟五年乙卯舉優科，論文輒冠朋儕。預大比以額溢見遺者三，登薦剡者九。帖括始學戚價人，繼學張素存，風骨逼肖，非矮屋所利，殆爲圃畦者鑿隧而入井，抱甕而出灌，捐捐然用力甚多，而見功寡，庸詎知有機於此乎？

顧及其門者，掇魏科，貢成均，游泮水，已六十三人，得其緒餘，而其機之捷又如此。歷試每以藝示，予嘗戲之曰："俟楊浚能得一第，君當入彀矣。"蓋所歷最厭機巧，不能強我以合趨，不僅隱爲之傷，亦以自傷。然何傷也？堅箭利金不得弦機之利，不能遠殺，固也。乃今非堅非利之器，逢時自詡，相習於不自知，勢不至以機自賊不止。吾寧渾乎機以全吾天，俾後世見有杜德機者、善者機者、衡氣機者，吾亦足矣。

間爲詩，學韓昌黎，又學李義山。予進之曰："夫子猶有蓬心乎？何不學淵明？絢爛而歸平淡，循乎天之機也。"受知大宗師江都史公、吳縣吳公、上元溫公、大興李公、長洲彭公、吉安黃公，重其文，能入於機而出乎機也。

子長國試，戊午亦舉優貢，仕至漳州教授。四國榮，今茂才。六國仕、七國佺，皆世其業。孫曾亦岐嶷。一女擇婿曾門，甲子舉於鄉，是名元熙。胥不役役於機而能引機自致也。嗣由推廣例，得中書舍人。予笑之曰："天地之中，有大海焉。黿鼉叫嘯其間，不知凡幾。獨鷗爲碧海舍人之職目，相忘於機者，官稱其人也。"甲子預軌里立團法，今湘陰爵相上其功，晉五品秩，祖父乃父貴如其官，《會典》五品服白鷴之爲閑客，又曰元素先生，亦忘機鳥，更稱其人也。

嗟夫！今天下不惟人有機心，即物亦以機重。車堅管轄，舟利檣楫，極天下之耳目心思，若舍力於機，無以取悅。曾是讀堯、舜、禹、湯、文、武、周公、孔子之書者，亦貿貿然溺於機而不返，何也？夫欲天下長治久安，豈機所能爲事哉？乃以機爲非機，不機爲機，抑何顛倒耶？然亦知古往今來消息之微也，能寂然不動而萬物爲我用，能塊然元默而衆機爲我運，無機之爲用尤大矣。矧更神生而定，得於人者雖嗇，得於天者必豐，有可操期頤以爲券也，無他，一言以蔽之，曰無機心者必壽。

誥授中憲大夫、欽加侍讀銜、內閣漢票籤中書、國史館分校官、選用道、愚小弟楊浚頓首拜撰並書。

銘

棧道銘並序　　　　　　（唐）歐陽詹

秦之坤，蜀之艮，連高夾深，九州之險也。陰溪窮谷，萬仞直下；奔崖峭壁，千里無土。亘隔岈絶，巉巉冥冥。糜鹿無蹊，猿猱相望。自三代而往，蹄足莫之能越。秦雖有心，蜀雖有情，五萬年間，敻不相接。且秦之與蜀也，人一其性，物同所宜。嗜慾無餘門，教化無餘源。可貿遷，可親昵，擘坼地脈，暌離物理，豈造化之意乎？

天實凝清而成，地實凝濁而形。當其凝也，如熔金下鑄，騰雲上浮。空隙有所不周，迴翔有所不合。澄結既定，窾缺生乎其中。西南有漏天，天之窾缺也。於斯有兹地，地之窾缺也。天地也者，將以上覆下燾，含蓄萬靈，可通必使而通者也。苟有可通而未通，則聖賢代其工而通之，故有爲舟以濟川，爲梯以逾山。唯兹地有川不可以舟涉，有山不可以梯及。粤有智慮，念全玄造，立巨衡而舉追氏，縋懸繩以下梓人，猿坐絶冥，鳥旁危岑。鑿積石以金力，樑半空於木栅。斜根玉壘，旁綴青泥。截斷岸以虹矯，繞翠屏而龍跅。堅勁交膠，雲横砥平。總庸蜀之通途，統岐雍之康莊。都邑之能步，山川之無脛。若水浹防，如鴻嚮陽。南之北之，踵武湯湯。躋峨峨以自若，臨蒼蒼而不懼。由是贄幣以達，人神會同。稽禮樂之短長，量威力之汙隆。可王者王，可公者公，而相次以風。或曰："受琢之石長存，可構之材無窮。"易刂代蠢，斯道也未始有終。

嗚呼！爲上懷來在乎德，爲下招德在乎義。德義之如今日，則或人之言有乎。其反之，則石雖存恐不爲琢，材雖多恐不爲構。想夫往昔，有時而有，有時而無，是用惕惕，天下蛊蛊。知聖賢創物之意之人寡，明德義固物之道之人稀。敢陳兩端之要，銘諸斯道之左，庶主德義者，存今日之所履；踵武湯者，荷古人之攸作。銘曰：

天覆地燾，本亦備設。大象難全，或漏或缺。損多益寡，聖賢代工。彼雖有缺，與無缺同。惟北曰秦，惟南則蜀。地缺其間，坤維不續。斗超斷岸，屹爲兩區。秦人路絶，蜀火煙孤。天實不通，賢斯有造。鑽堅剡勁，無蹊以道。若川匪舟，若陸匪車。緣危轉虛，步驟交如。構雖在功，存亦由德。項怫劉怒，從完以踣。墮落我營，自顛而植。地非革勢，才不易林。踣植之致，惠怨之心。勿謂斯道不恒，勿爲斯道可久。禮不以禮，可有而無。恭不以恭，可無而有。創之之意如彼，固之之物若兹。彼知不易，兹而易知。勒銘道左，其同我思。

陶器銘並序 （唐）歐陽詹

嘗侍論於長者，儵有之曰："近代之作玉杯，麗則麗矣，愚以謂不如古人之爲陶。"長者韙之，以爲知言。

退而思其所自，多亦不忝伊人之譽。器以利用，道從易簡。利用者貴無往而不適，易簡者取立功而匪勤。今天下之至富者土也，不勞而成者火也。夫陶，掬壤以制，焚蒸以凝，就其不勞，因其至富。不瑩而冰清珠皖，不煅而金固石堅。一工致功，千室以給。斛斞甖瓿，瓶缶杯盂，大窮儋石，小極圭撮。經鼎鑊而自若，在煇熱而莫渝。滿堂絕侈靡之譏，提挈無剽殺之患。其功則易簡也，其實則利用也，其藏又保安也。易簡，二儀之理；利用，五行之本；保安，立身之方。執人之方，履物之本，從天地之理，此三皇五帝所以内户不扃，外户不閉，無爲之德所由生也。

豈夫玉杯之獨劣，其餘孰得而儔焉？則刓材搜璞，窮山越壑，礱磨雕琢，鑄煉丹臒，力盡終年之功，財殫不貲之產。量纔升合，質忌湯火。置家得奢盈之議，中懷生賊害之累。其功則非易簡也，其實則非利用也，其藏又非保安也。悖二儀之理，違五行之本，乖立身之方，此夏桀、商紂所以人人頗邪，比屋可戮，亡身之禍所由生也。省費鮮勞，皆備於物。德且如彼，而人賤之。凡人蠹財，不周於用。禍又如此，而人貴之。久矣哉！世之迷也。物有賤而可貴，亦有貴而可賤，惟賢者能審之。

小子不幸，億而有中，誠背常人之見，故爲銘以廣之。銘曰：

黜汙易抔，聖人製器。易簡作程，利用爲貴。稽諸往載，函寶攸興。裁因掬壤，成假焚蒸。不臒不丹，不雕不刻。自結金堅，天然冰色。財無害產，功匪殫力。量儘洪纖，用窮幽仄。物有千金相異，我取不費爲利；物有積功相崇，我取不勞爲工；物有患湯忌火，我取往無不可；物有剽殺焚毆，我取懷藏不虞。

心存目視，奢尋彼至。室滿堂盈，侈莫我生。省庸周用，所賤謂何？賈害勤人,所貴者邪？可貴不貴,物失其類。失類曰昏,雖隆必墜。可賤不賤,物得其選。得選曰明,雖幽必見。上惟五帝,下洎三王。實有以興,亦有以亡。蚩蚩百工,孰若我陶。敬銘有器,永告滔滔。

福州社壇銘並序　　　　（宋）柯　述

或問社奚銘？予謂祭主歟。不敬如不祭,社稷歲再祭,所以爲民祈報,而政莫先焉。予守茲土,視其壇地汙且隘,不足以行禮,乃廣而新之。壇壝器宇,靡不周備,敢不以告於後之人。於是勒銘於壇之東南烏石山之頂。前爲亭曰"致養",以其當州之坤焉。柯述仲常。

后牧民,天乃食。維社稷,作稼穡。風雨雷,贊生殖。協時日,祭有秩。歲庚午,夏率職。即坤維,視壇域。地汙隘,制匪式。爰廣新,古是則。辛未春,工告畢。齋有所,器有室。暘若雨,事咸飭。後之人,敬無斁。

元祐六年三月,溫陵柯述撰。王裕民書。亦泉州人。

銘與序分兩石勒,是以序末題名也。天白閣注。

蓮花巖銘　　　　（宋）黄庭堅

自古在昔,雷雨電擊。天開八石,青蓮趺鄂。中有巖壁,敷坐宴息。大士密迹,置鉢倚錫。蛇虺避宅,虎豹服役。行人護戒,如龜藏六。以戒爲甲,如蓮生泥。不染香色,維岩居無斁。

古人云,得意時如虎狹一,失意時如龜藏六。虎狹一則有骨如一字形在頷下,與左右牙關不相附,其施威賴此骨。《酉陽雜俎》謂："如乙字形,非龜藏六,首尾四足,皆縮而不伸也。"宋饒節,字德操,《倚松老人詩集》贈潁昌府詩云："年來林下龜藏六,一見道人聊解顏。"饒氏爲江西詩派,後祝髮爲僧。僧名如璧。璧堂識。

經義治事二齋銘　　　　（國朝）陳步蟾

胡公海陵人也,爲湖州教授。訓士有法,從之游者數百人。公以身率先,盛暑必公服坐堂上，視諸生如子弟，諸生亦信愛如父兄。

時方尚詞賦，湖學獨立"經義"、"治事"二齋，以敦實學。宋仁宗朝甲寅四月，興太學，詔下湖州，取其立教爲式。由今思之，中歷四朝，而敦士修以培國本，千秋之鑒，昭如日星。故知考亭過化猶傳畏壘之庵，詎比元載留名，空弔芸暉之閣也。

爲擬"經義"齋銘曰：六經之義，曠如奧如。參稽考鏡，踐履勿虛。疏通貫串，其樂只且。道德以立，人才以儲。入其門者，視爲菑畬。春華秋實，擷採連茹。經明道修，品重璠璵。

更擬"治事"齋銘曰：朝廷養士，藉爲經綸。通天地人，萬彙陶甄。以學吾仁，以淑吾身。求志行道，志立道淳。入其門者，恭己惟寅。《大學》綱領，明德新民。知所先後，與物同春。

經義治事二齋銘有引　　（國朝）陳國試

胡公爲湖州教授，訓士有方。是時士尚詞賦，獨公立"經義"、"治事"二齋，以冀諸生陟實是齋也可爲。擬之以銘：

尼山大筆，刪定贊修兮。藏之名山，上下同流兮。精華採擷兮，機緒任抽兮。淹通貫串，振靡式浮兮。古有大雅，經術經猷兮。惟華其春，惟實其秋兮。寢饋於此，與古爲儔兮。夫何事引商刻羽，爭歌咏於唱酬兮。

經生達政，有爲有猷兮。饑溺由己，素抱斯優兮。乾父坤母，伊周爲儔兮。一夫不獲，是誰之尤兮？隱居行義，晨夕講求兮。春秋管晏，聖門共羞兮。士爲民首，勿託虛浮兮。夫何事剪紅刻翠，藉風雅於吟謳兮。

箴

暗　室　箴　　（唐）歐陽詹

夫行以檢身，非以爲人。無淫無佚，出處宜一。孜孜碩人，冥冥暗室。罔縱爾神，罔輕爾質。遠茲小惡，念彼元吉。勿謂旁帷上蓋，天監無外；勿謂後掩前扃，神在無形。天不長慝，神實正直。神怒天誅，未始有極。於昔者趙盾，假寐兢莊。天回厥害，鉏麑以亡。又有苻堅，竊爲制度。神敗其類，蒼蠅以呼。天窺神窺，人無不知。天忿神忿，身無所隱。澗松抱節，幽蘭有薰。歲寒不變，無人亦芬。草木猶爾，人其曷云。戒慎乎其所不見，恐懼乎其所不聞。先師有言，敢告夫君。

議

維條鞭議　　　　　　　　（明）黃懋中

按各征悉串入條鞭以便科追，而民之輸納亦明白易曉，誠良法也。

予向宦吳中，聞之管東溟之言曰："徭賦之法，蓋莫善於條鞭，第慮其不終耳。"蓋法宜期於可久，而姦每伏於未然，杜之不早，則物腐蟲生矣。

且以往事論之，南安先被同安詭米，借編弓兵八十名，每年加差銀五百七十六兩，是猶羸馬而以雙車加之也，民安得不病乎？此擾法之姦所當杜絕一也。南安對納同安嘉禾倉本色米八千二百石，阻海之險，難於裝運，積受攬户制騙，勢固然也。往年當道燭發其私，有追價給領之議，誠一舉而兩利者。攬户無緣爲姦，屢藉軍名生詞告擾，追價之法屢更矣。近奉明例：每米一石，追價五錢三分三釐，發倉給散。非惟民免浮費，而軍亦得實受，其法莫善於此。但攬户束手，是虎銜其口也，安得不跳踉思哺乎？此擾法之姦所當杜絕二也。均徭力差如庫子夫保之類，舊每傾民之家，而今追銀給役，民喜更生矣。服役於官者無可嚼民，慮恐後復責民自當，弊得無復生乎？其姦所當杜絕三也。本縣十排之長，舊係土著居民，催督以時，追呼不遠，與甲下十户甚相安也。邇者，別縣奸民以里長爲奇貨，有托莊户而頂當者，有代催科而雇役者。辦糧則多科甲名下，見役則嚇騙通都，其姦所當杜絕四也。

至於邑中公用之費，裁削太過，每一舉動，或承上片檄，則往往顧橐匣而局踣。凡所有餘之積，閏月之剩，盡歸司餉，而經正之費，一切報罷。蓋上方崇儉，己不敢冒奢之嫌，而卒受其病。上方橫斂，己不敢犯上之令，而必應其取。此始者議法之時不爲三思，故至此也。若不調停而斟酌之，行見千百年之大利坐變矣。

夫自古無不敝之法，而有不敝之人。誠得其人，則法雖敝，猶得稱治，況法本良哉！井田世祿，王制稱善，而孟氏猶以潤澤望之人，夫潤澤非變法之謂也。由今之宜，通昔之窮，斯善用法者也。東溟之言，其有所長慮也夫。

防　海　議　　　　　（國朝）洪科捷

竊惟閩屬九郡，濱海者五。魚鹽蜃蛤之利，外國重洋之貨，國課民生，交相賴焉。明洪武間，自福寧達漳泉，置衛所二十有五，巡司四十有五，水寨五。各處要澳，又添巡簡司一員。兵丁器械，修整齊備。而嘉靖間倭寇爲患且數十年，本朝定鼎，鄭氏拒命，汛棄於外，界移於內，濱海一帶，荊榛滿目者又數十年。暨乎臺灣底定，海波不揚，生長開復，界外乃爲聚落，未雨綢繆，誠當事之要務也。

今夫臺灣者，全閩之要害也；澎湖者，臺灣之咽喉也；而兩島者，又漳泉之門戶也。提設於厦，鎮駐於臺，澎設參將，而金門、海壇、閩安等處，各置總鎮，星羅棋布，地非不密也，船非不多也。而姦宄時聞，豈海之難防歟，抑防之不力耶？夫賊以海爲巢，御之於陸，不若殲之於水。兵以船爲營，修之於郡縣，不若委之於武弁。

盜賊之所恃者以大海風波不測，瞬息萬狀。彼以生以長，委身一葉，固於磐石，乘風破浪，殺人劫貨，如探囊取物。彼弁將安享富貴，一遇飄搖，頭眩目暈，安能與之爭舟楫之利哉？況戰船者，又武弁之奇貨也。功令有大修小修之法，然皆委之於不相統攝之郡縣。郡縣視爲考最，彼即借爲勒索。奉承者報什一爲千百，正直者誣修整爲因循。郡縣受掣，勢不得不刻減估價，專意奉承，始而包攬，繼而隱冒，終而朽蠹。循名則有戰船，核實則無戰船。泊於內港，則有戰船；用於大洋，則無戰船。海可防也，其何以防之哉？

至於清盜之源,又莫若弛曬鹽私販之禁,寬商船連艕之法,而準其各備器械以自爲衛。閩省土地半沒於海,半填於山,田園不滿三之一,其所以借鹽以生者,無慮數百萬家。鹽禁不弛,則曬者販者坐而待斃,而生業落矣。商船一隻,內有管船搭客,柁工水手數十人。閩之商船不下數萬,此其所借以生者,又何止數百萬家!

大海之中,船難銜尾,連艕既屬無用,而十隻一艕,動需旬月,柁工水手等人,坐而待斃,而生業又落矣。生業既落,啼饑呼寒,聚而爲盜。兼之軍法嚴重,商船不許載寸鐵,是所謂借寇兵而齎盜糧,如之何其可也。之二者,其利與害,較然易辨也,而當事不行者,動以鹽鉤姦宄爲辭。豈知國家鹽課,歲有定額,就各處鹽埕計區均配,令鹽丁自爲輸納易易耳,紛紛盤詰,何爲乎?盜之與商,行踪既異,而商船重載,行每舒遲,盜船輕揚,動輒剽疾,一望可知,又何必以器械爲厲禁乎?

夫生其地者習其俗,睹其弊者諳其情。某生長海疆,目睹時弊,謹獻一議,當道誠採而行之。修船責之武弁,彼必澆蓋愛護,不致損壞。而以守道核之,使不得隱冒。船既齊整,水師提鎮,游校兵丁,各配在船,晝夜巡邏,慣習水性,訊察賊形,而又開諸厲禁,使借海以生者,得以謀生樂業,則既有以清其源而遏其流,又何海之難防哉?謹議。

言

拜嶽言　　　　　　　　(唐)陳黯

黯自關東隨計來闕下,經華嶽祠。有巫導以祈謁,乃徹蓋整衣,馨爐瀝觴,俯首拜而前,緘默而退。

巫曰:"客是行也,務名耶?務官耶?胡爲乎有行禮而無祈詞?神之肸蠁而答,盍舒乃誠?"

曰:"余之來拜,以嶽長群山,猶人之有聖賢,草木之有芝蘭,百川之有河海,鱗羽之有虬鸞。屹屹乎,崇崇乎,干霄柱空,載國祀典,宜人崇拜之,思盡乎余之敬,詞之默,懼乎神之聰明。且神視果高,而聽果深,必福其善而禍其淫。余行合乎神也,必照而臨,如欺乎神也,祈之乎何心?巫兮余言无妄兮,爲妄言之箴。"

戒子遺言摘録　　　　　　　　（明）王文升

吾於南安得至孝焉。傅行人西岩先生,以親故佯狂。視棄官如敝屣,民無得而稱之。

王文升,晉江人。

談　茶原八則摘録二則。　　　　（明）蔡獻臣

近言茶者,歙之松蘿、長興之岕、南安之英,堪稱鼎足矣。英香洌,類松蘿;岕帶土氣息,另自一家。

西番以茶爲生命,吳越以茶爲雅致,閩南人冬湯夏水,非客至不煮茶,所需至少,然亦過於活得。今則漸於吳下之風,争言茶矣,茶價亦遂騰踴。英之幾與松蘿等,清水巖、覺海、樂山,價亦不賤,士大夫家尤尚之。今吾家亦每飯設茶,口之於味何常之有?覺海、樂山皆南安地,清水則屬安溪矣。見《清白堂筆記》。

爲孝烈傅氏女乞言　　　　　　（國朝）諸葛晃

歲辛酉康熙二十年。冬,傅別駕被執,家盡殲,其女子自經,從死最烈。時余在海東,知其事甚悉。吾友吳生可階所志皆實録也。而或者曰:惜哉!傅女可無死也。使其隱忍一年而臺灣破,身得返矣。其與吳生燕婉之諧,年猶未笄也,傅女不多一死乎!而不知非也。

夫傅女死節,非死父也。彼別駕之觸法蒙難,在女可以無死,而不得不速死者,以没入陳將之家也。觀其苟延數月,以俟泉城之信,其不必於死,情已見乎詞矣。逮乎鴻雁之息無聞,而覆巢之禍已烈,計惟以死自全,不使白璧有纖瑕之

汗,則今者以骨歸吴,較之以身歸吴而更快矣。毋論後之得返,非所逆料;即能逆料,亦烏能以須臾待耶? 女其真明於義之大者與!

嗚呼! 婉弱髫齡,志已光乎日月,而淒迷雲海,名不出乎荒陬,坐使懿操不貳,孤貞永晦,可勝嘆與! 所賴賢人君子藉竹素以揚幽,假咏歌以旌烈,庶幾垂諸琬琰,慰彼精魂。余故爲道其隱志,以見傅女之善於處死,而更求所以不死傅女者,我同人寧無意哉!

答

答問諫者　　　　　　　（唐）陳黯

或問:"古之士能直諫不君之君者,其誰爲最?"曰:"有諫秦者,齊人茅焦也。"曰:"夏無龍逢耶? 殷無比干耶?"曰:"不謂之無,第功德相遼耳。夫諫者,不獨以言之忠,而欲其氣雄;不欲以名之彰,而欲其事立。四者克備,是爲難矣。昔嬴政吞噬群雄以取天下,暴豪奢侈,古初無先,故非必無,而諫必拒。當遷太后於雍,有及泉之誓,凡戮諫者二十七人矣。天下忠赤之士,莫不因氣鎖詞。是時焦能獨奮勇敢,不顧其威,肉視虎狼,冰顧鼎鑊,諤諤造廷,折其四失,俾暴主悔非,遷善而從其言。由是骨肉之恩,斷而復續,君臣之義,捨而再交,諫議之路塞而再啓,皆由焦之功也。噫! 亡軀徇忠,亦諫者之職。然死於二十七人之後,不亦難乎其心哉! 進諫於二十七人之後,不亦難乎其詞哉! 斯可謂言忠、氣雄、名彰、事立備矣,豈若龍逢諫桀,比干諫紂,徒自柔聲婉詞,而又身不免,事不立,其足爲茅先生之徒歟!"

問者唯而退。

答諸葛誠之廷材　　　　　（宋）朱　熹

示喻:竟辨之端,三復憫然。愚意比來深欲勸同志者,兼取兩家之長,不可輕相詆訾。就有未合,亦且置勿論,而姑勉力於吾之所急,不謂乃以曹表之故,反有所激,如來喻之云也。不敏之故,深以自咎。然吾人所學喫緊著力處,正在天理人欲二者相去之間耳。

如今所論,則彼之因激而起者,於二者之間,果何處也?子靜平日所以自任,正欲身率學者,一於天理,而不以一毫人欲雜於其間,恐決不至此。賢者之所疑也義理。天下之公,而人之所見有未能盡同者,正當虛心平氣,相與熟講而徐究之,以歸於是,乃是吾黨之責。而向來講論之際,見諸賢往往皆有立我自是之意。厲色忿詞,如對讎敵,無復長少之節,禮遜之容,蓋常竊笑以爲正使真是讎敵,亦何至此?但觀諸賢之氣方盛,未可遽以片辭取信,因默不言,至今常不滿也。

今因來喻輒復,陳之不審,明者以爲如何耳?

又　　　　　　　　　　　(宋)朱　熹

所喻子靜不至深諱者,不知所諱何事。又云銷融其隙者,不知隙從何生。愚意講論義理,只是大家商量,尋箇是處,初無彼此之間不容,更似世俗遮掩回護,愛惜人情,纔有異同,便成嫌隙也,如何如何?所云粗心害道,自知明審,深所嘆服。然不知此心何故粗了,恐不可不究其所自來也。

誠之先生即麟之先生之胞弟。《朱子全集》及門姓氏,則爲杭州府人,誤。邑志前修亦漏載。

答李子能亢宗,一作克宗。　　　(宋)朱　熹

累承喻及爲學之意,甚善甚善。但如此用力,頭緒太多,令人紛擾,無進步處,故程先生說,涵養須是敬進,學則在致知。若只於此用力,自然此心常存,衆理自著,日用應接,各有條理矣。《近思錄》前三四卷專說此事。近修定《大學解》亦說及此,次第分明。《近思》必已有之。《大學》今往一本,可細考之。依此節次,做一兩年功夫,自當見得門路,立得根本也。

陳後之持守見識,皆不易得,不知今年曾得來城中否?與之講貫,當有深

益。劉叔丈守得亦好,但未知後來所見如何耳?

爲學十分要自己著力,然亦不可不資朋友之助,要在審取之耳。朱飛卿遠來見此相聚,但亦苦多病,未嘗不相與談及子能也。

答李誠之誅　　　　　（宋）朱　熹

特承寄示新刻《二先生祠記》,並枉長書一通,記文鄙淺而書意勤厚,非區區之所敢當也。然先生之道,即伏羲、堯、舜、禹、湯、文、武、周公、孔、孟所傳之道。先生之書,即所以發明六經孔孟之書,初非別有玄妙奇特,自爲一家之説,而與古之聖賢異軌殊轍也。

世之君子固未必嘗讀其書,而驟讀其書,亦未能遽曉,是蓋不唯不知程氏之學,實乃並與古昔聖賢之學而不知之也。舉世昏冥,恬不覺悟,而其聰明辨博,能爲文字語言,名有氣概才力者,則其惡之爲尤甚。

今以門下之才之美,宜無愧此數者,而其用心獨不然,蓋不惟立祠伐石以著其尊慕之意,而來書之喻又將不鄙迂陋,而辱問津焉。此其志豈獨賢於今世之士也哉! 竊感下問之勤,故粗論其梗概如此。

近所刊定《大學章句》一通,今致几下,所欲言者,不能外此,幸一讀而三思之,其必將有以得之,而異時所以見於文章事業者,愈有光矣。僭率皇恐。

又　　　　　　　　（宋）朱　熹

昨蒙不鄙,俾撰《先正文集後序》。自知不文,不足以副厚意,顧以先契之重,向往之深,且欲托此以少見尊獎節義,別嫌明微之意,以是不敢力辭而輒草定其説,以求商訂。區區之心,蓋未敢自以爲是也。

所欲更定"尊復明辟"四字,刊去繁冗,著語精切,前輩所謂自有穩字,正此謂也。玩味嘆服,不能自已。但平賊之功,雖由外濟之語,乃是區區鄙意分功紀實以息爭論之微指。

朱丞相所記當時之事非不詳,明正以欲專其功,而反詆吕、張爲敗事,又其後深詆李、趙諸公,誣謗已甚,故讀者往往心非而鼻笑之,並與其可信者而不信之也,願熟思之。恐不可改,如何?

策

上大觀察泉州東西佛策　　（國朝）陳步蟾

　　昔提帥藍公始分東西佛之號,其時亦祇就地勢分耳。提師精於青烏之術,以泉爲鯉郭,宜動不宜靜,故賽會迎神,凡以祈國泰民安之意也。嗣是某鋪之塑神像者,亦象國泰民安等字樣,而郡中自此嘖嘖多故矣。

　　東則分爲五倫,爲七血;西則分爲七舍,爲三相公。其曰五倫者,則以五兄弟相稱也。其曰七血者,則以當時割牲歃血,有"世相好無相背"之語,故水仙於是有誼長之號,雙忠於是有盟府之稱。其曰七舍,即祀七舍人者;或曰祀日月太保之神,亦謂之舍人。其曰三相公,即祀田都元帥者。雖然,帥之神即五倫七血中亦多祀之。嗣是非在五倫、七血、七舍、三相之列,咸相背焉。相背必由相棄,相背必有相附,相附相棄,則東西於是綉錯,亦東西於是滋釁矣。

　　昔有居東之太封翁某,謔於居西曰:"東方朔帶劍出龍宮,斬古榕樹,驚得西牛喪膽;西施女遣人入熙春,達和衷情,越惹東君起興。"所謂龍宮、古榕、熙春、和衷,皆東西佛境之地號也。謔此楹聯,其禍若火不可撲滅,故市人謠曰:"東鳳池,西奉聖,打死人,免賠命。"

　　伊昔賢有司疊門疊辦,大則遣次,小則枷杖,末如之何也。已適門之日,值班亦以東西袒護,官任其上下,而莫之知。當門之時,文武官出爲諭止,差役已先籌其從何街轉何巷,務使某鋪以爲擺脱計者。今大憲駐驂,適奉聖、慈濟兩鋪滋事,親臨督拿,蒿目於鋪户良民,弱肉強食。最甚者又莫如夾縫之界,婦女亦被剌其髮,而剝其簪珥者。至於民房蹂躪,更不堪言矣。

　　惟大憲明並日月,辦此兩鋪而外,思欲挽數百年之陋風,芻蕘下採,亦惟當此未門之時,傳卅六鋪約保練,當堂供出某鋪某匪,某次之,某又次之,大鋪十餘名,小鋪五六名,永此存案,出示若干張,將所供匪名開列於左。並論所供,若有栽陷長善者,聽其親族鄰結,後如東西有鬥,則以所存案匪跟究重治。無他,起事者鋪匪;勒索鋪户,打點衙門,從中抽豐者,亦鋪匪也。必欲拔本塞源,徹底跟究,竊恐積弊中於人心,非一朝夕所能其瘡痍也已。

是篇乃劉觀察諱耀椿甫莊年,庚辰會魁,觀風泉屬之命題也。先君子蒙取合屬第一名。然此頹風於今愈熾。昔時鬥之初起,尚無人命之虞;今則起於匪之一哄,中銃遂成命案矣,哀哉! 六不肖國仕注。

策　　問械鬥擄搶事。　　　　　(國朝)陳步蟾

泉之民何以好鬥也,豈班固所稱吴粤之君多好勇,故其民至今猶輕生歟?

當鬥之時,器械蜂擁,惟鳥銃大砲爲害最烈,是以鬥之致命多由銃斃命。斃亦不遽訟之於官,因而擄人勒贖。擄其富者,百金可致;擄其貧者,金無可致,死期至矣。其欲擄之時,先籌其何家何人,夜則數十成群,或剞其壁,或壞其門而入焉。一得其人,則以布幔包灰裹之。此黑夜之擄也。又或某人與某鄉附近,某家與某氏聯姻,此牽恨之擄也。其施禁之酷,則有如穿柴靴卧雙房,種種横逆,難以殫舉,是可痛也。

擄禁者乃起於冤家,而搶奪則不論何家矣。三五不肖,僻處聚鳩,致令行李往來,吞聲飲恨。前十餘年於厦漳一帶,則以放荷包爲名;於福興一帶,則以搜禁物爲名;於濱海一帶,則以走私餉爲名;於入山一帶,則以藉冤家爲名,此猶搶奪之有主名者。今則弱肉强食,雖亦知不肖之踪迹,而投之鄉老,告之親族,而鄉老親族之袒庇者,無論其有顧名思義者,竟莫之何,此風胡可長哉?

之數事者大抵多出於大姓,而大姓之中又恃乎强房。械鬥之起,大姓多倡之也。擄禁之酷,大姓多爲之也。搶奪之慘,必大姓有人焉爲之主,而小姓之不肖,乃依而附之也。至於小姓而敢出於械鬥、擄禁,大抵報復者多。今日大憲駐驆行臺視事,邇邇聞風,諸患稍戢,以爲必認真辦理也。國法昭然,曷敢置喙,而又不敢諱疾忌醫。

竊聞鄉有鄉長,族有族正,古之法也。惟舉其一鄉一族之行誼素著者,予以長正之權,給以木戳,俾朝夕之間,耳目之近,得以教誨之,稽察之。有司或有公出,隨所至之鄉而下詢焉。或有甘爲不肖者,長正報之於官而官捕之。此或弭於未然之一道乎！假如二比盛鬥,官臨諭止,先息者從輕發落,負隅者加等治罪,每鬥必辦,雖千百金不許贖罪一人,而又專治無賴之徒,不許供累及富而無辜者,此或治於已然之一道乎？如是則械鬥擄禁之患息,而搶奪之風亦必漸銷。如有竊發某處,係何人;慣匪某人,係何處失贓,着該處自行拿送,則以慣匪之人在失贓之地,照法重懲,清風和之風,可計日俟已。

今欲移營會擄,以靖地方,民之望之如望歲焉。然好生惡死,人心所同。不肖者雖有敢心,猶有懼心也。故凡官之下鄉,人無論良善,家無論老幼,棄井離鄉以避陷阱,未見有犯之能獲,案之可結也。官或一再宿焉,因而回署,於是幹役遂與鄉人打點買犯,坐地抽豐,滿場作戲,何可勝言。惟不必多帶兵役,均令文武各官,嚴督兵役,秋毫勿犯。其有淫人一婦女,掠人一財物,則如殺人之罪論。將善良者得以安其生,並可爲官長用也。賈長沙《治安策》曰:"一脛之大幾如腰,一指之大幾如股。"又曰:"及今不治,必爲痼疾。後雖有扁鵲,不能爲已。"是今日之謂乎？惟當道裁之。

是策亦劉觀察觀風命題,先君子之對,誠儒家慈祥之見識。泉屬鬥搶,至於同治年漳州光復後,有羅景山提帥、大春。沈吉田太守、應奎。宋湘亭邑侯,志璟。會辦新營樸山,梟示數十人,拿獲近百人,南鄉一帶有三十年之安寧。當年若無辣手,豈有化險道爲康衢也？迨至今已二十餘年,其風之變愈熾。一門而蔓延數十鄉,有司以富鄉而先親臨,索其夫價、關節。劣紳亦下鄉爲之鎮屋說事,雖爲凶首,以孔方爲保安無事。然鬥起則搶亦起。城外大路無十里之無搶,城中之盜亦與之俱起,甚至夏夜之強盜庶行,一夜有三四處失盜。此時小家門戶,真無可安也,安得有路不拾遺,夜不閉戶之良風哉？六不肖璧堂識。

按:問械鬥擄搶惟泉爲最,何以治之於已然之後,何以防之於未然之時,會營嚴擄是否可行,其悉言無隱。

豐州集稿卷十二

誥

禹　誥　　　　　　　　（唐）陳　黯

禹賢益，以天下授。益採其謳謠之所歸，卒讓於啓。故啓不由父授，而《書》無典訓。黯追其旨，作《禹誥》。

嗚呼！惟位於君，惟德於民。禪受無疏親，惟其人。德之肖，讎敵可任；道之違，昵愛不可苟。粵稽堯、舜傳人，今吾傳家，孰不知其私耶？所以然者，天人之然也，汝其念之！

陶者，土之器也。持之得其人則完，否則毀。位者，國之器也，持之得其人則治，否則亂。吾得之惟艱，汝繼之毋忘其難。故汝後之不克肖，宜復於堯、舜之道，以歸於有德，勿吾傳之，爲世有之。

嗚呼！不賢而毀其器，俾後原私而罪吾也。汝其念之。

誥（詰）鳳　　　　　　（唐）陳　黯

嘗得揚雄云："君子在治若鳳，在亂若凰。"謂隱現之得宜也，將欲神之以爲鑒。迨覽其《劇秦美新》，則有異乎是。

雄仕漢，遇新室之亂，既不能去之，又懼禍及，乃爲斯文，以媚而取容。嗚呼！鳳固是耶？果若是，則鳳遇矰繳，而猶迴翔其間耶？君子之仕也，所以行道。道之不行也，則可以明其節。彼莽不臣，雄時在仕列，宜以君臣之義、興亡之理匡救之，以行其道。苟畏其威，愛其死，則可以投簪高謝，以明其節。詎有苟祿貪生，徇非飾詐，廣引秦過，以諭惡德，則是稔其篡逆也，與古之持顛扶危，死名節者,背而馳也。

嚮者所著"若鳳"之説,得不爲誣鳳也哉？鷄,常禽也,曉晦而不昧其候；鳳,靈鳥也,理亂而不知其時耶？噫！言之不思,有如是耶！或曰："古人臨危制變之權道也。雄知莽之不可匡也,故矯爲其説,姑務脱禍,是亦權道也,何過之深歟？"曰："不然。夫權者,聖人有尊,所以不失其道,未見捨其道而從其權。昔仲尼仕魯,以季桓子荒齊樂,知其不可匡也,乃去之。不聞矯爲其辭,以求庸於魯,雖仲尼日月其德人之不侔,然揚雄亦慕仲尼之教者,以著書立言爲事,得自誣哉。夫立言者,豈不欲人之從教耶？且己不能信,況求信於人乎？語曰：'君子先其言而後從之。'斯言可欺也哉！"

宋寧宗罷朱子待制仍舊宮觀誥　（宋）傅伯壽

敕具位朱某,從欲者,聖人之仁；尚謙者,君子之行。眷我執經之老,辭夫次對之榮。既諒忱誠,其頒茂命。以爾心耽墳典,性樂邱樊,被累朝之特招,稱疾屢矣；於十連而趣召,肯起翻然。既陪東學之游,兼侍西清之邃。見卿幾晚,方善桓榮之説書；高論未聞,遽若貢生之懷土。仍夫華職,秩以真祠。蓋彰優老之風,且示隆儒之意。逮兹累歲,始復有陳。前受之是,今受之非,誰能無惑？大遜如慢,小遜如僞,夫豈其然。顧而務徇於名高,在我詎輕於爵馭。俾解禁嚴之直,復居論著之聯。雖雅志之勉從,在至懷而良悱。噫！厭承明,勞待從,既違持橐之班；歸鄉里,授生徒,往究專門之業。

其祗予訓,用蹈於中。可依舊秘閣修撰,宮觀差遣。

慶元元年十二月□日。

中書舍人傅伯壽行祠。

辨

辨謀　（唐）陳黯

覆載之中,胸有心者必有謀,有其謀則必爲其己而鮮爲人也。故有孜孜汲汲力於謀者，得之則逸身豐家，不得則嫉時怨命。噫！此真澆風薄俗者之心也，豈古聖賢之心乎？

夫古聖賢未始無謀而不求利於身，而利自及也。何以明之？堯、舜有大寶之位，不傳於子而傳於他人，是爲天下之人謀得其君也。大禹疏鑿橫流，過其門而弗顧啼嬰，是爲天下之人謀出其溺也。后稷躬耕，播植百穀，是爲天下之人謀粒其食也。其謀信何如也哉？古今語帝王者，必首堯、舜；語功德者，無出於禹、稷。風馨億兆，不復磨滅，其利民又何如哉？

遞世之謀不然，小者不過謀衣食，大者不過謀祿位，督之利天下者，或未見謀。嗚呼！持其心而希其道，侔於古人，是猶越山海而捨梯航，其進亦難矣。雖今聖人在上，賢人在位，其謀靡爲不然，恐嗤嗤者日用而不知也。故因文以辨之，且欲賢不肖皆公其心。苟賢不肖皆公其心，則上古之風日可復矣。

朱陸異同辨　　　　（國朝）陳步蟾

紫陽爲小孔子，亦萬世之師也，淵源獨遠，其學皆由敬而入。敬則以理作用矣。同時陸子九淵，學由心悟，獨主乎靜觀。其語錄曰："今人略有些氣焰者，多是附物，原非自立也。若某則不識一字，亦須還我堂堂之地做人。"其不欲傍人如此，朱陸異同所由來歟？

慨自南渡以後，風氣滅裂，士習果勁。二子禀皆剛明，特以從入異路，而氣頗相忤。朱曰："學先知止而後力行以求，至若涉高遠，即是躐等。"陸曰："道理只在目前，即到聖人地位，亦只在目前。"如此之類，所謂異也。朱曰："莫先於存心。"陸曰："莫要於求心。"如此之類，所謂同也。

至於論《太極圖》，辨多不合，或以諫陸。陸曰："建安亦無朱元晦，青田亦無陸子靜。"或貽書於晦翁，詆子靜。朱曰："理會着實者，惟某與子靜二人而已。"此其異而同也。晦翁又貽子靜書曰："某邇來日用工夫頗覺省力，無復向來支離之病，未知異時當有異同與否？"則又朱子不厭其爲異同也。夫朱則課純篤志，陸亦簡易直捷。必疵陸之所短，而忽其所長，亦太過矣。

當時學陸者悟心自足，輒訾聖賢，棄經典。學朱者日研於訓詁章句，泥以累高自邇，行遠自卑，遂不免分門別户，致相牴牾耳。吾儒於二子之間，學朱不成，是刻鵠之類也；學陸不成，則畫虎之類也。能無慎哉？能無辨哉？

説

末猫説　　　　　（唐）陳黯

昔有兔類而小，食穀於田。及穀熟，農者獲而歸之。兔類而小者亦隨而至，遂潛於農氏之室，善爲盜，每竊食，能伺人出入時。主人惡之，遂題曰鼠。

乃選才可捕者，而舉言其人曰："莽蒼之野有獸，其名曰狸。有牙爪之用，食生物，善作怒牙，稱捕鼠。"遂俾往，須其乳時，探其子以歸畜。既長，果善捕，而遇之必怒而持。爲主人捕鼠，既殺而食之，而群鼠皆不敢出穴，雖已食而捕人，按：此句疑有失字。獲賴無鼠盜之患，即是功於人，何不改其狸之名，遂號之曰猫。

猫者，末也。莽蒼之野爲本，農之氏爲末。見馴於人，是陋本而榮末，故曰猫。猫乃生育於農氏之室，及其子已不甚怒鼠，蓋得其母所殺鼠，食而食之，以爲不搏而能食，不見捕鼠之時，故不知怒。

又其子，則疑與鼠同食於主，人意無害鼠之心。心與鼠類，反與鼠同爲盜。農遂嘆曰："猫本用汝怒，爲我制鼠之盜。今不怒鼠，誠失汝之職，又反與鼠同室，遂亡乃祖爪牙之爲用，而有鼠之爲盜，失吾望甚矣！"乃載以復諸野，又探狸之新乳，歸而養。既長，遂捕鼠如曩之者。

禦暴説　　　　　（唐）陳黯

或問：爲物之暴者出於狼虎也何暴？攫持於山藪之間耳。權倖之暴必禍害於天下也，狼虎焉得而類諸？

夫虎狼之暴，炳其形，猶可知也。權倖之暴萌其心，不可知也。自口者不過於噬人之腥，咋人之膏血。自心者則必亡人之家，毒人之族，爲害其不甚乎？然則權倖之暴不能抑，亦有國者不能設備以禦之，俾民罹其害，曰："虎狼，吾知其能禦者弓矢也，權倖如之何能禦也？"曰："刑法。"

曰："彼秦、漢其弛刑法耶？何趙高、王莽之肆暴而不能禦哉？"曰："彼秦之高，漢之莽，得肆其暴者，皆由刑法之不明也。苟明，暴何自矣？"噫！田鄙者，猶能執弓矢以弭其暴耳，有國者反不能施刑法而禦其暴？豈有國者重其民，不若田鄙者重其生哉！

綸卿字說　　　（明）傅夏器

史子書言：既冠，其祖父西崖君字之曰"綸卿"，謁予。予告之曰：若知而祖命字之義乎？"綸"以治絲，其義關於天下甚大，用之王政爲"經綸"，用之王言爲"絲綸"。史氏之先以典籍命氏，成周以前在王左右，於言則書，於事則書。今日其事彌璘璘矣。寄其職於翰苑，若修撰，若編修，若檢討，其職掌也。始之爲宰屬，極之爲宰執，國之官治，詎有重於此者？

天下之治安常無事，則經綸之用爲要；排亂解紛，則絲綸之用亦其急者也。唐武宗削平僭亂，李德裕一制而三鎮奉命恐後，拔城毛楮之間，折衝縑管之上，行之如風，動之如雷，威嚴百萬者，則此絲綸之功也。功業一旦振耀，絲綸爲天下重，命之曰才。積學也者，非以養其才耶？匹士身在天下，卒然遇之，至大不驚，至煩不亂，一言而定國是，非以其所養者鉅耶？

吾觀德裕才氣無雙，至其諫書箴銘論議，其學有過人者，是爲名家之子孫，而不以名家累，所謂富貴不能沉溺者非耶？吾子之積於學也，於絲是做已矣。觀綸之事而學，亦庶有成矣。

仲春之吉，蠶母是調，緒用清明，浴用穀雨，言及時也。爰求柔桑，切若細縷，燥濕是候，起止得所，言致功也。東愛日景，西望餘陽，逍遙偃仰，進止自如，仰如龍騰，伏如虎臥，此綸之始縱者相屬，橫者交連。解以湯火，攬以纖指，其縷萬千，其白霜雪，此綸之成，起於綿綿，成於翼翼。時積日摩，殷斯勤斯，君子之學,亦若此矣。

史子坦腹予家,予兼有父師之義,故詳其義而告之。

來同別墅說在厦門水師提督署内。 （國朝）鄭纘祖

大將軍施公受命專征,既平海國,秉鉞坐鎮於吾郡之厦門。城小而壯,爲東南舟楫輻輳地。左挹山光,右收海色,萬頃匯瀾,諸峰競秀,有負山海之勢。軍旅之暇,公於府治後,因地高下爲園,爲堂,爲齋,爲亭,爲軒窗臺榭,各極幽曠。地故多巨石,又從而松之,竹之,梅之,桐之,大不盈數畝,高出城上,俯瞰内外,如列眉睫間。予客其中四閲月,悠哉忘返。

客有問予曰:"美哉園亭,所以命名,其義可得聞乎?"予應之曰:"可。夫園曰涵園,言海也,涵萬象也。堂曰足觀,觀於海而足也,示不驕不吝也。亭曰青礪,曰介亭,枕漱也,帶礪也,介於石也,不苟取也。齋曰旭齋,軒曰醉月,昭其明也;曰指昇,遠不忘君也;曰羅浮,懷彼美也。"

客曰:"美哉園亭,其義我知之,然則園之外有曰來同別墅,其說何居?子其更爲我言之。"予曰:"難言也。雖然,嘗聞之矣。其在《詩》曰'徐方既來,徐方既同,天子之功'。公其以臺灣新入職方,猶徐方之來同歟?《論》曰'有朋自遠方來',《易》曰'同人於野'。公其樂與賓從游歟?抑外國之梯航來此者,於以見車書之會同歟?"

或曰:公起家於同,厦,同地也,公其復來建牙歟?別墅,賭棋也,其以誌澎海之奇捷歟?是皆未可知也。然予見公鑿海築堤,引流入池,藏巨艦焉。其易也,如覆杯水於坳堂,以芥爲之舟,公固有移山倒海之規模,園亭結構其小焉者。嘗贈予初度詩曰:"臘月青霜梅吐妍,乾坤運轉却知年。"公之胸懷高曠又何如,知其命意遠矣。然則未可知者,未之知也,其可知者又豈能盡知之哉?

客喜而笑,相與據石引滿,陶然而醉,不知月出於東山之上。

洪　範　説　　　（國朝）洪科捷

嘗聞《洪範》,五行之書也。自陰陽變合,生水火木金土,而凡盈天地間,莫

非五氣之所順布。是故得五氣之秀者爲人，而貌澤屬水，言揚屬火，視散屬木，聽收屬金，思通屬土。

五事，一五行也。周官六卿配天地四時。食貨掌於司徒，祀賓麗於宗伯，刑則掌於司寇。而凡歲時日月星辰曆數之政，皆以其屬統之，凝庶績所以撫五辰也。其在皇也，與天地合其德，四時合其序，操節宣之權，以建民物之極。而正直剛柔之治，皆本陰陽以爲設施。推而至龜象之有雨霽，蒙驛克也。占兆之有貞悔也，庶徵之有雨暘燠寒風也，何一能外於五行，以斷吉凶休咎哉？

且也，五行之順逆，生人之福極係焉。順五行之理則爲壽，爲富，康寧好德，以考終命，而享五福。逆五行之常則爲短折，爲疾，爲貧，爲憂，爲惡，爲弱，而受六極。此其理同條而共貫，明白而可通。吾故曰：《洪範》，五行之書也。

雖然，《洪範》之理雖原於五行，而其要則以皇極爲主，以五事爲功。蓋神龜之數有九，而五居其中。自一至五，五居其中；自五至九，五亦居中。戴九履一，左二右七，而罔不居中。禹配以皇極而居中，御外執簡，御煩之義昭焉。彼惟皇者誠能接心法之傳，純主敬之學，則敬以作肅，而貌極建矣。敬以作乂，而言極建矣。推之作哲，作謀，作聖，而無不敬，即極無不建也。由是而五行布其氣，八政奏其績，五紀順其序，三德稱其施。治既極於平康，人自協於會歸。稽之於幽，則龜從，筮從，卿士從，庶民從，有吉而無凶。徵之於天，則時雨，時暘，時燠，時寒，時風，有休而无咎。斂用敷錫，民不夭札，物無疵癘，有福無極，有嚮無威。

猗歟盛哉，祥風被宇宙，休氣滿八埏，而要惟皇不過敬用五事以建極而已。堯之欽明，舜之溫恭，禹之祇台，皆是道也。箕子法授聖而命曰《洪範》，信不誣云。

雜　　説　　　　　（國朝）梁廷珪

事　師

生我者父，成我者師。盡誠祇事，罔弗兢兢。有問必起，有言必聽。有責必悔，有傳必習。朝夕奉湯，服勞不倦。師雖和平，弟益敬謹。日日精勤，求赴師志。勉哉無斁，其乃有濟。

處　友

有善相勸，有惡相規。爲仁相率，致知相誨。燕樂相戒，逾閑是斥。莫存驕詔，莫分貴賤。甘苦共嘗，勿致乖忤。遇事同議，勿相牴牾。莫縱閑談，真心相處。一言許諾，千載無移。朝則叫起，暮則提卧。日日相勉，有如師弟。時時致敬，若臨父母。進事我後，謀定人民。同心共濟，同道相益。屬在吾黨，敬之敬之。

視

人有五官，本於五行。惟斯離目，禀氣最清。故能司視，鑒察衆形。異端奇邪，皆非正道。勿覽其書，以妨心性。中庸平淡，大道攸寄。行有餘力，精察無遺。女色妍姿，能移吾志。須臾之間，亦當違離。孔孟詩書，罔非先型。熟視精察，不可有間。

聽

維耳司聽，如目司視。厥聽不聰，實害天性。非禮是絕，聖門誕告。聽聞之端，同堂須審。樂聽淫聲，便弛厥矢。好聽淫辭，詎能惕勵？二者大病，皆務決去。朝夕授受，細心鑽研。身體力行，永久不懈。焉知後來，不赴所願。

言

言者心之聲也，可以驗靜躁，可以驗誠僞。故吾黨之言不可率，不可疾，不可誕，不可詐，不可毀聖賢，訕長上，欺同儕。毋多毋隱，毋揚人短，矜己長。毋作怪語，毋談邪説。毋羨人富貴，咎己貧賤。毋評論女色，毋講求飲食。毋相語以不孝，毋相詔以非理。凡此數端，有犯之者，實爲敗德。言語無易，口説不滕，入道之基，實兆於此。子曰：仁者其言也訒。

動

哲人知幾，誠之於思。志士勵行，守之於爲。順理則裕，從欲惟危。傅説重慮善，曾參日三省。屬在吾黨，端素行，毋薄情薄恩。毋怠惰，毋輕佻。毋爽晉接之儀,毋起詐僞之舉。毋見利忘義,毋悦色棄德。毋從偏僻友,毋作貪饕態。毋好逸而跛倚,毋頑傲而距。毋妝飾欺世,毋庸碌自待。毋馳情於花木,毋妨害乎心性。毋失喜怒之宜,毋乖哀樂之度。灑掃應對,忠孝節廉,皆當自盡,豈得自寬？小惡必懲,小善必集。與其過義,無寧過仁。與其過奢,無寧過儉。凡此數者,皆本於心。心存誠敬,庶可無愆。惟予小子,其自勖哉！

尚　志

志堯,志舜,志孔,志周。

讀　書

讀一句書,反己自問。能則加勉,不能愧勵。

力　行

天行之健,卞莊之勇。忘憂忘食,一往無前。

去　私

壯士殺敵,直前不顧,如惡惡臭,纖悉盡除。

學　禮

勿厭其煩,勿苦其難。知禮成性,入道之門。

晝而復習,夜而計過。五日課功,十日省德。半月鼓志,匝月考詣。

擬朱子觀心説　　　（國朝）徐雲驤

心者,人之所以主乎身者也。湛然虛明,無所偏倚,其體廣大而精微,其用均平而方正。如水之止,如穀之種,不淪於無,不滯於有。參三才,游八極,致中和,統位育,仁義禮智植其性,喜怒哀樂抒其情,故得全者純,得偏者駁,此正苗莠朱紫之間,尤不可不早辨。

顧或者曰：佛家有觀心之説。是説也將謂心一而二乎？將謂心爲主而爲客乎？抑謂心命物而命於物乎？夫此心可以觀物,故虛心應物,則物之皆順道。私心應物,則物物皆失則,豈此心之外復有一心能管攝此心,以觀心者歟？聖賢知其然,故戒慎恐懼,存理遏欲,未感物之時,至虛至靜,所謂天下之大本也。隨感而應,正大光明,所謂天下之達道也。

管子曰:"以心藏心。"荀子曰:"公心辨仁,心説學心。"聽他若開心見佛,即心是佛,身心圓妙,散見於佛書禪語。易地而觀,彼蓋謂大本者一心,達道者一心,而所以存遇者又一心也,是何異於以心爲柄,彼以心爲鑿耶?蓋自本體而言,若鑒之未有所照,則虛而已矣;若衡之未有所加,則平而已矣。至語其用,則以其至虛而好醜無所遁其形,以其至平而輕重自不能違其則。聖賢之論心大類如此。

嗟夫!釋氏不知天命,以心法起滅天地,以小緣大,以本緣末,其不能窮,則謂之幻妄,又烏足與言聖賢之道?夫聖賢之道,本心以窮理,順理以應物,如身使臂,如臂使指。二帝三王之道,詩書六藝之精,此心同,此理同也。吾正惜其致虛守寂者,流於造極審端之學,亦不可謂無其志,然未嘗深探其本,而能盡力其實。顧乃挾其窺覘想像之仿佛,毫無定見,隔膜以觀,謂心之所以爲心,可一可二,可爲主,可爲客,可命物,可命於物者焉。蓋既不自知其學之不足以窮深遠,又不復於淺近求其端,而徒欲以是紛紛者,比而效之於形似影響之間,不亦謬哉?學者於此明辨而熟思之,則加功有序,庶幾乎居其正而審其差,紬其異而返其同也已。

格物致知説　　　(國朝)陳步蟾

《大學》言格物致知。物者何?自身至天下皆物,心與意則身内之物也。知者何?誠正修齊治平也。格致,自一事言之,如誠意,必誠到十分便是格是致。

今按程、朱之説,固爲正宗。然諸説亦非盡謬,語焉不詳則有之。如羅近溪訓格爲式,黄太沖訓格爲通,終於物字之義有牽强處。及陽明本孟子良知之説,謂不須外面更添一物,竟欲廢盡講求工夫是也。鄭氏訓格爲來,見於《禮記》註,謂知於善深,則來善物;知於惡深,則來惡物。兼説行惡,直於經知至而後意誠不合。司馬温公訓格爲捍禦,言能捍禦外物,而後能知至道。其説較鄭爲長,然又略却物字。惟宋黎氏《大學發微》,謂格物是格其物有本末之物,致知謂致其知所先後之知。説與程、朱不悖。姚承庵《四書疑問》、郝京山《禮記通解》主之朱子,雖未嘗明言,然謂以其至切近者言之,則心爲物,實主於身;次而及於身之所具,則有口鼻耳目四肢之用;又次而及於身之所接,則有君臣父子長幼夫婦朋友之常。極其大則天地古今之所不能外,盡其小則一塵一息之所不能遺。亦何非物有本末之物,知有先後之知乎?

程子云:"自一身以至萬物之理,理會得多,自當豁然有覺。自一身至萬物是物,理會便是格,豁然有覺是知,理會得多,便是致也。"朱子云:"此以反身窮理爲主,而必究其本末是非之極。身便是物,一主字包却天下國家;窮理便是格,究其本末是非便是知;究其格,便是致也。"此諸家之説所以語焉不詳,而程、朱之説爲正宗耳。

華心篇　　　　　　(唐)陳黯

大中初年,大梁連帥范陽公,得大食國人李彦升薦於闕下。天子詔春司考其才,二年以進士第名顯,然常所賓貢不得擬。

或曰:"梁,大都也;帥,碩賢也。受命於華君,仰禄於華民。其薦人也則求於夷,豈華人不足稱也耶?夷人獨可用也耶?吾終有惑於帥也。"曰:"帥真薦才而不私其人也。苟以地言之,則有華夷也;以教言之,有華夷乎?夫華夷者,辯在乎心,辯心在察其趣嚮。有生於中州而行戾乎禮義,是形華而心夷也;生夷域而合乎禮義,是形夷而心華也。若盧琯少卿之叛亡,其夷人乎?金日磾之忠赤,其華人乎?由是觀之,皆任其趣嚮耳。今彦升也,來從海外,能以道祈知於帥,帥故異而薦之,以激夫戎狄,俾日月所燭,皆歸於文明之化,蓋華其心,而不以其地也,而又夷焉?"

作《華心篇》。

述

唐天文述　　　（唐）歐陽詹

天雖覆育生生，如其情，則或與或否。其與也，非徒與；其否也，非徒否。受命有生生者，率其道，反其道之致焉。率則與，反則否，斯理也，固必信至皇帝以孚。

皇唐百七十五載，皇帝御宇之十四祀也，歲在辛未，實貞元七年。其受命率道，天與生生如情之秋歟？神哉靈哉，明允惠和哉！是歲之天也，亭乎其正，洞九霄之清徹，清徹之中若有伺。夫有求者，鬱乎其變。浮五色以薰鬱，薰鬱之中若有察。夫所厭者，稱物之性。應時之欲，手足之赴人心，羽翼之循鳥情。農夫在畦，蠶婦在林。商或舟車，工或挻䑓。願燥願濕，罔不從志。

其餘則三光序流，六氣時行，上至事事，下洎營營。羽毛鱗介，勾甲芽萌。求諸濡渥則常雨，求諸煦旭則常晴，求諸吹蕩則常見，求諸恬謐則常寧，求諸煙雲則常陰，求諸日月則常明。非不雨也，非不晴也，非不風也，非不寧也，非不陰也，非不明也。合雨而後雨，物不乏其雨；合晴而後晴，物不乏其晴；合風而後風，物不乏其風；合寧而後寧，物不乏其寧；合陰而後陰，物不乏其陰；合明而後明，物不乏其明。

實皇帝知上帝以生生為己物，與其禍福配己得失，而置之欽若兢若，溫如穆如，心性二儀，肢體四時，似續上玄之效。與夫人子能領父之憂，承父之命，繼堂紹構得其心，贈遺獻酬愜其衷，則財賄器物，唯意是役，牧圉台隸，惟意是用，以其役無不當也，以其用無不宜也。

土德勝隋，天實維唐。皇帝則唐天第九子也。既克負荷，上天所以惟意焉。且煙雲風雨，亦天之財賄也；日月星辰，亦天之器物也；神祇精靈，亦天之牧圉台隸也。是以皇帝動息，神祇莫不隨旨趣，精靈莫不申肅穆。寂寥駱驛，虛無囊篋，日月管鑰風雨，敬恭誅責，而啓閉多少之故。將蔭休施煙雲，若自諸帷幕而使舒張矣；將灑潤散風雨，若自諸盆罌而使澆扇矣；將烜清晝布陽德，若自諸爐竈而使燀灼矣；將光幽夜啓陰靈，若自諸燈燭而使昭明矣。處置惟滋，含靈不折，莓莓熙熙，蓋子祇父慈，相爲福釐也。

凡書惡記善，雖史官之職，箴淫述德，或人所通規。鰍生則人之一夫耳，謳吟日用而爲之志，若簡册已載，復何言哉？儻猶未也，庶補其闕。

是歲也，扶風竇公參、河中董公晉輔政之三年，趙郡李公紓爲天官之四年，范陽盧公徵爲地官之元年，范陽張公濛爲春官之三年，昌黎韓公洄爲夏官之三年，吳郡陸公贄同爲夏官之二年，京兆杜公黄裳爲秋官之二年，清河張公式爲冬官之五年。夫太宰六官，於天子之爲理棼澄派而清洪流者，故列於斯志之末。

甘　露　述　　　　　（唐）歐陽詹

述甘露，昭孝德也。貞元壬申歲，福州福唐縣尉，清源莆田邑人、濟南林公攢太夫人終。公每一痛，至水漿不入口，或三日，或五日，内外羸憊，殆至殞滅。

癸酉，將與其先府君修合葬之禮。公之於事親孝，既竭其力送終，思盡其勤，曰："含襚品章，則有王度，不敢之越也。塋域固護，實在我功，當懇而行之。"於是躬開坎室，自埏磚甓，與兄弟手攻肩負，以鑿以築。雖率情性，而無愆法度，不違典禮，而有異常儀，載考載理，而未之空。

春三月五日，忽異氣自天，氛氳下蒙，非雲非煙，幕幕綿綿，彩耀光鮮，馨香馥然。起朝及暝，徘徊不散。先是繞塋已栽松柏，洎晨枝葉間遍懸露滴，其滴齊大如梧子。公奇之，與兄弟及鄉人時相慰者而嘗之，其味甘，異於人間所甘之味。日漸高，不銷不晞，轉堅轉明，瑩然珠相，鏗然玉聲。如是者二日，睹者争取，或食或玩。

噫！天冥冥，其間蓄靈；地陳陳，其間蓄神。靈無形，神無身。無形，無言；無身，無聲。苟有可褒，以物而旌；苟有可褒，物不虛行。其德常，其物常；其德稀，其物稀。

予聞甘露之説，莫覯甘露之實，其爲稀也，不亦甚乎？今爲公而降，公之德豈常德歟！況殊香啓途，異彩相宣，凝結豐圓，嚮日翻堅者哉！則其至誠所招，又多矣。予拂弔禮，幸獲而見。珍縱不足，遂爲之述。

考

閩歐陽詹考　　　　　　（明）戴廷詔

唐四門博士而爲七閩破天荒者，歐陽公也。執事鎖鑰海甸，經略天南，採風之餘，下訪往哲，其欲得歐之實與閩之勝與！

公諱詹，字行周。自總角時，不與群兒狎。稍長，常手一編，隨人質問。或有契心，欣暢移日。事父母至孝，與朋友信義。工文詞，善歌咏，著文集十卷，李貽孫序之，謂其"新無所襲，才未嘗困。精於理，故言多周詳；切於情，故叙事重複，宜司當代文衡，以變風雅"。

初，閩人未知學，會故相常袞爲閩觀察使，興學校，正風俗，延詹領袖諸生。奇其文，器之，特加推拔，每宴集必致之。德宗貞元壬申，陸贄知貢舉，賈棱翊焉，試以《明水賦》、《御溝新柳詩》，廉公文章蓋世，誼氣千古，擢及第第二，授四門助教，而與韓愈、李絳、崔群、李觀、馮宿、庚承宣輩一時儕列龍虎，聲名籍甚。昌黎嘗謂："閩越人舉進士，由詹始。"信已！

公父溫州長史。兄薯，固安丞；謩，潮州司倉。子櫃，有文名；孫澥，負詩稱，俱早殀。從子秬，樹幟騷壇，亦開成三年進士。昌黎謂"自詹以上，皆爲閩越官"，益信焉。

考其先，擇美我南邑十一都高蓋山下。以歐陽有詩，故名詩山，村亦號詩村。地以人重也，縣乘志之詳矣。而或以譜入晉江，或以籍隸莆陽，世遠年湮，幾於杞宋。嘗稽我邑治內有應魁亭，爲公登第立；有衣錦坊，爲公榮歸豎；有歐陽亭，爲公游憩建。況李貽孫弁公文集，謂公之子櫃自南安來求序，則公爲豐州武榮人審矣。郡志載：公與王式讀書莆陽，距家四百里許，晨昏之思忽起，便奔馳慰奉，不憚往返。則公非莆陽人尤彰明較著者也。

更有荒唐無稽者,莫如歐陽墓一說。舊傳公幼讀書高蓋山白雲室,母嘗丁寧早歸。赴舉時母歿,里人爲葬是山。既歸,作詩哀之,曰:"高蓋山頭日影微,黃昏鳥雀傍林飛。庭前滴酒空流淚,不見丁寧道早歸。"稽諸《一統志》亦載是詩。後之好事者竟枉爲其母墳,翻作"吞人墓"。噫,亦惑矣!

我先邑侯劉佑,字伯啓,原整理者按:民國四年《南安縣志》作黃濟,字翊時。鄢陵名進士也,來董斯土,修志及此,剔之。蓋韓文公自徐州從事至京師,遣率其徒伏闕下,舉退之爲博士,未逮而卒,年纔四十。崔群哭之慟,李翶爲作傳,韓愈爲哀詞,詞中有云:"詹今其死矣。詹,閩越人也,父母老矣。"則公歿時,父母俱存,昭然也,墓之者何爲?哀之者何説?然是詩亦非無謂。稽之《永福縣志》,陳嵩詩也。永福原有高蓋山,我邑亦有高蓋山,或並其名,而竊其詩,以誣先賢。劉邑侯修志,直以爲"郢書燕説"之誤,不列於"夏五郭公"之義。而析之最精者,欲後人信其"目勿沿其口"也。余初亦耳而聽之,而信之。迨閱志及之,不覺千餘年之誤,曠然一解。論世知人若劉侯,真可謂讀書有眼矣。

夫母死而歌,又非禮教中人也,况未死而哀乎?在庸人且不可誣,而誣四門博士爲七閩破天荒者乎?去公之世雖遠,與公之居甚近,有慚車書,大愧椽筆。緣世枉誣先賢,未得歐公之考,倏荷蒭蕘之詢,耿耿難宣。謹摭證據,爰就韻感題以自解疑,曰:"紛紜浪説古墳奇,高蓋山頭哀母詩。誰摭陳嵩空淚語?枉成歐士早歸詞。歿時親老簡猶鑿,死後友傷事豈疑?欲破齊東沿習見,請披韓卷檢哀詞。"未知有得歐之實與閩之勝否?不揣謭陋,以爲執事獻。

説文爾雅訓詁異同考　　（國朝）陳步蟾

《説文》一書,十四篇,五百四十部,九千三百五十字,南祭酒許氏慎撰也云。《説文》解字者,依類象形謂之文,形聲相益謂之字。雖本乎史籀,而上取古文,下參秦篆,欲求古識,非此莫由,然亦不無漏略也。晉吕氏忱作《字林》以補之,若祧禰之類,可謂無裨《説文》乎?

夫《説文》與《爾雅》訓詁書,均藝林拱璧也。唐陸氏德明撰序云:"爾,近也;雅,正也。言可近而正也。《釋詁》一篇,周公所作;《釋言》以下,或言仲尼所增,子夏所足,叔孫通所益,梁文所補。"張揖論之詳矣。郭氏景純詳悉古今,作《爾雅註》,學海津梁焉。其音義字體,二書不無異同,管窺之見,詎能列舉哉?

其異焉者,《釋訓》云介,《說文》作爪。伾伾,《說文》引《詩》作佂佂。《釋詁》云俟,《說文》作佚。《釋水》云太史,《說文》作叓。如斯類者,字之異也。《釋親》云"昆,孫之子爲礽,如陵切",《說文》如乘切。《釋天》云"奔星爲彴,弼角切",《說文》徒歷切也。如斯類者,音之異也。競,古文竸,《說文》作竸,《釋詁》訓戒。劉,古文鎦,《說文》作殺,《釋詁》作陳,即古文帛。《說文》食也,《釋詁》尼也,近也。剽,《釋樂》謂之中鐘,《說文》謂之砭刺。뻐,《釋樂》謂之大塤,《說文》謂之高聲。如斯類者,義之異也。其他更僕難數矣。

其同焉者,古,古文𡆧、𠀚,《說文》識前言曰古。與《釋詁》之古,義同也。堂,古文坣、𡊚,《說文》堂,徒郎切。與《釋宮》之坐,音同也。君,古文𠱭、𠱫,《說文》從尹從口,與《釋詁》之君字同也。吾,古文㕦,《說文》與《訓詁》俱作我。劑,古文𠛬,《說文》與《釋言》均作齊,此字音義之同也。筍,古莉,《釋詁》顧氏音斫,《說文》許氏亦音斫,引《韓詩》作"筍彼甫田"。音同而字不同也。名,《釋訓》目上爲名,《說文》引《詩》作"猗嗟頠兮"。字不同而義同也。他如力口爲加,《說文》作增加,《釋詁》作重疊。癉、憊同勤,《說文》作勤勞,《爾雅》作勞力,無不可以同通之。其餘可類暨矣。

夫古文篆體隨世變,更至漢始有《說文》,非重義而略音,故世謂漢儒識文字,不識子母。六經爲四子注脚,《爾雅》又爲六經注脚。然按其篇目,當逸釋禮。按其《釋獸》獨缺麃屬,至於脫文如"襧襧襀襀"四字,當以《說文》爲據也。

《爾雅》《說文》,考其或異或同,又當參諸梁之《玉篇》、唐之《廣韻》、宋之《集韻》、金之《五音集韻》、元之《韻會》、明之《洪武正韻》,則音義字體,豈不昭然也哉?

閩 學 源 流 考　　　　　(國朝) 陳步蟾

閩,邊境也,山勢崔巍,川流浩渺。其間鍾毓偉人,以肩聖學統緒,作儒林圭梟者，代有傳人。

昔者明道程子送楊文靖而嘆曰："吾道南矣。"是濂、洛之學又衍於閩，其源正也。夫文靖再學於伊川益恭，一傳而爲潛思力行之羅豫章，再傳而爲充養眞粹之李延平，又傳而爲朱子。朱始學於藉溪胡原仲、白水劉致中、屏山劉彥沖。登第後爲同安主簿，徒步謁愿中於延平。精思實體，所造益深，而閩學於是大著。此所以紹勛華之命脈，接孔孟之薪傳，實爲嫡派，後之人以朱子爲小孔子，不誠然哉！

夫源之遠者流必長，流之長者，雖百川支分，究之師承一致，俗學無能鼓其波瀾，異學無由阻其趨向。歡於江淮河漢，其流湯湯，總以朝宗於海，而知道學猶是耳。夫明道伊川倡道東南時，有與文靖同師，稱程門四先生之二者，爲崇安游酢定夫，立雪之勤，與文靖並著，其後學益進。朱子稱爲清德重望，皎如日星。又如崇安之胡安國康侯，性本剛急，比老而風度端凝，氣貌雍穆。入仕四十年，講學論政，以及行己，大致去就，語默之機，如人之飲食，饑飽必自斟酌。所以渡江以來，儒者出處合義，必以彥明及康侯爲首稱。

其時游朱門者五十三人，如侯官之潘炳、長樂之劉砥、劉礪、古田之林用中、莆田之方大壯、晉江之張巽、順昌之廖德明、建陽之劉燻、崇安之江默、浦城之張清彥、邵武之何鎬、李方之、建之劉剛中、汀之楊方、福安之楊復，其最高焉者也，而莫著於閩縣之黃直卿、龍溪之陳安卿。又若建陽之蔡季通，八歲能詩，長則於書無所不讀。朱子一叩其所學，輒曰："吾老友也，不當在弟子之列。"其四代相承名儒有九：元定，父發，字神與，號牧堂；三子：淵、沉、沈；四孫：格、模、杭、權，皆能以道自任。乃《宋史》列元定於儒林，而不列於道學，可謂疏矣。

眞西山大儒，仕於泉州，未竟其因，而所著之書，皆有關於心性治術。有明一代，若晉江之蔡文莊，發明心學，與其徒陳紫峰琛，精深理奧，皆能闡明聖道。漳之黃石齋道周晚出，雖承姚江之派，而實於紫陽獨眞傳，故能學貫天人，節堅金石，可以接朱子之緒，而衍文靖之傳者也。我朝崇儒重道，如蔡漳浦、李安溪，一代偉人，仔肩所任，不愧海內大儒。

惟桑與梓,示我周行,生於閩者,躬逢郅治,觀感宸修,亦嘗聞其略矣。是爲考。

引

東園引　　　　　　　　（國朝）諸葛晃

昔人有云,胸無全部古詩,不可以創構園亭,豈非以詩者,人生自有之情,合天地自然之景,而景復生情,情復造景,層出而不窮者乎？故其悠然有會,勃焉而成聲,如水之遇峽而鳴,如雲之觸石而行,則情生於景者也。其或聚爲臺閣,錯爲亭榭,散置爲水石花竹,而濃淡疏密,高下掩映,各極其致,則景又生於情。吾於文秉施公按：文秉乃宮保提督,諡勇果,施公世驃之字。之造園亭而益信焉。

文秉別業在筍江之上,亘數里,山水果木,收西南之勝,而茲園在城東隅,峙元侯第宅之左,聚書其中,有取於東壁圖書之義,故以名焉。余游而樂之曰："美哉,其皆詩也！"

園之中有堂焉,宏麗而軒敞,雅慕山陰之集,額曰"群賢畢至",日與名流清言觴咏,覺群籟參差,冥心真寄之句,其可續乎？有室焉,靜密而幽邃,縹緗萬帙,牙籤璀璨,署曰"論經"。君家長卿石渠之學淵源,其可溯乎？有曲沼焉,芙渠文鴛與高柳鳴禽相映,吾知春草池塘應入曉窗之夢也。渡石橋,躡小山,仄逕迤迤,居然巖岫,吾意蒼蘚危磴,恐礙生香之屧也。

園爲城中最高地,層閣踞其巔,窗扉四啓,一望桐城,則霞甍雲棟,春樹萬家之概,皆收眉睫也。沼之上爲月臺,豁然廖廓。東眺鳳山周道,則油壁輕車,春風十里盡挹襟袖也。更回而爲危欄,爲小閣,高與臺侔,則桃山一帶,以迄雲海,乘潮帶雨之帆,耕月耨雲之衆,皆可爲几席之江湖,屏風之圖畫,是則斯園之最勝也。

他若雪房生虛白之象,紗廚致窈窕之娛,花能凝秀,色爭回巧,以成詩思之奇者,未易更指數也。蓋文秉於詩,金科而玉律,古質而新聲,固已洞其源而抉其微,閟其中而肆其外矣。於是以胸中之邱壑爲當境之布置,何一而非詩也?然後知昔人之言爲不誣也。

東園與西園角立争勝,桐城中佳山水也。今其地歸之潤堂李勛伯。一經修舉廢墜,猶是廬山面目。由勛伯以前,則歸之三省總憲裔陳君廣世。由陳君以上則施氏立券矣。讀此文即以昔之所記證今之所見,殆猶是耳。予將持簡攜榼再游其地,一寄慨於門第之興替無常也。咸豐十一年辛酉三月十九日,桂屏陳步蟾書後。

東園自歸李勛伯迨嗣君,興替不齊。於光緒十一年歸持長齋者,欲改爲佛堂。時大興土木,不意命婦與孺守多年佛教,亦入齋類。有巨紳鳴於太守,以正風俗,將斯地入官,詳請興爲崇正書院矣。光緒十七年辛卯四月七日,男國仕附識。

解

論禪宗金剛經解　　　　　（宋）陳　瓘

佛法之要,不在文字,而亦不離於文字。不必多讀,只《金剛經》一卷足矣。

世之賢士大夫無營於世,而致力於此經者,昔嘗陋之,今知其亦不痴也。此經要處只九個字:阿耨多羅三藐三菩提。梵語九字,華言一字,一"覺"字耳。《中庸》"誠"字,即此字也。

此經於一切有名有相有覺有見,皆歸爲虚妄,佛非佛,法非法,衆生我相非我相之類。其所建立者獨此九字。惟阿耨菩提則不曰非阿耨菩提,蓋世念盡空,則實理自見也。其字九,其物一,是一以貫之之一,非一二三四之一也。是物不誠無物之物,非萬物散殊之物也。

年過五十,宜即留意,勿復因循。此與日用事,百不相妨,獨在心不忘耳。但日讀一遍,讀之千遍,其旨自明,蚤知則蚤得力。

尚書居東東征解　　　　　（國朝）陳步蟾

《詩》以《東山》次《鴟鴞》,《書》以《大誥》次《金縢》,同一理也。《金縢》曰

"居東二年"，《大誥》曰"肆朕誕以爾東征"，非即《鴟鴞》詩序之居東二年，《東山》詩之東征三年之意乎？

夫周公當流言構難，謂公將不利於孺子，此時沖人踐阼，中外未安。成王疑於上，國人疑於下，周公苟不居東，將禍患忽生，國家傾危，無以見先王於地下矣。

東者何？孔氏穎達謂不知何處，集傳謂國之東，王氏肅謂洛邑，鄭氏謂東都，其實皆謂東國洛。或曰洛邑未營，何以有洛？考之《春秋》傳曰："武王克商，遷九鼎於雒邑。"唐陸德明註云："武王克商時，乃營洛而後去之。時但謂洛邑，未言王城耳。"孔氏讀"我之弗辟"，"辟"字爲如"致辟管叔"之"辟"。居東，謂東征，信然，則周公誅謗以滅其口，豈所以明天下哉？鄭氏箋《詩》，讀闢爲避，居東謂避而之東，宋項氏安世是之。朱子與弟子蔡氏沈手帖，則曰"弗辟"之說，從鄭爲是。蓋晚年確見，的有可據。

夫當日事介危疑，成王之意艱重而難回，二公之辭徘徊而未察，百執事之心堙鬱而不吐。使周公悍然授兵以出討謗己者而戮之，此霍光所不爲也，而周公爲之乎？

伏讀欽定《書經傳說彙纂》，以朱子與蔡氏、董氏前後未決，節錄兩存。又以《鴟鴞》詩註，究未曾改，則讀《金縢》者，未可盡廢孔說，非以學者不集衆說，不知一說之長，欲衷一說，必會衆說以定，使考是事者薈萃焉，而深思以自得也夫。

予曰有奔奏解　　　　（國朝）陳步蟾

《詩》"奔奏"，陸德明《經典釋文》："奏，一本作走。"劉熙《釋名》："走，奏也。促有所奏至也。"走、奏，同聲通用。《說文》："奏，進也，从本，从廾，與䢧同義。"奔奏，謂服役趨事之徒，即《詩·清廟》"駿奔走在廟"，《書·武成》"駿奔走，執豆籩"，《禮·大傳》"執豆籩，逡奔走"，《左》昭三十一年傳"將奔之"，聲義皆合毛解。奔走爲喻德宣譽，以奏爲奏白之奏。考《虞書》："敷奏以言。"《益稷》:"暨益奏庶鮮食。"《僞孔傳》謂:"進於民。"《詩·六月》:"以奏膚公。"《傳》:"奏,爲也。"王充《論衡》對作:"上書謂之奏。"《文選》表註:"劾驗政事曰奏。"《尚書大傳》:"御史奏,鷄鳴於階下。"註:"猶白也。"

《廣雅》:"奏,書也。"《釋名》:"奏,鄒也。"鄒,狹小之言也。奏有言義,故毛訓宣喻是讀奏,如字。鄭箋則謂奔走,使人趨附之,趨附猶奔走,作轉音讀。孔沖遠申其意,而解之曰:"奔走者,此臣能曉喻天下之人以王德,宣揚王之聲譽,使人知,令天下之人皆奔走而歸趨之。故曰奔走,合本訓次訓兼釋。然奔走自屬臣說,不屬民說。"

文王聖德,虞芮質成,自然嚮風,何待宣揚聲譽。且本文"予"字訓我,若謂我有喻德宣譽之臣,殊非聖人語氣。觀上下句疏附先後禦侮,皆指自臣,不應此句獨指自民,則《詩》言猶多士攸服,奔走多方,今爾奔走之意,並無異解。《毛詩》未出,三家詩蓋本作走。王逸《楚辭章句》引《詩》:"予聿有奔走。"《文選》李善註引同曰聿。奏、走,皆聲同義近,是齊、魯、韓《詩》本有作走之證,而亦有作犇者。《孔叢子》:"周文胥附奔犇先後禦侮,謂之四鄰,以免乎牖里之害。"伏生解《尚書》亦作犇。奏、犇,皆走之假。《周禮》大司馬事,犇徒趨。犇,疾也。是其義按"奔走"二字連語,假借字,亦轉註字。《說文》:"奔,走也。从夭,賁省聲,與走同意。""走,趨也。从夭止。"會意,與奔同義。

《石鼓文》奔从犬,不从夭。字亦作犇,从三牛。《荀子·議兵篇》:"犇命者,不獲。"註"犇命"謂"來歸其命者,言疾也"。《漢書·司馬相如傳》:"歘然興道而遷義。又薊苙卉歙。"凡歘、焱、驫、麤、驫、轟三比之字,多迅疾意。奔迅而走舒,故《爾雅·釋宮》:"中庭謂之走,大路謂之奔。"中庭狹,故言走;大路寬,故言奔。以其行道廣狹名其地曰奔走,即以其趨事緩急名其人亦曰奔走。

奔走,執事通稱。《史記·報任少卿書》:"太史公牛馬走。"註:"猶僕也。"《後漢書·蘇竟傳》註:"走,謂馳走之人,謙稱也。"《虞詡傳》"走卒"註:"五伯之類也。"是皆奔走之義也。奔,假爲賁,《禮》有"虎賁";走,假爲趣,《書》有"趣馬"。然則奔走自是趨事服役之人,不然,指爲喻德宣譽,其義郅確。《左傳》季武子賦《綿》之卒章，杜註義取文王有四臣，以致興盛，本《大傳》四臣，謂虢叔、閎夭、泰顛、南宮括，然《詩》自是泛指四等之臣，如股肱心膂耳目之類，必求其人以實之，則鑿矣。

走與附後侮皆韻。《左》昭七年："走，叶僂、傴、俯、侮、口。"《莊子·列禦寇》："走，叶傴、僂、俯、軌。"《文子·道原篇》："走，叶游。"則謂走，自韻，後侮，自韻附，隔句爲叶者，猶未考古音之合也。

文武吉甫萬邦爲憲解　　　（國朝）陳國試

《詩·小雅·六月》，鄒氏泉云："是詩雖稱美吉甫之功，要歸美宣王，能命將以成中興之業也。"

吉甫者，尹吉甫也。玁狁內侵，此時大將也。凡爲大將者，非文無以附衆，非武無以威敵。必文武兼備，而後可以安國家，定社稷也。其五章曰："文武吉甫，萬邦爲憲。"憲也者，法也。陳氏鵬飛曰："萬邦可以爲憲，則辦一玁狁，是其所優爲也。"輔氏廣曰："吉甫之文武兼資，德威並用，則進止有度，縱舍有法，可謂全材，萬邦堪以爲法也。"

《説文》云："文，序也，依類象形，謂之文。"《易·坤》卦："文在中也。"疏謂："通達文理。"《史記·禮書》云："貴本謂之文，親用之謂理，兩者合而成文。"《書·堯典》："文思安安。"疏謂："開發，舉則有文謀。"《左》僖二十三年："吾不如衰之文。"註："以文爲辭。"《禮·樂記》云："以進爲文，以反爲文。"註："以文爲善爲美。"故《史記·謚法》云："經天緯地曰文，道德博聞曰文，勤學好問曰文，慈惠愛民曰文，愍民惠禮曰文，錫民爵位曰文也。"

武也者，威也，斷也。《書·禹謨》云："乃武。"《伊訓》云："聖武。"《左》宣十二年："止戈爲武。"又曰："武有七德：禁暴、戢兵、保大、定功、安民、和衆、豐財也。"《汲冢周書》云："剛強直理曰武，威強敵理曰武，克定禍亂曰武，刑民說服曰武，夸志多強曰武也。""文"、"武"二字，於義無所不包，不必以武克禍亂，文懷遠人，遂爲確解。

憲从害省，从目，从心。《説文》：“敏也。”徐氏鍇云：“心與目相應，故爲敏。”《諡法》云：“博聞多記曰憲。”《詩·大雅》：“文武是憲。”鄭氏箋：“憲，表也，言舉文武之表式。”《周禮》：“天官小宰憲禁於王宫。”註謂：“表懸之，若今新有法令也。”謂憲爲表式之義，故人之取法亦謂憲。謂憲有表懸之義，使人知所觀法亦爲憲。《大雅》云：“憲之令德。”《中庸》假憲爲顯，上聲，則憲有顯示之義，使人知所昭著亦謂憲也。

甫者，男子美稱，本《説文》：“《儀禮·士冠禮》：‘永受保之，曰伯某甫。’仲、叔、季，惟其所當。”註謂：“丈夫美稱也。”《詩》：“倬彼甫田。”鄭氏箋：“甫之言丈夫也。”吉甫之稱，即《左傳》周大夫嘉甫、宋大夫孔甫之例。考《萬姓譜》：“尹、吉皆姓。”《詩·大雅》：“彼君子女，謂之尹吉。”鄭氏讀爲姞，毛氏如字。尹氏、吉氏，皆周之舊姻。《廣韻》出馮翊尹吉甫之後。《漢書》：“漢中太守吉恪。”《周禮》：“天官以佐王治邦國。”註：“大曰邦，小曰國。”《王制》：“州二百一十國，凡九州，千七百七十三國。”言萬國者，在《易》乃《比》之大象，“先王以建萬國”。言萬邦者，如《師》之小象，“王三錫命懷萬邦”。萬邦、萬國，錯舉爲文，就其成數而言。《前漢書·律曆志》：“紀於一，協於十，長於百，大於千，衍於萬也。”

劉氏瑾曰：“上章言共武之服，必本嚴翼之德；末章言吉甫飲至，必及孝友之仲。文事武備誠非兩途。”“王於出征，以匡王國”，於此詩可以見其武。“吉甫作誦”，一曰“其詩孔碩”，再曰“穆如清風”，於《崧高》、《烝民》詩可以見其文。吉甫誠允文允武也。或則以《司馬法》冬、夏“勿用師”。朱氏公遷云：“師所以愛民，今乃飭戎車於六月，殊非君子愛人之道，則非尚文德而專尚武功。”不知《詩》之云“戎車既飭，四牡騤騤”，“比物四驪，閑之維則”，是平時之整軍經國，何其文也？“玁狁孔熾，我是用急”，“薄伐玁狁，以奏膚公”，是臨事之敵愾功成，何其武也？“元戎十乘，以先啓行”，“我服既成，於三十里”，是行師之部伍從容，何其文而武也？“四牡既佶，既佶且閑。薄伐玁狁，至於太原”，是逐寇不長驅直搗，何其武而文也？又無俟作詩以贈申伯燕喜，而稱張仲，乃以見一時之文德，是當與採芑之方歟？

江漢之召公,築齊之仲山甫,同爲周家屏翰也。"之屏之翰"者,"百闢爲憲"也。"柔惠且直"者,"揉此萬邦"也。"儀型文王"者,"萬邦作孚"也。"矢其文德"者,"洽此四國"也。要未若"文武吉甫,萬邦爲憲",於辭爲專美,於義爲兼賅也。憲,毛氏又訓爲欣,《大雅》無。然憲憲爲欣欣,若以萬邦欣於吉甫,則義猶之乎淺也。文武,鄭氏訓爲金鼓。《禮·樂記》:"始奏以文,復亂以武。"疏云:"金屬西方,可以爲兵刀,故爲武;鼓主動衆,無兵器之用,故爲文。"若以用金鼓征伐獫狁之吉甫,則於文又不雅馴也。憲叶上原、閑、軒等韻,平聲。音雖異而義仍取乎法也。

豐州集稿卷十三

傳

南陽孝子傳　　　　　　（唐）歐陽詹

貞元九年，詹旅行虢州，稅於村店，有一黨先止焉。老翁一人，丈夫一人，婦人一人，孩幼兩三人。丈夫出絹兩疋，賣其囊，裹衣服。非稱有其絹者，視絹有字，乃故人鄭師儉手題其名焉。問所得，曰："來自襄陽，至臨漢之北郊，有憫吾父年老，而所乘驢弱者，遺此絹，使與驢博驢。"問："得姓名乎？"曰："其人扶護親喪回上京，不知姓名也。"

詹既占鄭書，又知鄭侍其先君靈櫬自南，當由彼而還也，意其必鄭焉，不復問焉，各遵所往。

貞元十一年，獲與鄭遇，因道所見。鄭歔欷為言之曰："豫章之回，次南陽大澤，見一貧翁乘驢，驢甚瘠。一丈夫肩負雜物，可三十斤。妻抱半歲嬰孩，童稚驅行兩人。山路初盡，如行陂澤。天久霖雨，泥水深，老翁瘠驢，往往顛踣，丈夫則常隨之。每見驢倒，擲其負，若泥若水無顧惜，扶抱老翁，淚輒盈目，倒既數，悲不自勝，遂以所負置諸驢，而負其父。平田積雨，潦淖到脛，不至店舍，竟無憩歇。父在子上，殊自安暢；子在父下，亦盡歡心。父與子笑，子與父笑，如同乘高車，連轡逸騎，怡怡焉，欣欣焉。與之行止者三日，日無易日，時愛其事父母能竭其力也，又痛自欲竭所有，無其所贈。絹一疋，令與驢博驢，代以載父。其人將求驢者三，店知欲分路，却其絹，曰：'無驢可博，願復本絹。'始嘉其孝，又貴以忠，為度一絹，博驢未就，更與一絹。自虢而西，足下之見，豈斯人歟！"

詹以如其人所行是難能也，是亦皇唐純孝一人焉。行既可述，遂依鄭說，為之傳。其間問其姓氏,亦不知何許人,實於南陽澤中見之,還以爲南陽孝子。

論曰:負父信孝矣,而贈絹非孝歟!惟其有之,是以似之。鄭公師儉,與南陽孝子偕孝矣。

宋諸葛誠之先生傳　　　　　(宋)闕　名

公諱廷材,字誠之,季文公第二子也。季文公博綜經傳,著詩禮疏,疑爲世儒宗。

少時即以德性爲學。初事陸象山先生,至少保公知崇安縣,與朱晦翁友善,公因得就正焉,遂游其門。晦翁深器之,屢有書與公講明其要。

爲南安學官,以誠正接引後學,從游日衆。轉政和縣,以疾辭,不赴,曰:"吾斯之未能信,漆雕子若早已教我。"晦翁謂其誠於克己,不讓上蔡除根者。著有《語録》十卷。

公爲麟之公胞仲弟,爲朱子門人,邑志失考。斯傳從族譜。《朱子全集》誤載爲杭州人。

公遺像外所載録出,不署撰名,疑明裔孫彌甫先生諱應科撰之。先生爲明益王長史,而族譜有益王號潢南親筆爲之序。後學陳國仕敬識。

姜相公公輔傳見《南安志略·人物》,仕中國。(元)黎　崱

姜公輔,神翊孫,挺子也。唐德宗朝第進士,補校書郎,以制策異等,授右拾遺、翰林學士。歲滿當遷,以母賴禄而養,求爲京兆户曹參軍。

公輔高材,每見敷奏詳亮,德宗器之。朱泚還京師,公輔諫曰:"陛下不能俎依恃泚,不如誅之,養虎無自遺害。"帝不從。俄而京師亂,帝自苑門出,公輔叩馬諫曰:"泚嘗帥隴原,得士心,向以朱滔叛,奪其兵權,居常怫鬱,請馳捕以從,無令辟凶得之。"帝倉卒不及聽。

既行,欲駐鳳翔倚張鎰。公輔曰:"鎰雖信臣,然文吏也,所領皆朱泚部曲,漁陽突騎,泚若立隴原爲蠻,非萬全策也。"帝遂之奉天。有言泚反者,請爲備

守。盧杞曰：“泚忠直篤實，奈何言其叛，傷大臣心，臣以百口保之。”帝知群臣勸泚奉迎乘輿者，乃詔諸道兵距城一舍而止。公輔曰：“王者不嚴羽衛，無以重威靈。今禁旅單寡而士馬處外，爲陛下危之。”帝曰：“善。”悉内之。泚兵果至，如所言。乃擢公輔諫議大夫、同中書門下平章事。

從幸梁州，上長女唐安公主道薨，上欲造塔厚葬之。公輔表諫，以爲山南非久居之地，且宜儉薄以濟軍中之急。上謂陸贄曰：“公輔正欲指朕過失，自求名耳。”贄曰：“公輔官諫議，職宰相，獻替宜其務，本立輔臣，朝夕納諫，微而弼之，乃其所以。”帝曰：“不然。以公輔才不足以相，而自求脱。朕既許之，因知且罷，故賣直售名。”遂遷太子左庶子。以母喪解，復爲右庶子，久不遷。

陸贄相，公輔數求遷官。贄密謂曰：“丞相竇參嘗謂公掇官屢變，上不悦。”公輔懼，請爲道士。帝問故，公輔不敢泄，贄語以參言爲對。帝怒，貶泉州別駕，遣使責參。順宗立，拜吉州刺史，未就官，卒。

秦隱君系傳見《唐才子傳》。　　（元）辛文房

系字公緒，會稽人。天寶末避亂剡溪，自稱東海釣客。北都留守薛兼訓奏爲倉曹參軍，不就。客泉州南安九日山。中有大松百餘章，俗傳東晉時所植。系結廬其上，穴石爲硯，註《老子》，彌年不出。

時姜公輔以直言罷爲泉州別駕，見系，輒窮日不能去，築室與相近，遂忘流落之苦。公輔卒，妻子在遠，系爲營葬山下。每好義如此。

張建封聞系不可致，請就加校書郎。與劉長卿、韋應物善，多以詩酒相贈答。權德輿曰：“長卿自以爲五言長城，系用偏師攻之。”雖老益壯。年八十餘卒。

南安人思之，號其山爲高士峰，今有麗句亭在焉。集一卷，今傳。

韓學士偓傳見《唐才子傳》。　　（元）辛文房

偓字致堯，京兆人。龍紀元年，禮部侍郎趙崇下擢第。天復中，王溥薦爲翰

林學士,遷中書舍人。從昭宗幸鳳翔,進兵部侍郎、翰林承旨。

嘗與崔允定策誅劉季述。昭宗反正,論爲功臣。帝疾,宦人驕橫,欲去之。偓畫策稱旨,帝前膝曰:"此一事終始以屬卿。"偓因薦座主御史大夫趙崇,時稱能讓。李彥弼倨甚,因譖偓漏禁省語。帝怒曰:"卿有官屬,日夕議事,奈何不欲我見韓學士邪?"帝勵精政事,偓處可機密,卒與上意合,欲相者,三四讓,不敢當。

偓喜侵侮有位,朱全忠亦惡之,乃構禍,貶濮州司馬。帝流涕曰:"我左右無人矣。"天祐六年復召爲學士。偓不敢入朝,挈其族南依王審知而卒。

偓自號玉山樵人。工詩,有集一卷。又作《香奩集》一卷,詞多側艷情巧。又作《金鑾密記》五卷,今並傳。

武榮黃氏始祖司令忠勇公傳　　（明）黃河清

公諱真,燕人,故黃姓。燕沒於元,元主姻於黃,乃沿夷姓,姓答喇氏。世祖至元中以爲南安尉,遷泉州路庫大使,嗣遷漳州路龍溪令,改令興化路之仙游,又改南安縣達魯花赤,又遷司令,偕忠勇主福州路海口之總場官,凡六遷。歷世祖、成、武、仁、英四宗及泰定,凡六朝。澤半於閩,而於南安獨久且厚,民依依然弗忍舍公,公亦弗欲歸於燕也,因復故氏而籍焉。比卒於總場,命還而葬焉。

嗚呼!意微矣。夷主華,大變也,變而定則常矣。公抱官於南安四十餘年,寧無宗國墳廬之思哉?使思而復歸,身世一爐,孫子一俘耳。矧吾以華人而夷其氏,夷其宗,安耶?籍於南,示歸華也。公歿後,子孫日繁,迄今聚食弗下七千指,出而仕亦世傳而顯。公之微意,至是彰矣。

公生於宋理宗淳祐六年六月十六日,卒於元泰定三年四月初一日,享年八十一,葬於是年八月十三日。預卜於縣治西關外獅子山之原,窆壬丙,樞丑未。宜人許氏合窆焉。男十人:長沙裕,早世;次沙的,後以事配薊門;次海達兒,次安童,俱以例即戎行;次武賢,析居慈濟宮;次賽哥;次榮顯;次漳童,亦戎籍;次富童,亦早世;次貴童,即河清七世祖也。武賢、貴童,皆葬於墓左。

論曰：自古哲人達士之避世也，乘桴匿谷，更諱易氏，或托於傭於酒以自放自汙，世固有知而諱之。公占籍南安時，心亦隱甚，人鮮有知者。及淮泗龍飛，陰山之哭無虛日，幽燕之人民土地，豈特墟而俘耶？至是而知公者慕公矣。張弘範、留夢炎輩，相夷夔華，九京之慟，可悔乎？惟遼東之管，柴桑之陶，奕葉迄今弗衰，論世者有餘論矣。

賜進士第、右通政、前翰林院、太常寺少卿、吏部文選郎中、八世孫河清撰。

松莊蔡先生傳　　　　　（明）黃濂清

泉有望大夫蔡先生，諱元偉，字伯瞻，世居晉江之蔡莊。莊多松，別號松莊。先世莆田人，宋端明殿學士忠惠公襄之後。忠惠公兩守泉州，其三世孫櫺父再蒞是邦；四世懸因移家焉。大父耀爲湖廣倉尉，最有隱德。父思誠，母蘇氏。

先生自少異常兒，三歲能識字，十二歲能文章，縣尹楊公太古甚奇之。年十四應試四篇，未夕而就，郡守葛公恒大加驚異，由是知名，耆老蕭銘家溫許以女妻焉。總角從新齋洪先生之門，下筆輒屈其朋儕，入泮試皆居前列。

忽值母疾，服藥必親嘗，晝夜侍側不離。病篤，促娶婦。凡裝送之物，悉代父還官輸，充日費，無幾微見顏面。母歿，哭泣盡哀，思慕不置。大祥後，凡延請，聞有優者，輒辭不往。

服闋，督學吳公進之廩。憲副方棠陵，浙開化人也，求《易》師於泉，聘得先生。先生至，獨居一樓，嚴師弟子之禮，夙興夜寐，以身先之。見程端禮《家塾日程》皆宗朱晦翁教人之法，嘆曰："學當如是矣。"即手抄服行，慨然有求道之志。其徒徐吏部文沔、徐諫議公遴，皆稱佳士，師事之禮，終始不衰。

登嘉靖辛卯鄉薦，屢試春官，不第，而先生以文學名聞縉紳，數延登講席，泉漳魯越之間賢士出其門者最多。凡束修饋遺之儀，悉以供親，甘旨不入其私。於諸弟友愛尤篤，衣食百需，皆仰給焉。

辛丑又落第，慨然曰："今親老家貧，尚不揣己知命，求升斗之祿以爲養，乃奔走馳逐，冀不可求之獲，不孝孰大焉！"遂決意就祿。授湖廣黃州之羅田，時年三十六也。適在都下，值同鄉周公迹山，陳言救侍御楊公爵，杖死獄中，都人士凜凜，莫敢往視，先生獨臨撫其尸哀賻，作祭文二通，《七難論》一篇，挽詩三首。周公無子，僅一從外弟在側，爲之沿途護旅櫬，答拜祭以歸，人服其勇。

　　筮教羅田，端模範，嚴規程，重祭祀，崇廉節，恤貧匱，和僚友與諸生講論，每至夜分，雖隆寒盛暑不廢。擇其資之可與者，就舉業中默誘之以進聖賢之道。

　　後擢德安令。德安邑沖役繁，糧多逋負。國初迄於今，令無有遷者。先生至，一以節愛爲本，操勵冰蘗，心勞撫字，不以外至者嬰懷。才之所施，先其要者；事之所集，先其大者。中有定裁，而人不敢干以私；利有定示，而人不敢亂其條；歲有定輸，而增減者無所庸其巧；刑有定斷，而回隱者無所庸其姦。仕未半載，一縣之精神煥然倍新。課農桑，舉鄉約，恤貧困，戒游惰，公宇郵舍，橋樑道路，色色修繕。訟平而刑不煩，費省而民沐其澤。清理夫馬而勞役以均，剿除群盜而境內安堵。簿書清楚，迎送安閒，賓至有備，其來如歸。辨鄰邑之疑獄，力抗臺院；蠲潯陽之支應，歲省千金。他若建書院，置學田，嚴考校，立會規，表先哲，獎節義，士皆彬彬向風。政暇則進庠序之聰敏有志者，語之以讀書之法，作人之方，士皆欣欣以聽。省身先克己。日有程課，雖曰在俗冗中，而其心實尚友乎古人，故其爲政真有得於學道愛人之遺，以故清聲四達，譽情嚮服。一時士大夫稱學識操行及才具之可大任者，必歸焉。諸當道咸喜其有古人風，遇以殊禮。凡參會考論一時作縣人物，輒居其最。以身勤職七載，經獎薦者屢矣。卒不遷。後門生徐公遴掌科目，以公論告銓曹，竟得判杭州。去之日，老幼攀號塞路。越明年，民爲立去思碑。

　　杭，東南首郡，迎送絡繹，簿書雜沓，應之裕如。事上有禮，不爲詭隨；御下有恩，不事姑息。持身以介，不徼近名；處心制行，不混流俗。受檄軍門，造艨艟以備水戰，措糧餉以充軍資，築樓櫓以據險隘，勞瘁實多。

　　賊燒北關，人人自危。時委署運司印，兼守艮山城門。凡守城之具，措置無闕，而勞來撫摩，民賴以安。運司有庫銀二十四萬，先生計曰："賊入城，予必於此司死焉。"時諸門皆牢閉，獨艮山開門，放男婦數千以入。及賊迫，又於城外縋入數百人,全活甚衆。

冬,復推應朝考察畢,將以親老致仕。吏部尚書李公古沖,命考功司懇留之,歸,署錢塘印一月,民甚稱平。因總督趙公甬江至嘉興,委督運軍餉,犒散兵糧,乃辭印,專董其事。追憶覲時無儀物以見,及是行,勢焰熏灼,多爲先生危之,陰助以求通者。先生曰:"死生榮辱,命也,吾可以貨免!"卒不從。趙公亦初無害意。

未幾,報擢貳撫州。時寵賚章甚,私計平生無求,何以得此?後乃知其爲吏部冢宰吳公默泉、銓司查公近川所拔也。先生自筮仕至今秩,未嘗有一書通問政府,未嘗遣一介至京分饋禮儀。嘗曰:"比而得禽獸,雖若邱陵,弗爲也。"故其自守之操至老不易。如撫下車數日,代巡徐公五臺,適臨其郡,委督樂安逋糧。

樂安素稱刁邑,民習舊俗,聞之,望風先逃。先生下縣,悉寬命令,去鞭棰,慰喻再三,逃者漸復,輸糧相繼。三月之間,完糧三千五百有奇。復取回署有事,耆民送者盈路,謂自髫稚至於今,目見征糧官無有如公者。

無何,值樂安劫庫之變,守巡以先生之賢,會達徐公,復委先生再往捕盜補庫。至縣未幾,忽流賊數千焚掠南豐等鄰邑。縣無城,羽檄交馳,乃出令嚴禁,移徙操練兵事,召各鄉精銳之兵,設險把隘,分佈有條。躬親戎服,揚兵演武場,衆心始安。賊聞風不敢近。先時縣獄不修,風寒無蔽,每遇雨,荷傘以立至天明。逋負枉問軍徒數百人,獄不能容,時蒸疫癘,接踵以斃。先生聞之惻然,盡縱以歸,命如期即至,民歡若更生。及期,無有違者。即預辦瓦木,刻日興工。越三旬,監房鼎新,縣監無一人疫者。

賊退後,催補庫銀,文移日促,時獲真賊十三人,攀誣良善數十家,人人自危,悉爲申脫,設法措處,兩月而事告竣。復取回署府事,大約如治德安時。其善政不可殫書。

冬,覲推北上,見士風大壞,每撫膺長嘆。徐公潤濱,時爲禮部郎中,聲名籍甚。一見,語之曰:"子要做好人,慎勿出權貴門下。"徐公悚然答曰:"此事決不敢負師門。"回，復署府事，見府城傾圮，惻然，申都撫修之。後太守陳公季山至，謂是役非先生不可，復申委焉。經畫周詳，出納明慎，費省而城復完固。金谿有生員王科兄之獄，東鄉有里長陳利三之獄，其人命皆事冤而迹疑，咸力爲辯脱。

會委至九江迎景王，道經德安舊治，民歡迎，車擁不得前，至公署塞滿，麾不去。有醫生饒姓者隨行，見之，不覺墜淚。事畢歸，委署崇仁。未數日，報賊突至縣東西二者。縣無城，在北者，與二者僅隔一河，水淺不舟。先生以煢然之身與凶鋒對壘，親督兵過河，馬上口號云："平生俠忠信，今日任風波。"身先士卒，率戰數合，殺賊三十餘人。五日，賊乃遁散，而鄰縣之警又至。時鄉兵取給賞於内，官兵需糧餉於外。賊勢逼迫，警報時聞，民心洶洶，各思逃散。先生悉力調停綜理，激勸以忠義，縣賴以安。

無何，以積勞成疾，申回調治。未期月，報賊已侵入各縣，突至臨川。論者謂先生預申修城之時，已有先幾之哲，曲突徙薪之功大矣。冬復推應朝。仲春聞外艱之訃，號哭不絶。奔至建寧，探賊攻興泉甚危，道梗不通，暫駐旬日，間道以歸。哀慟瘦瘠異常。居喪盡依《家禮》。念諸弟祖居屋毀，捐貲修葺。家鄉已置田宅，悉分與之。既而料倭寇未靖，喪葬畢，復卜宅建溪，以所餘俸金買薄田，縮衣節食，僅足自給。志哀居約終三年，不聽絲竹之音，深藏陋巷，日惟掩扉，左經右史，毫末不干有司。服將除，所親以貧故，多勸之仕。曰："吾之仕一以行道，一以爲親。今親終矣，貧，吾能甘之，可再往乎？"遂隱於建，爲終焉之計。

晚又喜《易》，曰："吾於《易》没身而已矣。"所著有《讀書日程》、《四書折衷》、《易經聚正》、《考德録文集》行世。

憶昔居鄉時，知先生舉業，恒喜讀其文。壬辰歲會京師，同舟歸，又得上下議論，知其趨向端，嗜學篤，未稔其政也。及先生令德安，予節推姑就，每遇江右諸士夫之有識先生者，咸稱德安之政，雖卓魯不是過。後在户曹日久，見吾弟養蒙爲予言，謂來江西者，皆稱松莊爲漢朝循良之吏。徐五台亦親與予言曰："巡按江西時,如貴府康盤峰、林象川、蔡同知,真好官也。"已企慕於心不忘。及致政歸,以賊梗,寓宿於建者數月,乃知先生之行實最詳。

先生心地平易,賦性質直,孝友出於天成,行誼隆於鄉曲。與朋友處,不修榮戟,溫然可親。然有過必忠告,不能苟容,非義之事,退怯不爲,至遇患難死生之際,則以身任之,不擇利害爲趨捨也。奉身澹泊,恥事華靡,凡百玩好,不少經意,所志不存也。莅政愛民如子,所至去思,志有所不爲,而才又足以有爲,故庶民安其政而官評重其守也。惟義所在,爲之必果。伸人命之冤,力抗三臺;遭四番之寇,與民效死。其明且勇何如也。

平生節操自勵,其避權貴,若將浼焉。辭受出處,了了分明。歷官年久,皆在有司家,猶未至苟合也。慕古之志,至晚益篤,窮達壯老,皆有日考,進德修業,孜孜不倦。學由程朱以溯孔孟,直以聞道爲期,死而後已也。

四書論著,皆由心得,不事口耳,真有發程朱之所未發者。虛齋以後,僅見此書,非用力之深者,不能知其味也。其爲詩文,以爲末技,恥之不爲。然至其乘興所作,思深詞達,自成一家,能文之士,不能及也。

嗚呼!士無論窮達,苟宅心正大,制行端方,皆足以師世而範俗;官無論崇卑,苟建明有利於國家,著作有關於世教,皆足以化今而開來。若先生者,庶幾所生之無忝矣。然先生之進又未見其止。予不文,何足盡先生?當有後之君子繼之者。

山東僉憲石坡趙公傳　　　（明）傅夏器

公諱勛,字彝伯,廣番禺人,宋太祖裔也。少聰敏,過目成誦。弱冠游郡庠,博學有重名,德性凝厚,器宇軒昂,督學歐陽石崗甚器之。

戊子領鄉薦,辛丑授瑞金令。瑞金土著民少,多寄籍,以賦役不均爲累。公至部,廉知其弊,立法均,編民疾苦乃釋。已又處兵役,以復民業;興學校,以作人才;謹婚禮,以正風俗;重喪禮,以隆孝本,皆鑿鑿可詔後世。而於學校尤勤,日與諸生考課論藝,講質經義,一以成就人才爲己任。冬暇復習冠射禮,皆邑士素所未聞。時邑寡生徒，大射耦亡以備，乃選民間俊秀而補。初庠之科目久缺，及至是科丙午，戴生汝器遂中式，邑人謂公作人果應若符契也。

縣務簡，時委署別邑篆，或賑饑，或均田賦，或復疑獄，處分無不妥服稱效。黃鄉賊巢曾氏，代夫帥洞賊肆掠，材官屢爲所敗。中丞虞公聞公方略，召畫策，公請單騎往諭，可不討而服。虞公壯而許之。遂入巢，推誠撫慰，宣佈威德。賊果信服，自縛首惡十二人以獻，誅之。復請曾氏二子於虞公，赦其戾，送入郡學觀禮，仍往築城寨，設巡司，以守其地。經營凡數月，往返巢穴十餘次。初入，賊猶驚疑；再入，則如家人父子矣。黃鄉底績，虞公上其事於朝，具疏公賢勞，由是聲名籍甚。任政五載，而兩臺之交薦者四。

丙午歲六月，赴都下考績，以治行最優，欽承綸褒，以父桂爲瑞金令，母梁氏爲孺人。時二親俱存，邑士庶與鄉邦人，又以爲公福慶戩厚，且承綸封奇遇，果若日升川至也。

會天官奏缺，風憲行取天下賢能，公與其選，擢侍御史，遂陳時政五事：曰禁無名之差役，曰革官司之借辦，曰罷竊盜之工價，曰嚴巡捕之考核，曰省引禀之賢勞，皆一時之弊。而引禀事乃公侯宦寺因襲舊例，害民尤甚者，公一疏革之，輦下民賴以安業。

時有武臣犯法，憲臣窮治太過，波及無辜。公聞命參復，獨持風裁，元惡首服，無辜獲安。不動聲色，平決大獄。其後數年，軍士有求糧之激，竟成其變，乃知向之消禍未形，功匪淺也。

壬子春，晉山東僉憲，巡東兗。歲大饑，以州縣拘文移，不即發廪，躬自馳賑，復移檄旁縣，賴以全活者幾億萬。轉巡濟南，審錄囚徒，平遣冤抑，多所釋放，圄圉爲之肅清。蓋公之才，其當務者固無不盡。至於平黃鄉之賊，決大獄之變，賑飢民之急，又其應變而當大艱，錯不撓者，豈非所謂賢豪間者耶？

甲寅冬，以母喪釋政，繼丁父喪。服闋，遂不起，賦急流勇退以見志。廣藩袁參議，嚴分宜婿也，要公歅以不次之秩。公謂兒輩曰："吾生平履歷砥礪至此，今晚節乃濡足獵膴仕哉？"固托煙霞成癖，不附也。甲午歲以壽卒於家。於是見公之才之優，又見公之德之貞，是可以不朽矣。瑞金人士思公德澤，久愈切，立去思碑名宦祠，春秋尸祝之，具載郡志。萬曆七年，廣東按君懷川龔公，廉公仁賢行實，特行督學使孫公舉祀於府庠鄉賢祠。至今兩省俎豆，公咸得享祀焉。

公子趙思基，以鄉舉司教南安，學行淳雅類名家子，乃得詳公政迹，及承郡大府姚洞庵行狀，並以瑞金及廣中立禮之事，信之也，因爲之傳。

論曰：古人不朽，以德以功，功德豈不在民哉！漢世良吏，如文翁、黃霸、朱邑、龔遂、召信臣者，徒所居民安，所去見思，生有榮號，死則祀焉，是足不朽矣，然王成猶以僞聞。余觀趙公，功德施蒙，隸奠社稷，事至偉，終不昵中貴以希炎煬也，此豈粉飾文具人耶！時平有甘棠之咏，時蹇有枳棘之歌。山垂峴碑之淚，水永贛川之思。豈惟瑞金，天下其孰不仰之！

南安翁傳從李卓吾先生《藏書》錄出。　　（明）李　贄

漳州陳元忠客居南海日，赴省試，過南安。會日暮，投宿翁家。茅茨數椽，竹樹茂密可愛，時人稱曰南安翁，竟不知其名誰也。

翁雖麻衣草履，而舉止談對，宛若士人。几案間有文籍，視之皆經子。陳忽叩之曰："翁訓子讀書乎？"曰："種園爲生耳。""亦入城市乎？"曰："十五年不入矣。"少焉，二子歸，舍鋤揖客。翁進豆羹享客，不復共談，遲明別去。

陳以事留城中，翌日見翁倉皇而行，陳追詰之曰："翁云十五年不入城，何爲到此？"曰："吾以急事。"問之，乃大兒於關外鬻菓失稅，爲關吏所拘，捕送郡。翁與小兒偕詣庭下。長子當杖，翁懇白郡守曰："某老鈍無能，全藉此子瞻給。若渠不勝杖，則翌日乏食矣。願以身代之。"小兒曰："大人豈可受杖？某願代兄！"三人爭不決。小兒來父耳旁語，若將有所請。翁叱之。郡守疑之，呼問所以，對曰："大人元係帶職正郎，宣和間累典州郡。"守詢誥敕在否，兒曰："見作一束置瓮中，埋於山下。"守立遣吏隨兒發取，果得之。即延翁上坐，禮謝之，而釋其子。次日枉駕訪之，室已虛矣。

原整理者按：本文原爲《宋史》裏一篇傳記，被李贄收在《藏書》裏，非李贄所作。

清陂先生傳見《厓山志》。　　（明）黄　淳

陳龍復，泉州老儒，號清陂先生。寶祐丙辰進士。沉厚樸茂，揚歷州縣，以清儉勤著名，有前輩風。

文丞相開府南劍，舉辟皆知名士，如三山林俞、林元甫，皆卒汀州。龍復以老成重一府，尋往漳潮，循梅，趨潮陽，爲虜追襲，被執遇害，年七十二。

仕至帶行太府少卿，福建提刑督府參議。

南京太平縣知縣荔亭黄公傳　　（明）洪有復

荔亭公諱源，字子湛，愓齋公長子。幼聰敏，以文名。年十四補弟子員，二十五食餼於黌。二十六中正德癸酉科舉人第二十八名。三試禮部不遇，就職湖廣京山學教諭。京山舊嗇於才，公至，詳爲講習，工爲裁制，五年而文體丕變，科第輩出，撫按官交章保薦太平令。太平地局，北控江湖，南連嶺嶠，密邇留都。其民悍於訟，深於譎，而難於法繩也。公開誠佈公，事無大小，理以嚴，諭以寬。有不悛者，持之以俟其平。不二三載，人和政舉。

七經撫院薦獎，竟以親老告歸。嘗自志曰："進慚折腰五斗，退學明農三冬。身棲荔畝之陰，命安既唾之核。歷官秩一十九歲，歸故鄉二十七年，以分自閑，不軼於理，不泊於情，敢謂盡己盡人矣，未知論我之世者，以我爲何如人也。"是公以任官未竟之年，再施東郊修齊之政。舞斑愛日，吹壎和聲，鸞鳳叶其諧鳴，蘭玉佩以蕚英。至如倭奴之變，賊多漳人。民聞公之德，頻擾多都邑，不入公家，鄉閭賴之，此尤豚魚之吉也。

公生於弘治戊申年十月初三日，卒於嘉靖辛酉年十二月十二日，享壽七十有四。與妣玉碧孺人合葬西芹山。子四，余外父守吾公居長焉。

賜進士出身、通政大夫、湖廣左布政使司、前原任兵科給事中、孫女婿洪有

復拜書。

洪默齋先生傳　　　　　　（國朝）闕　名

洪默齋先生，諱科捷，字成仲，世家南安英山。其系出載行實墓誌中。

先生賦性剛決，見義敢爲，而寬平諧易，即之温温。然通才敏識，負經世大略，而撥華存實，細行必敦。風規高邁，非公事不履有司之庭，而桑梓利病，遇諮詢必懇款披陳曲盡。詩古文詞，一涉筆，工雅絕俗，而不肯多作。

余與先生同登己未進士，每相見，先生開襟亹亹，歷叙生平見肺腑，余由是知先生之爲人也。逾冠舉於鄉，顧屢躓公車，晚乃由浦城學教諭登第，改官翰林。於時先生長公艮堂，先以大科入詞垣。父子承恩，薦陟清華，物望巍然。而先生念二親篤老，即於其冬請急歸養。林居二十載，其勇退如此。

先生訓子侄曰：「居官當盡職報稱，斯不負科名。若退而家居，上治祖宗，旁治昆弟，推而及於族黨，此儒者家政也。」以故未第時，躬率族人修上世墳塋，新大宗祠，倡邑人士新孔子廟，釐鄉規，定祭儀。遇歲凶，勸族人平糶，遠近賴以濟。及官翰林，歸自京師也，沖沖善下，雅俗輸心，敦飭族事，彌加詳密。一權一量，亦鳩鄉氓，手較而頒之，使歸於均。遵制爲封公立廟。居喪戒用浮圖，訂喪儀六則，俾子孫世守之。

邑有豪侵先賢詹司寇墓域，衆莫誰何。先生毅然白有司，請還其地。余觀艮堂所紀先生行實，譜年月而後先書之，具有本末，難乎其矯拂偷惰，皇皇仁義，常恐不及也。假而操物柄，古云靖恭匪懈，非先生其人歟！

先生任浦城，士服其教，至今人猶稱之。洪氏南安宦族，多達人，先生一支獨鬱而未顯。以文章起家，自先生父子始。嗣是鄉書榜發，昆弟子侄，雋者不絕，至一科數人，甲科之盛，州郡罕有也。人曰世有隱德，亦惟先生本行篤修，光而大之，故至此。

先生卒於乾隆己卯，年七十有三。戊子，有司修邑乘，先生宜有志，艮堂以書屬余草創，余不能辭也。謹按行實墓誌，撮其大要著於篇，而私論曰：

孟子稱伯夷、柳下惠百世師，然而廉立寬敦，各因其性所近，而不能相通。觀先生居鄉淳行孝弟，如漢萬石君、陳仲弓故事，族黨化之，卒歸於厚矣。乃束身修行，皓皓乎冥鴻之羽，可用爲儀，抑何廉峭峻特君子也。

南安縣陳明經太君傳　　（國朝）孫　玠

太君忘其氏，晉江人。父頗豐於貲。太君年十三四爲家督，少長莫不憚。

婿少孤，姑愛溺甚，以故賭無賴。太君爲處女，稔其行，恨次骨。甫成婚入門，要婿約曰："吾與爾終身事也，爾能改，吾從爾，不改，吾回吾家老矣。"婿堅誓必改，遂合卺焉。明日，賭如故。太君怒，遣人數輩促不至。比夜歸，太君怒甚，唾罵交加，婿遽奔出，即時索累日，無所得。

家故濱海，傳者以爲新婚投海死矣。姑以婦殺其子，哭向新婦索子。太君泣曰："婿已死，不復生，顧婿在而姑臥不安，食不飽，新婦且爲乞人婦不可得，今即死，姑與婦猶得以相保。且族中固有可繼續者，安在賢嗣孫之不如不肖子耶！"遂命駕向父母泣索銀數百，歸選族侄年七歲八歲二，爲夫嗣傍室，營書屋數椽，延名師課督，而自紡績以養姑。太君之所以教夫者如此，則教子可知已。故每夜三更，書聲與紡聲相和也。

越廿年而二子一中副車，一食餼廣序，家亦稍裕，門閭盡改觀。姑亡，殯葬以禮，而婿方自臺灣落魄歸，望見門族，自以爲母已死，妻已嫁，房屋沒他人手矣。旋訪得情，遂竟歸焉。

時二子俱舌耕在外，太君挾二媳堂上織，家法嚴，閒人莫敢至者。突有人闖然入，太君怒，其人以婿臺灣，令致書也。因索書，曰："遺之矣。"太君怒益甚，自持棍起撞，其人奪棍還撞。正喧鬧間，而太君夫從弟至，曰："莫非即是哥也？"太君頰發赤，忙入室閉門焉。

論曰：太君性過烈，然能使呼盧夫婿，坐享榮封，視秋胡婦殆爲過之。婿以賭故，至乃棄慈母，抛新婚，浮海入異域，而仍落魄歸，此古人之所以致論於惡業也。

施上舍傳　　　　　　　　（國朝）陳步蟾

上舍施先生,諱大觀,字爾仁,愷之君子也。父□□。科名孝廉,諱標芳,昆仲行八。上舍諱大炯,戊申科孝廉。諱大炎,茂才;諱大惇,皆居長。先生序六。父兄皆晉籍。先生食臺彰餼,舉家讀書,無餘積。母氏陳,爲丙子科名孝廉諱淑均女弟。每東方未白,開窗櫺,事針黹,並課諸子背誦之書。先生循循承志,不問暑寒。後諸昆相繼不禄,先生肩一切,治家嚴而法,按所入而出之。

稍贏,勇於爲義。親眷之喪葬無資者,悉給焉。學有根柢,博而詳。所試策,歷歷條對,八比多簡古,薦而不售者數。好談果報,令行者止,坐者起。計渡臺三十六往返,舟皆利涉,吉人天相也。

郡中修鎮雅宮,先生裹糧東渡,捐貨得白鏹千有奇。臺人知先生確實士,輸者響應,處躬樸質,衣履經年猶新。配張氏,鑒湖名族爲雄於財者令媛也,相先生,持家稍溢,先生能化之。男二,成童時家課,先生恐其好弄也,以己之靴拘束之,俾以不動,不逾則。客至,立以俟,命親舊過從不敢少延,此非古長者風歟?

春秋未五十,賫志以歿。後嗣煢煢無依,夫亦報之太嗇乎!世豈無寒士,一旦稍可自立,輒睥睨親鄰者,此不足道。即顧名義者,亦往往以得之難而吝之,誰肯破慳囊而出,俾仰給焉,數十年如一日,後之聞先生風者,亦可少愧矣。

先生貌白皙,肩則鳶肩,眉髭清秀,體輕癯,聲如擊鉢,鏗鏗然。雖相不足論,而有其壽者,大都有其德也。乃竟不永以壽者,此豈人所能測矣?

吕圭叔先生傳　　　　　　　（國朝）盧日文

吕大圭,字圭叔,泉之南安樸兜人也。受業於陳北溪先生名淳,字安卿。之門,於紫陽先生統屬見知者也。北溪見而奇之,教之以致知力行,且曰:"知而不致,則真是真非無以辨;行而不力,則雖精義入神,亦徒爲空言,而盛德至善,竟何有於我?"

公因衡交作,無書不學,無物不格不倦勤焉。宋理宗淳祐按:府志以淳祐誤爲延祐,列入元代,真含血噴天也。七年登一甲進士,授潮府教授,改贛州提舉司幹官。秩滿,連調袁州、福州通判,升朝散大夫,以尚書員外郎兼國子編修實錄檢討官,兼崇政殿講書。以南音不能喧北韻,出知興化軍。邑之戶籍逋欠,公不忍民艱,捐俸代輸中戶賦稅,官清政慈,故著《莆陽拙政錄》之書以見志焉。

恭宗德祐元年,轉知漳州,奉檄赴任,過家門,泉之招撫使蒲壽庚,叛臣也,降元,迫脅公署降元表,公不從。公門人爲總管軍總管,扶出之,寓於泥封。日夜著書,欲呈於天子之廷。壽庚遣兵追,及逃入海島,問公姓名,公不答。壽庚怒,肆諸市。時端宗景炎元年,春秋四十有九。泥封之室,盡爲元燒燬。公門人藏先生《易學管見》、《春秋或問》、《論孟集解》行於世。

居樸兜,鄉人稱"樸鄉先生"。公歿,元孔公俊任同安縣尹,建大同書院於縣東大輪山,塑祀朱紫陽先生像,公之像配於左。門人邱鈞磯先生贊曰:"泉南名賢,紫陽高弟。造詣既深,踐履復至。致力事君,舍生取義。所學所守,於公奚愧?"公被害之日,又作詩三章以哭之,辭曰:"已擬持荷橐,俄抽似葉身。甘爲地下鬼,不作朝中臣。"又曰:"潮士瞻韓木,莆民愛召棠。名隨天共遠,人與瑟俱亡。"又曰:"秋風壇上木,夜月墓邊廬。每與諸孤道,相看淚滿裾。"

公之讀書,義理貫通,條緒洞見,加以倫完理愜,知明行因,故雖大難臨大事,而屹然如山,從容就義,莫之或奪,識者謂公得力於北溪先致知力行之訓爲多云。

是傳從他處鈔來。盧君不知何許人。其傳後,先君子曾評許之。璧堂注。

傳之亂敘作詩三章,誠目所未見。璧再。

疏 (二)

袁州謝雨疏　　　　　　(宋) 李 訦

郡處僻隅,溪淺土燥,雨暘稍愆,則水旱之憂立至。刈苗方徙植,而舟運欲行。失時不雨,吏民其不遑惑乎?

比者奔告祠庭,甘澤下沛,如鼓應枹,王之惠民而憫吏亦至矣。丕昭靈貺,敢或不虔?然吏民拳拳,猶不能無望於王者。以農疇未極沾之,而舟人猶未可順流而東之,惟王其終賜之。

重修四門助教歐陽行周先生不二堂疏（明）李光縉

郡溫陵福地,舊爲資壽寺釋氏梵宫所也。嘉靖初,郡守童南衡公、别駕陳少華公,改原城隍爲參戎府,始移城隍像祀之,革浮屠之居爲神明理幽之宇,此政之善更者也,郡人今賴之。

先是,寺後左有小山亭,祀朱文公先生畫像。右有不二堂,祀歐陽行周先生塑像。按之郡志,不詳其搆於何年。據父老相傳,言謂文公爲同安主簿,每抵郡城,必登小山,稱其山川之美爲郡治龍首之脈,每徘徊數日而後去,自書曰"小山叢竹",而於不二堂,文公曾修之,今所懸對句曰:"事業經邦,閩海賢才開氣運;文章華國,溫陵甲第破天荒。"此文公華衮之言也。若然,則不二堂更古於山亭矣。大抵前代搆此,良有深意。

郡龍脈發於清源山,轉賜恩山,從東北隅入城治,起崇福嶺,過虎頭山,中抽爲今福地,資壽寺刹之。當是時,有識之士不欲使府治正脈爲浮屠氏所據,故構此兩先生之祠,以高壓其後,一爲閩開道學之祖,一爲閩開甲第之先祖,不徒寄高山仰止之思,且以寓五百年道脈歸儒之意,則寺所以廢,與郡人文之所以興,未必非賴於此。

去今千百年往矣,歷代久遠,遞廢遞修。遠事不可考。蓋萬曆初,郡太守邱厚山公嘗捐俸修葺。二十五年,先生後裔觀察八山公及侄生員承光、煒等,見廟宇就頹,於郡太守程羅陽公呈請修整,不費公帑,給示所呈,委宜修飭,仍禁戢占住不二堂聚徒博賽,汙穢作賤者。近年太守竇淮南公、蔡五嶽公,仍後先剪除其占住之人,以隆崇祀之典,均有功於斯文。

今小山之亭傭流賃處,穢瀆已甚;而不二之堂,傾圮益甚,户牖無存。廳事中爲居民往來之徑,至有毁先生像而剗掘其壇位者,俎豆荒然無矣。

不佞緒卧病山中,鮮出門庭,偶造斯堂,見先生之像不存,不覺愴心淚下,安得先正故宫而一朝堙滅若是。乃仿佛間若見先生之臨吾前,迫而視之,見先生於土堆中,衣服毀碎,頭面猶存,乃扶而起,以授道士藏而奉之,而先生之道貌盡在不佞緒雙眸晋接中矣,亦奇矣。因以告余同年黄仲石公,謀興復之,議未及舉,而八山公之子承束偕其族昆孫侄輩,相率造不佞請疏,欲以聞上官,再塑而新之,以修其祠宇,此義舉也,亦孝思也,先生遠裔可謂有人矣。

先生崛起於唐建中貞元間,與韓昌黎諸公同舉進士,稱"龍虎榜"。其道德文章聲稱至今在人,而先生所居之里,所游之地,輒能使之爲重,山以詩名,橋以歌嘯名,讀書之巖以歐陽名,堂以不二名,手書墨迹千百年而不茀廢,則先生之精英靈爽,何時不與朱文公並流於清紫間,夫寧以像之興廢爲存亡?然郡人所由尸祝而善弓冶之學者,未始不於像焉寄之,烏可廢也。

夫褒崇往哲,誘進來學者,賢大夫之業也;追繩祖武,景慕前修者,賢子孫之事也。文翁修舉學宫,破蜀地陋風,班孟堅以冠循吏之首。孔甲爲聖人後裔,憤詩書燔棄,抱祭器爲陳博士,太史公列經術諸儒之前。昔人重文教而不忍遺其先業,類如此。後之視今,猶今視昔。然則爲先生後者,當何如也?

嗚呼!斯文未喪,大道若揭。烏號之弓已墜,曲阜之履猶傳。吾鄉近多彬彬鉅卿鴻儒,項背相望。苟溯其詩書世業之所由來,與冠帶衣履之所由盛,則於先生啓後之功,當有遐思焉,毋徒曰此歐陽氏子孫事也。願相與協力共成之。謹疏。

後學解元李光縉衷一氏拜撰。

重修南安縣學宫募疏　　(國朝) 劉　佑

清受天命有天下,首崇文教,命各直省郡邑有司,悉遵故事,以春秋敬祀孔子廟庭毋怠。南安亦八閩五十有八州邑之一也,而學宫獨傾圮不修。

康熙七年戊申十有二月,余奉命來令南邑。未至邑城三里許,遥望道旁背臨山崖,有巍然廟貌而頽廢不完者。問之左右,則本邑之學宫也,亦既心焉傷之矣。下車之日，百務叢脞，令之一身且憊精疲神，並夜作晝，以整理其棼亂，振起其弛玩而不足，又何暇醵金鳩工重為吾夫子完此故宮乎？然而朔望拜謁，目擊敗瓦頹垣，不能無慨然於余衷。署教諭孝廉應君國賁，每與余言，未嘗不以修復為念。

余維南安人文之地，其自諸生登甲第為聖天子侍從耳目之臣者，載在憲綱，指不勝屈，而忍視廟學傾壞不肯少出財力助成興復？豈前之為長吏為學博者無有倡率勸募之舉耶？抑南邑紳士率皆卜居郡城，遂視故籍為膜外，因並學宮棄置之不問耶？如其無有倡率勸募之人也，余與應君固不敢辭其責。

夫木本水源，人情誰則能忘。彼郡居紳士其初入黌序，有不藍袍銀雀鼓吹迎導拜謁於邑學之階下者乎？嗣薦賢書有不青袍金雀旌旗傳呼拜謝於邑學之階前者乎？始也由此地以出身而仕，繼也經此地而拭目以觀若今之棟折桷壞磚敝瓦頹，能無惻焉興感，思以庀材命工再復丹臒輝煌之盛乎？顧人各有心，則渙必有萃其渙者，而後人人之心始克歸於一，而有以告成事，則余與應君又烏能辭其責耶！

於是不避寡陋而為文以告於郡邑之紳士，幸惟各抒素志，共襄盛舉，俾春秋釋奠足以告虔，以仰副聖天子崇文之意，是則不惟余與應君得藉手以告無罪，而後進之士亦庶幾有所觀感，相率而勸於學，以克續此邦人文之盛於不替焉。

南安縣重修城隍神廟募疏　　（國朝）劉　佑

城隍者，生民之保障，而惟神實主之，則是城隍內外凡隸屬籍於南邑者，作善降之百祥，作不善降之百殃，神固宜日夜伺察，明示彰癉，以佐天子之命吏法之所不能及。

余不敏，以郡李改令南邑。入城之次日，即恭謁神廟，誓與神明幽相贊，以懲惡而勸善，除姦以安良。顧近世以來，縣令權輕，而朝廷之法禁往往為姦偽之所竊遁，故雖有惡人或終莫得而誅之，以安吾民。夫令既有所肘掣而不可行，則惟神之賴，而仰瞻神廟固已榱折桷壞，磚敝瓦傾，與令之署無異者，豈泉俗之不嚴乎令,亦輒不嚴乎神歟？毋亦當今之世文法相尚,惟神亦有不克行其意,如余者歟？

七月朔日,恭率僚屬修常事於神廟。住持道士吳完,請余修葺。夫余固朝夕冰兢自謀不贍之日也,力不能以新神宮。無已,則姑爲勸募,借衆力以成事焉,可乎？余聞人情不甚相遠,彼趨吉而避凶,泉之人當不異於天下之人。其或富者樂輸其財,貧者樂效其力,共爲神完此故宮焉,是未可知也。

蓋令之法止及於顯,巧者可遁也;而神之威能及於微,僞者奚匿焉？否則以不嚴乎令者,曰亦不嚴乎神,吾恐神之未必真有所肘掣,而不可行也。惟爾鄉大夫士暨父老子弟其實圖之。

採訪忠義疏　　　　　（國朝）陳步蟾

蓋聞心平衡量人才以表率,口碑實録作風化之權輿。自昔唐、虞稽古,元凱布盛代勛名;爰及夏、商當年,益伊紹心傳濟美。至周則文以文治,八虞咸慶同升;武以武功,十亂胥歸一德。此皆忠不言忠,士氣醇而聖功懋;義能度義,皇風邕而王道平。秦、漢以下,柱史則珊網宏收;唐、宋以還,編家則銓衡畢致。是以忠昭天日,義薄雲霄,照青簡而泣鬼驚神,表丹忱以調元贊化。於焉,像圖麟閣,名紀龍旌。效忠者思踵武前徽,慕義者振斯文後起。元、明繼統,豪傑遞生,然未有如我朝之盛者也。

聖祖受天永命,敷十全之武功,誕四海之文德。恩露渥及四民,春和秋湛;天章垂諸萬世,户曉家知。是以聖聖相承,源源默接,民生常厚,士氣倍敦,何非文恬武熙,武緯文經。於以風清俗茂。至今日而史館纂修,大則配以春嘗秋祀,小亦著之表里旌門。報忠之典字勒金泥,尚義之徽名藏石室。而廷臣猶恐人堪題筆,事或漏厄,體聖主之骿矇,發幽光於隱微。

竊以閩山叠巘,偉士由毓秀而生;海嶠橫天,名流亦隨波而起。則有文職承宣,秉心貞固,清流澡雪,峻節清風。四知默企,凛暮夜之袖金;三載維勤,勵官箴而酌水。露冕星軺,不辭勞瘁。春寒夏暑,恒憫悲咨。布蕙涵有一脚之春陽,謳歌叶無聲之夏諺。

又復事君以人，有不避親不避仇之舉；濟治未亂，有汝作舟汝作楫之才。德政碑鑴，昭忠典缺，此其可採者也。

又有武臣用命，偉績樹聲。布燕楚之勛庸，奠河山之表裏。願馬革以裹尸，身先士卒；遇狼封而陷陣，血濺旌旗。更乃守等睢陽，戰同武穆。嶺陟磨刀，三年雪灑；石橫貫矢，六纛雲屯。重鎧忘蟣蝨之生，孤軍奮螳螂之臂。沉舟破釜，斬將搴旗。是天上之將星，作人間之柱石，此其可採者也。

又有兵民人等，棄家室而從征，集編民以禦寇。執戟前驅，修同袍與同澤；作君後勁，識固國即固家。急公奉上曰忠，有勇知方爲義。擧畫旗以靖妖孽，拔隊登陴；捐私財以報國恩，毀家紓難。聽戍鼓於將臺，不過卒徒三百；策奇謀於耆老，已率子弟八千。忠豈忘心，義以爲上，此又可採者也。

凡此公侯之干城，宜歸參苓於藥籠。作忠原於移孝，取義自能成仁。其小者表以忠肝義膽之忱，其大者入以忠臣義士之傳。史策汗青，垂芳徽於百世；山河石赤，勒姓字於千秋。足使立懦起頑，移風勵俗。士具史才，寄春秋於皮里；人懷卓識，判玉石於胸中。爲鄉之善，爲國之善，闡潛德以共彰；既生於斯，既長於斯，預窮搜之使罄。敢擬先民之詢訪，以爲後輩之仰瞻。當擧所知，敢擬斯疏。

募修龍山寺後殿疏　　　（國朝）鄭懷陔

安海龍山寺，奉觀世音菩薩，吾泉之名刹也。建由東漢，屹鎮南邦。修淨業於優曇，一粒沙過而卓錫；繞瑞光於榕樹，千手眼由是現身。

明季倭氛，神蜂却寇；國初遷界，寶殿靈光。所以靖海將軍拓地，酬其效順；安溪傅相鎮國，垂其匾音也。千載如新，十方隨喜。祈晴禱雨，逐疫驅瘟。八閩有活佛之稱，重譯救波臣之厄。固已靈昭中外，福被人天矣。

同治間修飾中宮，宏開後殿。黃金布而地滿，也分鮫客之珠；大木飛自天來，咸獻龍王之藏。璇宮琳宇，映佛日以同輝；鹿苑鷲峰，引天河而灑潤。然而黑風外蕩，白蟻內生，雖中宮之苞茂無虞，而後殿之廡廊可慮。雖貌飾之丹青未剥，而心空之膚革僅充。棟樑彈之有聲，橑桷垂如欲墜。僧坐禪而憂其壓，鼠同穴而喜其寬。洵非椰栗所能撑，亦竟蒲團之莫放。使不及時修葺，雲護華鬘，竊恐稍久傾頹，鳥巢佛髻。

夫頭陀制碣，稱釋網之更維；净慧摘文，幸法螺之再唱。豈有名山巨刹，莫庇袈裟；前代梵宫，半荒瓦礫。而罔加袚飾，竟聽淪胥，豈不令菩薩愁眉，金剛怒目乎？加以天壇未築，雨灑犧牲；旁舍就陊，雲眠禪榻。頂祝者露立，心齋者風餐。鐘鼓樓虛，昔議增而未果；高王祠塌，今偏廢其何安？

不得已插草唱緣，繞花作禮，托阿難之鉢，踵檀越之門，伏願長者發心，宰官喜捨。結五根而成性，宏六度以為檀。或指止而流泉，或掌中而兩室。合千花之彩，高簇蓬臺；累七級之功，圓成香塔。則回頭彼岸，彈指化城。捨之善士而彌珍，説與世尊而亦笑。樓臺突起，方知海沫之吹嘘；功德無邊，普受佛家之富貴。

哀　辭

歐陽生哀辭　　　　　（唐）韓　愈

歐陽詹世居閩越，自詹已上，皆為閩越官，至州佐、縣令者，纍纍有焉。閩越地肥衍，有山泉禽鳥之樂，雖有長材秀民，通文書吏事與上國齒者，未嘗肯出仕。

今上初，故宰相常衮為福建諸州觀察使，治其地。衮以文辭進，有名於時；又作大官，臨莅其民；鄉縣小民有能誦書作文辭者，衮親與之為客主之禮，觀游宴饗，必召與之。時未幾，皆化翕然。詹於時獨秀出，衮加敬愛，諸生皆推服。閩越之人舉進士，繇詹始。

建中、貞元間，余就食江南，未接人事，往往聞詹名閭巷間，詹之稱於江南也久。貞元三年，余始至京師舉進士，聞詹名尤甚。八年春，遂與詹文辭同考試登第，始相識。自後詹歸閩中，余或在京師他處，不見詹久者，惟詹歸閩中時爲然，其他時與詹離，率不歷歲。移時則必合，合則兩忘其所趨，久然後去。故余與詹相知爲深。

詹事父母盡孝道，仁於妻子，於朋友義以誠。氣醇以方，容貌嶷嶷然。其燕私善謔以和，其文章切深喜往復，善自道。讀其書，知其於慈孝最隆也。十五年冬，余以徐州從事朝正於京師，詹爲國子監四門助教，將率其徒伏闕下舉余爲博士。會監有獄，不果上。觀其心，有益於余，將忘其身之賤而爲之也。

嗚呼！詹今其死矣。詹閩越人也，父母老矣，捨朝夕之養，以來京師，其心將以有得於是，而歸爲父母榮也。雖其父母之心亦皆然。詹在側，雖無離憂，其志不樂也；詹在京師，雖有離憂，其志樂也。若詹者所謂以志養志者歟！詹雖未得其位，其名聲流於人人，其德行信於朋友，雖詹與其父母皆可無憾也。詹之事業文章，李翱既爲之傳，故作哀辭以舒余哀，以傳於後，以遺其父母，而解其悲哀，以卒詹志云。

求仕與友兮，遠違其鄉，父母之命兮，子奉以行。友則既獲兮，祿實不豐，以志爲養兮，何有牛羊？事實既修兮，名譽又光，父母忻忻兮，常若在旁。命雖云短兮，其存者長，終要必死兮，願不永傷。

友朋親視兮，藥物甚良，飲食孔時兮，所欲無妨，壽命不齊兮，人道之常。在側與遠兮，非有不同，山川阻深兮，魂魄流行，祀祭則及兮，勿謂不通。哭泣無益兮，抑哀自強，推生知死兮，以慰孝誠。嗚呼哀哉兮！是亦難忘。

題哀辭後　　　（唐）韓　愈

愈性不喜書，自爲此文，惟自書兩通。其一通遺清河崔群。群與余皆歐陽生友也，哀生之不得位而死，哭之過時而悲。

其一通今書以遺彭城劉君伉。劉君喜古文，以吾所爲合於古，詣吾廬而來請者八九至，而其色不怨，志益堅。

凡愈之爲此文，蓋哀歐陽生之不顯榮於前，又懼其泯滅於後也。今劉君之請，未必知歐陽生其志在古文耳。

雖然，愈之爲古文，豈獨取其句讀不類於今者耶？思古人而不得見，學古道則欲兼通其辭。通其辭者，本志乎古道者也。古之道不苟譽毀於人。劉君好其辭，則其知歐陽生也無憾焉。

祭　文

祭范忠宣公文 公諱純仁，謚忠宣，文正公之次子。（宋）陳　瓘

昔文正公，在仁祖時。忠於謀國，衆正所依。心虛而明，照了不欺。先事而慮，有如蓍龜。兩遭敕榜，益奮不移。外御元昊，數蹈禍機。國勢既妥，奚恤我危？

考公行事，允也似之。安不擇地，難不敢辭。至於言兵，則曰不知。豈曰爲異？各遵其時。不述其迹，是乃無違。三年遽改，生事者誰？蔡相南行，公獨救之。一勝一復，其兆在茲。公可以默，又進忱辭。人亦有言，公爾忘私。孰敢臨義，捨安取危。一斥四年，盲廢始歸。

天子哀憐，拜命涕洟。其心不盲，意欲有施。人願公留，爲帝龍夔。病不能對，人所嘆咨。天子曰吁，疾尚可爲。錫以上劑，臨遣國醫。丁寧訓飭，速療勿遲。云何不俶，竟止於斯。

嗚呼哀哉，公果已矣。舉世思公，公不來矣。人之於公，有合有暌。聞公之歿，暌者亦悲。情隔生死，公論乃出。悲公之人，始自今日。臨終不昧，忍死有述。小其一身，大則王室。置小恤大，自初訖終。可使聞者，勸而作忠。

太宗征遼，喬死不忘。心之所慮，奚獨一方？願惜生靈，願各朋黨。願爲宣仁，一洗誣謗。願正其事，願辨其人。願以中道，行帝之仁。

嗚呼哀哉！言唯心聲。孰無此聲，孰有此誠？神器雖大，如人之形。愛養胃氣，可以保生。陽明之經，徧於四體。呼吸之間，無有不差。左絡連右，首脈應趾。中經流行，寧有定位。彼執一者，棄異取同。異我曰偏，同我曰中。語各

有心，心各有物。孰能審是，而不彼恤？公獨有言，繼者誰乎？

公薨我悲，豈緣葭莩？公昔南遷，我在北陲。側身以望，心往從之。及公之還，我有言責。陳留雖近，欲往不得。平生想慕，獨未識公。見公之心，何心形容。文正歿後，公又亡矣。仲季方興，公復有子。其門益大，其道益光。公可無憾，我亦奚傷？

姜相公祝文　　　（宋）真德秀

嗚呼！公以鯁亮之資，盡言於猜忌之主。一斥不復，沒於遐陬。然清風直節，千載而下，猶懍懍有生氣。彼脂韋頓美，寵竊一時，而遺臭無極者，未知孰爲得失也？茲因祠事，庸款幽宮。酹以一卮，喟然三嘆！

謁姜相公墓祝文　　　（宋）真德秀

嗚呼！建中、貞元之相垂二十人，而以清名直道標來百代者，公與陸宣公而已。公謫於泉，陸謫於忠，皆不果召而歿。天豈無意於忠臣乎？何其厄窮至是也！

嗟夫！靈均弗遷，瑰辭孰傳？曲江既死，勁節愈偉。是則天之厄公也，乃所以榮公也歟！

巍巍姜公，巉巉東峰。峰以姜名，千古並崇。我再來思，而再謁公。酹以一卮，懷哉清風。

皇帝敕命秘書省著作郎兼權給事中許應龍諭祭故特進金紫光祿大夫少保諸葛廷瑞祭文　　　（宋）理宗

維卿天賦清標，人才磊落，品節擅東南之選，文章蘊經濟之猷。獲雋巍科，蜚聲大尹，厲績郎署，用註起居。仗節著君國之威，抗言破觝裘之膽。屢聞嘉猷啓沃，堅辭寅亮清班。望繫蒼生，類辭榮之安石；名高白社，價倍重於雞林。方懷前席之殷，遽應騎箕之兆。殲良菱哲，實惻朕心。錫以籩罍，尚其歆格。

按：安石即晉謝安之字，非王半山也。

紹定二年十月初五日下皇帝敕命秘書省著作郎兼權給事中
　　許應龍諭祭少師靖國公諸葛廷瑞祭文（宋）理　宗

維卿氣鍾山斗，品重璠璵。抗擅啣命，引禮以折天驕；載筆納忠，遠嫌而辭元輔。逢國大慶，嘉爾寵榮。籩豆有加，靈爽其格。

紹定三年三月初十日下皇帝敕命秘書省著作郎兼給事中
　　許應龍諭祭少師靖國公諸葛廷瑞祭文（宋）理　宗

維卿經緯啓沃，先朝大臣，遣官造塋，松楸生色。三壇加祭，永賁泉臺。冥漠有靈，尚其歆服。

紹定三年三月二十八日下工部奏銷（宋）理　宗

少師文肅靖國公諸葛廷瑞，係先朝上品大臣，該造墳工料銀伍百兩。夫匠三百名，每名該銀壹兩。通共該銀捌百兩。

　　　　祭陳紫峰先生文　　　　（明）王　疇

嗚呼！大道久荒，正人希闊。談理學者多隱僻而不經，張氣節者每詭異而無實。原其設心，初欲自附於賢士君子之名；究其所至，未免爲鄉人也。求純粹無瑕，高明不累如吾先生者，天下鮮矣。

先生之未仕也，窮經涉史，索隱鉤玄，上會聖賢傳受，下集諸儒大成。著書立言，剔髓入神。深而明，微而顯。今之經生文士，朝夕几案，未嘗不讀先生之書。先生之學可謂深矣。

先生之既仕也，不爲勢誘入華樞，不爲利奪謀孫子。兩京郎署，各羨清苦之名；再起儒宗，不易終養之孝。二十餘年間，詩酒以爲歡，花竹以自老。日月古今，豁視大觀，世俗城市之囂，毫無所預。先生之節可謂高矣。

論者謂先生有渾雄之文章，不知先生所以開來學者有出文章之外；謂先生有恬退之高節，不知先生所以立大本者不專在恬退之間也。蓋先生平日之心不求知於人,求知於天;不求同俗,惟求同理。故其功名不必大顯天下,而教澤垂後世。其特立不必盡悦當時,而行誼擬前修。

嗚呼先生,行實如兹,與世之虛名取大爵軒然自耀於兒童走卒者,固無足齒。與夫高談闊論,隱僻詭異,顛倒古人,千載之上夷考其行而不掩者,賢不肖何如也?

先生未遇時,讀書予館,著述之年,蔬粥共歡,如兄如弟。既仕之日,往來書問以陳情,共隱爲教。告歸之後,時常携手秀林之麓,紫帽之巓,談吐平生。蓋相知者四十年,而吾兒某又荷教育之恩。德言在耳,手書在目,感德懷義,不能不哀思也。瞻望靈几,老慝不堪陳辭,遣子聊以慰生平之私爾。惟先生鑒之。

祭蔡虛齋先生文　　　　(明)黄　鉞

嗚呼!聖賢不作,道在六經。有得其精,萬化以成。寥寥千載,此意誰承?考亭云遠,爲昏爲冥。操瓢與翰,豈無豪英?剽竊緒餘,有愧宗盟。

嗟維先生,吾道之楨。爰及早歲,撫墜如驚。陋彼俗學,千里于征。循伊及洛,以達考亭。毫分縷析,啓鑰開扃。風雷之變,日月之經。爰暨兩間,色色形形。一以貫之,天高日晶。持而後發,孔思周情。謙沖凝寂,規矩準繩。或山而峻,或海而渟。須臾萬變,無有留迎。先生之學,於焉大成。

觀其翱翔,于帝之旁。天曹之準,縉紳之望。以人事君,薦引推揚。亦既秉鐸,於彼豫章。循循善誘,綱舉目張。學術既正,士以知方。中途偃蹇,方出而藏。不究所學,天下彷徨。急流勇退,無乃太剛。矰繳之下,何有鳳凰。收名北斗,有爛其光。謂當百年,以迪小子,爲梯爲航。命之不融,孰執其綱?爰莫起之,有涙淋浪。

計其生世,五十有七,計其在官,惟十之一。豈天有意,累以著述。四書之讀,膚見之作。爬梳隱括,靡有餘作。究極天人,整然脈絡。詖淫邪遁,莫得而托。一時之屯,萬世之福。譬之荒蕪,朱實經營。豈無瓦礫,以待先生。揮而斥之,吾道日星。

人孰不死,有此令名。嗟予小子,渴飲滄溟。先生何人,可得而名。修身補過,以畢餘生。敢使墜緒,缺然無承?先生是臨,以翼其行。嗚呼哀哉!

祭黃曉江文　　　　　（明）王慎中

嗚呼!木之有癭,石之有峰,皆不中材適器,匠者無所施其繩削礱琢之功,棄捐於深山大澤,汩没泥沙,穿穴蟲蟻,沮洳薈蔚之於蔽蒙。而其奇形怪質,輪囷崽壘,突兀玲瓏,往往呈露變怪,嘯夔魅而怒雨風。

至其置之耳目之須,摩挲瞻睹,則足使人愛玩駭嘆,而繁卉温珉,退然自失其可悦之容。故好事有力者,竭意搜取,不忍其長捐山澤,而二物者雖其無所用,而亦不悲於所遇之窮。

惟有力與好事所處殊勢,故二物之所遇,或珍重寶惜於廣囿華軒、雕欄瑶砌之上,亦或與畸人勝士朝夕徘徊,娱遁獨而媚幽仲。在物如此,人亦有然。宜乎兄之懷靈含秀,怪怪奇奇,非有力者所得。而使予之寡陋鄙樸,竊取以自快,而成乎好事之高踪。惟此形之難久,既歸於澌盡,則遇與不遇,曾何足介得失於胸中。

嗚呼!曉江今其亡矣。奇形怪質既不復存於山澤,精魄靈氣猶將升天入地,飛揚光景,而變滅幻㬉。予顧嗷嗷然於死生之際,哀悼歔欷而不能已,其爲摳拘吝固之人,而不足以語造化之大終。

祭傅汝源文　　　　　（明）陳　讓

哀哀汝源,命在此止。天錫善人,未應舍子。子之心胸,閑雲静水。漠漠晴空,汪汪千里。三世彙登,謙謙素履。瘦骨凍肩,勝衣而已。志之所至,飄風弗靡。及至接人,終温且旨。山川草木,騰飛青紫。子之文章,其亦若此。

吁!可怪也,世之觀人,徒徇其外,不究其裏。偏喜祝鮀,宋朝之美。沅湘屈平,長沙賈誼。昔在京師,與子交手。知子爲深,用舍之際,無預於己,人惟不知乃是。於是飛未盡翰,遂以没地。

嗚呼哀哉！没殊方兮,致命於君。厭濁世兮,遠避雞群。作述善兮,公可無憂。德愈光兮,雖死猶存。手澤新兮,友人之書。白鶴歸兮,孤臣之魂。朋山立兮,子神其間。駕飛廉兮,舉我之樽。

汝源先生諱浚,即敬齋先生諱凱之令嗣也。官至山東轉運同知。璧注。

陳見吾先生諱讓,字以禮,由解元進士任邵武推官。徵入御史,巡視東西二城,旌忠諫臣,賜旌忠坊匾,祀忠孝、鄉賢兩祠。著有《見吾選稿》《奏稿》《詩文集》。紫峰陳先生親弟。此文從其文集中録之。

祭歐陽東田都閫文　　　　（明）俞大猷

維嘉靖四十二年,歲次癸亥夏五月朔,署都督僉事、會生俞大猷,謹以牲儀奠於亡友福建都指揮僉事、東田歐陽公之靈曰：

古稱士爲知己者死。名之爲士,天地綱常,此身攸係,而區區於一知己,慨然以死許之,豈爲無其故哉？夫士生於世,學古人之道,數十年來,未有知之者,則嘗私自嘆曰："苟有知我者,雖爲之死可也。"是士之自處則然也。彼其爲士之知己者,則當愛惜曲全,以天地綱常責其負荷,求其能成天下之事,以報君親,相安於勇功智名之俱無,然後水火涂炭之民,有所利賴以奠安。

嗚呼！吾於東田之死,不能無悲,亦不能無恨。悲者謂其宇宙内許多事業尚未盡做,而至於是,而止於是,然而死忠、死孝、死於知己,其古志士仁人之流矣；恨者,謂爲東田知己者,徒知其志之所存,不知其時之未可。羽檄交馳,督責日急,心欲其致此身而後已,正兵法所謂"不知三軍之不可以進而謂之進,是謂縻軍"。嗚呼悲夫！知己者乃適以縻己。使古來爲士之知己,咸若是焉,亦何貴於知己也哉？

東田往矣,成仁取義,夫復何憾！余所悲者,廟社之事,欲俟東田以共濟者,今皆虛矣。少小同讀書,相期以報明時,澤斯世,種種論議,今皆莫酬矣。壺山帶夕陽之雲,清海鎖恨結之霧。余悲東田之情與此山海同,悠悠於千萬載之間而莫能解也。

嗚呼哀哉，尚饗！

祭新泉童揮使文　　　　　（明）傅夏器

嗚呼新泉，天地有正氣，鍾爲男兒，一氣浩然。爲忠爲烈，適有其變。吹風怒霆，亂雲泣雪。晦冥兩間，神鬼駭慄。萬物遇之，隨手摧折。至其餘輝，譬如既霽，景霄瑩潔。天地賴以不墜，日月賴以無飾。

嗚呼新泉，平生孝友，忠義奮發。倭賊煽禍，萬民暴骨。惟公受命，不震不忽。恩嚴並立，以率士卒。分道進戰，賊幾敗衄。援師不繼，公力遂竭。殞身陣前，怒氣沖髮。至今誦公遺事，猶昭昭乎日月。

自有倭寇涂炭吳越，當戎諸臣，或以釁端，坐受斧鉞。古人擇死，先軫免冑於赤狄，來濟投身於突厥。蓋寧血膏乎草野，聲名猶不至於有缺。新泉雖死，其亦足以不殁。

予獨悲腐血化螢，亂魂棲垪。草色短兮煙青，霧光冷兮冰渭。更千秋而萬歲兮，誰識公魂於荒野斷碣！

慕恩伯鄭公祭文　　　　　（國朝）王命岳

惟靈將種名材，侯家望族。含閩海之莽滄，挺蓮峰之英肅。鷹耀翮於茂林，驥勝駒於洼谷。少而虎頭燕頜，表飛食之殊祥；長而豹略龍韜，聆神授之秘錄。雁怯響以墜弦，石失堅而飲鏃。酈灌雄慚，鄂英勇縮。躍傳三百，夙嫺步伐之儀；劍敵萬人，兼覽詩書之隩。

孝友懋於至性，忠義膺諸初服。養士見於散金，得衆顯於投醪。數謀略之壯桓，邈古今而焕煜。静以俟時，動而得福。水安流以朝宗，鳥擇棲於高木。率鉅海之艟艨，聽皇朝之撫育。項伯歸命，遂封射陽之侯；竇融披忠，仍享安豐之禄。蟬冠奕奕以垂纓，螭陛鏘鏘而振玉。揆俊杰之識時，實英雄之正鵠。方宏懋其壯猷，群瞻仰其勳戮。夫何墜星驚其櫪馬，集隅觀彼庭鵬。爰在盛年，遽歸泉陸？

嗟人世之蜉蝣,嘆蒼造之倚伏。飛鳶跕水,喪馬革之伏波;漲海浮天,隕樓船之楊僕。嗚呼哀哉!校尉營内,惟餘服食弓弧;將軍幕前,猶有平生部曲。聽蕭蕭之大樹,邈矣無聲;壞蠹蠹之長城,奪之何速!

嗚呼哀哉!某地共梓桑,緣慳蘭菊。聆凶問以傷神,攬涕淚而盈掬。繐帷蕭瑟,酹絮酒之無幾;素几寂寥,獻生芻之一束。希靈迹之洋洋,庶鑒歆於穆穆。

祭洪畏軒太常卿文　　（國朝）丁　煒

嗚呼!吾畏軒先生之殁京師,公卿百執事哭之哀,四方旅游諸君子悲之甚痛,而余之心傷神悼,尤不覺其涕之交頤也。

先生父太傅文襄公,佐世祖皇帝入關,爲我朝開國功宗。賜襲三等封爵,入爲上公,出而經略。天下舉朝顯貴,半係其門。又以先生弱冠聯第,歷官儀曹、勳卿、廷尉、奉常諸要秩。公卿百執事,非太傅之桃李,即先生之交游,哀之宜也。先生忘其殊貴,折節下交,設館授粲,不下吐哺倒履之風。待以舉火者,無慮數百家。患難有求,雖未及謀面,皆過所望予之。先生之於四方士君子何如,宜乎相與痛惜無窮也。

若余於先生,生同鄉,事共主,余之子男烝爲先生館甥,且有三世之好焉。往吾祖大司寇公居林下,結里中文社,每課成,令善書者重録,不具姓名,以第甲乙。文出而太傅輒居首。丹黄淋溢,題品繽紛,極遠大以相期。

時太傅年方少,獨受先司寇物色,爲諸人不敢望。未幾,果以早歲魁省闈,捷南宮,入西曹,後至總制三邊,尚取向時司寇公品第藝文集成卷帙,出入自隨,不忘司寇公之知之也。

及余待罪河間獻陵,太傅深喜司寇有孫,馳書慰勉。嘗謂先生曰:吾感司寇公深知,此恩久未報。今之獻陵丁令君即司寇世孫,若與令君當親結爲兄弟,令君有子,則以若女配之,以志吾之不忘於司寇公也。以故余自縣令入備曹郎,太傅已捐館舍。先生與余敦莫逆,許以愛女字兒豈爵,蓋遵太傅意也。

嗚呼!三世締交,情親誼篤。一旦聞訃,余之心與公卿百執事之心,四方諸君子之心，宜有過焉者矣。先生孝於親，忠於主，篤於宗族師友。獨憶先生約與余爲婚姻，予兒冑爵方幼，即令讀書其家塾，五經子史，手自講授，親教以所爲文。每月集士園亭校藝，俾獲觀摩益予兒。及冠，愛女嬪予門，諄諄戒以事翁姑，相夫子大義。至則朝夕跪上余夫婦食，與冑爵相敬待如賓。觀其教及有齊如是，則南國諸侯大夫之風化，不問而知矣。不幸于歸一歲，以娠亡。先生視冑爵益親，不以女之存亡故易轍，厥德至矣。

嗚呼！太傅公所感於先司寇者，先生能如其意以酬。而余父子之感戢於先生又將何以報耶？以太傅之勳在國家，澤及天下，意天當有厚於先生。以先生之孝謹忠藎，慷慨濟人，年未中身遽棄人世。膝下之孤藐爾，僅十有一齡耳。南中家族罹寇，殞竄外海，門內執喪，靡有期服，不知所謂報施善人者竟安在耶？雖然，宣孟之裔，是必有興。畢萬之後，其昌必大。公侯復始，予又竊爲先生之孤信之矣。先生有知，尚其翩然而式鑒也哉！

哭黃御伯文　　　　　（國朝）諸葛晃

嗚呼！黃子御伯，子何可死耶？八十親闈，崦嵫日暮，子職未盡，何可死？世家閥閱，望重鄉閭，艱巨之任，惟子獨勝，何可死？易簀之後，無文通半畝之田，無子雲十金之產，孤孕弱息，四壁蕭然，何可死？具縱橫變化之才，徒展轉於牖戶，綢繆左支右吾之內，未獲一登於朝，何可死？凡茲數者，皆無一可死者也。乃於一縷千鈞，萬無卸擔之際，劃然而絕，劈然而斷。嗚呼哀哉！天耶，人耶？

然吾觀御伯之事吾外兄太守公溫清無愆，敬養兼至。男女兄弟四十餘人，吉凶賓嘉之費，躬服其勞，不以煩貽公。至公之佳城亦豫營築焉。宗族有大疑難事，告於太守者，皆決於御伯，宗之人頌聲歷歷也。又念弟多業薄，己遂不有父產，仍以其私佐公需。處鄉黨間，進退有節，張弛合宜，公卿大夫士皆賢而禮敬之。然則御伯雖夭，固已爲克家之令子，亢宗之賢裔。家雖不給，而所貽自裕；名雖未立，而所就已宏。蓋其所無憾者人，而其不能無憾者天也。而吾固有深悲者。

當孟夏間吾母之初得疾也，子爲我虞，即憂形於色，遺我以藥餌，告我以良醫，問視之勤，累日無怠。旋而余母不起，以訃聞矣，賻贈弔祭有加無已。復私相悼嘆，以告不得與此秋闈，坐閑三年爲念。

嗚呼！孰謂余之啣哀方無極，而子之賫志乃遂終耶？數年以來，善相賞，過相規，緩急相左右。吾有憂而惟子是告，子有患而惟吾是籌，乃攢眉扼腕之態，猶恍惚於余目，而屋樑落月之怨，頓酸辛於余臆耶？

嗚呼哀哉！吾到而家，而音徽雲邈，人琴俱絕，痛難具陳也。吾爲子傳，而以敬以孝，克諧克敏，美不勝書也。吾謁若翁，則憂從中來，退省而孤涕不可茹也。死而有知，將爲電爲霆，平滌九區，橫奮八極，揮斥幽鬱耶？其藹爲浮雲，蕩爲冷風，泮焉渙焉，與造物游耶？抑冥冥之中尚能潛施默運以衛而宗，而護而室耶？是皆未可知也。

而余今者，青衫未換，白雪滿身，嘆窮愁之簡，歌式微之章。人之云亡，誰釋予憂，誰御予侮耶？是真不可以死也。不可死而卒死，非其人之爲慟而誰爲耶？

誄桂屏陳先生文　　　（國朝）王念修

誥授奉政大夫、晉封文林郎、恩獎五品銜、候選中書、掌教豐州書院、桂屏陳老伯大人，己卯八月念三日以疾卒於溫陵里第，春秋七十有二。

嗚呼哀哉！念修以道里暌隔，弗獲躬伸芻奠，恭製短誄，用表素旐。其辭曰：

猗歟先生，神明之裔。有嬀肇基，實開姓系。源遠流長，美乃濟世。篤生偉人，越今弗替。先生自幼，博涉典墳。旁及子史，腹笥繽紛。嶄然頭角，擷茆摘芹。筍山試藝，叠冠全軍。意氣鴻騫，聲華鵲起。厭白非夸，後盧爲恥。

乙卯之秋，適逢大比。射策明經，學優則仕。於斯時也，錦標乍奪，鍼度交推。家欽鄭僑，人說項斯。董帷不捲，馬帳宏披。芝蘭秀發，桃李芳滋。曾幾何時，漳城下腫。青犢飛災，紅羊煽劫。先生練團，雲屯當雪。保固泉南，民情斯恰。維章太守，旌旆東來。惠鮮鰥寡，拯育嬰孩。先生分任，耦俱無猜。達窮石啓,種福田開。薑辣松堅,清名遠匝。烏公禮羅,陳蕃設榻。樽酒論文,竟相結納。袖金悉却,網珠不雜。

僕以書記,幕游温陵。忘年契合,景仰弗勝。情逾骨肉,誼托友朋。梅岩數笏,桐署一燈。訊竹當春,話蕉入夜。或訪名區,煙欄月榭。或抒閑懷,僧廬酒舍。各勖千秋,及時則駕。詎知分袂,八稔於茲。郵筒贈答,山川間之。霜葭望切,雲樹神馳。久而加敬,別益相思。客臘今春,貽我兩札。謂主豐州,實司甄拔。麈戰秋風,八月初八。忽動獵心,雕眼重刮。

嗚呼哀哉！運非李廣,何乃數奇；才擬孟郊,何乃發遲。文憎命達,天道無知。頹唐一老,竟不慭遺。嗚呼哀哉！先生貽謀,七薛竟耀。元方秉鐸,玉樓蚤召。叔季機雲,出群才調。世德作求,象賢克肖。嗚呼哀哉！先生之品,金璧珪璋。先生之學,馬鄭程張。先生之操,禽惠婁康。先生之風,山高水長。嗚呼哀哉,尚饗！

豐州集稿卷十四

墓　表

封郎中鄭殖庵及妻伍宜人墓表　　（明）王慎中

往予謫倅常州，今户部郎中鄭君汝德爲縣於無錫。余以事至縣，縣人言其尹不多抶按：抶，音呕。《説文》："笞，擊也。"人，櫺樸棲於廊間，庭中静詞常空矣。尹故早起晏休，無朝夕變，細民一物之饋，不敢至其室。

予既善鄭君，得其言於縣人，私以爲君藉且勉卒之，君謂予曰："此非普之賢，維吾父母之教。始吾至縣，頗嫉民之不知法者，杖之，患其不痛。吾親聞之，輒戒曰：'夫孰非人之肌膚，痛在人之肌膚，而心不少動，何其忍也！且民不知法，教之可耳，烏在杖之痛乎？'吾以親在邸，數入内問省，輒止之曰：'堂上須臾不坐縣官，庭中門外之人積矣。有裹飯繭足而來者，卒不得見縣官，腹枵然而徒反，事安得不滯，而下之情安得盡也？'吴中人士最善治珍巧飲食。一日，有士持餉以見，吾受而進焉。問：'何所從得？此非舍中具也。'吾以實對，且曰：'是士可與禮接，兒爲親，故受之耳。'終不肯嘗，曰：'吾家故蔬糲，今每食有魚肉蔬豉，口甚甘之，此非所常食，當不甘也。'固勸之，乃言曰：'非吾不甘，顧而爲縣於此，乃以親故受饋，縣固無他士人乎？是可以禮接，孰非可以禮接者，而胡以拒其他？民將覘意伺間有獻，備味當漸廣，而雖不受，彼已費矣。吾終不食此以杜其後。'蓋普之能不以形毒其民，而知勤於政，慎於取與，非敢自賢，實重吾親之訓勉而不墜云爾！"

越歲，余有山東督學之行，過縣，問起居。鄭君曰："歸矣。始吾親之來，非以就吾養，蓋以視吾爲政。既以兒爲可教也，遂去，不復可留，曰：'海濱之廬將

427

秽,田園其莱矣。吾少所治習其勞而安焉。糞除芸植,還吾舊事,豈以而爲吏,輒忘故所業,苟耽微俸之養,遽渝吾樂之常哉?'"蓋鄭君之父母所以自安其身,與諭其子者,其言如此。

　　鄭君既以賢進顯於世,爲郎尚書省,天子嘉之,若曰:維吾有才臣,能其官。其封鄭普父某爲郎中、母伍氏爲宜人。吏部司封郎中行其事。

　　久之,鄭君喪其父,未畢喪,又喪其母。其銘父葬,得故少司徒顧公新山爲之,而張司馬半洲公爲母銘。蓋鄭君自力於世,以褒顯其親,又托不泯於名卿之言,足以酬劬燾之恩而慰其無窮之情事矣,猶哭而告余曰:"願有以表二親!"

　　余既得其安身諭子之詳,可記也,而與鄭君相好久益深,其胡可辭?乃爲表於其墓曰:是爲封南京户部郎中鄭公之墓,字曰某,號殖庵,配曰伍宜人。

　　公諱元,字乾明,殖庵爲之別號,享年七十有二。府志載入"篤行"類。陳國仕謹識。

墓　誌　銘

大唐故輔國大將軍兼左驍衛將軍御史中丞馬公墓誌銘

(唐) 歐陽詹

　　墓有誌,誌有銘。誌,記也;銘,名也。名以記墓,庶高岸爲谷,幽壤或呈,情當掩者,有所歸認。斯馬公之墓也。公諱寔,字某。其先扶風人,生於幽州。高祖某官、祖某官、父某官,若干子,皆以雄謀果斷稱。

　　公則第三人,長八尺有羡,雕姿鶚靈,霜嚴壁峻。樂而後笑,時而後言。孝弟忠信,分義節概,睹容可見。好史學,歷代英豪得失皆核,其有不正不直,辯論慷慨,若加諸已。明《陰符》,善《司馬法》,起家爲范陽軍要籍。本軍疑政畫多自出,遷千夫長、萬夫長、三軍兵馬使。莫州近邊,戎數爲害。本軍元帥請統鎮之,戎遠逃遁,莫人大义,拜御史中丞、莫州刺史。

　　俄,薊州之患如莫州,移薊州。薊人繼康攝州刺史。貞元初,本軍之事有大者合議於天子,自管内二千石已下,擇賢能,以公當其選。天子異其議,奇其詞,決所議答於本軍，而留近侍，拜左驍衛將軍，宿衛十一年。長松在林，利錐處囊，森竦穎脫，鋒幹獨見。天子儲而將用，未有所當。

貞元十四年寢疾。其年七月十一日終於京師常樂里之私第。出身從事若干年，署職莅官若干政，春秋五十一。當時俊杰懷材抱器者，無不驚呼嘆息。

嗚呼！騏驥有騰千騁萬之足伏乎櫪，干將有劗犀截象之芒閉乎匣。將用未用，一朝變化，爲骨燕市，入泉延平，爲知人之痛惜，公其比歟！

夫人雁門田氏，雁門郡王氏之女，哭泣之慕，痛而中禮。子七人，男五人：先公四人在，曰綏，曰縝，曰某，曰某。綏年十八，縝年十五，其餘幼稚，不言可知。女二人：先公一人在，四歲，至性攀號，感動飛走。

以其年十一月二日卜葬於京兆府萬年縣洪固鄉延信里司馬村之少陵原，禮也。其承眷長沙歐陽詹執紼及墓，就誌而銘曰：

骨肉歸土，賢愚共門。英英馬公，亦封此原。大節大成，平生所志。貞心壯氣，松孤壁峙。掄擇雖致，材成則未。岑崟蒼翠，俄摧忽墜。修短無涯，傷如之何。

有唐君子鄭公墓誌銘　　（唐）歐陽詹

貞元十一年，歲次乙亥，某月某日，清源郡晉江縣君子鄭公，年若干，終於其居。州閭親識，遠近漣洟，重吉人也。

嗚呼！杞梓植於深林，人雖不知，不妨其爲天下之材也；珠玉碎於重泉，人雖未玩，不妨其爲天下之寶也。公之生則深林之材，公之歿則重泉之寶，不知而有，未玩而亡。哀哉！

公諱晚，字季實。其先宅滎陽。永嘉之遷，遠祖自江上更徙於閩，今爲清源晉江人。曾祖某官，祖某官，父某官。太夫人同郡潁川陳氏，育者三男三女。公則長男也，自七八歲則明敏嚴潔，無復童心。洎十二三，則溫良貞亮，有成人之德。既冠，儀表可觀，孝悌惠和，侔於前哲，人望無間，時譽皆歸。鳳不近腥，龍多自盤，優游仁里，四十不試。

詹有若人之妹,獲配於公。公太夫人早逝,妹不逮事,則見公霜露之感,烝嘗之敬。公尊府君近捐甘旨,妹及同養則見公晨昏之愛,縗斬之至,奉公居閨門鄉黨者十有五年,顧瞻於公善良,内外兼得。受命不永,其如命何!蘭芬蕙馨,或亦中敗,惜哉!子二人,皆幼。公在日,名之曰彦方、彦章。

詹既在京師,不遂撫慰。來人有述,實孺能號,妻亦聞哀有過人,禮不逾制。窆取遠日,堂殯三年,以貞元十二年某月日,永厝於郡城東偏聞儒里常熟湖之北原,禮也。

妹有遠告,咨予題志。既忝親懿,實舊知人。江嶺則遐,想象不昧,取思芳茂,爲銘次寄。銘曰:

有斐季實,君子之禎。忠信溫良,自幼而行。少不改任,長更推誠。材植遠林,寶産遐壤。無知無玩,自生自喪。骨肉歸土,用瘞斯原。嗚呼!斯永棲君子之魂。

宋朝散大夫守光禄卿知懷州軍兼管内河堤勸農使上騎都尉中都縣開國子爵食邑六百户賜金紫魚袋吕公璹墓誌銘　　(宋)王安石

吕氏,其先河南汝寧府光州固始縣人也。自君始祖諱占移居福建泉州晉江縣七都曾埭吴坑,占爲始祖也。曾祖需無仕爵,晏有賢行,轉運使辟薦泉州助教,官至工部侍郎,累贈尚書。母曾氏,封南郡太君夫人;楊氏,封清源郡太君夫人。

公楊氏生也,諱璹,字季玉。年十六歲時,侍郎晏使治農事,佃客久負債,多至數十萬。君至,悉焚其券,諸佃皆喜曰:"仁人君子也。"侍郎晏聞而奇之,亦弗問也。

景祐元年舉進士,除補筠州新昌縣尉,以清源郡太君夫人故而丁憂去官,迨服滿,調爲邵武軍主簿,典尤溪場,歲得銅四十萬勉,以功遷漳州漳浦縣令。其地多山林,初有霧瘴虎豹蛇蟲之害,不得耕耨。君至縣,始教民焚山林,虎豹逃匿,民得耕種,其地大治,民咸悦服。又有汀虔民千餘人,因販鹽縱掠,攻劫所至，莫敢當者。君度且至，乃集吏，募民有武藝者，設伏擒捉之，其盜遂息。職當改官，而君歸，不肯自言其功。時以磨勘，改校書著作郎。後又遷漳州府衡山縣，獲强盜，廢淫祠，大變其俗。

乃遷宜州通判，路經桂州，值儂智高反，轉運使辟君進兵會，且權知邕州。州郡殘破，部內往往爲盜，諸蠻皆有驕志。或勸君勿赴，君不許，僅得人二千以行。躡智高之後，獲賊首以歸，器械甚衆。於是招復逃亡，懷輯溪洞，賴以無事。在宜州，蠻有欲叛者，君亦諭之。朝廷乃皆錄其功。磨勘一歲，遷潮州，後遷開封府司錄參軍事。

有內都知史志聰有獄，多爲志聰地者。君至，審鞫之盡，且上言，當以東漢爲戒。志聰以謫去。故事有疑必白郡，乃敢治。君至，先鞫之，後獨具案上之，有非法當白，及朔望，未嘗至公府，以故郡無留獄。終君職事，凡獄空者八次。後遷知濰淮二州。在濰州時，教民耕田，開闢曠土甚多，民因致富。及至淮州，爲政清明簡易，又盡開河灌漑之利。

方將有爲，而君以熙寧三年八月二十七日病起，遂告終於州宅，寢疾八日而終，時年六十四。

君爲人聰明敏達，至於爲吏，善於斷決，所至無不稱職，到官皆有治狀。漳浦人建祠祀之。惜乎其卒於淮州也。然恬於進取，不苟求知於人。薄於自奉，至於周給無所吝也。其先，邕州有婦人，其夫先没，陷於寇，不能自歸。君資而遣之，得歸至家，及婦人之兄來謝，乃知其姓名。凡所周給多類此。

先娶鄭氏，繼娶楊氏，封仁壽太君夫人。有子二十九人。長子惠卿，官至參知政事；次子德卿，官至太子中允、集賢校書、理崇政殿說書；次子溫卿，官至看詳編修中書條例，同判司農寺；次子和卿，官至河中府知府；次子虞卿爲知縣；次子康卿，官至台州觀察推官；次子諒卿，官至太廟齋郎；升卿方第，同丁憂；道卿、季卿未仕。餘五子皆幼。其餘皆前君死。登顯仕八人。女子三：長適温陵張澈；次適婺州節度推官郭附；次適温陵宋仲遠。孫男十人：曰淵、汴、游、濰，惠卿子；法、洵，德卿子；鴻，虞卿子；浚，康卿子；液、洞，溫卿子。孫女四。君職授

光禄卿朝散大夫開國中都,爵爲子,食邑六百户。惠卿等以熙寧四年葬公,墓在南安縣康安鄉禮順里之原。銘曰:

天作高山,下有吉宅。卜維賢孝,龜墨皆食。百世之後,乘者下之。曰維名卿,吕侯在兹。

朝散大夫兼諫議大夫、參知政事、太原郡開國侯爵、食邑一千二百户、護軍、賜金紫魚袋王安石撰。

宋故朝散郎尚書吏部員外郎特贈徽猷閣待制累贈開府儀同三司諡忠肅傅公墓誌銘　　(宋)李 邴

宣和七年十月,詔以吏部員外郎傅公察,充接伴金國賀正旦使。是時金人將渝盟,而我未之知也。

十一月,公至燕山府,聞虜入寇。或勸其無遽行,公曰:"卿命以出,聞難而止,若君何?"遂行。二十一日至涇州韓城鎮,使人失期。居數日,虜騎暴至,夜圍鎮。詰旦,有酋長數十騎馳入館。公飲以酒,問其故,知有變,强公上馬,與副使蔣噩偕行。至界首,公曰:"迓使人故例止此。"不肯進。虜輒易公馭者,擁之東北去百里許,遇金國二太子斡離不者領兵至。虜人曰:"見太子當拜。"公曰:"吾若使至金國,見國主乃拜耳。今迓使人境上,若脅我來,又止見太子,太子雖貴,人臣也,當以賓禮見,何拜之有!"斡離不怒曰:"吾興師南向,海上之盟不可恃,何使之稱耶?凡汝國失德,與向我善意,爲我並道之,不則死。"公曰:"主上仁聖,海内乂安,與金國講好,信使往來,項背相望也,何爲失德?太子干盟而動,意何所欲,還朝當具奏知。"斡離不曰:"汝尚欲還朝耶?"虜左右促公拜,白刃如林。公曰:"死則死耳,豈有俱人臣而輒拜者哉!"或抑捽公使伏地,公愈植立,衣冠顛頓,終不屈。

反復論辯者逾時。斡離不怒曰:"爾今不拜我,後日雖欲拜,得耶?"麾令去。公知不免,謂隨行書表官侯彦等曰:"虜脅我以拜,我以國故,義不辱,我死必矣。我父母老,素鍾念我,聞之必大戚。若等得脱,幸記我言,以告吾親,庶吾親知我死國,少解其無窮之悲也。"左右盡泣。是夕,官吏隔絶,不復相見。

十二月七日,虜次燕山,郭藥師迎戰,殺傷甚衆。再戰,遂麾軍以降。侯彥等不知公存亡,累日乃密以訪虜,虜曰:"數使不拜太子,昨知藥師戰勝,有喜色。太子慮其劫取且銜積怒,殺之矣。"侯彥等即爲公發喪。燕山將官武漢英者識公尸,焚以薪,命虎翼軍士等三人,裹以歸。間行至涿州,亡其三人者,獨沙立在。遇虜人,繫之土室,凡兩月。伺守者怠,即毀垣出。會宋伯友奉使還,因隨以來。以靖康元年五月至京師,蔣噩、武漢英及官屬歸者,人人能言公不屈狀。侯彥又具列本末聞於朝。

大名府路安撫使徐處仁、河北轉運副使孫昭遠、諫官李光,相繼論奏。淵聖皇帝臨朝嘆息,下詔曰:"死有重於泰山,生有輕於鴻毛,顧所處如何耳。苟激於義,雖死猶生也。察以一介之使,馳不測之虜,臨以白刃,毅然不屈,卒以身殉,於義得矣。"延閤次對告於里第,以旌高節,特贈徽猷閣待制。公喪至,公父裕之適爲屯田郎中,遣公弟寔歸濟源縣,權厝先塋之佛廬曰"資忠崇慶院"。

嗚呼!公之節著矣。或曰:自軍興以來,死節之士凡三人,李若水當淵聖出郊之際,嘗預聞其論議,非死不足以塞天下之責。劉韐,虜人知其才,欲用以爲帥,非自引決將反爲夷狄用。二者義皆決不可爲,故仗死而不顧。若公者,單車之使耳。事變初已預聞,虜人又未嘗欲己用,公之死,若有異人之爲者,何也?鉅野李邲曰:"士之所貴,勇於義而已。當其凶威外逼,忠憤內激,履刀鋸如坦途,安鼎鑊於几席,烈丈夫之操也,何暇反覆計慮得失輕重,可不可而後爲之哉?"曰:"然則公不必死而死,與夫彼不得不死而死,公之爲,其賢於彼與歟!"邲曰:"義者士之所甚重,死者人之所甚難。三人者特所遭事異耳。要之,皆輕所甚重,易所甚難。揚之朝,足以知國家有仗節死難之臣;書之史,足以爲萬世臣子之勸,皆古所謂見危授命,可殺不可辱者,又奚擇焉?"

臣按:傅氏世爲孟州濟源人。公字公晦,故山南東道節度推官、知磁州昭德縣,贈太子太師立之曾孫;故通直郎、知京兆府奉天縣事,贈正奉大夫堯俞之孫;右朝議大夫、主管南京鴻慶宮裕之之子。曾祖母王氏,贈昌國太夫人;祖母張氏,贈碩人;母錢氏,封恭人。

公幼，秀穎異凡兒，伯祖父獻簡公尤愛之。年十七，崇寧五年，同進士出身。蔡京柄朝，勢薰灼天下，聞公名，遣子絛往見，將妻以女，公力拒之，士論翕然。歸，重添差青州司法參軍，帥守率前宰執貴重，不以少年待公，多委以事。移文林郎、洺州永年縣丞，改通直郎、淄川縣丞。

時朝議公提點南康軍逍遥觀，公創逍遥堂，以便親養。淄川多名士，朝議公與之酬唱往來，公日奉温清，雍容其間。公娶趙氏，清獻公抃之孫女。清獻三子，皆博雅有遠識。公久在淄、青間，益得周旋切磋，其器業遂大進。通判萊州，改順安軍，皆不赴。除太常博士。久之，召對，除兵部員外郎，改吏部。死時年三十七。妻封安人。

男女五人。自强，右直功郎；自得，右承務郎，監潭州南岳廟；自修，右承務郎。女長適右宣義郎趙惊；次尚幼。趙氏賢，有法度，嫠居訓諸子，皆修謹勤學問，有所成立。

公端厚粹夷，自幼時，書不去手。同舍或邀嬉，公介不屑，舉進士有聲。長益專於文，温麗有典裁。平居恂恂然，言若不出諸口。家人輩未嘗見其愠怒，遇事若無可否，而胸中辯天下賢不屑如白黑。與人游惟恐傷之，至其意不可，崒然不可犯。尤恬於勢利，在京師時平生故人列侍從，公稀至其門。間見談笑，道舊而已，未嘗及其私，士益重其賢。凡所爲，必一度於義。有絲髮不慊於心，必大愧赧，若將有誅責，至退省無悔，然後色和而氣平。蓋其天資如此，故倉卒之際能有所立，豈苟然哉？

紹興五年，邴寓泉州，自强等亦自廣東來，始得哭公，而弔其孤。自强曰："先子與公最游舊，公知之深。惟是撰德之事所以信後而行遠者，敢預以爲請。他日國家恢復疆土，尚獲遂其志焉，豈惟不肖之孤是幸，抑先子實寵臨之。"邴曰："然，宜爲銘。"銘曰：

學綜貫於群言，文秀發也。行矩矱於前修，稱其家閥也。器韜養而渾涵，不爲襮白也。義有所必伸，萬鈞不吾壓也。臨難不顧，侔古烈也。生不極其施，死不磨滅也。銘以訂諸幽，萬世以爲質也。

宋從政郎英府僉判呂公岳墓誌銘　（宋）洪天錫

岳字高仲，呂姓，係出唐丞相呂諲之裔。唐季時入閩，遂居晉江縣。

高祖瑃，宋仁宗景祐元年進士，官至光祿大夫、尚書侍郎。生有子二十九人，成人顯而仕者，各隨所寓爲家：或居南安，惠卿在焉；或居毗陵，康卿在焉；或居衡湘，虞卿在焉。餘仍就祖居曾埭。

哲宗元符己卯二年，諒卿登進士，時爲溫州觀察推官，上書言紹述之非，崇寧編類入邪等尤甚，列名黨籍，竄亳州以死。南宋紹興間贈宣教郎，是爲曾祖。祖諱洌，父諱賡。再世而無仕版者。至君，早從大名魏君名元作者，記識敏達，書無所不通，凡先儒精語，諸老快筆，往往成誦，異於場屋之士。舉業外，叩之空空如也。

年四十始登寶祐四年丙辰進士，除漳州龍岩主簿。郡每留君自助，積案滯訟多以委君，垂任滿，遂攝令。留意學政，益廩市書，邑人以爲便。外移潮州教授。予使嶺南，載君以俱，書檄翩翩無滯思，再造經君手著者，情法俱盡。

遷真陽僉判，留兼濂泉山長，每講議出，士友愜服，相率來謝。余曰："濂泉得師矣。"諸臺頗重焉。余數奇君，然疑君□重非速於騰上者，詎謂奪之速哉？忽若顯揚。余度君□□□知不可爲，寢疾不亂，以後事及經世表序爲囑，越日而逝。時癸亥六月六日也，年僅四十八而終。娶曾氏，繼娶張氏。男一人，名肖翁；女一人。

君雜著詩文講義合若干卷，藏於家。嘗釋邵氏《經世圖》、史遷《年表》，法以《易》、《詩》、《春秋繁露》，自黃帝始，起河圖，下訖獲麟，列之一元，四千三百二十世之中，愚以爲千當作十，十當作一，說本詳之。所作十五論附焉，僅脫稿而君病，後有所見囑者世也，余亦哀苦忘舉，語多潰，惟君及元周差起人意，語輒多日。昔人有云，正索解人，了不可得。□□與君及元周俱不可得矣。

悲夫！其男肖翁以是年葬君吳明山祖母河南郡夫人墓之陽。肖翁有書來徵於余，余許諾，於是志之，何敢辭哉？銘曰：

士病於陋，學弗能充。或學或輟，弗克厥庸。焯焯高仲，後世之雄。史而甚文，儒而能通。隱跌如流，隽筆如風。遐不壽考，邁不顯揚。世表之屬，整置予聰。何以酬之，勒此兹宫。

宋吏部尚書洪天錫撰文並書丹。

宋朝散中奉大夫吏部侍郎秘閣修撰知漳州軍事兼管内河勸農使樸鄉吕先生墓誌銘　（宋）沈　忠

公諱大奎，字圭叔，號樸鄉。少嗜學，師事王昭復。昭復師陳淳，淳師朱文公，故圭叔得紫陽道學之傳，泉之通經學古擢高第者，皆出其門。

登理宗淳祐七年丁未第一甲進士，因上書言及執政，授潭州提舉司幹，累遷吏部侍郎，兼崇政殿説書。以操南音，出知興化軍。恭宗德祐元年，轉知漳州軍事，未行，值蒲壽庚率知州田子真降元，捕圭叔署降表，不署將殺之。適門人有爲管軍總管者，扶出至家，乃以生平著書，泥封一室，遂變服逃海島中。壽庚遣兵追之，將迫授之官。追者問其姓名，不答，怒而殺之，時七月十六日，壽僅四十九。

圭叔著書盡燬於賊。其《易經集解》、《春秋或問》、《孟子論語集解》、《學易管見》行於世者，皆門人所傳。

娶何氏，生子四：温、和、正、直。以景炎元年葬公於曾埭頭吴坑内。穴坐艮向坤兼寅申。銘曰：

山高水清，吉宅惟靈。吾君葬此，名顯德馨。忠義之氣，萬古流傳。抗賊不服，性命難全。四方弟子，心服三年。千秋之後，乘者下軒。生芻一束，其人如玉。有才無壽，令人慟哭。

朝散大夫、同知泉州府事、年家眷弟沈忠撰文。

大中大夫浙江布政司右參政菊泉李公墓誌銘

（明）傅　凱

參江浙藩政李公既卒之明年，其子敷持乃從祖叔進士雍所爲狀，踵門拜而言曰："不肖孤不能延先君之壽，而宅兆已營，奉葬有日。顧知先君之悉者，無逾先生，願乞銘諸幽，以示來葉。"於乎！余安敢銘公哉？然又不可謂不知公者，烏可以不文辭？

公諱汝嘉，字士美，號菊泉道人。始祖念四由光州入閩，居於泉晉邑雁山之陽，裔多業仕。自五世祖於盤至高祖伯鞘，曾祖思聰，祖邦幹，皆隱德弗耀。於盤有詩名於世，邦幹亦善工詩。從乃叔父斯義，進士，出判武崗而卒。祖母陳氏年少孀居，甘百苦不改節。考松崑，二歲而孤，賴其鞠育，以續如綫之脈。縉紳士夫若翰林修撰羅先生倫輩，或立傳賦詩以美之。

松崑稍長讀書知大義，遂爲鄉邦領袖。母王氏，有賢行，生公昆弟二人。公行一，自少穎敏。比長，就學乃從叔父合浦令紹，日記經傳數百言，爲文下筆立就，似不經意，合浦異之。

弱冠遣游郡庠，業益進。郡守張公岩，郡博黃先生結，考諸生，每定公優等，以科第期之。至天順乙卯，果領鄉薦。甲申登進士，除戶部山東司主事，持身出納惟謹。三載考最，封松崑如己官，母王氏爲安人。時有貴倖侵民田者，上命公核實，遂據理斷歸於民，禍福非所計。

奉差往湖廣金沙洲榷商人舟賦，一毫無私取。未幾復奉璽書清兩廣財賦，搜剔姦蠹，無敢干以私。時巡撫都憲韓公雍、方伯張公瑄輩見其操持不易，咸作詩文以贈。上嘉其績，升本部員外郎。後張公升都憲，巡撫八閩，盛稱公美不置，公亦尋升浙江金華守。時本部尚書楊公鼎嘆曰："李員外吾方倚任，銓曹何遽奪以他職？"適之任，道遭母安人訃，即匍匐以歸，哀毀未已，復丁考松崑憂。服闋，轉除江浙三衢守。

公治郡不立赫赫名，一以至誠御下，因民所好惡而張弛之。大修郡縣之學，以崇文教。而城垣樓櫓之有圮壞者，亦以時葺之，不忘武備。府藏積餘白金數千兩，交代之際，盡發義倉以賑貧民，人益信其清白。又有富右遺孤，尚在襁褓，族人利其貲，訟非彼子，多方陷誣。公鞠是而獨斷之，俾孤得以父其父，郡人皆輸服。其他善政多類此。

三載述職，榮膺旌異。比六載，政績益著，敕升浙藩右參政，階亞中大夫。總督諸郡糧儲有方，民受其惠。公時年五十四，衰病相侵，遂乞休致。後，鄉人有謁見，今文淵閣大學士丘先生濬，詢及公起居，自惜當國之遲，不能留用。

公歸第日，教子弟讀書，課僮僕務農。暇則邀二三故老對酌聯咏於風晨月夕之下，略不以功名事介意。人方覬其克享遐齡，詎意弘治癸丑六月十二日遘疾，卒於正寢。距生正統丁巳九月二十二日，享年五十有七。

配王氏，封安人，有婦道。子男二，側室龔氏出，安人以己出愛之。長敷，次剔。宅兆在行輦山之原，公在日所卜也。

公爲人氣象岩岩，人初見之若不可親，久則見其一誠相與，有不容舍焉者。博極群書，文章正大，亦象其爲人。詩有古意。事親孝，處兄弟怡怡，待内外姻戚，各得其歡心。修族譜以紀世系。尤善於誘進，以至人有過而責之，退無後言，亦無甘言悦色以媚人。治家不事華靡，而在官在京有聲，可謂真丈夫矣。

昔與公同從合浦先生學《易》，又同領鄉薦，癸未同試《易》於職方江右劉先生忠至，秋，公試捷，遂登第，爲美官。予屢敗北，蒙公獎許無間，後僅濫第，從諸大夫之列，而駑鈍蹇拙，實不足副公之厚望。

予歸未幾，而公引疾。正相期結社林下，而公不作矣。令子不忘公之故舊，來強以銘。嗚呼！予奚足銘公哉？然誠不可謂不知公且悉者。銘曰：

李氏之先，世有令德。篤生於公，士林之特。質美而學，文行可則。早聽鹿鳴，聯奮鳳翮。有聲地署，□乘南北。冰蘖自持，姦倖以革。守節參藩，不尚烜赫。仁施義禽，民受其澤。帝心簡在，方爲側席。鱸蓴思歸，乞疾以獲。優游林泉，風清月白。九老未會，二竪爲厄。行輦之原，山光水碧。公卜其佳，乃子克力。我無椽筆，爲公備勒。奚述其大，千載弗泐。

洪處士墓誌銘　　　　　（明）陳琛

洪處士諱某，字某，號某，世居南安之英山。曾祖某，祖某，父某，母某氏。

兄弟四人，處士其長也。年九十一，正德二年正月八日卒。妻吳氏先卒於弘治丙辰年十二月十八日，年七十有六。子男一，曰某，娶某氏女。女二，長適某，次適某。孫男曰某，以俊秀補庠生，聘吾叔太守公䐎之女。

處士嘗營二壙於陽山之原，後以其地卑濕，遺命改卜穴，某如命，以今年十二月壬寅日葬，遷吳氏祔焉。先期奉狀乞銘。按狀，處士樸而儉，然甚肯周人困乏。有告者輒貸之，逋不責其償，償不取其息。或時有凶歲，而里無飢民，是好善而力之積也。鄉飲大賓，冠帶榮壽，寇至獨全，而得以考終於正寢，斯固足以見爲善之獲福於天，然猶未足以盡積善之報，果如狀之所稱，其福當源源而未艾也。預銘之以爲後日之徵。銘曰：

欲而無厭，匪家之肥；積而能散，匪家之瘦。造化秉公，慘舒異候。有感即通，雖疏不漏。故寶燕山逞五桂之芳，而王晉國郁三槐之茂。信處士之能濟人，卜洪氏之必有後。

鄭海亭墓誌銘　　　　　　　　（明）王慎中

嘉靖壬辰進士待銓吏部凡若干人，江南北巨縣以缺令告者數十，縣之人仕都下各爲其縣擇令，交欲得鄭君。而無錫有秦風山尚書與諸朝官顯者十數人，竟爲其縣得鄭君，他縣不能得，皆若有失。無錫諸顯者與尚書交相賀以得鄭君。其時予方佐銓司以與無錫，以鄭君受德於其縣人。

無錫故名爲富而多仕者，爲令者往往朘取珍用其財而逆以機數構嫉士大夫。君至，按都鄙賦役之籍，資以諏訪，得其禮俗所由壞，嘆曰："茲邑生迫而斂重若此，乃謬以富得名。民方以偷侈遨佚，招四方之目，其奚以免？"因語以奢敗儉存，設陳得失，禁戒明白，發於惻惻，自以裁貶一身服御爲率。至其張具上官，館遇過客，交際士大夫，舉捐於舊度豐約之中，使財僅足以成禮而不爲浮。尤吝興作舍館舟輿，苟有可因，不妄變革，曰："勞民以悦人，非吾心也。"既不匱財以傷民，心始稍所，境内一二巨室橫放難諭者，重置之法以示威，曰："如是足以致刑矣。"一與民相安爲寬平。暇則與士大夫相賓接，歡不失節，士大夫憚以私溷君聽，退敕其家，亦莫敢有撓也。

客或見君坐縣堂，從容不苟，庭中常空，異於東西行過縣所見，怪胡能然，君曰："惟不擾人以自累耳。"

君固精經學，善爲舉子業。邑子多才而講習乖剌，文不傳於經，君爲指授大義，日開月益，邑子咸知所以爲文。至今科目接迹，猶出君門下士爲多。張運使公愷，清德純行，一鄉耆望。張給事選以直諫廢，貧，王進士問病免。

家居喜文學。君敬事運使公，與給事進士游，加親。貢士施子羽能詩，老儒李繡工訓詁，皆優與爲禮。

君與人無忤，其溫而有辯，又不苟然也。巡撫中丞部使者莅毗陵，廉無錫治行爲畿内最，交薦之。君性恬簡寡迎將，又無錢治苞苴以實進。秩滿，僅得南京户部主事以去。留都民曹事簡，君益爲深厚，閉户讀書，耻與嬛婕之士競，泊如也。以其間爲古文詞，據理確質，有儒術之體，重自掩匿，不求以名。在職隨事展力，未嘗苟且，惡爲皦皦。

維揚置分司榷舟，有大小二關，舊皆征之。君往司榷，謂其府吏曰："征利而爲是纖細髮密，雖取贏，胡足貴？"通其小關，恣舟行，莫誰何，榷計以足。乃知諸爲細密者，非專爲國增計也。

積資員外郎、郎中，擢雲南府知府，未赴郡，以父喪歸。喪免，侍母不忍去左右。居歲餘，母病卒。始免父喪，母勉之行，君戀戀膝下，竟得奉母之終。君爲户部，以其官封父殖庵公充爲户部員外郎，母伍氏爲太宜人。在無錫迎父母就禄養，治喪葬合禮，於二親生卒，具致其情，克明爲子。

服除赴銓，驟感熱疾，嘔血數斗，醫莫曉所療，旅卒都下。實庚戌十月十日，距生弘治乙卯年五十有六耳。

君始至銓，江南大郡交欲得君，而毗陵人以無錫治最，故欲得之尤力。聞其卒，皆相弔。

君名普，字汝德，籍於南安之郭前村。其世近以鹿寮公爲祖。鹿寮生厚庵公，傳剛齋公某，履庵公某，而至奏議公，世未有顯，而發於君。

君貌豐，器度寬深，心事明坦，宜極壽貴。詎遽是止，知與不知，咸加悼嘆。喪過無錫，士民走哭，道踵相屬，津衢咽塞，舟厄不得行，久之。二子欲大，封孺人楊氏出；欲成，女一人，繼室封宜人李氏出。欲大婿於副使陳瑞山公袞，充邑弟子員，能持家劬事，卜滁陂龍塘山之原以葬，遷楊孺人之厝合焉，而以癸丑十二月某日之吉行事。君固悅滁陂山水之佳，卜從其志。

君為人，外渾樸，不立町畦，而中巀然有限界，色詞絕去夸汙，擇處其中。臨事酬物誠款，有足動人。予嘗歎世末難與，成功高患招忌，卑患取侮，每謂君持養濟其所稟，兩去其患，宜可游世遇合，伸於獲用，遽以是止，甚以為君恨。銘曰：

氣強矣，有悍而挫傷；才給矣，有流而難執。不悍而亢，是為強之方；不流而集，是為給之立。可以用之，宜莫斯逾，而卒不究於用，吾不知所以為之，吁！

處士曾君素庵墓誌銘　　　　（明）陳　讓

泉曾氏，宋稱多賢。一派守塋域，安南安白石山。國初名應祖者，遷居於美龍眠生岡，五傳而生處士。

處士諱某，字某，別號素庵。少孤而貧，與母傅氏相依為命。傅時時引處士襟裾涕泣，語曰："汝父早世，內無期功強近之親。吾一寡婦，與汝稚兒獨守荒山，將何以自立？今惟淬勵勤儉營家業，上托祖宗之靈，俾繼嗣昌衍，庶幾可成汝父未就之志，而慰吾心。"處士亦涕淚漣漣，對曰："敢不唯命！"淬勵勤儉，披風荷月，茹蔬服敝。墾荒蕪，力穡樹藝。樹則喬實，禾則有秋。田漁則獲，棄取皆逢會。適陳氏，辛勤如處士，克相宜家。樛木逮下，撫妾卓氏、許氏如妹，愛其所生如己出。

處士家日益昌大，子孫振振，皆課以儒書，嶷嶷頭角，終成傅母之志。傅母乃喜謂處士曰："吾兒果能遵吾訓誨，不墜家聲，吾沒無憾矣。"處士亦喜。傅卒，年八十有九，處士亦六十老兒，哀慕慈母不自勝，喪葬祭皆以禮，人謂傅善教子，處士善事親，陳氏能相夫事姑，家道昌者有以也。

方處士貧時，用財纖嗇，有買而無假貸，不以餘食人。及既居積，乃有假貸餘食人，死而無所歸者，就之矣。修洛陽橋，捐數百金無難色，人謂處士能處貧富之際而非常情也，勤儉一念，始終不渝焉。方處士壯時，親寡遇橫逆必較曲直，底終始，及家富子壯又退然謙讓若懦，人又謂處士能處強弱之際而非常情也。乃若耿然剛介一念，則始終不渝，不有德慧堅忍，孰能察於彰微剛柔，成立卓然偉著，聊足爲無志不立者之勸矣，未可以俗論也。銘曰：

松柏不飲霜雪，材不貞；深泉激於沙石，流始清。車無輔不可以行，兩美配德困而亨。處士之穀惟天成，龍山有松泉瑩瑩。曾氏夫妻葬斯塋，子孫觀之本源生，不朽不涸吾之銘。

素庵先生府志修入篤行類，載之南安人，係從見吾公撰誌銘採入，而誌銘中不叙及何邑人，當年修志必有查詳確據而載筆。

仲弟廷璉暨弟婦黃氏墓誌銘　　（明）傅夏器

仲弟廷璉之疾革也，余執手與之訣，欷歔不自勝，曰："天乎！余與汝同學業，而汝當厄，余稀年相從，而汝先逝，數亦何酷？"璉曰："不怨天，不尤人，吾無悔於我。不援上，不凌下，無求於人，厄也命矣夫，亡之命矣夫。"嗟乎！怨尤之不知，而遯世無悶，貞之至也。上下無求，可不謂剛乎？

葬之日，余乃與諸親友題其墓曰"貞剛先生"。夫易名，亦猶古之道也。子宇容泣請予銘。嗟嗟！余何忍爲吾弟銘？然而仲弟賢者也，宜有名於世，而名爲造物者厄，微一言以表幽貞，懸藜於鏌，終沉没泥沙乎，則余滋慟，余何忍不爲弟銘？

念吾先人盛德弗當，世厄舊矣。我先府君以始祖銀青公十九世孫居錦田，有子四：長爲余；次即璉，商器其諱，廷璉其字，別號錦里。先府君侍我祖智電山公家學。電山以鄉進士諭高安，爲督學邵二泉公愛重，手書大披"會狀二元"字遺之。入試春官，既殺羽，耻就縣職，請致而歸，此爲造物厄一。

及先府君以邑青衿領袖廪黌宫，辛卯已及貢，試弗利，即余幸附鄉榜亞，弟璉亦以儒應試,而先府君强年飄然謝業高隱,此爲造物厄二。

廷璉博通五經,於《易》尤邃,旁及十九史、諸子簡編,靡不淹貫。爲文如懸河東注,幽蘭莊芳。潘公樸溪、江公午坡、田公豫陽絶器異,皆拔置第一。當辛卯南安應試儒僅一人,爲廷璉。南安儒之有應試自璉始。江公廩之庠,甲子場中題名已登畫一矣。適當事者持館賓舒姓者卷至,争之急,遂爲所奪,而弟僅獲獎。此爲造物厄三。

庚戌余博一第,廷璉益工學業,耻伺侯門干請。歷文宗使者,輒置高等,場中屢獎弗偶,甲子歲已當貢,尚以優最入試,而貢例反爲班後黃姓者刺奪,璉弟竟以命數自安,不争辯。丁卯試弗利,引身告休,蔡文宗檄留不就,遥授以閩學訓,不受。此爲造物厄四。

生平自負貞高,有弗事非君、非友諸侯之介。瑣瑣禄利視若芥物,謂數奇屢蹶,此天之厄我。既岡有大建白當世則已耳,安能復俯首浮沉烏雀間,爲五斗折腰？當余守銓時,璉弟數籍聲庠序,每以德望見推獎,有司多愛重,而弟璉丰度儼然,岩岩山立,非公事不造迹。憲巡育吾萬公,余年友,轄泉數年,以世誼雅愛璉,自衆見外,無私謁。公聞璉弟精星平,至遣術士何武生以星學通殷勤邀致,卒辭,不濡躍。見人之善如琴瑟在御,其遇不肖嫉若烏喙,不厲聲色,而見者知不可犯,其貞剛類如此。

痛惟我祖積善困學而來,子姓奮於詩書者幾百其人。伸而厄,厄而伸。即余幸從大夫後,亦以貞孤故,不能附離荆棘險巇,掛冠歸田,與弟璉及簹與球也,徜徉木石之間,而三弟皆倏焉適去。璉又以數奇爲天厄,抱鬱蓋棺。諸不理於黨評者,其後卒享天助,乃弟璉獨遭困畣。

范滂有言："吾欲使汝爲惡,則惡不可爲;欲使汝爲善,則我不爲惡。"不知天之陶鑄分與何如耶？抑德不當世將必有達者於厥後而未發耶？嗟嗟者天,余胡忍不爲吾弟銘？

弟婦黃氏,海門學教諭黃金綬之女。黃於先府君爲金石友,年十七歸吾家,德方而順,精而勤,事先府君先安人。府君方嚴,能委曲承歡。妯娌四,皆能和樂相耽,宜以順吾二親,未嘗有閒言。遺吾雁行,憂仲弟一意學業不問家,而黃婦能爲有息無,以拓資產。余四弟昆弟者析箸,同一第田畫而居,至今小大靡嘖嘖。余處分爲是,弟璉未嘗以爲非。余指畫諸宅兆,弟璉未嘗不以爲是。余爲弟卜英山藏,即有煩言,弟璉竟弗改其畫,是其肝膈與我同,則黃婦內助之德不少焉云云。夫惟吾弟知我,亦惟我知吾弟。於是乎銘之曰:

維子波臣東海兮,將翼搏於北溟。維子志凌華岳兮,將翱翔乎泰清。揮千軍於筆陣兮,一狐橫梗。羞倍蓰於萯稗兮,五柳爭榮。九經盈笥兮,鍾采上英。雙燕飛語兮,瞵相佳城。冥冥無已太酷兮,桂蘭尚氤氳乎其長馨。

皇清賜同進士出身誥授中憲大夫順天府丞提督學政前
提督廣東廣西學政翰林院侍講學士修堂陳府君洎
　　張恭人合葬墓誌銘　　　　（國朝）汪志伊

乾隆庚寅之冬,予師少京兆陳修堂先生卒於京師又二十七年,而予奉命蒞閩,始知先生與元配張恭人猶未葬也。既捐俸助窀穸事,其孤夢岳以狀來請爲誌銘,予義不可辭,敬誌其略如左。

先生諱桂洲,字文馥,修堂其號。先世諱大育者,宋時爲侍御史,始家泉州之浯島。其後有任潛江令諱綸者,先生之本支祖也。文行卓越,詳見府志。曾祖諱兆賢,避海寇遷府城。祖諱郅,歲貢生,贈朝議大夫,分居南安。父諱志弼,鄉飲賓,封文林郎,贈朝議大夫。

先生生而穎敏。稍長即嗜學,殫心經史。家本儒素,封公授徒於外,厨下往往不舉炊,且頻有外侮,艱苦萬狀。然先生力學之志不因此稍弛,晝夜與其弟交相切劘,並學使所賞,首選入學,先後登賢書。先生則於乾隆辛酉、壬戌連捷成進士,以朝考高第入翰林,授檢討,屢司文柄。分校會試者一,順天鄉試者一,典雲南鄉試者一,所識拔多知名士,寒畯吐氣,翕然稱公明焉。

累遷侍講學士,視學粵東西,所至以崇實踐,抑浮競,爲諸生鵠。校藝詳慎,恒至夜分。嘗曰:"試官屈人無異刑官,最宜慎重。"故每一榜出,必愜輿情,雖被斥者,咸心服之也。訓飭士子,期於整齊,遇違法者必懲治,而亦多所平反。

在粵西時，有一縣令以事牽累諸生，請褫革十八人。先生察其非辜，駁飭更正。其不肯枉濫類如此。訟案或當詰訊，即親提剖斷，僉頌神明，有感且泣者。

先生性純孝，始丁母黃太恭人憂，盡哀盡禮。自粵東扶櫬歸，躬歷山麓，披榛跋莽，以求善地，卒得之。既服闋，念封公年高，不忍遽離膝下，而旋奉簡命，即家起視廣西學政，蓋異數也。及封公即世，哀毀骨立。

先生素以學行荷聖主特達之知。癸未歲至京，即借補通政使司參議，遷順天府丞。府丞例兼考試事，先生悉心甄拔，於寒士尤加意焉，予即所擢取第一者也。

京師向有金臺書院，先生延名宿主講席，每閱諸生課卷，必親爲開示經義，俾了然於心。又謂士先器識而後文藝，見輒以樹品相勖，成就後學，矻矻孜孜，二十餘年如一日。任府丞八年而卒，距其生康熙丙戌，得年六十有五。

先生嘗言士大夫之簠簋不飭者，大抵聽内言爲兒女計耳。簪珥服飾務崇奢，皆官箴累也。配張恭人端淑嫻禮法，能以勤儉相之，姻族推賢助，後先生卒，享年六十有六。生子七：長縣增生夢□，先卒；次縣學生夢岳；次元晃；次元台，已故；次元綏；次元保，已故；次臺郡學生鍾岳。女四。孫十，女孫十。男曾孫二，女曾孫二。餘繩繩未艾，婚娶皆望族，繁不備載。以嘉慶二年丁巳十二月朔合葬於葵山之麓。銘曰：

如水平，如鏡明，嗚呼，先生德所成。惟石白，惟土赤，嗚呼，先生善所積。君子偕老，卜允臧清。風颯颯，松楸長，傳之奕世其毋忘。

誥授資政大夫、兵部侍郎兼都察院右都御史、巡撫福建等處地方、提督軍務、兼理糧餉、受業稼門汪志伊頓首拜撰文。

南安府知府李君墓誌銘　　（國朝）陳慶鏞

四川威遠，古南安地也。有賢邑宰曰李君諱書耀，字亮茂，號懷庭，福建南安人。由宰而守，復選南安，人甚奇之：生閩南安也，宰蜀南安也，守江右南安也。地不相襲，而出入一以是爲緣，則其生之有自來耶？

世居安溪石壁,遷今邑之長涓,後遷彭口。祖登魁,附學生。父芝,乾隆戊午科副榜。君少受學於其父,弗就外傅。與兄廣文書燦,砥礪爲業。在飶,試輒頡頏冠軍,一時瑜亮。

辛卯舉於鄉,壬辰與余同譜成進士,釋褐,以知縣分發四川。假歸省母,居三年,出爲令,補威遠。到,數數問疾苦,舉利病,皆略有先知。民曰:"直如吾南安人也。"君曰:"我固真南安人也。"凡所平反皆允,九年弗移篆。兩校鄉闈,瓜期而往,得廉以封其父母若祖父母。

尋內粟增秩,選江西南安府知府。其地距蜀南安自西千里而遙,距閩南安自南千里而遙,風土雖不同,而民情抑又近焉。牒下,人以爲賀,君獨蹙然有憂色,曰:"母老矣,恐弗及事也。"蓋昔夢神人有示以南安當其界之語,遂自京引疾歸。來稔,左右唯謹。

越三年卒於家,年四十有七,實道光丁未八月二日也。母蘇、黃,贈封皆恭人。君黃出也。娶鄭氏,子三:慶霖、慶麟、慶薇。女一。

以咸豐三年八月某甲子,葬於南安某所之原。前事,其孤以狀來丐銘,爰叙其次如左,復爲之銘曰:

其人樸而誠,其性和而介。爲縣爲郡,仍不出南安之界。羊祜有碑,馬援有誡。凛然法守猶存,宜其禀之行而勿懈。

皇清鄉進士例授文林郎截選縣知縣斐屏張公墓誌銘

(國朝)王玉書

賜進士出身、誥授中憲大夫、晉通議大夫、軍功賞戴花翎、甘肅即補道、前翰林院編修、甘肅西寧府知府、署西寧兵備道加三級、忝姻弟莊俊元頓首拜篆並書。

賜進士出身、誥授朝議大夫、四品銜刑部浙江司主事加三級、年愚弟王玉書頓首拜撰。

同治六年丁卯八月十一日,孝廉張君家駒卒。葬有日矣,其孤屬余銘幽。余知君久矣。歲辛亥忝附譜末,遂同北上赴計偕,晨夕起居,晦明風雨,兩人者相賞益深，因得於言詞丰采間，窺其底藴，未嘗不厚相期許也。今君竟賫志以歿，回憶春明聚首，剪燭論文，恍忽如昨日事，及欲使余銘君，其能無臨文感慨欷歔欲泣耶？然觀其哲嗣秀出班行，克守青氈故業，又竊以是爲君慰也，乃撮其略而爲之辭。

君諱家駒，字漪文，號斐屏。先世自明永樂間有諱錫者以歲貢任廣東雷州府知府，始住泉州，其子孫居武榮豐樂里。至君祖父擇郡城之衮綉里家焉。祖父宜庵公，本生祖竹齋公，郡廩生。父毓俊公，本生父郁山公，邑增生。郁山公生君兄弟四人，君其季也。君幼而憎定，聰穎異常，郁山公督之嚴。長兄師洛，登庚子副車，君亦師事之。年十七補弟子員，二十一食餼，名噪黌序，而棘闈屢薦未售，用是益肆力墳典，規橅古大家。

咸豐初元□慶榜，以第三人舉於鄉。主司今尚書羅椒生、侍講徐稼生兩先生也。闈文出，一時紙貴，長安諸老交口譽之，然君僅於壬子一上春官耳。報罷，南旋阻於家，遇早喪塤篪，子若侄俱幼沖，因此不獲再試其技，以竟其功名，此乃天之所以限君子乎？然君自此學益粹，養益醇，從游者日益衆。郡中歌鹿鳴，咏采藻者，多出其門下，君亦夷然杜門，不介意得失矣。

臺鎮曾藍田聘君，設絳東瀛，課其子弟。時曾鎮臺澎，將弁校尉争欲識君，以致意於曾，君却苞苴，辭拜謁，幕府肅然，無敢干以私者，曾以此益愛重之。家居戒鑽營，府縣庭無足迹。又以見君之風裁峻整，非徒以文章名世已也。嗚呼！天既豐其才矣，乃嗇以遇，又奪之年，豈真文人固造物之所忌耶？抑白玉樓成，蓬萊殿啓，天之所以位置之者，又別有在耶？

君卒之日距生於嘉慶己卯四月二十日，春秋四十有九。配林孺人，歲貢廷颺公女。子四：祖培、祖齡俱業儒。祖培聘邑庠林士禧公長女，祖齡聘莊觀察爲瑶公長女。祖望、祖聲俱幼學。女三：長適附貢黃啓元君長子、邑庠璜；次適林玉佩君長子；三未字。餘未艾。以本年十一月初九日午時葬於北關外水流坑泰嘉山，坐未向丑兼坤艮，辛未、辛丑分金。銘曰：

劍在匣，秋水涌。玉在櫃，聲價重。樑木壞，墓木拱。蘭當階，更有種，松柏鬱鬱環丘壟。嗚呼！此其冢。

封修職郎霽嵐許先生墓誌銘　（國朝）陳步蟾

蘭譜兄霽嵐先生壬申春謝世，余適就雙溪胡明府校閱幕，未能向靈几而哭之，心甚憾焉。

葬有期，令嗣季方上舍囑余誌，不得辭以不文。噫，痛哉！憶道光丁亥，令侄季長諱經與余同受知於學憲史問山夫子門，即聞兄之爲人。己亥、庚子間，司郡鐸者樵川名進士張盅軒夫子，挾其甥虞君存庵茂才衙齋肄業，余與兄及龔公梅坡、蔡君約之、許君芥帆、王君秋嵐諸庠士以文字相切磋，盅軒夫子從而裁之。七人針芥相投，遂訂蘭譜。由今追昔，三十餘年矣。

兄少奇貧，晝傭書自給，夜秉燭讀書，邑學博趙君芸渠勉之以學，學成出，其來游於晉惠兩邑，鄉先輩交舉之。年四十補弟子員，試輒優等，補增廣生。鄉闈薦幾捷者再，退而設席，里黨貧而才者，却其修脯。爲文敏捷，進質者得以滿意去。門弟子升於黌宮二十有奇。負性坦然，無一言隱飾。有所感慨，寄諸詩歌。所識窮乏者，雖厨無宿糧，每典春衣以恤之，於身作梅花耐冷。余嘗戲之曰：“如兄者真鐵骨也。”有挾其不平以訴之，其人哭，兄亦與哭。周旋世故，動引古訓以解紛，遇盤根錯節，鐵屐幾爲踏破，不言疲勞。年六十，許比部少山先生叙兄生平實事以壽兄曰：“此乃不失本來面目。”真知己也。七十大慶，比部侍養在籍，叙文仍出橡筆。謂其不雕不琢，渾然太璞，以得壽徵如兄者，咸之期頤可券矣。越數年，騎箕竟去。追維古貌古心，未嘗不恍惚乎掀髯談笑於左右間也。

樵川存庵聞歸籍後以茂才没；而約之亦終上舍；芥帆孝廉以己酉榜第二人應春官試，客死於葫蘆山次；梅坡司訓偕令嗣編修咏樵先生之京，没於官署，旅櫬南旋；越三年而兄復棄世。惟余與秋嵐孝廉，視茫茫，髮蒼蒼，齒牙動搖矣。後死者哭先生於順理，然天胡不假以上壽，俾之老境優游，使余得以恒瞻杖履耶！噫，痛哉！三代諱字生卒，姻戚子孫，墳穴葬期，按狀。銘曰：

性本其真，古道照人。與交與游，佩德含醇。持躬植品，矩矱常新。世頌其德，口碑貞珉。有道必昌，有福必臻。視此馬鬣，千秋千春。

按：誼伯諱孚中，字南仲，霽嵐其號，晉邑人也。

皇清誥授奉政大夫恩獎五品銜中書科中書南安
　　陳先生墓誌銘　　　　　　（國朝）楊　浚

先生氏陳，諱步蟾，字修鏡，又字桂屏，閩之南安人也。其先為漢太邱長，微言未絕，百世景行。至唐分隸安溪依仁里，後居今邑後汀鄉。有明末造，再遷臨漈。三徙成孟子之名，一脈衍文範之緒。曾祖賡悅，祖亨蓁，父元鼎，耄耋多壽考，鄉里稱善人。妣吳氏，恩贈宜人。

先生德器簡亮，勤學宏邃，襁褓失恃，祖母莊氏及姑母撫育之，叔公教之。六歲授四子書、《毛詩》，涉目成誦，記事弗忘。嘉慶二十有二年，年十歲，父挈之泉州郡城，世居文山鋪上帝里。地僅立錐，室如懸磬。養正有功，安貧自奮。年十九受知於學使史公致儼，補弟子員。甫冠而材藝已焯，及壯而廩餼告充。咸豐五年，學使李公聯琇舉優行第四人。

既膺成均之選，旋進中翰之科。軌里立團，大府入告，獎以五品職銜，給以二代封典。通經致用，榮名及先，乃見舉於當軸，更邀勛乎文衡。凡預校試卷，於郡則興化者五，於邑則同安者四，安溪者一。累擢真才，不干他事，其介也如柳惠，其清也如伯夷。性嗜載籍，喜藏古本，出束脩以購散亡，囊中饋而典釵珥。依書為命，食古能化。授徒將及六十寒暑，門下士蜚聲黌宮，獲廁桂籍者五十有八人。

今春應豐州掌教之聘，所造就更溥。望門若峻，入座胥春，粹然為精金美玉，藹然為霽月光風。顧雄於文，乃嗇於遇。度棘闈二十餘屆，額溢三屏，剡薦七登。一第靳羅隱之名，萬口讀劉蕡之策。文章無窮，亦復何憾！

先生於先人存歿如禮，於兒孫冠笄及時。為孝為慈，可仿可則，且勇於善舉。郡守所籌養老恤嫠育嬰，以及倉儲義壟，為其發端，力請而行。閒復修本里報恩之院充三房廢祀之田，造橋以免病涉，瘞柩以妥滯靈，憫鬻兒則捐金以完骨肉，斥淫逸則焚簡以厚人心。若茲所難，處於窘鄉，窮不獨尊，美可延年，胡天夢之不遺一老,馨欬如聞,樑木忽萎。

先生生於嘉慶戊辰年十二月初三日酉時,卒於光緒己卯年八月二十三日丑時,春秋七十有二。配恭人林氏,枲絲自治,椎布能賢,先十二年卒。子七:長國試,咸豐八年優貢,漳浦教授,議叙知縣,生有文名,能讀父書,惜早卒,祔母葬於葵山,別有誌;次國瑞,例貢生,候補分縣,卒於光緒丁丑年四月十七日酉時,年僅四十有一;三國相,幼殤;四國瑩,邑庠生;五國式,出繼三房,亦殤;六國仕,業儒;七國佺,國學生。孫六:家孟、家銑、家鈿、家鈞、家錡、家錆。而孟承繼族人智棟子,錡已幼殤。曾孫二:承沅、紹祖。女一,適惠安舉人曾元熙。孫女一,字邑庠生張清渠。曾孫女二。

霜露已降,日月其除,將崇尺壤之封,永卜佳城之固。以十二月十五日酉時葬於鄉之大湖山,次兒國瑞祔之。穴坐丁向癸兼未丑,分金庚午庚子。浚忝下交,道義相勖。既愴山陽之笛,爲書有道之碑。其辭曰:

於休先生,鄉黨恂恂。善於誘導,仁而愛人。儒冠儒服,克守清貧。空山終老,抱璞懷珍。既爲德表,允稱士則。仲弓有後,爾無慚色。如何昊天,黄鳥集棘。勒此蒼珉,哀寧有極!

中憲大夫、選用道、内閣侍讀銜中書、國史館分校官、侯官愚弟楊浚撰文篆額。

文林郎、試用知縣、甲子科舉人、惠安受業壻曾元熙書丹。

皇清故權桐柏縣知縣恤贈知府賜專祠祭葬南安潘公墓誌銘
(國朝)陳榮仁

定陵元二而後,金田赭氛弗滅益肆,由鄂蔓豫西,捻踏豐蜂涌,槎蘗於碻山、信陽、泌陽之界,豫之民無敉寧。維時吾郡宦中州者二人,曰南陽鎮總兵邱公聯恩,曰署桐柏縣知縣潘公澍霖,皆先後殉烈,炳然在耳目間。

顧邱公以鎮衛統師,屢建殊烈,勛立身殉,已無負馬革裹尸之志。潘公釋書卷,膺民社,墨綏未暖,驟遘逆烽,白手空拳,與巨懟鏖逐於鋒鏑之下,以死報國,名幾涅於汙吏。嗚呼!此尤天下士夫所重爲憫惻者也。

異時之喪,至自河南,同人爲位於開元之寺,素服而往哭之。余時未弱冠,輒施從諸君後,觀醊奠。有知公者,歷歷道公殉節事甚悉,聞之始憾憾然傷,繼怫怫然憤,終且屑屑然欲涕不自知,激昂感動之何從也,及今計之,蓋已四十有餘年於兹矣。光緒己亥臘月乙酉,公嗣思忠等啓公欑,改葬於其邑二十一都之錦亭。公孫孝廉翔墀與余有文字一日之雅,持狀乞銘。謹最其族出行誼暨殉烈時地之實以告。

來者曰:公諱澍霖,字應麒,號雨亭。先世居漳州,唐時有存實者以進士起家,負詩名。數傳移居泉之筍江。又三傳復徙南安爐山,遂世爲南安人。公父成棟,邑增生,大父隆遇,曾大父從龍,均國學生。

公生而穎異,食貧而劬學。道光十七年丁酉科以廩生舉本省鄉試,甲辰大挑一等,授知縣,分發河南。庚戌奉檄到豫。越歲爲咸豐元年七月,代理桐柏縣,九月卸事;二年三月權杞縣,四月卸事;七月權信陽州,即月卸事;八月署浚縣,是冬仍調署桐柏。公所至皆不久於任,而實心任事,未嘗以傳舍視官。其在桐柏時,俗好訟,公清釐積牘,一月而竟數百起。日坐堂皇,狀入立召兩造至,手批口答,曲直纖悉無遁情,告者均懌然以去。嚴治伏莽,恒躬任緝捕。縣西百里與唐縣接壤,奸民潛謀起事。警報至,閤署無人色。公曰:"城池根本也,宜先設備。"既定,立馳赴起事地方,呼曰:"吾來矣,我民毋恐。"查明首犯擒治之,民安堵。

比將去縣,耆老焚香伏道旁,擠擁不得前,其丕咸於民也蓋如此。其在浚也,值所轄大水,公親履田野勘災,尤甚者三十餘村,請大府寬其賦,復爲分溝釃流,疏其水道,洼地俟成高壤,畝多收數鍾。竟月蕆工,且刻石以期經久。其用法嚴於役而寬於民,故民尤感念。

會移調命至,民呼號赴府乞留者數百輩,父老塞轍,留戀如去桐柏。時設餞款行三十餘里,不絕於道。

初,大吏以桐柏鄰楚,賊氛方逼,思得一良吏撫循而鎮攝之。以公前莅桐,著循聲,遂令仍綰縣篆。既抵桐,桐民釃酒相慶曰:"潘青天來矣!"公爲詰姦置守,聯絡紳民,圖結丁壯,事漸就緒。三年夏,粵寇犯豫,碓山捻匪復作,闌入桐柏界。六月十有三日,公率役勇,會營馳剿,追賊於縣境吳城九里岡。及之,公身先士卒,砲彈雨集,不少却陣,殺賊目黃老九,復斃其悍黨多人。會我軍藥彈不繼,賊偵知,分道包撲,營弁受傷墜水,兵勇遽退。公策騎直前,手斫數賊,賊益聚,戕公坐騎。公徒步搏戰,賊圍之數重,遂遇害,蓋咸豐三年六月十四日也。賊退,桐民奔走號泣,殮公尸,厝於邱家岡,及公子以柩歸,遂留爲衣冠墓云。

先是,公以吏事積忤南陽知府顧嘉衡。比公捐軀,顧懼處分,又修前隙,遂坐公以辦理不善,通禀大吏,且與南陽鎮柏山比稱此股賊匪首從剿擒净盡,請獎叙,而在逃之首逆雷六匿不叙,公之殉難情節更置不問矣。會公嗣子思忠、猶子思誠赴桐奔喪,悉其事,哭訴於大府。大府慮釀成巨案,飭屬通緝,獲雷六於亳州,勘實,設公位,剖心以祭。既,復以桐柏紳民合詞吁請爲公建專祠,具奏得諭旨,並贈公知府銜,蔭一子,賜祭葬費如例。於是公忠節之節乃大白。嗚呼!公抑亦可以懌然也。

公生嘉慶丙寅九月十三日,卒之年,春秋四十有八。元配張恭人,儉勤庀家,克熙閫業,年七十猶篝燈紡績。篦室李以節孝旌。子五人:長思忠,蔭雲騎尉,候補守備;次繼仲,出嗣其仲父;次桂森;次思洼,太學生;次添榮。繼仲、桂森皆前卒。女二:適黃,適彭。孫男十七人:翔塘、文墨、復茂、復忍、翔墀、光緒癸巳恩科舉人。文珍、文羌、文玉、慶生、翔垓、金榜、鴻圖、翔堃、翔圻、金壺、衷正、金聲。女孫十人,曾孫二十二人,曾女孫十六人。

嗚呼!公與邱公俱爲國殤,邱公易名立傳,恤典優渥。公捐頂踵,蹈白刃,厄於讒殄,僅而得白,向非令哲申訴,不幾磨滅而不彰哉!然濟之似續,繼起孔多,知天所以報誠節之臣正未有艾也。銘曰:

觥觥潘公,牽絲百里。吏飾以儒,政平訟理。捻氛告凶,於彼南陽。公丁其境,慮鹿走鋌。帕首弓刀,與賊交鏖。鼓聲忽死,公事畢矣。嗟哉公節,霜嚴日烈。青蠅營營,詎玷圭潔。淮之所出,於今民思。游子鄉悲,公魂其來。凡百有位,永言式之。

賜進士出身、中憲大夫、花翎、廣東補用知府、員外郎銜、邢部主事、前翰林院庶吉士加三級、世愚侄陳榮仁撰文。

賜進士出身、中憲大夫補用、道光換頂戴禮部儀制司幫印、主客司掌印郎中加三級、世愚侄黃謀烈篆蓋並書丹。

行　狀

朝奉大夫直秘閣主管建寧府武夷山沖佑觀傅公行狀

（宋）朱　熹

本貫孟州濟源縣。曾祖君俞，故任通直郎，知京兆府奉天縣事，贈正奉大夫。曾祖妣張氏，贈碩人。祖裕之，故任朝議大夫，主管南京鴻慶宮濟源縣開國男，食邑三百户。祖妣錢氏，封恭人。父察，故任朝散郎，尚書吏部員外郎，贈徽猷閣待制，累贈少師，謚忠肅。妣趙氏，封清源郡太夫人，贈秦國夫人。

公諱自得，字安道。其先鄆州人。自曾伯祖獻簡公，以清直仁勇事仁宗、英宗、神宗，歷三朝，皆以□□有聲。在哲宗時遂聞國政。蓋始築草堂於濟源之□而家焉。至忠肅公遭靖康之難，實以忠義死國事，其事皆具國史。

公幼穎悟，讀書不數過輒成誦，有至性。生十年而忠肅公薨，哀號思慕若成人。事太夫人愛敬飭備，一舉動唯恐失其意。遭亂離，轉側兵間。遇父友故參知政事陳公與義於嶺右，陳公奇愛之，坐之膝，撫其頂曰："長必以文名天下。"因自誦其詩之傑句以詔之。公時雖幼，已悉領解。年十四，賦玉界尺詩，語意警拔，故參知政事李公邴大驚異之，因許歸以女。

既乃定居泉州，家貧甚，夜燃薪自照，與兄弟讀書或至達旦，遂博通六經諸史百家之言，下筆輒數千言。

初，朝廷以忠肅公死事，錄其孤，公得補承務郎，三監潭州南嶽廟，乃爲福建路提點刑獄司幹辦公事。使者李公公懋，性剛介，好面折僚吏，獨屈意待公，欲試以事，因悉以訟牒委焉。間相見則摘其事以問，公具條委折，及其姓名爵里，一無所遺。李公喜甚，自是一司之事無不取決於公。書奏出公手，輒報可，他人爲之則多寢不下。

李公行部至漳州，會州兵擒漳浦賊華齊及其黨與以獻，而安撫司以便宜指揮檄憲司悉斬之。李公將從之，公爭不可，且曰："便宜指揮安撫司受之朝廷，本司無所預，今乃承之於安撫司可乎？"李公悟，命悉械繫，語縣分鞫之。獄成，以法誅其首數人，餘悉以畀軍中，蓋全活幾百人。

已而丐閑，得主管台州崇道觀。秩滿，通判漳州事。太守劉公才邵，始以公年少，未甚相知。及見其處事精明，馭吏嚴整，而文詞敏妙，又非流輩所及，乃大嘆服，郡事非公不決。閑則相與徜徉，以文字相娛樂。每語人曰："自傅君至，吾始知有爲郡之樂。"

時山獠跳踉未已，而太守與統兵官陳敏不相能，餉或不繼，軍幾變。公調護其間甚力，且爲移書轉運判官，得錢二萬緡以贍其軍，敏及軍士皆感泣思奮，群盜竟平。及公代去，敏語其下曰："傅公成就吾軍如此，而未嘗以一事干吾軍政，可謂真清矣。"故聞公喪偶，欲遺其愛妾，挾重貲來奉公，公竟不受也。

漳浦尉士有申和者，以事爲郡所逮，縣忽告有盜入境，請兵爲援，公笑曰："是必非實，特爲申和地耳。"已而果然，陳敏亦爲和請，公弗從，竟捕置於法，而後以畀軍中。後十餘歲，公自融徙潮，行荒山，大雨中忽有以卮酒獻者，問其姓名，則申和也；公愕然，詰其所以來之意，則曰："和日者罪當誅，公用法固無所私。然和獨抵罪而家獲全，是以感恩而來耳。"公爲笑而飲之。

臨漳公帑，歲時例外致饋守貳甚厚，公獨不以一錢入門，悉儲於外，以給賓客之費。比去，計所不取，蓋餘千緡。通判泉州事。公居泉久，及貳郡事，洗手奉公，無毫髮私，且熟知民俗利病，部使者多委以事。

轉運司欲榷郡酒沽，公格弗下。吏白，恐獲罪。公曰："泉人中產之家仰是以給者十室而五，是決不可行。若輩徒欲行文書，因取賂於酒家耳。"乃私以書條利害於使者，事竟寢。有賈胡建層樓於郡庠之前，士子以爲病，言之郡。賈貲巨萬，上下俱受賂，莫肯誰何，乃群訴於部使者，請以屬公，使者爲下其書。公曰："是化外人，法不當城居。"立戒兵官，即日撤之，而後以當撤報。使者亦不説,然以公理直,不敢問也。

受代造朝,民爭遮道以送。有金户齊民探其懷,出金十兩以獻公曰:"其爲金户,郡官買金無藝,且多不償直,獨公未嘗市分星,爲賜厚矣。此乃丹藥所化,爲杯器食飲,當益人,故敢以壽公,而非敢以爲獻也。"公笑却之。

差知興化軍事。興化素號難治,前守聽訟,或繼以燭,事猶有不決者。公剖決如流,庭無滯訟,發姦摘伏,猾吏束手。日未午,棠陰無一迹矣。於是乃以暇日延禮邦人士大夫之賢者,相與從容賦詩飲酒爲樂,而郡以大治。

初,秦丞相檜以公忠臣子,年少能自力學問,有文詞,通吏事,遇之甚厚。然亦疑其剛果負氣,終不爲己用,故雖使之連佐兩郡,然皆銓格所當得,召試博學宏辭科,又已奏名而故黜之。及泉代歸,乃間語公曰:"故事三丞,得通用蔭補人,而丞宗正者,例以玉牒奏篇,得爲郎,況公之文,今從臣中名能文者所不及,顧公太剛耳,盍亦思少自貶乎?"公默喻其意,然以太夫人春秋高,且樂居閩中,不肯遠適,乃力請便郡歸養。

秦丞相以是始怒,而其黨又或陰中公以爲有顧望,持兩端意,以故是時公資序已應典州而僅得莆陽軍壘以歸,然公亦既朝辭而行有日矣。會通判衢州汪召錫者,告前知泉州趙令衿誹謗,且有及丞相語。臺諫徐嘉等交章論奏,事下廷尉,秦丞相因以上旨,命公體究令衿在泉時納賄事。公以嘗同官辭,丞相不可。是時丞相權震天下,一忤其意,家立碎。公念前已有小隙,今又力辭,必重得禍,貽太夫人憂,意不能不稍回惑,乃不得已奉命以行。至泉,按事十得一二,即不復窮竟,然猶慮不免爲異時之累,則見故樞密黃公祖舜而問焉。黃公曰:"事端幸不自我加之,以恕可也。"尉然其計。既上其事,又爲請得毋更置獄。會廷尉獄成,令衿已坐譴,奏上,不過追納所受金而已。方事作時,户部曹泳、刑部韓仲通實主之,兩曹符檄月四五至,督趣甚峻。已而,秦丞相死,泳被逐;仲通恐禍及己,乃以體究事劾公。朝廷亦知非公首事,姑下公置對,而仲通章再上,遂罷公郡事。

公在郡不半歲,罷去之日,父老邀遮涕泣,其賢士大夫有追路越境持公慟哭而別者。後兩年,諫官挾舊怨,復以前事爲言,遂奪公官,徙融州爲民。公念前日本以愛親故不敢力辭體究事,今乃反爲親憂,痛自咎責,聞命即却酒肉,屏媵御,獨與一浮圖人偕行。至融,杜門讀書,益大覃思於文章,融人皆敬愛之,而中州人士官其土者,亦皆樂從公游,以文字求指教。蓋居融四年如一日,泊然無復有一豪軒冕意,特一念親闈在遠,不獲日夕左右,則涕泣竟日。

會黃公給事東省,知公前事首末,力言於故丞相魯國陳文恭公。魯公亦素知公,遂以上聞,得内徙湖州。未幾,聽自便。主上登極,復故官右通直郎。時魯公猶當國,欲寖用公,乃先除主管崇道觀,以言者罷。乾道初年始復得申前命。未幾,故樞密林公安宅,又力薦於上,且具白公前被枉狀,除知漳州,又爲言者所持,事竟中寢。未數月,今少傅福國陳公入爲吏部尚書,雅知公之爲人,則與侍從官數人露草薦公事親孝,居官廉,博學能文,興化之政,庭無留訟,而所坐初非其辜,遂再除知興化軍。而陳公章中語,人以爲無一字不實也。陛辭,論尉利捕盜之賞,妄執平民,有至論死而不能自明者。語未竟,上遽曰:"今之儒者,例以不殺爲仁。然殺人者死。"公徐對曰:"皋陶稱大舜之德曰'與其殺不辜,寧失不經'。殺人者固應死,而不辜者豈可殺?"上意亦悟,即連稱曰:"不辜則不可,不辜則不可!"公退,以語宰相。時朝廷方議重強盜之法,以公言而止。

公前治興化,有惠愛。去之十有四年而再至,且復奉安輿以來,闔郡之民垂髫戴白,争迎車下,歡呼之聲滿道。公治郡如前時,郡有猾民素以挾持郡縣爲事者數輩,前公未至,盡挈其家以遁。公條教素信於民,不動聲色,而郡復大治。民李氏嘗寓白金於其族兄,已而誣以盜,獄更數政不決,公明其誣,且判曰:"銀當羽化,既慚長者之風;金或誤持,又愧同舍之誼。"聞者感嘆悚服,且傳誦其語以爲無愧於唐人甲乙之判。李氏感泣。

會太夫人有疾,供佛燃燈以禱。既而太夫人竟不起,郡縣賻金餘千緡,公辭曰:"家雖貧,幸足以葬,豈可以此汙吾親?"皆却弗受。而父老奔走闕下,以公治狀白於朝者數十百人,中書爲書於籍。

公性至孝,以奉太夫人故,仕宦未嘗出閩中。太夫人小有疾,則憂形於色。

在漳時，官舍有池亭，日奉太夫人飲焉。忽有珍禽彩羽數十，容與水上，太夫人甚愛之。一旦忽飛去，太夫人不樂，爲不飲者數日。公懼，與其室共禱於神，明日乃復奉太夫人飲池上，則禽亦皆復來集矣，比公去乃已，竟不知其所自來，亦莫有能名之者，時以爲孝誠所感云。至是服喪毀瘠甚，免喪言及，輒涕下。

初造朝，知識見之無不驚愕。再除知漳州，奏事稱旨，留爲吏部郎中。天官素號劇繁，侍右尤甚。吏舞文爲姦，爲郎者例不合否事。公既入，即召令史而下，語之曰："吾久諳州郡利病，於省曹事體初不熟，今幸蒙恩得備郎選，亦將以治州郡者治之耳。"吏懾伏，不敢欺。然公素以吏事自喜，而銓曹守格法，無所施爲，遂請於朝，願竭力外官。上喜其意，除直秘閣、福建轉運副使。陛辭，玉音褒諭，且云："素知卿有風力。閩中多贓吏，故命卿往，行召用卿矣。"公即奏治道去泰甚，閩中去朝廷遠，吏不知奉法，然取其甚者一二人治之，亦足以厲其餘。上首肯之。時閩部上四郡行鈔鹽法，歲入悉輸大農，漕計爲空，而州縣窘匱尤甚，吏兵之給弗供，凜凜然有朝夕憂。公奉命疾馳至部，夙夜詢究利病所在而參伍其説。大抵皆以爲官不鬻鹽，則無以爲歲計，然縱州縣一切科之於民，則民必大病，獨一二近鹽之鄉，若非籍戶定數，使民必饗於官，則私販公行，官鬻不售，豪強得以倚法幸免，而貧弱顧獨受弊。於是乃使縣各以地遠近利病所宜爲法而奏行之，且寬其宿負，貸以本錢，蠲增鹽錢數十萬緡，州縣之力以寬，而公又爲之撙節用度，一毫不妄取予，漕計亦遂饒足。

泉州兩税外，復科宗子米，歲歲增廣，民不堪命。郡太守若周公葵、王公十朋，皆嘗請罷之，弗果行。公力以爲言，得旨，户部給度牒轉運司移他郡錢，俾之和糴而禁其科擾，泉民感公恩，生祠之。

蓋公爲治，大率以愛民爲主，而保全下吏，非有民訟不獲已，亦未嘗輕有所按治，其罷軟不勝任者，多奏處以祠禄，略如公前奏語。然其候視極精明，風采可畏愛，吏亦不敢犯也。

建寧闕守，公以郡屢易，將帑廩空乏，且歲頗不登，亟聞於上，乞選能臣以治之。上素知公，即除知府事。建寧當孔道，部使者多寄治。民健訟，爲郡者日不暇給，公談笑以治之。事或累歲不決，一經公手，無不立辦，且後無能易者。今戶部尚書王公佐爲轉運判官，嘗語人曰："吾與傅公厚，乃因政事間相知耳。"歲小不登，公發廩賑濟。有嘯聚欲爲寇者，僚屬請出兵以捕，公特以文檄，俾鄉官諭之，皆帖伏，不戮一人而定。屬縣有殺人者，方捕治，而他縣獲逃卒，卒於獄中自首，嘗殺某人。縣以言府，公疑有奸，命鞠其實，果吏教殺人者重賄逃卒，使僞首，則殺人可不死，而卒罪亦止於流，因並論吏如法。

移知寧國府事。寧國民淳事簡，公亦以清静治，或累日庭無公事。酒官有爲專知府所悖自言者，公召詰之，吏具言監官贓罪。公曰："是則然，然上下之分不可亂也。"命杖之，吏不伏，公立命械治，獲其流罪，將論決，袒其背，則有湼文爲"皇帝萬歲"四大字，公笑曰："是固有法。"命呼執針者雜刺湼，使不成文，乃論如法。明日，闔郡士大夫悉來賀曰："此素橫於鄉者，前太守屢欲治而不能，不謂公談笑間去一害。"公曰："法當然，吾非有心者也。"

春雨水溢，將決圩田，公力捍之而止。上嘗以手札訪問，公具以實奏。秋大旱，時公將去郡，猶請於朝，蠲租十餘萬斛。既去，累年後，守偶閱公帑之籍，見某年齋閣迎新，供帳獨無一不存者，怪而問之，則公所留也，因大嘆服，每以語人。蓋公平生莅官所至，率常如此之，特因事而顯耳。

復爲福建路轉運副使。公所臨郡縣，小有水旱，必以聞。至是，泉州大旱，而守利督租，諱之。公奏請，募海舟廣糴，以助民食。由是，米不翔貴。

臨安闕帥，上命執政選有風力，不阿權貴者爲之。執政擬二人以進，上獨指公以爲可，亟召之。先是公嘗以事過三山，副總管曾覿先來謁公，曰："聞公之名久矣。"因自誦其詩數十篇，且請公誦近作，公辭以憂患廢忘，時其亡而往報之。及爲郎，復嘗遇於客次，覿詫，數從官曰："某人某人嘗辱來訪，公獨見鄙，何也？"公遜謝而已，竟不往。及將使閩部，閤門官子弟有使本道而召還者，以職事來謁公，往報之，延公便室，則覿及從官數人皆在，時方置酒。公飲一巵，辭腹疾而退。於是翰林承旨亦以入直辭，諸人皆有愧色，覿大不樂。公退，謂諸子曰："仕官當自結明天子，其次當由宰相，安能俯首此曹，以求進邪？"以故權貴多嫉公，而召命竟不行。

改除兩浙西路提點刑獄公事。時公年六十餘矣。性本剛介疾惡，不能容人之過，以故歷官任事，多與物忤。至是，自度不能俯仰俗間，上章丐閑，不允，得移浙東。兩浙今號封畿，多有力者。部使者例不案事，公入竟受訴牒，日數千紙，一一親爲剖決。所至決遣囚徒，臺無留事。至於糾剔愆違，繩治姦墨，或望風解印綬去。常山令爲民所訟，公素不輕案吏，先而戒之而執法。殿中者親黨多在，其邑令事之素謹，亟馳書求援。其人即論公前使閩時，推行鹽莢非是，今又欲逐令而使其親黨代之，以此，公至治所未十日而賜罷。

過建寧，父老捧薰爐以迎者夾道數里，而浙東人亦至今稱思之。然公益自知果不爲世俗所容，乃復求爲祠官，得主管武夷山沖佑觀。秩滿，復除知寧國府事，朝命督行甚峻，公不獲已，單車引道，行未數程，復以言者追論前體究事，且面折泉守爲罪，則又以沖佑祠官罷歸。

公性高簡，不妄與人交。居泉五十年，杜門自守，讀書奉親外，無他爲。中間乘貳車，持使者節亦且十餘年，訖未嘗以一事擾州縣。太守之賢者，如宋公之才、王公十朋、周公葵皆高仰之，待以異禮。而公月不過一詣郡，每留語，談說道誼而已。至是，居閑益無事，唯讀書不輟。客至，觴酒論文，道說古今，唱酬詩什，以相娛樂。蒼顏白髮，意氣偉然，未嘗以留落不偶，幾微見言面也。

前居喪哀毀，得脾疾，至是益侵，然猶日誦書數卷。既病則屏却藥餌，獨飲水以待終。一日，忽召所善前昭武守黃君維之新、新安守石君起宗，置酒卧內，與訣，既而劇談詼笑，歌呼如常時。翌日遂不起。時淳熙十年秋八月也，年六十有八。積官朝奉大夫。

其配李氏有賢德，先公三十餘年卒，今贈安人。子男五人：伯壽，朝請郎，權知道州軍州事；伯成，宣教郎，新知福州閩清縣事；伯詳，將仕郎，卒；伯瑞，迪功郎，新漳州龍溪縣尉；伯拱，業進士，當以公致仕恩補官。女四人：長適承奉郎知潮陽縣丞李讜；次適進士李申之繼室，以其季俱早卒；次適進士黃知白。孫男五人：充業進士，育良尚幼。未名孫女六人，長及嫁，餘尚幼。

公於書無不讀，少治《春秋》，有聲場屋間。中年讀《詩》至《鴛鴦》之二章，因悟比興之體，間爲子弟論說，多得詩人本意。故太常丞吴公械來官泉州，公聞其博通古學，著書甚富，日從之游，相與博約往復不倦。吴公悦之，請公序其《論語十説》，今行於世。謫居讀《易》，數日一周，手書《程氏傳》一通，玩繹久之，紙爲之弊。其於子史百氏之書，嘗過目者蓋皆略成誦也。

識慮高遠，機警絶人。少時聞朝廷奪劉光世軍，更遣儒臣代將，歎曰："是必且敗事矣。"亟移書所知刑部侍郎曾公開，請如唐罷馬燧、郭子儀等故事，擇其偏裨，授以兵柄。曾公然之，將以白宰相，未及而酈瓊等叛，書已聞矣。

參知政事李安簡公，亦忠肅公執友也。罷政居會稽，公往見之。李公初以通家子弟待公，問曰："子以老夫今日之罷爲何如？"公曰："得失相半。"公問其故，公曰："公初附和議而終以弗合去，豈非得失相半乎？"李公起，握公手曰："公晦爲不亡矣。"

金寇淮甸，公以書抵樞密黄公論備禦方略，因策金有十敗，且言其變必自中起。書至不數日，金人完顔亮果爲帳下所殺。黄公以示諸公，且報公曰："何其策之明也？"曾覿自福州召還，公移書丞相陳福公，爲言覿入必留，留必爲善人正論之害，其後亦皆驗。

公少從外舅李氏學爲文，得其指授之微意。既長，益從當世先達游。又日求其所未至，刮磨灌溉以迄有成，則其氣骨雄健，而關鍵謹嚴，波瀾活潑，而語意精切，有非當世文士所及者。李公每讀而歎曰："吾文有傳矣。"故丞相魏國張忠獻公及尚書左丞葉公夢得、翰林汪公藻、中書舍人張公嵲、尚書郎新安朱公得其文，皆愛重之。汪公尤嘆賞，每謂公曰："今世綴文之士雖多，而往往昧於體制。獨吾子爲得之，不懈則古人可及也。"然再試禮部輒不利之，三應博學宏詞科，一既入等，而黜於中書，遂不復應科舉，而誨諸子甚力。

伯壽、伯成皆及太夫人無恙時登進士第，伯壽復中詞科。而公晚歲始自次輯其文，定爲三十有二卷，藏於家。今伯壽等將以明年七月丁酉葬公於泉州南安縣唐興鄉田豐里之雲台山。以某嘗以先人之舊辱公知，顔甚厚，見使狀公行事以請志銘,圖永久。

某竊惟公孝友之行,潔廉之操,精敏之識,雅健之文,皆足以高一世,而其吏事方略亦復過人遠甚,蓋不厲威猛而人自畏服,不爲一時小惠以干虛譽,而其去思遺愛愈久愈深。獨以畚年未能深自晦匿,不幸見知歡臣,解咎得凶,遂以中廢。然當時識者固有以知其非公所欲,其後誦言於朝,白公無罪者,又多一時正人莊士。且明天子亦既起公而任使之矣,而自比年來殊無他端,乃復重以前事橫遭口語,乍起乍仆,以没其身,既不得盡志竭才以布宣仁聖之德澤於遠邇,而其壽命又不得究於高年,是則豈不有命也夫!故既歷叙其世家行事之詳,而復論其本末大致如此。伏惟當世立言之君子幸賜採擇,以垂永世。謹狀。

淳熙十年十二月日具位朱某狀。

封雲南道監察御史東溪陳公及妻賴氏孺人行狀
(明)王慎中

公諱樂,字堯和,號東溪。其始由光州固始入閩,爲泉州晉江人,而定居於南安之梅溪山者,君之五世祖君錫也。君錫生維善,維善生戀,戀生英,英生恕,號梅隱,府君公之父也。世有隱德,不謀榮進。

公爲兒時即卓犖奮發,斲以藝術自致,脱迹獻之。中治毛公《詩》,心好之,日夜誦説解析。聞有爲《毛詩》學者,即購得其書,閉户讀之,猶不愜其趣,乃裹糧徒步往莆陽尋師留館卒業,非歲時,祖考饗祀、父母誕慶疾恙,未嘗辭歸。雖新有婚,無毫髮維戀意。四詩之旨大明,文采蔚起。試補邑學官高第弟子,莆士與游,咸讓公,公亦喜自待。而值督學憲臣某,好立威,諸生就試,無大小過,輒以櫍楚毒之,公素負氣鯁亮,以爲非待士禮,投筆裂紙,棄歸山中。學官具言陳秀才經明行修,不可使去,有失士之謗。憲臣遣學官招之,公曰:"所以不試者,欲長往以明志,如往而復還,是要上也。"竟不還。內子賴氏恚,謂公本刻苦讀書爲宦達,乃不能小忍以就大事。公顧笑曰:"以老萊子有逸妻而不能爲乎?而子尚稚,然氣貌異人,吾志有屬矣,胡必自爲?"賴氏諭公指,相賓怡怡有考槃之歡。其後賴氏卒,而公所屬志稚子已長,起家爲嘉靖十一年進士,以材行風節著於朝,是爲今雲南道監察御史君儲秀也。明堂禮成,覃恩廷臣,封公如其子官,追贈賴氏孺人。御史君方銜命出使二廣,督視諸州軍事,過家覲省,族戚士友皆來會,公衣綉衣,冠豸冠,尊於中堂。御史君跪奉觴壽,榮樂備至,人莫不嘖嘖嘆慕公寄其信己之決,識子之早,善御史君之能立身以潔志,而悲孺人之不逮榮也。

梅隱府君以室曾氏未育,娶蔡氏副之。公與弟禮良皆出蔡氏,久之,曾氏生子澄。公左右事曾氏無方,俯與澄友,率因乎心,曾氏感而愛之。其在曾氏,忘其爲蔡出,其在人不知其非曾出也。

居梅隱府君之喪,號慟摧絶,弔客不忍聞其聲。治喪取宋大儒朱某所輯《家禮》行之,里人漸有化者。居曾母之喪,致哀守禮如居梅隱府君,亦以所喪曾母者喪蔡氏,卜葬得告,地龍蟠虎伏,水來自前,抱縈不泄,合堪輿家言。其地乃在所居山中,人迹之所交,積數百年無從發之,實發自公。人謂造物秘靈孕秀以感孝德,營治窀域,志於無悔,不惜費鉅,又不與弟兄較計,問費孰當出幾何。

立鄉塾以待族子弟之俊而來學者。塾師之至,賴公安其身,以尊其業。姊妹二人,其夫之卒,待公之木以殯。其遺孤之居,公之所築;其衣食,公之所解。推二氏之甥戴公如慈父,絶不以色見德。自謝學官還山,所以爲生,不越畜字播植之事,力勤用紓生日,以厚歲凶。弛租予農人,不責常數,農人皆願田公之田,田以益懇。與人居,晏晏敦至。赴人緩急,無愛於己。不爲崖絶幅斬之行,亦不爲燕惰阿媟。在衆中有所論議,意不相入,必明己是,不苟合以相徇。好告人以不善以直,故多齟齬,然其開豁洞露,肺腑畢見,亦莫有怨者。或初不能平,而後深以爲恩。

以子封既貴矣,朝衣冠取如制,不隱君賜,而己未嘗爲華侈自張。鄉人舊與公游,不見少改。故至城府,與郡大夫諸縉紳爲禮,非意所好,每出山不數日即反,曰"是吾所安也"。御史君在京師,使出過家,公寓書累幅,立訓逾時,要以守身奉法,完潔正直爲本,不及於他。未歿前數月,自搜篋中所藏貸人錢粟券火之,不復籍記名姓。後有自言願入所逋,御史君以公意罷之。御史君竣使事還,公病作,然不害也。趣令疾行，不欲使命宿於家。御史君不忍去，左右留侍者久之，而公病甚，啓手足以殁。士大夫賢公勉子之義與御史能奉親之終爲得於天者厚也。

孺人賴氏，實生侍御君。賴於邑爲鉅族。孺人生而孝敏，在姆不煩。幼習書，操筆輒成點畫。授《孝經》、《列女傳》，誦不待數，已能舉其文。父母鍾愛甚，不以歸凡人，選而得公。公之游莆陽，孺人不以燕婉之好係公，且贊之行，堅其久於外，而毋數其歸，以身任舅姑之養。公往來莆中，專於前向而無還憂，經明文起，由孺人之在内也。其謝學官還山，孺人始以大計望讓公，及感公言，幡然以隱居爲娛。佐之侍親力本，識有過人者。事舅姑曲得其心。一身尺帛不入私橐，惡衣粗食以給朝夕。父母之口體常足於甘暖。曾氏性嚴，公又非其出也，有意苦孺人，用察敬怠。孺人既孝謹，又敏於事，曾氏不能苦之，亦不能得其過愛，孺人滋甚。公友諸弟，孺人内諧妯娌，以悦其心。一門之中，嫡庶並處，無異言聞於人。

梅隱府君之病，公游莆陽未歸，孺人視藥進食，目睫不交，迨於累夕，忘其身之妊也。梅隱府君疾革，遺金百兩屬曾，以此爲樂兒游學之資。孺人方哀毁，不即取。公歸，無所得，孺人終不言。侍御君幼即不以嫗煦爲慈，課督嚴急。誦書非夜分不遣就寝，躬執女紅以侑之。間則跪侍御君於膝前，語以人事興衰，家事起伏及公自負氣謝學官之故，且曰：“父已屬而大計矣。”語畢，泣下沾襟，以激其志。接内外族姻有禮，馭婢僕嚴而有恩。自殁至於今，餘二十年，姑姊妹弟姪與婢老之迨事孺人者，言之未嘗不念且涕也，是可以爲賢已。

某始識侍御君於京師，君方爲進士，敬而友之。侍御君語及其母之賢而不逮養，涕泣交頤，使余不忍舉首視。丙午、己亥歲，余兩以徙官之便歸覲，獲見東溪公，明且寬温，有德君子也。至其論世風得失，民生利病，人行事上下，目睹手捫，井井然可施於用，但迹不遇耳。侍御君以善爲養，而心能樂之，不以世俗臚膴榮艷之態，薄望其子而卑侍其身，尤非人所能及，而余獨以姻婭游從之雅，察之爲密，而聽之爲詳，而知侍御君之著於朝者，固有所本於家也。

公生成化癸巳正月七日，卒嘉靖庚子八月六日。孺人生成化己亥五月十三日,卒正德丁丑九月十五日。生男女皆三人：廷實、廷果早殀,長即儲秀；長女適晉江林續春,其二人亦殀。公繼娶蔡氏,生子儲材,補郡學生。儲秀娶晉江謝子警女,生三子：長孚衷,聘某之第二女；次啓衷,聘故南京通政黃河清孫女；次憲衷,聘刑部主事王時儉女。女三：長適郡庠生賴統；次許南安王斌之子；次許戶部主事鄭普之子。儲材聘安溪林森女。

賴孺人之殁,東溪公以嘉靖戊子十一月十日葬之梅溪山仙雉原。其葬未有誌,御史君卜以嘉靖壬寅月日,奉公之柩合葬,以從先志,而以世次行事,屬某曰："願有述,將以請當世大賢君子之有文辭者銘之。"謹撰次如右。

吴愧庵行狀　　　　　（國朝）李光地

君之殁於京師,太翁實視焉。親見子之病亡,憂戚棼亂,幾無以自勝。一夕,進小子地,謂之曰："吾衰而不節,神明荒矣。又父子之親也,屬辭爲難。夫交兒之久,識兒之深,舍子其誰矣。兒命雖殀,而行有足稱者,子其述諸？抑猶吾兒之志與！"地不文者也,又不能爲譽,顧與君交異尋常,不得以拙於文墨謝,聊述吾所知於君者,靡一字逾美欺死友於幽冥也。

君諱曾芳,字孫若,第南宮。後自號愧庵,曰："吾學行未成,而亟臻兹,聊以志吾歉也。"自五世祖恒庵公來,皆世修儒業,文行蜚聲,處者仕者,操持特吉以爲常。君生質清明,神爽灑落。自太翁以淵源之學,著述選訂,無翼而飛。君侍側有所聞,然居恒不拘拘咕嗶纂組而凍解冰釋,發於天機。篇成而人見之,蓋莫知其所以然也。

丙午舉於鄉,五策簡要明剴,易人所難。丁未試春官,俛得而失。庚戌之役,令甲一變矣。君在舟車中始爲翻經談理之文,概括合體,度中程式,聲色詞華,燦如也,遂振鐸取高名。其天材卓絶如此。

性行至孝,出於自然,無矯飾。自太翁太母,感其誠,稱之無異辭者。比與太翁周旋道路,爰及京邸,太翁少恙則魂寐爲之不安,三餐茹啜偶失調度,則憂形於色。晴陰拂拊摩慰藉,務使體適而心歡焉。其胸中無宿物,慍喜隨所觸,過而輒忘。與人交,開口見肝肺。或爲人謀,必竭其忠。樂道人善,不評人惡,及夫聲色睚眦,卒能理遣,不圖所以報也。

性坦易,耻修邊幅,外視之若無棱崖者,而實有觚隅,不苟爲破節事。姿識通朗,善察人情僞,曉暢事機,然實知大體,執大義,非小黠爲錙銖者比也。吾於君中表兄弟,辱傾知者深。自往歲同鄉薦,循是以來,四五年間,行住必共,藟葛之後,繼以新姻,指壬爲媒,合若天作。成進士後,與君併擬清華之選,試詔東闈之下,君乃竊謂予曰:"予得失無足齒,然得幸相從,假三年優假,讀書論理以補吾欠,是吾隱也。"既不得遂,則又曰:"吾別子而歸,所憾者此耳。"至彌留垂絶,猶以是相感嘆。嗚呼!其所響乃如此,而身凋零不得致也,造命者其果有知耶?

嗚呼哀哉!自革至歿,神氣清整,言身後事不亂,若豁然於去來間者。憶丁未春試日之前,地夢仙樂降康,迎君於館。卒之夕,又夢君來相見,執手升階,陰飈盈堂。君撫予,涕泣嗚咽不能任。詢所從來,云得假於帝者。送之出户,擁喝甚都。嗚呼!君之精魂靈氣,不與土苴腐散,無疑也。

男兒修短,命矣。如君者未獲世之滋垢而速返清虚,夫復何憾!獨其家貧,遺兒小,棄煢煢之親,投以劬勤,抱孝思之大戚,隱幽憂於九京。平昔從游,靡不永嘆,而況於生死形魂之交如地者哉?君既辱予知,死又予屬,知我貧也,知我不利於時也,君於予奚取?苟有鬼神覬予,相焉耳矣。

君年少,未有設施於世,故約略其行,質諸親友,既以哭吾私,亦莫使化者渺無聞焉。

愧庵先生,邑人也,占籍同安。登康熙丙午賢書,庚戌成進士。乃翁諱皖,康熙癸卯舉人,任連城教諭。邑志作晉江人,恐有非也。

神 道 碑

宋守尚書兵部侍郎少保諸葛公神道碑並銘
(宋)傅伯成

淳熙十六年春,孝宗皇帝既倦於勤,將以神器授於聖子。顧瞻廷臣,求可在侍從爲異日宰輔之儲者,兵部侍郎諸葛公,時以工部郎中言事,稱旨。上喜,顧謂公曰:"卿人才磊落,議論正直,當爲國家立事。"即日擢起居舍人,實光宗皇帝受禪前二日也。由是登嗣掖,貳夏官,且將大用矣。而遽以不起,疾聞,上臨朝震悼,對宰執稱惜者久之。士大夫皆謂,兩宮之眷如是,而公姿容重厚,審於是非之辨,持守堅正,其學又足以識微慮遠,使天假之年,必將爲輔佐名臣。不幸不克究其功業,此則有命也已。

公諱廷瑞,字麟之。世系出自漢司隸校尉諸葛豐,丞相武鄉侯亮之後也。十八傳至高祖,諱安節,河南鄧州南陽人,任福建轉運判,卒於官。曾祖諱郁,弗能歸,乃籍於泉之武榮。祖諱升,隱居不仕。父諱季文,以行誼文學聞於時。家貧,授徒以養。嘗著六經諸子解,有益後學。樂道人善如己有之,人知其必有後矣。以公登朝,累贈至朝奉大夫。

公其長子也。少穎悟,博覽經史百家之言。爲文下筆不能休,鄉校推重焉。擢紹興二十七年進士第,調漳龍溪尉。邑多盜,公待下有恩,出輒獲以賞。改承奉郎,知建寧府崇安縣事。俗強獷,號難治。歲少不登,輒剽掠四起。公在任,逾年水,又逾年火,民多饑貧。境有相挺欲爲盜者,公告於郡及部使者,出斗斛緡錢賑業之,且示以首惡必誅之令,邑竟以無事。邑人感公惠,祠而祝之。

丞相王文定公時守郡,與轉運使者具以政績聞。有旨堂審,差主管官告院官,省改通判明州,未赴,丁外艱。服除,通判池州,倅權與守迫,懦者避事,強者侵官,公一以至誠行之,有不可,即委曲開曉,郡以治理。秩滿,知惠務,令可行擇而行之。又言國朝以經術詩賦取士,比年在前列者率經生,乞遴選主文官,兼用經義詩賦,庶人才各效所長,上意甚悦。

未幾,宰執因擬郎官,上曰:"如諸葛廷瑞亦可除郎。"宰相以"郡守不久"對,上曰:"雖不久,畢竟曾作州。朕前日見其人物,議論可嘉。"遂除工部員外郎,升郎中。

金人遣使賀正,已差館伴使,尋改命公,蓋親擇也。竣事入對,公引賈誼有流涕之書,魏征有漸不克終三戒,文帝、太宗不害爲明主。今朝廷清明,百廢惟正,然而敵國未忘,水旱時有,不免上勤聖慮。因言講武備,擇將帥,備蓄積及知人聽言等數事。又言邀駕訴事非實,省部給告稽緩之弊。上從容顧問,俱可其奏。

公容止詳整,敷奏明暢。其言不爲詭激,又皆可行,一再奏事,被知已深,此其所以進也。既任柱史,光宗嗣位,金人有大喪,命公使弔祭以使事,與其副偕辭,公奏:"前者高宗升遐,虜來弔喪,純用吉禮,非可效。比堂帖下,又只云備紅鞓黑帶過界,審度而用。萬一虜恃其強,欲以其國之禮加我,當豫討論中節,則使臣可以死守。"上云:"天下事惟理所在。卿等過界,但存紅鞓致虜闕足矣。"越境,虜使果以三節人紅鞓爲言,公云:"皇帝新即位,聞北朝有大喪,不待報哀。使至,先遣弔祭,禮意不爲不厚,一事一物,皆討論而後行。凡弔喪,但弔者更衣,仆從何與?"方爭時,虜使聲色俱厲,公徐折以禮,語遂塞。及抵汴至涿,其爭如初,公不爲動。洎入燕闕,則三節人悉易黑帶以入,虜始服,謂中國有人,動不失禮,威不可屈。既致命,虜以例勸燕,公語以弔哀而來勸侑,非禮也,不受,虜加愧焉。

使回,入見,上獎諭曰:"卿所處悉皆盡善。"公稱謝。時臺中久缺侍御史,宰相取旨除人。上曰:"如諸葛廷瑞,端正靖重,可居此官。"宰相以親嫌對,命寢。未幾,兼權吏部侍郎,進起居郎,上疏言兩淮藩籬不固,法禁不嚴,措置民兵,規畫屯田關防,銅錢過界,皆未見成效。臣以爲經理兩淮,他無長策,惟委任得人,必有明辨,乞詔侍從臺諫,於文武臣中各舉所知,可爲沿邊監司郡守一二人,以待選用。又乞令見任人條具禁銅錢出海利害,及乞將提舉市舶官依守臣例上殿,庶可詢其材能。事付三省施行。

適詔左右史帶修新舊起居注,公以記述繁浩,遂懇辭侍右兼職。紹熙元年三月兼權中書舍人。未幾,宰執進擬權侍郎者二人,御札付三省,並命公爲真。公在後省不久,侍事雖微,涉於啓倖門者皆請罷之。爲誥典實溫厚,人以爲得王言之體。

公夫人聶氏,故相國陳正獻公夫人女弟也。留衛公方當軸,其子亦娶聶氏女。公以時相有連,不宜在封駁地,故累抗章求避。丞相亦乞徙公,上曰:"諸葛廷瑞老成端重,不必改易。似此親戚,人誰無之?"再辭,上親批特免迴避。辭不已,改除權兵部侍郎。公上疏言:"陛下登大寶以至於今,宵衣旰食,日與大臣圖事,天下固已知聖德之高明,而所謂聖功之光大,則猶未有所興起。先正司馬光在仁宗朝,獻五規,其二曰'惜時'。臣亦願以'愛日'爲陛下獻。"又言:"貴戚用事,未有不害於家,凶於國,漢唐以來,歷歷可鑒。真宗時如駙馬都尉李遵育閨門之怨,雖有才望,未免貶竄。仁宗時後宮親如張堯佐寵任或過,群臣亦交章論之。陛下臨御,肺腑之戚,未嘗假以事權行事。或冒典憲,必加竄責,除授或違公論,隨即寢罷。臣願推廣之,俾各保其爵祿,無高危滿溢之虞,則宗社幸甚。"

公列侍從,僅歲餘,所上章奏,上每嘉納,未及大用。紹熙改元十月己丑,以喘疾卧家。疾革謝事,遂以朝請大夫守權兵部侍郎致仕,卒,享年六十有二。恤典贈大中大夫,官其子二人,賻璲金帛賙其喪。喪歸,道經崇安,父老挽輀車而哭者以千數,曰:"此吾邑故宰諸葛公也。"相率爲浮屠法事,以追報之,亦可見公之治民獲其心已。後公以子升朝,累贈金紫光祿大夫。聶夫人治家有法度,清修勤儉,好內典,後公三月亦卒,享年五十有六,封碩人,累贈安康郡夫人。三年九月甲午,諸孤奉公與夫人之喪,合葬於南安縣楊梅山之原,從治命也。

子男四人:直清爲朝散大夫,主管華州雲台觀;禮,未仕而殁;應祥,故文林郎廣南東路提舉常平司幹辦公事;潤,痼疾不仕。女三人:長適承務郎陳惟慶;次適將仕郎傅伯拱,後公殁;次學浮屠氏。孫男玠、珏、琰、璋、璹、琳、璉、珂,皆業儒。琳早世,珏今爲迪功郎,新福州古田西尉。孫女五人:承事郎顔虞老,修職郎新吉安太和縣簿陳挺,進士黃仁甫其婿也,二人祝髮爲尼。曾孫男女八人,皆幼。

既葬三十有五年,其子直清始以公行實來諗曰:"先君、先夫人早棄諸孤。歲月既遠,而墓隧之碑未立。今先君所與善無復存者,獨公有一日之故,敢以爲請。"

伯成年老病侵,舊所聞見,廢忘十已八九。猶記淳熙癸卯秋,先公屬疾且革,公來,別命引公卧内,執手謂公抱負如此,必即爲時用,善自愛,且以幼弟爲屬,蓋公已許仲女歸之矣。比公入西掖,首以伯成姓名應舉代之令,愴念先好,辱出門下,今幸未死,何敢以耄辭?

惟公端莊而樂易,寬博而沈確,正不矯俗,和不詭隨,聲色玩好,澹然無營。平居簡默,言若不出諸口,至商榷古今是非,爓然不可移奪。嗜書,無不讀。所爲文,法度森嚴,一出於正。居家時,間與鄉之名人過從,詩賦相賡酬,至數往返,見者服其工。

天性孝友,人無間於父母兄弟之言,稱人之善惟恐不及,所薦引多有聞於後。歷事兩朝,無指其瑕者。論議之文,和緩不迫,然切於事情,皆時務所急。中興三宗,稽古好儒,緝熙之學,群臣萬望,清光講筵,進故事幾於具文。公獨以近臣獻替爲職,朝廷闕失,可以疏諫,然救於已然,不若先事啓迪,故光宗踐祚初,首授《中庸》知、仁、勇,與司馬温公仁、明、武之説以進,且曰:"三者非行之以久,終之以不倦,則有時而虧,有時而損而怯矣。"光宗英明果斷,近習斂手,獨潛邸舊僚有因干政黜於外者。公懼其將復入,則援李絳、吐突承璀事以進,曰:"君子難進,小人難退。憲宗任杜黄裳而蜀平,任裴度而淮西平,可謂知人善任。後迫於李絳,承璀乃迭爲出入,卒使承璀獲志,皇甫鎛、程异皆由以進,致隳盛業,有國者當以爲鑒。"其疏言張堯佐、李遵育事,爲貴戚之戒,亦猶是也,人皆以爲難。光宗顧公厚,每欲處公要官,公輒引親嫌辭。留衛公亦數爲公言,而光宗欲大用之,其不至於丞弼,可不謂之命與!

公未病前數日,書勉其子曰:"臣子之道,莫大忠孝。忠孝苟虧,雖有他長,皆不足稱。"亦可以見公心之所存矣。

伯成既受知,公之卒雖久,行實所載猶可考其證,故特删其繁,補其所缺,而系之以銘。銘曰:

士抱所學,委質事君。或遇或否,匪我而人。亦既有合,詢謀考言。不究其用,匪人而天。公以儒奮,厥聞四馳。振羽將翔,甫漸於逵。孝皇倦勤,將畀大位。敷求端良,以畀聖嗣。公在周行,敷奏造膝。義則不訾,言必可績。帝曰汝嘉,勿遠伊邇。記注蠅頭,職是右史。光皇御極,始初清明。聖父有訓,疇敢弗承?抗擅承命,載筆納忠。禮折天驕,謨柬帝衷。近臣盡規,有闕必諫。婉或近諛,直或疑訕。近諛匪正,疑訕徇名。優游懇款,言乃必行。尺璧至寶,連城莫鬻。一指其瑕,隨韜於櫝。公祀三紀,粹潔夷易。靡激靡詭,不磷不緇。棟將隆矣,誰則折之?晣將實矣,誰則缺之?匪人之為,天實奪之。武榮之西,山川逶迤。劍化相從,謨謀蓍龜。佑爾孫礽,福其永綏。

校 點 後 記

《豐州集稿》是陳國仕在清光緒三十四年(一九〇七)輯錄成書的。

陳國仕(一八五一——一九二四),字穀似,號璧堂,別號空谷一叟、谷叟、饒古、春臺,室名天白閣,南安縣十四都臨漈鄉(今屬南安市金淘鎮藝林村)人。父陳步蟾,咸豐優貢,中書科中書。陳國仕早年捐納監生,後設館於馬來西亞,又入浙江嘉興乍浦防署幕,任豐州書院山長。家藏書二萬餘册。平生潛心著述,致力於鄉邦文獻的搜集與整理。善行楷,能篆刻。除了《豐州集稿》之外,尚編有《家譜》,又嘗集古泉貨,鈐印成《璧堂錢譜》。

《豐州集稿》爲南安地方文獻,輯錄自唐至清一千一百餘年間南安人及有關南安自然景觀、社會風貌、人文歷史的詩文作品,其中詩六百多首,文三百多篇。詩文的各種體裁,幾乎俱備。分爲十四卷,首一卷。集中多陳國仕題識,或愆繩糾繆,或增廣故實。

陳國仕歿後,《豐州集稿》的書稿始從其家中外流。關於書稿外流,有兩種説法:

一、南安縣地方志編委會《豐州集稿》一書的"前言"稱:民國十三年(一九二四),"陳國仕去世後,家族後嗣無人。其夫人形影孤單,不得不繼續變賣家業和文物以度日。就在這種情況下,金淘嶺後村愛國華僑葉健秋先生,半爲借書半爲憫人,以八十銀元高價購得此書。此後葉健秋南渡菲律賓,被日寇殺害。此書輾轉被廈門大學圖書館收藏"。

另一説法爲"私立海疆學術資料館"創始人陳盛明的外孫、廈門大學臺灣研究所博士研究生蔡一村在《陳盛明與海疆學術資料館》(載泉州歷史文化中心編《泉南文化研究》第七期)一文中提道:陳盛明之父"陳育才任南安知事時自南安著名藏書機構天白閣收購……陳國仕《豐州集》手稿等"。查新編《南安縣志》,陳育才任南安縣知事,時在民國十四年二至六月。一九五〇年九月,陳盛明將海疆學術資料館獻給國家,後歸並入廈門大學。

一九九二年,南安縣地方志編委會辦公室爲了整理出版《豐州集稿》,專門委託廈門大學圖書館請人將書稿重新抄錄,然後據抄件點校整理。

《豐州集稿》爲未定稿,現狀十分凌亂。這次重新整理,以一九九二年南安縣地方志編委會辦公室整理出版的排印本爲工作底本,一方面校對原書稿,另一方面取清乾隆《泉州府志》、民國《南安縣志》等文獻,歐陽詹、陳黯、蔡襄、王十朋、真德秀、釋大圭、陳琛、王慎中、傅夏器、俞大猷、黄克晦、楊道賓、何喬遠、李光縉、釋超弘、陳慶鏞、陳棨仁等人的詩文集,以及相關的碑刻拓片,對照原文,仔細校勘,發現差異,一般以原著爲準,徑直改正;其餘則根據文意,擇善而從,不出校記。個别因底稿蠹蝕或筆跡模糊,未能判定之字詞,則以□表示。

原稿各編目詩文作品未能按作者年代次序編排者,經過斟酌梳理,重新排列。

原稿卷首"題名"中的籍貫、年代、功名、官階、事歷、著作等人物要素錯漏甚多,排列混亂,今予以重新考訂,重新整理,各類人物嚴格按年代先後編排。

原稿中輯錄者之題識,愈繩糾繆,增廣故實,有益讀者,故予以保留。南安縣地方志整理者的評議文字,不再收入。

編　者
二〇一八年四月

圖書在版編目（CIP）數據

豐州集稿／陳國仕編；楊清江點校. —北京：商務印書館，2018
（泉州文庫）
ISBN 978－7－100－16335－4

Ⅰ.①豐… Ⅱ.①陳… ②楊… Ⅲ.①中國文學—古典文學—作品綜合集 Ⅳ.①I212.01

中國版本圖書館 CIP 數據核字（2018）第 149570 號

權利保留，侵權必究。

責任編輯　閻海文
特約審讀　李夢生

豐州集稿
陳國仕　編

商務印書館出版
（北京王府井大街36號　郵政編碼100710）
商務印書館發行
山東鴻君傑文化發展有限公司印刷
ISBN 978－7－100－16335－4

2018 年 8 月第 1 版　　開本 705×960　1/16
2018 年 8 月第 1 次印刷　印張 32.5　插頁 2
定價：130.00 元